KB091274

달이 비치는 연못

달이 비친 연못

1판 1쇄 찍음 2019년 10월 16일
1판 1쇄 펴냄 2019년 10월 23일

지은이 은 일
펴낸이 정 필
펴낸곳 (주)뿔미디어

기획 · 편집 문지현, 이영은, 심은지
표지 디자인 우 물

출판등록 2002년 9월 11일 (제1081-1-132호)
주소 경기도 부천시 소향로 17, 303(두성프라자)
전화 032)651-6513 팩스 032)651-6094
E-mail dahyangs@naver.com
비북스 http://b-books.co.kr

ISBN 979-11-90379-23-6 03810

달이
바치는
연못

은일 장편 소설

DAHYANG ROMANCE STORY

목차

· 일러두기

1. 역사적 배경을 참고하였으나 소설을 진행시키는 전반적 이야기는 허구에 기반한 상상임을 밝힙니다.
2. 본 소설 속에서 등장하는 인물, 사건, 기관명, 지명 등은 일부 픽션이며, 그를 둘러싼 사건 역시 창작된 이야기임을 밝힙니다.
3. 본문 중에 한국어 대화는 " "로, 일본어나 영어 대화는 [ ]로 표기했습니다.

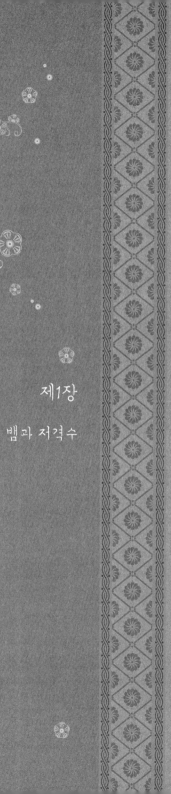

제1장

뱀과 저격수

1945년 9월 2일.

인천부 송판정 응봉산 아래에는 가와히가시(河東)라 불리는 저택이 있다. 화란(和蘭)의 어느 건축가가 설계했다던 저택은 한눈에 보아도 그 호화로움이 예사롭지 않았다. 대리석과 개성 지방의 화강암으로 단단히 쌓아 올린 외벽은 흰빛을 띠었고, 중간을 기준으로 완벽한 대칭을 이루어 안정감이 느껴지는 아름다운 건물이었다. 저택을 둘러싼 반양식 정원은 무려 1만 평이 넘는데, 그 아름다움은 도화원(桃花源)에 비견할 만했다.

저택의 주인은 정석호라는 사내로, 해방 전 창씨개명한 이름은 가와히가시 헤이치로(河東 治郎)였다. 해방이 되자마자 정석호는 가와히가시라는 문패를 갈아 치웠지만, 인천 부민들은 여전히 그 저택을 가와히가시라 명명했다.

그들이 일본식 이름을 고수하는 데에는 이유가 있었다. 정석호는 과거 조선총독부 산하 경성고등법원의 사상검사였고, 명망 있는 항일 독립운동가를 수십 명이나 투옥시킨 친일 반민족행위자였다.

해방 전 모두들 그가 검사장까지 출세 가도를 달릴 것이라 예상했으나, 그는 어느 날 사법의 길에서 벗어나 한립 조선이라는 회사를 인수했다. 그 회사는 일제와 세계 대전을 등에 업고 거침없이 성장했고, 지금은 한립 중공업이라 이름을 바꾸고 명실상부 최고의 조선회사가 되었다.

해방이 되었으나 혼란 틈에서 부일 청산 문제는 뒤로 미뤄지는 실정이었고, 정석호의 권세도 꺾이지 않았다. 그러니 가와히가시 저택이 부끄러움 없이 인천 제일의 저택으로서 그 자리를 지키고 있는 것도 당연했다.

오늘, 그 대단하고도 파렴치한 저택에 누군가 숨어들었다. 김하현이라는 이름의 여인이었다.

야음을 틈타 숨어든 하현의 얼굴에는 영양 결핍과 피로의 그림자가 짙게 드리워 있었다. 지금 모습으로선 어느 누구도 그녀가 중위 계급까지 달았던 군인이라는 사실을 알아채지 못할 터였다. 중국의 산서와 상해를 거쳐 인천까지 오는 동안 제대로 먹지도 쉬지도 못했으니, 피골이 상접할 만큼 여위는 것도 이상한 일이 아니었다.

아무리 그녀가 일발필중의 명사수이며, 한때 일본인과 조선 민족 반역자들에게 공포의 대상이었다 한들 지친 몸으로 경호원이 포진한 저택에 완벽하게 숨어들기란 무리였다. 그믐밤에 달이 뜨는 것과 비슷한 일이었다.

끝도 없이 커다란 저택의 창고에 겨우 숨어들었을 때, 경호원 한 명에게 발각되고 말았다. 시기 나쁘게 찾아든 현기증으로 저항 한번 해보지 못하고 손발이 묶였다.

퍽-!

두툼한 손이 그녀의 뺨을 후려쳤다. 바닥에 몸이 부딪치는 순간 요란스레 먼지가 일었고, 희뿌옇게 솟아오른 형상이 괴이하게 일렁였다. 하현은 바닥에 쓰러진 채 가쁘게 숨을 내쉬었다. 배를 두어 번 차인 탓에 호흡이 어려웠다. 숨을 내쉴 때마다 목 안에서 피비린내가 났다.

"간도 큰 년. 여기가 어디라고 기어들어 와?"

호흡을 고를 새도 없이 하현의 머리채가 붙잡혔다. 머리카락을 틀어쥐는 힘에 고개가 절로 들렸다. 그러나 시야에 들어오는 것은 없었다. 윤곽이 사라진 물체가 아지랑이처럼 일렁이고, 어두운 창고를 비추는 희미한 전등 빛이 서너 개로 흩어지다 다시 합쳐지기를 반복할 뿐이었다.

"어이, 대답해."

사내가 하현의 볼을 툭툭 쳤다.

"뭘 훔쳐 먹으려고 이 저택까지 숨어 들어왔냐는 말이다."

하현의 여윈 뺨을 보고 배가 곯아 도둑질을 했다고 판단한 모양이다. 그러나 하현이 이곳에 온 이유는 굶주림 따위가 아니었다. 육체적 고통에 국한되는 단순한 문제와는 거리가 멀었다. 그보다는 조금 더 간절하고 애달픈 이유였다.

"돈이 없으면 동냥을 하든가 사창가에 가든가."

사내가 하현의 턱을 잡고 휙휙 돌리며 얼굴을 살폈다. 전등 빛에 제법 수려한 얼굴이 드러나자 사내의 번들거리는 눈동자에 탐욕이 고였다.

"화대(花代)라도 쥐여 주리?"

모욕적인 언사에 하현은 강하게 몸을 틀어 사내의 턱을 걷어찼다. 손목이 묶인 탓에 제대로 힘을 쓰지는 못했으나, 예상치 못한 반항이 었는지 사내는 쉽사리 뒤로 나가떨어졌다. 자리에서 일어선 사내는 분개한 얼굴로 주먹을 들어 올렸다.

주먹이 꽂히려던 찰나, 끼익- 거슬리는 소음과 함께 창고 문이 열렸다. 사내의 시선이 먼저 문 쪽으로 향했다. 사내의 눈이 놀라움으로 벌어지더니 벌떡 서서 허리를 굽혔다.

"도련님."

그제야 하현의 시선도 문으로 향했다. 문 앞에 장신의 사내가 서 있었다. 어찌나 키가 큰지 얼굴을 보려면 한참이나 고개를 들어야 했다. 어렵게 고개를 든 것이 무색하게도 사내의 얼굴은 그림자에 파묻혀 있었다.

"여기까진 어쩐 일이십니까?"

경호원은 얌전한 개가 되어 고개를 푹 숙였다. 그 태도에 하현은 장신의 사내가 누구인지 알아챘다. 정석호의 양아들이자 한립 중공업의 부사장 목시우였다. 이 집에서 도련님 대우를 받을 사람은 그자뿐이었다.

이곳에 오기 전 귀동냥으로만 들었던 사내였다. 술과 노름, 여인에 빠져 사는 난봉꾼이라는 소문이 자자하더니, 명성답게 이미 한차례 술을 마셨는지 잔뜩 흐트러진 차림이었다. 금방 잠자리에 들 사람처럼 검은색 비단 가운과 바지 하나만을 걸치고 있었는데, 가운 끈을 제대로 묶지 않아 가슴팍이 훤히 드러났다.

새카만 머리카락은 약간 젖어 이마 위로 흘러내려 있었다. 머리카락에 가려 잘 보이지 않는 검은 눈동자가 하현에게 짧게 닿았다. 건조하다 못해 척박한 눈이었다. 하현이 짓밟히고 피를 토한 것에 대한 감정은커녕 조금의 의문도 가지지 않는 듯 보였다.

시선을 뗀 그는 마치 하현과 경호원이 이곳에 존재하지 않는 것처럼 그냥 지나쳤다. 아무렇게나 꿰어 신은 신발이 바닥에 질질 끌리는 소리가 났다. 그는 창고 구석에 있는 나무상자에서 술병 하나를 꺼내고는 다시 그들을 지나쳤다.

경호원 용진은 안심했다. 저 잘나신 도련님은 매사에 무감한 인간이었다. 해방이 되던 날에도 마작 구락부에 다녀올 만큼 생각 없이 살며, 양아버지가 쌓아 놓은 재산만 축낼 줄 아는 한량이었다. 젖어 있는 머리카락을 보니 또 저 잘난 얼굴로 어딘가에서 계집질이나 하다 씻고 온 모양이다.

그런데 밖으로 나갈 줄 알았던 목시우는 먼지가 가득한 상자 위에 다리를 꼬고 앉았다. 두 사람이 잘 보이는 자리였다.

"술을 좀 가지러."

한참이나 늦은 대답을 하고 그는 보드카의 병뚜껑을 열었다. 그러나 술을 입에 대지는 않고 용진에게 물었다.

"그러는 자네는 왜 여기에 있지?"

시우가 짧게 하현을 일별했다. 처음 보는 여인은 구타를 당했는지 피를 흘리며 쌕쌕 숨을 내쉬고 있었다.

"이 밤중에 운우지정을 나누려던 건 아닌 듯하고."

"……."

"강간이라도 하려는 셈인가? 그건 좀 곤란한데."

곤란하다 했으나 표정은 그리 보이지 않았다. 용진은 제 발이 저려 당황했다.

"아, 아닙니다. 이 계집이 숨어든 걸 발견해서 제가 혼쭐을 내고 있었습니다."

"숨어들었다고?"

시우의 한쪽 눈썹이 비틀렸다.

"뭘 훔치려던 것 같아 안 그래도 보고할 참이었습니다. 이 도둑년, 제가 처리해도 되겠습니까?"

시선이 다시금 하현에게 꽂혔다. 술기운에 나른해진 시선인데도 눈매는 날카롭고 깊어서 마치 속을 들여다보는 듯한 착각이 일었다.

"자네는 사람 보는 눈을 좀 키워야겠어."

"예?"

"뭐, 그럴 눈이 있었다면 이 집에 오지도 않았겠지만."

말뜻을 이해하지 못한 용진이 의아한 표정을 지었다. 그러나 시우는 더 설명할 의지가 없는 듯했다.

"이 여자, 데려올 때 다른 사람은 없었나?"

"예. 창고에 숨어 있던 걸 저 혼자 발견한 겁니다."

"그렇군."

그는 고개를 한 번 끄덕였다.

"되었으니 그만 나가 봐."

"예?"

"좋은 안줏거리를 가져다주었는데 그냥 갈 수는 없지."

적당히 선홍빛을 띤 입술에 기분 좋은 미소가 고였다. 그 미소에서 하현은 불순한 의도를 읽었다. 용진은 제가 잡은 사냥감을 빼앗기는 것에 분개하여 그 자리를 떠나지 못했다.

"무엇 하러 도련님 손을 더럽히십니까. 제가……."

"두 번 말하긴 번거로운데."

냉랭한 목소리가 말을 끊었다. 용진은 속으로 욕을 갈기며 고개를 숙였다.

"가 보겠습니다."

용진이 창고를 나선 후에야 시우는 자리에서 일어서 하현에게 가까이 다가왔다. 그는 앞으로 흘러내린 머리카락을 쓸어 넘기고는 무릎을 굽혀 앉아 하현을 응시했다. 하현의 몸이 자꾸만 옆으로 기울어지자 그는 하현의 턱을 한 손으로 잡아 고정했다.

차가운 시선이 하현의 얼굴을 훑었다. 관찰하는지, 관망하는지 알 수 없는 눈이었다.

"당신 어디 소속이야?"

착각인지는 모르나, 아까 전 나른했던 눈빛은 사라지고 날카로움만이 자리 잡았다. 하현은 대답하지 않고 숨만 시근거렸다.

"누가 보냈느냐고."

"……."

"아직 상황 파악이 안 되나? 너무 맞아서 머리가 안 돌아가는 건 아닐 테고."

간신히 견디고 있으나 하현은 기절할 것 같은 피로를 느끼는 중이었다. 호흡마저 버거웠다. 그러나 이대로 기절했다가 어떤 꼴을 당할지는 물 보듯 뻔했다. 저항도 못 하고 당하느니 차라리 죽는 게 낫다는 판단이 섰다.

하현은 눈을 감으며 입을 벌렸다. 강하게 혀를 깨물려는 순간, 무언가 입 안으로 들어섰다. 치아에 눌린 것이 제 혀가 아니며, 목구멍을 타고 들어오는 뜨겁고 녹진한 피 역시 제 것이 아니라는 사실을 깨닫는 데에는 긴 시간이 걸리지 않았다.

입으로 들어서 혀를 밀어 낸 건 목시우의 손가락이었다. 하현은 손가락뼈를 끊어 낼 기세로 악물었으나 그는 동요하지 않았다. 오히려 담담한 목소리로 물었다.

"고작 죽는 게 소원인가? 목숨 걸고 이 저택에 숨어들 정도면 좀 더 거창한 이유일 줄 알았는데."

목숨을 걸 만한 이유라.

대한은 일제의 손아귀에서 벗어나 해방을 맞았다. 후련치 못한 끝맺음이었으나 이제 하현이 목숨을 걸 필요는 없었다. 그런 하현이 이곳으로 와 목숨을 건 이유는 따로 있었다.

'하현아.'
'한 번쯤은 이렇게 불러 보고 싶었어요.'

금방이라도 끊어질 듯 희미한 목소리가 귓전에 맴돌았다. 하현은 그 목소리의 주인인 젊은 남자의 얼굴을 떠올렸다. 그러자 눈앞에 뿌연 빛이 번졌다.

시우의 얼굴에 놀란 기색이 드리웠다. 피를 토할 정도로 맞았는데도 눈 하나 깜짝 않던 여인의 눈에 갑자기 고인 눈물은 기이하게 보일

15

정도였다. 시우가 더 놀라워할 틈도 없이 하현의 눈은 빛을 잃고 스르르 감겼다. 기력을 다한 여인이 힘을 잃고 옆으로 쓰러지자 시우는 그녀의 몸을 받아 들었다.

눈물을 본 것이 착각은 아니었는지 까맣고 긴 속눈썹은 옅게 젖어 있었다.

한동안 하현을 응시하던 시우는 그녀의 허리춤으로 시선을 옮겼다. 외투가 불룩하게 튀어나와 있었다. 손을 넣자 예상대로 권총이 잡혔다.

아직 의식이 완전히 가시지 않았던 하현은 그 행위를 느끼고 있었다. 총탄이 장전되는 소리를 들으며 차라리 이렇게 죽으면 다행이라 생각했다.

탕-!

무거운 침묵을 가르는 날카로운 총성이 귓가에 울려 퍼진다. 그 소리는 섬광처럼 가슴을 꿰뚫고 아득하게 멀어져 갔다.

혼몽한 꿈결 속에서 하현은 옛 기억을 회고했다.

태극기가 눈처럼 휘날리던 날은 19년 3월의 첫째 날이었다. 총성이 울려 퍼지며 두 개의 심장이 난사되던 그날, 태어난 지 한 달도 채 되지 않았던 하현은 어린 고모의 품에서 짐승처럼 긴 울음소리를 냈다. 제게 닥쳐올 불행을 예견이라도 했듯이.

부모의 시신이 나무토막처럼 땅을 나뒹굴고 있을 때, 하현은 고모 현주의 품에 안겨 경성을 떠나는 열차에 올랐다. 도착한 곳은 바다가 보이는 작은 마을이었다. 파도의 흰 물결과 물비린내, 먼 곳에서 소금기 섞인 바람이 불어오는 곳이었다. 그곳에서 하현은 현주의 자식으로 두 번째 삶을 시작했다.

드넓은 바다의 평화처럼 하현은 제 삶도 평온할 줄만 알았다. 제 나라는 어떤 곳인지, 세상은 어떠한지 알지 못했던 하현은 그저 평범하고 어리숙한 아이로 성장했다.

'하현아. 너는 구국 운동 같은 거 하지 말거라.'

하현이 열 살이 되던 해, 현주가 그런 말을 했다. 그 당시 아이들이 대개 그러했듯이 하현은 그 뜻을 이해하지 못했다. 그 말을 제대로 이해한 것은 그해 현주가 죽었을 때였다. 그녀는 자신의 끝을 예견했고, 하현에게 죽음을 통보한 것이다. 하현의 두 번째 삶은 현주의 죽음으로써 끝을 맺었다.

하현은 현주의 흔적을 좇았다. 처절해질 것을 알면서도 부모님과 현주의 뒤를 따라 같은 길을 걸었다. 훈련을 받고, 총을 잡고, 피로 물든 제국주의에 저항했다. 몇 년에 걸쳐 마지막에 당도한 곳은 전쟁터였다. 그곳에서 하현은 세 번째 삶을 시작하게 해 준 사람과 만났다.

'달이 뜰 때마다 당신 생각이 났거든요.'

총성이 울려 퍼지고, 포연이 자욱한 그곳에서도 싱그러운 웃음을 짓는 사람이었다. 특유의 편안한 웃음으로 주변을 온통 환하게 물들이던 그 사람은…….

"헉!"

갑작스레 잠에서 깨어난 하현은 크게 숨을 들이쉬었다. 과거의 기억 속을 헤매던 정신이 현실로 되돌아왔다. 차오른 숨을 크게 내쉬자 눈앞을 어지르던 안개가 걷힌다. 시야가 명확해지자 천장의 감청색(紺靑色) 벽지가 눈에 담겼다.

그녀는 부드러운 이불보를 짚고 상체를 일으켰다. 커다란 창문과

금실로 수놓은 붉은 새틴 커튼, 양복장과 반닫이, 가죽 소파와 책상 등의 양가구가 차례로 눈에 들어왔다. 무척 넓은 방이었다.

이곳은 어디일까.

어제저녁, 하현은 '그것'의 행방을 찾기 위해 한림 중공업 사장 정석호의 가옥에 잠입했다. 운이 나빴던 탓에 발각되었고, 부사장인 목시우라는 사내의 손에 넘겨졌다. 기력을 잃기 전에 총탄 소리를 들었으니 지금은 죽어 있어야 마땅한데, 어째서 자신은 살아서 이곳에 있는 것일까.

문손잡이를 잡아 보았으나 열리지 않았다. 포기하고 창문으로 바깥을 살펴보았다. 화려한 정원과 그 뒤로 넓게 펼쳐진 산이 보였다. 예상대로 이곳은 어제 자신이 잠입했던 정석호의 가옥이었다. 어찌 된 일인지는 모르나 적진 한가운데 있는 것과 진배없는 상황이었다. 한시바삐 이곳을 벗어나야 했다.

나무의 위치를 보건대 적어도 2층은 될 듯했다. 위험하긴 하지만 뛰어내려서 산으로 몸을 숨기면 될 것 같았다. 하현은 탁자 위의 화병을 이불에 감싸 의자로 내리치고, 깨진 조각으로 커튼을 뜯었다.

커튼을 엮어 줄을 만들고 있을 때였다. 밖에서 규칙적인 발자국 소리가 들려왔다. 소리는 점차 가까워졌다. 하현은 분주히 침대 다리에 커튼을 묶은 뒤, 창문 밖으로 커튼 줄을 던졌다.

줄을 타고 창문 밖으로 벗어남과 동시에 벌컥 방문이 열렸다.

그런데 커튼 줄에 체중을 싣는 순간 하현은 불길한 직감을 했다. 느슨하다. 너무 급하게 엮은 탓에 침대에 묶인 커튼이 허술했다. 탄식할 틈도 없이 덜컥, 팽팽하던 고무줄이 끊긴 것처럼 하현 쪽으로 무게가 쏠렸다.

속수무책으로 추락할 줄 알았으나 하현은 다른 무언가에 붙잡혔다. 단단하고 차가운 손이었다. 고개를 든 곳에는 기묘하리만치 어두운 눈동자를 가진 사내가 그녀를 응시하고 있었다.

목시우였다.

○ ◑ ●

"겁이 없는 건지, 목숨이 귀하지 않은 건지."

목시우는 혼잣말하듯 말했으나 하현은 그 말의 대상이 자신임을 알았다. 그러나 아무 반박도 할 수 없었다. 그녀는 죄인처럼 의자에 포박되었고, 탈출을 위해 만들었던 커튼 밧줄을 재갈처럼 입에 문 상황이었다.

사내가 하현의 총을 가지고 있어 순순히 붙잡히는 수밖에 없었다. 싸우는 방법도 생각했으나 사내의 체격이 제법 컸고, 어제 일로 체력이 다했기 때문에 승산을 가늠하기 어려웠다. 게다가 사방이 적인 집에서 총성이 울리게 할 만큼 하현은 어리석지 않았다.

어찌 탈출해야 할까.

복잡한 하현의 머릿속과 달리 사내는 여유로웠다. 어제처럼 검은 비단 가운을 걸친 차림으로 책상 위의 서류들을 정리하고 있었다.

햇볕이 잘 드는 방이어서 어제 창고의 어둠에 가려져 보이지 않던 사내의 풍모를 제대로 볼 수 있었다. 항간에 떠도는 소문대로 빼어난 용모를 가진 사내였는데, 사실 하현이 예상하던 것과는 많이 달랐다.

험한 것을 모르고 곱게 자란 백면서생이리라 예측했건만, 그와 정반대였다. 백지장처럼 허연 얼굴이 아니라 적당히 그을린 피부였고, 가운 사이로 드러난 몸은 운동을 게을리하지 않은 듯 보였다. 키와 어깨도 보통 사내들에 비해 무척 컸다.

부잣집 도련님보다는 군인이 더 어울릴 듯했다. 아니, 조선회사 소속이니 조선공에 더 가까울지도. 사내의 팔뚝 위, 톱날에 긁힌 듯 보이는 기름한 상처가 하현의 생각을 뒷받침했다. 손가락에 감긴 붕대는 하현이 만든 상처였으나 그마저도 본래 사내의 것처럼 보였다.

특이해 보이는 상처가 하나 더 있었는데, 오른쪽 턱뼈 아래의 흉터였다. 오른쪽 목덜미부터 가슴팍 아래까지 뻗은 흉터는 큰 화상을 입은 상처 같았다. 커다란 폭발에 휘말린 것 같기도 한······.

"아직 관찰할 힘이 남아 있나?"

눈은 종이를 향해 있는데 어찌 알았는지 그가 물었다. 고개를 든 시우가 하현을 응시했다. 길게 찢어진 날카로운 눈매는 깊고 윤곽이 또렷했다. 그 안의 눈동자는 기묘할 정도로 짙은데도 어째선지 청아한 빛을 띠었다. 상대를 꿰뚫듯 직선으로 꽂히던 시선은 별다른 반응 없이 종이로 내려섰다.

"하긴, 힘이 남아도니 탈출까지 감행했겠지."

"······."

"내가 방심했어. 여인이기 전에 군인이지, 그쪽은."

감정을 드러내지 않던 하현의 얼굴에 변화가 일었다. 미약한 변화였으나 시우는 그녀의 동요를 쉬이 눈치챘다.

"퇴역 군인이지만."

결국 하현의 미간이 일그러졌다. 그 모습에 만족했는지 목시우는 짧게 웃음 지었다. 그는 의자를 가져와 하현의 앞에 마주 보고 앉았다.

"경력이 꽤 화려하던걸. 알아내는 데 애 좀 먹었어."

그는 제가 들고 있던 종이를 하현에게 보여 주었다. 종이에는 하현의 정보가 상세히 적혀 있었다. 당혹할 틈도 없이 시우는 종이를 거두었다. 그는 의자에 등을 기대며 여유롭게 하현의 정보를 읊었다.

"이름 김하현. 나이 스물일곱. 고향 강릉 연곡면. 항일 운동 단체를 전전하며 저격수로 활동하다 한국광복군 제2지대 소속 중위로 진급. 해방 목전에 군을 나온 것으로 되어 있군."

하현의 눈에 적의와 경계심이 차올랐다. 쉬이 알아낼 수 없는 정보인데 이 남자는 어떻게 상세히 알고 있는 것일까.

"내가 당신을 왜 살린 것 같나?"

하현의 곧은 눈빛을 받아 내며 시우는 생각했다. 사람의 눈은 때로 많은 것을 설명한다. 흔들림 없는 눈빛이 그녀의 성품을 알려 주었다. 날카롭고 강인하며, 우직하고 선한 눈을 가진 여인이었다.

여인의 몸으로 중위라는 직책까지 오른 것은 결코 우연이 아니리라. 어제의 그 아둔한 사내에게 잡힐 정도로 어리석은 사람 또한 아닐 터였다. 무엇이 조급하여 이런 실책을 범한 것일까.

여자의 뺨은 눈에 띄게 여위어 있었다. 강인한 눈빛에도 가려지지 않는 지친 기색이 얼굴에 만연했다. 이 군인이 무슨 이유로 제 몸을 살필 겨를 없이 이 집에 잠입했는지는 아직 알 방법이 없었다.

"대화를 하고 싶은데. 재갈을 풀어 주면 혀를 깨물 건가?"

"……."

"당장 당신을 죽일 생각은 없어. 지금은 당신을 살리는 게 나한테 더 이득일 거 같거든. 철저히 불리한 상황이니 대화를 하는 것도 나쁘지는 않을 듯한데."

하현은 그의 생각을 가늠하려 애썼으나 도무지 의중을 알 수 없었다. 그렇다고 이대로 있을 수도 없어 짧게 고개를 끄덕였다. 사내는 만족스러운 듯 미소 짓더니 자리에서 일어서 하현의 머리 뒤로 손을 가져갔다.

단단하고 긴 손가락이 밧줄을 푸는 동안 하현은 사내에게서 묘한 냄새를 맡았다. 나무껍질, 쇠, 그리고 가장 짙은 흰 꽃의 향기. 도무지 어울리지 않는 것들이 섞인 묘한 향기였다.

하현은 시선을 들었다. 사내는 밧줄이 아닌 하현을 보고 있었다. 약간 흐트러진 까만 머리카락 아래, 음영이 진 눈이 관찰하듯 하현을 살폈다. 자결하는지 확인하려는 걸까. 아니면 다른 무언가를 헤집기 위함일까.

재갈이 풀어지자 그는 아무 일도 없었다는 듯 다시 맞은편 의자에 앉았다.

"제안을 하나 할 테니 들어."

"어떻게 죽을지 선택하면 되는 겁니까?"

존대를 쓰는 것은 상대의 가치와 무관했다. 하현에게는 그저 습관일 뿐이었다. 깍듯한 존대와 달리 빈정거리는 어투에 사내의 한쪽 눈썹이 살짝 올라섰다.

"그냥 좀 듣지 그래."

짜증 섞인 목소리였다. 하현이 침묵하자 시우는 그제야 말을 이었다.

"해방 전에 총독부에서 당신한테 현상금을 꽤 걸어 두었던데."

"허울만 남은 총독부에 넘기기라도 할 생각입니까?"

"저격수로 꽤나 유명했던 모양이고."

"실력 확인이 필요한 거면 그거라도 줘 보시죠."

하현은 테이블 위에 놓인 자신의 총을 일별했다.

"당신과 다르게 난 목숨에 미련이 많아서."

"원하는 게 뭡니까? 저격수가 필요한 겁니까?"

"말은 통하는군."

"누굴 죽일 건데요."

"정석호."

단조로이 나온 대답에 하현의 눈이 크게 뜨였다. 무거운 침묵이 이어졌다.

"당신 아버지 아닙니까."

"그래. 내 양아버지를 죽여 줬으면 해."

"죽이려는 이유가 뭡니까?"

"그가 가진 걸 내가 가져야 하니까."

결국 그것이었나. 이미 많은 것을 가졌으면서도 더한 탐욕을 부리기 위해 제 양아버지를 죽이는 것이 이 사내의 목적인 모양이다. 하현은 비웃음을 머금었다.

"죽이면, 당신 것이 됩니까?"

"그럼. 군인이었던 당신은 잘 알 것 같은데."

혐오감에 하현은 버석거리는 입술을 짧게 깨물었다.

"그렇다고 칩시다. 그런데 그 재력이면 내가 아니어도 암살자는 얼마든지 구할 수 있을 거 아닙니까."

"내가 직접 움직일 수는 없어. 가장 의심받을 사람이 나니까. 나와 달리 당신은 정석호 암살에 합당한 인물이고."

"합당하다고요?"

"재산을 탐낸 양아들이 아버지를 죽였다는 이야기보다는, 구국 운동가였던 여인이 반민자를 처단했다는 이야기가 세간에 더 흥미롭지 않겠어?"

웃음기 섞인 여유로운 어조에 하현은 기가 막혀 조소했다.

"의심받을 거란 생각은 안 합니까?"

"의심은 잠깐이야. 어차피 흥미를 끄는 쪽이 진실이 되는 법이니까."

하현은 치솟는 경멸감을 표정으로 드러냈다.

"뭔가 원하는 게 있어서 이 집에 들어온 거 아닌가? 제안을 받아들이면 당신이 원하는 걸 내가 이뤄 주지. 찾는 게 물건이든 사람이든 마땅히 지급하겠어."

그는 고개를 비스듬히 기울이며 가면처럼 미소 지었다.

"나쁘지 않은 제안이잖아."

하현은 입술을 깨물었다. 고작 이런 일을 위해 삶을 견뎌 온 것이 아니었다. 하지만 지금은 수단을 가릴 처지가 아니었다. 탐탁지는 않지만 이 사내를 이용하여 '그것'의 행방을 알아내야 했다.

"묻고 싶은 게 있습니다."

시우는 말하라는 뜻으로 짧게 고개를 끄덕였다.

어제 하현은 의식을 잃기 전에 분명 총성을 들었다. 그 총은 하현을 향한 것이 아니라 목시우가 제 수하에게 겨눈 것이었다.

"어제 그 사내는 어찌 됐습니까. 당신 아랫사람 말입니다."

"그게 왜 궁금하지?"

"대답만 하시죠."

"알면서도 묻는 저의가 무엇인지 궁금한데."

"죽었습니까?"

"그래, 숨어 들어왔기에 죽였어. 내가 당신을 발견하지 않았다면 그 놈은 당신을 희롱하고 가지고 놀다 끝내 죽여 버렸을 거야. 전적이 있는 놈이거든. 그런 놈을 죽인 것에 동정심이라도 드는 건가?"

하현이 아무 말도 하지 않자 시우는 자리에서 일어섰다. 그는 하현의 뒤쪽으로 가서 묶여 있던 밧줄을 풀기 시작했다.

"뭐 하는 겁니까?"

매듭이 풀어지자 손이 완전히 자유로워졌다. 하현은 의심 어린 눈으로 시우를 살폈다. 그는 아무런 언질 없이 하현에게 총을 집어 건네주었다.

"탄환은 채워졌어. 들어 보면 알겠지."

하현은 총을 받아 들었다. 잠시 머뭇거렸으나, 그녀는 이내 시우에게 총을 겨누었다. 역전된 태세였다. 지친 상태인데도 불구하고 총을 든 그녀의 모습은 이질감이 없었다.

"뭐 하자는 겁니까? 죽고 싶어서 이러는 건 아닐 테고."

"여기서 나를 죽이고 수확 없이 도망칠지, 정석호를 죽이고 당신 목적을 이룬 뒤 살아서 돌아갈지 결정해."

총구가 겨누어졌는데도 여유로운 모습이었다.

"……목숨을 걸겠다는 겁니까?"

"신뢰하지 못하겠다는데 이 정도는 해야겠지."

"무모한 도박이라는 생각은 안 합니까?"

"큰 수를 두어야 할 때도 있으니까."

사내의 눈빛에서 확고한 의지가 느껴졌다.

"수락하면 당신은 내 밑에서 일을 하게 될 거야. 나도 당신의 목숨을 쥐고 있지만 당신도 내 목숨을 쥐고 있을 수 있다는 뜻이지."

"……."

"어때. 하겠어?"

시우의 짧은 물음으로 하현은 선택의 기로에 놓였다.

몇 번의 생과 사를 오가며 하현은 그 어디에도 옳은 선택지가 없다는 것을 깨달았다. 어느 쪽에서든 최악의 상황은 사냥감을 노리는 뱀처럼 도사리고 있었다. 한계를 시험하듯 하현을 조롱하고 우습게 만든다.

이번의 선택도 그러할 터였다. 언제든 그녀를 시험할 것이다. 칼과 총을 내어 주고 칼을 들어 눈앞에 있는 독사를 죽일지, 총을 들어 자신을 조준하고 있는 저격수를 죽일지 선택하게 만들 것이다.

늘 그랬듯 하현은 칼을 들게 되리라. 보이지 않는 것보다는 눈에 보이는 것을 더 두려워하는 존재가 사람이므로. 가까운 위험을 더 크다 생각하는 어리석은 존재이니까.

"……하겠습니다."

총구를 내리며 대답한 하현을 보며 시우는 입꼬리를 올려 웃었다. 웃음기 없는 검은 눈동자와 호선을 그린 입매가 이질적이었다.

"잘 생각했어."

이 사내는 뱀일까, 아니면 또 다른 위험일까. 결과를 알고 후회한다 해도 어쩔 수 없다. 스스로 집어 든 칼이니까.

제2장

도화원의 연못

"사내 행세를 해야 해."

계획이 무엇이냐는 하현의 물음에 대한 답이었다. 시우가 건네준 겉옷으로 갈아입고 있던 하현은 행동을 멈추고 황당한 시선을 던졌다. 그는 하현의 신상 정보가 담긴 서류를 정리하는 중이었다.

"사내 행세라뇨? 그게 무슨 소립니까?"

"정석호는 여인을 믿지 않아. 그러니 제집에도 결코 여인을 들이지 않지. 당신이 하인으로서 접근하는 게 최선인데 여인으로서는 근처에 가는 것도 불가능해."

하현은 기가 막혀 한숨을 내쉬었다.

"그러니까, 하인을 하려면 남장을 해야 한다고요?"

"그래. 내 직속 하인으로 들어오면 돼. 마침 자리가 났거든."

"들키면 어쩌고요."

"그거야 당신이 알아서 할 일이지."

하현은 턱까지 차오른 욕지거리를 간신히 참았다. 그녀는 마저 옷을 입으며 신경질적으로 물었다.

"당신 종으로 일하는 것보다는 정석호 밑에서 일하는 게 더 수월하지 않겠습니까?"

"아무나 데려다 쓸 사람이었으면 그 남자는 이미 고인이었겠지. 게다가 정석호는 지금 본가에 없어."

"예? 그럼 어디에 있습니까?"

"서울."

"서울이라고요?"

하현이 놀라 물었다. 그는 개의치 않은 듯 짧게 고개를 끄덕였다.

"왜 서울에 있습니까? 본사가 인천인 걸로 아는데."

"뻔하지 않나? 돈은 벌 만큼 벌었으니 정계 쪽에 발 담글 생각이겠지."

시우는 생각에 잠긴 하현에게 종이 두 장을 건네주었다. 직업소개소의 간략한 약도와 위조된 국민증이었다.

"사흘 후에 거기에 적힌 직업소개소로 가. 취업은 당신 몫이야. 하인 관리는 집사 담당인데 그자는 우리 쪽 사람이 아니거든."

"너무 무책임한 거 아닙니까?"

"당신과 내 접점은 없는 편이 낫잖아."

"취업이 안 되면 어쩌고요."

그는 고개를 들었다. 깊은 눈매 속 알 수 없는 기운을 띤 눈동자가 조용히 하현을 응시했다.

"버리는 패가 되는 거지."

하현의 눈동자가 서늘해졌다. 어쩌면 이자는 하현 말고도 정석호 암살을 위한 패를 여럿 가지고 있는지도 모른다. 버리는 패가 되면 목숨 부지하기는 어려우리란 생각이 들었다.

하현은 한숨을 삼키고 위조 국민증을 살펴보았다. 하현이 제안을 수락하지도 않았는데 미리 국민증을 위조한 것을 보면 그녀가 이 제안을 수락하리라 확신했던 모양이다.

국민증에 적힌 하현의 나이는 무려 열일곱이었다. 아무래도 여인이 사내 행세를 하기에는 무리가 있어 어린 나이로 위조를 한 모양이다.

"이게 뭡니까?"

무언가를 발견한 하현이 인상을 쓰며 묻자 시우도 미간을 좁혔다.

"보면 몰라? 국민증이잖아."

"그게 아니라 이름 말입니다. 나더러 이 이름을 쓰라는 겁니까?"

시우는 하현이 건네준 국민증을 받아 이름을 확인했다. 김복돌이라 는 이름이 쓰여 있었다. 그의 미간이 구겨지고, 잠시간 침묵이 지속되었다.

"장난하는 것도 아니고……."

시우가 짜증스레 중얼거렸다. 그가 직접 이름을 지은 것은 아닌 듯했다. 한참의 침묵 끝에 그는 다시 국민증을 돌려주었다.

"……그냥 써."

"그냥 쓰라뇨? 개 이름 같지 않습니까! 무난한 걸로 하면 어디 덧납 니까?"

"그 정도면 무난하잖아. 시간 없으니 그만 나가지 그래."

사내의 표정에는 귀찮아하는 기색이 역력했다.

"아니, 이봐요."

하현이 말을 붙였으나 시우는 볼일을 마쳤는지 자리에서 일어섰다. 문 앞으로 향하는 그의 발걸음은 단호했다. 그러다 문득 무언가 생각 났는지 고개를 돌려 하현을 바라보았다.

"뒷문으로 나가서 좌측, 갈림길에서 다시 좌측으로 가면 사람들 눈 에 띄지 않고 나갈 수 있어."

그리고 문이 닫혔다. 하현은 허, 하고 허탈한 한숨을 내쉬었다.

최춘영은 가와히가시(河東) 저택에서 13년간 근무한 집사였다. 그는 인천에서 가장 크고 부유한 저택의 집사로 일하는 것을 무척 자랑스럽게 여겼다. 하나의 예술 작품과도 같은 저택과 무릉도원에 비견할 만한 정원은 그의 남다른 심미안(審美眼)을 충족시켜 주는 유일한 것이었다. 이 부유하고 아름다운 저택을 꾸려 나가는 건 그의 인생에서 가장 행복한 일이었다.

갑작스레 해방이 되어 친일파였던 가주의 집안이 망할까 걱정도 했으나, 그의 주인은 영악한 사람이었다. 그간 보이지 않는 곳에서 독립군을 상당액 지원했다고 들었다. 사실인지 아닌지는 알 수 없으나 혼란한 세상에서 양쪽 모두 살필 줄 안다는 것은 좋은 능력이었다.

춘영은 주인의 정체가 친일파든 애국자이든 아무런 상관이 없었다. 이 저택만 유지될 수 있다면, 그는 제 주인이 어떤 사람이든 개의치 않았다. 자신이 가와히가시 저택의 가장 유능한 책임자라는 사실만 변치 않는다면야.

지금 춘영의 주인은 저택을 비우고 서울에서 생활하는 중이었다. 과거 검사로 지냈던 사내이니 미군정의 조언자라도 할 생각인 듯했다. 더 나아가 정계 진출을 노리고 있는지도 모른다.

아무럼 어떠랴. 저택을 제 구미에 맞게 꾸미려면 주인이 있는 것보다는 없는 게 더 나았다.

오늘 유능한 집사로서 할 일은 하인을 뽑는 것이었다. 도련님을 곁에서 모실 직속 하인이 필요한 상황이었다. 안타깝게도 유일한 양자인 도련님은 저택에 관심이 없을뿐더러 제 하인이 누구든 일절 신경 쓰지 않았다.

그러나 하인을 뽑는 일은 무척 중요했다. 고가의 양가구에 흠집을 내지 않을 정도로 일을 잘해야 하고, 말을 알아들을 만큼은 영리해야 하며, 시키는 것에 토를 달지 않을 만큼 순진해야 했다. 되도록 세상 물정 모르지만 적당히 영리한 어린 청년 정도가 좋았다.

춘영은 박 씨가 운영하는 직업소개소로 들어갔다. 다섯 명의 사내아이들이 그를 기다리고 있었다. 그는 쯧 혀를 찼다. 올해는 작년보다도 질이 나빴다. 다들 썩 덩치가 좋지 않았다. 심지어 며칠을 곯은 듯왜소하고 마른 아이도 있었다. 얼굴은 제법 곱상하니 괜찮으나 얼굴로 하는 일이 아니니 무용지물이었다.

춘영은 박 씨에게 눈치를 주었다. 박 씨는 허허 사람 좋은 웃음만지었다. 마음에 들지는 않지만 어쨌든 하인은 뽑아야 했다.

"자, 기본적인 체력부터 보겠습니다."

그는 짝! 손뼉을 마주치며 말했다. 도련님을 곁에서 보필하는 일은큰 체력을 요구하지는 않으나, 그래도 건강한 사람을 뽑는 것은 기본중의 기본이었다.

다섯 아이들이 팔 굽혀 펴기를 시작했다. 의외로 가장 작고 왜소한아이가 선두를 달렸다. 춘영은 아이의 이름을 확인했다. 김복돌이라는 사내아이였다. 양반집 노비에 어울릴 법한 이름이어서 왠지 더 시선이 갔다.

이제 보니 작고 마른 손이 제법 단단해 보였다. 일을 많이 한 사람에게서 볼 법한 굳은살이 박여 있었다. 오랜 사격 연습으로 그리되었다는 사실은 꿈에도 모르고 춘영은 만족스러운 미소를 지었다.

그러나 쌀가마니를 드는 일에는 영 힘을 쓰지 못했다. 가느다란 허벅지가 파르르 떨리는 모습을 보며 춘영은 다시금 쯧쯧 혀를 찼다. 역시 덩치 좋은 놈이 나으려나 싶었다. 그는 수첩에 적어 놓았던 김복돌의 점수를 깎았다.

이번엔 기본적인 소양을 알아보기 위해 받아쓰기를 시작했다. 너무무식하면 말을 못 알아들으니 어느 정도는 글을 알아야 했다. 염두에둔 남종욱은 55점을 받았고, 김복돌은 80점을 받았다.

김복돌이 일부러 20점을 날려 먹었다는 사실은 눈치채지 못하고 그는 깊은 고민에 빠졌다. 너무 무식한 놈들은 값나가는 가구의 가치도 잘 모를 텐데…….

"특기 같은 건 따로 있는가?"

"어릴 때부터 물지게꾼을 해서 힘이 아주 좋습니다."

남종욱이 자신만만하게 말했다. 춘영은 김복돌을 바라보았다. 복돌은 머뭇거리다 입을 열었다.

"……저는."

"그래."

복돌의 곧은 시선이 춘영에게 닿았다.

"저는 쥐 죽은 듯이 있는 걸 제일 잘합니다."

춘영은 말없이 김복돌을 응시하다 고개를 끄덕이곤 수첩에 기록을 적었다. 그러곤 직원 박 씨에게 말했다.

"이 아이로 데려가지요."

검은색 신형 포드 차량이 매끄럽게 도로를 달렸다. 하현은 최 집사의 옆자리에 앉아 무료한 눈으로 창밖을 구경했다. 면접에는 겨우 합격을 했으나 심란하기 짝이 없었다. 간절했다고 한들 정체도 모를 사내의 제안을 덥석 받아들인 것 같아 후회되었다.

괜히 짧아진 머리카락만 매만졌다. 유독 뒷덜미가 허전하고 시린 듯했다. 목덜미를 쓸어내려 보았으나 손바닥에 남는 서늘함은 기분을 더 가라앉게 만들 뿐이었다. 단단하게 압박한 가슴 때문인지 왠지 속도 더 갑갑하게 느껴졌다.

심란한 생각에 잠겨 있다 보니 어느새 소나무가 가득 심어진 길을 달리고 있었다. 머지않아 하늘을 찌를 듯 높이 솟은 검은 철제 대문이 모습을 드러냈다. 문에서부터 느껴지는 부귀가 자연의 정경과 너무도 어울리지 않아 기시감이 들었다.

대문이 열리고 차량이 들어섰다. 창밖으로 지나가는 드넓은 정원의 풍경을 보며 하현은 감탄했다. 지난번에는 야음을 틈타 숨어 들어왔으니 제대로 볼 겨를이 없었는데, 낮에 보니 아주 아름다운 정원이었다.

맑은 하늘 아래 한 폭의 수묵화 같은 산이 정원을 감싸듯 길게 펼쳐져 있고, 그 아래의 정원에는 수령(樹齡)이 제법 되어 보이는 소나무와 밤나무, 그 외 이름 모를 나무들이 정원 가득 심겨 있었다. 돌길 옆으로 늘어선 관목들은 가지치기가 되어 둥그렇고, 그 사이사이로 붉은 접시꽃과 석산화가 흐드러지게 피어 있었다.

정원이 어찌나 넓은지 차로 가도 한참이었다. 가는 길 왼쪽에는 기와집이 있었는데, 비질을 하거나 빨래를 말리는 사람들이 있는 걸 보니 행랑채인 듯싶었다. 그런데 개중에는 여인들도 섞여 있었다. 하현은 조심히 물었다.

"저기, 여인들은 출입이 금지되어 있다 들었는데 어찌 여기에 있는 것입니까?"

"음식이나 빨래는 다 여인들이 하고 있지. 대신 행랑채 주변을 벗어나지는 못해."

하현은 속으로 욕을 삼켰다. 여인들을 출입시키지는 않으면서 일을 시킨다는 게 모순이라 생각되었다. 대체 이 집 주인은 얼마나 구식 사상을 가지고 있는 것일까.

한창 속으로 구시렁거리다 보니 이번에는 연못이 보였다. 창포와 연잎이 자라난 연못은 관리가 잘되었는지 자연의 것보다 물이 훨씬 맑았다. 햇빛을 받은 수면이 잘 세공된 보석처럼 다각도로 빛을 반사시켰다. 연못 옆에는 궁궐에나 있을 법한 누각도 있었다. 멀리서 보고 있으니 산수화가 따로 없었다.

이런 걸 돈지랄이라고 하는 걸까. 아름다움과는 별개로 이 커다란 정원이 어떤 돈으로 만들어졌을지 의문이었다.

연못을 지나고 나서야 차가 멈춰 섰다. 최 집사를 따라 차에서 내린 하현은 저택을 보며 다시금 감탄했다. 하얗게 빛나는 저택은 거대한 조각품처럼 아름다웠다. 잘 모르는 사람들이 보았다면 이국의 국가기관 건물이라 생각했을지도 모른다.

"들어가지."

외관이 너무 화려해서 집 안은 감흥이 없을 줄 알았는데 저택 내부도 외부 못지않게 화려했다. 평생 이렇게 좋은 공간에 들어와 본 적이 없어서 눈을 어디다 두어야 할지 알 수 없을 지경이었다. 조악한 제 안목으로는 이곳의 장식품 하나 표현하기 어려웠다.

"혹시 제가 주의해야 할 일이 있습니까?"

시선은 커다란 샹들리에에 고정한 채, 계단을 오르며 하현이 물었다.

"도련님이 최근에 손을 다치셨어. 불편함 없이 잘 보살펴 드리게."

하현은 제가 깨물었던 손가락을 떠올렸다.

"아, 그리고 장식장에 배 모형이 있는데 웬만하면 건드리지 말게. 아끼시는 거니까."

먹는 배가 아니라 타는 배겠지. 조선회사 부사장이니까. 하현은 고개를 끄덕이며 씩씩하게 대답했다.

"예, 알겠습니다."

집사가 하현이 머물 방과 목시우의 방을 알려 주었다. 두 방은 거의 붙어 있었다. 부름에 바로 응할 수 있도록 가까운 위치에 방을 마련한 모양이다.

"종이 울리면 자다가도 일어나서 도련님을 살펴 드려야 하네."

"명심하겠습니다."

"마침 도련님이 방에 계시니 먼저 인사부터 드리게."

으리으리한 저택에 진이 빠진 상태였기에 목시우를 마주친다 생각하니 벌써 피곤했다. 하현의 마음을 모르는 집사는 목시우의 방문을 두드렸다.

문이 열리고, 고개를 들자마자 보이는 광경에 하현은 흠칫했다. 잘 놀라지 않는 성격인데도 당혹감을 감추기 어려웠다. 방 한가운데에 상당히 많이 얻어맞은 듯 피를 흘리는 남자가 있었고, 그 앞에 덩치가 큰 두 남자가 서 있었다. 목시우는 저와는 상관없는 일인 양 침대에 반쯤 누워 무언가를 읽고 있었다.

"오늘부터 일하게 될 아이입니다."

태연히 저를 소개하는 최 집사를 향해 하현은 당황한 시선을 던졌다. 그러나 최 집사도 목시우와 마찬가지로 이 상황과 무관한 사람처럼 행동했다.

팔꿈치로 몸을 받친 채 반쯤 누워 있던 시우는 흘끗 집사에게 시선을 주었다가 다시 책장을 넘겼다.

"어릴 때부터 줄곧 일을 해 왔다 하니 일은 제법 잘할 듯합니다. 천천히 인사 나누시지요."

집사는 군더더기 없이 예의 바른 태도로 문을 닫고 나섰다. 방황하던 하현의 시선이 피를 흘리는 남자에게 고정되었다.

"부사장님 저는 정말 아닙니다. 제발 살려 주십시오!"

몸을 제대로 가누기 힘들어 보이는데도 사내는 바닥에 머리를 박고 빌었다.

"제가 배를 빼돌린 게 아닙니다. 송가 그놈이 저를 이용한 겁니다, 저는 정말 억울합니다!"

울음 섞인 목소리에 시우는 그제야 고개를 들었다. 그러나 고개를 든 방향은 피를 흘리는 남자가 아니라 제 수하였다.

"그만 치워."

"예."

"머, 먹고살려고 그랬습니다, 부사장님! 용서해 주십쇼, 제발, 딸린 식구만 넷입니다, 제발……."

두 남자가 피 흘리는 사내를 양쪽에서 붙잡고 문밖으로 이끌었다. 일련의 과정을 보며 하현은 이가 갈렸다. 어찌 사람을 저렇게 대할 수 있는 것인가. 꽉 쥔 주먹이 파르르 떨렸다. 목시우는 여전히 자신만의 영역에서 태연하게 무언가를 읽고 있었다.

"조선회사가 아니라 다른 쪽이었나 봅니다."

하현이 빈정거렸다. 목시우가 하는 일이 꼭 무뢰배나 일본 낭인들이 하는 짓 같았기 때문이다.

"뭐, 이것저것 겸업하고 있긴 하지."

말뜻을 알 텐데도 시우는 능청을 떨었다. 그는 읽던 책을 덮고 침대에 걸터앉았다. 하현을 응시하는 짙은 눈동자는 무심하고 차가웠다.

"안 올 줄 알았는데."

"도망이라도 갈 줄 알았습니까?"

"얼마나 위험한 일인지 알고는 온 건가 해서."

"여기 꼴을 보니 잘 알겠네요."

비꼬아 말하자 시우는 피식 웃었다.

"최 집사가 꽤 까다로운데. 어떻게 눈에 들었지?"

"제일 잘하는 게 뭔지 묻더군요."

"무어라 답했는데?"

"쥐 죽은 듯이 있는 걸 제일 잘한다 했습니다."

"……."

"알다시피 저격이 특기였거든요."

하현은 집사가 그 말을 왜 마음에 들어 했는지 이제야 알 것 같았다. 주인이 무얼 하든 죽은 듯 숨을 죽이고 명령만 따르는 게 아랫것의 사명이었으니까.

"사람 목숨이 쉽습니까."

하현의 낮은 목소리가 바닥에 깔렸다. 위압감이 묻어 나오는 목소리였다. 그래도 여전히 시우는 여유로웠다.

"쉽지. 군인이었던 당신이 더 잘 알지 않나?"

하현의 눈빛이 더욱 서늘해졌다.

"쉽지 않았습니다. 쉬워서도 안 되었고."

"……."

"사람 목숨 쉬이 생각하지 마시죠. 당신 욕심이 당신 목을 조를 날이 올 겁니다."

공중에서 길게 시선이 마주쳤다. 시우는 여전히 의중을 알 수 없는 눈으로 하현을 직시했다.

"책임 없는 비난은 참 쉬워. 안 그래?"

그가 자리에서 일어서 하현에게 다가섰다. 키가 큰 사내는 몇 걸음만으로도 성큼 하현과 가까워졌다. 지난번보다는 덜 흐트러진 차림이었으나 사내에게 풍기는 위협적인 분위기는 사라지지 않았다.

"비난은 책임을 질 각오가 있을 때 하지 그래. 멋대로 생각하는 건 당신 마음이고 정정해 줄 필요성도 못 느낀다만, 다른 것에 시선을 줄 틈이 있나?"

하현의 눈매가 미세하게 일그러졌다.

"저격이 특기였다며. 당신이 노려야 할 표적은 하나야. 아무것도 파헤치지 말고 당신이 해야 할 일이나 해."

"……."

"죽은 듯이 있어. 그래야 이 집에서 얌전히 나갈 수 있을 테니."

"죽은 듯이 있어야 하는 건 당신도 마찬가지 아닙니까."

하현이 매섭게 대꾸했다.

"목숨 줄을 쥔 건 나도 마찬가집니다. 거슬리게 하지 마십쇼. 쥐도 새도 모르게 머리통에 구멍 뚫리기 전에."

시우는 재미있는 농담이라도 들었다는 듯 웃었다. 입꼬리는 호선을 그렸으나 눈매에 웃음기는 담겨 있지 않았다. 그는 다시금 하현을 바라보았다. 짙은 눈동자가 하현의 생각을 헤집는다. 무엇을 알아내기라도 한 건지 시우는 피식 웃었다.

"뭐, 잘해 봐."

그는 하현에게 시선을 거두고 걸음을 옮겼다. 탁, 소리와 함께 문이
닫혔다. 방 안에는 여전히 피 냄새가 남아 있었다. 하현이 창문을 열
었지만 갑갑함은 조금도 나아지지 않았다.

○ ◑ ●

최 집사에게 해야 할 일을 모두 전달받은 하현의 머릿속이 삽시간
에 복잡해졌다. 해야 할 일이 생각보다 많았다. 하인으로서의 삶이 생
각보다 만만치 않을 듯했다.

우선 아침에 일어나자마자 목욕간에 가서 목욕물을 받은 뒤, 망할
놈의 도련님을 깨우고 출근 준비를 시켜야 했다. 그 한량 같은 놈팡이
가 일을 하는 모습이 도무지 상상되지 않지만 어쨌든 출근을 하긴 하
는 모양이다.

오늘은 시우가 아침에 출근하지 않아 낮에 아침 일을 해야 했다. 하
현은 지시받은 대로 목욕간부터 들어섰다. 그리고 입을 쩍 벌렸다. 잠
을 자도 될 정도로 깨끗하고 넓은 공간이 펼쳐져 있었다.

가장 놀라운 점은 수도가 있다는 것인데, 무려 뜨거운 물이 나왔다.
하현에게는 방 옆에 욕실이 딸려 있고 수도가 있다는 것 자체가 기이
한 일이었는데, 뜨뜻한 물까지 나오니 별세계처럼 느껴졌다.

이렇게 호화로운 삶을 사는 작자가 왜 제 양아버지를 죽이려 하는
것일까. 야욕으로 인해 한 치 앞도 보지 못하는 것인지도 모른다. 짙
은 혐오감이 밀려들었다.

시우가 씻는 동안에는 미리 옷을 꺼내 두어야 했다. 하현은 시우가
목욕간에 들어간 틈을 타 커다란 양복장을 열었다. 그리고 또 입을 쩍
벌렸다. 양장점에 와 있나 싶을 정도로 옷이 많았다. 어두운 색감의

양장이 옷걸이에 촘촘히 걸려 있었다.

정신을 차리고 옷을 집었다. 양복 한 벌과 와이셔츠, 넥타이, 넥타이핀, 손수건, 양말, 시계, 커프스 버튼까지 차례로 꺼냈다. 색이 어우러지는 것으로 선별해야 하는데, 무엇이 어울리는지 당최 알 수가 없어 그냥 아무거나 골랐다.

머지않아 시우가 목욕간에서 나왔다. 물을 흡수하는 재질인 뽀송뽀송한 흰 가운을 입고 있었다. 수건으로 머리를 털며 다가온 그의 시선이 하현이 꺼내 놓은 옷에 고정되었다. 잠시 시간이 멈춘 게 아닐까 싶을 정도로 가만히 그것들을 응시했다.

잠시 후 침묵을 깨트리며 그는 말을 던졌다.

"혹시 색맹인가?"

"아닌데요."

"그럼 나를 골리기 위함인가? 쓸데없는 짓을."

목시우란 사내가 싫긴 했으나 전혀 골릴 의도는 없었기에 하현은 좀 당혹스러웠다. 그렇게 제 안목이 엉망이었던 걸까. 시우는 하현의 당혹감을 읽었으나 달래 줄 생각 없이 잔인한 말을 내뱉었다.

"엉망이군."

그리고 그는 하현이 골라 둔 것을 두고 전부 다른 것으로 골라 집었다.

다음 일과는 차를 준비하는 것이었다. 시우가 아침을 먹고 올라오기 전까지 적당한 온도의 향긋한 차를 내려야 했다. 분명 최 집사에게 차 내리는 법을 배웠는데, 거친 군인들 틈에서 살아온 하현이 그 끈질기고 차분한 작업을 처음부터 잘 해내기는 불가능에 가까웠다.

그래도 어떻게 하다 보니 컵에 내린 찻물 색은 예뻤고, 김도 모락모락 피어올랐다. 내심 뿌듯해하며 싱긋 웃었다. 그때 시우가 다시 방으로 돌아왔다. 완전한 양장 차림을 갖춘 그의 모습은 제법 봐 줄 만했다.

하지만 속이 텅텅 빈 강정과 무엇이 다르랴. 저 옷을 전부 벗겨 팔아 치우고 싶다고 생각하며 하현은 입맛을 다셨다. 하현의 머릿속에서 발가벗겨진 것도 모른 채 시우는 찻잔을 들었다.

입을 한 모금 축인 그는 또 정지했다. 시간이 멈춘 것처럼 그는 가만히 찻잔을 내려다보았다.

"혹시 미각에 문제가 있나?"

"아니요."

"그럼 후각에?"

"아닌데요."

시우가 무어라 하기 전에 하현이 먼저 덧붙였다.

"골릴 생각도 없는데요."

그는 꺼림칙한 얼굴로 찻잔을 응시하다 테이블 위에 내려놓았다.

"엉망이군."

"······."

"이 정도면 맹물을 먹는 게 낫겠어."

망할 놈의 자식. 속으로 생각했으나 무어라 하지는 못했다. 하현은 다기(茶器)를 치우고 트레이를 정리했다. 그리고 문을 나서려던 순간, 와장창 소리를 내며 트레이를 떨어뜨리고 말았다. 결코 고의가 아니었다. 그 뒷모습을 보며 시우가 다시금 내뱉었다.

"엉망이군."

시우가 아침 식사를 하는 동안에는 간단히 방 정리를 해야 했다. 본격적인 청소는 시우가 출근을 한 뒤에 시작된다. 하현은 제가 엎은 다기를 모두 치우고 흐트러진 이불을 정리했다. 그러다 문득 창문 앞에 놓인 화분에 시선을 빼앗겼다.

사람이 계절에 따라 옷을 달리 입듯이, 식물도 잎사귀로 제 몸을 단장한다. 가을 절기인 처서(處暑)가 지났으니 이제 낙엽이 물들 시기였다. 가을을 보내고 낙엽이 모두 떨어지고 나면, 새 이파리가 돋아날 준비를 할 것이다.

하현은 가위를 가져와 지저분하게 자란 잎을 정리했다. 사람의 손길이 필요 없는 관목도 있으나 집에서 키우는 것은 세심한 관리를 필요로 한다.

가위질을 하고 있으니 새삼 어린 시절이 생각났다. 고모가 앞마당에서 화초를 많이 키워서 풀을 손질하는 일은 하현도 익숙했다. 계절마다 고모의 옆에서 풀 정리를 돕곤 했다. 그렇게 정성 들여 가꾸다 보면 여름 마당엔 접시꽃이 만개했다. 그 빛깔이 어찌나 예쁜지 하루 종일 보고 있어도 질리지가 않았다.

하현은 뒤에서 누가 다가오는지도 모르고 잎사귀를 정리하는 일에만 집중했다. 그러다 창문에 비치는 인영을 발견하고 본능적으로 가위 날을 세웠다. 하현의 동작도 빨랐지만 손목을 붙잡히는 게 먼저였다.

시우였다. 하현은 흠칫 놀라 그를 바라보았다. 시우는 대수롭지 않게 손목을 놓고 하현이 손질한 화분을 물끄러미 응시했다. 또 시간이 멈춘 듯했다.

"제법이네."

"엉망이군."

전자는 시우의 입에서 나온 말이고, 후자는 하현이 작게 중얼거린 말이었다. 당연히 엉망이라 할 줄 알고 저도 모르게 내뱉은 말인데 시우는 제법이라고 했다. 분명 잘못 들은 게 아니었다.

"엉망까진 아니야. 근데 이게 당신이 할 일은 아니잖아? 내 보필이나 잘하도록 해."

그리고 그는 미련 없이 서류 가방을 챙기고 밖으로 나섰다.

쌍놈 새끼……. 하현은 이번에는 속으로 욕을 삼키지 않고 입 밖으로 내뱉었다. 그러다 식물이 들었을까 염려되어 작게 중얼거렸다.

"너한테 한 말 아니야."

드물게 행복한 시간이 찾아왔다. 점심 먹을 시간이 된 것이다. 하인들의 공간인 행랑채로 가자 식당 아주머니들이 분주히 음식을 배분하는 모습이 보였다. 반상을 받아 자리에 앉은 하현의 눈이 초롱초롱 빛났다. 오랜만에 제대로 된 식사를 하게 되어 내심 기뻤다.

"야, 너 혹시 계집애 아니냐?"

하현은 제 앞에서 시비를 거는 사내아이의 말을 무시하고 소중히 반찬을 끌어모았다.

"이 자식이 꿀 먹은 벙어리가 됐나!"

수저를 들고 밥을 먹으며 하현은 감격했다. 식사는 아주 맛있었다. 고슬고슬한 밥과 된장국, 두부와 나물, 김치 반찬은 호강에 겨웠다.

군인이었을 당시 사정이 좋았던 것은 아닌지라 넉넉한 식사를 했던 적이 없다. 전투가 있을 때에는 소금을 섞은 주먹밥이나 삶은 감자가 주식이었고, 그마저도 못 먹는 상황이 많았다. 가끔은 염분이 있는 돌을 갈아서…….

"야, 야!"

"아, 왜!"

하현이 상에 숟가락을 던지며 신경질을 냈다. 목소리가 꽤 컸는지 식당 내부가 수런거렸다. 시비를 걸던 어린놈도 조금 당황한 듯 보였다. 딱 보니 스물도 안 된 나이로, 덩치만 크지 힘도 제대로 쓸 줄 모르는 부류였다.

"너, 너 말이야. 그 곱상한 얼굴로 여기 들어온 게냐?"

염병하네. 하현은 숟가락을 들고 다시 밥을 푹푹 떠먹으며 자신만의 생각에 잠겼다. 군에서 나와 산서를 거쳐 상해 조계지로, 상해에서 배를 타 인천에 오기까지 무척 고된 여정이었다. 하루에 한 끼라도 먹으면 감사한 일이었고, 거의 영양 결핍 상태였기 때문에 지금의 식사를 방해받고 싶지 않았다.

"이게 내 말을 무시해? 너 진짜 계집이라 그러는 게지?"

진정 계집이냐 묻는 것이 아니라 그저 사내들의 기 싸움일 뿐이었다. 사내들 사이에서 계집이라 칭하는 것은 욕과 다름없으니까. 하현은 대꾸할 가치를 느끼지 못했다. 하현은 여인이었지만, 그간 총과 칼로 무장한 사내들과 생사를 오가는 전투를 해 왔다. 코흘리개 애들한테 시비가 걸린다 해도 힘만 빠질 뿐이었다.

"너 도련님 어째 보려고 들어온 거지? 어?"

"뭐 눈엔 뭐만 보인다고."

"뭐? 너 지금 뭐라고 했어?"

"네가 그러려고 들어온 거 아니냐고."

밥상을 발로 차려 하기에 하현은 발목을 붙잡았다. 그러자 사내아이는 중심을 잡지 못하고 거하게 나자빠졌다. 와장창-! 요란한 소리를 내며 넘어간 탓에 다른 쪽에서 식사를 하던 이들이 봉변을 당했다. 일어서서 달려들려 하기에 하현은 말끔하게 비운 국그릇으로 머리를 내려쳤다. 호락호락 당하는 것보다는 힘을 쓰는 게 귀찮은 일도 생기지 않을 터였다.

그런데 쓰러진 사내아이는 한동안 자리에서 일어서지 못했다. 기절한 것 같았다. 하현은 당혹스러운 얼굴로 쓰러진 사내아이를 살폈다. 애를 상대로 너무 진지했나?

"참 쥐 죽은 듯이 사는군."

시우는 퇴근하자마자 하현이 사고 친 소식을 들어야 했다. 심기가 좋지 않은지 명백히 비꼬는 어투였다.

"첫날 만에 잘리고 싶어서 애를 아작 내어 놨나?"

"……아작 내지 않았습니다."

하현의 목소리는 많이 누그러져 있었다. 제 잘못을 알았기 때문이다. 아까 그 사내아이는 병원에 갔다고 들었다. 보통 그만큼 덩치가 크면 머리도 딱딱한데 그놈은 아니었던 모양이다.

"사람 목숨은 참 쉽지 않아, 그렇지?"

시우가 넥타이를 풀다 말고 빈정거렸다.

"쉽지 않아서 남의 머리에 구멍 뚫는다는 말도 쉬이 하고, 애도 아작 내고."

하현은 속으로 이를 갈았다.

"그냥 좀……. 좀 부딪힌 겁니다."

"뭐에 부딪혔는데."

"국그릇에요."

"저 혼자 국그릇에 머리를 박았다고?"

"비슷합니다."

"……."

"알아서 잘 처리해 주십쇼."

하, 시우는 기가 막힌 듯 한숨을 내쉬었다. 그는 성의 없이 손짓했다.

"나가 봐."

하현은 미간을 찌푸렸다.

"나가고 싶을 땐 내 의지로 나갑니다. 내가 당신 밑에서 일하고 있다 해서 명령까지 들을 거란 생각은 하지 마시죠. 일하는 척이야 할 수는 있지만."

그러곤 시우의 대답을 듣지 않고 방을 빠져나갔다. 시우는 쾅 닫힌 문을 보며 깊게 한숨을 내쉬었다. 뭐 저런 게 다 있어?

하루가 여물고 자정이 지난 깊은 새벽이었다. 이 저택에서 처음 맞이하는 밤이었다. 사위가 어둠에 잠기고 시계 초침 소리만이 선명히 들리는 시각, 하현은 몰래 방을 빠져나왔다. 발소리를 죽이고 어둠을 벗 삼아 저택을 돌아다니기 시작했다.

걸음 수를 꼼꼼히 기록하며 저택의 이곳저곳을 살폈다. 저택 내부를 기록하여 지도를 만들 생각이었다. 완전히 지도를 만들고 나면 숨겨진 공간이라든가 지하실 위치를 알 수 있을 테니까.

노력은 하고 있으나 사실 막막하기 그지없는 상황이었다. 하현은 자신이 찾는 것이 무엇인지도 몰랐다. 하현이 아는 것이라고는 '류씨 가문'이 지켜 온 가보라는 사실과, 이 저택의 주인인 정석호가 그것을 가지고 있을 가능성이 농후하다는 사실뿐이었다.

이 집에 있는 동안 조금이라도 단서를 찾아내야만 했다. 막막했으나 애써 희망적인 생각을 하며 하현은 종이에 꼼꼼히 그림을 그리고 걸음 수를 기록했다.

한 시간가량 지난 후에야 하현은 방으로 돌아왔다. 더 돌아다니다 누군가와 마주쳤다간 수상히 여길 테니 오래 시간을 보낼 수는 없었다.

문을 굳게 잠근 뒤, 그녀는 허리에 차고 있던 총집을 풀었다. 총은 따로 꺼내어 이불 밑에 넣어 두었다. 얼마 전 밀수업자에게 구매한 구식 육혈포였다. 총을 쓰지 못할 가능성이 크지만 만약의 사태에 대비하여 마련한 것이다.

지친 몸을 요에 뉘려던 하현은 가방 안에서 삐져나온 밧줄을 보고 멈칫했다. 묶어 두어야 할까. 잠시 고민했으나 길게 생각하지 않고 밧줄을 다시 가방에 넣었다. 최근에는 아무런 증상이 없었으니 괜찮을 터였다.

밧줄 대신 가방 깊숙한 곳에 있던 수첩을 꺼내고 자리에 누웠다. 수첩 표지에는 '류연호'라는 글씨가 적혀 있었다. 수첩을 펼치자 가장 많이 펼쳤던 면이 자동으로 펴졌다. 색이 바래 낙엽처럼 바스락거리는 종이에 수려한 필체로 글씨가 적혀 있었다. 하현은 차가워진 손끝으로 글씨 위를 매만졌다.

「달 위로 버드나무 그늘이 드리운다.
바람이 버드나무 그늘을 핑계 삼아 달을 어루만지는 것이다.」

연호의 글이었다. 글의 뜻을 알게 된 것은 그가 세상을 떠난 후였다. 달빛을 손에 쥐고 싶었지만 너무 욕심 같아서 그럴 수 없었다고, 연호는 그렇게 말하고 싶어 했던 것 같다.

그때의 연호는 왜 몰랐을까. 그가 가지고 싶어 했던 달은 하늘 위의 달이 아니라 그저 사람이었을 뿐이라고. 너무도 어리석은 인간일 뿐이라 네 마음을 제대로 헤아려 주지 못했다고.

울컥 몰아치려는 감정을 애써 갈무리하고 수첩을 접었다. 베개 밑에 수첩을 넣어 두고 잠들기 위해 옆으로 몸을 뉘었다. 그러나 수런거리는 가슴은 쉬이 잦아들지 않았다.

슬프지 않았다. 슬플 일은 하나도 없었다. 이곳은 총알이 빗발치는 전쟁터가 아니었고, 동지들이 죽어 가는 모습을 볼 일도 없으며, 부모님이나 고모, 연호의 죽음을 떠올리지 않아도 되었다.

게다가 이곳은 해방된 대한이 아닌가. 사랑하던 사람들이 그토록 바라던 자주적 국가, 자랑스러운 나의 조국. 그러니 아무것도 슬프지 않았다.

하지만 어째선지 너무 추웠다. 이곳은 그간 잠들었던 어느 곳보다 따뜻한데, 어째선지 너무 서늘하여 가슴까지 시렸다. 몸을 웅크렸으나 간헐적인 떨림은 멈추지 않았다. 마른 가지 위, 가을바람에 흔들리는 낙엽처럼 하현은 한동안 몸을 떨었다.

○ ◐ ●

하늘이 짙게 먹을 칠한 듯 어두워진 새벽, 시우의 방에서 흘러나오는 불빛은 꺼지지 않았다. 하인들이 그 불빛을 보았다면 도련님이 또 술을 즐기느라 밤을 새운다고 생각했을지도 모른다. 그러나 방의 주인인 목시우는 술 대신 서류로 새벽을 지새우는 중이었다.

여전히 흐트러진 차림새이지만 눈빛은 평소처럼 가장된 나른함이 아닌 선명한 빛을 띠었다. 그는 미동 없이 글자 읽기를 반복했다. 그러다 허리를 펴며 짜증 섞인 한숨을 내쉬었다. 피로감이 담긴 손짓으로 마른세수를 하고 다시 서류에 시선을 옮겼다.

해야 할 일이 산더미였다. 정석호가 손수 선별한 일본인 경영진들이 해방 후 일본으로 떠나면서 회사 내부 혼란이 극에 달한 상황이었다. 정석호는 그런 회사를 내버려 두고 자리를 비웠다.

오늘은 폐선 처리를 담당하던 서기가 선박 해체 업체와 손을 잡고 폐선 한 척을 빼돌렸다는 사실까지 발각되었다. 빼돌린 폐선은 일본인들의 밀항에 이용되었다. 해방 후 일본으로 귀환하지 못한 일본인들이 인천항에 몰려든 시점이었다. 절박한 일본인들에게 돈을 받고 밀항을 주선하는 일은 제법 돈벌이가 되었으리라.

사실 일본인들이 밀항을 하든 말든 시우는 관심이 없었다. 어차피 이 나라를 더럽히는 데 앞장선 수뇌부들은 이미 일본에서 보낸 송환선으로 돌아간 지 오래였다.

중요한 것은 수명이 다한 배를 항해에 사용했다는 점이다. 조금만 더 늦게 발각되었다면 그 배를 탄 승객들은 전원 현해탄에 수장을 당했으리라. 개중에는 일본인뿐만 아니라 한인 선원들도 섞여 있을 터였다.

'사람 목숨이 쉽습니까.'

경멸 어린 어조로 내뱉던 목소리가 떠올랐다. 사람 목숨을 쉬이 생각하는 것은 제가 아니라 폐선을 빼돌린 놈이었다. 더러운 돈을 벌어 첩까지 두고 사는 놈이 가족을 들먹였을 때는 기가 막혀 웃음도 나오지 않았다.

그러나 사실 자신도 별다를 것 없는 인간이긴 했다. 저에게는 사람의 목숨보다 배와 회사가 더 귀했다. 이것들을 위해 그간 지저분하게 살아왔다. 제 신념을 지키며 평생 옳은 방향으로 걸어왔을 여인의 입장에서는 용납할 수 없는 일이었으리라.

시우는 깊이 한숨을 내쉬고 테이블에 있던 담배와 라이터를 집어 들었다. 밖에서 바람이라도 쐬어야 잡생각이 사라질 듯했다. 그는 빠른 걸음으로 을씨년스러운 저택을 빠져나왔다.

달이 밝은 밤이었다. 어찌나 밝은지 달 주변의 하늘이 퍼렇게 빛날 정도였다. 시우는 달빛이 드리운 길을 따라 걸음을 옮기며 담배에 불을 붙였다. 깊이 연기를 빨아들이자 졸음기가 가시고 조금은 평온해졌다.

휘영청 밝은 달빛이 연못의 위치를 알려 주었다. 가까이 다가가자 풀벌레 우는 소리가 조금 더 선명해졌다. 수면이 잠잠한 연못은 거대한 거울처럼 온전히 하늘을 담아냈다. 유난히 밝은 달빛 역시.

정석호가 이 집을 지었을 때 치가 떨리게 싫었는데도 아름다운 풍경은 저에게 위안을 주었다. 커다란 산에 둘러싸인 요새 같은 집은 세상과 자신을 단절시켜 잡생각 따위는 부질없게 만든다. 거대한 자연이 주는 이 평온함 때문에 정석호는 이 땅에 집을 짓는 것에 그리 집착했는지도 모른다. 이곳이 세상과 그를 분리하여 죄를 가려 주리라 믿었는지도.

사실 하현이란 여자를 들인 것은 저답지 않은 행동이었다. 성공만 한다면 가장 이상적인 결말이 되겠으나 희박한 확률에 기대를 걸 만큼 그는 어설픈 사람이 아니었다. 그저 지쳤기 때문일까. 그 강인한 눈빛의 여자가 저 대신 뿌리 깊은 악연을 끊어 줄 것이란 어리석은 기대를 할 정도로.

시우는 담배를 빨아들였다가 다시 나른한 숨을 내쉬었다. 희뿌연 연기가 눈앞의 연못을 둘러싸듯 둥글게 퍼지다 안개처럼 흩어졌다. 몇 번 연기를 내뿜던 그는 미세하게 미간을 좁혔다. 연기는 사라졌는데 연못에서 무언가 아른거리고 있었다.

그게 연기가 아니라는 것을 깨닫자마자 그의 눈매가 매섭게 돌변했다. 연못 안에서 사람의 인영이 보였다. 그는 담배를 흙바닥에 지져 밟고 연못으로 다가갔다. 연못가에 높이 자라난 풀을 밟고 물가에 이르자 수상한 것의 정체가 드러났다.

연못 안에 서 있는 사람은 하현이었다.

"······당신 미쳤어?"

평소 감정을 다스리는 데 능숙했던 시우는 이 상황에 아연해질 지경이었다. 아무래도 제정신이 아닌 여자를 집에 들인 듯했다. 그는 연못 다리를 통해 하현에게 다가가서 손을 내밀었다. 울타리가 없는 다리였기에 손을 조금 더 뻗으면 닿을 거리였다.

"이봐, 당장 나와. 누가 발견이라도 했다간······."

하현이 시우 쪽으로 고개를 돌렸다.

그때, 구름이 거두어지고 달이 온전히 제 모습을 드러냈다. 부서져 내린 달빛이 하현의 얼굴에 닿았다. 굴곡진 빛과 그림자로 어우러진 얼굴은 상아로 빚어 놓은 듯 희게 빛났다. 유령처럼 영혼의 조각만이 남은 듯했다. 그 모습이 주는 묘한 기운에 사로잡혀 시우는 한동안 시선을 떼지 못했다.

그러다 문득 정신을 차렸다. 이상한 점을 느꼈기 때문이다. 하현의 눈빛이 흐렸다. 맑고 강인한 눈동자를 가진 여인이 아니었다. 하현은 물때가 낀 듯 혼탁하고 흐릿해진 시선으로 허공을 응시하고 있었다.

"이봐."

시우가 다시금 그녀를 부르자 하현의 눈이 조금 커졌다. 여전히 눈빛은 흐렸으나 시우의 존재를 알아차린 듯했다. 하현은 갑작스레 시우의 손을 잡아 끌어당겼다. 요란히 물이 튀기며 그는 얼음처럼 차가운 물속으로 추락했다. 수심이 깊지 않아 연못은 허리에 못 미쳤으나, 떨어지며 물이 튀긴 탓에 상체까지 젖어 버렸다.

시우는 어처구니없는 얼굴로 하현에게 시선을 돌렸다. 이보다 더 놀랄 일은 일어나지 않을 줄 알았는데, 더욱 황당한 상황이 벌어졌다. 하현이 시우의 목을 껴안은 것이다.

"연호야."

속삭이는 목소리는 사라질 듯 희미했으나 시우의 귓가에는 온전히 들렸다. 그의 얼굴이 서늘하게 굳어졌다. 이 여자를 들인 건 일생일대의 실수가 아닐까.

하현은 맨발로 정원에 발을 디뎠다. 흙의 서늘한 기운이 올라섰으나 그녀는 아무것도 느끼지 못했다. 눈에 비치는 것은 정원이 아니라 총탄이 빗발치고 포탄이 하늘을 가로지르는 전쟁터였다. 정원의 풀냄새, 흙냄새, 꽃향기는 아득히 먼 환상에 불과했다. 고귀하고 깨끗한 것과는 거리가 먼, 불순하고 더러우며 피가 튀기는, 탄약 냄새와 피 냄새가 사방에서 풍겨 오는 전장이었다.

그곳에서 유일하게 밝은 것은 하늘에서 빛나는 달뿐이었다. 연호가 그리 쥐고 싶어 했던 달. 하현은 모든 상황을 외면하고 달을 향해 정처 없이 걸었다. 그러나 달은 인간의 손으로 쥘 수 없는 존재여서, 매번 달을 찾아 나섰으나 하현은 단 한 번도 그것을 손에 넣지 못했다.

그런데 오늘은 이상하게 바닥에도 달이 있었다. 그녀는 빛나는 달을 향해 걸음을 옮겼다. 차가운 물과 흐느적거리는 물풀이 밧줄처럼 몸을 옭아맸으나 어느 것도 그녀를 꿈에서 깨우지는 못했다.

하현은 조금씩 달 근처로 다가섰다. 머지않아 손끝에 달이 스쳤다. 그러나 휘영청 밝은 달은 하현의 손길에 사라졌다 나타나기를 반복할 뿐이었다. 빛이 아지랑이처럼 아물거렸다. 그것을 잡으려 애썼지만 손끝에는 얼음처럼 차가운 감각만이 남았다.

그때 누군가 하현에게 손을 내밀었다. 시야가 흐릿하여 누구인지 알아볼 수 없었다.

'하현아.'

하현은 눈을 크게 떴다. 믿기지 않게도 연호가 그녀를 부르고 있었다. 하현은 무작정 눈앞의 사람을 끌어당겨 안았다. 죽지 않았구나, 네가 죽지 않았어. 하현은 깊이 안도했다. 타인의 죽음은 자주 접해왔지만 결코 익숙해질 수 없었다. 소중한 이의 죽음은 늘 새로운 고통이며 끔찍한 환란이었다. 하현은 연호가 죽지 않았다는 사실에 감사하고 또 감사했다.

그러나 잔인하게도 하현에게 안겨 있는 사람은 연호가 아니었다. 시우는 당혹스러웠다. 이 여자는 미친 걸까. 아무래도 제정신이 아닌 듯했다. 저를 안은 팔이 경련하듯 떨리는 것이 느껴졌다. 하현은 금방이라도 숨이 넘어갈 듯 밭은 숨을 내쉬었다.

시우는 제 목에 감겨 있던 하현의 팔을 풀어냈다. 갈 길을 잃은 하현의 시선이 방황했다. 먼지가 켜켜이 내려앉은 듯 흐릿해진 다갈색 눈동자가 난파된 배처럼 이리저리 흔들렸다.

"이봐."

"……."

"뭘 보고 있는 거야."

눈동자가 흔들리는 모습이 너무도 불안정했다. 시우는 머뭇거리다 손으로 하현의 눈을 가렸다. 눈을 깜빡이는지 손바닥 아래에서 긴 속눈썹이 몇 번 스쳤다. 그렇게 한참 서 있자 하현의 떨림이 차츰 잦아들었다.

이내 하현의 몸이 시우의 쪽으로 기울었다. 그는 얼음장처럼 차가운 하현의 몸을 받아 들었다. 하현을 몇 번 흔들어 보았으나 그녀는 다시 눈을 뜨지 않았다. 아까보다 고른 숨을 내쉬는 것을 보니 잠이 든 듯했다.

시우는 두통이 생길 정도의 짜증을 느꼈다. 이게 도대체 무슨 상황인지 짐작도 가지 않았다. 한참을 고민하다 그는 입 안에서 욕을 짓씹으며 하현을 안아 들었다. 이 여자를 제 손으로 들고 오는 게 벌써 두 번째였다. 그는 미간을 구기며 물풀을 헤치고 성큼성큼 연못에서 빠져나왔다.

저택의 2층까지 올라가는 동안 불행인지 다행인지 아무도 마주치지 않았다. 그는 곧장 하현의 방으로 향했다. 문을 열자 이불과 반닫이만 있는 단출한 방의 모습이 보였다. 하현은 완전히 젖어 있었지만, 시우는 개의치 않고 이불 위에 그녀를 내려 두었다. 던지듯 성의 없는 동작이었는데도 하현은 죽은 듯이 잠들어 깨어나지 않았다.

얌전히 잠든 얼굴을 응시하며 시우는 생각에 잠겼다. 정신병인가, 아니면 몽유병인가. 이런 괴상한 질환이 실존한다는 사실을 그는 처음 알았다.

하현의 신상이 담긴 정보에 의하면, 이 여자는 해방이 되기 전에 군을 나왔다. 이런 병이 있었다면 군에 치명적이었을 테니 군 생활 부적격 판정을 받았는지도 모른다.

어찌 되었든 이 상황은 하현뿐만 아니라 시우에게도 치명적이었다. 이 여자가 제정신이 아닌 몸으로 여기저기 헤집고 다녔다가 정석호의 귀에 들어가기라도 하면 필시 의심을 받으리라.

하현에게 제안을 했던 건 첫 만남 당시 보았던 눈빛 때문이었다. 피를 토하고, 눈에 핏발이 서도록 맞았으면서도 결코 꺾이지 않는 눈이었다. 절박한 감정과 굳은 의지를 여과 없이 비추는 눈을 보며 시우도 결심이 섰었다.

그것 하나만으로 여자를 들인 건 실수였을까. 시우는 자조 섞인 한숨을 내쉬고 방을 나섰다.

하현은 스르르 눈을 떴다. 아직 수마에 사로잡혀 있는 눈이 느리게 감겼다 뜨이기를 반복했다. 그러다 무언가 이상하다는 것을 깨닫고 자리에서 벌떡 일어섰다. 어째선지 온몸이 축축했고, 물풀 같은 것이 옷에 다닥다닥 붙어 있었다.

경악한 하현의 입이 서서히 벌어졌다. 또 일을 저지른 것이다. 최근에는 전혀 증상이 없어 걱정하지 않았는데, 또 잠결에 어딘가를 헤매다 온 모양이다. 꼴을 보니 아무래도 정원 연못에 들어갔다 나온 듯했다.

머릿속이 삽시간에 복잡해졌다. 아무한테도 들키지 않은 걸까. 한참 생각한 끝에 서서히 머리가 정리되었다. 아무 일도 없었으니 멀쩡히 잠들어 있었을 것이다. 누군가 저를 발견했다면 필히 소란이 있었으리라. 거기까지 생각이 미치자 하현은 안도했다. 오늘은 무슨 일이 있어도 발목에 밧줄을 달아 두고 자야겠다고 생각했다.

하현은 가방 안에 있던 회중시계를 꺼냈다. 바늘이 6시를 가리키고 있었다. 오늘은 목시우가 아침에 출근을 할 테니 미리 목욕물을 받아 두어야 했다. 일을 하고 싶은 건 아니었으나 이 집에 조금 더 있으려면 하인 행세를 하는 수밖에 없었다. 하현은 급히 옷을 갈아입고 머리를 정돈한 뒤 방을 나섰다.

시우의 방문을 똑똑 두드리고 방 안으로 들어섰다. 깨울 생각으로 침대 쪽을 바라보았는데, 시우는 침대가 아닌 소파에 앉아 있었다. 어째선지 그는 피곤한 기색이 역력했다.

"잠 안 잤습니까?"

하현의 물음에도 시우는 대답하지 않았다. 그저 가만히 하현을 응시할 뿐이었다. 하현은 의아한 표정을 지었다. 여전히 아무 말이 없는 그는 평소보다 과민해 보였다.

"목욕물 준비할까요?"

"됐어, 씻었어."

시우가 짧게 일축했다. 그러고 보니 오늘은 평소에 입는 검은 비단 가운이 아닌 뽀송한 흰 가운이었다.

"옷이나 꺼내."

하현은 속으로 구시렁거리다 양복장 문을 열었다. 옷을 꺼내려다 말고 멈칫했다. 어제 자신이 고른 물건들이 모두 반려당했던 것이 생각나서였다.

"어떤 걸로 꺼냅니까?"

"회색."

답변이 무색하게도 회색 옷이 너무 많았다. 회색이 이렇게 다양했나 싶을 정도로 여러 벌이었다. 회색뿐만 아니라 검은색이나 남색도 종류가 많았다. 하현은 제일 어두운 회색을 가리키며 목시우 쪽으로 고개를 돌렸다.

"이거요?"

"그거 말고 오른쪽."

하현은 고개를 끄덕이며 양장 한 벌을 꺼냈다.

"셔츠는요?"

"왼쪽 맨 끝."

"그렇게 명령하는 것보다 직접 꺼내는 게 더 편하지 않아요?"

불만스러운 물음에도 시우는 대꾸하지 않았다. 하현은 받침대에 천을 얹고 넥타이와 시계 등을 담아서 시우에게 건네주었다. 재수 없게도 목시우는 양장과 셔츠만 받아 들고 다른 것은 서랍에서 직접 꺼냈다.

진즉 지가 고를 것이지. 하현은 입을 비죽였다. 그는 서랍에서 넥타이를 꺼내다 말고 고개를 돌려 하현을 직시했다.

"어제 뭐 했어?"

"청소하고 빨래했는데요."

"그거 말고."

"양치하고 발 씻고 잤는데요."

"그거 말고."

"그거 말고 뭘 합니까? 이 집 종놈인데."

"이 집 종놈이 왜 산에서 구르다 온 것 같은 몰골이냐고."

하현은 흠칫하며 제 몸을 살폈다.

"뭐가요?"

시우가 하현의 앞으로 다가왔다. 그는 손을 뻗어 하현의 목덜미에 붙어 있던 물풀 하나를 떼어 냈다. 하현은 심각하게 놀랐지만 표정을 감추었고, 물풀을 받아 들며 어색하게 웃었다.

"원래 잠을 좀 험하게 잡니다."

"두 번 험하게 잤다간 큰일 나겠는데."

식은땀이 주룩 났다. 다행히도 시우는 별다른 언질 없이 돌아섰다. 그는 옷을 갈아입으려는지 반쯤 가운을 벗었다가 하현을 보며 인상을 썼다.

"구경이라도 하려고?"

"뭐 볼 게 있다고……."

하현은 미간을 찌푸리고는 방을 나서기 위해 몸을 돌렸다. 그런데 나가기도 전에 누군가 들어왔다. 덩치가 아주 큰 사내였는데, 커다란 근육질 몸 때문에 입고 있는 까만색 양장이 금방이라도 터질 것 같았다. 목시우가 길쭉하게 커다란 편이라면 이 사내는 돌덩이처럼 커다랬다.

"우얀 일로 깨어 있으십니꺼. 작정하고 깨우러 왔구만."

사내는 험악한 외관과는 달리 경상도 사투리가 섞인 친근한 어투로 말했다.

"너도 나가. 옷 갈아입어야 돼."

목시우가 짜증스레 대꾸했다. 덩치 큰 사내는 개의치 않고 소파에 앉았다. 그러다 방을 나서려는 하현을 발견하고는 크게 눈을 떴다.

"어!"

사내의 외침에 하현은 흠칫 놀라 제 뒤쪽으로 고개를 돌렸다. 제 뒤에 뭔가 놀라운 것이라도 있는가 싶어서였다. 그러나 아무것도 없었다. 놀라움의 대상은 하현이었는지 사내는 하현의 앞으로 다가와 웃으며 손을 내밀었다.

"아이고, 반갑습니다! 이야기는 많이 들었습니다."

"……제 얘기를요?"

하현이 어리둥절하여 물었다. 지금 제 신분은 열일곱의 김복돌이라는 이름을 가진 하인이었다. 하현은 영문도 모른 채 솥뚜껑 같은 손과 악수를 나누었다.

"정신이 없어가 인제 인사드리네예. 이장환이라 합니다."

"아, 예……. 안녕하세요."

보통 어린 하인들에게 존대를 하지는 않으니 아마 하현의 정체를 아는 사람인 듯했다.

"좋은 일로 만난 것도 아닌데 인사는 무슨."

시우가 심드렁한 어조로 분위기를 깨트렸다.

"하여튼 저 개차반."

장환이 작은 목소리로 중얼거렸다. 하현은 속으로 조금 통쾌해했다.

"둘 다 나가. 당장."

시우가 신경질적인 어조로 두 사람을 내쫓았다. 어째선지 오늘 짜증이 단단히 난 듯 보였다. 아니면 원래 성격이 저렇게 재수 없는지도. 하현은 저 때문이란 사실은 꿈에도 모르고 시우의 욕을 했다.

방에서 나온 목시우는 완전한 양장 차림이었다. 빨랫감을 가지러 들어가려던 하현은 시우의 부름에 걸음을 멈추었다.

"당신도 동행해."

"왜요?"

그는 하현을 지나치며 혼잣말하듯 답했다.

"못 믿겠으니까."

"새삼스레 믿음이 필요합니까?"

"잔말 말고 따라오기나 해."

서랍장에 가득한 시계를 보고 흑심을 품었던 걸 눈치채기라도 했나. 눈치 빠른 인간 같으니라고. 하현은 구시렁거리며 시우의 뒤를 따라나섰다.

장환이 먼저 주차된 차 운전석에 올랐다. 시우는 자연스레 뒷좌석에 앉았고, 남겨진 하현은 머뭇거리다 조수석에 올랐다. 어디에 앉아도 불편하긴 마찬가지겠지만 목시우 옆보다는 나을 것 같았다.

차가 매끄럽게 도로를 달리자 차창 밖으로 인천의 풍경이 펼쳐졌다. 길가에 유독 공장과 사택이 많았다. 항만과 철로 이용에 유리한 인천을 일본이 병참 기지로 사용해 왔으니, 군수 공장 천지인 것도 당연했다.

크고 작은 정미소 창고들도 종종 눈에 띄었다. 일본으로 쌀과 소금을 반출하기 위해 지어진 것이었다. 아직도 소금과 쌀을 실어 날랐던

협궤 열차의 철도가 길 위에 그대로 남아 있었다. 해방은 되었으나 일제의 수탈 흔적이 고스란히 땅 위에 새겨진 것이다.

바깥의 풍경이 일사불란하게 변모하는 동안 그 누구도 입을 열지 않았다. 어색하고 갑갑한 공기였다. 장환이 큼큼거리며 먼저 말문을 열었다.

"그란데, 우예⋯⋯. 큼! 아니, 어쩌다 군인까지 하게 되신 겁니까?"

장환은 서울 말씨를 쓰려 했으나 억양에서 경상도 말씨가 묻어 나왔다.

"아⋯⋯. 저격수로 지내던 중에 제안을 받아서요."

"이야, 멋지십니다. 사실 저희 어머니도 구국 운동 하다 돌아가셔서 얼마나 어려운 일인지 압니다."

하현은 놀란 눈으로 장환을 바라보았다. 장환은 껄껄 웃기만 했다.

"부사장님, 이번 일 성공하면 보상 지대로 해 주셔야 합니더. 있는 돈 절반은 띠 줘야지."

"뭐가 그렇게 즐거워. 운전이나 제대로 해."

"아, 즐겁지 안 즐겁십니꺼. 그 망할 놈의 영감탱이 머리통에 바람 구녕 내 주신다는데. 복덩이지, 복덩이!"

장환은 차가 떠나가도록 하하하 크게 웃었다. 하현은 이 남자가 제 이름을 복돌이라 지었다고 확신했다. 이름이 복덩이가 아닌 것에 조금은 감사한 마음이 들었다.

"아예 나가서 떠들어 대지 그래."

시우가 낮은 목소리로 핀잔을 주었다. 장환은 대놓고 구시렁거렸다. 목시우가 무어라 하지 않는 것을 보니 꽤 가까운 사이인 듯싶었다.

하현은 고개를 돌려 다시 창밖을 응시했다. 방향을 보니 인천항 쪽으로 가고 있는 것 같았다. 항구에 가까워지자 북적이는 사람들의 모습이 보이기 시작했다.

"오늘 북적이네요."

"아, 오늘 미군들 온다 카대요."

하현이 묻자 장환이 답해 주었다. 날이 벌써 그렇게 됐나. 며칠 전에 미군이 상륙한다는 전단을 하현도 보았는데, 정신이 없던 사이 벌써 당일이 되었나 보다.

"지금 미군 보러 가는 거예요?"

하현의 물음에 장환이 짧게 웃음을 터트렸다.

"금마들 봐서 뭐 합니꺼. 일하러 가는 깁니더."

일하러 가는데 나는 왜 데려가는 걸까. 하현은 불만을 속으로 잠식시키며 창밖으로 고개를 돌렸다.

머지않아 장환이 부둣가 근처에 차를 세웠다. 시우와 장환은 별다른 말 없이 차에서 내렸다. 하현도 따라 내리자 바닷가 특유의 짠 내음과 습기 있는 바람이 그녀의 머리카락을 헝클어트렸다. 두 사내는 부두에 정박한 커다란 배를 향해 성큼성큼 걸어갔다.

미군을 맞이하는 부두와는 거리가 있는지 이곳에는 사람이 많지 않았다. 대신 비슷한 작업복을 입고 분주히 일을 하는 사람들이 보였다. 바다에 정박한 커다란 철선에 적힌 한립(翰立)이란 글자를 보아하니, 모두 한립 중공업의 직원인 듯했다. 새삼 큰 회사라는 게 실감이 났다.

피곤해 보였던 목시우는 언제 그랬냐는 듯 직원과 말을 주고받으며 배를 살폈다. 늘 나른하고 차갑기만 하던 사내의 눈빛은 여느 때와 달리 또렷했다. 이상했다. 소문으로는 분명 천하의 난봉꾼이었는데 일을 하는 모습이 제법 열정적으로 보였다.

문득 장식장에 진열되어 있던 배 모형들이 생각났다. 목시우는 배를 좋아하는 걸까. 자기가 좋아하는 배 구경하라고 데려온 건 아닐 터인데. 하현은 목시우의 곁으로 다가갔다.

"저기 도련님."

사람들의 시선을 의식한 하현이 공손히 말을 걸었다. 하현의 존재를 잊고 있었는지 시우는 새삼스레 깨달은 표정을 지었다.

"근처에 있어."

"다른 데 가 있으면 안 됩니까?"

"왜?"

"제가 여기 있는 게 더 거슬릴 것 같아서요."

하현이 제 옆으로 분주히 지나가는 직원의 어깨를 피하며 말했다. 설득력이 있었는지 시우는 잠시 말을 하지 않았다.

"일 보시는 데 얼마나 걸리십니까?"

"한 시간 정도."

"그럼 전 다른 데 있다 와도 될까요?"

시우는 난감한 듯 미간을 좁혔다.

"어디 가려고?"

"미군들 오는 거 구경이나 하려고요."

"구경 허가 안 났어."

"사람들 많던데요."

그는 잠시 고민하는 듯했으나 번잡한 부두의 모습을 보고 이내 수락했다.

"알아서 해."

"그럼 한 시간 뒤에 다시 오겠습니다."

하현은 꾸벅 고개 숙이는 시늉을 하고 돌아섰다. 시우는 멀어지는 하현의 뒷모습을 가만히 응시했다. 아주 태평한지 발걸음이 가벼워 보였다. 어제 일은 전혀 기억하지 못하는 듯했다.

어디서 사고 치고 오는 건 아닐까. 가끔 이상한 데로 행동이 튀는 듯해서 조금 염려되었다. 시우는 짧게 한숨을 내쉬고 생각을 접었다. 어리석은 이는 아닌 듯 보이니 어련히 잘할 터였다. 바빠서 더 이상 생각하고 싶지 않기도 했다. 시우는 돌아서서 다시 제 일에 빠져들었다.

하현은 미군이 정박한다는 부두로 향했다. 해방 후 가장 먼저 미군들을 맞이할 인천항의 모습이 어떨지 궁금했기 때문이다.

부두로 다가가자 환영 인파가 보였다. 몇몇은 태극기를 들고 있었는데, 일장기로 태극기를 급조해 그린 사람들도 있었다. 먹으로 그려 파란색이어야 할 부분이 까만색이기도 했고, 건곤감리(乾坤坎離) 순서도 뒤죽박죽이었다. 약 36년간 태극기의 존재가 희미했으니 제대로 그릴 줄 아는 사람이 몇 없는 것도 이해가 되었다.

아무렴 어떠랴 싶었다. 해방의 기쁨은 다 같을 테니까.

한참 후, 수평선 위로 뱃머리가 보이자 제법 인파가 몰리기 시작했다. 미 제24군 7함대의 배는 얕게 출렁이는 바다에 몸을 맡기고 대한의 해역으로 들어섰다. 철선의 고동 소리가 세차게 울렸다. 물길 위에 그려진 배의 흔적이 바람에 날리는 흰 실처럼 나부꼈다.

인천항에 가까워지자 배는 속도를 늦추었다. 뱃전이 잔교에 다가오는 모습을 본 하현은 그냥 돌아섰다. 막상 미군을 마주하면 제 동지들이 생각날 것 같았다. 목숨을 걸고 늘 치열하게 싸워 왔으나 결정적인 순간에는 싸우지 못했던 저의 동지들이.

씁쓸한 마음을 안고 인파를 벗어나고 있을 때였다.

탕-!

불유쾌한 기억들을 불러일으키는 총성이 울려 퍼졌다.

담배의 뿌연 연기가 엷은 한숨과 함께 새어 나왔다. 시우는 미간을 좁혔다. 한 시간이 지날 때까지 하현이 돌아오지 않아 심기가 불편했다. 또 혼 빠진 얼굴로 어딘가 헤매고 있는 게 아닐까. 골치가 아팠다. 그는 절반도 태우지 못한 담배를 바닥에 지져 밟고 걸음을 옮겼다.

미군들이 상륙한다던 부두는 인파가 많아 번잡했다. 북적이는 사람들 사이에서 하현을 찾기는 어려울 듯했다. 시우는 아까보다 더 깊어진 한숨을 내쉬었다. 그냥 버리고 갈까. 그 여자는 복덩이가 아니라 짐덩이인지도 모른다. 시우는 하현을 찾길 포기하고 돌아섰다.

그때였다.

탕-! 총소리가 울렸다. 시우는 반사적으로 다시 돌아섰다. 혼비백산이 된 사람들이 급하게 뒤로 뛰쳐나오고 있었다. 시우는 그 틈을 헤치고 앞으로 나아갔다. 생각을 거치지 않은 행동이었다. 머지않아 사람들을 향해 총구를 겨누고 있는 일본인 경찰이 보였다. 미군들을 경호하기 위한 인력이었다. 그러나 미군들의 제재는 없었다.

환영하러 온 이들에게 총을 겨누는 건 무슨 경우인가. 경고가 필요했다면 공포탄으로 족했다. 그는 하현을 찾기 위해 주변을 둘러보았다. 다친 사람 중에는 없었다. 그때, 물밀듯이 빠져나가는 사람들 사이로 역행하는 사람이 보였다. 하현이었다.

하현은 거침없이 앞으로 나가고 있었고, 그 모습은 눈에 띄지 않을 수 없었다. 다시 조준하려는 듯 경찰이 총을 들었다. 총구는 당연하게도 가장 눈에 띄는 하현에게 조준되었다. 시우는 급히 방향을 틀어 사람들을 헤치고 하현의 팔을 낚아챘다. 힘주어 끌어당기자 탕-! 소리가 다시 귓전을 때렸다. 하현을 비껴간 총알이 바닥에 부딪히는 둔탁한 소리가 들렸다.

그는 강한 힘으로 하현을 뒤쪽으로 끌어당겼다. 인파를 헤치고 벗어나는 동안 하현은 손을 풀어내리려는 듯 몇 번 팔을 뒤틀었으나 시우는 팔을 놓지 않았다. 하현의 팔은 분노인지 슬픔인지 모를 감정으로 파들파들 떨렸다.

완전히 뒤쪽으로 빠진 시우는 하현을 데리고 가까운 건물로 들어섰다. 하현이 건물 밖으로 나가려는 듯 시우의 팔을 뿌리쳤다. 시우는 그런 하현을 저지했다.

"군인이었다더니 사람 죽는 거 처음 보나?"

"처음 보는 게 아니라 너무 많이 봐서 그럽니다! 해방된 지 한 달도 안 됐어요. 고작 보름 좀 지났는데 저 새끼들이 또 사람 죽이는 꼴을 그냥 지켜보라는 얘깁니까?"

"당신이 나선다고 할 수 있는 일 하나도 없으니 정신 차려. 오히려 악화되기만 할 뿐이야. 당신이 가장 잘 아는 거 아니었나?"

"나도 압니다. 하지만……!"

그녀는 고개를 숙이고 치솟는 울분을 삼켰다. 비참하게도 시우의 말이 맞았다. 나선다고 해도 달라지는 것은 없었다.

시우의 시선이 잠잠해진 하현을 훑었다. 시선을 아래로 내린 눈매가 서글퍼 보였다. 어젯밤처럼 유약해 보이는 모습이었다.

"사람을 잘못 본 것 같네."

시우의 음성에 하현이 고개를 들었다.

"피를 토하면서도 꼿꼿하던 당신은 인상적이었어. 강인해 보였으니까. 근데 그게 아니었나 봐."

"……."

"나약한 마음이 든다면 지금 당장 그만두고 그 집에서 나가. 정석호는 안이한 마음으로 상대할 수 있는 놈이 아니야."

하현은 표정을 굳혔다. 굳게 다물려 있던 입술에서 빈정거림이 새어 나왔다.

"중간에 그만두면 죽일 거 아닙니까."

"그냥 둬도 시름시름한 사람 죽이는 취미는 없어."

"하. 내가 나약해서 이러는 것 같습니까?"

그녀는 다시 시선을 들어 예의 그 날카로운 눈으로 시우를 노려보았다.

"이봐요. 난 군인이었어요. 저놈들이 총을 들어야 할 때와 들지 말아야 할 때를 모르는 것 같아서 화가 나는 겁니다."

낮은 음성에서 억눌린 분노가 느껴졌다. 한동안 무거운 침묵이 지속되었다. 그 침묵을 깬 사람은 갑자기 건물 안으로 들어온 장환이었다.

"하이고 한참 찾았네. 안 다치셨어요? 이기 무신 난리인지."

내내 표준말을 쓰려 노력하던 장환에게서 방언이 터져 나왔다. 일본이나 미국이나 망할 놈들이라며 마구 욕을 해 댔다. 시우는 짧게 한숨을 내쉬었다.

"그만 가지."

그는 건물 밖으로 걸음을 옮겼다.

장환이 먼저 가서 건물 앞으로 차를 가져왔다. 시우는 가만히 서 있는 하현의 팔을 잡고 밖으로 나왔다. 그때, 화약 냄새가 강하게 밀려들었다.

하현은 우뚝 걸음을 멈추었다. 진동하는 화약 냄새에 급작스럽게 위가 수축했다. 보이지 않는 손이 강하게 위를 움켜쥐는 듯했다. 우욱─ 대응할 새도 없이 헛구역질이 나왔다. 날카로운 고통에 하현이 허리를 숙였다. 시우가 돌아서서 하현을 바라보았다.

"왜 그래?"

하현은 황급히 시우의 팔을 떼어 냈다.

"……아닙니다, 아무것도."

말과 달리 하현의 안색은 좋지 않았다. 온몸의 피가 빠져나간 듯 창백한 얼굴이었다. 시우가 그 얼굴을 더 살필 새도 없이 하현은 앞서 걸어 차에 올랐다. 시우는 그 뒷모습을 눈으로 좇다 뒷좌석에 올랐다.

장환이 차를 몰아 소란 속을 빠져나갔다. 그러는 동안 시우는 앞좌석에 앉아 있는 하현을 살폈다. 여전히 안색이 좋지 않아 보였다. 화약 냄새 때문일까. 하지만 군인이었다면 화약 냄새에 익숙할 터였다. 더군다나 명사수였으니 화약 냄새는 일상이었으리라.

복잡한 시우의 머릿속을 알 리 없는 하현은 조용히 창밖만 응시했다. 평화로운 얼굴이었지만 꽉 그러쥔 손은 파르르 떨리고 있었다. 손바닥에 손톱자국이 깊이 새겨질 만큼 강한 힘이었다. 그러나 하현은 화약 냄새가 잦아질 때까지 손의 힘을 풀지 않았다.

시우에게 자신의 상태를 들킬 수는 없었다. 과거 명사수였으나, 이제는 총을 쏠 수 없는 자신의 처지를.

○ ◑ ●

저택이 짙은 어둠에 잠긴 새벽, 시우는 서류를 보다 말고 자리에서 일어서 담배와 라이터를 집어 들었다. 본래 자주 피우는 편이 아닌데 근래 들어 손이 많이 간다. 머릿속이 복잡해서일까. 그 여자가 나타난 뒤로 뭐든 예외가 많아졌다.

창문을 활짝 열고 담배를 입에 물었다. 흰 연기가 아지랑이처럼 일렁이다 짙은 어둠에 파묻혔다. 정원은 적요했다. 사람 대신 커다란 나무만 몇 그루 보이는 풍경이 을씨년스러웠다.

생각에 잠긴 채 담배를 반쯤 태웠을 때였다. 쿵- 바깥에서 아주 미약한 소리가 들렸다. 귀 기울여 듣지 않는다면 잘 들리지 않을 소리였다. 시우는 담뱃불을 끄고 저도 모르게 성큼성큼 걸어가 방문을 열었다.

서걱서걱, 복도에서 알 수 없는 소리가 들려왔다. 소리의 근원지는 하현의 방이었다. 방 앞에 서서 문을 두들겨 보았으나 답은 돌아오지 않았다. 계속해서 정체 모를 소리만 반복되었다. 방문을 열려 했으나 굳게 잠겨 있었다. 시우는 제 방에서 여분의 열쇠를 가져와 문을 열었다.

하현은 이불 위에 앉아 있었는데, 제 발목에 묶인 밧줄을 풀기 위해
애쓰는 중이었다. 서걱거리던 것은 밧줄을 긁는 소리였다. 묶인 발목
은 빨갛게 달아올라 피를 흘리기 직전이었고, 손톱에는 이미 핏물이
고여 있었다.

시우는 다가서서 하현의 손을 떼어 냈다. 아예 무릎을 접고 앉아 양
팔목을 붙잡은 채 하현을 바라보았다. 하현의 시선은 몽롱했으며, 방
황하고 있었다. 또 같은 증상이 나타난 모양이다.

"당신이 묶은 거야?"

시우가 물었으나 하현은 답하지 않았다. 대신 시우에게 시선을 고
정했다. 눈빛이 여전히 흐릿했다. 시우는 물끄러미 그 몽롱한 눈을 응
시했다. 강인한 여인의 숨겨진 약한 면을 들여다보는 것은 기묘한 기
분이었다.

그때 하현의 몸이 살짝 기울어졌다. 툭, 시우의 어깨에 하현의 머리
가 맞닿았다. 간지러운 머리카락과 깊은 한숨이 얇은 옷감 위로 내려
앉았다.

"연호야."

또 연호라는 이름을 중얼거린다. 연호라는 이가 대체 누구이기에
꿈속에서도 애타게 찾는 걸까. 무작정 안기는 것을 보면 연인일지도
모른다. 시우가 어깨를 잡고 살짝 밀어 내려 하자 하현이 옷자락을 붙
잡았다.

"가지 마."

간절하게 붙잡는 손이 파르르 떨렸다.

"골치 아프네."

시우가 낮게 중얼거렸다. 하현은 시우의 목소리를 들었는지 고개를
들었다.

"안 갈 테니까 누워."

다시 약하게 어깨를 밀자 하현은 옆으로 몸을 뉘었다. 이 상황에도

말은 알아듣는 모양이다.

하현은 눈을 감지 않고 지그시 시우를 바라보기만 했다. 그는 하현의 눈 위로 제 손을 덮었다. 깜빡깜빡, 속눈썹이 살갗을 스치는 감각이 고스란히 느껴졌다. 머지않아 하현은 눈을 감고 고르게 숨을 내쉬었다.

"뭐가 그렇게 괴로워?"

헤아릴 수 없는 고통이라는 것을 안다. 이 여자가 자신의 고통을 조금도 헤아리지 못하듯이, 타인의 고통을 감히 어림잡을 수는 없다.

하현에게 자신이 사람을 잘못 본 것 같다고 말했었지만, 사실 잘못 보지 않았다는 걸 알고 있다. 강인하며 우직한, 제가 옳다 생각하는 방향으로 망설임 없이 움직이는 사람도 이 여자고, 지금 부서질 것처럼 흔들리는 섬약한 사람 또한 같은 사람이었다. 사람의 모습은 너무도 다양하여, 어느 것이 본모습이라 단정해서는 안 되었다.

시우는 하현의 눈 위를 덮고 있는 손을 떼어 내려 했다. 그러나 하현은 그 손을 붙잡았다. 작고 가늘지만, 굳은살이 박여 조금은 거친 손이 시우의 손을 감싸 왔다.

따스한 온기를 가진 손이었다. 하현은 귀중한 것을 다루듯 두 손으로 시우의 손을 감싸 제 뺨으로 이끌었다. 손 위로 하현의 숨결이 내려앉았다. 간지럽고 가여운 숨이었다.

"당신이 착각할 만큼 난 좋은 사람이 아닌데."

들릴 듯 말 듯 작고 낮은 목소리였다. 그는 깊이 가라앉은 숨을 내쉬었다. 많은 것이 뒤섞인 한숨이 차가운 새벽 공기에 스며들었다.

이 여자를 어떻게 해야 할까. 계속 가지고 있어야 하는 패일까, 아니면 버려야 하는 패일까. 시우는 고개를 내려 섬약한 얼굴의 여자를 응시했다.

"어쩔까."

"……."

"응?"

조용한 질문에 대한 답은 돌아오지 않았다. 애처로운 숨결로 그의 손가락을 간질일 뿐이었다. 시우는 더 이상 아무것도 묻지 않았다. 눈을 감고 있는 모습을 한참 동안 바라보기만 했다. 침침한 새벽이 희미하게 밝아 올 때까지, 물끄러미.

제3장

타인의 단편

　막 욕실에서 나온 시우는 수건으로 머리를 털다 말고 멈춰 섰다. 잠을 제대로 자지 못해서인지 머리가 조금 멍했다. 며칠간 새벽쯤에야 귀가를 했으니 몸이 말을 안 듣는 것도 무리가 아니었다. 다들 시우가 술독과 노름에 빠져 사느라 귀가가 늦다 생각하겠지만, 실상은 그렇지 않았다. 오래 활자를 보아 피로해진 눈이 그것을 증명했다.

　그는 정신을 차리려 애쓰며 양복장 문을 열고 옷을 꺼냈다. 셔츠 단추를 잠그고 있을 때, 방문을 똑똑 두드리는 소리가 들렸다. 돌아보자 하현이 문을 열고 들어섰다. 일어난 지 얼마 안 됐는지 하현의 머리카락은 헝클어져 있었고, 눈도 붕어처럼 부어 있었다.

　"넥타이 꺼낼까요?"

　"알아서 할 테니까 일일이 일하려고 하지 마."

　잠이나 깨고 올 것이지. 그는 속으로 말을 삼켰다.

　"일 안 하면 다들 이상하게 생각하니까 그렇죠. 그냥 시켜요, 제대로 한다고 보장은 못 하지만."

　하현은 서랍장 문을 열고 반듯하게 진열된 넥타이와 손수건, 시계,

커프스 버튼을 꺼내기 시작했다. 오늘도 어김없이 끔찍할 정도로 안 어울리는 색 조합이었다. 더 끔찍한 점은 일부러 저러는 게 아니라 그냥 안목이 안 좋다는 사실이다.

시우는 하현이 고른 것들을 전부 다 집어넣고 다른 것으로 꺼냈다. 그 모습을 보며 하현이 콧잔등을 찌푸렸다.

"그냥 골라 주는 걸로 하면 어디 덧납니까."

"두 번 일하게 만들지 말고 그냥 얌전히 있지 그래."

"일 안 하면 최 집사님 눈치 보인다니까요."

시우는 짧게 한숨을 내쉬고 마지못해 말했다.

"그럼 물이나 줘."

하현은 고개를 끄덕이곤 작은 테이블 위의 물병을 들었다. 그러더니 화분에 물을 주었다. 시우는 기가 막혀 물었다.

"뭐 해?"

"물 주라면서요."

"자꾸 당신을 내보내고 싶다는 생각이 드는데."

"여기서 나가면 죽는 거 아니었습니까?"

"잘 아네."

"혼자는 못 죽습니다."

곱게는 못 간다는 의미였다. 아무래도 제 손으로 폭탄을 들인 게 아닐까. 그동안의 행보를 보면 충분히 가능한 생각이었다.

그나마 다행인 건, 하현이 밤에 넋을 잃고 돌아다니는 일이 매일 일어나지는 않는다는 점이다. 인천항에 다녀온 후 하현의 방 앞에 몇 번가 보았으나 밧줄을 긁는 소리나 쿵쿵대는 소리는 들려오지 않았다. 가끔 약하게 코를 고는 소리만 들리곤 했다. 매번 그렇게 정신이 나가는 건 아닌 듯했다.

시우는 생각을 접고 돌아서서 넥타이를 맸다. 약한 모습을 드러내지 않으려 필요 이상으로 날을 세우는 사람에게 굳이 싸움을 걸 필요는 없었다. 지금은 그럴 여력도 없었다. 그는 아까보다 누그러진 목소리로 말했다.

"며칠 있다 서울에 갈 거야. 정석호 집에서 머물 거고."

"정석호 집에서요?"

하현이 눈을 크게 뜨고 되물었다.

"당신도 데려가긴 하겠지만 섣부른 짓 할 생각은 하지 마."

"나도 바보는 아닙니다. 아무 짓도 안 해요."

하현의 말에도 시우의 불신은 사라지지 않았다. 표정으로 드러났는지 하현은 재차 강조했다.

"진짭니다. 왜 그렇게 의심이 많습니까?"

"합리적인 의심이라 생각하는데."

"그렇게 의심하면서 살면 피곤하지 않아요?"

"당신이 나를 더 피곤하게 한다는 생각은 못 하나?"

"자초한 거잖아요."

시우는 깊이 한숨을 내쉬었다. 맞는 말이라 반박할 말이 떠오르지 않았다. 하현은 말싸움에서 이겨 흡족했는지 인심 쓰듯 잔에 물을 따라 건네주었다. 시우는 찜찜한 얼굴로 잔을 받아 들었다.

"근데 궁금한 게 있는데요."

시우는 물을 마시다 말고 하현에게 시선을 옮겼다.

"목시우 씨는 내가 정석호에게 뭔가 말할 거라는 생각은 안 합니까?"

"정석호는 어차피 내가 저를 죽이고 싶어 안달인 걸 알아."

"안다고요?"

하현이 놀라 물었다. 시우는 간결한 동작으로 서랍장 위에 잔을 내려놓았다.

"그래. 그러니 조심해. 그 집에는 경호 인력이 배는 더 있으니까."

"……아무리 그래도 나를 너무 믿는 거 아닙니까? 내가 정석호와 손을 잡을 수도 있잖아요."

순수한 물음에 시우는 피식 웃었다.

"내가 말했잖아. 정석호를 죽이는 데 당신만큼 적합한 사람은 없다고."

"왜 그렇게 생각하는데요?"

"당신이 정석호와 손을 잡지 않을 거라고 확신하니까."

"무슨 근거로요?"

"정석호는 나보다 더한 놈이거든."

"……."

"경멸하지 않나? 그런 쪽들."

시우의 목소리는 차갑고 단호했다. 의문이 사라지지 않았는지 하현은 여전히 생각에 잠긴 얼굴이었다.

"얼마 전에 들었습니다. 정석호가 독립군에 상당한 액수의 군자금을 지원했고, 또 그 집안도 애국자 집안이라고."

"보이는 게 다가 아니야. 뭐, 직접 만나 보면 알겠지."

영문 모를 말에 하현의 미간에 살짝 주름이 졌다.

"그냥 말해 주면 어디 덧납니까. 보이는 게 보이는 거지 무슨."

하현은 며칠 전 신문 기사에서 정석호의 이름을 보았던 것을 떠올렸다. 지금 정석호는 법무국장 보좌관을 맡고 있다고 했다. 미군정 아래에 있지만 한국인으로서는 사법 분야 최고위직이었다. 만약 그가 부일협력자이고, 정계 진출을 위한 포석을 두는 거라면 상당히 위험한 상황이었다. 앞으로 민족 반역자들에 대한 청산이 더 어려워지는 것을 뜻했으니까.

하지만 정석호가 독립군 군자금을 지원했다는 것 또한 신뢰할 만한 정보였다. 해방 전 독립운동을 위해 애쓰던 신문사에서 직접 밝힌 것이었으니까. 대체 정석호가 어떤 인물인지 가늠할 수가 없었다. 그러나 하현의 의문에 답해 줄 생각이 없는지 시우는 개의치 않고 제 할 일만 했다.

"근데 어디 아픕니까?"

서랍장 문을 닫던 시우가 고개를 돌려 의아한 눈으로 하현을 바라보았다.

"보통 이쯤에서 시비가 들어와야 하는데 아무 말도 안 하길래요. 오늘 시비 거는 게 좀 덜하기도 하고."

"당신이랑 놀아 줄 시간 없어."

"참나, 내가 언제 그쪽이랑 놀았습니까?"

"그래, 안 놀았어. 할 말 없으니까 그만 나가."

미적지근한 반응에 하현은 더 어리둥절했다. 이제 보니 안색이 안 좋은 것도 같았다. 시우는 하현의 의문에 답해 주지 않았고, 커프스 버튼을 착용하는 것을 마지막으로 차림새를 정돈했다.

"야, 기생오라비!"

하현은 시우 방의 청소를 끝내고 이불을 빨래방으로 가지고 가던 중이었다. 오늘도 어김없이 누군가 시비를 걸었다. 오늘은 줄곧 시비를 걸던 애들보다 더 호리호리하고 허접해 보이는 사내아이였다. 열서너 살 정도로 밖에 보이지 않았다.

"이 자식이 자꾸 사람 말을 씹어?"

하현이 그냥 지나치자 사내아이가 쫄래쫄래 따라붙었다. 하현은 쥐뿔도 관심이 없지만, 이곳 하인들은 꼭 서열 정리를 하고 싶은 모양이다. 경호원들한테는 꼬리 내린 강아지처럼 굴면서 체구 작고 만만해 보이는 자신에게는 시비를 거는 것이 한심하기도 했다.

"네가 영수를 그렇게 만들고 무사할 거 같아?"

저번에 머리통 깨진 놈의 이름이 영수였나 보다. 참 무난한 이름이다. 난 복돌이인데. 하현은 속으로 투덜거렸다.

"야!"

뒤에서 외치는 소리에 하현이 멈춰 섰다. 고개를 돌리자 사내놈이 흠칫하며 뒤로 물러섰다.

"야."

하현의 목소리가 낮게 깔렸다.

"왜, 왜!"

"너 코딱지 묻었어."

태연한 거짓말에 사내아이가 놀라며 코를 가렸다. 하현은 다시 돌아서서 큭큭 웃었다. 어차피 애들은 이런 정신적인 공격에 약하다. 창피를 주면 어쩔 줄 모르고 접근하지 않는다. 하현은 웃으며 부지런히 빨래방으로 향했다.

"안녕하세요."

하현은 빨래를 모으고 있던 아주머니에게 인사를 했다.

"이불은 왜 가지고 와? 다른 애들이 어련히 가지고 올 텐데."

핀잔과 달리 얼굴은 웃고 있었다.

"가만히 앉아서 밥만 축내면 뭐 해요. 일도 도와야 아주머니들이랑 얘기도 하고 그러죠."

하현은 능청스레 말하며 빨래 바구니를 내려놓았다.

"아휴, 다 늙은 아짐이랑 얘기해서 뭐 해?"

영옥은 웃으며 빨래를 챙겼다. 까다로운 최 집사가 어울리지 않게 곱상한 놈을 뽑았다고 하여 의아했는데, 알고 보니 힘도 잘 쓰고 부지런했다. 요즘 사내아이답지 않게 싹싹하고 어른스럽기까지 했다.

"뭐 도와드릴까요?"

"됐어, 됐어. 괜찮어."

영옥이 손을 내저었으나 하현은 산처럼 쌓인 빨래를 들고 수돗가로 향했다. 영옥이 밉지 않은 잔소리를 하며 하현을 뒤따랐다.

"복돌이 너는 비쩍 말랐는데 힘은 어찌 그리 좋아?"

"제가 이래 봬도 체력이 엄청 좋거든요. 허우대만 좋은 놈들보단 옹골찰걸요?"

하현이 웃으며 대꾸했다.

"아, 그런데 성함을 못 여쭤본 것 같아요."

"성함? 이름?"

"네."

영옥은 하현이 놀랄 정도로 호탕하게 웃음을 터트렸다.

"아이고, 식모살이하면서 누가 이름 물어보기는 또 처음이네. 권영옥이야, 권영옥."

"그렇구나. 저보다 이름이 예쁘시네요."

"아이고, 예쁘긴 뭘."

그렇게 말해도 영옥은 기분이 좋은 눈치였다.

"아주머니는 여기서 오래 일하셨나 봐요."

"식모 일을 오래 한 거지 이 집에 온 지는 2년밖에 안 됐어. 그래도 이 집 일은 웬만하면 다 아니까 어려운 일 있으면 물어보고 그래."

"감사합니다."

2년밖에 안 되었다면 영옥도 이 집 사람들에 대해 아는 것이 많지는 않을 듯했다.

"일은 할 만해? 도련님이 그렇게 까탈스럽진 않지?"

"예. 할 만해요."

"그래도 주인 양반 안 계실 때 온 게 다행이지."

"주인 어르신이요? 왜 다행이에요?"

"뭐, 나중에 보면 알겠지만, 그 양반은 여간 까탈스럽지 않아서."

어째선지 영옥의 얼굴에 석연치 않은 감정이 가득했다.

"어디 가서 내가 이런 말 했다고 말하지 말고."

"그럼요, 저도 눈치는 있어요."

하현은 능청스레 웃었다.

"주인어른은 왜 갑자기 서울에 가신 거래요?"

"주인 양반? 정치해 보겠다고 간 거지 뭐. 어차피 이제 돈 있는 사람들이 정치하려 들지 않겠어? 나라 꼴이 어찌 될는지, 쯧."

"그래도 임시 정부가 귀국하면 괜찮아지지 않을까요?"

하현은 씁쓸한 마음을 담아 말했다. 영옥은 그런 하현의 마음을 모르고 잔인한 말을 했다.

"해외에서 독립운동하던 사람들이 어디 돈이나 있겠어? 돈 있는 놈들끼리 또 해 먹겠지."

"……."

"아무튼 주인어른 가시고 도련님만 살판났지 뭐. 맨날 무슨 술을 그리 드시는지."

"……도련님은 어떤 분이세요? 대화할 일이 없다 보니 어떤 분인지 잘 모르겠네요."

"도련님이야 뭐. 쌀쌀맞아 보이기는 하는데 나쁜 사람은 아니야. 주인 양반은 여인네들 치맛자락만 보여도 성을 내는데 도련님은 그렇지도 않고. 실수해도 그러려니 하고."

"그렇구나."

"바깥에서는 어떤 사람인지 모르겠지만 아랫사람들한테 나쁜 사람은 아니지. 오히려 좀 짠하고 외로워 보일 때도 있고."

"왜요?"

"듣자 하니 어린 나이에 부모 여의고 주인 양반 밑에서 자란 거라고 하더라고. 말이 양아들이지 그 양반은 부모라고 하긴 좀 그렇지."

"……."

"아이고, 내가 주책이지. 나도 다 말로만 전해 들은 거라 잘 몰라. 이제 빨래 이리 줘."

더 질문을 하고 싶었으나 수상해 보일 것 같아 입을 다물었다. 빨래 바구니를 내려놓자 영옥이 고맙다고 말해 주었다.

"철웅이 고놈이 네 반만 닮았음 좋겠다."

"철웅이가 누군데요?"

"우리 아들내미. 여기서 일하는데 못 봤어? 아, 마침 저기 오네. 저 팔푼이."

영옥의 시선을 따라 고개를 돌리자 멀리서 걸어오던 호리호리한 사내놈과 눈이 마주쳤다. 자세히 보니 아까 그 코딱지였다. 하현과 눈이 마주치자 철웅은 도망가려는 듯 등을 돌렸다.

"어디 가, 이놈아! 후딱 와서 일 도와!"

영옥의 외침에 철웅이 투덜거리며 다시 되돌아왔다. 영옥은 왜 이렇게 늦게 오냐며 철웅의 등짝을 때렸다. 옥신각신 말다툼을 하는 모자를 보며 하현은 작게 웃었다.

그때 정원으로 들어서는 목시우의 차가 보였다. 영옥이 철웅을 때리던 것을 멈추고 하현을 바라보았다.

"도련님 웬일로 일찍 오셨나 보네."

"그러게요. 아직 해가 중천인데."

"뭐, 하루쯤 술 안 먹는 날도 있어야지. 얼른 가 봐."

"네. 들어가 보겠습니다."

하현은 꾸벅 고개를 숙이고 저택을 향해 빠르게 걸음을 옮겼다.

새로 빤 이불을 들고 시우의 방으로 들어섰다. 시우는 벌써 옷을 갈아입고 침대에 누워 있었다. 덮는 이불을 하현이 가져갔었기 때문에 그는 이불도 없이 누운 상태였다.

하현은 슬그머니 침대 옆으로 다가갔다. 시우는 죽은 듯이 잠들어 있었다. 아침에 안색이 안 좋아 보인다고 생각한 게 착각이 아니었는지 지금의 시우는 누가 보아도 피로한 얼굴이었다.

"맨날 술만 퍼마시니까 뻗지……."

깊이 잠이 들었는지 그는 미동 없이 잠잠했다. 하현은 돌아서려다 말고 시우를 빤히 바라보았다.

생각해 보니 이상했다. 매일 술을 마신다던 사람에게서 술 냄새를 맡은 적이 없다. 투전판에 가거나 마작 등의 도박을 한다면, 한자리에 오래 있어 술이나 담배 찌든 악취가 나기 마련이다. 그런데 이 사람에게서는 늘 그것과는 거리가 먼 향기가 났다. 숲속의 나무 냄새, 옅은 쇠 냄새, 그리고 가장 선명한 흰 꽃의 향기.

하현은 퍼뜩 정신을 차리고 고개를 저었다. 그저 비싼 옷이기 때문에 냄새가 배지 않는 것이리라. 비싼 옷을 입어 본 적이 없는 하현은 단순한 결론을 내렸다.

그때 시우가 미간을 찌푸렸다. 하현은 머뭇거리다 가져왔던 이불을 시우에게 덮어 주었다. 그래도 시우의 미간이 풀어지지 않아 이마 위로 손을 가져갔다. 이마에 손이 닿자마자 그녀는 화들짝 놀라 손을 떼었다. 열이 상당했다. 이제 보니 얼굴도 붉었고, 이마에는 식은땀이 옅게 배어 있었다.

아무리 목시우라는 사내가 마음에 안 들어도 이만큼 아픈 사람을 두고 볼 수는 없었다. 하현은 방을 나서 최 집사에게 찾아갔다.

"아프신 것 같다고? 자네가 잘 보살펴 드리게. 난 좀 바빠서."

최 집사는 커튼 자재를 고르는 중이었다. 별로 바빠 보이지도 않는데 시간을 내 줄 생각이 없는 듯했다. 최 집사에게 도움을 청하기는 포기하고 저택을 돌아다녔다. 그러나 마땅한 사람을 찾을 수 없었다. 경호원들은 시우를 싫어하면 싫어했지 좋아하지 않는 듯 보였으니까. 장환에게 연락하면 좋겠지만 연락할 방도가 없었다.

돈이 썩어 날 정도로 많으면 뭐 할까. 아플 때 돌봐 줄 사람 하나 없는데. 하현은 제 방에 있는 가방에서 수은 체온계를 꺼냈다. 고모가 간호부였기도 했고, 홀로 오래 떠돈 덕에 하현도 약간의 의학 지식을 가지고 있었다.

다시 시우의 방으로 들어간 하현은 침대맡에 걸터앉아 잠든 시우의 턱을 손으로 감쌌다. 다물린 입술을 엄지손가락으로 벌리고 체온계를 넣으려던 때였다. 시우가 스르르 눈을 떴다. 어지럼증에 시야가 흐렸던 시우는 날카롭게 번뜩이는 체온계의 금속성 빛만을 알아차렸다.

그는 하현의 손목을 콱 틀어쥐며 끌어당겼다. 순식간에 자세가 역전되어 하현의 등에 침대가 맞닿았다. 하현이 대응할 새도 없이 목에 가로로 팔이 들어섰다. 강하게 목을 압박하는 힘에 숨이 턱 막혔다. 손목을 틀어쥔 손의 악력도 대단했다. 힘이 풀린 하현의 손에서 체온계가 툭 떨어졌다.

그것을 발견한 시우는 그제야 상황을 자각하고 급히 물러섰다. 하현이 기침을 하며 겨우 상체를 일으켰다.

"죽이려고 작정했어요?"

짜증스러운 말이 터져 나왔다. 하현은 아픈 목을 매만지며 미간을 찡그렸다. 시우의 눈동자에 드물게 당황한 빛이 서렸다.

"움직이는 거 보니 팔팔한가 보네요. 괜히 오지랖 부려서……."

하현은 짜증스레 중얼거리며 자리에서 일어섰다. 저 사내는 하현이 저를 죽이기라도 할까 오해했던 모양이다.

"지금 당신 죽이면 나한테 이득인 것도 없다고요. 입이나 벌려 봐요."

그는 잠잠히 하현을 바라보기만 했다. 아직까지 사태 파악이 안 되는 얼굴이었다.

"벌리라고요."

사납게 하는 말에 시우는 저도 모르게 입술을 벌렸다. 하현은 그 안으로 체온계를 넣었다.

"다물어요."

그는 얌전히 입술을 맞물렸다. 하현이 온도를 확인하는 사이 시우는 느릿하게 눈을 깜빡이며 하현의 얼굴을 빤히 응시했다. 집요하게 이목구비를 훑던 시선은 이내 붉어진 목으로 내려섰다.

"열이 좀 있네요. 병원 가야 하는 거 아닙니까?"

하현이 체온계를 빼며 말했다. 시우는 고개를 저었다.

"그냥 감기야."

"안 가도 될 것 같으면 말고요. 누워요."

어지럼증 때문인지 정신이 하나도 없었다. 시우는 그냥 하현의 말을 듣기로 하고 자리에 몸을 뉘었다. 하현이 창문을 닫고 커튼을 치자 방이 금세 어둠에 잠겼다. 머지않아 이마 위로 차가운 수건이 얹혔다.

"좀 자고 일어나면 나을 거예요. 아주머니들한테 식사는 죽으로 해 달라고 할게요."

하현은 나가려는 듯 등을 돌렸다. 시우는 팔을 뻗어 하현의 손목을 붙잡았다. 미약한 힘이 실려 있었다.

"일부러 그런 거 아니야."

낮게 잠긴 목소리였다.

"그럼 그 정신에 일부러 그랬겠습니까. 잠이나 자요."

하현이 다시 돌아서려 했으나 시우는 그 손목을 놓아주지 않았다. 말을 더 해야 할 것 같은데, 무슨 말을 해야 할지 알 수가 없었다. 끝내 해답을 찾지 못한 시우의 손에서 스르르 힘이 풀렸다. 하현은 그런 시우를 잠시 바라보다 돌아서서 방을 나섰다.

그는 하현이 나간 문을 한참 응시하다 다시 눈을 내리감았다.

한밤중, 혼몽한 정신 속에서 그는 누군가의 손길을 느꼈다. 그 손길은 미지근해진 수건을 들추고, 이마에 손을 올리고, 다시 입 안에 체온계를 넣어 온도를 확인했다. 그리고 머지않아 다시 차가운 수건을 얹어 주었다.

꿈인지 아닌지는 알 수 없었다. 그 손길이 다정하여 굳이 깨어나려 노력하고 싶지 않았다. 그는 간만에 편안한 잠에 빠져들었다.

○◐●

　서울에 가는 날이었다. 인천역에 들어서자 석탄 타는 매캐한 냄새와 증기 기관차의 뿌연 연기가 하현을 맞이했다. 많은 물자가 오고 가는 역답게 번잡했다. 급수 파이프의 물을 보충하는 화부들, 탑승객을 안내하느라 바쁜 역무원들, 박래품을 실어 나르는 상인들, 이국적인 외모의 양인들, 신식 양장을 차려입은 승객들. 다양한 사람들이 밀집해 있었다.

　"멍하게 있으면 두고 간다."

　사람들을 구경하던 하현의 곁을 지나치며 시우가 말했다. 하현은 그의 뒷모습을 바라보며 콧잔등을 찌푸렸다. 저 재수 없는 인간. 지난 번에 밤새서 간호해 줬더니 고마운 줄도 모르고 여전히 까칠하게 군다.

　그때 카랑카랑한 목소리의 여성이 승차 시간을 알렸다. 승객들이 분주히 기차에 탑승하기 시작했다. 하현도 기차에 오르기 위해 걸음을 서둘렀다. 그러다 급하게 이동하던 누군가와 어깨를 부딪쳤다.

　"아, 죄송합니다."

　하현이 먼저 사과했다. 부딪힌 사내는 인사도 하지 않고 다급히 객실로 들어가 버렸다. 먼저 탄다고 기차가 빨리 출발하는 것도 아닌데 유난이다 싶었다.

　하현은 경호원 둘과 함께 2등석에 앉았다. 시우와 장환은 바로 앞 칸인 1등석에 탄다고 했다. 하현은 매번 3등석 신세였기 때문에 2등석은 처음 앉아 보았다. 2등석도 편하고 좋은데 1등석은 얼마나 좋을지 상상이 가지 않았다.

　의미 없는 생각을 하는 사이 기차가 우렁찬 기적 소리를 냈다. 거대한 철체가 몸을 털어 내듯 진동했고, 차축이 움직이며 금속 바퀴가 마찰하는 소음이 들려왔다. 서서히 기차가 앞으로 나아가기 시작했다.

창밖으로 보이는 바깥 풍경이 느리게 움직이다 점차 빠르게 변모했다.

창밖을 구경하던 하현은 문득 누군가의 시선을 느끼고 고개를 돌렸다. 건너편 대각선 좌석에 앉은 이가 이쪽을 흘끔 쳐다보고 있었다. 하현이 아닌 경호원들을 보는 듯했다. 자세히 보니 아까 하현과 부딪혔던 사람이었다. 그는 하현과 눈이 마주치자 흠칫 놀라서 고개를 돌렸다.

보통 저렇게 초조해 보이는 사람은 일을 저지르기 마련인데……. 하현은 자신이 과민한 상상을 하는 것이라 스스로를 달래며 눈을 감았다.

철컹철컹, 저마다의 사연을 실은 경인선 열차는 속도를 내며 앞으로 전진했다. 하현은 귀에 익은 소음을 들으며 잠에 빠져들었다.

한창 잠에 빠져 있을 때였다. 갑자기 소란스러운 소리가 들리더니 순식간에 잦아들었다. 이상한 느낌이 들어 졸음을 떨치고 억지로 눈을 떴다.

바로 눈앞에 총구가 보였다. 코와 입을 까만 천으로 가린 사내가 하현에게 총을 겨누고 있었다. 아까 하현과 부딪히고, 경호원들을 흘끔거리던 그 사내였다.

어째서 불길한 예감은 틀리는 적이 없는지. 기차에서부터 일이 생기니 골치가 아팠다.

"조용히 뒷 호차로 가."

사내가 낮은 목소리로 지시했다. 하현은 눈치를 보며 주변을 살폈다. 이미 뒷 호차로 사람들이 이동했는지 하현이 있는 칸에는 사람이 몇 없었다.

"얼른!"

하현은 슬그머니 자리에서 일어서 다음 칸으로 이동했다. 그곳에는 하현과 동행했던 경호원들이 밧줄로 묶여 있었는데, 이미 몇 대 맞았는지 피를 흘린 채 기절해 있었다. 하현은 옷차림이 달라 일행이라 생각하지 않은 모양이다.

이 난리가 나는 동안 잠이나 자고 있었다는 게 용할 지경이었다. 본래 전쟁터를 떠돌아 잠귀는 예민한 편인데, 몽유병 증상이 나타난 후부터는 감각이 많이 녹슬었다.

"허튼짓하지 않으면 아무 일도 없을 겁니다."

두 칸의 승객들이 모두 모이자 일행으로 보이는 또 다른 사내가 말했다. 두 사람은 객실 문을 닫고 사라졌다. 객실이 무거운 침묵에 잠겼다.

하현은 경호원들의 상태를 살폈다. 목덜미에 피멍이 든 것을 보니 총 손잡이로 가격을 당한 듯싶었다. 경호원들에게 해를 가한 것을 보면 저 2인조의 표적은 목시우였다.

만약 저 사람들이 제가 함께했던 동지들과 같은 부류라면 그들을 방해할 이유는 없었다. 목시우가 그간 어떤 일을 해 왔는지는 모르나, 혹시라도 일제에 붙어 이득을 취해 왔다면 그가 여기서 죽어도 하현은 묵인할 수밖에 없었다.

그냥 관망할까 고민하던 찰나 장환의 말이 떠올랐다.

'저희 어머니도 독립운동하다 돌아가셔서 얼마나 어려운 일인지 압니다.'

시우에 대해서는 잘 모르지만 장환은 그리 나쁜 사람처럼 보이진 않았다. 저들의 사연을 알 순 없지만 장환을 죽게 내버려 두었다간 마음이 편치 않을 듯했다.

하현이 자리에서 일어서 다시 앞 호차로 돌아가려 하자 누군가 하현의 옷자락을 붙잡았다.

"자네 뭐 하는 겐가? 허튼짓 말게!"

나이가 지긋한 노인이었다.

"의자 뒤에서 고개 숙이고 계세요."

총알이 튈지도 모른다는 이야기는 굳이 하지 않았으나, 현명한 노인은 이해했는지 의자 뒤로 몸을 숨겼다. 하현은 문에 귀를 대고 안쪽의 소리를 들었다. 문이 낡아 완전히 닫히지 않은 덕분에 희미하게 목소리가 들려왔다.

"형, 이제 어쩌지?"

"겁먹지 마, 계획대로만 하면 돼."

타이르는 사내의 목소리 또한 떨리고 있었다. 어떤 사연이 있어 목시우를 죽이려 하는지 몰라도 그들의 계획은 허술했다. 승객을 지킬 사람을 한 명 더 구했어야만 했다. 언제 어디서든 예기치 못한 상황은 일어나기 마련이니까.

하현은 총을 꺼내 손에 쥐었다. 총을 감싸 쥔 손가락이 희미하게 떨렸다.

연호가 죽은 후, 하현은 더 이상 총을 쏘지 못하게 되었다. 화약 냄새만 맡아도 위장이 조여들고 손이 떨렸다. 총을 쏘지 않는다는 확신이 있을 때는 괜찮았지만, 지금처럼 정말 총을 쏘아야 할 상황에는 손이 떨려 제대로 조준을 할 수가 없었다.

하지만 이런 때마저도 머뭇거릴 수는 없었다. 깊이 심호흡한 후, 열린 문틈으로 총구를 밀어 넣었다. 총구가 겨눠진 곳은 열차의 창문이었다. 떨리는 손 때문에 정확한 조준이 불가능했지만, 창문은 영역이 넓어 가능할 터였다.

하현은 열차가 터널로 들어가기를 기다렸다. 잠시 후, 터널에 접근하자 객실 내부가 어두워졌다. 하현은 방아쇠를 당겼다.

탕―!

총성 소리와 함께 창문이 산산조각 나 거센 바람이 쏟아져 들어왔다. 사내들은 각기 다른 방향으로 총을 겨누었다. 한 명은 하현이 있는 쪽이었고, 다른 한 명은 1등석 쪽이었다. 하현은 미닫이문을 열고 곧장 자리에서 일어섰다.

문이 열리자마자 그녀는 자신에게 총구를 겨누는 사내의 손목을 발로 찼다. 탕-! 사내가 쏜 총탄이 천장에 튀겼다. 손목에 충격이 가해진 사내는 총을 떨어트렸고, 그와 동시에 객실이 밝아졌다. 하현은 쥐고 있던 총을 앞에 있는 사내에게 겨누었다.

뒤에 있던 사내가 하현에게 총을 겨누었으나 이미 늦은 상황이었다. 세 사람이 일렬로 서 있어서 하현이 총을 겨눈 상대가 그녀의 몸을 가려 주었다.

"총 버리십쇼."

화약 냄새에 위가 뒤틀리고, 손이 떨렸으나 하현은 그것을 내색하지 않으려 애썼다.

갑작스러운 하현의 등장에 상혁은 당혹감을 느꼈다. 경호원도 아닌 어린 소년 같은 사내 때문에 계획이 틀어지리라 예상하지 못했기 때문이다. 총이 겨누어진 상혁의 동생 형욱은 양손을 어깨 부근까지 올렸다. 상혁은 총을 버리지 못하고 초조한 시선으로 하현을 살폈다. 그때 형욱이 떨리는 목소리로 말했다.

"혀, 형. 총 버리지 마. 내가 죽어도 형은 계획대로 해야 해."

"형욱아."

"버리지 마. 절대 버리지 마."

형욱은 바들바들 떨면서도 결연했다. 상혁은 총구를 바로잡으며 하현에게 물었다.

"목시우의 경호원이냐?"

"그냥 얼굴만 아는 사이입니다. 무슨 용무입니까."

"목시우를 죽이러 왔다. 방해하면 네놈도 목숨 부지하기는 어려울 테지."

"그를 죽인다 해도 달리는 기차 안에서 어떻게 도망칠 생각입니까?"

"죽을 각오를 했으니 상관없어."

하현은 그의 눈빛에서 확고한 의지를 읽었다.

"연유가 뭡니까?"

"그걸 순순히 말해야 할 의무가 있나?"

"총구가 일행을 가리키고 있지 않습니까."

하현의 차가운 말에 상혁이 표정을 굳혔다. 그는 억눌린 목소리로 말을 이었다.

"정석호가 사상검사로 살면서 무슨 짓을 해 왔는지 네놈도 모르지는 않겠지. 그놈 때문에 우리 큰형님이 죽었다!"

놀란 하현의 눈이 경직되었다. 무언가 말을 하려던 찰나 형욱이 소리쳤다.

"그것뿐만이 아니야! 정석호의 양아들 목시우가 제 회사 배로 왜놈들을 밀항시켰다. 네놈도 이 나라 사람이라면 마땅히 분노해야 할 일이지!"

울분 섞인 어조였다. 하현은 탄식을 삼켰다. 저 이야기가 사실이라면 하현이 이들을 방해할 이유는 없었다.

"형욱아, 가만히 있어."

"형……."

"네놈도 알고는 있겠지? 한립 중공업이 여태껏 일제에 가져다 바친 군함이 몇 척이나 되는지는."

하현은 놀라서 입을 열었으나 말을 아물리지 못하고 입을 다물었다. 한동안 누구도 입을 열지 않았다. 요란한 바람 소리와 철로를 직행하는 바퀴 소리, 증기 기관의 소음만이 끊임없이 반복되었다.

일순, 하현의 망설임을 대변하듯 기차가 흔들렸다. 철로에 장애물이라도 있었는지 왼쪽으로 크게 치우쳤다. 하현의 몸도 함께 휘청거렸다. 그 순간을 놓치지 않은 상혁이 제 동생을 옆으로 밀쳤다. 그리고 하현을 향해 방아쇠를 당겼다.

탕-! 총탄이 발사되는 순간 다시금 기차가 요동쳤다. 총탄은 하현의 옷자락을 찢고 바닥에 꽂혔다. 그때 1등석 객실의 문이 열리며 누군가 나타났다. 시우였다. 열차의 소음 탓에 시우의 등장을 몰랐는지 상혁은 다시금 하현에게 총을 쏘려 했고, 빠르게 상황 판단을 마친 시우가 상혁의 팔목을 잡아 제압했다. 방향을 바꾼 총구로 인해 총탄이 의자에 박혔다.

여기저기 총탄이 튀었으나 하현은 그들을 신경 쓸 겨를이 없었다. 의자로 밀쳐졌던 형욱이 시우를 발견하곤 떨어트렸던 총을 잡으려고 손을 뻗었기 때문이다. 하현은 그가 총을 잡기 전에 총을 발로 차 다른 곳으로 날려 버렸다. 그러자 형욱은 하현의 총을 뺏기 위해 달려들었다.

어깨를 누르는 강한 힘에 하현은 뒤로 엎어졌다. 이성을 잃은 형욱이 하현의 목을 졸랐으나 하현은 총을 쏘지 못했다. 간신히 총 손잡이로 명치를 가격하자 그가 뒤로 물러섰다. 하현은 양쪽 의자를 짚으며 가슴팍을 걷어찼다.

형욱이 뒤쪽으로 쓰러지자 하현은 저항하려는 그의 머리에 총을 겨누었다. 그제야 형욱의 행동이 잠잠해졌다. 총을 쥔 하현의 손이 희미하게 떨렸으나 기차가 거칠게 움직이고 있기 때문인지 티가 나지는 않았다.

시우는 이미 상혁의 팔목을 뒤로 꺾고 바닥에 짓눌러 제압한 상황이었다. 그때 다시금 1등석 객실 문이 열렸다. 이번엔 장환이었다.

"아이고 깜짝이야! 또 뭔 일입니꺼?"

장환이 화들짝 놀라서 물었다.

"한두 번도 아니고 매번 놀라지 마. 묶는 거나 도와. 거기 밧줄."

시우가 냉정히 말했다. 장환은 사내들이 가져왔던 밧줄로 묶는 것을 도왔다.

"놔, 이 새끼들아!"

사내들은 격렬히 반항했으나 속수무책이었다. 장환이 두 사람을 묶으며 한탄을 했다.

"허구한 날 이게 무슨 고생입니까. 우리가 그렇게 나쁜 사람은 아닌데 말입니다."

하현은 시우 쪽으로 고개를 돌렸다. 그는 무감한 눈으로 밧줄을 매듭짓고 있을 뿐이었다.

두 사람 다 완전히 포박되자 하현은 천천히 시우에게 다가갔다. 그녀는 총구를 시우의 머리에 겨누었다. 그는 하현에게 시선을 옮겼다. 다른 세 사내의 시선도 하현에게 고정되었다.

"뭐 하는 거야?"

"물러서요. 장환 씨도 뒤로 물러나세요."

"이봐. 뭐 하는 거냐고."

가라앉은 목소리로 그가 일갈했다. 하현은 그를 외면하고 포박된 사내 둘을 향해 말했다.

"잠깐 시간 줄 테니 알아서 탈출하시죠."

하현은 시우에게 총을 겨눈 채, 사내 둘이 들고 왔던 총 두 개를 깨진 창문으로 던져 버렸다.

"앞쪽으로 가요."

"잘못 판단하는 거야. 이 사람들, 우리가 데리고 있어야 해."

"앞쪽으로 가라고 했습니다."

하. 시우는 기가 막힌 듯 한숨을 내뱉었다. 그는 자리에서 일어서 걸음을 옮겼다. 총구가 겨눠진 사람이라기엔 긴장감 없어 보이는 모습이었다. 쭈뼛거리던 장환도 시우와 동행했다. 그들은 1등석을 지나쳐 탄수차와 객실 연결 다리에 이르렀다.

요란하게 움직이는 연결 다리 위로 찬 바람이 몰아쳤다. 세 사람의 긴장된 분위기는 깨어질 줄 몰랐다. 서늘한 얼굴로 하현을 응시하던 시우가 먼저 침묵을 깨트렸다.

"저자들한테 뭔가 들었나 보군."

"……."

"무얼 들었어?"

"……일본인들을 밀항시킨 게 당신입니까?"

"아닙니다! 그건 저희들이 그런 게 아니에요!"

장환이 급히 소리쳤지만 하현은 시우에게 시선을 고정했다. 그러나 그는 아무런 말도 하지 않았다.

사실 하현은 전쟁에서 패배한 일본인들이 밀항을 하든 말든 상관없었다. 오히려 하루빨리 떠나 주기를 바랐다. 어차피 이 나라를 가장 엉망으로 만든 고위층들은 일본에서 보낸 송환선으로 돌아간 지 오래였다.

그럼에도 분노하는 것은 철저히 기회주의자의 면모를 보이는 사람들 때문이었다. 나라를 떠나 목숨을 걸고 싸운 이들이 있는 반면, 제 이득을 위해 일본에 붙었다가 아무렇지도 않게 살아가는 이들이 있다. 더 많은 것을 탐내어 죄책감도 가지지 않고 살아가는 이들.

그게 제 앞에 있는 사내라는 것을 정녕 몰랐던가. 가장 화가 나는 부분은 그것이었다. 목시우가 어떤 사내인지 대략 짐작했으면서도 이 집에 들어온 자신에게 가장 화가 났다. 연호의 바람을 이뤄 주기 위해 목시우와 손을 잡았으나 이 방법이 옳지 않다는 건 하현 스스로도 잘 알고 있었다.

"군함은요."

하현이 낮게 입을 열었다. 시우는 여전히 침묵했고, 장환은 무어라 항변하려는 듯 입을 열었으나 끝내 말을 하지 못했다.

머리카락을 헤집을 정도로 기차가 거침없이 전진하고 있었다. 하현과 시우는 말없이 눈빛을 주고받기만 했다.

직행하던 열차의 선로가 조금씩 휘어지며 감속하기 시작했다. 하현은 제 등 뒤에 무언가 닿는 것을 느꼈다. 펜스의 잠금장치였다. 하현은 총을 겨눈 채 다른 손으로 등 뒤의 잠금장치를 풀었다. 불길한 직감을 한 시우의 눈동자가 얼어붙듯 굳어졌다.

"뭐 하는 거야?"

잠금장치가 풀리자마자 하현은 미련 없이 몸을 던졌다. 바닥에 뜬 몸이 뒤로 기울어졌고, 시간을 길게 늘어트린 것처럼 그녀는 느리게 추락했다. 마치 바다에 몸을 던지는 사람처럼 보였다.

시우는 저도 모르게 땅을 박차고 급하게 손을 뻗었다. 잡아 올리긴 역부족이었기에 그는 하현과 함께 뛰어내렸다. 추락하는 손끝을 잡아 끌어당기고 머리를 감싸 안았다.

무게 중심이 틀어지자 방향이 바뀌었다. 공중에 떠올랐던 두 사람은 언덕 위로 추락하여 몇 바퀴를 굴렀다. 돌이 많은 지형은 아니었으나 바닥에 무언가 있었는지 시우는 언덕을 구르며 날카로운 무언가에 팔이 찔리는 통증을 느꼈다.

평지에 이른 후에야 두 사람은 간신히 멈추었다. 시우의 품에 안겨 있던 하현은 잠시간 상황 파악을 하지 못했다. 갑작스레 번뜩 정신이 든 그녀는 품에서 벗어나 시우의 몸을 짓누르고 목덜미에 총을 겨누었다.

"당신 미쳤어? 같이 뛰어내린 이유가 뭐야!"

목덜미에 총구가 닿아 있는데도 그는 동요 없이 하현을 응시했다. 깊은 눈매는 날카롭기도 했고 동시에 권태로워 보이기도 했다. 하현은 멱살을 틀어쥔 손에 힘을 주었다.

"대답해. 뭐 하는……!"

그때 시우가 몸을 틀었다. 중심을 잃은 하현이 빠르게 자세를 잡았지만 이미 늦은 후였다. 자세가 역전되었고, 그는 하현의 손을 잡아 그녀의 목덜미에 총구를 겨누게 만들었다. 하현이 손을 꺾으려 했으나 완력 차이로 손을 움직일 수 없었다.

"그건 내가 묻고 싶은데. 뛰어내린 이유가 뭐야. 죽으려고 작정했어?"

"……."

"당신이 원하는 게 대체 뭐야. 정석호에게 뭘 얻어 내는 게 목적이 아니라 죽는 게 최종 목표인가?"

시우는 짓씹듯 말을 내뱉었다. 그 말에 하현의 눈동자에 혼란이 내려앉았다. 그동안 하현이 생각하지 않으려 했던 것을 시우가 건드린 탓이다. 혼란한 하현을 직시하는 눈동자는 여전히 날이 서 있었다. 종국에 하현은 그 시선을 피하며 눈을 내리감았다.

총탄이 발사될지도 모른다고 생각한 것과는 달리 시우는 한숨을 내쉬고 물러섰다. 그는 짜증 섞인 손짓으로 헝클어진 머리카락을 쓸어 넘겼다. 하현은 힘없이 몸을 일으켜 앉았다. 잠시간 무거운 정적이 지속되었다.

"다쳤습니까?"

문득 하현이 물었다. 잿빛 정장의 팔 부분이 찢어진 것을 발견했기 때문이다. 시우가 제 팔을 바라보았으나 그는 대수롭지 않게 시선을 돌렸다. 하현은 시우의 곁에 다가가 앉았다.

"옷 벗어 봐요."

"그냥 둬."

"벗으라니까요."

하현은 그의 행동을 기다리지 않고 겉옷을 끌어당겼다. 팔뚝 부분을 끌어 내리자 찢어진 셔츠 사이로 상처가 보였다. 하현은 셔츠의 찢어진 부분을 잡아당겨 팔 부분을 뜯어냈다. 상처가 심하지는 않았으나 소독을 하고 지혈을 해야 할 것 같았다. 임시방편으로 찢어진 셔츠를 팔에 묶어 지혈을 했다.

"그자들이 정확히 무슨 얘기를 했어?"

능숙하게 매듭을 짓는 하현에게 그가 물었다. 하지만 하현의 다물린 입매는 열리지 않았다. 호수의 표면처럼 잠잠한 얼굴로 손을 움직일 뿐이었다. 잠시 후 하현은 조용히 입을 열었다.

"해방 후에 그쪽 회사에서 일본인들을 밀항시켜 주었다는 이야기를 들었습니다. 일본에 군함을 상납했다는 이야기도 들었고요."

"……."

"사실입니까?"

"사실 여부가 중요한가? 어차피 난 쓰레기 같은 놈이고, 그걸 알면서도 손을 잡은 거잖아."

하현의 얼굴이 경직되었다. 시우는 짧게 한숨을 내쉬고 머리카락을 쓸어 넘겼다. 힘을 잃은 머리카락이 흐트러져 다시 이마 위에 드리웠다.

"첫날에 보았던 남자 기억해? 방에서 피 흘리고 있던 남자."

"……기억합니다."

"그자가 회사의 폐선을 빼돌렸어. 그때 봤다시피 지금은 처리했고."

"당신이랑 무관하다는 말입니까?"

"사실만 직시하자면 나나 정석호나 일본 돕는 일은 더 이상 안 하지. 패망한 나라니까."

"……그래서 패망하기 전에는 군함을 만들어 일본을 도운 겁니까? 이득을 얻을 수 있으니까?"

경멸이 담긴 눈동자였다. 그는 그 눈길을 피하지 않았다.

"그래. 우리 회사에서 일본을 많이도 도왔지. 경영진이 다수 일본인이었으니 일본 회사나 다름없었어."

"그러니까 지금 당신이 부일 회사의 부사장직을 맡아 왔다는 얘깁니까?"

"변명하려는 건 아니지만 그때 난 회사에 없었어. 내가 부사장으로 취임한 건 3개월 남짓이야. 일본의 패망이 가까워졌을 시기지."

하현의 눈에 약간의 놀라운 기색이 드리웠다. 직접적인 관여는 하지 않았다는 뜻일까. 하지만 석연치 않은 점은 여전히 남아 있었다.

"내가 말했지. 보이는 게 다가 아니라고. 하지만 당신이 보고 싶은 것만 보겠다고 작정했으면 그것만 봐. 할 일이 있어서 이 집에 들어온 거잖아. 내가 무얼 하든 끝까지 외면해."

시우의 어조는 잠잠하고 차분했다. 이런 상황만 아니었다면 듣기 좋은 목소리라고 생각했을지도 모른다.

"당신이 무어라 비난하든 난 정석호를 죽일 거고, 계획에 차질은 없어야 해. 당신이 나한테서 벗어난다면 난 당신을 죽일 수밖에 없어."

"……그 사람들도 죽일 생각이었습니까?"

시우는 대답 없이 하현을 응시했다. 하현은 알지 못하겠지만, 오늘 두 사람을 도망가게 한 건 그녀의 실수였다. 두 사람의 처리에 대한 결정권은 시우가 가지고 있어야 했다.

열차에서 내린 경호원들이 정석호에게 사건의 진상을 보고할 테고, 정석호는 그 형제들을 추적할 것이다. 만일 도주에 실패하고 정석호에게 붙잡힌다면 그 둘이 목숨 부지하기는 어려울 터였다. 그러나 시우가 데리고 있었다면 오히려 신변 보호를 해 줄 수 있었다.

이를 알게 된다면 하현은 제 탓이라 생각하리라. 지금껏 봐 왔던 여자는 몰라서 저지른 일에도 죄책감을 느낄 만큼 미련한 인물이었다. 시우는 구태여 사실을 밝힐 필요는 없다고 결론지었다.

"장환이 알아서 처리했겠지. 그놈은 애국자까지 해치진 않아. 당신이 걱정할 일은 생기지 않았겠지."

"믿어도 됩니까?"

"나 말고 이장환을 믿어 봐. 당신이 보기에도 나쁜 놈은 아니잖아."

조용히 말을 끝맺은 시우는 하현의 팔을 끌어당겼다.

"뭐 해요?"

그는 대꾸 없이 하현의 옷소매를 걷어 올렸다. 드러난 팔목에는 검붉은 멍이 들어 있었다. 아까 기차에서 어딘가에 부딪힌 모양이다. 그는 양장 재킷 안주머니에서 손수건을 꺼내 하현의 팔목에 고정시켰다.

　"그냥 멍인데요. 부러진 것도 아니고."

　"당신이 의사라도 돼?"

　그는 야멸차게 말하고는 매듭을 마무리 지었다. 그리고 자리에서 일어서서 하현을 바라보았다.

　"어쩔 거야?"

　"뭐가요?"

　하현이 시우를 올려다보았다.

　"같이 갈 건지, 도망갈 건지 선택해야지."

　하현은 헛웃음을 지었다.

　"도망간다고 하면 여기서 죽이기라도 할 겁니까?"

　"다친 상태에서 훈련된 군인을 이길 자신은 없어. 사람을 풀겠지."

　"그런 것치고는 아까 잘 움직이던데요."

　하현은 시우가 기차에서 사내들과 자신을 제압했던 기억을 떠올렸다. 상당한 숙련자에게서나 나올 수 있는 움직임이었다.

　"두 번 당할 인물은 아니잖아."

　하현은 시우를 응시하다 자리에서 일어섰다. 그리고 옷에 붙은 잔디 부스러기를 털었다. 시우는 그 모습이 잔디를 터는 행위라기보다는 생각을 정리하는 것으로 보였다.

　"하나만 묻죠. 정석호는 왜 죽이려 하는 겁니까?"

　"말하지 않았나? 그가 가진 걸 내가 가지기 위해서라고."

　"아닌 것 같아서요."

　시우가 말없이 하현을 응시했다. 하현은 잠잠한 음성으로 말을 꺼냈다.

"전쟁터에 있으면 감이 발달합니다."

맥락 없는 이야기에 시우가 살짝 눈을 찌푸렸다.

"뒤엉켜 있는 와중에 나를 해칠 사람이 누구인지, 아군은 누구인지, 어디로 총탄이 날아올지, 땅 밑에는 뭐가 있을지 파악해야 하거든요. 그렇게 생각하다 보면 저절로 예민해질 수밖에 없습니다."

"하고 싶은 말이 뭔데?"

"당신이 정석호를 죽이려는 이유가 권력이나 재산 때문으로 보이진 않습니다."

이건 직감이었다. 시우에게선 그간 하현이 상대했던 이들과는 다른 느낌이 들었다.

"근거 없는 직감 아닌가? 스스로를 지나치게 신뢰하는군."

"감도 의지해야 할 때가 있습니다. 생존이 걸린 문제이니까."

"여기가 전쟁터라 생각하나?"

"다를 건 뭡니까."

해가 지기 시작한 하늘의 불그스름한 빛이 하현의 이목구비에 드리웠다. 얼굴에 드리운 부드러운 빛의 얼룩이 수려했다.

"조선이 일본을 향해 총을 든 이유가 뭐라고 생각해."

대답 대신 질문이 돌아오자 하현이 살짝 미간을 찌푸렸다.

"많은 이유가 있죠. 당신도 익히 아는 그 나라의 잘못들 말입니다."

"잘못을 했다고 모두가 총을 드나?"

"그건……."

하현은 입을 열었으나 말을 끝맺지는 못했다.

"거역할 수 없었으니까 총을 든 거야. 그 시대의 법과 체제만으로는 결코 일본을 거역할 수 없었으니까."

"……정석호에게 거역할 수 없다는 뜻입니까?"

"결코."

단호한 답이었다.

"그자가 살아 있는 한, 나는 결코 그자에게 거역할 수 없어. 그게 내가 총을 든 이유야."

협박을 당하고 있다는 뜻일까. 그의 말을 반추하던 하현에게 시우는 한 걸음 다가섰다.

"난 당신 같은 애국지사도 아니고 선한 사람도 아니야."

거리가 가까워지며 하현의 얼굴에 음영이 드리웠다. 해를 등진 그의 얼굴에도 어두운 그림자가 내려앉았다.

"당신한테 이해를 바라지도 않고, 내 행동을 이해하려 들 필요도 없어. 비난을 하든 경멸을 하든 마음대로 해. 어차피 당신이 추구하는 가치와 내 가치는 결코 같을 수 없으니까."

윤곽이 또렷한 눈매가 하현을 직시했다. 감정을 알 수 없는 어두운 눈동자는 모순적이게도 하현의 감정을 자비 없이 헤집었다.

"오늘처럼 뜻밖의 행동으로 거슬리게 하지 마. 내가 당신 신념을 거스르는 행동을 했다면 차라리 총구를 들이밀고 물어."

"……"

"뻔한 사실로 도망가지 말라는 얘기야."

바람이 불었다. 갈대가 스치며 스산한 소요가 일었다. 두 사람은 잠시 서로를 바라보기만 했다. 미묘한 분위기를 먼저 깨트린 사람은 하현이었다. 그녀는 조용히 말문을 열었다.

"같이 가자는 뜻입니까?"

"알아들었다면 다행이고."

"내가 필요하긴 한가 봅니다."

"당신이 필요한 게 아니라 당신 조건이 필요한 거야."

"그게 그거 아닙니까."

무어라 반박하려는 시우를 하현은 손짓으로 막아 냈다.

"됐어요, 됐어. 같이 가죠."

"……진심이야?"

"예. 내가 이성적이지 못했습니다. 당신 말대로 나도 해야 할 일이 있으니까요."

"……."

"미안합니다. 괜한 일을 만들었네요. 그렇다고 당신 신뢰한다는 얘기는 아닙니다. 모든 일이 끝난 뒤에 내가 당신한테 위험 요소가 될 수도 있어요."

"알아."

간결하고 담담한 답이었다. 하현은 시우의 머릿속을 알 수 없어 잠시 콧잔등을 찌푸렸으나 이내 체념하고 앞서 걸었다.

"그만 가죠. 해 지기 전에 민가라도 찾아야 될 테니."

하현은 갈대를 헤쳤다. 시우는 눈으로 하현의 뒷모습을 좇다 그녀를 따라 걸었다.

그들은 낮은 갈대가 자라난 밭을 헤치며 나란히 걸음을 옮겼다. 하현은 걸으면서 시우의 옆모습을 흘긋 훔쳐보았다. 해가 지기 시작한 하늘의 불그스름한 빛이 또렷한 이목구비에 비껴들었다. 얼굴에 드리운 그림자가 깎아 놓은 듯 수려했다.

객관적으로 보자면 성격 빼고는 참으로 잘난 사내였다. 외모뿐만 아니라 상당한 재력을 갖춘 부족함 없는 사람이다. 계속 그렇게만 살면 인생이 평탄할 텐데 무슨 사연이 있어 정석호에게 얽매어 있는 것인지 의문이었다. 정석호를 결코 거역할 수 없는 사연은 대체 무엇일까.

"왜 자꾸 힐끔거려."

하현의 시선을 눈치챈 시우가 말했다. 옆통수에도 눈이 달린 모양이다.

"내가 언제요? 자의식이 과하네요."

"나에 대해 알아낼 생각 하지 말고 당신이 해야 할 일이나 해."

"내가 할 일은 알아서 잘합니다. 근데 혹시 운동 같은 거 했어요?

아까 보니 귀하게 자란 샌님은 아니던데."

"내 어디가 샌님으로 보여?"

시우가 인상을 썼다. 하현은 그런 시우를 무시하고 궁금한 것을 물었다.

"어쩌다 정석호의 양아들이 된 겁니까? 성은 왜 다르고요."

"호적은 정씨로 되어 있어."

"근데 왜 목씨를 씁니까?"

"친아버지 성이니까."

"그럼 왜……."

"그만 물어. 나도 당신에 대해 궁금해하지 않을 테니."

"궁금한 게 있으면 물어보면 되지 않습니까. 하나씩 교환하죠."

"싫어."

실로 단호한 대답이었다. 하현은 툴툴거리며 걸음을 옮겼다. 그때 시우가 걸음을 멈추고 하현에게 시선을 고정했다. 하현은 돌아서서 의아한 표정을 지었다.

"왜요, 물어볼 거 있어요?"

노을빛에 비친 사내의 눈동자는 또렷하고, 알 수 없는 신비로운 빛을 띠었다.

"군에서 왜 나왔지? 해방 전에 나온 걸로 되어 있던데."

뜻밖의 물음에 하현은 대답하지 못하고 침묵했다.

"……대답도 못 하면서 그런 제안을 왜 하는지 모르겠군."

시우는 혼잣말하고는 하현을 지나쳤다. 대답을 기대했던 건 아닌 모양이다. 하현은 그를 뒤따르며 덧붙였다.

"대답 못 하는 게 아니라 안 하는 겁니다. 괴로워서 나온 거지 별다른 이유는 없었습니다."

"거짓말을 하는군."

하현이 미간을 찌푸렸다.

"왜 그렇게 생각하는데요?"

"전쟁 중의 군인이 괴롭지 않은 날이 얼마나 됐겠어. 여인이 그 직책까지 오르는 데 상당한 인내심이 필요했을 텐데, 괴로운 게 이유였다면 거기까지 가기도 전에 그만뒀겠지."

하현은 걸음을 멈추었다.

"해방 목전에 군을 나왔던 건, 결정적인 이유가 있었던 게 아닌가?"

단조로운 어조로 말을 잇던 시우는 돌아서서 하현을 바라보았다. 잠시 갈대밭을 흔드는 미약한 바람 소리만이 귓가에 반복되었다. 하현은 맥없이 웃었다.

"참 정떨어지게 말하는 재주가 있네요."

"당신이 나한테 떨어질 정이 있긴 해?"

"없죠, 당연히."

하현은 다시금 설핏 웃고 걸음을 옮겼다. 시우도 그녀를 따라 걸었다.

"친우가 나 때문에 죽었습니다. 그게 결정적인 이유였죠."

시우는 꿈속을 헤매던 하현이 중얼거렸던 '연호'라는 이름을 떠올렸다.

"아끼던 친우였나 보군."

"……."

"사랑했어?"

하현은 말없이 걷기만 했다. 걸으면서 햇볕을 받은 머리카락이 황금빛 갈대처럼 흔들렸다. 객이 없는 황량한 갈대밭 사이, 홀로 서 있는 하현의 뒷모습은 서글퍼 보였다. 하지만 그녀는 언제 서글퍼했냐는 듯 아무렇지 않은 목소리로 말했다.

"좀 앉았다 가죠. 다리 아픈데."

하현은 갈대가 없는 흙바닥 위에 주저앉았다. 갈대를 헤치고 걸어왔더니 그냥 걷는 것보다 배는 더 힘이 들었다. 배가 고프기까지 했다. 며칠을 굶은 적도 많은데, 저택에 들어간 이후로 매 끼니를 꼬박 꼬박 챙겨 먹었더니 금세 허기가 졌다.

"군인 체력이 왜 그 모양이야?"

"지금은 민간인이라 민간인 체력인데요. 민간인 목시우 씨도 좀 쉬었다 가시죠."

짜증이 담긴 말이었다. 시우는 별다른 대꾸를 하지 않고 하현과 간격을 두고 앉았다. 그는 재킷 안주머니에서 라이터를 꺼내려다 말고 문득 하현을 바라보았다.

"담배 냄새 싫어해?"

"답지 않게 웬 배려입니까. 그냥 펴요."

시우는 별다른 대꾸 없이 담배 하나를 꺼내 물었다. 하얗고 얇은 종이 담배는 혈색 있는 입술과 퍽 잘 어울렸다. 그가 라이터로 불을 붙이기 전, 하현은 말문을 열었다.

"목시우 씨는 대체 어느 쪽입니까?"

"어느가 뭘 뜻하는데."

"정치적 성향이라든가, 추구하는 이상이라든가, 가지고 있는 신념 같은 것들이요."

"당신이 보는 게 맞겠지."

"별로 좋은 쪽으로 보이지는 않는데요."

그는 건조한 웃음을 짓더니 하현 쪽으로 담배를 보여 주었다.

"이게 무슨 모양 같아?"

뜬금없는 말에 하현이 미간을 찌푸렸다.

"무슨 말을 하려고 그럽니까? 담배는……. 원기둥이죠."

"단면에서 보면?"

"수학 시간이에요? 직사각형이랑 원이겠죠."

"그래. 원기둥이지만 직사각형이나 원이라고 해도 틀린 말은 아니야. 보이는 면은 그렇게 생겼으니까."

"그래서요?"

"당신이 나에 대해 어떻게 보든 당신이 보는 게 다 맞는다는 뜻이야. 특정한 순간에만 보이는 모습이 진실이 아니라 말할 수는 없다고."

"……무슨 소린지 하나도 모르겠는데요. 어렵게 말하는 거 안 좋아합니다."

"그래 보여."

그는 다시 담배를 입에 물며 말했다.

"이 사람이 진짜."

짜증스레 하는 말에 그는 짧게 웃음을 터트렸다. 저렇게 눈매가 휘어지는 모습은 처음 보는 것 같았다. 입꼬리가 시원하게 트이는 밝은 웃음이 생각보다 보기 좋았다.

"또 궁금한 거 있는데요."

"그냥 궁금한 상태로 있으면 안 되나?"

귀찮은 어조였다. 하현은 그 말을 무시하고 제 할 말을 했다.

"목시우 씨는 왜 몸에서 꽃 냄새가 납니까?"

예상 밖의 질문에 시우의 눈썹이 찌푸려졌다.

"남의 몸 냄새를 왜 맡아?"

"아니, 왜 변태 보듯이 봅니까? 나는 걸 난다고 하는데."

시우의 표정이 풀어지지 않자 하현은 짜증스럽게 투덜거렸다.

"참 유난이시네. 지나가다 밥 냄새 맡으면 식당 주인이 변태라고 하겠어요."

그때 하현에게 1전보다 약간 큰 크기의 동그란 통이 호선을 그리며 날아왔다. 하현은 한 손으로 가볍게 그것을 잡았다. 시우가 던진 것이었다.

"이게 뭐예요?"

"손에 바르는 거."

"아, 핸드크림?"

"영어 읽을 줄 아나 보네."

"너무 무시하시네. 이래 봬도 공부는 좀 했습니다."

하현은 뚜껑을 열어 향을 맡았다. 그간 시우에게서 맡았던 흰 꽃의 향기와 동일했다.

"발라 봐도 됩니까?"

시우가 짧게 고개를 끄덕였다. 하현은 크림을 살짝 덜어 손에 발랐다. 부드러운 크림이 손의 온도에 부드럽게 녹아내리며 순식간에 향이 퍼졌다. 향수 대용으로 사용하는 크림인 듯했다.

"보기보다 섬세하네요. 이런 걸 다 바르고."

어머니가 사용하던 제품을 쓰는 것이었다. 그러나 시우는 구태여 하현에게 그런 말을 할 필요는 없다고 생각했다.

"나무 만지면 손 틀 때가 많으니까."

"나무요? 직접 배도 만듭니까?"

시우는 고개를 저었다.

"지금은 할 시간 없어. 습관 때문에 계속 바르는 거지."

그럼 예전에는 배를 만들었다는 뜻일까. 하현은 고개를 끄덕이고는 손에서 나는 꽃향기를 맡았다.

"흰 꽃 냄새예요."

"어떻게 알아?"

"흰 꽃 냄새는 꽃 냄새 중에서도 탁해요. 어릴 때야 꽃 만지고 살 일이 많았으니 알 수밖에 없죠."

시우는 하현의 옆모습을 물끄러미 응시했다. 꽃밭을 노닐던 천진한 여자아이는 어쩌다 총을 잡게 된 걸까. 떠오르는 의문에 답해 줄 수 있는 이는 시우의 시선을 모르고 제 손 냄새를 맡기만 했다.

"향이 좋네요."

가을의 사양이 여자의 얼굴에 비쳐 들었다. 아름다운 빛이었다. 그러나 시우가 하현의 얼굴에 시선을 고정한 것은 빛 때문이 아니었다. 입꼬리에 걸린 부드러운 웃음 때문이었다. 금방 사그라질 듯 희미했으나 그건 분명 편안한 웃음이었다.

늘 강인하거나 가엾기만 했던 여자가 처음으로 보여 준 미소였다. 어째서 그 미소에 시선을 빼앗겼는지는 모른다. 그저 갑자기 풍경이나 하늘을 바라보는 것과 비슷한 맥락이라는 착오를 하며, 그는 노을 쪽으로 시선을 옮겼다. 선명한 붉은빛이 발화하듯 타오르고 있었다.

○ ◐ ●

하현과 시우는 다행히 해가 지기 전에 민가에 도달했다. 시우의 연락으로 장환이 차를 보내 주기로 했고, 차를 기다리는 동안 두 사람은 작은 병원에서 치료를 받았다. 비교적 상처가 가벼웠던 하현은 먼저 치료를 받고 나왔다. 그녀는 병원 앞 계단에 앉아 지나다니는 사람들을 구경했다.

"뭐 해? 우체국 앞에 가 있으라니까."

구경에 질릴 즈음 시우가 병원에서 나왔다.

"목시우 씨, 돈 있어요?"

"왜?"

"뭐 좀 사 먹게요. 돈 있으면 줘요."

"이젠 갈취까지 하네."

"갈취 아니고 부탁인데요."

"보통 부탁을 그렇게 하나?"

"아 진짜. 1전에 한 대씩 맞기 전에 얼른 주시죠."

시우는 기가 막혀 헛웃음을 짓고는 지갑에서 돈을 꺼내 주었다.

"밥 말고 간단한 거 사 먹어. 어차피 가서 먹을 테니까."

"알았어요."

107

돈에 시선이 팔린 하현을 보며 시우가 미간을 찌푸렸다.

"듣고 있긴 한 거야?"

"들었습니다. 단거 사 먹을 거예요. 떡집이 있나?"

"간단한 거 먹으라니까."

"간단하잖아요, 떡. 그럼 다녀올게요."

하현은 시우를 쳐다보지도 않고 대답하고는 먹을 것을 사러 가 버렸다. 시우는 눈으로 그 뒷모습을 좇다 담배에 불을 붙였다. 뿌연 연기를 뱉어 내며 그는 자신만의 생각에 잠겼다.

장환의 말에 의하면, 정석호는 이미 그 형제들을 추적하기 시작했다. 아직 잡히지는 않았다고 하니 다행이지만, 조금 찜찜한 기분이 들었다. 그저 기우일 뿐일까. 그는 한숨 섞인 연기를 길게 뱉어 냈다.

담배를 반쯤 태웠을 때 하현이 돌아왔다. 어째선지 떡이 아닌 사과를 하나 들고 있었고, 표정도 좋지 않았다. 하현은 묻지도 않은 말을 불만스레 늘어놓았다.

"시장이 여기서 거리가 좀 있나 봐요. 배고파 보였는지 저쪽에 계신 아주머니가 주시더라고요."

그리고 침묵이 흘렀다. 하현은 머뭇거리다가 힘겹게 물었다.

"……반 나눠 먹을까요?"

엄청난 고심치고는 허무한 물음이었다. 시우는 야멸차게 들릴 정도로 차갑게 답했다.

"혼자 먹어."

"진짜요? 안 먹어도 괜찮겠어요?"

"그래."

하현은 약간 기뻐하며 다시 계단에 앉아 사과를 베어 물었다. 배가 고팠던 모양이다. 누가 보면 며칠은 굶긴 줄 알 것 같다. 단내가 풍겨 오는 것 같다고 생각하며 그는 담뱃불을 껐다.

하현은 시우의 옆자리에 앉아 차창 밖으로 보이는 서울의 모습을 감상했다. 경성역 역사를 지나 이제 막 남대문에 이르던 차였다.

그녀의 입장에선 인천도 충분히 큰 도시였지만, 역시 서울에 비할 바는 못 되었다. 사람들과 차가 많아 거리는 번잡했고, 그 사이를 거대한 전차가 경종을 울리며 아슬아슬하게 지나다니고 있었다. 거리에 늘어선 백화점이나 병원, 은행 등의 건물들은 크고 높아 하늘을 가릴 정도였다.

물론 서울이라고 해서 다 크고 화려하기만 한 것은 아니었다. 해방 전 청계천을 기점으로 북쪽은 주로 일본인 거주 지역이라는 이유로 발달했지만, 청계천 남쪽은 이보다 훨씬 낙후된 것이 서울의 이면이었다.

그것 말고도 일제가 서울을 어지럽히고 간 흔적은 곳곳에 남아 있었다. 아직 경성이라는 이름이 붙은 역사, 떼지 못한 일본어 간판들, 일본식 주소, 입에 익은 일본어를 쓰는 사람들.

총독부 건물이 남아 있는 것도 원통한데 이제는 성조기까지 걸려 있었다.

하현이 씁쓸한 마음을 달래는 동안 차는 본정을 지나 황금정 1정목으로 들어섰다. 고래 등처럼 으리으리한 가옥들이 보이기 시작했다. 운전수는 그중에서 가장 큰 집을 찾아냈고, 커다란 솟을대문 앞에서 차를 세웠다.

대문 안으로 들어가자 커다란 한옥집이 눈에 들어왔다. 인천 저택만큼은 아니었으나 이곳도 어마어마하기는 매한가지였다. 집 안 평수를 가늠하자면 하루도 더 걸릴 것 같았다.

"시우야, 오느라 고생 많았다."

대문을 지나자 백색 두루마기를 입은 중년 사내가 시우를 맞이했다.

아마 정석호일 터였다. 예상했던 것보다 온화하고, 중년치고는 준수한 인상의 사내였다. 목시우는 형식적인 미소를 지으며 악수를 나누었다.

"오랜만에 뵙습니다, 아버지."

"그래, 허기질 테니 식사부터 하자."

죽이고 싶은 자에게 아버지라 부르는 목시우의 마음은 어떨까. 표정만으로는 생각을 전혀 추측할 수 없었다. 그저 지나치게 예의를 갖추는 부자지간으로 보일 뿐이었다.

두 사람을 보던 하현은 문득 정석호의 손에 시선을 고정했다. 부상을 당했는지 왼쪽 새끼손가락이 없었다.

"거기 자네도 같이 식사 들지."

그때 정석호가 하현에게 말을 걸었다. 하현은 당황했다. 시대가 바뀌었다고는 하나 고용된 하인과 주인이 겸상하는 일은 흔치 않았기 때문이다.

"괜찮습니다. 제가 어찌……."

"따로 차리는 게 더 번거로운 일이니 같이 들게. 자네도 많이 고생했을 텐데."

하현은 얼떨결에 두 사람의 뒤를 따라 사랑채로 이동했다.

상다리가 부러질 듯 다양한 반찬이 실어 날려졌다. 밥상에 정신이 팔려 있던 하현은 문득 기시감이 들어 고개를 들었다. 이곳에서도 일을 거드는 하인이 죄다 사내들이었다. 정석호가 집 안에 결코 여인을 들이지 않는다는 것이 그냥 하는 말은 아니었던 모양이다. 하현이 여인인 것을 알면 어떤 반응을 보일지 뒷골이 서늘했다.

식사를 시작한 것은 경호원들에게 안과 바깥을 모두 지키게 한 후였다. 경호 인력이 배는 더 많을 거라던 시우의 말은 사실이었다. 사설 경호대가 깔린 저택의 분위기는 삼엄했다.

"고생 많았다 시우야. 큰일이 날 뻔했구나."

"크게 걱정하실 상황은 아니었습니다."

"그래. 큰 사업을 하다 보면 적이 따르기 마련이니 늘 조심해야 한다. 많이 다치진 않았으니 다행이구나."

두 사람은 담소를 나누었다. 회사 경영 이야기가 대부분이었고, 평범한 안부도 이따금씩 오고 갔다.

"그런데 자네는 처음 보는 얼굴인 것 같은데."

묵묵히 식사에 열중하던 하현은 놀라서 고개를 들었다. 정석호가 하현을 바라보고 있었다. 그녀는 자세를 바로잡고 입을 열었다. 그런데 시우가 말을 가로챘다.

"전에 일하던 아이가 그만두어서 최 집사가 새로 뽑았다 합니다."

하현은 꾸벅 허리 숙여 인사했다.

"처음 뵙겠습니다. 김복, 김복돌이라 합니다."

"그래, 반갑네."

하현은 어색한 미소를 지었다.

"자네는 사내답지 않게 아주 곱군. 도안(桃顔)이라는 말은 자네 같은 사람을 두고 이르는 말이겠어."

하현은 당황했으나 내색하지는 않았다. 정석호는 그런 하현을 보며 인자한 웃음을 지었다.

"흉이 아니라 칭찬이니 나쁘게 받아들이지 말게."

"아, 예. 감사합니다."

시우가 했던 말과 달리 정석호는 악인처럼 보이지 않았다. 심지어 친절해 보이기까지 했다. 스스로를 숨기는 데 능한 사람인지, 아니면 시우의 말이 거짓인지 가늠할 수 없었다.

"식사도 했으니 오랜만에 활이나 쏴 볼까."

식사를 마친 후 정석호가 말을 꺼냈다. 일순 식당 내의 분위기가 가라앉았다. 하현은 의아하여 주변을 둘러보았다. 하인, 경호원들 할 것 없이 표정이 경직되어 있었다. 시우 역시 표정이 차갑게 굳었다. 그의

111

시선이 하현에게 짧게 닿았다가 떨어졌다.

분위기가 가라앉은 원인을 찾기도 전에 정석호는 시우와 경호원들을 데리고 집 뒤쪽의 공터로 향했다. 잔디로 채워진 앞마당과 달리 흙으로 단단히 땅을 다져 놓은 곳이었다. 과녁 몇 개가 먼 곳에 세워져 있었는데, 흠집이 대부분 중간에 몰려 있었다. 활의 주인은 활쏘기에 상당히 단련이 된 사람인 것 같았다. 그런데 이상하게도 굳은 피 같은 흔적도 있었다.

"그럼 시작해 볼까."

가라앉은 분위기가 무색하게도 두 사람은 평범하게 활쏘기를 즐겼다. 두 사람 다 실력이 출중하여 활촉은 거침없이 과녁 중앙에 꽂혔다.

시우는 팔이 다쳤는데도 조금의 내색도 하지 않고 활을 쏘았다. 오기 전에 양장점에서 옷을 사 입었기 때문에 정석호도 시우의 상처를 알지 못했다.

"내가 조금 더 나이를 먹으면 너한테 지겠구나, 시우야."

"섭섭한 말씀 마세요."

화살이 과녁을 가득 채우고, 하현이 가식적인 대화에 질릴 즈음이었다.

"그냥 하니 재미가 없구나."

정석호의 말에 다시금 분위기가 서늘해졌다. 정석호는 제 수행 비서에게 시선을 고정했다.

"데려와 보거라."

"예."

수행 비서는 빠르게 몸을 움직였다. 잠시 후 그가 데려온 사람들을 마주한 하현과 시우의 표정이 서늘하게 가라앉았다. 기차에서 만났던 형제였다. 구타를 당했는지 두 사람 다 온전한 상태가 아니었다. 하현은 당혹감을 간신히 억눌렀다. 정석호는 태연자약한 얼굴로 활을 들고 있었다.

"기차를 타려고 노량진역에서 서성거리는 걸 붙잡았다더구나. 그냥 놓쳤으면 큰일이 날 뻔했어."

"……."

"그럼, 다시 시작해 볼까."

정석호가 활시위에 화살을 고정하자 경호원들이 형제를 붙잡아 과녁 앞에 세웠다. 상황을 알아차린 하현의 낯빛이 하얗게 질렸다. 가장 경계해야 할 부류를 알아차리지 못한 것이 후회되었다. 스스로를 숨기는 데 능한 사람은 언제든 위험이 되는 법이었다.

정석호는 활시위를 당겼다. 하현은 그의 눈빛에서 선뜩함을 느꼈다. 그가 활시위를 놓는 순간, 하현이 앞으로 다가갔으나 화살은 순식간에 바람을 갈랐다. 휙-! 나무판자에 화살이 꽂혔다. 불행 중 다행으로, 형제 중 형 쪽의 옷만 찢어지고 다치지는 않았다.

"네 차례다, 시우야. 활을 들어야지."

시우는 굳은 얼굴로 정석호를 바라만 보았다. 시우는 자신이 하현에게 했던 말을 상기시켰다.

'그자가 살아 있는 한, 나는 결코 그자에게 거역할 수 없어.'

지금의 그는 정석호에게 결코 거역할 수 없다. 정석호가 죽기 전까지는 불변할 사실이었다. 한참 동안 칼날 위에 서 있는 듯한 아슬아슬한 침묵이 지속되었다.

시우는 결국 활을 들었다. 하현이 그를 혐오하든, 다시금 총구를 들이밀든 정석호의 말을 거스를 수 없는 것이 시우가 처한 현실이었다. 그는 심호흡을 하고 활촉을 겨누었다.

이 빌어먹을 놀이의 규칙은 '과녁'에게 각 다섯 발씩 쏘아 과녁을 살아남게 만드는 쪽이 승리하는 것이었다. 과녁 밖으로 나가거나 바로 죽이는 것은 실격이었다. 적당한 고통을 지속하는 것이 정석호가 말하는 이 놀이의 진정한 재미였다.

정석호에게 붙잡힌 이상 저들이 멀쩡히 살아 나가는 것은 불가능했다. 한 사람만이라도 살아서 나가게 하는 것이 차선이지만 그것마저 쉬운 일이 아니었다. 시우는 활시위를 한계까지 잡아당겼다. 일단은 옷깃만 스칠 생각이었다.

그때, 갑작스러운 고통에 시우가 미간을 찌푸렸다. 오른쪽 팔에 통증이 있었다. 하필 상처가 한계에 이른 모양이었다. 그는 겉으로 드러내지 않으려 애쓰며 과녁에 집중했다.

'아버지, 제발 그만해 주십시오! 저 사람, 괴로워하지 않습니까!'

고통과 함께 과거의 기억이 그의 머릿속을 헤집어 놓았다. 그는 당장이라도 활시위를 정석호에게 돌리고 싶은 충동과 싸워야 했다. 아직은 때가 아니었다. 아직은……. 머릿속에 떠도는 상념을 잘라 내고 팔에 조금 더 힘을 주었을 때, 누군가 시우의 옷자락을 붙잡았다. 고개를 돌려 바라본 곳에는 하현이 있었다.

"도련님."

평온을 가장하였으나 여인의 눈에는 분노가 들끓었다. 그녀는 딱딱한 목소리로 말을 이었다.

"팔이 불편해 보이십니다."

정석호의 시선이 짧게 닿았다. 시우는 활시위를 내려놓고 부러 야멸차게 하현의 손을 뿌리쳤다.

"네가 끼어들 상황이 아니다."

"다쳤느냐?"

"아닙니다."

"다친 너와 겨루어서 무엇이 재미있겠느냐."

"……"

"그래, 자네가 한번 쏴 보지 않겠나? 자네도 저들 때문에 피해를 입었을 텐데."

정석호의 시선이 하현에게 닿았다. 하현은 분노를 억눌러 딱딱해진 어조로 말했다.

"저는 활을 쏠 줄 모릅니다."

"아버지."

"활을 처음부터 잘 쏘는 사람은 없네. 배우면서 느는 게지."

정석호는 미소 지었다. 가늘게 접히는 눈에는 웃음기도, 감정도, 자비도 실려 있지 않았다. 시우가 만류하는 눈으로 그녀를 바라보았으나, 하현은 시우가 들고 있던 활을 잡아 들었다. 정석호는 웃으며 말을 이었다.

"총 다섯 발을 쏘아 과녁에 맞추는 것이 규칙일세. 오래 살아남는 쪽이 승자가 되는 게지. 과녁에 벗어나거나 바로 심장에 맞추면 실격이 되어 자네의 과녁이 죽는 것이지."

하현은 입술을 깨물었다. 당장 이 상황을 뒤엎고 싶지만, 사방이 경호원으로 둘러싸인 상황에서 저 두 사람을 어떻게 구해 내야 할지 방법이 떠오르지 않았다.

하현은 자리에 서서 신중히 활시위를 잡아당겼다. 활이나 총이나 둘 다 원리는 비슷했다. 방법만 다를 뿐이다. 아주 미세한 상처만 낼 목적으로 하현은 목표에 집중했다. 날카롭게 변모한 하현의 눈빛을 정석호는 흥미로운 듯 관찰했다.

"나를 죽여!"

그때, 형 쪽인 상혁이 소리를 질렀다. 하현은 집중하던 것을 멈추고 그를 바라보았다.

"내가 대신 죽을 테니 동생은 살려서 보내 줘! 내 심장에 활을 쏴!"

"아니, 아니야! 나를 죽여! 제발, 형은 살려 줘!"

"부탁이다, 제발! 나한테 겨눠!"

하현은 입술을 깨물었다. 다시 활시위를 잡아당겼으나 손이 떨렸다. 두 사람 다 살리지 못할 것이란 생각이 들자 걷잡을 수 없이 두려워졌다.

'꼭 살아서 돌아가요.'

누군가의 죽음을 지켜봐야 하는 건 언제나 끔찍한 고통을 동반한다. 하현이 활을 쏘지 못하자 정석호가 하현의 옆에 섰다. 그는 제 활시위를 당겼고, 거침없이 화살을 쏘았다. 콱-! 형욱의 어깨에 활촉이 박히며 피가 튀었고, 형욱은 비명을 내질렀다.

"순서는 상관없겠지."

정석호가 냉랭한 얼굴로 일축했다. 하현은 떨리는 주먹을 꽉 그러쥐었다. 그 와중에 활쏘기를 보고 있던 어린 시중은 그만 혼절해 버리고 말았다.

하현은 다시 활을 들었다. 더 지체하다가는 한 사람도 살리지 못할 것 같았다. 하나라도 살려야겠다는 일념으로 활시위를 잡아당겼을 때, 누군가 하현의 손을 잡아 내렸다. 고개를 돌려 바라본 곳에는 시우가 있었다. 의중을 알 수 없게 깊이 가라앉은 눈이었다. 그는 시선을 옮겨 정석호를 바라보았다.

"제 실수를 타이르시기 위함임을 압니다."

상황과 어울리지 않는 차분한 음성이었다. 그는 하현이 들고 있던 화살을 가져갔다.

"오늘 저들을 놓친 것은 온전히 제 잘못입니다."

그는 잠시 하현 쪽을 일별했다.

"방해되는 요소는 없었습니다."

시우의 말에 하현은 그제야 상황을 알아차렸다. 정석호는 하현 때문에 시우가 저 형제들을 놓쳤다고 생각했던 것이다.

"이것으로 노여움은 풀어 주시지요."

그리고 만류할 새도 없이 그는 상처 난 제 팔에 활촉을 내리꽂았다. 찢어진 팔에서 피가 철철 쏟아지기 시작했다. 챙그랑— 피 묻은 화살이 바닥에 힘없이 나뒹굴었다. 목시우는 아무 일도 없었다는 듯 태연한 모습으로 정석호를 향해 깊이 허리를 숙였다.

"다시는 이런 일 만들지 않겠습니다."

무거운 침묵이 지속되었다. 한참 후에 정석호는 조용히 입을 열었다.

"시우야. 나는 노여워서 이러는 것이 아니다."

"……"

"내가 줄곧 말했었지. 약자가 되는 것은 책임 전가의 대상이 네가 되는 것이라고."

무자비하고 서늘한 시선이 시우에게 닿았다.

"이만하면 너도 알아들었으리라 믿는다. 다시는 이런 실수 반복하지 말거라."

"명심하겠습니다."

그리고 정석호는 화살을 내려놓고 돌아서서 걸음을 옮겼다. 남겨진 공간에는 무겁고 꺼림칙한 정적만이 불순물처럼 가라앉아 있었다.

장환이 시우의 곁에 다가가는 것으로 적막은 깨어졌다. 그와 동시에 하인들이 시우의 팔을 지혈하기 위해 달라붙었다. 그러나 그는 다른 생각에 잠겨 있었다. 과거의 기억이었다.

'아버지, 제발 그만해 주십시오! 저 사람, 괴로워하지 않습니까!'

'시우야. 저자가 아파하는 이유가 뭐 같으냐? 네가 제대로 처신했다면 저 종놈이 활을 맞을 일은 없었겠지. 어디 다치게 한 것뿐이냐. 넌 나한테서 신뢰를 잃었고 여기 있는 하인들에게는 원망을 받겠지.

여기서 일을 벌인 것은 나지만 원망의 대상은 네가 될 게다. 네가 약하니까. 사람은 본디 그런 존재다.'

'잘못했습니다, 아버지. 잘못했으니 이제 그만……'

'시우야. 권력이란 애초에 불만을 만들지 않는다. 불만도 불만이 아니게 만들 수 있어. 하지만 약한 것은 뭘 뜻하는지 아느냐. 책임 전가의 대상이 다 네가 된다는 거야. 네가 약해지는 순간 화살은 다시 너한테 돌아오게 되어 있어. 저기 묶여 있는 게 네가 될 수도 있다고. 그러니 일어서서 다시 쏘거라.'

늦은 저녁이었다. 하현은 행랑채에서 밥을 먹다 말고 은밀히 사람들 속을 빠져나왔다. 장환이 시우를 데리고 병원에 간 지금 형제를 탈출시켜야 했다. 정석호에게 가장 의심받을 두 인물이 없는 지금이 가장 적격이었다. 정석호도 일이 있다며 집을 비웠으니 움직이기도 쉬울 터였다.

하현은 두 사람이 갇혀 있는 광으로 향했다. 광 앞에는 상당수의 사내들이 보초를 서고 있었다. 역시 무력으로 진입하기는 어려울 것 같았다. 하현은 주머니를 뒤져 무언가를 꺼냈다. 아까 시우의 외투에서 꺼내 온 라이터였다. 뱀 문양이 양각된 라이터가 달빛을 반사하며 번뜩였다.

화르륵-

밀려드는 졸음기에 꾸벅거리던 경호원은 거세게 솟아오르는 불길을 발견하고 번뜩 정신을 차렸다. 저택에 있는 다섯 개의 광 중 한 곳에서 불길이 일고 있었다. 이대로 있다간 재산을 날릴 위기였다. 주인의 불호령이 떨어질까 겁이 나 그는 주변의 경호원들을 대동하여 불이 난 광으로 향했다.

한편 숨어 있던 하현은 집 안의 인력이 모두 불에 집중된 것을 확인하고, 형제가 갇혀 있는 광으로 향했다. 최소 인력은 남겨 두려 했는지 사내 둘이 보초를 서고 있었다. 어렵겠지만 시도해 볼 만한 상황이었다. 하현은 광 반대편으로 돌아가 숨소리와 발소리를 죽이고 사내들 뒤로 접근했다.

퍽-! 권총 손잡이가 뒷목을 가격하자 사내가 힘을 잃고 쓰러졌다. 다른 사내가 돌아볼 새도 없이 다시금 같은 일이 반복되었다. 하현은 기절한 두 사내를 보며 깊이 한숨을 내쉬었다. 어째 예전보다 몸 쓰는 일이 더 많이 생기는 것 같아 심란했다.

"미안합니다."

하현은 중얼거리며 사내들의 몸을 뒤져 열쇠를 찾았다. 자물쇠를 따고 광문을 열자 놀란 얼굴의 형제와 마주했다. 하현은 두 사람의 뒤로 다가서서 칼로 밧줄을 끊었다.

"끈은 풀어 줄 테니 알아서 도망가시죠. 이 이상은 못 도와줍니다."

"……."

"복수심만으로는 할 수 없는 일입니다. 복수는 단념하고 멀리 도망가서 살아요."

두 사람의 밧줄을 모두 풀었으나 형제는 자리에서 벗어나지 못했다. 뜻밖의 상황에 당황한 듯싶었다. 하현은 짜증스럽게 재촉했다.

"얼른 도망가라니까요?"

"……목시우와 정석호는 무슨 관계인 겁니까?"

상혁이 물었다.

"나도 잘 모릅니다. 분명한 건 두 사람 다 목시우한테 목숨을 빚졌다는 사실이죠."

두 사람 사이에 무거운 침묵이 흘렀다. 머지않아 상혁은 하현을 향해 고개를 숙였다. 그를 본 형욱도 꾸벅 고개를 숙였다.

"신세 졌습니다."

"인사는 됐으니 얼른 가기나 하세요."

몸을 돌려 나가려던 상혁이 다시 돌아서서 하현을 바라보았다.

"혹여 나중에 도울 일이 생기거든, 인천의 홍영 양화점으로 연락해서 저희 장씨 형제를 찾아 주십쇼. 꼭 돕겠습니다."

그 말을 마지막으로 두 사람은 급히 광 안을 빠져나갔다. 하현도 짧은 한숨을 내쉰 뒤 은밀히 어둠 속으로 파고들었다.

시우가 병원에서 돌아왔을 때, 집 안은 상당히 어수선한 상황이었다. 분주히 움직이는 하인을 붙잡고 물었더니 광에 갇혀 있던 형제가 사라져 수색 중이라 했다. 장환과 시우는 눈빛을 주고받았다. 이 집에서 형제를 탈출시킬 사람은 한 사람뿐이었다. 김하현. 그 짧은 사이에 여자는 또 위험을 무릅쓴 모양이다.

"팔은 좀 괜찮습니까?"

시우가 바깥사랑채에 마련된 제 방으로 들어가자 하현이 뒤따라 들어왔다. 시우는 바깥에 사람이 있는지 확인한 후에 목소리를 낮추고 물었다.

"당신이 그랬어?"

"뭐가요?"

"알잖아."

"글쎄요. 무슨 말인지 모르겠는데요."

태연자약한 하현의 태도에 시우는 깊이 한숨을 내쉬었다.

"제발 무모한 짓 좀 하지 마."

"그쪽이랑 무관한 일이니 신경 쓰지 마시죠. 별일도 없었고요."

애초에 아무 일도 일어나지 않을 거라 생각한 자신의 잘못이었다. 무어라 더 말을 하려 했지만 마땅한 말이 없어 입을 다물었다. 그는 하현을 지나치고 어깨에 걸쳐져 있던 겉옷을 벗었다. 그 겉옷을 받아든 사람은 하현이었다.

"대체 정석호와는 무슨 관계인 겁니까?"

"당신이랑 무관한 일이니 신경 쓰지 마."

그는 하현의 말을 그대로 되돌려 줬다. 하현은 짜증스레 시우를 흘겨보다 겉옷을 옷장 안에 걸어 두었다.

"병원에서 뭐래요? 이상 없답니까?"

"꿰맬 정도로만 그었어."

"거참 대단하시네요."

하현의 빈정거림을 무시하고 시우는 넥타이를 풀었다. 한 손으로 푸는 게 쉽지 않아 조금 헤매었다. 그때 하현의 손이 다가왔다. 시우가 흠칫하며 물러서려 했으나 하현의 손이 더 빨랐다.

"새삼스레 웬 내외예요? 사내 행색 하고 하인 노릇 하라던 게 누군데."

투덜거리지만 시우의 상처를 신경 쓰는 것이 느껴졌다. 빠른 손짓으로 넥타이를 풀던 그녀는 문득 시우의 목덜미에 시선을 고정했다. 흉터가 있는 부분이었다.

"전부터 궁금했는데, 그 흉터는 어쩌다 생긴 겁니까?"

"뭐가 그렇게 궁금한 게 많아. 호기심 많은 사람이 빨리 죽는다는 말 못 들었어?"

"매번 삐딱하게 굴면 안 피곤해요?"

"그건 내가 할 말인데."

하현은 불만스레 시우를 흘기다 마저 넥타이를 풀었다. 풀어진 넥타이를 돌돌 말아 서랍장에 넣는 손길이 이제는 능숙해 보였다.

"하긴, 이런 콩가루 집안에서 사니 안 삐딱해질 수가 없겠습니다. 그런데 밖에 안 들리겠죠?"

"당신이 입 다물면 안 들리겠지."

하현이 입술을 비죽거렸다.

"시계나 줘요."

"그만하고 가서 잠이나 자."

"이 상황에 잠이 오겠어요? 꿈자리 뒤숭숭해서 잠도 설칠 것 같은데."

시계를 푸르던 시우는 행동을 멈추고 빤히 하현을 응시했다. 오늘 같은 날 몽유병 증상이 나타나면 곤란했다. 인천 저택은 저녁 시간에 사람이 돌아다니지 않지만, 이곳은 24시간 경호를 서는 곳이었다.

시선을 의식한 하현이 고개를 돌려 그를 바라보았다.

"왜요?"

시우는 시선을 거두고 서랍장 안에 시계를 넣었다.

"잠 안 오면 일이나 도와."

"일이요? 무슨 일?"

그는 서울 지부의 회사에서 전달받았던 서류 뭉치를 하현에게 건네주었다.

"부서별로 정리해서 봉투에 담아."

하현의 얼굴이 해괴한 것을 보듯 찌푸려졌다.

"설마 이런 일을 부사장이 직접 하는 건 아니겠죠?"

"아니지."

"그럼 아랫사람 시키지 왜 나를 시켜요?"

"당신 아랫사람 맞잖아."

"……."

"잠 안 온다며. 하기 싫으면 그냥 두고 나가."

하현은 마지못해 서류 뭉치를 받아 들었다.

"분명히 말하는데, 돕고 싶어서 돕는 게 아니라 잠이 안 와서 그러는 겁니다."

"알았으니 밖에서 정리해 와."

"예? 왜 밖에서 해요?"

"방에서 단둘이 오래 있으면 수상하게 생각할 거 아니야."

하현은 기가 막혀 한숨을 내쉬고는 서류 뭉치를 품에 안은 채 획 뒤를 돌아 밖으로 나갔다.

하현은 대청에 앉아 등잔불 아래에서 서류를 정리하기 시작했다. 마침 지나가던 장환이 그 모습을 보고 격려를 해 주었다. 자신도 시우가 일을 잔뜩 시킬 때가 많아서 가끔은 한 대 치고 싶을 정도라고 한참 투덜거렸다. 그러더니 잘 시간이 되었다며 자리에서 일어섰다.

"하하. 저는 제시간에 자고 제시간에 일어나는 버릇이 있어서요. 그럼 수고하십쇼. 하하."

그리고 미련 없이 방 안으로 들어가 버렸다. 도움을 기대했던 하현은 허망한 눈으로 닫힌 방문을 바라보았다.

한숨을 내쉬고 다시 서류 정리를 시작했다. 한참 집중을 하고 있으니 선선한 바람이 뺨을 간질였다. 하현은 고개를 들었다. 더운 기운이 많이 가신 가을밤의 공기는 적당히 쾌적했다. 밤이 짙어진 하늘에선 별이 반짝이고, 선들거리는 나뭇잎이 스치는 소리와 벌레 우는 소리가 정겹게 들려왔다.

평화롭다.

현재의 상황과는 무관하게 평화롭고 목가적인 분위기였다. 하현은 잠시 기둥에 기대어 앉아 눈을 감았다. 이런 평화를 겪어 본 게 얼마만이더라. 여유롭게 앉아서 하늘을 바라보며 바람을 느끼고, 제 숨소리에 귀를 기울이는 일. 까마득할 정도로 오랜만이라 잘 기억나지 않았다.

사실 상황만 보자면 그다지 여유로운 상황도 아니었다. 정체 모를 사내의 밑에서 남장을 하고 지내며, 오늘은 누군가 죽을 뻔한 끔찍한 상황을 겪기도 했다. 분명 정신적 타격을 입고 불안해야 할 상황임에도 불구하고 이상하게도 평화로웠다. 풍경에 도취된 것일까?

'당신이 원하는 게 대체 뭐야. 정석호에게 뭘 얻어 내는 게 목적이 아니라 죽는 게 최종 목표인가?'

문득 시우의 말이 떠올랐다. 그는 왜 그런 말을 한 것일까. 하현이 원하는 건 연호 집안의 물건을 찾는 것이다. 그런데 왜 죽고 싶은 것이냐 물어본 걸까.

의아했으나 깊이 생각하고 싶지 않았다. 본능적인 방어 기제가 그 것을 가로막았다. 하현은 제 가슴이 포효를 하든 끔찍한 비명을 내지르든 더 이상 상관하고 싶지 않았다. 더 이상 제 마음에 귀를 기울이고 싶지 않았다. 그냥…….

시우는 서류를 넘기던 행동을 멈추고 시계로 시선을 옮겼다. 집중하다 보니 벌써 자정이 지난 시각이었다. 문득 그는 하현이 돌아오지 않았다는 사실을 떠올렸다. 서류 분류는 아무리 오래 걸려도 한 시간 이상 걸리는 일이 아니었다. 아직까지 끝내지 못한 게 이상하여 그는 서류를 덮고 자리에서 일어섰다.

문을 열고 나오자 선선한 공기가 폐부 깊숙이 들어섰다. 그는 대청에 흩어져 있는 서류를 먼저 발견하고, 멀지 않은 곳에서 하현을 찾아냈다. 그녀는 돌담 앞에 서서 하늘에 뜬 달을 올려다보고 있었다.

시우는 하현의 곁으로 다가갔다. 바로 옆에 시우가 섰는데도 그녀는 시우에게 시선을 주지 않았다.

하현의 눈동자는 불순물이 낀 듯 흐릿했고, 달빛의 진주색 광채를 받은 얼굴은 희부옇게 빛났다. 달에 홀려 있는 것 같은 모습이었다. 또 혼자만의 세상에 갇힌 듯했다.

"불안하더라니."

그는 조용한 목소리로 중얼거렸다.

"김하현."

이름을 부르는 목소리에 하현이 고개를 돌렸다. 꿈속에서도 자신의 이름은 알아듣는 모양이다.

"꿈 아니니까 그만 깨어나지 그래."

투명한 눈동자에 형용할 수 없는 혼란이 겹겹이 쌓여 있었다. 방황하던 시선은 시우에게 고정되지 못하고 다시 고개를 돌려 달을 좇았다. 달을 바라보는 시선은 간절하여 애달프고 서글펐다.

그때 인기척이 느껴졌다. 이 저택은 경호원들이 항상 보초를 서기 때문에 시선을 조심해야 했다. 시우는 급히 하현을 끌어당겨 풀숲으로 몸을 숨겼다. 무력한 상태인 하현은 쉽게 시우에게 끌어 내려졌다. 그러나 시우의 의도를 알아차리지는 못해서, 하현은 재차 일어서서 달빛을 좇으려 했다. 그는 발자국 소리가 가까워지는 것에 다급해져 힘주어 다시 하현을 끌어당겼다.

풀썩, 하현이 시우의 몸 위로 넘어져 두 사람의 몸이 포개어졌다. 그는 꼼지락거리는 하현의 어깨를 감싸 제 쪽으로 더 끌어당겼다. 경호원의 발자국 소리에만 신경이 기울어져 있어서, 하현이 거의 안겨 있다는 사실을 알아차리지 못했다.

잠시 후 발자국 소리가 사라졌다. 그는 안도의 한숨을 내쉬고는 하현에게 시선을 옮겼다. 의도치 않게 가까운 거리에서 눈이 마주쳤다. 낮게 드리운 속눈썹의 모양까지 선명히 보일 만큼 가까운 거리였다. 이따금씩 하현의 간지러운 호흡이 닿기도 했다.

당혹스러운 침묵이 흘렀다. 물론 당황한 사람은 시우 혼자였다. 하현은 제 안의 어딘가를 헤매느라 눈앞에 누가 있는지도 알지 못했다.

꾸욱— 하현의 손바닥이 잘생긴 얼굴을 가차 없이 짓눌렀다. 그녀는 시우의 얼굴을 짚고 몸을 일으켰다. 그제야 정신을 차린 시우에게서 짜증스러운 음성이 터져 나왔다.

"야, 너……."

하현은 또 넋 나간 얼굴로 달을 바라보고 있었다. 그는 깊이 한숨을 내쉬고는 하현을 제 방으로 데리고 들어갔다. 방으로 들어선 후에도 하현은 주변을 두리번거렸다. 무언가를 찾는 것 같은 모양새였다.

"뭘 찾는 거야?"

시우가 물었으나 하현은 대답 없이 두리번거렸다. 그러다 무언가를 발견하고는 창문으로 다가섰다. 하현의 시선을 따라 시우의 눈이 창밖의 하늘로 향했다. 하늘에는 커다란 달이 걸려 있었다.

설마 그동안 달을 찾았던 걸까. 그러고 보니 처음 이 증상을 보았을 때도 밝은 달이 뜬 밤이었다. 연못에 비칠 만큼 커다랗던 달. 하현은 그것을 쫓다 연못까지 들어갔는지도 모른다.

하현은 탁탁 창문을 두드렸다. 미약한 손짓이었다. 막혀 있는 것을 확인했는지 창문에 뜬 달을 바라보기만 했다. 그는 벽에 비스듬히 어깨를 기댄 채 하현의 모습을 물끄러미 응시했다.

아까 전, 가까운 거리에서 눈이 마주쳤을 때 그는 하현의 눈동자에서 응축된 슬픔을 읽었다. 너무 단단히 엉겨 붙어 떨어지지 않을 서글픔이 그 눈동자 깊은 곳에 담겨 있었다.

어쩌면 하현은 제 안에 고여 있는 슬픔을 의식하지 못하는지도 모른다. 그래서 멀쩡하게 살아가다가도 경계가 풀어지는 밤이 되면 제어할 수 없는 슬픔이 튀어나오는 것인지도.

강인하지만 그만큼 불안정한 사람. 긴 항쟁 속에서 어떤 방법으로든 깊은 상처를 입었을 테고, 괴로움을 떠안고 살고 있으리라. 정신적인 상처의 후유증이란 쉬이 치유되는 것이 아니었다.

비겁하다.

이런 사람을 이용해야 하는 자신은 치졸하고 비겁하기 짝이 없는 인간이었다. 어느 순간부터 정석호를 닮아 가고 있었다. 목표를 위해 수단과 방법을 가리지 않는 잔학한 성정을, 그는 정석호를 상대하기 위해 답습하고 있었다.

"당신을 데리고 내가 뭘 하는 건지."

깊이 내쉬는 그의 호흡이 흐트러졌다. 피로감이 강하게 몰려들어 그는 마른세수를 했다. 묵직한 무언가가 어깨를 눌러 짓무르게 만드는 것 같았다.

일순, 갑자기 뺨에 무언가 닿았다. 그는 얼굴에서 손을 내리고 고개를 들었다. 하현의 손이 그의 뺨에 닿아 있었다.

"연호야."

여전히 몽롱한 시선이었으나 방향은 시우에게 고정되어 있었다.

"울어?"

"……안 울어."

그는 짧게 대답했다. 하현은 느리게 눈을 깜빡이며 시우를 응시하기만 했다. 그리고 잠시 후, 조심스레 팔을 뻗은 하현이 그를 껴안았다. 놀란 시우의 몸이 굳어졌다. 반면 그의 등을 다독이는 손길은 부드럽고 유연하며 다정했다.

"울지 마."

귓가에 속삭이는 희미한 목소리는 다정하고 애틋했다.

"울지 마, 괜찮아."

위로하고 싶은 대상은 내가 아닐 텐데. 시우는 쓸쓸히 생각했다. 가장 위로받아서는 안 될 사람이 그였다. 알고 있는데도 그는 하현을 밀어 내지 못했다.

맞닿은 온기는 따스했다. 누군가의 품을 경험하는 것은 실로 오랜만이었다. 사실 기억나지 않을 정도로 아주 까마득한 옛날이니 오랜만이라는 말도 어울리지 않았다. 처음 경험하는 것처럼 생경할 뿐이었다.

깊은 곳에 묻어 두었던 과거의 기억들이 솟구쳤다. 머릿속의 잡념들을 잘라 내려 했으나 생각의 뿌리는 무자비하게 뻗어 나갔다. 그러자 눈앞에 거대한 폭발이 일었다. 모든 것을 집어삼킬 듯 솟아오르는 불길과 하늘을 가득 채우는 먹구름, 넋이 나간 얼굴로 아빠를 부르는 어린 날의 자신.

목덜미 위의 흉터가 욱신거렸다. 허공에서 굳어 있던 그의 손이 하현의 옷자락을 간신히 움켜쥐었다.

"괜찮아, 다."

그는 눈을 내리감았다. 감긴 눈의 속눈썹이 죽어 가는 새의 날갯짓처럼 절망스럽게 흔들렸다.

눈부신 아침햇살이 하현의 눈꺼풀 위로 드리웠다. 부스스 잠에서 깨어난 그녀는 침상에서 몸을 일으켰다. 아직 졸음기가 남아 눈앞이 흐렸다. 눈을 비비자 멀지 않은 곳에 길쭉한 형체가 보였다. 외출 준비를 하고 있는 목시우였다. 하현은 깜짝 놀라 자리에서 몸을 일으켰다.

"나 왜 여기에 있어요?"

하현이 아연실색하여 물었다. 반면 시우는 그녀에게 시선도 주지 않고 차분히 시계를 착용했다.

"대청에 뻗어 있었잖아."

"근데 왜 여기에……. 설마 목시우 씨가 데려온 겁니까?"

"질질 끌고 와도 안 깨어나던걸."

하현은 크게 뜬 두 눈을 껌뻑였다. 또 몽유병 증상이 나타났던 건 아닌 모양이다. 그래도 여전히 당혹스러웠다. 어제 분명 몽유병이 찾아올 것 같은 찜찜한 예감이 들었다. 보통 정신적인 충격을 받은 후에 그 증상이 나타나곤 하니까. 그래서 밤을 새려 했는데, 저도 모르게 잠이 들어 버렸나 보다.

"아무 일도 없었습니까?"

당혹스러운 물음에 시우의 시선이 하현을 향했다. 그의 한쪽 눈썹이 올라섰다.

"무슨 일?"

"그냥 이런저런 일⋯⋯."

"뭘 기대하는지 모르겠는데, 아무 일도 없었어."

시우는 단조로운 어조로 답하고는 넥타이를 매듭지었다. 거울을 보는 그의 얼굴은 평소와 다름없이 평온했다.

"아, 맞다. 당신⋯⋯."

"왜, 왜요?"

시우가 대답하지 않고 빤히 바라만 보자 하현은 조급해졌다.

"뭔데요, 왜."

"코 골던데."

"⋯⋯예? 그게 다예요?"

"그게 다라니. 시끄러워서 잠을 못 자겠던데."

하현은 맥이 빠져 어깨를 늘어트렸다.

"코 좀 골았다고 유난은⋯⋯. 근데 어디 나가요?"

"외출."

"그러니까 어디⋯⋯."

"서울은 향락에 빠지기 좋은 도시지."

말뜻을 알아들은 하현이 썩은 미소를 지었다. 어제 그런 일을 겪고 놀아 재낄 생각을 하는 그가 대단해 보이기도 했다.

"당신도 나갈 준비 해."

"왜요?"

"병원 들를 거야."

하현은 제 팔목을 바라보았다. 멍이 남아 있었지만 별로 아프지는 않았다.

"안 가도 될 거 같은데요."

"10분 안에 준비하고 나와."

"안 간다니까요? 그리고 명령조로 하지 말라고 했잖습니까."

"명령조로 하든 말든 당신은 내 말 안 들어 먹잖아."

맞는 말이라 할 말이 없어졌다. 상처는 딱히 다시 확인하지 않아도 될 것 같았지만, 어쨌든 오늘은 할 일이 있어 나가긴 해야 했다.

"배고픈데 밥 안 먹고 나가요?"

"이 집에서 밥을 먹고 싶어?"

"밥은 밥이고 집은 집이죠."

하현의 답에 시우는 짧게 한숨을 내쉬었다.

"나가서 사 줄 테니까 빨리 준비나 해."

"어, 진짜요?"

하현의 얼굴이 밝아지자 시우는 기가 막힌 듯 헛웃음을 지었다.

"10분만 기다려요."

그리고 하현은 후다닥 소리가 날 정도로 빠르게 방문을 빠져나갔다. 시우는 서류를 정리하다 말고 설핏 웃었다. 부드러운 웃음이었지만, 그 웃음은 바람 한 줄기만큼이나 짧은 시간 동안만 그의 입가에 머물러 있었다.

밥부터 먹자는 하현의 협박 비슷한 부탁으로 두 사람은 요릿집에 먼저 들렀다. 한 상 가득 차려진 요리들은 아침 식사로는 과했지만, 이왕 먹는 거 왕창 뜯어먹어야겠다는 흑심을 품으며 하현은 숟가락을 들었다.

열심히 밥을 먹던 하현은 문득 고개를 들어 시우를 바라보았다. 그는 거의 소리도 내지 않고 묵묵히 밥을 먹고 있었다.

"왜 또 흘끔거려."

"자의식 과한 거 맞다니까."

"밥이나 먹어."

"궁금한 게 있는데요."

"그러다 단명하겠어."

호기심이 많으면 빨리 죽는다고 했던가. 하현은 콧잔등을 찌푸렸다.

"남이사 빨리 죽든지 말든지."

"뭐가 또 궁금한데."

"좀 헷갈려서 그러는데요. 목시우 씨는 착한 쪽입니까 나쁜 쪽입니까?"

"겨우 밥 한번 사 줬다고 인식이 바뀌었어? 나쁜 쪽이었잖아."

"누가 밥 때문이래요? 아무리 먹는 거에 정신 빠져도 그 정도는 아니거든요."

말을 마친 하현은 입에 밥을 한가득 넣었다. 먹는 것에 정신 빠지지 않은 사람은 오물오물 열심히 음식을 씹었다. 하현은 반찬 하나를 더 집어 먹고 완전히 삼킨 후 다시 입을 열었다.

"아직 나쁜 쪽에 한참 가깝긴 한데 좀 이랬다저랬다 할 때도 있어서요."

하현은 시우가 활촉으로 제 팔을 찌르던 모습을 떠올렸다. 자신을 죽이려 했던 형제가 어떻게 되든 상관하지 않을 수 있었는데도 그는 위험을 감수했다.

"당신 마음이 약해지는 걸 합리화시키려고 내 다른 면을 찾지 마."

"……무슨 소리예요?"

"계속 쓰레기 같은 놈으로 생각하는 게 당신한테는 더 편해."

그는 식사를 끝냈는지 젓가락을 내려놓고 물 잔을 들었다.

"그게 틀린 것도 아니고."

"……."

"쓸데없이 알려고 할 필요 없어. 나도 당신에 대해서 알고 싶지 않고."

그는 군더더기 없는 동작으로 테이블에 잔을 내려놓았다. 하현은 미간을 찌푸렸다.

"밥상머리에서 정떨어지게 말하지 좀 마시죠."

"떨어질 정도 없잖아."

"미운 정도 정이거든요."

하현은 투덜거리고는 다시 식사에 열중했다. 시우는 하현을 응시하다 창밖으로 시선을 옮겼다. 쏟아지는 햇살이 청명했다.

하현은 먼저 진료를 마치고 병원 밖으로 나왔다. 시우의 상처가 더심했기 때문에 진료가 오래 걸렸고, 병원 냄새를 좋아하지 않던 하현은 진득하게 앉아 있기가 힘들어 밖에서 기다리기로 했다.

서울 거리는 어찌나 번잡한지 기다리는 시간이 지루하지 않았다. 눈앞에서 휙휙 지나다니는 전차와 택시, 인력거를 보고만 있어도 시간이 빠르게 흐르는 것 같았다. 멍하니 사람들을 구경하다 신문을 파는 아이가 있기에 신문을 하나 사서 읽었다.

미군이 서울에 조선총독부를 대신해 미군정청을 설립하고, 남한의 유일한 정부임을 선언했다는 기사가 실려 있었다. 그 외에도 정당의 결성과 해체에 관해 말이 많았다. 사실 신문을 눈여겨 읽는다 해서 요즘 정세에 대해 완벽히 파악하기는 어려웠다. 과도기인 만큼 워낙 많은 말들이 수면 위로 떠오르기 때문이다.

신문을 읽다 말고 고개를 들었을 때, 하현은 문득 누군가 자신을 바라보는 시선을 느꼈다. 길 건너편에서 잿빛 프록코트에 중절모를 쓴 남자가 하현을 바라보고 있었다. 하현의 눈이 가늘어졌다가 이내 크게 뜨였다.

"……대위님?"

상대도 놀란 표정이었다. 하현은 길의 좌우를 확인하고는 빠르게 길을 건너 사내의 앞으로 다가갔다.

"아니, 자네……."

"구일조 대위님!"

하현이 놀란 얼굴로 말하자 일조가 하하 웃음 지었다.

"군복 벗은 지가 언제인데 아직도 대위님이야?"

선한 눈매가 부드럽게 휘어지며 준수한 입매도 웃음을 머금었다. 두 사람은 반갑게 재회의 악수를 나누었다.

"머리가 짧아져서 못 알아볼 뻔했어. 이게 대체 얼마 만인지."

"이런 데서 만날 거라고는 생각도 못 했습니다. 그간 잘 지내셨습니까?"

"나야 늘 비슷하지. 그런데 자네는 어디 아픈가?"

그는 하현이 서 있었던 병원을 일별하고는 하현의 손목에 감긴 붕대를 바라보았다.

"아, 팔을 조금 다쳤습니다. 크게 다친 건 아닙니다."

하현의 대답에 일조는 짐짓 심각한 표정을 지었다.

"혹시 아직도 활동하는 건가? 군복 벗었으면 총은 내려놔야지."

"그런 거 아닙니다. 그냥 좀 부딪혀서요."

"내가 자네를 몰라? 어지간하지 않고서야 병원 들락거리는 사람이 아닌 걸 아는데."

하현은 부러 더 웃으며 고개를 저었다.

"정말 괜찮습니다. 저도 이제 예전 같지 않아서 조금만 아파도 병원 다니고 그럽니다."

일조는 씁쓸한 미소를 지었다.

"난 자네가 상해에 있는 줄 알았는데."

"상해에서는 얼마 안 있었습니다. 지금은 인천에서 생활 중이에요."

"인천? 그런데 서울에는 무슨 일로."

"뭘 좀 찾아야 해서요."

질문을 곤란해하는 것을 눈치챘는지 일조는 더 캐묻지 않았다. 여전히 눈치가 빠르고 섬세한 사내였다. 그는 한동안 말없이 하현을 살폈다.

"사실 난 자네가 이 나라에는 있지 않길 바랐는데."

"제 나라가 여기인데 어딜 갑니까."

하현이 웃으며 말을 했으나 그의 진중한 얼굴에는 염려가 담겨 있었다.

"앞으로 더 혼란스러워질 거야. 자네가 걱정되는군."

"그 정도로 약하지는 않습니다. 아시지 않습니까."

하현은 부러 더 밝게 웃어 보였다.

"아니까 더 걱정되지."

"거기서 뭐 해?"

그때 뒤에서 익숙한 목소리가 들렸다. 뒤를 돌자 건너편 병원 앞에 서 있는 시우가 보였다. 시우를 발견한 일조의 미간이 좁혀졌다. 일조는 목소리를 낮추고 조용히 물었다.

"자네, 저 작자와 아는 사이인가?"

"예? 아……. 지금 저 사람 밑에서 일을 하고 있습니다."

"일을 한다고?"

일조의 표정이 더 심각하게 굳어졌다.

"어쩌다 저런 야견 같은 놈 밑에서……. 아니, 아니야."

일조는 주머니에서 수첩과 펜을 꺼내 빠르게 무언가를 적고는, 한 면을 뜯어 하현의 외투 주머니에 넣었다. 그는 하현의 어깨에 손을 얹고 진중한 목소리로 넌지시 일렀다.

"나중에 이곳으로 연락 주게."

그때 빠르게 다가온 시우가 하현의 어깨에 얹힌 일조의 손을 쳐 냈다.

"뭐야, 이건."

사람더러 이거라니. 예의라고는 눈곱만치도 없는 언사였다. 하현은 일조에게 꾸벅 고개를 숙였다.

"길 알려 주셔서 고맙습니다."

"아닙니다. 살펴 가시죠."

하현의 뜻을 알아챈 일조는 살짝 고갯짓으로 인사하고 걸음을 옮겼다. 시우의 시선이 그의 뒷모습을 좇다 다시 하현에게 돌아왔다.

"누구야?"

"길 물어봤어요."

"길 알려 주는 사람이 어깨에 손을 왜 얹는데."

"친절이 과한 사람인가 보죠."

미심쩍은지 시우의 눈썹이 찌푸려졌다. 하현은 태연히 화제를 전환했다.

"아 맞다. 목시우 씨, 돈 좀 빌려줘요."

"또 왜."

"혼자 있으면 아무것도 못 하니까 받아 두려고요."

"봉급 받은 건 어디다 쓰고 자꾸 돈을 달래."

"아직 한 달 안 지나서 한 푼도 못 받았거든요. 좀 줘요, 치사하게."

하현의 투덜거림에 시우는 짧게 한숨을 내쉬었다. 그는 지갑에서 돈을 꺼내 하현에게 건네주었다. 무려 지폐였다.

"치사하단 말 취소할게요."

"어디 가려고?"

"그냥 여기저기 돌아다녀 보려고요."

시우의 미간이 좀 더 좁혀졌다.

"이제 놀러 갈 거죠? 난 먼저 갈게요. 나중에 봐요."

하현은 대충 인사하고 돌아섰다. 시우는 그런 하현의 뒷모습을 빤히 바라보다 제 차에 올라 사라졌다. 그가 가는 곳은 술집도, 도박판도, 기생집도 아니었으나 하현은 깊이 생각하지 않았다.

하현은 걷다 말고 돌아서서 시우의 차가 멀어지는 방향을 바라보았다. 차가 모퉁이로 사라지자마자 그녀는 외투 주머니를 뒤져 일조가 넣어 둔 종이를 꺼내었다. 펼쳐진 종이에는 K 일보라는 글자와 주소가 적혀 있었다.

○ ◑ ●

K 일보의 건물 안으로 들어서자 종이 냄새와 녹진한 잉크 냄새가 하현을 반겼다. 건물 안의 직원들은 여느 신문사가 그러하듯 무척이나 바빠 보였다. 어찌나 정신없이 바쁜지 그 누구도 하현에게 시선을 주지 않았다.

"무슨 일이시죠?"

감사하게도 타자기를 두드리던 직원이 겨우 하현을 의식했다. 물으면서도 정신이 없는지 그는 계속 타자기를 두드렸다. 테이블 가득 수북이 쌓여 있는 전보용지를 보니 질문을 하기도 미안해졌다.

"저, 혹시 구일조 씨 계신가요?"

"부장님, 손님 오셨는데요?"

사내가 고개를 뒤로 쭉 빼고 어딘가를 바라보았다. 하현의 시선도 자연히 그쪽으로 향했다. 사회부라 적힌 팻말 아래의 낮은 칸막이 뒤로 일조가 앉아 있었다. 놀란 표정을 짓던 일조는 이내 자리에서 일어서 반갑게 하현을 맞아 주었다.

"이렇게 빨리 올 줄은 몰랐는데."

하현은 멋쩍게 웃었다.

"죄송합니다. 드릴 말씀이 있어서요."

"죄송할 게 뭐 있나. 빨리 와 줘서 고맙지. 일단 저쪽으로 가지."

일조는 하현을 비어 있는 사무실로 안내했다. 그가 직접 커피를 내리는 동안 하현은 낡은 소파에 앉아 주변을 둘러보았다.

"입대하기 전에도 원래 기자였다고 하셨죠?"

"대대로 언론 집안이었지. 그래서 돌아오기도 쉬웠고. 어디 군인이었던 사람이 다른 직업에 발 들이기가 쉽나. 운이 좋았어."

"그래도 대단하십니다."

진심 어린 감탄에 일조는 소탈하게 웃었다.

"작은 신문사이긴 해도 요즘 때가 때이니 만큼 많이 바빠. 좋다고 해야 할지, 나쁘다고 해야 할지는 모르겠지만."

그는 하현에게 커피를 내어 주고 맞은편 소파에 앉았다.

"자네는 계속 이 나라에 있을 건가?"

"저를 다른 곳으로 보내고 싶으신가 봅니다."

농담조에 일조는 작게 웃음소리를 냈다.

"뭐, 사실 반은 진담이지."

하현이 의아한 표정을 지었다. 그는 커피를 한 모금 마시고 천천히 말을 이었다.

"지도상에서 볼 때 이 나라가 얼마나 작은 줄 아나? 멀리서 보면 잘 보이지도 않을 지경이야. 그런데도 다들 참 관심이 많아."

"……."

"미국과 소련이 간섭하기 시작했으니 앞으로 더 시끄러워질 거야. 솔직히 난 자네가 걱정돼. 나만 해도 더 이상의 전쟁이나 투쟁을 겪을 자신은 없어."

하현이 제 발로 군을 나왔을 때, 일조는 그녀를 많이 걱정했었다.

"같이 싸웠던 동지들까지도 손가락질하는 상황이 오고 말았어. 앞으로는 더 심해질 테지. 다들 고생을 너무 많이 해서 보상받고 싶은 건지도 몰라. 힘들었던 만큼 이상적인 나라에서 살고 싶어지는 거지. 그게 불가능하다는 걸 알면서도."

하현은 씁쓸한 목소리로 조용히 답했다.

"제가 다른 나라에 가도 크게 달라지는 건 없지 않겠습니까."

하현의 말에 그는 쓰게 웃었다.

"……그래, 자네 말이 맞아. 어디에도 이상적인 곳은 없지. 노파심에 한 말이니 나쁘게 받아들이진 말아."

"그럴 리가 있겠습니까."

"오랜만에 만나니 투정을 다 부리게 되는군."

"괜찮습니다. 저야 반가운걸요."

그는 희미한 미소를 머금었다.

"그나저나 자네는 왜 그 사람 밑에 있는 건가? 목시우 말이야."

"얘기하자면 좀 깁니다. 아까는 경황이 없어서 못 여쭈었는데, 목시우를 어찌 아시는 겁니까?"

"우리 같은 언론인들은 모를 수가 없지. 한립 중공업이 워낙 큰 기업이니까. 그자의 양아버지인 정석호도 유명하고. 자네가 그자와 어울릴 사람은 아니어서 많이 놀랐어."

"……사실 그 사람 밑에서 뭘 좀 찾고 있습니다."

"무얼?"

하현은 머뭇거리다 입을 열었다.

"오랜만에 뵈었는데 염치없이 죄송하지만, 저 좀 도와주실 수 있으십니까?"

"염치라니. 당연히 도와줘야지, 자네 일인데."

하현은 고맙기도 하고 미안하기도 하여 쉬이 말문을 열지 못했다.

"말해 보게. 도와줄 테니."

"……혹시 기억하십니까? 저희 소대에 있던 류연호 말입니다."

"기억하고말고."

일조의 눈에 안타까움이 드리웠다. 하현과 연호 사이에 있었던 일을 일조도 알고 있었기 때문이다.

"연호가 찾고 싶어 하던 물건이 있는데, 그걸 제가 찾고 있습니다."

"혹시 연호 집안에 관련된 일인가? 내가 좀 들은 게 있는데."

"들은 거라뇨?"

"떠도는 소문이긴 한데……."

일조는 차분한 어조로 말을 이었다.

"연호 집안이 과거에 재산이 상당한 만석꾼 집안이었다고 하더군. 알고 있었나?"

"예? 아뇨, 전혀 몰랐습니다."

하현이 놀라서 대답했다. 해방이 되자마자 연호 집에 가 보았지만, 그의 집은 여느 집안처럼 평범해 보였었다.

"연호가 워낙 소탈한 사람이었으니 나도 그 이야기를 듣고 많이 놀랐지. 믿을 만한 이야기도 아니라고 생각했고……."

"자세히 얘기해 주세요."

일조는 생각에 잠긴 얼굴로 신중히 말을 이었다.

"나라가 혼란해져 그 집안의 가주가 재산을 정리하고 종적을 감추었는데, 그 재산을 일제에 빼앗기지 않으려고 어딘가에 숨겨 두었다는 소문이 있었다더군. 그런데 해방이 되고 장남이 죽었다는 이야기가 나도니 그 재산을 찾겠다고 나서는 사람들이 있는 모양이야. 일확천금을 노리는 거지."

하현은 수심에 잠겨 마른세수를 했다. 자신이 찾는 것이 물건이 아니라 그저 재산일 뿐이라면 찾아야 할 이유가 없었다.

"연호가 찾던 물건이 무엇인지는 모르지만, 아버지와 조부님이 지켜 오던 물건이라 했습니다. 어쩌면 나라에 중한 물건일지도 모른다고 연호가 이야기하기도 했었고요. 그게 재산일 것 같지는 않은데……."

"연호가 귀한 물건이라 말했다면 그만한 이유가 있었겠지."

하현의 혼란을 읽었는지 일조가 차분한 음성으로 말했다. 그녀는 천천히 고개를 끄덕였다.

"그런데 그게 목시우 밑에서 일을 하는 것과 무슨 연관인가?"

"해방되던 날에 제가 연호가 살았던 집에 가 보았는데, 그때 그 집에서 나오는 정석호를 봤습니다. 목시우의 양아버지를요."

"그자가 거기엔 왜?"

"저도 모르겠습니다. 그자가 나온 뒤에 연호 집에 들어가 보았는데, 폐허가 될 정도로 집을 샅샅이 뒤졌더군요. 혹시 정석호가 연호네 집 안과 연관이 있나 해서 일단 목시우 밑에서 일을 하기로 한 겁니다. 그런데 정석호가 재산을 찾으려고 그 집을 뒤진 거라면……."

하현은 심란하여 한숨을 내쉬었다.

"그만한 사업가가 소문이나 요행에 의지하지는 않았을 거야. 이미 재산도 상당했을 테고. 재산 때문이 아니라 다른 무언가를 찾고 있었는지도 모르지."

일조의 말에 하현은 느리게 고개를 끄덕였다.

"그런데 자네는 괜찮겠나? 목시우가 자네에 대해 알게 된다면 가만히 있지 않을 텐데."

"아……. 사실 그 사람은 저에 대해 알고 있습니다."

"알고 있다니?"

일조가 놀란 표정으로 되물었다.

"목시우가 하는 일을 돕는다는 조건으로 거기 들어간 겁니다."

일조의 표정은 일전보다 더 심각해졌다.

"험한 일인가? 그래서 다쳤던 거고?"

"아니요, 그런 건 아닙니다."

"아닌 게 아닌 듯한데."

하현은 웃으며 고개를 저었다.

"정말 괜찮습니다."

"조심해. 내가 보기에 그자는 가까이해서 좋을 사람으로 보이지 않아."

"······뭔가 아십니까? 사실 전 그 사람에 대해 잘 모릅니다."

"내가 말하지 않았나, 야견 같은 놈이라고."

농담 같은 말이었으나 그의 얼굴은 여전히 엄중했다.

"뭐, 그렇다 해서 제 아비만큼 영악한 인물은 아니지만······. 과거에 독립군 군자금을 상당액 지원한 적도 있고, 또 임시 정부 경무국에서 활동하기도 했다더군."

"예? 임시 정부요?"

하현이 깜짝 놀라 되물었다. 일조는 부드럽게 웃었다.

"잘 알려진 정보는 아니야. 지금은 술과 향락에 빠져 사는 모양이지만 과거에는 애국지사였다더군. 정석호가 지금 고개를 떳떳이 들고 다닐 수 있는 건 그 덕분이지. 해방 후 판세가 바뀌니 독립군 뒤를 봐주었던 제 양아들을 내세운 거야. 언론에서는 두 사람이 부사장 자리를 두고 거래를 했을 거라 짐작 중이고. 사상이 다른 양아들을 그 자리에 앉힐 이유가 없었거든."

하현은 탄식을 내뱉었다. 목시우가 항일 운동을 했던 하현의 정보를 어떻게 그렇게 쉽게 얻었는지 이제야 알 것 같았다. 그러고 보니 저번에 기차에서 형제를 제압할 때에도 상당히 몸이 단련된 사람으로 보였다.

"목시우 그자가 애국자라고 해도 제 일에는 거침없는 사람이야. 그자한테 당한 사람도 여럿이고."

하현을 바라보는 일조의 눈에는 진심 어린 걱정이 담겨 있었다.

"자네도 조심하게. 요즘 같은 때는 악인이냐 호인이냐 판단해야 될 시기가 아니야. 내 편인가 아닌가가 중요하지."

낮고 차분한 음성은 신중하여 더 위험하게 들렸다. 하현은 힘없이 고개를 끄덕이는 것으로 수긍했다.

"연호 집안에 대해서는 내가 좀 더 알아볼 테니 몸조심하도록 해."

"감사합니다. 정말 면목 없습니다."

"우리 사이에 섭섭한 말 말아. 난 자네 존경한다고."

하현은 힘없이 웃었다.

"앞으로 자네는 어쩔 계획인가? 계속 목시우 밑에서 지낼 생각인가?"

"네. 밑에서 일하면서 좀 더 살펴볼 생각입니다."

"위험한 일은 하지 말고."

"네. 그럴게요."

일조는 가라앉은 얼굴로 고개를 끄덕였다. 하현은 다시금 말문을 열었다.

"아까 말씀하셨던 사람들 말입니다."

"누구?"

"연호네 집안 재산을 찾아다니는 사람들이요. 혹시 그 사람들에 대해 좀 더 알 수 있을까요?"

하현의 물음에 일조의 얼굴이 서늘하게 굳었다.

"그쪽은 접근하지 않는 게 좋아. 남의 재산 노리는 놈들이 돼먹은 놈들일 리도 없지 않은가. 실제로 여기저기 사건을 많이 일으킨다더군. 해방 전에는 돈벌이로 밀정 노릇 하고, 지금은 적산가옥 뒤지며 돈이나 찾아다니지. 주먹패들도 여럿이고. 행여나 찾아갈 생각은 하지도 말아."

"위험한 일은 안 하겠습니다. 제 성격 아시지 않습니까."

일조는 여전히 탐탁지 않은 얼굴이었다.

"자네가 무모한 일을 벌이는 사람이 아니라는 건 나도 알아. 그만큼 위험한 놈들이라는 뜻이야."

"제가 따로 찾아보는 것보다는 대위님한테 정보를 듣는 게 덜 위험하지 않겠습니까."

일조는 한숨을 내쉬었다.

"정말 한결같아, 자네는."

일조는 고개를 저으며 쯧쯧 혀를 차더니 결국 종이에 무언가를 적어 하현에게 내밀었다. 하현이 종이를 잡으려 하자, 그가 갑자기 종이를 거두며 일렀다.

"무모한 짓은 안 하겠다고 약조하면 주겠네."

"……약조하겠습니다."

일조는 결국 하현에게 종이를 건네주었다.

"감사합니다."

종이에는 주소지와 함께 '춘몽(春夢)'이라는 글자가 적혀 있었다.

"거기에 많이 드나든다더군. 겉에서 보면 그냥 허름한 술집이야. 술도 마시고 노름도 하는 곳이지. 그런데 그 지하에는 아편이 드나들어. 거기까지는 절대로 발 들이지 말게."

"네, 유념하겠습니다."

하현은 고개를 끄덕이며 답했다. 그러나 시선은 종이에 고정되어 있었다.

하현은 춘몽(春夢) 안으로 들어섰다. 담배 연기와 뿌연 먼지가 부유하는 어두운 조명 아래, 사내들이 무리를 지어 마작이나 화투, 투전을 벌이고 있었다. 한국인과 중국인이 섞여 있었고, 개중에는 서양인들도 보였다. 아마 범죄를 저지르고 군을 나온 미군들일 터였다.

"너 뭐야?"

주변을 훑어보고 있을 때, 보초를 서고 있던 험악한 인상의 사내가 다가왔다. 그는 위협적으로 말했다.

"애새끼는 밖에서 놀아."

"애 아니에요. 볼 게 있어서요."

하현은 주변을 둘러보며 태연한 어조로 말했다.

"여기 그거 있다면서요. 한번 피워 보고 싶은데요."

수상쩍었는지 사내가 하현의 행색을 눈으로 훑었다. 하현은 품에서 아까 시우에게 받았던 지폐를 들어 보였다.

"이래 봬도 돈은 많아요."

아편에 손을 대면 집안이 풍비박산이 되어도 빚을 내어 돈을 가지고 온다 하니, 아편 밀매업자들에게는 먼저 손님을 잡는 것이 중요한 일이었다. 결코 돈 있는 손님을 마다할 수는 없을 터였다. 사내는 하현이 미심쩍은 듯했으나, 돈을 보더니 이내 안으로 들여보냈다.

"뭐 해? 안 따라오고."

사내가 지하로 가는 계단으로 향하다 걸음을 멈추었다. 하현은 태연히 물었다.

"한판 하다 내려가도 될까요?"

"그러든지."

사내는 대수롭지 않게 답했다. 어차피 도박에서 돈을 잃는다 한들 다른 손님의 주머니가 채워지기 마련이었다.

하현은 이제 막 판을 시작한 작탁에 슬쩍 끼어들었다. 이미 앉아 있던 세 사람의 시선이 하현에게 향했다.

"저도 끼워 주실래요? 마작은 넷이 해야죠."

"돈은 있고?"

하현은 다시금 돈을 꺼내 보여 주고 다시 외투 안주머니에 넣었다. 그때 이마에 흉터가 있는 사내가 빈정거렸다.

"어디서 구르고 받아 온 돈인 줄 어찌 알고?"

"출처 필요한 돈 찾으려면 은행을 가야지 왜 여기 있어요?"

하현의 대꾸에 사내가 미간을 구겼다.

"쯧, 물 흐리게. 남창 놈이랑은 안 해."

여인으로서 남창이라는 오해를 받는 건 상당히 불쾌한 일이었으나, 어쨌든 여인인 걸 들키는 것보다는 나아 하현은 오히려 강하게 빈정거렸다.

"왜요. 크게 덴 적 있나? 아니면 같은 업계 사람이라 경계하는 거예요?"

하현이 위아래로 훑어보자 사내가 벌떡 자리에서 일어섰다. 하현은 능청스레 테이블에 있던 주사위를 흔들었다.

"농담이에요. 그러게 왜 먼저 시비를 거시나. 시작이나 하죠. 어차피 돈 따려고 온 건데."

사내는 나머지 두 사람의 눈초리에 못 이겨 다시 자리에 앉았다.

십이면체 주사위가 던져지고, 순서를 정했다. 뒤이어 패산을 쌓고, 하현이 패를 흐트러뜨렸다. 흐릿한 담배 연기 속에서 잘그락잘그락 패가 섞이는 소리만이 오고 갔다.

마작이 진행될수록 하현의 얼굴에 점차 초조한 기색이 드리웠다. 마작을 몇 번 해 본 적은 있지만, 밥 먹듯이 노름을 일삼는 마작꾼들을 이기기는 쉽지 않았다. 결국 뭔가 해 보기도 전에 그녀는 돈을 잃고 말았다. 이마에 흉터가 있는 사내가 그런 하현을 가장 먼저 조롱했다.

"야, 남창. 이제 돈 없지? 몸이라도 팔 거냐?"

"입 좀 닥치지? 말이 많아."

하현이 매섭게 답했다. 사내 행세 하는 것도 짜증 나 죽겠는데 남창 취급까지 하니 어처구니가 없었다. 돈만 잃고 정보도 못 얻을 상황이라 생각하니 머리까지 아플 지경이었다.

"이 새끼가 아까부터⋯⋯!"

사내가 위협하듯 자리에서 일어섰다. 하현은 가지고 있던 총을 테이블 위에 내려 두었다. 총을 본 사내의 입이 다물어졌다.

"이거라도 걸어도 될까요? 팔면 꽤 비싼데."

하현의 맞은편에 앉아 있던 노인이 패를 섞기 시작했다. 눈초리를 이기기 어려웠는지 흉터 있는 사내도 이내 자리에 앉았다.

다시 판이 시작되었다. 게임이 길어질수록 하현의 얼굴은 사색이 되기도 했고, 기쁨이 드리우기도 했다. 시간의 흐름을 의식할 새도 없이 게임에 집중하다 보니 어느덧 판은 끝나 있었다.

"이겼네요."

하현이 패를 밀어 놓으며 말했다. 운이 좋았다. 다들 허튼 생각을 하는 게 눈에 보여 가장 먼저 총을 집어넣었다. 그리고 돈을 챙기며 흘리듯 말했다.

"혹시 요즘 돈벌이 될 만한 일 없어요? 알려 주면 이 정도는 줄 수 있는데."

하현은 돈의 일부를 들어 보였다. 그러자 사내들이 저마다 이야기를 하기 시작했다.

"아무래도 아편 만지는 게 최고 아니겠나?"

"그걸 누가 몰라요? 연줄이 없어서 이러고 있는 거지."

"치안대 들어가는 건 어떤가? 밀수품 빼돌리는 게 벌이가 괜찮다던데."

"어차피 큰돈은 윗사람들한테 다 돌아가는 거 아니에요?"

"대부호가 남긴 재산 찾기는 어때?"

흉터가 있는 사내였다. 하현은 그를 바라보다 대수롭지 않게 물었다.

"그건 또 무슨 소리예요?"

"아주 허황된 얘기는 아니야. 인천에 류씨 집안이라는 만석꾼 집안이 있었는데, 그 집안 재산이 지금 행방불명됐거든."

하현이 조금 관심을 가지자 사내는 신이 났는지 이야기를 주절주절 늘어놓았다. 그러나 일조에게 들은 정보와 크게 다른 것이 없었다.

"재미는 있네요. 정보 더 없어요?"

"일단 돈 주면."

"더 알려 주면 두 배."

하현은 사내가 돈 쪽으로 손을 뻗는 것을 쳐 냈다. 그는 큼큼 목을 가다듬더니 자리에서 일어섰다.

"그럼 이쪽으로 따라와. 아는 이들을 소개해 줄 테니까."

하현은 그 뒷모습을 가만히 응시했다. 섣불리 따라가면 위험할 수도 있기 때문이다. 하현이 따라가지 않자 그는 돌아서서 태연히 물었다.

"뭐 해? 안 오고. 아까 일이 미안해서 그러는 거야."

"뭐, 좋아요."

하현은 돈을 챙겨 넣고 사내의 뒤를 따랐다. 지금은 물불을 가릴 처지가 아니었다.

사내를 따라 지하로 내려가자 아편굴이 모습을 드러냈다. 물담배를 문 채 몽롱한 얼굴로 늘어진 사람들이 여럿 보였다. 사내가 다수였지만 여인과 노인들도 종종 눈에 띄었다.

해방 후에 일본인들이 대량의 생아편을 남기고 떠났다고 들었다. 그뿐만 아니라 중국에서 마약중독자들이 다수 국내로 넘어온 상황이었다. 번지는 속도를 보아하니 앞으로 아편이 서울뿐만 아니라 전역 곳곳으로 넘어갈 것이 물 보듯 뻔했다.

안타까운 마음에 하현은 시선을 다른 곳으로 옮겼다. 사내는 느릿하게 앞서 걷다가 어느 문 하나를 열었다. 밖으로 통하는 뒷문이었다. 하현은 그를 따라 밖으로 나갔다.

그리고 다수의 사내들과 마주했다. 그들은 공격적인 시선으로 하현을 응시하고 있었다. 좋지 않은 예감에 하현은 뒷걸음질 쳤다. 흉터 있는 사내가 다른 사내들에게 넌지시 말했다.

"잡아."

저항해 보았으나 수가 너무 많았다. 퍽-! 저항하는 하현의 뒤통수에 둔탁한 충격이 가해졌다. 무릎이 힘없이 꺾인 하현은 바닥으로 나동그라졌다. 머리에서 뜨거운 피가 흘러내렸다.

"쥐방울만 한 새끼가 돈 좀 땄다고 어디서 수작질이야? 야, 묶어!"

사내들이 무언가로 하현의 손목을 묶었다. 흉터 있는 사내가 힘을 잃은 하현의 머리카락을 틀어쥐었다.

"뭐, 나더러 남창? 뒷구녕으로 돈 벌어먹는 새끼가 누구더러 남창이래?"

여기서 여인인 것을 들켰다가 어찌 될지는 눈에 훤했다. 시야가 흐릿해지는 와중에도 하현은 사내에게 침을 뱉었다. 그에 격분한 사내가 뺨을 내려치려던 찰나였다. 끼익ー 문이 열리는 소리가 들렸다.

"형님, 형님!"

"왜!"

사내의 위로 거대한 그림자가 드리웠다. 두 사람을 족히 덮을 정도로 커다란 덩치를 가진 남자, 이장환의 그림자였다. 안 그래도 험상궂은 얼굴인데 인상을 쓰고 있으니 거의 도깨비처럼 보일 지경이었다.

"지금 누굴 때리는 거요?"

"……누, 누구시오?"

덩치에 겁을 먹었는지 흉터 있는 사내가 말을 더듬었다.

"누굴 때리는 거냐고 내가 먼저 묻지 않았소!"

"말장난은 그만하지."

그때 다른 이가 뒤에서 나타났다. 그림자 밑에서 드러난 사람은 목시우였다. 그는 여유롭게 주변을 둘러보며 안으로 들어섰고, 흉터 있는 사내 앞에 멈추었다.

"나 알지?"

"……뭔데 당신은?"

예상치 못한 반응에 시우가 느리게 눈을 깜빡였다. 장환이 저도 모르게 쿡쿡 웃었다. 신경질적인 시우의 시선을 받고 나서야 장환은 입술을 다물고 웃음을 삼켰다.

무리 중 하나가 사내의 옆구리를 쳐서 귓속말을 했다. 시우에 대해 이야기를 늘어놓는 듯했다. 흉터 있는 사내의 안색이 흐려졌으나 그는 애써 허세를 부렸다.

"돈 많은 양반이 여기까진 왜 행차하셨을까? 좋은 말 할 때 그냥 가시지."

대단한 회사의 부사장이라니 조금 겁이 났지만, 빈정거리고 나니 왠지 자신감이 생겼다. 저 바윗돌같이 생긴 덩치는 상대하기 어렵겠으나, 이쪽이 수는 훨씬 많았다. 저 도련님도 키가 크고 체격이 좋지만 어차피 이 바닥에서 험하게 살아온 녀석들과는 상대가 안 될 터였다.

그렇게 생각하자 근거 없는 자신감이 치솟았다. 그는 우렁차게 소리치며 앞으로 손짓했다.

"야, 쳐!"

탕-!

사내가 단도를 뽑는 것과 동시에 총소리가 울려 퍼졌다. 사내는 하체에 힘이 빠져 주저앉을 뻔했다. 허공에 총을 쏜 사람은 장환이었다. 저 덩치에 총을 쏘는 건 반칙이 아닌가!

모두 겁을 먹어 달려들지 못했다. 장환이 상황을 정리하는 동안 시우는 하현에게 다가섰다.

하현은 머리에서 흘린 피 때문에 정신을 차리지 못하고 있었다. 그때 누군가의 손이 하현의 등을 받쳤고, 짙은 흰 꽃의 향기가 풍겨 왔다.

"새로운 행동을 골라서 하는 재주가 있어."

낮은 음성이 귀에 꽂혔다.

"사고 치는 데 재미 들렸나?"

하현은 말할 여력이 생기지 않았다. 머리가 어지러워 시야가 제멋대로 흔들렸다. 그 와중에도 검고 짙은 눈은 정확하게 하현에게 닿아 있었다.

"정신이 들지는 않겠지만 질문 몇 개에 대답만 해. 여기 있는 사람들한테 맞았나?"

하현은 짧게 고개를 끄덕였다. 더 이상 힘이 들어가지 않아 하현은 자꾸만 고개를 떨어트렸다. 차가운 손이 하현의 턱을 감싸 쥐었다. 그는 하현의 고개를 들어 자신에게 고정했다.

하현의 얼굴은 창백했다. 흘러내린 핏물이 뺨을 타고 흘러내려 옷깃을 적시고, 시우의 손마저 젖게 만들었다. 옅게 밴 땀은 그녀가 상당히 지쳐 있음을 알려 주었다. 흐릿해지는 눈동자와 유약해 보이는 모습은 강인한 여자와 어울리지 않았으나, 모순적이게도 시우는 그 모습을 잘 알고 있었다.

"당신이 판단하기엔 어때."

하현의 눈동자에 의문이 드리웠다. 시우는 상체를 숙여 하현의 귓가에 입술을 가져갔다. 그는 낮은 음성으로 천천히 말을 이었다.

"이 사내들, 내가 처리해도 되겠어?"

하현이 미처 대답을 하기도 전에, 흉터 있는 사내가 갑자기 칼을 뽑아 들고는 시우에게 달려들었다. 장환보다는 비교적 시우가 약해 보였던 탓이다.

그러나 시우의 제압이 더 빨랐다. 하현은 무슨 일이 일어났는지 제대로 보지 못했고, 정신을 차렸을 때 흉터 있는 사내는 바닥에 엎어져 있었다.

"상황 파악이 안 되나? 이장환이 먼저 나섰을 때 가만히 있었어야지."

시우는 냉락한 눈으로 사내를 응시하다 칼을 쥔 손목을 지그시 밟았다.

"나라 팔아먹은 놈들이 쥐새끼처럼 모여서 뭘 하나 했더니, 겨우 아편이야?"

핏발이 선 사내의 눈이 시우에게 향했다.

"네놈들이 영사관 밑에서 밀정 노릇 했던 걸 몰라서 가만히 있는 줄 안 모양이지."

발끝에 힘이 들어가자 사내가 고통스러운 신음을 흘렸다.

"건드릴 가치도 없어서 가만히 있었던 거야."

밟힌 손목에서 우드득 뼈가 뒤틀리는 소리가 났다. 그걸 지켜보며 장환은 적잖이 당황했다. 시우가 저만큼 감정적으로 나서는 게 낯설었던 탓이다.

"아편이라도 하면 쓰레기 같은 삶이 조금 나아지나?"

"으아악!"

사내가 고통스러운 신음을 내질렀다. 시우는 기어이 사내의 팔목을 부러트릴 생각인 것 같았다.

그때, 하현의 몸이 힘을 잃고 기울어졌다. 그를 알아차린 시우가 사내에게서 발을 떼고 쓰러지는 하현을 급히 받아 냈다. 다친 머리를 감싸는 그의 손길은 조심스러웠다.

언제 사납게 굴었냐는 듯 시우는 면밀히 하현을 살폈다. 그저 쓰러진 것임을 알고 시우는 안도의 한숨을 짧게 내쉬었다. 그러곤 장환에게 말했다.

"뒷정리 좀 해 줘. 병원 데려가야 할 것 같아."

"아, 예. 알겠습니다."

어리둥절한 장환을 내버려 두고 시우는 하현을 안아 든 채 밖으로 나섰다.

사위가 짙은 어둠에 잠긴 저녁, 시우는 병실 창틀에 기대어 서서 하현을 바라보고 있었다. 밀랍 인형처럼 미동 없는 여자는 마치 영영 깨어나지 않을 사람처럼 보였다. 그 얼굴을 보며 시우는 일련의 생각들을 반복했다. 여자와 처음 만났을 때, 인천항에서 총격 사건이 일어났을 때, 기차에서 추락했을 때, 그리고 오늘의 사건을.

본래 무모하고 대책 없는 여자라 생각했으나 이쯤 되면 무언가 이상하다는 것을 그도 눈치채지 않을 수 없었다.

'무모한 사람은 아니니 대책 없는 일을 벌이지는 않았을 겁니다.'

구일조라는 사내에게서 하현의 행방을 물었을 때, 그 사내는 확신
어린 어조로 말했었다. 그러나 그간 시우가 겪어 왔던 하현은 구일조
의 말과는 거리가 먼 사람이었다. 하현은 제 목숨에 무책임하고 경솔
하며, 지나치게 무모했다.

시우는 생각을 멈추고 미간을 좁혔다. 골치 아픈 여자에 대해 더 생
각한다고 무엇이 달라질까.

단념하고 병실을 나서려던 찰나, 그의 시야에 무언가 포착되었다.
협탁 위에 놓인 구식 육혈포와 총집, 단도 사이에 이질적인 물건이 있
었다. 손바닥만 한 수첩이었는데, 그 수첩의 표지에는 '류연호'라는
단정한 글씨가 쓰여 있었다.

'연호야.'

몽유병 증상을 보일 때마다 여자가 불렀던 이름이었다. 수첩은 반
쯤 벌어져 있었는데, 같은 페이지만 많이 펼쳐 보아서 자국이 난 것
같았다. 시우는 저도 모르게 손을 뻗어 그 페이지를 펼쳐 보았다. 류
연호라는 글자와 같은 필체의 글자가 적혀 있었다.

「달 위로 버드나무 그늘이 드리운다.
바람이 버드나무 그늘을 핑계 삼아 달을 어루만지는 것이다.」

글을 읽어 내리던 시우는 부스럭거리는 소리를 듣고 손을 떼었다.
하현이 눈을 뜨고 주변을 두리번거리고 있었다. 시우는 자리에서 일

어서려는 하현의 어깨를 가볍게 눌러 다시 눕혔다.

하현의 시선이 그에게 향했다. 여전히 힘이 없어 보였으나 윤곽이 뚜렷한 맑은 눈동자는 그대로였다. 시우는 아무 말도 하지 않고 그 눈을 응시했다.

"목시우 씨."

또 꿈을 꾸고 있는 건 아닌 모양이다. 하현은 갈라진 목소리를 가다듬고 다시금 입을 열었다.

"어떻게 된 겁니까?"

시우는 침대 옆 간이 의자에 앉았다.

"나중에 듣고 잠이나 자."

"어떻게 거기에 온 건데요."

시우는 짧게 한숨을 내쉬었다.

"낮에 보았던 남자, K 일보 사회부장이잖아."

"······알고 있었습니까?"

그는 고개를 끄덕였다.

"당신이 돌아오지 않아 그 사람한테 연락을 했어."

두통이 이는지 하현은 머리를 짚고는 다시 말을 이었다.

"도와줘서 고맙습니다. 어떻게 된 건지 자세히는 모르겠지만······."

"정말 고마운 게 맞아?"

차가운 어조가 말을 끊어 냈다.

"내가 보기엔 죽는 게 소원인 사람처럼 보이는데."

"아닙니다. 그게 무슨······."

"비꼬는 게 아니라 사실 그대로 말하는 거야. 왜 그토록 목숨에 미련이 없지?"

하현은 한숨을 내쉬었다. 그녀의 얼굴엔 피로한 기색이 만연했다.

"그냥 단순한 사고였을 뿐입니다. 방심한 거예요."

"방심이라고?"

시우의 눈썹이 비틀렸다.

"당신은 처음 만났을 때부터 줄곧 그런 행동만 보여 왔어. 사는 데 미련 있는 사람이 할 수 있는 행동이라고 보긴 어려운 것 같은데."

"그런 게 아니라……."

"죽고 싶은 거라면 지금 말해. 죽여 줄 테니까. 당신한테 더는 쓸데 없는 관심 쏟고 싶지 않거든."

그의 말을 끝으로 무거운 정적이 찾아왔다. 시우의 말을 반추하느라 하현은 아무런 말도 하지 못했다. 그의 말대로 하현이 살면서 이토록 무모했던 적은 없었다. 구국 운동을 할 때도, 군인으로서 살 때도 하현은 늘 적정선을 지킬 줄 아는 사람이었다. 대원들을 이끌어 가는 일은 늘 이성적인 결단을 요구했으니까.

그러나 지금은 예전의 그녀가 아니었다. 대책보다는 행동이 앞섰고, 뒷일보다는 결과만을 생각하며 행동했다. 정말 삶의 미련이 있다면 나올 수 없는 행동들이었다.

머리를 짓누르는 두통에 하현은 눈을 내리감았다. 혼란한 생각이 그녀의 머릿속을 어지럽혔다. 하현은 고역스럽게 말을 꺼냈다.

"……지금 죽을 수는 없습니다."

"그 말은 모든 일이 끝나면 죽겠다는 뜻인가?"

하현은 대답하지 못했다. 그는 차가운 어조로 일갈했다.

"짜증 나는군."

하현은 더 이상 말을 꺼내지 않았다. 한 번도 지지 않고 말싸움을 하던 여자는 어디에 가고 혼란하고 피로해 보이는 사람만이 남았다. 시우는 이상할 정도로 치미는 짜증을 억눌렀다.

"구일조가 이걸 전해 달라고 하더군."

그는 애써 평온한 어조를 가장하며 하현에게 쪽지 하나를 건네주었다. 하현은 상념에서 빠져나와 종이를 받아 들었다. 그러더니 갑자기 벌떡 몸을 일으켰다.

"뭐 하는 거야?"

"저 지금 나가 봐야겠습니다."

"뭐?"

시우가 짜증스레 미간을 구겼다.

"그 몸으로 어딜 가?"

하현은 무언가에 홀린 사람처럼 자리에서 벗어나려 했다. 시우는 그 팔을 급히 붙잡았다.

"제정신이야? 객사라도 하고 싶어서 이래?"

"미안합니다, 나중에 다 설명할 테니 일단 이것 좀 놔줘요."

그는 신경질적인 손길로 제 머리카락을 쓸어 넘겼다. 낮게 내뱉는 욕설에는 그의 뒤틀린 심사가 담겨 있었다.

"내가 어디까지 당신을 배려해 줘야 해?"

하현을 응시하는 눈동자는 날이 서 있었다. 그를 보며 하현은 호소했다.

"목시우 씨. 정말 미안합니다. 지금은 꼭 가 봐야 해요."

자존심이 강한 여자의 간곡한 부탁이었다. 시우는 굳어 버린 사람처럼 우두커니 그 모습을 응시했다. 한동안 무거운 침묵이 지속되었다. 시우가 깊이 한숨을 내쉬는 것으로 침묵이 깨어졌다.

"어디로 가는데."

하현은 흔들리는 눈으로 그를 바라보기만 했다. 시우는 다시금 깊이 한숨을 내쉬었다.

"나와. 데려다줄 테니까."

그는 먼저 발걸음을 옮겨 병실을 빠져나왔다.

일조가 전달한 쪽지에는 연호 부모님이 모셔진 장소가 적혀 있었다. 하현이 일조에게 부탁했던 것 중 하나였다. 아들의 생사도 알지 못하고 떠나간 연호의 부모님께 늦게라도 말을 전하고 싶었다. 연호의 죽음에는 하현의 책임도 있었으니까.

해방이 되자마자 하현은 연호가 살던 집을 알아냈으나, 이상하게도 연호 부모님의 묘를 찾는 것은 너무도 어려웠다. 일조가 기자이니 정보를 얻는 데 더 수월하다 생각해서 부탁한 것이다. 그런데 고향인 인천이 아니라 서울에 묘가 있을 줄은 예상하지 못했다.

시우의 차에서 내린 두 사람은 낮은 산 아래에 있는 묘지로 향했다. 하현은 엉킨 걸음으로 앞서 걸으며 늘어진 무덤의 비석을 확인했다.

시우의 미간이 살짝 일그러졌다. 하현의 모습이 신경에 거슬렸다. 툭 치면 금방이라도 기력을 잃고 쓰러질 것만 같은 몸으로 여기까지 오겠다고 고집을 부린 하현을 이해할 수 없었다.

시우는 자신이 이렇게까지 하현을 신경 쓰는 이유를 알지 못했다. 여자를 향한 관용은 스스로 생각하기에도 지나쳤다. 불필요한 관심은 시우에게 어울리지 않는 것이었다.

생각은 끝맺어지지 못했다. 하현이 멈추어 섰기 때문이다. 두 개의 봉긋한 무덤 앞이었다. 비석에 적힌 이름을 본 시우는 저답지 않게 상당히 놀랐다.

류자헌.

그는 무덤의 주인을 알고 있었다.

하현은 예를 갖춰 절을 했다. 그러나 다시 일어나지 못했다. 무언가에 짓눌린 것처럼 무릎을 꿇고 엎드려 있기만 했다. 잔디를 움켜쥔 두 주먹이 파르르 떨렸다. 뒷모습에서 감당할 수 없는 슬픔과 절망이 느껴졌다.

무엇이 저 여자를 이토록 절망하게 만든 것일까. 무엇이 이토록 슬픔에 젖게 만드는 것일까. 슬픔을 감당하지 못하고 꿈에서마저 고통

속을 거닐게 만들 정도의 사연은 대체 어떤 것일까.

"죄송합니다."

하현은 그저 죄송하다는 말만 반복했다. 울음 섞인 목소리라고 생각했으나 여자는 결코 울지 않았다. 시퍼렇게 멍이 들 정도로 입술을 깨물 뿐이었다.

시우는 그제야 눈치챘다. 이 여자는 고통을 표출하는 법을 알지 못한다. 속에 쌓아 둔 울분과 아픔을 삭이는 법만 아는 것이다. 그녀가 밤에 잠들지 못하고 달을 찾아 헤매는 건, 감정을 제어하지 못하고 밖으로 떨어져 나온 슬픔의 일면이리라.

머지않아 바람이 차가워졌다. 그리고 빗방울이 떨어지기 시작했다. 고요했던 땅에 작은 소요가 일었다. 시우는 하현의 곁으로 두어 걸음 다가섰다.

"김하현."

"……."

"비가 와."

하현은 대답 없이 떨기만 했다. 아마 꿈속에서처럼 제 슬픔에 갇힌 상태이리라.

시우는 차에서 우산을 꺼내 하현의 옆에 섰다. 둥그런 그림자가 하현의 위로 드리웠다. 그녀는 제 곁에 무엇이 있는지도 알지 못했다. 그저 고개를 숙인 채 숨죽여 슬픔을 잠식시킬 뿐이었다.

기울어진 우산은 폭이 좁았다. 하현에게는 비가 닿지 않았으나 검은 우산의 표면에서 튕겨져 내린 빗방울이 시우의 어깨를 적셨다. 시간이 지날수록 옷감은 차가워지고 어깨에 무게감이 생기기 시작했다.

젖어 드는 감각은 불쾌했다. 서서히 살갗을 침범하는 무언가가, 가슴속을 파고드는 낯선 감각이 생경하여 언짢았다.

그만 일어나라고 하고 싶었다. 그러나 깊은 슬픔을 멈출 방법을 그는 알지 못했다.

소란한 빗소리는 끊이지 않았다. 고통이 담긴 간헐적인 숨소리가
그의 가슴속을 오랫동안 헤집어 놓았다.

제4장

바람이 바라는 것

1944년 2월. 중국 서주(徐州, 쓰저우).

장총의 개머리판이 얼굴로 날아왔다. 무릎이 고꾸라지며 거친 풀 더미에 얼굴이 처박혔다. 군홧발이 연호의 몸을 무자비하게 짓밟기 시작했다.

43년 10월, 연호는 학도지원병이라는 이름 아래 일본군에 강제 징병 되었다. 일본군의 총알받이로 희생당할 수는 없어 같은 조선인 동지들과 뜻을 모아 탈영을 강행했으나, 일주일째인 오늘 발각되었다.

[은혜도 모르는 조센징들!]

[상종 못 할 천한 새끼들이, 받아 준 은혜도 모르고 감히 도망을 가?]

일본군의 목소리는 구타 소리에 묻힐 정도였다. 쏟아지는 군홧발 사이로 제 동지들의 모습이 보였다. 가장 어린 장우의 눈에 핏발이 섰다. 눈동자가 서서히 뒤로 넘어가기 시작하고, 흰자가 드러나며 장우는 거품을 물었다.

"장우야, 정신 차려. 장우야!"

구타를 당하는 와중에도 연호는 소리쳤다. 저항이라 받아들였는지 개머리판이 강하게 배를 찔렀다. 연호는 울컥 피를 토하며 힘을 잃고 쓰러졌다.

서늘한 잔디밭에 뺨이 닿았다. 연호는 시근거리며 힘겹게 눈을 깜빡였다. 공허한 두 눈동자에 노을 진 하늘이 담겼다. 붉은 하늘 아래로 펼쳐진 갈대밭이 바람에 따라 파도처럼 일렁였다.

사그락사그락- 구타 소리나 욕설보다도 갈대가 몸을 비비는 소리가 더 선명히 들려왔다. 그 평화로운 풍경을 보고 있자니 일제의 광기도 보잘것없는 허상처럼 느껴졌다.

탕-! 가장 오른쪽에 있던 동지가 쓰러졌다. 연호는 눈을 감으며 탄식했다. 눈물을 흘리지 않으려 노력했으나 분한 감정이 뜨겁게 치솟아 흘러나왔다. 연호의 머리 위로 총구가 들이밀어졌다. 그는 단념하며 차분히 눈을 내리감았다.

다시 한번 총성이 울렸다. 마치 먼 곳에서 들려오듯 크게 울려 퍼졌다.

어째선지 고통이 없었다. 죽음이 원래 이런 것인지 그는 잠시 가늠했다. 이상하게도 너무 멀쩡했다. 한참 후에야 그는 자신이 죽은 것이 아니라 총격전이 벌어졌다는 사실을 깨달았다.

누군가 그들을 도우러 온 것이다. 상황을 자각하자마자 그는 힘겹게 이동하여 장우를 감싸 안았다.

"장우야. 괜찮니? 조금만 참아. 잘 견뎠다."

그는 저보다 어린 사내를 위로하려 애썼다.

몇 번의 총성이 울려 퍼지고, 일본군이 하나둘씩 쓰러졌다. 주변의 군인들이 모두 쓰러지고 무거운 정적이 내려앉았다. 스산한 바람 소리와 새들이 날아드는 소리만이 메아리처럼 반복되었다.

그때 바스락바스락, 낙엽을 밟는 발자국 소리가 여럿 들리며 누군가 연호의 곁으로 다가왔다.

"괜찮습니까?"

조선말에 연호는 고개를 들었다. 그러자 선명하고 또렷한 눈동자와 눈이 마주쳤다. 밤색 재킷을 입고 회색 조타모를 쓴 사내였다. 차림새와 어울리지 않게 고운 얼굴을 가진 그는 신중히 연호의 안색을 살폈다.

"다친 데 없습니까?"

연호가 무어라 입을 열기도 전에 누군가 소리쳤다.

"소대장님! 생존자 두 명입니다."

사내는 고운 미간을 일그러트리며 낮게 욕을 짓씹었다. 그는 연호를 묶은 밧줄을 칼로 끊으며 말했다.

"너무 늦게 와서 미안합니다."

"……아닙니다. 고맙습니다."

힘없는 연호의 말에 사내는 쓰게 웃었다. 그 웃음에 연호는 자신이 목숨을 건졌음을 깨달았다.

그들은 몇 날 며칠을 이동했다. 그러는 동안 장우가 숨을 거두었다. 패혈증 때문이었다. 군인들은 직접 땅을 파 어린 사내를 눕히고 예를 다해 짧은 장례를 치렀다. 한 명을 떠나보냈으나 그들은 또다시 다른 조선인을 살려 냈고, 다시 앞으로 나아갔다.

긴 여정 끝에 도달한 곳은 상해의 프랑스 조계지였다. 그들은 부상자들의 상처를 점검하기 위해 낡은 여관에서 쉬어 가기로 했다.

오랜만에 분위기가 소란스러웠는데, 대원 한 명이 돈이 생겼다며 술을 몇 병 사 온 덕분이었다. 일본 낭인의 지갑을 슬쩍한 돈이라 했다. 소대장은 처음엔 나무랐으나 술이 좀 들어가니 칭찬에 가까운 꾸지람을 했다.

조촐한 잔치였다. 머나먼 타국에서 모인 동포들을 환영하고 위로하는 자리였다. 그들은 부족한 술과 음식에도 최대한 밝게 웃으며 시간을 보냈다.

"이 자식아! 선 넘어갔잖아!"

"아, 무슨 소립니까, 아닙니다! 억울합니다!"

대원들은 마지막 술잔을 걸고 자갈로 알까기를 하는 중이었다. 총을 들고 있을 때와는 달리 어린애들 같은 모습이었다. 군인이라 하여도 다들 젊은 청년들이니 당연하다 싶었다.

알까기 결승에 오른 사람은 소대장과 서동식 상사였다. 두 사람 다 마지막 술잔을 쟁취하고 싶은지 무척 결연했다. 소대장은 자신의 차례가 되자 부산스럽게 몸을 풀기까지 했다. 그러다 쓰고 있던 조타모가 벗겨지고, 묶인 머리가 드러나며 목뒤로 흘러내렸다.

"아이고, 내 모자."

소대장이 곡소리를 내며 다시 모자를 썼다. 사내인 줄 알았던 소대장은 사실 여인이었다. 일전에 알게 된 것인데도 연호는 새삼 놀라워했다.

분명 사내다운 풍모는 아니라고 생각했는데도 사내라 확단을 내렸던 것은 편견 때문이었다. 한 소대를 이끄는 소대장이 여인이라고는 상상도 하지 못했던 것이다. 그는 편협했던 제 생각을 아직도 반성하는 중이었다.

와아아-! 그때 환호성이 들렸다. 소대장이 결국 술을 따낸 모양이다. 구시렁거리는 서동식 상사를 밀어 내고 그녀는 술잔을 들었다. 그러더니 연호의 앞에 놓아 주었다. 연호는 놀란 눈을 느리게 깜빡였다.

"하나도 못 마셨잖아. 마셔."

"아, 뭡니까 소대장님. 제가 주려고 했습니다."

"거짓말하지 마, 이 자식아."

"진짭니다!"

"근데 상처 때문에 마시면 안 되는 거 아닙니까?"

"한 잔 먹는다고 죽나. 이제 거의 나았잖아."

의무병이 아직 먹으면 안 된다며 연호를 만류했다. 그러다 소대장과 투닥거리기 시작했다. 두 사람이 싸우는 틈에 연호는 잔에 있던 술을 한입에 털어 넣었다. 대원들은 놀란 눈으로 연호를 바라보다 이내 웃음을 터트렸다.

연호도 웃었고, 소대장도 시원스러운 웃음을 지어 보였다. 주변이 밝아질 만큼 환한 웃음이었다.

○ ◐ ●

몸이 많이 약해졌는지 고작 술 한 잔을 마셨는데도 심장이 뛰었다. 얼굴에 열이 올라 연호는 바깥으로 바람을 쐬러 나왔다. 여관 계단을 내려서자 밖에 나와 있는 소대장이 보였다. 인기척을 알아챈 그녀가 고개를 돌렸다.

"왜 나왔어? 쌀쌀한데."

"바람 좀 쐬고 싶어서요."

연호의 말에 그녀는 짧게 웃었다.

"나도 답답해서 나왔어. 앉아. 몸은 좀 괜찮고?"

"네. 덕분이 많이 나았습니다."

"그래. 다행이네."

막상 옆에 앉긴 했는데 할 말이 없었다. 어색한 분위기가 감돌았다. 연호는 멋쩍은 얼굴로 목덜미를 쓸어내렸다. 소대장도 마찬가지였는지 어색한 얼굴이었다. 불편한 침묵 끝에 연호는 조심스레 말문을 열었다.

"저, 소대장님. 구해 주셔서 감사합니다."

뜻밖의 말이었는지 그녀는 소탈하게 웃었다.

"뭘 새삼스레."

다시 정적이 지속되었다. 연호는 말을 이어 가기 위해 입을 열었다.

"언제부터 군인을 하신 건지 여쭤봐도 될까요?"

"아……. 여기 들어온 지는 오래되지 않았어. 이전에는 다른 단체를 여기저기 오갔거든."

"그렇군요."

"그래도 뭐, 다들 마찬가지겠지만 난 내가 계속 군인이라 생각했어. 나라를 위해 싸우는 거니까. 그렇게 따지자면 군인으로 산 게 오래된 거겠지."

연호는 담담히 말을 잇는 그녀의 얼굴을 응시했다. 버드나무 그늘이 드리워 있는 그녀의 얼굴에는 약간의 쓸쓸함도 드리워 있었다. 나라를 위하는 마음이 여인이라 하여 덜하지는 않을 것이다. 연호는 제가 그녀의 직위나 말투만을 보고 사내라 판단했던 것이 미안했다.

"넌 앞으로 어떻게 할 생각이야?"

"예?"

"우리가 뭘 하는지는 알지?"

연호가 고개를 끄덕였다. 그녀의 소대는 병력 증강을 위한 초모 공작 중이라 들었다.

"우린 이 근처에서 좀 더 조선인들을 모집하다가 항구에서 배를 탈 거야. 청도를 거쳐서 본부가 있는 산서로."

"……."

"그러니까 너도 우리랑 함께할 생각이 있으면 같이 가는 거고. 아니면 이쪽에서 자리를 잡는 거지. 조선으로 가기는 위험하니 중국에서 머무는 게 나을 거야. 가족들한테도 당분간 연락하지 않는 게 안전하고."

연호는 가만히 그녀의 말을 듣기만 했다. 차분히 말을 하던 그녀는 어째선지 자조적으로 웃었다.

"사실 같이 가자고 하고 싶은데, 죽을 뻔한 사람한테 같이 가자는 말을 하기가 쉽지 않아."

선선한 바람이 그들 사이를 갈라놓았다. 바람결에 머리카락이 분분히 휘날렸다. 그녀는 연호를 보며 짧게 웃더니 자리에서 일어섰다.

"나는 먼저 들어갈게. 너도 일찍 들어가. 춥다."

연호가 무어라 할 새도 없이 그녀는 돌아섰다. 연호는 자리에서 일어서 급히 입을 열었다.

"저도……."

걸음을 멈춘 그녀가 돌아서서 연호를 바라보았다.

"저도 같이 가고 싶습니다."

"……."

"데려가 주세요. 같이 싸우고 싶습니다."

놀란 눈이 연호에게 꽂혔다. 잠시간의 정적 끝에 그녀는 웃음 지었다. 성큼 다가온 그녀는 손을 뻗어 연호에게 악수를 청했다.

"사실 그 말만 기다렸어."

연호는 내밀어진 손을 잡았다. 작고 가늘지만 단단한 손이었다.

"성함, 여쭤봐도 될까요?"

연호의 딱딱한 물음에 하현은 웃음을 터트렸다. 맑고 화사한 웃음이었다.

"뭐가 그렇게 조심스러워? 김하현이야."

"네. 류연호입니다."

연호는 희미하게 웃었다. 그는 제가 잡고 있는 손의 온도를, 찰나의 순간이지만 강렬했던 그 온도를 기억하기 위해 손끝을 말아 쥐었다.

연호는 2지대 본부에서 기본적인 훈련을 받기로 했다. 정식으로 군에 합류하기 위함이었다. 아직 몸이 호전되지 않아 어려운 일이 많았지만 마음만은 벅찼다. 같은 뜻을 품은 동지들과 함께한다는 사실은 고된 훈련도 견디게 해 주었다.

조금 씁쓸한 것은 하현이 이끄는 6소대와 이별해야 한다는 사실이었다. 그들은 계속해서 초모 공작을 해야 했고, 연호는 훈련을 받아야 했다.

"훈련 잘 받고 있어."

하현이 연호에게 먼저 인사하자 소대원들이 저마다 말을 덧붙였다.

"또 보자, 연호야."

"힘들다고 도망가지 말고!"

"얘가 너냐. 몸조심해라, 연호야."

연호는 그들에게 짧게 경례를 했다. 소대원들은 멀어지는 순간까지 연호에게 손을 흔들어 주었다. 짧은 시간이었지만 정이 많이 들어서 서운한 기분은 감춰지지 않았다. 생사를 오가는 순간 함께했던 연은 연호에게나 그들에게나 특별했다.

시간은 느릿하고도 빠르게 흘렀다. 사격 과녁에 산발적으로 흩어졌던 총탄 자국들이 가운데로 밀집하기까지 3개월이 걸렸다. 그러는 사이 계절이 바뀌었다. 삭막했던 겨울을 보내고, 봄꽃이 흐드러진 들판을 맞이하고, 아카시아 향이 풍겨 오는 무더운 계절이 찾아왔다.

오늘도 고된 훈련을 마친 연호는 노곤한 몸을 요에 뉘었다. 잠이 들기 전에 늘 가지고 다니는 수첩을 꺼내 보았다. 글을 적을 수 있는 수첩을 가져온 것은 천만다행이었다. 이곳에서는 종이 한 장도 귀했다.

짧은 일기를 적다 창틈으로 스며드는 달빛을 바라보았다. 그러자 예고 없이 그날 밤 일이 들이닥쳤다.

'뭐가 그렇게 조심스러워? 김하현이야.'

맑은 웃음을 지으며 손을 내밀었던 사람의 얼굴. 어느새 수첩에는 김하현이라는 이름 석 자가 적혀 있었다.

연호는 수첩을 접고 자리에 누워 깊이 한숨을 내쉬었다. 사실 그날 이후로 김하현이라는 사람에 대해 생각하는 일이 잦아졌다. 지금처럼 아무런 예고 없이 불시에 찾아와 가슴속을 어질러 놓았다. 이제는 갑작스레 찾아오는 감정이 익숙해질 만큼 꽤 자주 반복되었다.

그는 저도 모르게 이곳에서 그 사람의 흔적을 좇기도 했으며, 누군가 그 사람의 이야기를 할 때면 귀를 기울이곤 했다.

무례한 짓이다.

연호는 마른세수를 하며 한숨을 내쉬었다. 그 사람은 여인이 아니라 상관이었다. 이곳의 여인들은 자신들이 '사내들이 판단하는 여인'으로 보이기를 원치 않았다. 당연했다. 그들도 똑같은 대한의 국민이었으니까. 그들은 편견을 지우기 위해 고된 일도 마다하지 않았으며, 남성 군인들 못지않은 전투력을 갖추기 위해 노력했고, 또 그만한 성과를 이룩했다.

이런 상황에서 그녀에게 연호의 사적인 마음이 얼마나 큰 방해물이 될지 모르지 않았다. 그는 다시 수첩을 펼쳐 김하현이란 이름이 적힌 장을 찢었다. 여러 번 접고 접어, 다시는 펼치기 힘들 정도로 손톱으로 꾹꾹 눌러 가방 구석에 처박아 놓았다.

"오랜만입니다."

몇 달 만에 6소대가 복귀했다. 대원들 모두 다친 곳 없이 무사하여 연호는 안도했다. 그들은 밝게 웃으며 재회의 기쁨을 나누었다.

"듬직해졌는데?"

하현과도 짧게 인사를 나누었다. 일렁이는 마음은 묻어 둔 채, 그저 반가움만을 드러냈다. 조금 피로해 보여 걱정도 되었으나 차마 개인적으로 말을 걸 수 없어서 그만두었다.

연호는 잡생각을 덜고 훈련에 집중했다. 머지않아 소대에 배정될 테니 소대원들에게 도움이 되어야 했다. 탕탕-! 총알이 과녁에 거침없이 박혔다. 연호의 수심을 담은 총소리는 한동안 계속되었다.

어둠이 짙어진 밤, 연호는 잠을 이룰 수 없어 밖으로 나왔다. 바깥은 적요했다. 스산한 바람 소리와 풀벌레 우는 소리만이 규칙적으로 반복되었다.

한참 바람을 쐬다 다시 막사로 들어가려 했을 때, 누군가 토악질을 하는 소리가 들렸다. 괴로운 호흡 소리가 섞여 있었다. 누군가 탈이라도 났나 싶어 소리의 근원지를 향해 다가갔다. 그곳에는 하현이 있었다.

"중위님."

입을 헹구고 있던 하현이 흠칫하며 돌아보았다.

"어디 편찮으십니까."

하현은 고개를 저었다.

"먹은 게 좀 얹혀서. 별거 아니야."

하현은 태연하게 대답하고는 다시 입을 헹궜다. 연호가 그 자리에 가만히 서 있자 상체를 일으키고 그를 바라보았다.

"뭐 할 말 있어?"

걱정스러운 시선이 하현의 얼굴을 살폈다. 얼굴이 창백하고 안색이 좋지 않아 보였다. 피로가 드리운 눈은 붉게 충혈되어 있기까지 했다. 저도 모르게 빤히 바라보자, 하현의 눈빛이 일순 날카로워졌다.

"왜?"

무례할 정도로 빤히 바라보았던 모양이다. 연호는 황급히 시선을 내렸다.

"아닙니다."

하현은 아무런 언질 없이 연호의 곁을 지나쳤다. 그는 깊이 한숨을
내쉬었다.

○ ◑ ●

다음 날 연호는 시간을 내어 의무병 막사에 찾아갔다. 그는 약병들
을 정리하다 말고 연호를 반겨 주었다.

"어, 왔냐? 어디 다쳤어?"

"아뇨, 여쭤볼 게 있어서요."

"뭔데?"

"……김하현 중위님 말입니다."

"김 중위님? 왜?"

"혹시 어디 편찮으십니까?"

"글쎄, 딱히 아픈 곳은 없어 보였는데. 왜 그래?"

연호가 머뭇거리자 그는 목소리를 낮추고 물었다.

"혹시 구역질하는 거 봤어?"

연호가 놀란 표정을 짓자 그는 알겠다는 듯 고개를 끄덕였다.

"못 본 척하고 넘어가. 보여 주는 거 싫어하시더라."

"자주 그러십니까?"

"자주 그러는 것 같진 않던데. 아무래도 간만에 돌아오니 피곤하셨
겠지."

"어디 아프신 건 아니고요?"

그는 고개를 저었다.

"안 그래도 그쪽 소대원들이 걱정하길래 나도 유의해서 살펴봤었
지. 따로 병이 있거나 하진 않은 것 같더라고."

"그럼 왜……"

"심리적인 이유라고 짐작만 하고 있어."

"……."

"이런 시대에 사연 없는 사람이 어디 있겠냐마는, 중위님 총 잡은 게 열셋이라더라. 태어나자마자 부모 죽고, 길러 주던 고모도 왜놈들 손에 죽고. 그 어린 나이에 독립운동 단체 여기저기 오가면서 평탄하지는 않았겠지. 동지들 죽는 것도 많이 봤을 거고."

"……."

"게다가 여기도 사람 사는 곳인지라 다툼이 아예 없을 순 없잖아. 사상도 다르고 신념도 다른 사람들이 많지. 중위님은 유독 그런 걸 피곤해했어. 그 와중에 실력은 눈에 띄니 더 그럴 수밖에. 여기 오기 전에는 명사수로 엄청 유명했다더라고. 그런데도 은연중에 여자라고 무시하거나 경계하는 사람도 있고. 아닌 척하지만 압박이 심하겠지."

연호는 무어라 말할 수 없어 침묵했다.

"괜히 아는 척하면서 이야기하지는 마라. 중위님 입장에서는 사내 놈들이 제 얘기 하는 게 신경 쓰일 테니."

"……예."

연호는 그저 무력하게 고개를 끄덕이는 것밖에는 할 수 없었다.

오랜만에 짧은 휴식시간이 주어졌다. 연호는 책 한 권을 들고 밖으로 나왔다. 공터에서는 사내들이 짚을 엮어 만든 공 하나로 축구 경기를 하고 있었다. 연호는 아무 곳에 앉아 책을 펼쳤다.

한창 책의 내용에 빠져 있을 때, 머리 위로 그림자가 졌다. 의아하여 고개를 들자 하현과 눈이 마주쳤다. 놀라서 크게 뜨인 연호의 눈을 보며 하현은 설핏 웃었다.

"여기서 뭐 해? 다들 뛰어노는데."

"그냥 책 좀 읽고 싶어서요."

"하여간 별종이라니까."

같은 훈련병들끼리도 연호를 별종이라 부르곤 했는데, 하현까지 그렇게 생각하고 있을 줄은 몰랐다. 조금 창피해져 연호는 괜히 뒷덜미를 쓸어내렸다. 하현은 연호의 옆에 앉아 축구 경기를 구경했다.

"약 고마워. 잘 받았다."

연호는 크게 눈을 떴다. 의무병에게 비밀로 부탁하여 약을 전달했는데 하현이 그걸 어떻게 알고 있는지 의문이었다.

"어떻게 아셨습니까?"

"떠본 건데 맞나 보네."

연호는 짧게 입술을 깨물었다. 귓바퀴가 홧홧해졌다.

"그날 나 본 사람이 너밖에 없는데 눈치 못 채는 것도 이상하지 않겠어."

"……부담스러워하실 것 같아서 그랬습니다."

"누가 뭐래."

하현은 설핏 웃었다. 지난번에 보았을 때보다는 표정이 조금 더 편안해 보여 마음이 놓였다.

"연호 너는 돌아가면 뭘 할 생각이야?"

하현의 물음에 그는 잠시 생각에 잠겼다.

"음……. 조부님 때부터 집안에서 지켜 온 물건이 있는데, 그걸 확인해야 할 것 같습니다."

"물건?"

"예. 저도 그게 뭔지는 잘 모릅니다. 갑자기 징병이 돼서 아버지께 제대로 전달을 못 받았거든요. 나라에 중한 물건이라 하셨으니 그것부터 찾아봐야 할 것 같습니다."

"그렇구나."

하현은 짧게 대답하고 생각에 잠겼다. 그녀는 이 기나긴 항쟁이 끝났을 때의 삶을 제대로 생각해 본 적이 없다. 너무 어린 시절부터 시작한 일이어서일까. 무엇을 해야 할지 알고 있는 연호가 부럽기도 했다.

"황량하네."

하현의 말에 연호가 그녀를 바라보았다. 하현의 시선이 닿는 방향에는 축구 경기를 하는 대원들이 있었다. 황량한 것과는 거리감이 있었다.

무엇이 황량한지는 머지않아 알아챘다. 정면을 바라보는 하현의 눈이 지독히도 공허했다. 그러나 하현이 다시 고개를 돌렸을 때, 언제 그랬냐는 듯 공허함은 사라지고 웃음기만 남아 있었다.

"넌 돌아가서도 뭐든 잘할 거야. 내가 보기에도 계획성이 있어 보이거든. 난 생각 없이 살아서 그런지 돌아가서 내가 뭘 할지 상상이 안 가더라."

웃으며 가벼이 한 말이었으나 연호에게는 가볍게 받아들여지지 않았다.

"……앞날을 생각하며 사는 게 다 옳은 거라고 생각하지는 않습니다."

하현의 눈에 의아한 기색이 서렸다.

"그냥 살아가는 게 목적인 사람도 있지 않겠습니까. 준비한다고 해도 뜻대로 되지 않는 게 삶이고……. 저는 다가올 미래보다 현재에 충실한 삶을 사는 사람들이 더 멋있어 보입니다."

하현은 물끄러미 연호를 응시하다 푸스스 웃음을 터트렸다. 이 말이 아니었나. 연호는 조금 멋쩍어졌다. 반면 하현은 맑은 웃음을 지었다.

"네 말이 맞아. 뜻대로 되지 않는 게 삶이지."

웃는 얼굴이 편안하고 밝아 보였다. 연호는 그제야 안도했다. 하현은 웃다 말고 자리에서 일어섰다.

"고맙다. 적당히 읽고 들어가."

고맙다는 말에 놀라 연호는 제대로 대꾸하지 못했다. 아쉬움을 느낄 새도 없이 하현은 저 멀리 뛰어가 경기에 끼어들었다. 대원들이 믿지 않게 나무라는 소리가 들렸다.

"아, 인원 벌써 맞췄습니다."

"네가 나가 그럼."

"권력 남용입니다."

하현은 그 말을 무시하고 태연히 웃으며 경기에 참여했다. 그 모습을 보던 연호는 작게 웃음을 터트렸다.

○ ◐ ●

연호는 하현이 속한 소대인 6소대에 배치되었다. 사실 하현의 곁에 있으면 마음이 흐트러질 것 같아 다른 소대 배치를 원했으나, 역시 삶은 생각대로 따라 주지 않았다.

그래도 맡은 일에 책임을 다할 생각이었다. 가장 절망적이었을 때 기적처럼 나타났던 하현이 그랬듯, 누군가에게 희망을 줄 수 있기를 바랐다. 그리고 연호를 이 자리에 서 있을 수 있게 해 준 하현에게 조금이나마 도움이 되고 싶었다.

사적인 감정은 가방 구석에 고이 접힌 종이처럼 숨겨 둔 채, 그는 자신을 단련하는 데만 집중했다. 마음은 제멋대로 크기를 키워 나갔지만 연호는 결코 드러내지 않았다. 모든 것이 끝나기 전까지는 결코 티를 내지 않을 생각이었다.

그토록 힘겹게 눌러 담은 마음이 폭발한 것은 예기치 못한 상황이었다.

6소대가 상해로 향하던 중, 일본군에게 습격을 당했다. 연호에게는 첫 전투였다. 늘 웃고 긴장감 없어 보이던 소대원들은 언제 그랬냐는 듯 각자의 위치에 자리 잡아 역할을 다했다. 하현도 마찬가지였다. 능숙히 진두지휘를 하여 적의 포위망을 흐트러트렸다.

몇 번의 총격전이 오갔다. 연호는 억새풀밭에 숨어 사격에 집중했다. 그런데 방해되고 싶지 않던 마음이 과했는지, 일본군이 총을 겨눈 것도 눈치채지 못했다. 그때, 하현이 연호의 어깨를 잡아 눌렀고, 탕-! 날카로운 소리와 함께 하현의 어깨에 총탄이 스쳤다.

하현은 그 상황에서도 총을 잡아 몇 명을 적중시켰고, 일본군이 퇴각하는 것으로 전투는 끝났다. 하현의 팔에서 피가 떨어지는 모습을 보며 연호는 가슴이 나락까지 추락하는 듯한 기분을 느꼈다.

연호는 하현이 치료를 받고 있는 막사로 들어섰다. 이미 치료를 마친 상태였고, 하현의 안색도 괜찮아 보였다. 감사 인사를 할 것이라 생각했는지 치료를 맡았던 의무병이 자리를 비켜 주었다. 그러나 연호의 입에서 나온 말은 감사 인사가 아니었다.

"왜 그러셨습니까."

하현은 의아한 표정을 짓다가 대수롭지 않게 말했다.

"귀한 신병 다칠까 봐 그랬지. 괘념치 마, 많이 다친 것도 아니야. 너도 처음이었으니……."

"다음부터는 그러지 마십시오."

딱딱하고 단호한 어조에 하현의 얼굴도 굳어졌다.

"왜 그래?"

"말 그대롭니다. 다음부터는 절대 그러지 마세요. 본인 몸을 더 신경 쓰시라는 뜻입니다."

계급 간의 격차를 생각한다면 결코 일어나서는 안 될 일이었다. 그러나 연호는 화를 억제할 수가 없었다. 하현을 향한 분노가 아니라 하현을 다치게 만든 스스로에게 화가 났다.

"류연호."

하현의 눈빛은 어느새 싸늘하게 가라앉아 있었다.

"내가 여자라서 대드는 게 좀 쉽나?"

"그런 게 아닙니다."

"그럼 지금 그 태도는 뭐야."

하현은 연호에게 한 걸음 다가왔다. 그녀는 날카롭게 경계를 세웠다.

"상관이 대원 위해서 한 일인데 뭐가 어때서. 내가 여자라서 지킴받는 게 자존심 상해?"

연호는 말을 하려다 입을 다물었다. 하현이 줄곧 이런 일을 겪어 왔을지도 모른다 생각하니 가슴이 쓰렸다. 연호는 쉬이 입을 열지 못하다 간신히 답했다.

"저 때문에 다치시는 게 싫습니다."

경계하던 하현의 눈빛이 일순 풀어졌다. 자신의 속내를 읽혔다고 생각한 연호는 더 혼란해져 어지러이 말을 늘어놓았다.

"비꼬는 게 아니었습니다. 정말 그냥, 말 그대로……. 스스로를 더 신경 쓰셨으면 좋겠습니다."

하현을 응시하는 그의 눈은 희미하게 일그러져 있었다.

"차라리 제가 다치는 게 마음이 더 편합니다."

한동안 하현과 어색한 분위기가 지속되었다. 연호는 하현이 제 마음을 눈치챘을지도 모른다 생각하자 초조하고 불안해졌다. 존경에서부터 시작된 사랑이었으나, 상관에게 다른 마음을 품는 것 자체가 모욕으로 느껴질 듯하여 내내 마음이 편치 못했다. 하현이 저 때문에 불편을 겪을지도 모른다는 사실도 고통스러웠다.

그래서 연호는 제 몸 상태가 좋지 않다는 것을 자각하지 못했다. 전투 당시 연호도 미미한 상처를 입었는데, 제대로 상처를 살피지 않아

염증으로 번진 탓이다. 머리를 어지럽히는 열기가 혼란한 마음과 섞여 금방이라도 폭발할 듯했다.

이런 시대가 아니었다면. 이런 관계가 아니었다면. 그는 혼란 속에서도 무의미한 가정을 했다. 의지와는 별개로 마음은 속수무책으로 영역을 넓혀 갔다. 그저 하현이 불행하지 않기를, 행복하기를 바랐던 호의는 점차 욕심이 되었다. 한 번쯤은 눈을 마주치고 싶고, 한 번쯤은 말을 걸어 주었으면 좋겠고, 한 번쯤은 편안히 웃으며 대화할 수 있기를 바랐다.

고통스러웠다. 그는 분수에 맞지 않는 이 욕심이 더 커지지 않기를 간절히 바랐다.

"류연호?"

그때 연호의 근처에서 이동 중이던 서동식 상사가 그를 불렀다. 연호는 고개를 들었다.

"어디 아파?"

그의 물음에 앞서 걷던 하현의 시선이 닿았다. 무언가에 데인 것처럼 가슴이 이지러지는 듯했다. 그를 혼란하게 만들었던 감정들이 하나로 함축되어 머릿속을 파고들었다.

어지럽다.

그것을 깨달은 순간 시야가 서서히 암전 되었다. 하현이 놀란 얼굴로 그에게 다가왔다. 그는 그 모습을 다 보기도 전에 힘없이 앞으로 고꾸라졌다.

눈을 뜨자마자 보이는 것은 임시로 지어진 막사였다. 그는 급히 자리에서 몸을 일으켰다. 그러나 누군가의 손이 연호의 어깨를 잡아 가볍게 눌렀다.

"누워 있어."

그는 놀라서 고개를 돌렸다. 침상 옆에 앉아 있는 사람은 하현이었다. 그녀는 놀란 연호의 얼굴을 보다가 설핏 웃었다.

"스스로의 몸을 소중히 여기라던 게 어디 사는 누구였어?"

하현의 농담에 그는 웃을 수도 없었다.

"죄송합니다. 저 때문에 지체되었겠습니다."

"아냐, 다들 휴식이 필요하기도 했어. 이참에 쉬어 가는 거지."

연호는 눈을 감고 길게 한숨을 내쉬었다.

"죄송합니다."

"뭐가 그렇게 죄송해."

그는 입을 꾹 다문 채 아무런 말도 하지 못했다. 그런 그에게 하현이 넌지시 물었다.

"마음 정리가 안 돼서 죄송한 거야?"

연호의 놀란 시선이 그녀를 향했다. 하현은 아무렇지 않은 어조로 답했다.

"과민해질 수밖에 없는 위치거든."

연호는 절망감에 눈을 내리감았다. 차마 하현의 얼굴을 바라볼 수가 없었다.

"죄송합니다."

"……."

"달가워하지 않으실 걸 압니다."

"그래, 사실은 달갑지 않아."

그는 주먹을 꽉 그러쥐었다. 제 감정을 표정으로 드러내지 않기 위함이었다.

"깊게 생각할 수가 없어. 그래서도 안 될 것 같고."

"……."

"그래도 네가 스스로를 죄인처럼 생각하는 건 싫다."

그녀는 짧게 한숨을 내쉬었다. 무거운 정적이 내려앉았다. 연호는 힘겹게 하현에게 시선을 옮겼다.

"언젠가 이 일에도 끝이 오겠지."

그녀는 연호를 바라보지 않고 막사의 벽면 어딘가를 바라보고 있었다. 생각에 잠긴 얼굴은 담담하기도 했고, 혼란해 보이기도 했다.

"여길 떠나게 되는 순간이 오면……."

"……."

"그때 다시 얘기하자."

차분하고 조용한 음성이었다. 그 목소리에서 다정한 배려를 읽을 수 있었다.

"그냥 지금은 군인으로 지내자. 난 그것 말고는 다른 걸 생각할 여유가 없어."

연호는 제 감정을 드러내지 않으려 애쓰며 고개를 끄덕였다.

"알겠습니다."

하현은 그런 연호의 머리를 헝클이듯 쓰다듬고 자리에서 벗어났다. 연호는 손길이 닿은 머리카락에 제 손을 얹어 보았다. 가슴이 아렸다. 그는 붉어진 눈시울을 가리기 위해 눈 위로 손등을 덮었다.

나무가 완전히 옷을 벗으며 가을의 끝을 알렸다. 이제 겨울이었다. 이따금씩 함박눈이 내리기도 하고, 매서운 추위가 찾아오기도 했다. 힘없고 가여운 존재들, 이를테면 나라 잃은 국민들에게는 더욱 혹독한 계절이었다.

하현과 연호는 다시 평범한 동지로 돌아왔다. 연호는 더 이상 감정에 휘둘리지도 않았고, 하현에게 무례하게 굴지도 않았으며, 사랑과 비슷한 감정을 함부로 꺼내지도 않았다. 하현의 말처럼 군인으로 사는 것에 더 익숙해졌고, 사랑보다는 신념을 더 크게 가지려 노력했다.

겨우내 많은 것이 변했다. 파리가 독일군 치하에서 해방되고, 소련군은 헝가리에 진입했다. 독일군은 최후의 반격을 시작했고, 전쟁의 흐름은 막바지로 치달았다. 격변하는 흐름 속에서 한국군은 어떤 방향에 몸을 싣게 될지 알 수 없었다. 그저 하던 대로 국권 쟁취를 위한 준비를 차곡차곡 쌓아 가는 중이었다.

하현이 이끄는 6소대는 오늘 기습 작전을 앞두고 있었다. 포로로 붙잡혀 있는 한국인들을 데려올 계획이었다.

"연호가 소대장님 자리 넘보는 건 아닌지 모르겠습니다."

긴장된 분위기 속에서 총기 점검을 하던 도중, 분위기를 풀어 보려는지 서동식 상사가 하현에게 말을 걸었다.

"누가 내 자리를 넘봐?"

"연호 사격 실력이 나날이 승승장구하고 있지 않습니까. 저격 1등은 항상 소대장님이었는데 말입니다. 자리 뺏기지 않게 긴장하셔야겠습니다."

하현은 피식 웃었다.

"계급장 떼고 붙어 볼까."

"전 오래 살고 싶습니다, 소대장님."

연호의 농에 하현은 웃음을 터트렸다. 두 사람은 아무렇지 않게 대화를 하곤 했지만, 사실 연호는 그 어느 때보다도 하현과 멀어진 것 같았다. 하현에게 드러내는 것들이 온통 거짓이기 때문인지도 모른다. 그래도 그는 쓸쓸해하지 않았다. 그녀가 중요시하는 것들이 이제는 제게도 중요한 것이 되었기 때문이다.

날이 어두워지고, 물을 마신 후 막사로 들어가려던 하현과 연호의 눈이 우연히 마주쳤다. 하현은 시선을 떼지 않았다. 그날따라 왜 그리 서로를 오래 바라보았는지, 두 사람 다 이유를 알지 못했다. 어쩌면 찰나에 불과했던 시간을 길었다고 착각했는지도 모른다.

연호는 희미하게 미소 지었다. 하현의 얼굴에도 엷은 미소가 물빛처럼 번져 연호의 마음에 기나긴 파동을 일으켰다.

○ ◑ ●

　반쪽 달빛이 처연하게 깔린 밤이었다. 그들은 산속의 억새풀밭에 숨어 매복 중이었다. 전투에 익숙해졌다고는 하나, 목숨을 걸고 하는 일은 늘 비슷한 긴장감을 요구했다. 연호는 긴장감을 가라앉히기 위해 지그시 입술을 깨물었다.

　가장 앞에 있던 하현의 지시가 떨어졌다. 대원들이 좌우로 벌어지며 포위망을 구축하고, 어둠 속에 파묻혀 있던 그들은 기습을 시작했다. 총알이 빗발치기 시작했다.

　그런데 일순 하늘에서 빗방울이 떨어졌다. 약하게 떨어지던 비는 소나기가 되어 무섭게 쏟아졌다. 이런 환경에서 전투를 하는 것은 자살행위나 다름없었다. 하현은 후퇴를 결정했다. 그녀는 소대원들이 모두 퇴각하기 전까지 그 자리를 지켰다. 연호는 최대한 하현을 엄호했다.

　더는 시간을 끌 수 없어 뒤를 돌았을 때였다. 탕-! 탕-! 총탄 소리가 연달아 이어졌다.

　몇 번의 전투 경험으로 연호는 땅에 총이 박히는 소리와 살갗에 총이 박히는 소리를 구분할 줄 알게 되었다. 그는 자신의 귀를 의심하며 힘겹게 뒤를 돌았다. 마치 물속에 있는 듯 뒤를 도는 것이 어려웠다. 시간을 한없이 늘려 놓은 것만 같았다.

　뒤를 돌았을 때, 그는 제 가슴이 산산이 찢겨 나가는 듯한 고통을 느꼈다. 피에 젖은 하현이 천천히 뒤로 넘어가고 있었다. 온몸을 짓누르는 고통을 이겨 내고 그는 무작정 앞으로 달렸다.

　"류연호! 가지 마, 돌아와!"

　누군가 소리치는 소리가 들렸으나 그는 무작정 앞으로 나아갔다.

무엇이 옳고 그른지 판단할 수 없었다. 귓가에 총탄 소리가 산발적으로 들려왔으나 그는 모든 것을 외면했다.

그는, 그동안 가장 외면하고 밀어 내야 했던 사람을 향해 달음박질했다.

이 순간까지 버티기 위해 그렇게 반대로 걸어왔던 걸까. 그는 하현을 향해 간절히 손을 뻗었다.

하현을 감싸 안는 순간, 쾅-! 소리가 울려 퍼지며 포탄이 터졌다. 발밑을 지탱하던 땅이 순식간에 허물어졌다. 연호와 하현은 어딘가로 굴러떨어졌고, 유속이 상당한 계곡물에 추락했다.

하현은 정신을 잃었다 깨어나기를 반복했다. 얼음처럼 차가운 물속에서 숨이 틀어막혀 죽을지도 모른다고 생각한 순간, 물 밖으로 꺼내어졌다. 누군가 입으로 숨을 불어 넣어 주어 호흡이 돌아왔다. 그녀는 물을 뱉어 내며 고통스럽게 기침했고, 다시 기절했다. 누군가 총상을 응급 처치 해 주었다는 사실도 알지 못했다.

다시 정신이 들었을 때에는 누군가의 등에 업혀 있었다. 그 누군가는 산을 오르는 중이었다. 하현의 팔에 힘이 들어가자 그가 잠시 걸음을 멈추었다.

"연호야."

끊어질 듯 희미한 목소리였다.

"두고 가."

"싫습니다."

매서울 정도로 단호한 목소리였다.

"나를 업고 소대원들을 어떻게 찾아다녀. 두고 가."

"싫습니다."

"너라도 살아야지. 여기서 어물쩍대다간 적을 먼저 만날 거야."

"싫다고 했잖습니까."

"이건 명령이야."

명령이라 했지만 하현의 목소리에서는 평소와 같은 강인함을 찾을 수 없었다. 지금의 그녀는 강인한 군인이 아니었다. 그저 생명을 빼앗겨 가는 가여운 여인일 뿐이었다. 그는 입술을 피가 나도록 짓씹었다.

"이 상황에 계급이 무슨 소용이에요."

"연호야."

"싫어요, 싫습니다!"

그가 매섭게 소리쳤다.

"소대장님 인생은 뭐가 되는 건데요. 남의 인생을 구하고, 지키기만 하다 죽을 겁니까?"

"연호야, 제발."

애원하는 하현의 목소리에 연호는 커다란 무력감을 느꼈다. 여기까지 그녀를 몰고 간 이 시대가 저주스러웠다.

"그때 소대장님이 나타나지 않았다면 이미 죽었을 목숨입니다. 제 마음대로 하겠습니다."

그 말을 듣는 것을 마지막으로 하현은 혼절했다. 이따금씩 정신이 돌아왔을 때, 그녀는 뜨는 해와 지는 해를 모두 보았다. 연호는 꼬박 반나절 동안 하현을 업은 채 이동한 것이다. 얼마나 많이 걸었는지 연호의 걸음이 비틀거렸다.

하현은 당장이라도 기절할 것 같은 피로감을 억누른 채 간신히 눈을 떴다. 무언가 기시감이 느껴졌기 때문이다.

"연호야. 잠깐 멈춰 봐."

"……."

"너 왜 이렇게 차가워."

불길한 예감에 하현의 손이 파르르 떨렸다. 그녀는 연호의 걸음을 멈추기 위해 옷을 잡아당기고 때리기도 해 보았으나 연호는 꿈쩍도 하지 않았다.

"류연호. 연호야, 멈춰 봐. 피 냄새가 나."

"소대장님이 피를 많이 흘려서 그래요."

"아니야, 난 아니라고. 멈춰 봐, 당장 멈춰!"

앞으로 걷던 연호의 몸이 서서히 기울어지기 시작했다. 하현은 쓰러지듯 연호의 등에서 내려와 먼저 그의 머리를 받쳤다. 연호의 상태를 살핀 하현의 표정이 순식간에 공포로 물들었다. 온몸의 감각이 서늘해졌다. 연호의 배 부분이 온통 피로 흥건했다. 스스로 응급 처치를 한 듯 보였으나 상처가 깊어 여전히 피가 흘러나오고 있었다. 그냥 보기에도 하현의 상처보다 상태가 심각했다.

"연호야, 안 돼. 연호야."

"……."

"너 이 꼴로 대체……."

하현은 솟구치려는 울음을 억눌렀다.

"정신 차려, 응? 여기까지 와 놓고 죽을 생각은 아니잖아. 제발……."

하현이 연호를 업으려고 했으나 다리가 말을 듣지 않았다. 어깨와 다리에 총알이 스쳤던 탓이다. 연호는 하현의 팔을 끌어당겨 자리에 앉혔다.

"잠깐 쉬는 거예요."

그는 끊어질 듯 희미한 목소리로 말했다.

"연호야."

"잠깐만 이러고 있어 주세요."

하현은 결국 울음을 터트렸다. 무력한 자신이 한심하여 견딜 수가 없었다. 몸은 말을 듣지 않았고, 연호는 죽어 가고 있었다. 그녀는 연호의 옷자락을 붙잡고 흐느꼈다. 그때 차디찬 손끝이 뺨에 닿았다.

"하현아."

다정한 목소리였다. 놀란 하현을 보며 연호는 창백한 얼굴로 장난스럽게 미소 지었다.

"죄송합니다. 한 번쯤은 이렇게 불러 보고 싶었어요."

"……"

"예쁜 이름이잖아요. 반쪽 달을 뜻하는 거 맞죠?"

하현은 울음을 삼키며 고개를 끄덕였다.

"그럴 거라고 생각했어요. 달이 뜰 때마다 당신 생각이 났거든요."

하현의 뺨에서 쉼 없이 눈물이 떨어졌다. 그 눈물을 닦아 주는 연호의 눈시울도 서서히 붉어지기 시작했다.

"멋대로 마음 줘서 미안해요."

"……"

"그게 당신한테는 모욕인 걸 알아서 안 그러려고 했는데……."

"아니야, 아니야. 그러지 않았어."

"모든 게 끝나면, 당신이랑 돌아가고 싶었어요."

"……"

"그래서 총 같은 거 안 쥐어도 되게, 그냥 나란히 걷고 싶었어요."

연호의 눈에서 눈물이 떨어져 내렸다.

"너무 욕심 부렸나 봐요."

"……연호야."

"소대장님이 그랬잖아요. 언젠가 끝이 오면, 그때 다시 이야기하자고."

연호의 말뜻을 알아차린 하현의 안색이 새하얗게 질렸다.

"아니야, 내가 말한 끝은 이런 게 아니었어. 같이 돌아가야지, 연호야. 그런 말 하지 마. 돌아가서 해야 할 일도 있다며. 그러지……."

"사랑해요."

그는 차갑게 식은 손으로 하현의 손을 잡아 주었다.

"당신이 내 구원이었어요."

"……"

"꼭 살아서 돌아가요. 그리고 남을 위한 인생 말고 스스로를 위한 인생을 살아요."

연호는 천천히 눈을 감았다. 하현은 다급히 그의 손을 붙잡았다.

"연호야, 연호야. 안 돼, 잠깐만. 연호야."

연호의 손에서 서서히 힘이 풀어지기 시작했다. 하현은 그것을 느끼고 싶지 않아 더 강하게 연호의 손을 붙잡았다. 그녀는 연호의 손을 붙잡은 채 흐느껴 울었다.

"소대장님!"

먼 곳에서 대원들이 나타났다. 하현은 무엇도 신경 쓰지 못하고 그저 연호의 손을 붙잡고 울기만 했다. 이건 꿈이라고, 아주 지독한 꿈을 꾸는 것이라고 생각하면서.

○ ◑ ●

가랑눈이 분분히 휘날리는 새벽, 하현은 막사를 빠져나왔다. 새하얀 눈밭 위로 그녀가 지나간 흔적이 남았다.

그녀는 꿈속을 헤매고 있었다. 이곳이 어디인지도 중요하지 않았고, 지금이 어떤 상황인지도 중요하지 않았다. 그저 어둠 속을 거닐며 그날따라 유독 밝은 달빛을 쫓았다. 그곳에 도달하면 이 악몽에서 깨어날 수 있을 것만 같았다.

그저 교교한 달빛이 늘어선 길을 따라 정처 없이 걸었다. 그러나 아무리 걸어도 끝이 보이지 않았다. 무엇도 손에 잡히지 않았다. 이유를 알 수 없었다. 끝없이 앞을 향해 걸어왔는데 결국에는 남은 것이 하나도 없었다. 부모님도, 고모도, 연호도.

황량했다. 몸을 둘러싼 살갗이 부스러지는 듯했다. 심장마저 조각나 부스러지는 것만 같았다. 당장이라도 죽을 것 같은데 이렇게 살아서 존재하는 것이 이상했다.

"윽."

다리가 아무렇게나 꺾여 고꾸라졌다.

'저도 같이 가고 싶습니다.'
'성함, 여쭤봐도 될까요?'
'부담스러워하실 것 같아서 그랬습니다.'

이상할 정도로 생생하다. 그간 그토록 연호에 대해 생각하지 않으려 노력했는데도 이상하리만치 기억이 선명했다. 기억은 분명 실체가 없는 것인데, 몸 어딘가에 깊숙이 각인된 것만 같았다.

'저는 다가올 미래보다 현재에 충실한 삶을 사는 사람들이 더 멋있어 보입니다.'
'저 때문에 다치시는 게 싫습니다.'
'하현아.'

벌어진 눈에서 눈물이 범람하듯 떨어져 내렸다. 그간의 기억들이 칼날이 되어 가슴을 찔렀다.

'사랑해요. 당신이 내 구원이었어요.'

그러면 안 될 것 같아서 마음 한 조각도 내보이지 못했다. 모두가 죽어 가는 때, 목숨을 바쳐 싸우는 이 순간에 사랑이란 감정은 죄가 될 것 같아서, 네가 그랬던 것처럼 품은 감정이 너무도 죄스러워서 무서웠다. 너무도 두려워 꺼낼 수가 없었다.

끝도 없이 찾아드는 슬픔이 지독했다. 하현은 엎드려 흐느껴 울었다.

"아아악!"

소리를 지르고 피가 날 정도로 땅을 내리쳤다. 그러나 가슴속의 고통만 선명해질 뿐, 아무것도 느껴지지 않았다. 영혼마저 조각나 떨어져 나가는 듯했다. 차라리 이대로 영영 사라지고만 싶었다. 더 이상 삶을 지속시키고 싶지 않았다. 하지만 연호가 살려 놓은 목숨을 그대로 저버릴 수는 없었다.

그녀는 간절히 기원했다. 제 손으로 끝낼 수 없는 이 인생을, 이 환멸스러운 삶을 누군가 난도질하여 잔인하게 끝맺어 주기를.

군을 나온 하현이 정처 없이 헤매는 동안 일본의 패망이 가까워졌다. 하현은 연호의 집을 찾아가기 위해 인천으로 향했다. 그녀가 배에서 내려 인천에 당도한 날짜는 8월 16일로, 이미 해방이 된 후였다. 인천 항구에서부터 시가지까지 태극기 행렬이 끝없이 이어졌다.

"대한 독립 만세!"

환호하는 사람들 속에서 하현은 기뻐할 수 없었다. 해방을 고작 몇 달 앞두고 연호가 죽었다고 생각하니 가슴이 이지러지는 듯했다.

간신히 사람들 사이를 헤치고 지나가던 하현은 누군가와 부딪혔다. 그러다 가슴속에 품고 있던 수첩을 떨어트렸다. 연호의 소지품에 있던 수첩이었다. 사람이 너무 많아 떨어트린 것을 모르고 빠르게 걷고 있을 때였다. 누군가 하현을 잡아 세웠다.

"떨어트리셨습니다."

사내의 손이 수첩을 내밀었다. 하현은 고개를 숙이고 있어 사내의 얼굴을 확인하지 못했다.

"감사합니다."

그리고 빠르게 자리에서 벗어났다.

시우는 멀어지는 하현의 뒷모습을 바라보았다. 모자 안에 머리카락을 넣어 사내처럼 행세를 한 여자였다. 모자로 얼굴을 가려 잘 보이지는 않지만 분명 울고 있었다. 뒷모습 역시 슬픔에 젖어 있었다.

"아이고, 인천 인구가 이리 많은 줄 몰랐네요. 그만 가시죠."

장환이 행렬을 뚫고 간신히 차를 몰고 왔다. 차에 오른 시우는 기나긴 행렬을 바라보며 아까 부딪혔던 여자를 떠올렸다.

"왜 울까."

"예?"

"좋은 날이잖아."

"잃은 게 너무 많아서 아니겠습니까."

"……"

"저도 좀 슬픕니다."

"그래."

그는 창밖을 바라보며 나지막이 수긍했다.

"그러네."

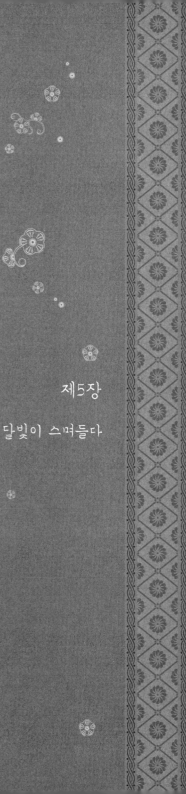

제5장

달빛이 스며들다

　아침 햇살이 창문으로 비껴들었다. 하현은 스르르 눈을 떴다. 병실
의 천장이 눈에 들어오며 어제 연호 부모님의 묘에 들렀던 일이 떠올
랐다. 시우에게 창피한 꼴을 보이고 말았다. 몰아치는 민망함에 눈을
질끈 감았다.

　한참 뒤척이다 하현은 자리에서 일어섰다. 병실에는 아무도 없었
다. 어제 산에서 내려오자마자 병원에 입원을 했고, 시우는 아무런 언
질 없이 사라진 상황이었다.

　말없이 퇴원해도 되는 걸까. 일단 밖으로 나가기 위해 문손잡이를
잡았으나 어째선지 문손잡이가 굳어 버린 듯 움직이지 않았다. 다시
금 문손잡이를 돌리자 갑자기 문이 열렸다. 그 힘에 이끌려 하현의 몸
이 저절로 앞으로 기울었다.

　턱, 큰 손이 앞으로 기우는 하현의 어깨를 잡아 세웠다. 시우였다.
집에 다녀왔는지 어제와 다른 옷차림이었다. 그는 미동 없이 하현을
응시하다 어깨를 잡았던 손을 내렸다.

　"어디 가려고."

"……그냥 밖에요."

"들어가."

하현은 말없이 병실에 들어섰다. 민망해서 괜히 목이 탔다. 협탁의 물을 따라 마시는 동안 시우는 빤히 하현을 직시하기만 했다. 어색한 침묵이 이어졌다. 하현은 머뭇거리다 먼저 침묵을 깨트렸다.

"목시우 씨. 어제 고마웠습니다."

시우의 눈에 짧게 빛이 들어섰다. 생각에 잠겨 있었는지 이제야 상황을 자각한 얼굴이었다. 그는 부자연스럽게 하현에게서 시선을 떼었다.

"됐어. 구일조라는 사내가 당신을 찾는 걸 도왔으니."

감사 인사가 무색하게도 차가운 어조였다.

"아뇨, 어제 거기 데려다준 것도 고맙습니다. 그리고 그동안 오해도 많이 했던 것 같고……."

"멋대로 착각하지 마. 당신을 도운 건 당신이 나한테 해 줄 수 있는 일이 있어서야."

여전히 냉정하고 야멸찬 사내였다. 하현은 더는 말을 하지 않고 고개를 끄덕였다.

"그보다 해야 할 말이 있어."

"뭔데요?"

"앉아서 들어."

하현이 침대에 앉자 그가 입을 열었다.

"어제 당신이 찾아갔던 묘지의 주인, 나도 아는 사람이었어."

"예? 아는 사람이라뇨?"

"류자헌이라는 사람, 내 친아버지의 친우셨어."

"친우요?"

하현이 눈을 크게 뜨고 물었다. 시우는 담담히 고개를 끄덕였다. 오늘 그는 비석에 적혀 있던 이름을 확인차 조사해 보았는데, 결론은 시우가 알던 사람이 맞았다.

"어릴 때 몇 번 뵌 적이 있어. 아버지가 돌아가시고 뵌 적이 없지만."

하현의 입은 놀라움에 다물어지지 못했다.

"류연호란 사내는, 류자헌의 아들인가?"

"연호도 아는 사이입니까?"

하현이 놀라며 시우의 옷자락을 붙잡았다. 눈동자에 간절한 감정이 고스란히 담겨 있었다. 그는 제 옷자락을 붙잡은 손을 살짝 떼어 냈다. 하현은 제가 잡고 있던 것도 몰랐는지 흠칫 놀라며 손을 물렸다.

"미안합니다."

허공에서 방황하던 손이 아래로 내려서며 꾹 주먹을 쥐었다. 감추려 애썼으나 희미하게 손이 떨렸다. 시우의 눈은 그 일련의 과정을 좇고 있었다. 그는 들리지 않을 정도로 낮게 한숨을 내쉬었다.

"당신이 가지고 있는 수첩에 류연호란 이름이 적혀 있어서 추측한 거야. 난 류연호의 아버지밖에 뵙지 못했어. 만약 만났다 하더라도 너무 어릴 때여서 기억하지 못해."

하현은 느리게 고개를 끄덕였다.

"연호 아버지는 어떤 분이셨습니까?"

"잘 기억나지 않아. 아버지의 목공소를 이따금 찾아왔다는 것밖에는."

"……그렇군요."

하현의 목소리에서 감춰지지 않은 실망감이 묻어 나왔다.

"고맙다고 했었지."

"예?"

"그건 나를 어느 정도 신뢰할 수 있게 되었다는 뜻인가?"

일조는 시우가 임시 정부 밑에서 일을 했다고 말했었다. 그는 하현과 같은 구국 운동가였고, 제 목숨을 해하려던 형제들을 살리려고 했다. 아직까지 속을 알 수 없는 사내이나, 자신이 생각하던 것만큼 최악인 인물은 아닐 터였다. 하현은 두어 번 고개를 끄덕였다.

"당신이 찾고 있는 게 뭐야? 류연호와 관련이 있는 건가?"

"아마 그럴 거예요."

"찾고 있는 게 뭔지 얘기해. 내가 도울 테니."

"돕는다고요?"

"그래. 그 편이 당신이 사고를 덜 칠 것 같으니."

오늘은 놀랄 일이 참 많다고 하현은 생각했다. 그녀는 망설이다 입을 열었다.

"……나도 모릅니다."

그 답에 시우의 눈썹이 찌푸려졌다.

"나를 믿지 않는다는 뜻으로 받아들여도 되는 건가?"

"아뇨, 믿고 안 믿고의 문제가 아닙니다. 나도 그게 뭔지 잘 몰라요. 연호 집안이 지키던 물건이라는 것밖에는."

"무엇인지도 모르는 걸 그렇게 애타게 찾아왔다고? 목숨까지 걸고?"

"이해 못 할 거 압니다."

하현의 눈이 침잠하듯 가라앉았다.

"연호가 죽은 건 나 때문입니다. 나를 살리려다 죽었어요. 나한텐 그걸 찾아야 할 의무가 있어요."

그는 제 머리칼을 짧게 쓸어 올렸다.

"얘기해 봐. 어떻게 된 건지."

하현은 천천히 말을 이었다. 일조에게 들었던 연호의 집안 이야기와 정석호가 연호의 집을 수색했던 이야기를 간략히 설명했다.

"연호 아버지와 정석호가 연관이 있는 것 같아서 당신 제안을 받아들였던 겁니다."

하현의 이야기를 들으며 시우는 내내 생각에 잠긴 얼굴이었다. 침묵 끝에 그는 다시 입을 열었다.

"정석호가 그 집안의 재산을 원해서 집을 수색했던 건 아닐 거야. 그게 아니더라도 돈은 차고 넘칠 정도로 많으니까. 뭔가 아는 게 있어서였겠지."

하현은 수긍하며 고개를 끄덕였다.

"정석호와 류자헌의 관계는 내가 알아볼 테니 그동안 당신은 가만히 있어."

"고맙습니다. 나도 도울게요."

"그 꼴로 뭘 도와? 얌전히 병실에 처박혀 있어."

신경질적인 어조에 하현은 조금 욱했다. 그러나 잘못한 것이 있어 무어라 말도 못 하고 입을 다물었다.

"그런 반응도 짜증 나니까 그냥 평소처럼 굴어."

"왜 가만히 있어도 난리예요."

투덜거렸지만 목소리는 주눅 들어 있었다. 자신을 돕겠다고 한 사람에게 화를 내는 게 도리가 아니라고 생각했기 때문이다. 시우는 그 반응이 마음에 안 드는지 눈썹을 찌푸렸다.

"머리는 어떤데."

"멀쩡해요."

멀쩡할 리가 있나. 시우는 속으로 생각했으나 굳이 입 밖으로 꺼내지는 않았다.

"사고 치지 말고 얌전히 잠이나 자."

그는 짧게 말을 남기고 자리에서 일어섰다.

"여기 계속 있으라고요?"

"그래. 나오라고 할 때까지 아무 생각도 하지 말고 잠이나 자. 세 번은 안 말해."

그는 차갑게 일축하고는 돌아서서 병실을 나섰다. 하현은 느리게 눈을 깜빡이며 병실 문을 바라보다 자리에 누웠다. 이상한 날이었다.

인천에 돌아와서도 하현은 며칠 병원 신세를 져야 했다. 퇴원하고 다시 인천 저택으로 돌아왔을 때, 가장 먼저 영옥이 하현을 맞이해 주었다. 그녀는 하현의 상처를 보자마자 경악했다.

"세상에! 꼴이 왜 이래? 어디 다쳤어? 어디서 구른 거야?"

아편굴에 뛰어들었다가 뒤통수를 얻어맞았다고 사실대로 이야기할 수는 없는 노릇이었다. 하현은 사실대로 이야기하지는 못하고 멋쩍게 웃으며 거짓말을 했다.

"모르는 사람들 싸움에 휘말려서 좀 다쳤어요."

"아니, 어쩌다? 조심 좀 하지!"

"많이 안 다쳤어요. 제가 얼마나 튼튼한데요."

"아이고 다 죽어 가는 꼴을 하고서는. 비쩍 마른 것이 남의 싸움엔 왜 끼어들어? 그런 데 끼어드는 거 아니야!"

"그러게요. 앞으로는 안 끼어들려고요. 죽는 줄 알았어요."

하현은 부러 더 능청스레 말했다.

"안색이 아주 죽상이다. 며칠 쉬어야겠네."

"아녜요, 견딜 만해요. 며칠 계속 쉬었거든요. 빨래 도와드릴까요?"

하현은 빨래 바구니를 번쩍 들었다가 갑자기 두통이 찾아와서 끙끙거렸다. 영옥이 빨래 바구니를 앗아 갔다.

"아이고, 됐네! 죽 쒀 놓을 테니까 이따 그거나 먹어."

"그래도……."

"정 도와야겠으면 철웅이 좀 찾아와라. 이놈 자식이 일은 안 하고 어딜 싸돌아다니는지."

"그럼 철웅이 찾아올게요."

"그래, 없으면 내비둬도 돼."

"네."

영옥에게 웃어 보이곤 철웅을 찾으러 나섰다. 영옥은 하현의 뒷모습을 보며 쯧쯧 혀를 찼다. 가련하기 짝이 없는 뒷모습이었다. 안 그래도 비실비실한 애가 저리 아프니 안타까웠다.

영옥의 생각을 모르는 하현은 열심히 철웅을 찾으러 나섰다. 허구한 날 빨빨거리며 잘 돌아다니기에 금세 찾을 줄 알았건만, 어디에서도 철웅을 발견할 수 없었다.

정원 한 바퀴를 다 돌고 나서야 철웅을 찾아냈다. 어째선지 철웅은 정원 구석에서 하인들에게 둘러싸여 맞고 있었다. 하현은 급히 그들에게 다가갔다.

"야. 너희 뭐 해?"

하현의 목소리를 들은 무리들이 흠칫하며 돌아섰다. 개중에는 저번에 하현에게 국그릇으로 머리를 맞았던 영수라는 놈도 있었다. 하현은 성의 없이 손짓하며 사내아이들을 물렸다.

"저리 가, 짜식들아. 치사하게 여럿이서 한 놈을 패냐?"

"죽고 싶어? 끼어들지 마!"

"너야말로 머리통 한 번 더 깨지고 싶냐? 저리 가."

"이게 진짜!"

"뭐, 죽을래?"

하현이 주먹을 들어 올리자 영수가 흠칫하며 다시금 뒤로 물러섰다.

"너 다음엔 용서 안 한다!"

영수는 씨알도 안 먹힐 경고를 하고 제 친우들을 데리고 사라졌다. 혼자 남겨진 철웅은 빼빼 마른 몸을 웅크리며 훌쩍였다.

"야, 괜찮냐? 왜 저항도 안 하고 맞고만 있어?"

다가선 하현이 몸을 일으켜 주자 철웅이 훌쩍이며 자리에서 일어섰다.

"한꺼번에 달려들어서 그래……. 아무튼 고마워."

"그럼 당연히 고마워해야지. 내가 너한테 시비 털리고도 구해 줬는데."

하현의 투덜거림에 철웅은 미안한 표정을 지었다. 눈물도 그렁그렁 맺혀 있었다. 그 모습이 영락없는 어린애라 하현은 피식 웃고 말았다. 그런데 어째선지 철웅은 새끼 강아지를 안고 있었다. 아무래도 이 강아지 때문에 애들한테 맞은 것 같았다.

"웬 개야?"

"귀엽지? 헤헤. 엄마 따라 장 보러 가는 길에 주웠어. 엄마는 못 키운다고 하고 쟤네들도 뺏으려고 하고……."

그때 철웅의 품에 있던 강아지가 낑낑거렸다. 아까 철웅이 감싸고 있어 다치진 않았지만 많이 놀란 듯 보였다. 하현이 강아지의 등을 쓰다듬어 주자 떨림이 조금 잦아들었다. 그 모습을 보던 철웅이 슬쩍 물었다.

"복돌이 네가 키운다고 하면 안 돼? 그럼 쟤네들도 안 건드릴 거 아니야."

"내가? 아니 근데 이 자식이 어디서 은근슬쩍 말을 놔? 나 너보다 세 살이나 많거든?"

사실은 세 살이 아니라 열세 살이나 더 많았다. 이런 꼬맹이한테 반말을 들어서 기분 좋을 리 없었다. 하현의 신경질에 철웅은 꼬리를 내리고 투덜거렸다.

"알았어, 형이라고 부를게."

막상 듣고 나니 형 소리도 그다지 듣기 좋지는 않았다. 그렇다고 철웅에게 누나 소리를 듣는다 해도 기분이 좋을 것 같지는 않았다.

"근데 내가 애를 어떻게 키워? 그냥 막 키워도 되는 거야?"

하현이 묻자 철웅의 얼굴이 밝아졌다.

"최 집사님은 당연히 안 된다고 할 테니 도련님한테 허락받아야 될 걸? 형이 애 키워도 되냐고 한번 여쭤봐."

"그 성격에 키워도 된다고 하겠냐."

"형이 그나마 도련님이랑 가깝잖아."

"가깝긴 개뿔. 내가 왜……."

하현은 말끝을 흐렸다. 강아지와 눈이 마주친 탓이다. 강아지의 눈망울이 지나치게 초롱초롱했다. 몽실몽실한 털이 꼭 콩고물을 바른 인절미 같았다. 참 귀엽기도 하다. 하현은 저도 모르게 웃으며 강아지의 턱을 어루만졌다.

"어? 형? 여쭤볼 거지?"

"몰라 인마. 야, 이리 줘 봐. 나도 안아 보자."

철웅은 강아지를 넘겨주었다. 따뜻하고 말랑한 강아지는 사람을 좋아하는지 쉬이 하현의 품에 안겼다.

"진짜 귀엽지. 키워도 되냐고 한번 여쭤봐. 응?"

"그 성격에 키우자고 할지 모르겠는데……. 이름은 복순이로 할까?"

하현이 밝게 웃으며 물었다. 철웅의 눈에는 이미 하현이 8할 정도는 넘어온 듯 보였다.

"아냐, 내가 이름 지었어. 철용이야."

"뭔 철용이야. 아저씨냐? 하나도 안 멋있어."

"그럼 철순이."

"웃기시네. 복순이가 제일 나아."

"에이 씨……. 그럼 도련님한테 허락받으면 복순이로 지어도 돼."

"진짜?"

철웅이 열렬히 고개를 끄덕였다. 잠시 고민하던 하현은 고개를 끄덕이고는 복순이를 안고 저택으로 들어섰다.

"……뭐야 그건?"

퇴근을 하고 온 시우는 재킷을 벗다 말고 미간을 좁혔다. 하현의 품에는 연한 황토색 덩어리가 안겨 있었다.

"강아지예요. 키워도 돼요?"

시우의 눈썹이 찌푸려졌다. 별걸 다 한다는 듯 바라보는 시선에 하현은 멋쩍어졌다.

"봐요, 귀엽잖아요. 콩고물 발라 놓은 인절미 같지 않아요?"

하현은 복순이를 시우의 눈높이에 맞춰 들어 올렸다. 초롱초롱, 지나치게 반짝이는 눈과 시우의 눈이 마주쳤다. 뭐 어쩌라는 건가 싶어 다시 하현을 바라보았다. 못지않게 초롱초롱했다. 잠시 정적이 흘렀다. 시우가 부자연스럽게 반대쪽으로 고개를 돌리자 하현은 그대로 따라붙었다.

"주인도 없는데 가엾잖아요. 정원도 넓은데."

하현의 말에 시우는 한숨 쉬듯 말했다.

"……알아서 해."

"진짜요?"

하현의 얼굴에 놀라움과 웃음이 동시에 고였다.

"그래."

"무르기 없어요."

"알았으니까 좀 나가."

매몰찬 시우의 대답에도 하현은 뭐가 그렇게 좋은지 방실방실 웃었다. 하현은 강아지를 안고 머리를 쓰다듬었다. 강아지는 하현의 품 안에서 연신 꼬리만 흔들어 댔다.

"철웅이한테도 말해 줘야겠다. 그럼 가 볼게요."

"잠깐만."

하현이 돌아서는 순간 시우가 그녀를 불러 세웠다.

"왜요?"

"상처는 멀쩡한 거야?"

"상처요? 괜찮습니다. 많이 나았어요."

"빨빨거리고 돌아다니지 마."

"내가 뭐 얼마나 돌아다닌다고 그럽니까. 왜요, 걱정됩니까?"

하현의 물음에 시우의 눈썹이 찌푸려졌다.

"멋대로 해석하는 버릇은 좀 고치지 그래."

"목시우 씨가 정떨어지게 말하는 버릇 고치면 생각해 볼게요."

따박따박 대꾸하는 걸 보니 몸 상태가 많이 나아지긴 했나 보다. 시우는 없는 정이 더 떨어질 만큼 차갑게 말했다.

"나가."

"참나. 잡아 세운 사람이 누군데. 안 그래도 나갈 거거든요."

하현은 투덜거리고 방을 나섰다. 방 안은 금세 정적에 잠겼다.

시우는 넥타이를 푸르다 말고 창문가에 다가섰다. 머지않아 정원에 하현이 나타났다. 그녀는 다른 하인과 웃으며 이야기를 나누었다. 아마 강아지 키우는 것을 허락받았다고 자랑하는 듯했다.

그는 하현이 시야에서 사라질 때까지 그 모습을 하염없이 응시했다. 스스로도 의식하지 못한 행동이었다.

늦은 저녁, 시우 방의 불은 오늘도 꺼지지 않았다. 모두들 그가 술독에 빠져 있으리라 예상했지만, 그는 술독이 아닌 서류 더미에 파묻혀 있었다. 난봉꾼이라 소문이 자자한 사내는 사실 술도 잘 마시지 못했다. 양주 한 잔 정도가 주량의 한계였다. 술은 그가 서류에 소비한 시간만큼 하수구 속으로 사라지곤 했다.

여성 편력이 엄청나서 기생들도 혀를 내두를 정도라는 소문도 있었지만, 그는 기생집에 드나들어 본 적도 없었다. 화려한 외모가 난봉꾼이라는 소문에 힘을 보태 주어 심하게 과장된 것이다.

자신을 둘러싼 소문을 그도 알고 있었지만 굳이 변명하려 애쓰지 않았다. 정석호의 눈을 피해 행동하기에는 그 편이 훨씬 편했으니까.

서류를 보던 그의 시선이 양주병으로 향했다. 오늘쯤이면 병을 비우고 새로운 술을 가져와야 했다. 그는 풀어진 가운을 여미고 밖으로 나왔다. 정원으로 나오자 선선하고 맑은 공기가 그를 맞이했다.

창고로 향하던 시우의 걸음이 멈추었다. 멀리서 조그맣고 동그란 그림자가 보였던 탓이다. 누각 근처의 가등이 만들어 낸 동그란 그림자는 요리조리 움직이고 있었다. 그는 의아하여 그림자를 따라 걸음을 옮겼다.

누각에 도착하니 연한 황토색 털을 가진 강아지가 보였다. 하현이 데려왔던 강아지였다. 혼자 팔짝팔짝 뛰어다니며 벌레를 따라다니고 있었다. 왜 혼자 있나 했더니, 누각 위에 한 사람이 더 보였다. 팔자 좋게 늘어져 자고 있는 사람은 하현이었다. 아까부터 안 보이더니 여기서 잠을 자고 있었던 모양이다.

시우를 발견한 복순이가 반갑다는 듯 꼬리를 흔들었다. 누각에 걸터앉자 어느새 그의 앞까지 와서 만져 달라는 듯 애교를 부렸다. 그는 무릎에 복순이를 올려놓고는 부드러운 털을 쓰다듬었다.

"너도 운이 없다. 대책 없는 주인을 만났으니."

그는 낮게 혼잣말로 중얼거렸다.

그렇게 얼마나 있었을까. 선선한 바람 한 줄기가 불어왔다. 나무가 몸을 비비며 사부작거리는 소리를 냈다. 시우는 고개를 들고 그 평온한 소리를 감상했다. 그때 낙엽 하나가 바람을 타고 호선을 그리며 떨어졌다. 하강하는 나뭇잎을 눈으로 좇던 시우는 그것이 하현의 얼굴에 떨어지기 전에 급히 손바닥으로 받아 냈다.

시우는 천천히 손을 거두었다. 손그림자가 거두어지며 하현의 잠든 얼굴이 드러났다. 그녀는 여전히 눈을 감은 채 고른 숨을 내쉬고 있었다. 시우는 그 얼굴을 가만히 응시했다. 아무런 생각도 하지 않고, 할 수 있는 한 오래.

그는 제 가슴이 달음박질하고 있다는 사실도 모른 채, 허공에서 느릿하게 손을 움직였다. 정원의 가등이 만들어 낸 손그림자가 선이 고운 얼굴을 쓸어내리고 지나갔다. 정갈한 눈썹에서부터 흰 눈꺼풀, 길게 드리운 속눈썹, 부드러운 콧대와 입술까지.

「달 위로 버드나무 그늘이 드리운다.
바람이 버드나무 그늘을 핑계 삼아 달을 어루만지는 것이다.」

수첩에 적혀 있던 글이 떠오르는 이유는 무엇일까. 길게 생각하지 않아도 그건 하현을 향한 글이었다. 왜 갑자기 그 글을 떠올렸는지 이유를 반추하기도 전에 하현이 미간을 찡그렸다. 그는 제 손끝이 하현의 뺨에 닿아 있다는 것을 깨닫고 급히 손을 거두었다. 비슷한 시기에 하현도 눈을 떴다.

눈에서 졸음기가 거두어지자 하현의 시선이 시우에게 닿았다. 그녀는 시우를 보고 놀란 표정을 지었다. 갑작스럽게 깨어난 하현을 보며 시우도 당황했다. 그러나 그보다 더 큰 의문이 머릿속에 가득 차 있었다. 그는 고저 없이 낮은 목소리로 물었다.

"류연호란 사내는, 연인이었나?"

생각을 거치지 않은 의문이었다. 그는 자신이 그런 질문을 한 이유를 생각하고 싶지 않았다. 그래서는 안 될 것 같은 기분이 강하게 들었다.

예상대로 류연호란 이름을 들은 하현의 표정이 굳었다. 그녀는 자리에서 몸을 일으키며 평온한 목소리를 가장했다.

"뜬금없이 그게 무슨 소리예요?"

시우가 대답하지 않자 하현은 그의 눈치를 보았다.

"내가 잘 때 뭔가 말했습니까?"

불안한 표정이었다. 시우에게 제 증상에 대해 들킬까 염려하는 듯했다.

"아니."

짧은 대답에 하현은 안도하는 표정을 지었다.

"그냥 동지였을 뿐입니다. 갑자기 그건 왜 물어봅니까?"

시우는 고개를 저었다.

"……그냥."

"안 어울리는 대답이네요. 취하기라도 했어요? 왜 여기에 있어요?"

시우는 자신이 왜 여기에 있는지 알지 못했다. 그는 대답을 찾다 시선을 내려 제 무릎 위에 앉아 있는 복순이를 바라보았다.

"개 보러."

"……."

"……."

긴 정적이 흘렀다. 하현이 갑작스레 웃음을 터트렸다. 그녀를 바라보는 시우의 얼굴에 의아함이 서렸다.

"정색하더니 귀엽긴 했나 봅니다."

흰 치아가 고스란히 드러나고, 눈꼬리가 휘어질 정도로 환한 웃음이었다.

"복순이가 좀 귀엽긴 하지."

하현은 장난스럽게 복순이의 머리를 쓰다듬었다. 그러자 복순이는 갑자기 시우의 다리에서 뛰어내려 도망을 갔다.

"야, 어디 가! 같이 가야지!"

하현은 다급히 복순이의 뒤를 쫓았다. 시우는 그 뒷모습을 눈으로 쫓다 자리에서 일어섰다. 아무 일도 없었던 듯 행동했지만, 약간의 혼란이 찾아들었다. 그는 자신이 술을 가지러 나왔다는 사실조차 잊고 그냥 저택으로 돌아갔다.

하현은 늘어지게 하품을 했다. 눈꼬리에 눈물이 맺힐 정도로 큰 하품이었다. 어제 누각에서 선잠을 자기도 했고, 복순이와 놀다가 너무 늦게 잠자리에 들었던 탓에 잠이 부족했다. 하현은 졸린 눈을 비비며 탈탈 빨래를 털었다.

"도련님이 아무래도 장가가시려나 보다."

그때 하현의 뒤로 영옥이 슬그머니 다가와 말했다. 하현은 의아한 표정을 지었다.

"장가라뇨?"

"성출 무역이라고 알아?"

"글쎄요. 들어 본 것 같기도 하고."

"주인 양반이 그 집안이랑 식사 자리를 마련했다더라고. 집으로 온다더라."

"그럼 주인어른도 오시는 거예요?"

하현이 놀라 물었다. 아직 알아낸 것도 없는 상황에 정석호와 마주치는 것이 달갑지 않기 때문이다.

"아니. 도련님이랑 그 집안사람들만 식사한대."

하현은 안도의 한숨을 내쉬었다.

"부자들은 팔자도 좋네요."

"도련님도 나이 찼는데 장가가셔야지. 배랑 결혼할 것도 아니고 말이야."

하현이 푸스스 웃음을 터트렸다. 티는 내지 않지만 시우가 장식장에 진열된 배 모형을 애지중지한다는 걸 알고 있었다.

"그만 웃고 다려 놓은 옷이나 도련님 방에 갖다 놔."

"마저 널고요."

"거참, 내가 한다니까. 회복력도 참 빠르지. 어찌 그리 멀쩡해?"

"제가 말씀드렸잖아요, 저 엄청 튼튼하다고."

하현이 능청스레 웃자 영옥이 가볍게 면박을 주었다. 하현은 그저 웃고는 저택으로 향했다.

반공일이어서 오늘 시우는 간만에 일찍 퇴근했다. 그러나 이른 퇴근이 무색하게도 서류를 붙잡고 있었다. 하현은 그런 시우가 조금 불쌍해 보인다 생각을 하며 개어진 옷을 서랍에 넣었다.

그러다 어째선지 시선이 느껴져서 고개를 들었다. 시우는 여전히 한결같은 모양새로 서류를 읽고 있었다. 쳐다본 줄 알았는데 착각이었나 보다.

"장가간다면서요?"

하현이 묻자 시우가 미간을 찌푸린 채 고개를 들었다.

"손님들 온다고 들어서요."

"그게 왜 결혼으로 연결되는데."

"그럴 작정으로 오는 거 아니에요?"

"시답지 않은 말 할 거면 나가."

"거참. 나가라는 말이 입에 붙었나. 나갑니다, 나가."

하현이 투덜거리며 방문을 나서려던 때였다. 시우의 목소리가 하현의 발길을 붙잡았다.

"김하현."

하현은 문손잡이를 잡은 채 몸을 돌리고 시우를 바라보았다. 자리에서 일어선 그는 하현의 앞으로 다가왔다.

"병원 다녀왔어?"

"네? 아뇨."

"뒤돌아봐."

얼떨결에 하현은 돌아섰다. 시우는 하현의 머리카락을 들추더니 아직 붙어 있는 반창고를 뜯어 상처를 살폈다. 무척 조심스러운 손길이

어서 간지러울 지경이었다.

"관리는 제대로 하는 거야?"

"어, 음. 하기는 해요."

"뭘 해. 안 하는 것 같은데."

하현은 멋쩍게 웃었다. 왠지 혼나는 기분이었다.

"거의 다 나았어요."

"일 그만하고 병원 다녀와. 내가 심부름시켰다고 할 테니까."

"어, 진짜요?"

하현의 얼굴이 밝아졌다. 일을 그만하고 나갈 수 있다는 생각에 기분이 좋아졌다. 요즘 저택에만 있었더니 세상이 어떻게 돌아가는지 전혀 알지 못했다. 나가서 신문이라도 읽고 싶었다. 그런 하현의 마음을 알아차렸는지 시우가 단호한 어조로 말했다.

"딴 길로 새지 말고 진단서 받아 와."

하현이 꾹 입술을 다물었다.

"왜 대답 안 해?"

"알았어요."

하현의 대답에 만족했는지 시우는 물러서서 다시 자신의 책상 앞에 앉았다. 하현은 그런 시우를 두고 방을 나섰다. 시우는 하현이 나간 방문을 미동 없이 응시하다 고개를 숙이고 제 할 일을 했다.

그러나 그것은 오래가지 못했다. 그는 하현의 머리카락이 닿았던 제 손끝을 응시했다. 잔열이 남아 있는 손끝을 어찌하지 못하고 그는 손가락을 말아 쥐었다.

일주일 뒤, 시우가 퇴근하고 돌아올 즈음 세 명의 객들이 도착했다. 무역 회사 사장이라는 아버지는 여느 부자들처럼 푸짐했고, 상아색 양장을 차려입은 아들은 조금 신경질적으로 보였다.

반면 오늘 자리의 주인공이 될 여인은 세련된 미인이었다. 내리닫이 양장에 악어가죽 가방, 윤이 나는 높은 구두, 단발을 친 퍼머넌트 머리가 어우러져 우아한 분위기를 자아내는 사람이었다. 목시우가 입만 다물고 있으면 두 사람은 제법 어울릴 것 같았다.

"멋진 집이네요."

하인들의 안내를 받으며 여인은 입꼬리를 끌어 올려 웃었다. 일손이 부족하여 일을 돕고 있던 하현은 우아한 미소라고 생각하며 그녀를 바라보았다.

너무 빤히 바라보았던 탓일까. 일순 눈이 마주쳤다. 여인은 한쪽 눈을 찡긋 감으며 미소 지었다. 상대에게 호감을 표현하는 서양식 인사였다.

하현은 무척이나 당황하여 고개를 돌렸다. 제가 사내였다면 필히 얼굴이 붉어졌으리라. 요즘 신여성들은 다 저런 걸까. 예전과는 분위기가 많이 달라진 모양이다.

"어머, 이 풍속화는 정말 멋지네요."

계단을 올라가며 여인이 말했다. 그런데 여인이 말하는 그림은 풍속화가 아니라 산수화였다. 그저 실수일 것이라 생각했는데 여인은 점점 이상한 말을 늘어놓았다.

"건축 양식이 아주 상스러워요."

하현은 자신이 말을 제대로 들었는지 의심스러워 귀를 퍽퍽 치기까지 했다.

"멋스러운 거겠지."

옆에 있던 신경질적인 인상의 아들이 짜증스레 말했다.

"뭐, 비슷하지 않나요?"

여인은 태연하게 어깨를 으쓱하고는 저택을 구경했다.

세 사람이 식당에 자리 잡고 얼마 지나지 않아 목시우가 들어왔다.

그는 자리에 앉으려다 말고 멈춰 서서 하현을 바라보았다. 그는 미간을 찌푸리고 있었는데, 왜 여기에 있느냐고 묻는 듯한 표정이었다. 하현은 영문 모를 얼굴로 어깨를 으쓱였다. 그는 말을 하려는 듯 입을 달싹였으나 이내 아무런 언질 없이 자리에 앉았다.

싱겁긴. 하현은 심드렁하게 생각하며 식기를 날랐다.

시우와 성출 무역 식구들은 형식적인 분위기 속에서 식사를 시작했다. 시우는 여인과 잘해 볼 생각이 있는 건지 없는 건지 식사 내내 그녀에게 눈길 한번 주지 않았다. 이상한 건 그 여인도 마찬가지였다.

"돼지고기가 아주 맛이 있네요. 수컷은 불알을 잡아야 맛있다고 하던데."

갑자기 뱉어진 여인의 말에 하현은 손을 삐끗하여 운반하던 그릇을 떨어트릴 뻔했다. 간담이 서늘해졌다. 돼지가 불쌍하다는 생각도 들었다. 그런데 생각해 보니 그릇 위에 있는 건 돼지가 아니라 소고기였다.

"하하, 우리 월영이가 말은 좀 험해도 아주 참하네."

상황을 무마해 보려는지 성출 무역 사장이 식은땀을 닦으며 말했다.

"예, 제가 이리도 참한데 여태 혼인을 하지 못한 이유를 모르겠습니다. 스물아홉이 되도록 혼인은 고사하고 매번 선 자리에서 퇴짜를 맞으니."

사장은 허허 어색하게 웃었다. 그때 아들인 이건영이 끼어들었다.

"아버지가 다 너를 너무 아끼시기 때문이 아니냐. 사윗감을 신중하게 고르시다 보니 일어난 일이지."

"예, 맞습니다. 너무 귀한 자식이라……."

"그렇군요."

시우는 군더더기 없이 차갑게 대답했다.

"그런데 여긴 어찌하여 계집들이 하나도 없습니까?"

건영이 주변을 둘러보며 물었으나 시우는 답하지 않았다. 못 들은 게 아니라 딱히 대답할 필요성을 못 느끼는 듯했다.

건영은 미간을 찌푸렸다. 그는 콧대 높은 시우의 태도가 못마땅했다. 한량이라 소문 자자한 놈이 양아버지를 잘 만났다는 이유로 잘난 척하는 모양새가 꼴사나웠다. 보아하니 양아버지에게 귀한 취급을 받는 것 같지도 않았다. 귀하게 여겼다면 문제 많은 월영을 며느릿감으로 택했을 리가 없다.

그는 애써 짜증을 삼켰다. 집안의 골칫거리인 월영이 시집을 가고, 목시우란 사내가 제 아래의 매제가 되면 끝까지 잘난 척하진 못할 것이다. 그렇게 생각하니 기분이 조금 나아졌다. 그는 술잔이 비어 있는 것을 보고 곱상하게 생긴 남자 하인에게 고개를 돌렸다.

"어이."

"예?"

하현의 되물음에 형식적으로 식사를 하던 시우의 손길이 멈추었다. 건영은 성의 없는 손짓으로 술잔을 두드렸다. 술을 따르라는 뜻이었다.

이 새끼가? 하현은 속으로 험악한 욕을 했다. 그러나 성격대로 해서는 안 되었다. 눈에 띄어 봤자 좋을 것이 없었다. 하현은 술에 코 박고 죽어 버리라는 생각을 하며 와인 병을 들었다.

"따르지 마."

병을 기울였을 때였다. 시우의 목소리가 낮게 깔렸다. 분위기를 서늘하게 만들 만큼 차가운 음성이었다. 시우는 어울리지 않게 부드러운 미소를 지으며 말했다.

"죄송하지만 그 아이는 제 시중만 듭니다."

건영은 기가 막혀 코웃음 쳤다.

"술 따르는 것도 안 됩니까?"

"예. 안 됩니다."

분위기가 얼어붙었으나 시우는 개의치 않았다. 사장이 제 아들에게 눈치를 주었다. 시우는 하현에게 말했다.

"이쪽으로 와."

"……예."

하현은 살짝 눈치를 보며 시우의 뒤로 이동했다. 뭔지 모르겠지만 단단히 심술이 난 모양이다. 그때 묘한 시선으로 하현과 시우를 보던 여인과 눈이 마주쳤다. 하현이 의아해하자 그녀는 싱긋 웃었다.

"아주 고운 시중을 두셨군요."

시우의 눈썹이 희미하게 꿈틀했다. 하현은 저도 모르게 반쯤 입을 벌렸다. 사내 행세 중인 하현에게 고운 시중이란 말은 전혀 좋게 들리지 않았다.

"남색인가요?"

아버지인 박 사장의 얼굴이 하얗게 질렸다. 시우는 여유로운 어조로 답했다.

"아가씨께선 제가 남색이길 바라시나 봅니다."

"어머! 그럴 리가요. 혼담이 오가는 사내가 남색이길 바라는 여인이 어디 있겠어요? 부디 아니길 바라는 마음에서 여쭈었던 것입니다."

여인은 아주 태연히 답했다.

"그만하거라, 월영아. 농이 지나치구나."

성출 무역 사장은 식은땀을 흘리며 화제를 돌리려 애썼다.

"그, 그런데 자네는 정계 쪽은 전혀 관심이 없나? 어느 자리에서도 만나지 못했던 것 같은데."

"일하는 것만으로도 정신이 없습니다."

평온한 대답이었다. 그때 건영이 끼어들었다.

"요즘 같은 때는 더욱 바쁘지요. 우리 회사에서는 직원들이 테러를 당하는 경우도 종종 있어서 골치입니다."

시우의 시선이 건영에게 닿았다.

"해방 전에 일본인들을 좀 도왔다는 이유인데, 사실 사업하던 사람들이 회사를 지키려면 어쩔 수 없이 그들을 돕는 경우가 있지 않았습니까."

"……."

"다 잘 살아 보자고 했던 것인데 그걸 모르고 사람들을 해치니 걱정이 큽니다."

건영은 어떻게 해서든 시우의 콧대를 누르고 싶었다. 시우가 매제가 된다면 서열 정리가 필요했기 때문이다. 시우가 해방 전에 독립운동에 가담했다는 것을 아는 이들은 몇 되지 않았으나, 건영은 알고 있었다.

건영은 이 나라가 시우의 바람대로 흘러가지 않으리란 사실을 못박고 싶었다. 친일협력자들은 이전보다 더 잘살게 될 것이다. 미군정도 독립운동을 하던 사람들보다는 건영 같은 사람들을 가까이했다. 공산주의자가 섞여 있을지도 모르는 독립운동가들을 미군정이 선호할 리가 없었다. 이 보잘것없는 나라에서 보다 교육받고 부유한 계층이 바로 친일협력자들이었다.

"사람을 죽이는 게 어찌 애국으로 구분되는지도 잘 모르겠습니다. 좀 더 윤리적이고 인도적인 방법들이 많지 않습니까? 총질이나 하며 테러를 일삼았던 이들이 애국했다며 나랏일 하려 드는 게 전 썩 보기 좋아 보이지 않습니다."

하현의 표정이 눈에 띄게 굳었다. 저 사내는 개소리를 아주 정성스레 늘어놓고 있었다. 하지만 드러낼 수 없어 속으로만 분노하며 트레이를 정리했다.

시우가 어떤 반응을 할지 궁금하여 힐긋 쳐다보았으나 그의 얼굴은 평소처럼 무감했다. 그때, 시우가 하현에게 시선을 옮겼다. 그는 재킷 안주머니에서 손수건을 꺼내더니 하현에게 내밀었다.

"다른 걸로 가지고 와."

하현은 손수건을 받아 들고 어리둥절한 얼굴로 그를 바라보았다.

"색이 마음에 안 들어."

하현은 눈치를 살폈다. 무시를 당했다고 생각했는지 건영의 표정이 좋지 않았기 때문이다. 가만히 서 있을 수는 없어 일단 밖으로 나갔다. 그러나 문 앞에서 벗어나지 못하고 안쪽에 귀를 기울였다. 분위기가 궁금했기 때문이다. 내내 말이 없던 모습과 달리 예상외로 안쪽에서 시우의 목소리가 들려왔다.

"상황과 어울리지 않는 말이라 생각하시지 않습니까."

"예?"

"자제분께서는 혼인에 뜻이 없어 보이고, 저 또한 마음이 없습니다. 적당히 시간 때우다 아버지 귀에만 잘 전달되면 이 사장님은 이번 사업 무탈하게 진행하실 테고, 저도 귀찮은 일 생기지 않아서 좋은 상황으로 마무리되겠죠."

"……."

"다들 알고 온 자리인 줄 알았는데 굳이 거슬리는 말을 하는 이유를 모르겠군요. 설마 정말 매제 관계라도 기대하시는 겁니까."

명백한 비웃음이었다. 문틈으로 보이는 건영의 얼굴이 분노로 붉어졌다. 건영이 목소리를 높였다.

"무례한 언사라 생각하지 않습니까?"

"본래 말을 가려서 하는 편은 아니어서요."

"하하. 혹시 내가 했던 말이 거슬렸습니까? 그저 사실을 말한 것뿐인데요."

"사실이 아니라 합리화겠죠."

"무슨 뜻입니까?"

"조선이란 나라는 전쟁의 포로였습니다. 여기 앉아 잘난 체하는 나나 당신이나 전범국의 포로였다는 뜻입니다. 가해자들의 말을 빌려 피해자의 저항을 테러라 칭한다 해도 포로가 아닌 건 아니지요."

"······."

"포로였다는 사실을 지우고 가해자 쪽에 붙고 싶은 건지, 매국을 한 면죄부를 받고 싶은 건지 궁금하네요."

시우는 조소했다.

"하긴, 전범 국가에 붙었던 죄를 숨기기에는 가장 쉬운 방법이죠. 그들을 죄인으로 몰아가는 게. 솔직히 어느 쪽이든 생각이 뻔해서 좀 우습습니다."

"당신이 지금 무슨 소리를 지껄이는지 알고는 있는 거야?"

"압니다. 소문내고 싶으면 그리하시죠. 어차피 예쁨받는 입장도 아니라서."

"허!"

"그저 발언을 조심하라 말씀드리는 것뿐입니다. 아무리 생각이 없어도 구분은 하셔야 하지 않겠습니까. 엎드려 구걸하는 건 누구나 할 수 있습니다. 목숨을 걸고 총을 드는 건 아무나 할 수 없는 일이고."

"······."

"부당에 순응하여 이익을 취하는 것과 부당에 반기를 드는 것의 차이를 모르시는 모양입니다."

공격적인 말과는 달리 시우는 여유로운 손짓으로 물 한 모금을 마셨다.

"뭐, 정 떠들고 싶으면 나중에 자식들한테나 이야기하시죠. 일본의 한국 침략은 참 좋은 전쟁이었다고."

그는 신랄하게 비꼬아 말하고는 군더더기 없는 동작으로 자리에서 일어섰다.

"머리 빈 아버지라는 소리를 들을 수도 있겠지만."

"이 자식이!"

건영이 자리에서 벌떡 일어섰다. 이 사장이 간신히 건영을 막아섰다.

"제가 이 자리에 더 있을 필요는 없을 듯하니 이만 일어나 보겠습니다."

그는 난장판이 된 상황을 내버려 두고 식당 밖으로 나왔다. 그러다 문 앞에 바짝 붙어 있던 하현과 눈이 마주쳤다. 하현은 놀란 눈을 크게 깜빡였다.

"굳이 보냈더니 굳이 듣고 있네."

"……."

"가."

그는 미련 없이 하현의 곁을 지나쳤다.

"분위기 어땠어? 도련님 장가갈 수 있을 거 같아?"

하현은 철웅과 함께 잔디 정리를 하던 중이었다. 그 주변에서는 복순이가 벌레를 잡기 위해 팔짝팔짝 뛰어다니고 있었다.

"장가는 무슨, 난장판이 따로 없더라."

"왜, 무슨 일 있었어?"

"몰라 인마."

"왜! 알려 줘!"

"왜 이렇게 관심이 많아? 어차피 남의 일인데."

"그게 왜 남의 일이야? 도련님 일이잖아."

"도련님이 네 식구냐? 우린 그냥 고용인이야."

"치."

철웅은 입을 내밀고 투덜거리며 잡초를 뽑았다. 하현은 그런 철웅을 바라보다 주머니에서 사탕을 꺼냈다. 그리고 네 개 중 두 개를 철웅에게 건네주었다.

"자, 인마."

"어, 나 주는 거야?"

철웅이 눈에 띄게 좋아하며 사탕을 받았다. 사실 오늘 일손이 부족하여 객들 시중을 도우면 사탕을 받기로 했다. 굶으며 산 적이 많아서인지 하현은 단 음식에 꽤 애착이 강했고, 굳이 하지 않아도 될 일에 참여한 것이다.

"야, 너 그 아까운 걸 홀랑 먹냐. 아깝게."

곧바로 사탕을 먹는 철웅을 보며 하현이 핀잔을 주었다.

"아껴 먹어서 뭐 해."

하여튼 요즘 애들은 음식 귀한 줄을 모른다. 하현이 어릴 때만 해도 이런 걸 먹기가 쉽지 않았는데. 하현은 고개를 절레절레 저으며 잡초를 뽑았다. 그러면서 자연스레 생각에 잠겼다. 아까 전 시우는 평소처럼 무감정한 어투로 이야기하긴 했으나, 하현이 보기에는 꽤 화가 난 듯 보였다. 평소 신경질적이긴 하지만 필요 이상으로 날을 세우지는 않는 사람이라 놀랍기도 했다.

그도 구국 운동을 하던 사람이니 그런 말이 기분 나쁜 게 당연하겠지만, 사실 그 사람다운 반응은 아니었다. 그때 시우는 왜 손수건을 바꿔 오라고 한 것일까. 혹시 하현이 이야기를 듣지 않길 바란 건 아닐까.

"그럴 리가 없지."

"엉? 뭐가?"

"아무것도 아냐. 어, 야! 김복순! 멀리 가지 마!"

갑자기 복순이가 어디론가 뛰쳐나갔다. 복순이가 뛰어가는 방향에는 때마침 건영이 있었다. 사람을 좋아하는 순진한 복순이는 그에게 달려들었다가 그만 건영의 신발과 바지에 실례를 하고 말았다. 개운해 보이는 복순이를 보며 하현과 철웅의 안색이 하얗게 질렸다.

"이 개새끼가!"

건영이 복순이를 발로 차려 했다. 하현은 재빠르게 복순이를 안아 들고는 넙죽 엎드려 사죄했다.

"죄송합니다! 아무것도 모르는 강아지이니 용서해 주세요."

"오라, 네가 주인이냐?"

마침 건영의 심기는 불편했다. 분풀이 상대를 찾았다고 생각하며 건영은 하현에게 다가갔다.

"잘못을 했으면 책임을 져야지. 이 옷의 값어치는 알고 끼어든 게야?"

건영이 하현의 어깨를 밟았다.

"대답해 보거라, 어?"

"죄송합니다."

이번엔 발이 머리를 짓눌렀다. 서서히 힘이 들어가자 흙바닥에 이마가 긁혔다. 머리 상처가 아직 낫지 않아 통증이 일었다. 이 사내를 흠씬 두들겨 패야 속이 시원할 것 같았지만 자진하여 일을 크게 만들 수는 없었다.

"그러고 보니 목시우가 네놈을 감싸고돌던데. 진짜 남색이라도 되는 게야?"

"뭐 하는 거야?"

그때 멀지 않은 곳에서 익숙한 목소리가 들렸다. 하현의 머리를 짓밟은 발에 조금 더 힘이 들어갔다.

"마침 잘 오셨습니다. 이 개가 제 옷에 무슨 짓을 했는지 아십니까. 이게 얼마짜리인지도 모르는 종놈이 다짜고짜 용서해 달라지 뭡니까. 버릇이 없어 교육을 시키는 중……. 억!"

사내가 외마디 비명을 지르며 바닥에 나뒹굴었다. 시우의 구둣발이 그의 배를 걷어찼기 때문이다.

"남의 집안사람을 밟고 있는 건 무슨 예의야?"

하현은 당황하여 시우를 바라보았다. 그도 지금 남의 집안사람을 짓밟고 있었기 때문이다.

"미쳤어?! 이 근본도 없는 새끼가!"

발끈하며 일어서려던 건영은 이번엔 정강이를 얻어맞고 넘어지고 말았다.

"천한 놈이 운이 좋아 출세해 놓고 눈에 뵈는 것이 없나 보구나!"

"예. 근본 없는 새끼라 예의범절은 잘 모릅니다. 그러니 여기서 더 친다 해도 잘못인 줄을 모르지요."

시우가 짜증스레 미간을 구기며 말했다. 꽤 깍듯한 존댓말이었지만 전혀 상대를 공경하는 어투로 들리지 않았다. 이러다 일이 커질 것 같아 하현은 급히 시우의 팔을 잡았다.

"도련님, 그만하십쇼. 제가 먼저 잘못을 했습니다."

그제야 시우의 시선이 하현에게 닿았다. 그는 하현의 이마에 생긴 상처를 보고 있었다.

"어머, 이게 무슨 일이죠?"

그때 저택을 나서려던 성출 무역 사장과 그의 딸이 세 사람을 발견했다. 월영은 소스라치게 놀라며 제 오라버니에게 다가갔다.

"세상에 오라버니, 이렇게 흙투성이가 되어서는……! 그러니까 제가 평소에 마음가짐을 조신하게 가꾸라고 말씀드리지 않았습니까, 정말! 이 누이는 속상합니다!"

듣고 보니 좀 이상한 말이었다. 시우는 그러든지 말든지 개의치 않고 그들을 지나쳤다. 하현이 가만히 서 있자 그는 돌아서서 하현에게 말했다.

"뭐 해? 안 오고."

하현은 머뭇거리다 복순이를 챙겨 들고 시우의 옆으로 가서 섰다. 정원을 가로지르며 걷는 동안 시우는 아무 말도 하지 않았다. 하현은 괜히 품에 안긴 복순이를 쓰다듬다가 흘긋 시우의 눈치를 보았다. 그런데 어떻게 알아차렸는지 그가 먼저 입을 열었다. 역시 옆통수에도 눈이 달린 게 틀림없다.

"그런 놈한테 왜 고개를 숙이지? 당신이라면 충분히 상대할 수 있었을 텐데."

"……여기 계속 있으려면 어쩔 수 없지 않습니까. 성격대로 했다간 다른 하인들한테까지 화풀이할지도 모르고. 그리고 저런 허접한 놈 상대해서 뭐 합니까. 맥만 빠지지."

시우는 답하지 않고 말없이 걷기만 했다.

"목시우 씨. 주먹부터 나가는 거 안 좋은 습관입니다."

시우가 기가 막힌 듯 헛웃음을 지었다.

"당신이 나한테 할 말은 아닌 것 같은데."

"……내가 뭘 또 얼마나 그랬다고 그럽니까."

"양심에 손을 얹고 생각해 봐."

"아무튼 안 좋은 습관이라고요."

"경험담인가?"

"이 사람이 진짜."

발끈하는 하현을 보며 그는 설핏 웃었다.

"근본 없는 놈이라 좋은 습관 같은 거 안 가져도 돼."

"세상에 근본 없는 사람이 어디 있습니까. 근본이 있으니 태어난 거지."

하현의 투덜거림에 시우가 멈춰 섰다. 그의 시선이 하현의 얼굴에 머물다가 머리카락 쪽으로 향했다. 그는 손을 뻗어 하현의 머리카락에 묻은 흙을 털어 냈다.

"흙 다 묻혀 놓고 충고는."

하현은 급히 손으로 흙을 털었다.

"사실 그 사람도 화날 만한 상황이었어요. 그 사람 옷에 복순이가 실례를 해서 화가 난 거거든요."

"당신도 화났잖아."

하현은 행동을 멈추고 그를 바라보았다. 그 사내가 자신과 같은 구국 운동가들을 욕되게 말했을 때, 화가 났었다. 방금 전에도 머리끝까지 화가 났지만 어찌할 방법이 없었다. 시우의 의도가 어찌 되었든 그는 화를 낼 수 없는 상황인 하현을 두 번이나 변호했다.

고맙다고 해야 하는 걸까. 냉정한 사람이 하현에게 마음 썼을 리 없다고 생각했지만, 그래도 고마운 건 고마운 거였다. 하현은 고민하다 주머니를 뒤적거렸다. 주머니 속에서 나온 것은 포장된 사탕 두 알이었다. 하현은 한 알만 집고 잠시 머뭇거렸다. 두 개나 주면 하나도 남지 않기 때문이다. 그러나 하현은 이내 사탕 두 개를 집어 시우에게 건네주었다.

"아까 일해서 받은 건데, 줄게요."

시우는 손바닥 위의 사탕을 의아한 듯 바라보았다.

"별거 아닌 것 같아도 나한테는 비싸서 못 사 먹는 겁니다. 알죠? 가치는 상대적인 거예요."

"……."

"나한테는 꽤 귀한 걸 준 거라고요."

고맙다는 말 대신이었다. 시우는 생각을 알 수 없는 얼굴로 가만히 사탕을 응시하기만 했다.

"먼저 갈게요."

하현은 제가 생각하기에도 민망하여 빠르게 줄행랑을 쳤다. 시우의 시선이 하현의 뒷모습에 따라붙다 다시 사탕에 고정되었다.

"진짜 애인이라도 되나 봐?"

한참 사탕을 응시하던 중에 누군가 뒤에서 말을 걸었다. 월영이었다.

"재미없으니 그만해."

시우는 사탕 봉지를 재킷 주머니 안에 넣으며 말했다. 월영의 시선이 흥미로운 듯 그것을 좇았다.

"왜, 간만에 재미있는데."

그녀는 눈을 접으며 짓궂게 웃었다.

"그러게 이용하려고 데려온 사람을 왜 그런 눈으로 봐?"

"무슨 소리야?"

시우가 미간을 찌푸리고 물었다. 그러나 깊이 생각하고 한 질문은 아니었다. 예전부터 엉뚱한 말을 자주 하던 여자라서 또 그런 것이라고만 여겼다.

처음 만났을 때부터 특이한 여자였다. 사상이 다른 가족을 두었으면서도 저리 당당할 수 있는 건 그녀 특유의 엉뚱한 성격 때문이리라.

"생각보다 귀여운 사람이던걸. 처음 봤을 때는 무척 날카롭기만 했는데."

하현은 알지 못하지만 월영은 하현을 본 적이 있었다. 7년 전쯤, 하현이 갓 스물을 넘겼을 때 상해에서 활약하던 것을 보았었다. 저격수가 필요하면 김하현을 찾아가라는 말이 있을 정도로 하현은 유명한 명사수였다.

"일은 잘 진행되고 있어?"

"아직은."

"어머니는?"

월영의 물음에 시우의 안색이 굳어졌다.

"미안. 아직이구나."

시우는 짧게 고개를 젓기만 했다.

"그나저나 정석호가 무슨 생각으로 당신이랑 나를 붙여 놓으려 한 거야? 내가 뭘 하던 사람인지 알아챈 건가?"

월영과 시우는 유학 시절에 서로를 알게 되었다. 서로의 집안을 알고 있었기에 초면에는 경계했으나, 비슷한 사상을 가진 학생들이 모이는 학우회에서 알게 되어 함께 활동하곤 했다.

"이유가 뭐든 좋은 징후는 아니겠지."

"조심하도록 해. 요즘엔 당신이 난봉꾼이 아니라는 이야기도 나오던걸?"

월영의 농담에 시우는 설핏 웃었다.

"아무튼 아쉽게 됐어. 당신을 내 남편으로 삼을 기회를 놓쳐 버렸잖아."

"농담하지 마."

"농 아닌데? 정석호가 죽으면 그 재산을 취하는 건 당신 아닌가?"

월영의 말에 시우가 차갑게 표정을 굳혔다.

"비겁하게 취한 재산을 내가 가져야 할 이유는 없어."

시우의 냉대에도 월영은 재미있다는 듯 웃기만 했다.

"당신이 이렇게 샌님인 줄 누가 알까."

"샌님이라니."

시우가 짜증스레 중얼거렸다.

"여전히 재미없는 사람이라니까. 걱정하지 마. 당신이랑 혼인하면 재미없을 거 같으니까."

"그거 다행이군."

"매정하긴. 그만 가 볼게. 우리 오라버니 징징거리는 소리 더는 듣기 싫거든. 좀 더 때려 주지 그랬어?"

그녀의 투덜거림에 시우는 설핏 웃었다. 월영은 돌아서다 말고 다시 시우를 바라보았다.

"목시우."

의아한 시우의 시선이 그녀를 향했다.

"약점을 만들지 마. 당신의 노력을 한순간에 무너트릴 수도 있으니."

의문 어린 말을 남기고 그녀는 사라졌다. 시우는 하늘을 올려다보았다. 푸른빛이 선명한 하늘에 낮은 구름이 널려 있었다. 돛을 단 배처럼 흰 구름은 유유히 어딘가로 흘러가는 중이었다.

약점. 약점이라.

일순, 구름이 흘러간 자리에 해가 얼굴을 내밀었다. 번뜩이는 한 줄기 빛이 쏟아졌다. 눈이 시리도록 선려한 빛이 공허한 눈동자를 가득 채웠다. 짙은 눈동자에 들어선 빛은 오묘한 황금빛으로 반짝였다.

동공이 점차 확대되었다. 무언가를 깨달은 그의 눈매가 희미하게 일그러졌다. 그리고 탄식 같은 한숨이 그의 입술에서 새어 나왔다. 그는 고개를 숙이며 제 입매를 가렸다. 경직된 손끝이 희미하게 떨렸다.

설마. 그는 눈을 내리감았다. 빛이 사라지자 혼란했던 감정이 조금씩 잦아들었다. 아닐 것이다. 그럴 리 없다. 격심하게 찾아드는 감정을 부정하며 그는 눈을 떴다. 그러나 선명한 빛은 날카롭고 정확하게 그의 눈동자에 꽂혀 들었다.

○ ◑ ●

한적한 시우의 개인 사무실, 시우는 일을 하다 말고 고개를 들어 책상 끝을 바라보았다. 그곳에는 반투명 봉투에 쌓인 보름달 모양의 사탕이 있었다. 집에 두고 와도 되는데 왜 회사까지 가져왔는지 가져온 당사자도 그 이유를 알지 못했다.

"어, 사탕이다."

마침 서류를 들고 사무실로 들어오던 장환이 사탕을 발견했다. 장환이 사탕을 집어 들자 시우는 살벌한 어투로 말했다.

"내려놔."

장환은 어처구니가 없는 듯 시우를 흘겨보다가 얌전히 사탕을 내려 놓았다.

"일이나 해."

시우는 고개를 숙이고 다시 일을 시작했다. 그러다 저도 모르게 다시 사탕에 시선을 고정했다.

"뭐 꿀 발라 놨습니까?"

"일하라고 했잖아."

"지가 일을 해야 내가 하지."

장환의 투덜거림에 시우는 짧게 한숨을 내쉬고 고개 숙여 일을 했다. 그런데 집중이 되지 않아 다시 고개를 들었다.

"사탕 받아 본 적 있어?"

시우의 물음에 장환의 눈이 가늘어졌다. 이상한 표정이었다.

"설마……. 여자 생겼습니까?"

"내가 여자 만날 시간이 어디 있어?"

"인천에서 소문 자자한 난봉꾼이 여자가 없겠습니까?"

"재밌냐?"

장환은 다시 심각하게 생각에 잠겼다.

"하긴 여자 만날 시간이 없긴 하지……."

"그래서 뭔데."

"뭐가요?"

"사탕 받아 본 적 있냐고."

"누가 이런 걸 줍니까?"

"이런 걸 주는 의미는 뭔데."

장환은 생각에 잠긴 듯 허공을 바라보다 말을 이었다.

"뭐, 사내놈이 주는 거면 아부할 일이 있나 싶겠고. 여자가 준 거면……."

장환이 말끝을 흐렸다. 시우는 그의 뒷말에 집중했다.

"먹고 떨어지라는 얘기 아니겠습니까."

시우는 들고 있던 펜을 장환에게 던졌다. 장환은 어울리지 않게 커다란 근육질 몸을 잔뜩 웅크렸다.

"허, 참. 반응 요상시럽네. 진짜 여자 생긴 거 아니고요?"

"내가 너랑 무슨 말을 하냐."

"수상해, 수상해~"

장환은 말에 이상한 음절을 붙여 흥얼거렸다. 시우는 짧게 혀를 차고는 새 펜을 들어 다시 서류를 작성했다. 그러다 집중이 안 되어 다시 고개를 들었다. 시선 끝에는 사탕이 있었다. 그는 거슬리는 존재인 사탕을 먹어 치우기로 결심하고 봉지를 뜯었다.

사탕을 입에 물자 아릴 정도로 단맛이 혀끝에 퍼졌다. 그는 일을 하기는 포기하고 의자에 등을 기대었다. 창문 쪽으로 고개를 돌리자 희끔한 햇살 한 줄기가 그의 얼굴 위로 선명히 드리웠다. 눈을 시리게 만드는 환한 빛에 그는 눈을 내리감았다.

"골치 아픈 일이 생길 것 같아."

그는 조용한 음성으로 중얼거렸다.

"예? 뭔데요? 뭐 문제 있어요?"

그는 대답 없이 고개를 저었다. 사탕의 단맛은 착실히 몸 구석구석 퍼져 나갔다.

○ ◑ ●

늦은 밤, 차에서 내려 저택으로 들어가려던 시우는 우뚝 멈춰 섰다. 호수 인근 나무 그림자 사이에서 인영을 보았기 때문이다. 직감적으로 하현이라는 사실을 알아챘다. 한동안 아무 일도 없다 했더니 오늘 증상이 나타난 모양이다. 그는 하현이 사라진 방향으로 걸음을 옮겼다.

먹을 칠한 듯 시커먼 어둠을 헤치고 나아가자 머지않아 하현의 뒷모습이 보였다. 그는 하현이 또 연못에 빠질까 염려되어 급히 팔을 끌어당겼다.

"대체 그 병은 무슨 규칙이야."

시우는 하현을 돌려세웠다. 눈이 마주쳤으나 날이 어두워 잘 보이지 않았다.

"오늘 같은 날씨에 물에 빠지면 아무리 당신이어도 멀쩡하지는 못해."

날이 좀 쌀쌀해진 참이었다. 그는 하현의 팔을 조금 더 끌어당겼다.

"이리 와."

그런데 하현은 우뚝 멈춰 선 채 움직이지 않았다. 시우는 돌아서서 하현을 바라보았다.

달을 가렸던 구름이 흩어지며 커튼이 열리듯 빛이 들어섰다. 빛이 닿은 눈동자는 색과 감정을 구분할 수 있을 정도로 밝아져 있었다. 선명한 눈동자는 또렷이, 놀란 감정을 담아 시우를 직시했다.

"……목시우 씨. 지금 뭐 하는 겁니까?"

하현이 놀라 물었다. 꿈을 꾸는 게 아니었던 모양이다.

머지않아 그녀의 얼굴이 놀라움에서 당혹감으로, 당혹감에서 수치로 빠르게 변모했다. 물들어 가는 감정을 보며 그의 가슴은 서서히 아래로 추락했다.

"설마 알고 있었던 겁니까?"

떨리는 어조였다. 하현은 그간 누구에게도 몽유병을 들키지 않으려 노력했었다. 더욱이 사내들에게는. 이곳에 오기 전에 모르는 사내들에게 몽유병을 들켜 큰일 날 뻔한 적이 있었기 때문이다. 하현은 자신이 깨어나지 못하는 동안 시우에게 무슨 말을 했을지 겁이 났다.

"대체 언제 안 겁니까?"

"그게 중요해?"

"나한텐 중요합니다!"

화를 내고, 수치스러워하는 하현을 보며 시우는 저도 모르게 허탈한 웃음을 흘렸다. 들키고 싶지 않은 상대에게 치부를 들킨 하현의 마음도 이해는 되었지만, 결국 하현에게 류연호가 아닌 저란 사람은 고작 이 정도의 존재였다.

"왜 웃습니까?"

하현이 딱딱한 목소리로 물었다. 시우는 피로한 감정을 감추고 차가워진 시선을 하현에게 고정했다. 다른 사람들을 대할 때처럼 그는 무던해지려 노력했다.

"화풀이 같아서."

"⋯⋯."

"그 남자, 당신 때문에 죽었다고 했었지."

하현의 표정이 차갑게 굳어졌다.

"잊으려는 노력은 했나?"

"그게 무슨⋯⋯."

"스스로를 죄책감 속에 묻어 둔 건 당신이야. 언제까지 과거의 망령을 좇으며 살 생각이지?"

"함부로 말하지 마요."

하현의 목소리는 희미하게 떨렸다.

"엎질러진 물을 쓸어 담지 못해 허우적거리는 꼴이잖아. 망가진 스스로를 보면 마음이 좀 괜찮아지나?"

"⋯⋯."

"과거의 잔상이나 좇지 말고 현실 직시해. 이러라고 그 남자가 당신을—"

말을 끝맺기 전에 멱살이 붙잡혔다. 흔들리는 눈과 파르르 떨리는 손은 하현의 분노를 대변했다.

"당신이 뭘 알아. 무슨 권리로 그런 말을 해. 당신이 뭘 안다고⋯⋯!"

단단하던 장벽이 허물어지며 괴로운 얼굴이 드러났다. 급작스럽게 감정이 치솟았는지 눈매가 왈칵 일그러지며 감쳐문 입술이 파르르 떨렸다. 슬픔인지 분노인지 모를 감정을 감당하기 어려운 것처럼 보였다.

한동안 아무 행동도 하지 못하던 하현은 그의 멱살을 놓아주었다. 그녀는 떨리는 호흡을 길게 내쉬고는 돌아섰다. 시우는 저도 모르게 쫓아가 팔을 붙잡았다. 그러나 하현은 그 팔을 강하게 쳐 냈다.

"당신 말이 맞아요. 틀린 것 하나도 없습니다. 난 이 죄책감을 평생 떨치지 못할 거예요."

시선을 아래로 내린 눈꺼풀이 불안정하게 흔들렸다.

"그걸 당신이 굳이 되짚어 줄 필요 없이 뼈저리게 잘 알고 있습니다."

날카로웠던 눈이 허물어지고 뿌연 먼지를 일으켰다. 하현은 길게 한숨을 내쉬고 힘겹게 말을 이었다.

"화풀이해서 미안합니다."

하현은 돌아서서 빠르게 사라졌다. 어둠 속으로 파묻히는 뒷모습을 응시하며 시우는 우두커니 서 있었다.

그렇게 말하려던 것은 아니었다. 그저 꿈속에서 류연호란 사내를 대하던 것과 저를 대하던 태도가 너무도 달라 저도 모르게 날카롭게 말을 내뱉은 것이다. 그는 혼란 섞인 한숨을 길게 내쉬었다.

녹아 버린 사탕이 가슴 안에 녹진하게 달라붙어 있는 듯했다. 지금처럼 가슴이 서늘해지면 서서히 굳어져 날카롭게 변형되는 게 아닐까. 어쩌면 그것은 살을 파고들어 거추장스러운 흉터를 남길지도 모른다. 날카로운 그것은 가슴 안에 자리 잡고 이따금씩 그의 마음을 난도질할 것이다.

그는 눈을 감았다. 참담한 기분이었다.

하현과 시우 사이의 살벌한 분위기는 며칠 동안 지속되었다. 두 사람의 분위기를 파악한 장환은 어리둥절했다. 그간 사이가 나쁘지 않아 보이더니 며칠 사이에 급작스럽게 사이가 나빠진 듯 보였다.

더 이상한 건, 시우가 하현에게 서울에 간다는 말을 대신 전해 주라고 했던 점이다. 남의 눈치라고는 일절 안 보고 사는 사람이 대신 말을 전해 달라고 할 정도면 단단히 싸웠거나, 얼굴 보기 불편한 일이 있었던 듯하다. 대체 어떻게 싸웠기에 천하의 목시우가 그런 반응을 보이는지 장환은 의아했다.

"혹시 두 분 싸우셨습니까?"

사람이 없을 때 장환이 하현에게 몰래 다가가서 물었다. 하현은 빨래를 널다 말고 장환을 보며 멋쩍게 웃음 지었다.

"예, 뭐……. 비슷합니다. 근데 어떻게 아셨어요?"

"아, 저희가 며칠 뒤에 서울에 가야 할 일이 있는데 부사장님이 여쭤보라고 하시더라고요. 그 인간이 남 눈치 보고 사는 사람이 아닌데 이상해서 말입니다."

하현은 아, 하고 짧게 수긍했다.

"정석호 집에 가는 겁니까?"

"아뇨, 이번엔 일 때문에 가는 겁니다. 그 집에는 안 들르고 올 거예요."

생각에 잠겼던 하현은 이내 고개를 끄덕였다.

"알겠습니다. 따라갈게요."

장환도 고개를 끄덕였다. 그는 돌아서려다 말고 하현에게 말했다.

"가끔 말을 정떨어지게 해서 그렇지 나쁜 사람은 아닙니다."

하현은 설핏 웃었다.

"알아요."

장환은 허허 사람 좋은 웃음을 짓고는 자리에서 벗어났다.

하현은 가만히 서서 생각에 잠겼다. 사실 그녀 역시 시우에게 과민했던 것을 후회하는 중이었다. 그가 함부로 말을 한 부분은 여전히 화가 났지만, 사실 따지고 보면 먼저 화를 낸 사람은 하현이었다. 그 역시 당황하여 그런 말을 했을지도 모른다.

시우가 제 비밀을 안다는 사실에 놀라서 화부터 낸 것이 후회되었다. 안 그래도 보이지 말아야 할 모습까지 보인 것 같아 조심해야겠다고 생각하던 찰나여서 더 예민하게 반응해 버렸다.

아무래도 먼저 사과해야겠다는 생각이 들었다. 그녀는 결심하고는 마저 빨래를 널었다.

"저기 목시우 씨. 어제는……."

시우가 퇴근하고 돌아오자마자 하현은 그에게 말을 걸었다. 그러나 하현의 노력이 무색하게도 시우는 하현을 무시하고 지나쳤다. 하현은 황당한 눈으로 시우의 뒷모습을 바라보았다. 그녀는 멀어지는 시우를 따라가 팔을 잡고 돌려세웠다.

"이봐요. 사람이 말하는데 왜 무시를 합니까?"

시우는 말없이 무감한 눈으로 그녀를 내려다보기만 했다. 하현은 한숨 끝에 말을 이었다.

"어제는 내가 미안했어요. 너무 놀라서 과민하게 굴었던 것 같……."

하현의 말이 끝나기도 전에 시우는 하현의 손을 떼어 냈다. 당황한 하현의 시선이 닿았다. 그러나 그는 아무런 언질 없이 돌아서서 사라졌다.

그녀는 시우의 뒷모습에 담긴 혼란을 읽지 못하고 기가 막혀 헛웃음만 흘렸다.

장환은 운전을 하다 말고 소매로 식은땀을 훔쳤다. 차 안의 분위기 때문이었다. 시우와 하현은 뒷좌석에 앉아 서로 다른 방향의 창밖을 바라보고 있었는데, 분위기가 어찌나 험악한지 금방이라도 싸움을 할 기세였다. 서울까지 기차를 타고 올 때는 따로 앉아 분위기가 어떤지 몰랐으나 막상 같은 차에 타고 보니 예상보다 더 두 사람의 분위기가 살벌했다.

"묘에 들를 생각인가?"

시우가 물었다. 좋게 들으려 해도 얌전한 어투는 아니었다. 장환은 괜히 큼큼 목을 가다듬었으나 하현이 차갑게 쏘아붙였다.

"그게 목시우 씨랑 무슨 상관입니까."

"이해가 가지 않아서."

"이해가 가지 않으면 이해하지 마십쇼. 어울리지 않게 오지랖 떨지 말고."

시우의 얼굴이 한층 더 서늘해졌다.

"신경 써야 할 것만 신경 쓰지 그래."

"하, 하이고, 부사장님 와 그러십니꺼. 고슴도치 새끼맹키로 날이 서 가지고……."

장환이 급히 끼어들었다. 그러나 두 사람은 장환의 말이 들리지 않는 것 같았다.

"신경 써야 할 건 신경 씁니다."

"다른 걸 더 신경 쓰는 것 같던데."

하현이 인상을 찌푸리며 시우 쪽으로 고개를 돌렸다.

"대체 왜 그러는 겁니까? 뭐가 그렇게 마음에 안 들어요?"

시우는 평소처럼 여상한 얼굴로 창밖을 응시할 뿐이었다. 하현은 화를 삼키며 입술을 깨물었다.

"차 세워 주세요."

"조금 더 가야 하는데……."

장환이 눈치를 보며 쭈뼛거렸다.

"세워 주시라고요."

살벌한 어투에 그는 곧장 차를 세웠다. 그러자 시우가 딱딱하게 굳은 어조로 일축했다.

"내리지 마."

"내가 당신 말을 왜 들어야 합니까?"

차에서 내린 하현이 쾅-! 세게 문을 닫았다. 부서지기라도 하듯 커다란 소리였다.

"아이고 깜짝이야!"

갑작스러운 소리에 장환이 놀란 가슴을 부여잡았다. 하현은 돌아서서 멀리 사라져 버렸다.

"아따 마 화끈하네……. 내 차가 아니라 다행이라고 해야 되나 뭐라고 해야 되나……."

장환은 숨을 크게 내쉬며 말하고는 시우의 눈치를 살폈다. 하현은 이 살벌한 상황에 저만 두고 어딜 가 버린 걸까. 그나마 하현과 미리 만날 약속 시간을 정해 두어 다행이었다.

"부사장님?"

"……."

"출발할까요?"

"……."

"잡아 올까요?"

"……."

"쓰벌 나더러 뭐 어쩌라고."

"출발해."

"헙, 알겠습니다."

안 듣고 있는 줄 알았는데 다 들렸던 모양이다. 장환은 급히 차를 출발시켰다. 시우는 창밖을 응시하며 엷게 한숨을 내쉬었다.

그 모습을 흘긋 훔쳐보던 장환은 의아해졌다. 제가 아는 목시우는 쓸데없는 곳에 감정을 소비하는 사람이 아니었다. 저렇게 필요 이상으로 날을 세우는 짓은 귀찮아서라도 하지 않는다. 정석호를 죽이는 것 외에는 매사에 관심이 없는 사람이다.

그런데 하현과 관련된 일에는 유독 과민한 반응을 보였다. 달리는 열차에서 갑자기 뛰어내리질 않나, 귀가가 늦는 하현을 찾으러 가지를 않나. 그러고 보니 지난번 아편굴에서 보인 태도도 평소보다 과했고, 성출 무역 장남을 죽사발로 만들어 놓은 것도 이상했다.

사실 하현을 데려온 것 자체가 이상한 일이었다. 보증되지 않은 사람을 쓰겠다는 것도 의아했지만, 평생을 애국에 몸 바쳐 온 여인을 이용하겠다는 게 제가 아는 시우의 성향과는 많이 달랐다. 대개 재수 없는 인간이지만 옳고 그른 게 뭔지는 아는 사람이었다.

설마……. 제가 한 생각이 스스로도 놀라워 장환은 입을 쩍 벌렸다. 그러다 절레절레 고개를 저었다. 천하의 목시우가 그럴 리 없었다.

"부사장님?"

"왜?"

"혹시 우리 인재님이랑 그렇고 그런 사입니까?"

헛소리하지 말라는 소리가 돌아올 줄 알았는데 시우는 침묵했다. 장환이 깜짝 놀라 브레이크를 밟았다. 끼이익 거슬리는 소리를 내며 차가 세워졌다.

"진짜로요?!"

"……."

"이, 이걸 축하한다고 해야 할지 말아야 할지."

"축하를 왜 해. 쌍방도 아닌데."

다소 씁쓸하게 나온 목소리에 장환은 손바닥으로 입을 틀어막았다. 그때 뒤에서 경적 소리가 들려왔다. 장환은 다시 차를 출발시켰다.

"김하현한테는 티 내지 마."

맥없는 목소리가 애잔하여 장환은 저도 모르게 찔끔 나오는 눈물을 소매로 훔쳤다.

○ ◑ ●

"망할 쫌생이 같은 인간."

하현은 씩씩거리며 산을 오르는 중이었다. 대체 목시우는 뭘 먹고 살았기에 그렇게 재수가 없는 걸까. 정떨어지게 말하는 대회가 있다면 단연 목시우가 1등을 했을 것이다. 불만이 있으면 제대로 말하면 될 것을, 시비만 걸어 대니 답답하기 그지없었다.

또 먼저 사과하나 봐라. 하현은 굳게 다짐하며 산을 올랐다. 씩씩거려서인지 산에 오르는 게 더 힘들게 느껴졌다. 연호 부모님의 무덤 근처에 도착하고 나서야 그녀는 화를 가라앉혔다.

지난번에 인사를 제대로 드리지 못했던 게 계속 마음에 걸렸다. 술 한 잔 올리지 못한 게 죄송하여 꼭 다시 찾아오고 싶었다.

다시 죄인의 마음으로 무덤가로 다가섰을 때, 하현은 멈칫했다. 무덤에 누군가 다녀간 흔적이 있었던 탓이다. 벌초도 되어 있었고, 비석 아래에는 꽃도 놓여 있었다. 꽃의 상태를 보아하니 다녀간 지 며칠 되지 않은 듯했다. 대체 누가 다녀간 걸까. 하현의 머릿속은 놀라움과 의문으로 휩싸였다.

그때, 꽃 옆에 놓인 돌이 눈에 띄었다. 돌 밑에 무언가 깔려 있었다. 하현은 돌을 들추고 그것을 살펴보았다.

사진이었다.

교복을 입은 채 환한 웃음을 짓고 있는 청년의 얼굴이 사진 속에 담겨 있었다. 어찌할 새도 없이 하현의 뺨 위로 눈물 한 줄기가 떨어졌다. 사진 속에서 웃고 있는 사람은 연호였다.

겨우 일조에게 연락하여 방금 전 있었던 일을 알렸다. 무슨 정신으로 연락을 했는지 기억이 나지 않았다. 하현은 그저 넋이 나간 얼굴로 앞으로 걷기만 했다. 시우 쪽과 만나기로 한 약속 시간이 다 되어 가는데도 자꾸만 걸음이 느려졌다.

대체 누가 연호의 사진을 두고 간 걸까. 계속 같은 의문을 반복했으나 좀처럼 누구라고 확정 짓기가 어려웠다. 연호에 대해 아는 것이 너무 없었다.

겨우 약속 장소인 경성역 근처에 도달했을 때, 사진 속 연호처럼 교복을 입은 학생들이 보였다. 학생모를 쓰고 옆구리에 책을 낀 학생들은 사진 속 연호처럼 환히 웃고 있었다. 하현은 걸음을 멈추고 품에서 사진을 꺼내 들었다. 누군가 놓아둔 사진을 가져가는 게 마음에 걸렸지만, 그곳에 두었다가 사진이 비에 젖을까 걱정되어 들고 와 버렸다.

하현은 우두커니 서서 웃고 있는 연호의 사진을 바라보았다. 예전에도 느꼈지만 참 맑은 웃음이었다.

누구도 연호에게서 이 웃음을 앗아 갈 자격은 없었다. 연호의 죽음은 하현 탓이기도 했으나 시대가 만든 비극이기도 했다. 애초에 연호는 징병을 당하지 않았어야 했다. 전쟁의 틈바귀가 아닌 평화로운 세상 속에서 평범히 학교를 다녀야 했다. 그리고 어엿한 사회인이 되고, 사랑하는 사람을 만나 가정을 꾸렸어야 했다. 어느 누구도 연호의 삶을 방해해서는 안 되었다.

사실 연호만이 아니었다. 일제가 저지른 이 참상은 얼마나 많은 이들의 인생을 송두리째 망가뜨려 놓았을까.

꽉 그러쥔 하현의 손이 파르르 떨렸다. 울분이 치솟아 감정을 다스리기가 어려웠다.

하현이 깊은 슬픔을 헤매고 있을 때, 전차의 경종 소리가 가까워졌다. 하현은 사진에 정신이 팔려서 그 소리를 듣지 못했다. 전차가 상당히 가까워진 순간, 누군가 뒤에서 하현을 끌어당겼다. 놀란 하현의 눈앞으로 전차가 빠른 속도로 지나갔다.

전차가 멀어지고 나서야 하현의 정신도 되돌아왔다. 그녀는 자신이 누군가의 품에 안겨 있다는 사실을 깨달았다. 황급히 품에서 벗어나려 했으나 단단한 팔이 허리를 속박했다.

"지금 시위해? 이번엔 전차에 치일 생각이야?"

시우의 목소리였다. 하현이 물러서려 했지만 그의 팔에는 여전히 힘이 들어가 있었다. 가만히 멈추어 있자 그는 품에서 하현을 놓아주었다. 하현은 얼떨떨한 얼굴로 뒤를 돌았다. 신경질적으로 미간을 좁히고 있는 시우가 있었다.

그런데 시우가 하현의 얼굴을 바라본 순간, 그의 미간은 풀어지고 얼굴에 약간의 당혹감이 드리웠다.

"……무슨 일 있었어?"

한층 누그러진 목소리였다. 그러나 그 안에 걱정이 담긴 것까지는 알아채지 못했다.

"왜 이렇게 넋이 나갔어."

그가 다시금 물었다. 하현은 번뜩 정신이 들어 손에 들린 사진을 바라보았다. 시우의 시선도 자연스레 사진에 따라붙었다.

"아…… . 연호 부모님 묘에 다녀왔는데 사진이 있었어요."

"사진?"

시우는 하현에게서 사진을 받아 들었다. 앳된 사내가 웃고 있는 사진이었다. 아마도 류연호일 터였다. 전차가 코앞까지 와도 모를 정도로 정신이 팔린 이유가 이 사내라 생각하자 가슴 안쪽이 불편해졌다.

"아무래도 누가 계속 묘에 들렀던 것 같아요. 연호를 아는 사람인 것 같은데…… ."

"그래."

짧은 대답이었다. 시우는 쓰린 감정을 겉으로 드러내지 않기 위해 애써야 했다. 그는 손목시계를 확인했다.

"5분만 있다가 와. 먼저 가 있을 테니까."

"왜요? 같이 가면 되잖아요."

하현의 대꾸에 그는 드물게 곤혹스러운 표정이었다.

"아직 화난 겁니까?"

"그게 아니라……."

"미안합니다. 내가 과민했어요."

"……."

"어색한 거 못 하겠으니 그만 화해하면 안 됩니까."

대답이 나오지 않자 하현은 멋쩍어져 머리를 헝클어트렸다.

"그만 가죠."

시우는 돌아서는 하현의 팔을 붙잡았다. 미약한 힘이 실려 있었다.

"당신이 그만두기 전까지는 안 될 거 같아."

"뭘 그만둡니까?"

그는 가만히 하현의 눈동자를 응시했다. 집요한 시선이었다.

"류연호."

그는 짧게 대답하고는 재킷 안주머니에서 손수건을 꺼내 하현의 손에 쥐여 주었다. 그러곤 걸음을 옮겨 자리를 떴다. 하현은 어리둥절한 얼굴로 손수건과 시우의 뒷모습을 번갈아 바라보았다.

그의 뒤를 쫓아가려던 순간, 상점 유리 진열대에 하현의 얼굴이 비쳤다. 그녀는 고개를 돌리고 제 얼굴을 바라보았다. 얼굴에는 여전히 울음의 흔적이 남아 있었다.

하현이 겨우 감정을 추스르고 열차에 오르려던 때였다. 시우가 하현의 팔을 잡아 세우더니 장환에게 말을 걸었다.

"이장환."

"예?"

"미안한데 자리 좀 바꿔 줘."

"자리요?"

"응. 김하현이랑 바꿔."

"상관없긴 한데, 왜 그러십니까?"

"할 얘기가 있어서."

시우의 대답이 석연치 않았는지 장환은 시우의 옆구리를 찔렀다. 시우가 신경질적인 시선을 던지자 장환이 입모양으로만 중얼거렸다.

'너무 속 보인다고요!'

"그런 거 아니니까, 자리 바꿔."

하현은 멍한 상태여서 두 사람 사이의 이야기를 알아듣지 못했다. 시우는 장환을 무시하고 하현을 이끌었다.

난생처음 1등석에 앉게 되었으나 감탄할 정신은 없었다. 하현은 생각에 잠긴 채 가만히 창문을 응시하기만 했다. 시우가 맞은편에 앉자 그제야 시우 쪽으로 고개를 들었다.

"할 말이 뭐예요?"

시우는 자리에 앉아 신문을 펼치려다 말고 하현을 바라보았다. 그러나 그 시선은 오래 머물지 않고 신문으로 내려섰다.

"사진 가져다 둔 사람. 예상 가는 인물은 있어?"

"……아뇨. 전혀 모르겠어요."

"그래."

그 후로 시우는 아무 말도 하지 않았다. 할 얘기가 그게 전부였던 걸까. 의아했으나 하현도 구태여 말을 꺼내지는 않았다. 머릿속이 복잡하여 조용히 있고 싶었다.

"창문 열어도 돼요? 좀 더운데."

시우는 대답 대신 창문을 열어 주고는 다시 신문을 읽었다.

머지않아 기차가 기적 소리를 내며 차츰 속도를 높이기 시작했다. 하현은 창틀에 팔을 얹고 머리를 괸 채 창밖을 바라보았다. 잘게 부서지는 햇살과 선선한 바람이 뺨에 부드럽게 내려앉았다. 하현은 풍경에 시선을 고정한 채 느릿하게 눈을 감았다 떴다.

신문을 읽던 시우의 짙은 눈동자가 곡선을 그리며 하현에게 닿았다. 햇빛이 스며들어 투명해진 하현의 눈동자는 공허했다. 바깥 풍경을 향하고 있으나 그 눈동자에는 무엇도 담겨 있지 않았다. 꿈속을 헤매던 때와 비슷한 눈이었다. 아마 또 자신이 만든 슬픔 속을 헤매고 있으리라. 짙은 슬픔 속에 갇힌 그녀는 이곳으로 다시는 회귀하지 못할 사람처럼 보였다.

불현듯, 그는 하현의 뺨을 붙잡아 자신 쪽으로 돌려놓고 싶다는 욕구를 느꼈다.

장막처럼 드리운 슬픔을 걷어 내고, 저 투명한 눈동자에 오롯이 자신만이 담기기를 바랐다. 사실은 처음부터 그랬던 것 같다. 어둡고 침침한 창고에서 저 곧은 눈동자와 마주했던 순간, 그는 저 여인을 반드시 제 옆에 데려다 놓아야겠다고 생각했다.

정석호를 죽이겠다는 목표 말고는 다른 욕망을 가져 본 적이 없는 그였다. 그래서 하현을 마주했던 순간 느꼈던 그 낯선 욕망을, 그가 본래 가지고 있던 목적에 잘못 연결시키고 만 것이다. 정석호를 처리하는 데 이 여자의 도움을 받아야겠다고.

하지만 자신이 원한 건 도움 따위가 아니었음을 이제는 안다. 이 감정을 계속 부정해 왔으나 더 이상 부인하기는 어려웠다.

무엇 때문에 이렇게까지 되었는지는 아직까지도 알 수 없다. 연민이 시작이었을 수도 있고, 강인함에 이끌렸을 수도 있다. 아니면 그날 마주했던 하현의 눈동자가 제 어린 시절과 비슷했기 때문인지도 모른다. 정확히 알 수는 없으나 원인을 규명하는 것은 어리석은 일이었다. 안다 해도 어차피 돌이킬 수 없을 테니까.

그는 완전히 신문을 내려놓고 하현을 직시했다. 집요한 시선이 차례로 하현의 얼굴을 훑었다. 바람에 드러난 동그란 이마에서부터 콧대, 입술, 턱선, 목선까지. 다시 올라간 시선은 눈동자에 고정되었다. 햇빛이 스민 담갈색 눈동자.

그는 저 눈동자에서 류연호라는 사내를 소멸시키고, 오롯이 자신만이 들어차기를 욕망했다.

생애 첫 욕망이었다.

○ ◐ ●

새벽의 인천 저택에서는 사늘한 분위기가 감돌았다. 잠을 청하던 시우는 악몽을 꾸었다. 하늘로 솟아오르는 커다란 불길과 함께 배가 폭발하는 꿈이었다. 아빠, 아빠. 어린 그는 끊어질 듯 희미한 목소리로 애타게 사랑하는 사람을 불렀다. 그가 불길 속으로 다가가자 사나운 불길이 채찍처럼 그를 속박했다. 살갗이 타들어 가는 고통이 찾아들었다. 하지만 그보다 더한 고통은 상실이라는 공포였다.

"헉!"

시우는 크게 숨을 들이쉬며 잠에서 깨어났다. 식은땀으로 이마가 흥건히 젖어 있었다. 그는 호흡을 갈무리하고는 상체를 일으켜 앉았다. 속이 갑갑하여 숨이 잘 쉬어지지 않는 듯했다. 자리에서 일어선 그는 창문을 활짝 열었다. 찬 공기가 흐트러진 정신을 일깨우자 그는 깊이 숨을 들이쉬고 내쉬기를 반복했다.

묻어 둔 옛날 일을 꿈으로 접할 만큼 피곤했던 걸까. 무거운 한숨이 차가운 공기에 섞여 들었다. 그는 어지러운 정신을 가다듬으려 애썼다.

잠시 후 창문을 닫으려 했을 때, 문득 정원에서 그림자가 보였다. 그림자는 연못 근처에서 갈 길을 찾지 못하고 방황하고 있었다.

하현이었다.

시우는 반사적으로 방에서 나와 연못으로 향했다. 그의 걸음은 다급했다. 가슴속은 그보다 더 조급했다. 왜 처음부터 알아차리지 못했을까. 강인함과 나약함이 공존하는 그 눈동자가 자신에게 미칠 파장을.

스산한 바람만 불어오는 정원에는 인적이 없었다. 눈썹 같은 초승

달 하나만 하늘에 걸려 있을 뿐이었다. 미약한 달빛을 길잡이 삼아 그는 빠르게 걸음을 옮겼다.

머지않아 연못 속의 인영을 발견했다. 연못에 뜬 달을 향해 다가가는 하현의 걸음은 위태로웠다. 그는 하현을 쫓아 망설임 없이 연못에 발을 담갔다. 하현이 더 깊은 곳으로 들어가기 전에 데려와야 했다.

성큼 다가선 그는 하현의 팔을 잡고 돌려세웠다. 두 사람의 움직임으로 연못 표면이 일그러지며 빛의 조각들을 튕겨 냈다.

달빛이 드리운 하현의 얼굴을 본 순간, 그의 가슴속 무언가도 허물어졌다. 하현은 모든 것을 다 잃은 공허한 얼굴로 눈물을 떨구고 있었다. 툭툭 떨어지는 눈물이 연못 위로 작은 동심원을 그렸다.

겨우 사진일 뿐인데. 그 사진 한 장 때문에 하현은 이토록 슬퍼하고 있다. 스스로 만든 슬픔 속에서 벗어나지 못할 만큼 고통스러워하고 있다. 가슴속에서 뜨거운 무언가가 울컥 치솟았다.

"그 사내가 그리도 마음에 많이 남아 있는 건가?"

격양된 어조였다.

"당신 같은 사람이 이토록 유약하게 굴 만큼?"

꿈의 여운이 아직까지 남아 있는 탓인지 감정 조절이 잘되지 않았다. 큰 소리에 하현은 시우의 존재를 알아차리고 시선을 위로 올렸다. 그녀가 다가가서 시우의 옷자락을 붙잡았다.

연호야. 희미하게 들려오는 목소리에 시우의 미간이 왈칵 일그러졌다. 하현이 저를 착각하는 것이 싫었다. 자신을 앞에 두고 다른 사내의 이름을 부르는 것이 미치도록 화가 났다.

더는 바라볼 수가 없어 그는 하현을 두고 돌아섰다.

"가지 마."

하현이 다시 다가와 손을 잡으려 했으나 시우는 그 손길을 뿌리쳤다. 무방비한 상태였던 하현의 몸은 쉬이 뒤로 넘어갔다. 풍덩- 그녀의 몸이 깊은 물속에 잠겼다. 세상이 차가운 진공 상태가 되며 끔찍할 정도로 차가운 물이 그녀의 숨을 틀어막았다.

갑작스러운 상황에 제대로 대응하지 못하고 있을 때, 강한 힘이 팔을 잡아당겼다. 하현은 순식간에 일으켜 세워졌다. 그녀는 가빠진 숨을 몰아쉬었다.

"정신 차리고 똑바로 봐."

시우의 손이 하현의 턱을 감싸 쥐었다. 그러나 아직까지 하현의 시야는 흐릿했다.

"당신이 찾는 그 사내는 죽었어. 세상에 없는 사람이야."

분노를 삼킨 시우의 목소리는 정확하게 하현의 귀에 꽂혔다. 그러나 꿈과 현실의 경계면에 있던 하현은 부정하려 고개를 저었다. 질끈 감긴 눈꺼풀이 파르르 떨렸다.

"부정하지 마. 현실로 돌아왔을 때 고통만 더 커질 뿐이야."

하현은 밭은 숨을 내쉬기만 했다.

"고개 들어."

냉락한 명령조였으나 시우는 하현을 재촉하지 않았다. 그녀가 제 힘으로 눈을 뜨고 자신을 직시하기를 기다렸다. 차츰 현실을 인지한 하현이 고통스럽게 눈을 떴다. 흐릿했던 시야가 차츰 또렷해지자 그녀는 제 눈앞에 있는 사람이 누구인지 알아차렸다.

"……목시우 씨."

하현의 눈동자 안에는 오롯이 시우만이 담겨 있었다. 그러나 서글픈 감정 역시 잔재했다.

일순 연못이 일렁이며 달빛의 조각들이 튕겨져 나갔다. 시우의 손바닥이 하현의 허리를 받쳐 끌어당긴 탓이다. 하현은 비틀거리며 앞으로 이끌렸고, 동시에 얼음장 같은 손이 하현의 목덜미를 휘감았다.

그리고 입술이 포개어졌다.

나무처럼 단단한 팔이 하현의 허리를 강하게 속박했다. 정신을 차릴 새도 없이 차가워진 입술 안으로 뜨거운 무언가가 침범했다. 긴 손 가락이 턱을 벌리고, 배려 없는 혀와 불안정한 호흡이 입 안을 헤집었 다. 집어삼키는 것 같은 행위였다.

열기를 품은 혀와 입술이 애타게 하현을 갈구했다. 그는 하현에게 남아 있는 감정의 잔재를 앗아 가기라도 하듯 간절히 하현의 입술을 삼키고 들쑤셨다. 혼란스러운 와중 하현은 흰 꽃의 향기를 맡았다. 머 릿속을 가득 채울 만큼 짙은 향기였다.

하현은 제 눈앞에서 파르르 떨리는 속눈썹을 보고서야 상황을 자각 했다. 밀어 내려 손을 들었으나 하현의 손바닥이 닿기도 전에 그는 거 짓말처럼 물러섰다.

갑작스러운 입맞춤을 받아 낸 쪽은 하현인데, 혼란스러워 보이는 사람은 오히려 시우였다. 그는 화가 난 것 같기도 했고, 상처받은 것 처럼 보이기도 했으며, 서글퍼 보이기도 했다. 평소의 그와는 너무도 다른 모습이어서 하현은 제가 꿈을 꾸고 있는지도 모른다고 생각했 다.

"이게 무슨⋯⋯."

하현은 아연히 목소리를 내었다.

시우는 하현에게서 시선을 떼고 떨리는 호흡을 내뱉었다. 밤하늘처 럼 짙은 머리카락을 쓸어 넘기는 그의 손이 희미하게 떨렸다.

차가운 바람이 그들 사이를 갈라놓았다. 시우는 하현에게 다시 시 선을 주지 않고 돌아섰다. 빠른 걸음으로 연못에서 벗어난 그는 하현 의 시야에서 금세 사라졌다.

하현은 황망한 얼굴로 연못에 그대로 서 있었다. 남은 것은 교교한 달빛뿐이었다.

이른 아침, 하현은 시우의 방 앞에서 한참을 망설이다 문을 두드렸다. 똑똑, 나무 문의 맑은 소리가 울렸다. 들어오라는 낮은 음성이 들리자 하현은 문을 열었다. 거울 앞에 검은 양장을 차려입은 장신의 사내가 보였다. 일요일인데도 외출을 해야 하는지 그의 옷과 머리카락은 군더더기 없이 단정히 정돈되어 있었다.

하현은 잠자코 기다렸다. 시우가 대화의 틈을 줄 때까지 서 있을 작정이었으나, 그는 시계와 커프스 버튼을 착용할 때까지 하현에게 시선을 주지 않았다.

"목시우 씨."

커프스 버튼을 착용하던 동작이 일순 멎었다. 그러나 이내 없던 일처럼 태연히 행동을 이었다. 하현은 쉬이 입을 열지 못했다. 머릿속을 가득 메운 의문이 제대로 된 생각을 방해했다.

"……어제 그거 뭡니까?"

거울 속의 시선이 맞닿았다. 어두운 옷차림 탓인지 그의 얼굴은 한층 날카로워 보였다. 신경질적으로 보이기까지 했다. 표정과 달리 입에서 나온 음성은 단정했다.

"묻는 저의가 뭐야?"

"……."

"내 마음이 어떤지 확인하려는 거야, 아니면 내 입에서 아니라는 말이 나오길 바라는 거야."

그는 무감한 얼굴로 말하며 넥타이에 핀을 꽂아 정돈했다. 긴 손가락은 행위에 능숙해 보였다.

"당신이 생각하는 거 맞아. 인정하기 싫은데 그렇게 됐어. 그때 당신은 류연호라는 사내를 계속 찾았고, 난 그게 듣기 싫었을 뿐이야."

차갑고 사무적인 어투였으나, 미간에 희미하게 자리 잡은 주름은 그의 심기가 평소만큼 여유롭지 않다는 사실을 알려 주었다. 하현은 다시 입을 열었지만 말을 아물리지 못하고 머뭇거렸다. 그러는 사이 시우가 말을 가로챘다. 단호한 음성이었다.

"이 집에서 나가."

"……나가라뇨?"

"못 알아듣는 척하지 마. 정석호를 죽이는 일에 당신을 이용하고 싶지 않아졌어."

하현의 눈매가 곤혹스럽게 굳어졌다.

"당신도 정석호를 죽이고 싶었던 건 아니잖아. 찾을 게 있어서였지. 찾는 건 나도 도울 테니 그만 나가."

"못 나갑니다."

반사적으로 나온 말이었다. 사내의 미간이 왈칵 일그러졌다. 거울 속의 사나운 눈이 하현에게 꽂혔다. 기묘하리만치 짙은 눈동자는 금방이라도 하현의 속내를 헤집을 듯 날카로웠다. 사나운 기세에 하현은 시선을 비스듬히 내렸다.

혼란한 침묵이 이어졌다. 잠시 뒤, 단정한 입매에서 조소가 새어 나오며 침묵이 깨졌다.

"왜?"

몸을 돌린 그가 하현에게 다가왔다. 장신의 사내는 몇 걸음만으로 쉬이 하현의 앞으로 당도했다. 실제의 눈동자는 거울 속보다 더 위협적이었다.

"내 옆에 있으면 류연호에 대해 조금이나마 알 수 있으니까?"

"목시우 씨."

"사실 빌어먹을 물건 같은 거 너한테 하나도 안 중요하잖아."

분노를 삼킨 낮은 음성이 단호히 말을 끊어 냈다. 하현은 시우가 저를 '너'라고 지칭한 게 처음이라는 사실을 새삼 깨달았다. 그녀에게 닿는 이성적이지 못한 말과 시선이 당혹스러웠다.

"이 집에 목숨 걸고 들어온 것도 단지 류연호에 대해 알 수 있을 거란 생각 때문이었겠지."

버석거리는 입술이 희미하게 떨렸다. 연호를 위해 물건을 찾아다녀 왔으나, 사실 그것을 찾는다 해도 무엇도 달라지지 않는다는 사실을 그녀도 알고 있었다. 물건이 중요한 게 아니라 그저 연호의 흔적을 쫓아왔을 뿐이다.

"……아니라고는 못 하겠습니다."

시선을 내린 하현의 눈동자 위로 떨리는 속눈썹이 내려앉았다.

"미안합니다. 당신이 나를 도와주겠다고 한 것처럼 나도 당신을 도울 테니 여기 있게 해 줬으면 좋겠습니다."

시우의 눈이 무겁게 침잠하는 것을 알지 못한 채, 하현은 조용히 사과했다.

"말은 바로 해야지."

조용하고 서늘한 음성이었다. 하현은 고개를 들어 그를 바라보았다. 어느새 노기는 사라지고, 얼어붙은 듯 냉랭한 눈동자가 그녀를 직시했다.

"처음부터 당신은 정석호를 죽일 생각 따위 조금도 없었잖아."

"……"

"나를 돕는다고? 마음에도 없는 소리 집어치워."

하현은 어떠한 말도 할 수 없었다. 그것을 보는 시우의 눈매가 희미하게 일그러졌다. 그는 어떠한 언질도 없이 하현을 지나쳐 문을 나섰다. 방 안에는 서늘하고 공허한 기운만이 남아 있었다. 혼란함에 하현은 눈을 감아 버렸다.

시간은 개인의 수심과 고뇌를 고려하지 않는다. 하현의 고뇌와 관계없이 시간은 무던히 흘렀다. 여느 때와 다름없이 해가 지고 밤이 찾아왔다. 그러나 이부자리에 누운 하현은 하루를 마치지 못했다.

전혀 예상치도 못한 상황이 그녀의 마음을 무질서하게 어질렀다. 대체 어쩌다 이렇게 된 것인지 이해되지 않았다. 당황스러웠고, 시우에게 미안한 마음도 들었으며, 조금 억울하기도 했다.

마른 입술 사이로 깊은 한숨을 내보냈을 때였다. 방 밖에서 발자국 소리가 들렸다. 하현은 이불에서 벌떡 몸을 일으켰다. 문 가까이 다가가자 건너편 방에서 문을 열고 닫는 소리가 들렸다. 하현은 조용히 문을 열고 시우의 방문 앞으로 다가갔다.

생각을 거치지 않고 방문을 두드렸다. 대답이 돌아오지 않았으나 하현은 문을 열었다. 양복장 앞에 서 있던 시우는 소리가 난 쪽으로 고개를 돌렸다.

"들어오라고 안 했어."

아침과 달리 조금 흐트러진 모습이었다. 집에선 늘 흐트러진 차림을 고수하던 사내이지만 지금은 분위기가 사뭇 달랐다. 그에게 드리운 건 여느 때처럼 가장된 나른함이 아니었다. 진짜 피로와 나른함이 그를 지배하고 있었다.

그제야 하현은 그간 보았던 시우의 나른한 모습이 술에 취한 게 아니었을지도 모른다는 생각을 했다. 지금 모습이 정말 술에 취한 것처럼 보였으니까.

"술 마셨습니까?"

시우는 질문을 무시하고 양복장 문을 열었다. 그는 넥타이를 풀기 위해 매듭을 잡아당겼으나 술에 취했는지 제대로 풀지 못했다. 하현은 망설이다 조용히 다가섰다. 넥타이에 손을 뻗자 시우의 행동이 멈추었다.

하현은 시우의 몸을 건드리지 않으려 노력하며 넥타이를 풀었다. 그는 미동 없이 하현의 손길을 받았다. 숨소리조차 들리지 않았다. 눈을 깜빡이는 것마저 잊어버린 사람처럼 그는 지그시 하현을 바라보기만 했다. 새벽의 적적한 고요 속에서 옷감이 마찰하는 소리만 짧게 들려왔다.

하현이 넥타이를 다 풀고 물러서려 하자 그는 소매를 내밀었다. 커프스 버튼도 풀어 달라는 뜻이었다. 하현이 소매로 손을 가져갔을 때였다.

"류연호와는 얼마나 알고 지냈지?"

숨소리가 섞인 조용한 음성이었다.

"……2년 정도요."

"짧네."

"……."

"못 잊을 기간은 아니라고 생각하는데."

"그렇죠."

하현은 고개를 들어 시우를 바라보았다.

"그렇긴 한데 쉽지는 않습니다."

거절의 말이었다. 윤곽이 또렷한 눈매에 그림자가 드리웠다. 검은 눈동자는 너무도 짙어서 그 안의 감정을 읽기 어려웠다. 의중을 알 수 없는 눈으로 하현을 응시하던 그는 시선을 옮겨 제 소매 쪽을 일별했다.

"마저 풀어."

듣고 싶지 않다는 뜻일까. 하현은 시선을 내려 커프스 버튼을 다 풀고 물러섰다. 넥타이와 커프스 버튼을 서랍장 안에 넣으려 등을 돌렸다.

정돈을 마치고 서랍을 닫은 그녀가 다시 뒤를 돌았을 때, 짙은 음영이 얼굴 위로 드리웠다.

어깨와 가슴팍이 하현의 앞을 가로막았고, 시우의 양손이 하현의 등 뒤 서랍장을 짚었다. 이제는 어느 정도 익숙해진 흰 꽃 냄새가 밀려들었다. 하현은 반사적으로 허리를 뒤로 물렸다. 그러나 물러나는 것이 무색하게도 그의 숨결이 따라붙었다. 입술이 맞닿으려는 찰나,

하현은 반대쪽으로 고개를 돌렸다.

"많이 취한 것 같은데요."

담담한 목소리였으나 마음까지 평온하지는 못했다.

"취해서 이러는 거 아니야."

근접한 간격 때문인지 낮은 목소리가 선명히 꽂혔다.

"부정은 할 만큼 했어. 그러다 인정도 하게 된 거고."

"……."

"고개 돌려. 아무 짓도 안 해."

하현은 느릿하게 고개를 돌렸다. 시우의 얼굴은 나른해 보였는데도 눈동자는 확고한 감정으로 빛났다. 그 눈빛은 하현의 눈동자 속에 부유하는 잡념을 파헤치고 직선으로 꽂혔다.

"그때 착각한 건 너였어."

"……."

"매달린 것도 너였고."

입 맞추었던 것을 이야기하는 듯했다.

시우의 감정이 애정인지 다른 무엇인지 알 수 없으나, 분명한 것은 시우가 그녀를 원한다는 사실이었다. 하현은 그 감정을 받아들일 수 없어 고개를 숙였다. 시우는 허락하지 않는다는 듯 하현의 턱을 잡아 올렸다.

"난 내가 얻고자 하는 건 얻어야 하는 편이야. 그래서 하는 말인데."

목덜미에 닿은 손바닥은 바깥의 냉기가 남아 선뜩했다.

"류연호, 잊어."

하현의 표정이 굳었다. 시우는 언제 사납게 굴었냐는 듯 하현에게서 완전히 물러섰다. 술에 취한 사람이라고는 믿기지 않을 만큼 단정한 걸음으로 걸어간 시우는 침대에 걸터앉았다. 그는 팔을 뒤로 짚은 채 나른한 시선으로 하현을 응시했다.

"그렇게 꿈을 꿀 때마다 류연호란 사내를 보는 건가?"

직설적인 물음에 하현의 뺨이 희미하게 달아올랐다. 연호 얘기이기 때문이 아니라 몽유병이 자신의 치부라 생각하기 때문이었다. 하현의 생각을 눈치채기라도 했는지 그가 누그러진 어조로 덧붙였다.

"무안 줄 생각은 없어. 그저 궁금할 뿐이야."

"……그냥, 정처 없이 헤매는 꿈을 꿨다는 것만 생각납니다. 연호만 찾는 게 아니라 고모님이나 부모님을 찾기도 하고요."

"세 분 다 돌아가셨나?"

"예."

"어쩌다."

"부모님은 만세운동 당시에 돌아가셨고, 키워 주신 고모님은 열 살 쯤에 돌아가셨습니다. 부모님과 같은 단체셨거든요. 항일 운동 하시다가 돌아가신 겁니다."

그는 대답 없이 두어 번 고개를 끄덕였다.

"슬펐겠네."

시우의 입에서 나온 감성적인 말이 이질적으로 들렸다.

"다음엔 제대로 위로해 줄게."

위로. 그 말은 하현을 생각에 잠기게 만들었다. 그러고 보니 이 집에 온 후부터 꿈의 끝맺음이 달랐다. 다른 때에는 달을 찾지 못해 어둠 속을 헤매다 엉망이 된 채로 길거리에서 깨어나곤 했다. 그런데 요즘에는 꿈을 꾸었다는 인식조차 하지 못할 정도로 편안히 잠이 들었다가 깨어났다. 꿈속을 헤매던 자신을 시우는 어떻게 대했던 걸까.

"내 아버지도 구국 운동을 하시던 분이었어."

조용한 음성이 생각에 잠겨 있던 하현을 일깨웠다. 하현은 놀란 눈으로 그를 바라보았다.

"참 억울하지. 옳은 일을 하던 사람들은 죽고 떠났는데, 정석호 같은 놈들은 잘 살고 있으니."

그는 조소하듯 허탈한 웃음을 지었다.

"잘 살고 있는 것뿐인가. 궁궐 같은 집을 지어 호화롭고 평안하게 살고 있지. 그걸 보며 남겨진 사람들만 분노해야 해. 사과를 받을 수도 없고, 억울함을 풀어 줄 이들도 없어."

그의 목소리는 새벽 공기처럼 낮게 가라앉아 있었다.

"김하현."

그는 나지막이 하현을 불렀다. 목소리만큼이나 그녀를 직시하는 시선이 곧았다.

"만약에 정석호가 류연호의 아버지를 죽였다면, 복수할 건가?"

하현의 눈이 크게 뜨였다.

"왜 그런 말을……."

"가정일 뿐이야. 하지만 억측도 아니지. 정석호는 원하는 바를 이루기 위해서는 수단을 가리지 않는 사내야."

"……."

"가정이 사실이 된다면 당신은 복수할 건가?"

정석호가 정말 그런 짓을 했다면 분명 분노에 휩싸일 터였다. 하지만 연호의 일에 자신이 어디까지 개입해야 하는지 알 수 없었다.

"잘 모르겠습니다."

"난 당신이 그러지 않았으면 좋겠어."

진실한 목소리였다.

"분노하는 것만 따라가다 보면 스스로를 잃게 돼. 무엇이 중요한지도 다 잊어버리지. 복수와 분노에 사로잡혀 증오하는 대상과 닮아 가기도 해."

"……."

"괴물이 되어 가는 거지."

그 말을 끝으로 긴 침묵이 찾아들었다. 하현은 그 말이 시우 스스로를 지칭하는 이야기임을 눈치챘다.

"목시우 씨는 정석호와 다릅니다."

하현은 조용한 목소리로 침묵을 깨트렸다.

"닮지 않았어요."

"……."

"목시우 씨가 말하지 않았습니까. 남들이 보는 모습도 다 진실이라고. 제가 보는 목시우 씨는 정석호와 달랐습니다. 그건 진실이에요."

하현의 목소리는 낮고 진중하며, 시우를 응시하는 눈동자는 투명하고 또렷했다. 그건 그녀의 말에 조금도 거짓이 없다 증명해 주었다. 시우의 눈매가 부드럽게 휘어졌다. 하현이 착각이라 생각할 만큼 짧은 순간이었다.

"다정하게 말하지 마. 다가가지도 못하게 해 놓고."

"……다가오지도 못하게 하진 않았어요."

"그래?"

나른하게 고개를 기울인 그가 나직이 되물었다.

"이리 와 봐, 그럼."

"……."

"얼른."

머뭇거리는 하현을 향해 시우는 손을 내밀었다. 하현은 망설임 섞인 걸음으로 다가섰다. 손을 뻗으면 닿을 거리까지 다가가자 시우는 하현의 팔을 살짝 잡아당겼다. 미약한 힘에 하현은 이끌렸다.

간격이 가까워지자 시우는 하현의 어깨 위로 머리를 기대었다. 부드러운 검은색 머리카락이 어깨 위로 번지듯 흐트러졌다.

"오늘 아침엔 내 기분을 최악으로 만들더니."

잠에서 막 깨어난 사람처럼 나른한 음성이었다.

"지금은 이상할 정도로 좋게 만드네."

어깨 위로 잠잠한 숨결이 내려앉았다. 고른 호흡이 심장 박동을 따라 규칙적으로 반복되었다. 째깍째깍. 귓가에서 들리는 호흡 소리가 선명하여 초침 소리가 서서히 희미해졌다.

"당신이 잘못하지 않았다는 거, 알아."

"……."

"내가 날카로웠어."

아침 일을 사과하고 싶은 걸까. 자존심 강한 사내의 서툰 사과가 나쁘게 들리지 않았다.

"상대를 헤집고 공격하는 데만 익숙해졌어."

그는 자조하듯 맥없이 웃었다.

"후회했어. 그때 류연호에 대해 말했던 것도. 오늘 아침 일도."

"……."

"당신을 비난하려고 했던 게 아니야."

팔에서부터 천천히 손이 내려왔다. 시우의 차가운 손은 팔꿈치와 손목을 지나 천천히 하현의 손을 감싸 쥐었다.

"그냥 유치한 질투였어."

하현은 그가 최선을 다해 사과하고 있음을 눈치채고는 소리 없이 고개를 저었다.

"……괜찮습니다. 정말이에요."

군더더기 없는 대답이었다. 시우는 물러서서 하현과 눈을 마주쳤다. 그의 눈은 아까보다 유순해져 있었다.

"사실 오늘은 당신이 꿈을 꾸고 있길 바랐는데."

"왜요?"

"당신이 나를 안아 준 적이 있거든."

"……."

"내가 아니라 류연호였겠지만."

건조하고 쓸쓸한 음성이었다. 그의 분위기는 평소보다 더 가라앉아 보였다.

"혹시 오늘 무슨 일 있었습니까?"

하현이 조심스레 물었다. 시우는 대수롭지 않은 듯 담담한 목소리로 답했다.

"아버지 기일이었어."

놀란 하현의 눈이 크게 뜨였다. 생각해 보니 오늘 일요일인데도 외출을 했고, 옷차림도 평소보다 어두웠다.

"아버지 뵈러 다녀온 겁니까?"

시우는 설핏 웃었다. 웃음이라고 하기엔 감정이 느껴지지 않아 그저 호흡 같기도 했다.

"아니. 난 아버지 시신이 어디에 있는지 몰라."

"예? 그게 무슨……."

"정석호가 내 아버지를 죽이고 그 시신을 수습했거든."

하현의 몸이 굳어졌다. 서늘하게 빠져나간 피가 손끝을 차갑게 만들었다. 사내는 겉보기엔 평소처럼 여유로웠으나 그 속이 정말 이전과 같을지 의문이었다. 오늘 왜 그토록 날카로웠는지, 흐트러질 정도로 술에 취했는지 이해되었다.

시우는 그런 하현을 물끄러미 바라보았다. 맑은 눈동자 속에서 일어나는 감정의 변화를 쉬이 알아차릴 수 있었다. 강인한 천성을 가진 여인의 눈은 유약하게 흔들리고 있었다. 강인한 것과 마음이 여린 것은 전혀 상관이 없다는 사실을 증명하듯.

"한림 조선은 원래 내 아버지 회사였어."

그는 시선을 내리며 무의식적으로 제 목덜미 위의 흉터를 쓸어내렸다.

"난 회사를 되찾아야 해. 스스로 망가지는 걸 알면서도 복수를 그만둘 수 없는 이유야."

"……."

"그러니 당신은 웬만하면 복수하려 하지 마."

하현은 그가 이렇게 평온할 수 있다는 사실이 믿기지 않았다. 어떤 말을 해야 할지 몰라 긴 침묵이 지속되었다.

"……그럼 오늘은 어딜 다녀온 겁니까?"

하현의 물음에 시우의 눈이 깊이 가라앉았다. 침잠한 눈동자에 혼란한 감정이 짧게 일렁였다. 물론 찰나의 순간이었다. 그는 다시금 몸을 기울여 하현의 어깨에 머리를 기대었다.

"글쎄."

깊이 가라앉은 음성이었다.

"그저 헤맸을 뿐이야. 꿈속에서의 당신처럼."

그 뒤로 시우는 더 이상 아무런 말도 하지 않았다. 하현도 섣불리 입을 열지 못했다. 안아 줄 수 없어서 하현은 조심스레 머리카락을 쓸어내려 주었다. 하현의 옷자락을 붙잡은 손에 조금 힘이 들어가며, 한숨 같은 호흡이 어깨 위로 내려앉았다.

○ ◑ ●

하현은 영옥이 준 꿀물 한 잔을 들고 시우의 방문을 똑똑 두드렸다. 익숙한 음성이 들리자 하현은 문을 열었다. 이른 아침인데도 시우는 벌써 출근 준비를 마친 상태였다. 반듯하고 세련된 양장은 그의 날카로운 인상과 꽤 잘 어울렸다. 어제의 취기가 거짓이라고 생각될 만큼 완벽하고 말끔한 모습이었다.

"술 많이 마신 것 같다고 했더니 영옥 아주머니가 갖다주라고 하시더라고요."

하현은 시우에게 잔을 건네주었다. 시우는 미묘한 얼굴로 잔과 하현을 번갈아 바라보다 꿀물을 들이켰다. 목울대가 시원하게 움직이며 빠르게 잔이 비워졌다.

"목시우 씨. 어제 일……."

"기억 안 나."

입술에 묻은 액체를 닦으며 그가 단호히 말했다.

"아직 아무 말도 안 했는데요."

"안 난다고."

그는 말끔하게 말을 잘랐다. 뒤이어 하현은 진귀한 장면을 보았다. 믿기지 않게도 시우의 귓바퀴가 희미하게 달아올라 있었다.

"알겠습니다. 안 납니다."

찬바람이 쌩쌩 부는 이 남자도 부끄러움을 느끼긴 하는 모양이다. 하현이 저도 모르게 시선을 내리며 웃자 그는 하현에게 시선을 고정했다. 그러곤 가벼운 손짓으로 하현의 이마를 툭 쳤다.

"웃긴."

하현은 손끝이 닿았던 이마를 손바닥으로 문질렀다.

"잠깐 저기 앉아 봐."

"왜요?"

시우는 대꾸 없이 책상 서랍에서 종이를 꺼내 소파 테이블에 올려 놓았다. 하현은 소파에 앉아 종이를 바라보았다. 두 장의 사진이었는데, 각각 중년의 사내가 찍혀 있었다. 둘 다 옷차림이 꽤나 부유해 보였다. 시우는 맞은편에 앉으며 설명해 주었다.

"당신이 갔던 아편굴에 대해 조사를 좀 해 봤어. 거기 드나들던 이들 중 몇몇이 돈을 받고 류연호 집안의 재산을 찾고 있다더군."

"예? 누구한테 돈을 받습니까?"

시우의 시선이 사진으로 향했다. 하현의 시선도 자연히 사진에 따라붙었다.

"이 사람들한테 돈을 받고 일을 한다고요?"

"몇 명 더 있었는데 이 사람들로 추렸어. 다른 이들은 재산을 찾고 있는데 이 사람들은 류씨 가문의 '물건'을 찾고 있었거든."

"물건을 찾는다는 건 뭔가 알고 있을 가능성이 있다는 거네요."

시우는 짧게 고개를 끄덕이고는 사진을 짚었다. 좀 더 나이가 많아 보이는 쪽이었다.

"한 명은 나미모토 이사오. 경성고등법원 검사장이었다더군. 지금은 미군정의 조언자로 있어. 다른 한 명은 조정찬. 이 사람도 검사였는데, 나미모토 이사오의 비서로 일했어."

"둘 다 검사 출신인 겁니까?"

그는 고개를 끄덕였다.

"둘 다 정석호가 속했던 경성고등법원 소속이야."

놀라움에 하현의 눈이 커졌다.

"이 세 사람이 공통적으로 류연호 집안의 물건을 찾는다는 건, 셋 다 무언가 알고 있을 가능성이 높다는 거겠지."

"……그렇겠네요."

하현은 심란한 얼굴로 고개를 끄덕였다. 시우는 재킷 안주머니에서 또 다른 종이 한 장을 꺼내 테이블 위에 올려놓았다.

"이게 뭡니까?"

"연주회 초대장."

"연주회요?"

하현이 초대장을 보기 위해 손을 뻗자 시우가 먼저 그 위에 손을 얹었다. 의문을 담은 하현의 눈이 그를 향했다.

"서울 J 호텔에서 주선하는 연주회야. 말이 연주회지 부일협력자들 연회나 다름없어. 이름 있는 자산가들은 모조리 참여하겠지. 총독부에서 일했던 이들이나 한민당 당원, 언론인들 모두 모일 거야."

시우의 시선이 조정찬의 사진으로 향했다.

"여기에 조정찬이 참석할 거야."

"……"

"그 두 사람이 아니더라도, 어딜 가든 돈이 많은 이들이 정보가 가장 빨라. 잘만 하면 류연호 집안 이야기를 들을 수도 있겠지."

하현은 고개를 끄덕였다.

"심부름꾼을 몇 심어 두긴 하겠지만 나 혼자 정보 수집하는 데에는 한계가 있어. 내 행보가 모조리 정석호 귀에 들어가니까."

"정석호도 오는 겁니까?"

"아니. 내가 대신 참석하기로 했지만 시선을 조심할 수밖에 없어."

"뭘 어떻게 하면 됩니까?"

시우는 초대장으로 시선을 옮겼다가 짧게 한숨을 내쉬었다. 이마를 문지르는 손길과 살짝 찡그려진 미간은 그가 이 제안을 탐탁지 않아 한다는 사실을 말해 주었다.

"당신이 결정해. 초대받은 손님으로 갈지, 내가 가져오는 정보를 기다릴지."

하현은 대답 대신 초대장을 잡으려 손을 뻗었다. 그러나 시우는 초대장을 든 손을 위로 들었다.

"고민하는 시늉이라도 해."

"대답 알고도 물어본 거 아닙니까. 이리 줘요."

하현이 손을 내밀었으나 시우는 미동 없이 하현의 눈을 응시하기만 했다. 무언가 할 말이 있는 눈이었다. 적당한 말을 고르려는 듯 그는 잠시 입술을 깨물었다.

"……괴로운 일이 될 수도 있어."

하현은 그가 염려하는 것이 무엇인지 눈치챘다. 독립운동에 가담했으면서도 부일세력들의 가장 가까이에 있는 사람이 시우였다. 그가 겪어 왔던 과정을 하현이 직접 경험해야 하는 것이다.

"괜찮습니다."

하현은 짧게 답했다. 쉽게 얻을 정보라고 생각하지도 않았고, 각오도 이미 되어 있었다. 그러나 시우는 여전히 석연찮은 표정이었다. 하현은 몸을 일으켜 시우의 손에서 초대장을 빼내었다. 시우가 미간을 좁혔다. 하현은 능청스레 대답했다.

"다른 생각은 안 할 겁니다. 정보 얻는 데만 집중할 거예요. 걱정하지 마요."

"누가 걱정한대."

까칠하지만 어린아이 같은 답이어서 하현은 초대장을 펼치다 말고 웃고 말았다.

"웃지 마."

"웃는 건 내 맘이에요."

한숨 소리가 들렸으나 하현은 흘려듣고 초대장을 열었다. 금박 장식이 된 테두리 안에 유려한 글씨로 날짜와 시간이 적혀 있었다.

"내일 장환이 적당한 옷을 가져다줄 거야."

"옷이요?"

"사내 행세를 하고 참석할 수는 없잖아."

"알았어요. 서울은 언제 갑니까?"

"나는 내일 당장 떠날 거야. 당신은 연주회 당일에 경성역으로 와서 J 호텔로 바로 가면 돼."

"네."

초대장을 바라보는데, 시선이 느껴져 하현은 고개를 들었다.

"왜요?"

"아무것도 안 하고 그냥 나와도 돼."

"그러려면 뭐 하러 갑니까."

반박에도 그는 말없이 하현을 응시하기만 했다. 하현은 그 분위기가 어색하여 부러 더 능청스레 말했다.

"걱정 안 한다면서요."

"언제부터 내 말을 그렇게 곧이곧대로 믿었어?"

예상치 못한 말에 하현은 할 말을 찾지 못하고 입술만 뻐끔거렸다.

"위험한 일 하지 마. 당신을 못 믿어서가 아니라⋯⋯."

시우는 말을 끝맺지 않고 뒷말을 삼켰다. 적당한 말을 찾지 못한 건지, 말을 할 수 없었던 건지 시우는 끝내 말하지 않았다.

"위험한 일 안 할 겁니다. 걱정 마요."

"믿을 수가 있어야지."

"거 그렇게 신뢰가 없어서 되겠어요."

하현은 입술을 비죽였다. 시우는 할 말을 끝냈는지 자리에서 일어섰다. 하현도 나가기 위해 빈 유리잔과 트레이를 챙겼다.

"잠깐 이리 와 봐."

그때 시우가 책상 서랍을 열며 하현을 불렀다. 의아한 얼굴로 다가서자 시우는 하현에게 커다란 봉투를 안겨 주었다. 무언가 했더니 사탕이 가득 든 봉지였다.

"이게 뭐예요?"

"보면 몰라. 사탕이잖아."

"아니 그러니까 이걸 왜……."

"어제 술김에 샀어."

"……."

"난 안 먹으니까 당신이 먹어."

"취해서 어제 일 기억 안 난다면서요?"

"그건―"

그는 말을 끝맺지 못하고 한숨을 내쉬었다. 곤란해하는 모습이 시우와 어울리지 않아 하현은 살짝 웃고 말았다.

"아무튼 고마워요."

그는 짧게 고개를 끄덕였다. 더 할 말이 있는지 시우는 책상 끝에 살짝 걸터앉아 하현을 바라보았다. 눈높이가 조금 가까워졌다.

"내 소문 말인데."

넌지시 말하는 그는 어째선지 약간 곤혹스러워 보였다. 심기가 불편해 보이기도 했다.

"난봉꾼이라는 소문이요?"

그는 무어라 말하려는 듯 입을 벌렸다가 한숨을 쉬고는 대답했다.

"과장된 거야."

"누가 뭐랬어요."

하현은 대수롭지 않게 웃었다. 그간 보아 온 시우의 모습은 소문과 거리가 멀었다. 과장된 면이 있는 것 같다고 그녀도 생각 중이었다. 여자 문제까지는 잘 모르겠지만 생각만큼 최악인 사람은 아니었다.

하현도 허황된 소문을 겪어 본 적이 있어 그의 마음이 이해가 갔다. 상해에서 저격수로 활동할 때, 장환만큼이나 크고 우락부락한 사내라고 소문이 나기도 했다. 발 없는 말이 천 리를 가는 동안 이야기는 여러 형태로 왜곡되기 마련이다.

"당신이 나한테 휘둘릴 사람도 아니겠지만, 말해 두려고. 난 당신 함부로 대할 생각 없어."

의외의 말에 하현은 무어라 답하지 못하고 눈만 깜빡였다. 그는 시선을 비스듬히 아래로 내린 채 말을 이었다.

"입 맞췄던 건, 내가 경솔했어. 그렇다고 거짓은 아니었지만."

"……."

"내가 당신을 낮잡아 봐서 그런 게 아니라는 걸 알았으면 해."

그의 표정은 평소처럼 담담했으나 입에서 나오는 말은 예상과 달랐다. 하현은 조금 놀랐다. 시우가 그런 것까지 고려하리라고는 생각하지 못했기 때문이다.

"사실 아직도 혼란스럽긴 해. 근데 더는 시간 낭비하고 싶지도 않아."

"……."

"이렇게 된 이유는 모르겠지만 감정은 확실하거든. 이상할 정도로."

시우의 손끝이 하현의 손에 닿았다. 하현이 놀라지 않을 만큼 조심스러운 손길이었다. 깨지기 쉬운 것을 대하듯 그는 느릿하게 하현의 손등을 감싸 쥐었다.

하현은 그의 머리카락에 드리운 가을 햇살 한 가닥을 가만히 바라보고 있었다. 반짝이는 그것은 이상하게도 시선을 잡아끌었다. 시우가 고개를 들자 햇살 가닥은 자연히 그의 눈매에 드리웠다. 햇빛을 받아 빛나는 그 눈동자는 확고한 감정을 담아 하현을 직시했다.

매혹적인 눈이라고, 하현은 저도 모르게 생각했다.

"당신이 좋아."

"……."

"믿기지 않겠지만 당신이 첫사랑이야."

담담하고 솔직한 고백에 하현은 당황했다. 그가 이렇게 직접적으로 말할 것이라고는 생각도 하지 못했던 탓이다. 제가 알던 시우는 대개 냉정하고 까칠했으며, 이런 말이 어울리지 않는 사람이었다. 그러나 지금 하현을 바라보는 그의 눈은 진실했다.

"지금 당장 답을 얻어 내겠다는 건 아니야. 당신 마음에 있는 이를 쉽게 떨치긴 어려울 테지."

"……."

"하지만 당신이 여길 떠나지 않겠다면……."

손끝이 얽혔다. 조금 더 힘이 들어간 시우의 손이 하현의 손을 온전히 속박했다. 하현의 손끝을 바라보던 시우는 다시금 시선을 들었다.

"류연호뿐만 아니라, 나도 고려해야 할 거야."

짙은 눈동자가 하현의 마음을 꿰뚫듯 직시했다. 아까보다 첨예해진 눈에서는 그의 소유욕이 드러났다.

"비겁하다 해도 어쩔 수 없어. 난 그렇게라도 해야 할 것 같으니까."

시우는 입꼬리만 올려 살짝 웃음 짓고는 손을 놓아주고 자리에서 일어섰다. 그는 멍해진 하현을 지나치고 출근하려는 듯 문을 열었다.

"아."

문을 나서기 전, 그는 몸을 돌려 다시 하현을 바라보았다.

"사탕은 하루에 하나씩만 먹어. 이 상해."

그리고 그는 문을 닫고 사라졌다.

하현은 가만히 서서 방금 무슨 일이 일어났는지 가늠해야 했다. 혼란을 남기고 사라진 방 안에는 따스한 햇살만이 부유하고 있었다.

○ ◑ ●

J 호텔의 연회장, 환한 호광등 불빛이 드리운 무대 아래에서 교향악단이 브람스의 교향곡을 연주했다. 그 앞을 차지한 건 청중을 위한 객석이 아닌 여러 개의 둥근 테이블이었다. 이 연주회의 목적이 음악 감상이 아니라 담화임을 알려 주는 구조였다.

아름다운 선율을 만들어 내는 연주자들의 얼굴에는 어떠한 열정도, 감정도 찾아보기 어려웠다. 청중 없는 연주에 그들이 열정을 실어야 할 이유는 없었다. 일정하고 기교 없는 연주만이 일률적으로 반복되었다.

시우는 자리에 앉지 않고 서서 홀 전체를 보고 있었다. 테이블에 둘러앉아 이야기를 나누는 이들, 돌아다니며 사람들과 정보를 공유하는 이들, 바이올린 선율에 맞춰 춤을 추는 남녀들이 차례로 시야에 담겼다.

각양각색의 사람들이지만 교집합은 있었다. 모두가 교만한 분위기를 풍긴다. 그에 만족하지 못하고 더한 교만을 부리고자 이 자리에 참석한 것이리라.

"샴페인 드시겠습니까?"

무대를 바라보고 있던 시우에게 웨이터가 다가왔다. 손을 내밀자 웨이터가 샴페인 잔과 함께 쪽지 한 장을 은밀히 건네주었다.

「조정찬 ― 포마드 머리에 상아색 테일러 코트, 단장을 짚음」

시우가 심어 둔 심부름꾼이었다. 미리 인상착의를 보고하도록 지시했었다. 사진으로 얼굴은 익혔지만 실물과 차이가 있을뿐더러, 이런 곳에서 사람을 살피는 행위는 하지 않는 게 좋았다.

샴페인을 반쯤 비웠을 때 다른 심부름꾼이 시우에게 접근했다. 조정찬의 부인 인상착의와 함께 초콜릿 디저트를 건네주었다.

「이희영 ― 파나마모자에 비취색 드레스. 40대 초반 여성」

그는 빠르게 쪽지를 확인했다. 부인까지 올 것이라고는 기대하지 않았는데 운이 좋았다. 조정찬에게 직접 접근하는 것보다는 부인에게 먼저 접근하는 게 시우의 입장에서 더 나았다. 정석호와 조정찬이 둘 다 검사 출신이니 안면이 있을 가능성이 농후하기 때문이다.

쪽지를 안주머니에 넣은 시우는 난감한 표정으로 초콜릿을 바라보았다. 평소 단걸 선호하지 않는 편이었다. 별수 없이 입 안에 넣자 혀 끝에서 단내가 퍼졌다. 쓰지 않은 위스키가 든 초콜릿이었다.

김하현이 좋아라 하겠다. 어린애처럼 단 음식을 좋아했던 것 같으니. 엉뚱한 생각을 하며 시우는 자색 드레스가 눈에 들어오기를 기다렸다. 장환이 하현의 옷이 자색이라 알려 주었지만 아직까지 발견하지 못했다.

눈에 안 띄는 곳에 있나 싶어 자리를 옮기려던 때였다. 누군가와 살짝 어깨를 부딪쳤다. 긴 머리를 클로슈 모자로 감춘 여인이었다.

"죄송합니다."

떨어트린 자그마한 핸드백을 주워 주며 시우가 건조하게 사과했다. 그때 익숙한 목소리가 속삭였다.

"옷차림 좀 알려 줘요."

시우는 그제야 여인을 제대로 보았다. 짙은 자색 새틴 드레스를 입고 있는 여인은 하현이었다. 적당한 옷을 준비하라고 했더니 장환이 제가 더 신나서 유난을 부린 모양이다.

사내 행세를 하던 여인은 어디에 가고, 아름다운 여인이 서 있었다. 낯선 사람 같아서 시우는 하현을 물끄러미 응시했다. 시우에게서 대답이 나오지 않자 당황했는지 하현은 눈치를 보며 시우를 살폈다.

"계속 들고 계실 건가요?"

평소처럼 차분하고 낮은 음성이 아니라 약간 상기된 음성이었다. 긴장한 기색이 느껴졌다. 시우는 핸드백을 내밀며 느릿하게 입을 열었다.

"오랜만에 뵙습니다."

알은척할 줄은 몰랐는지 하현은 당황했다. 다행히 표정으로 크게 드러나지는 않았다.

"네. 오랜만에 뵙네요."

"도쿄에서 뵌 뒤로 3년 만이군요. 아버님께서는 잘 지내시는지요."

"그럼요. 강녕하세요."

하현은 퍽 얌전한 투로 말했다. 하현이 연기해야 할 사람은 무역 집안의 막내딸이자, 도쿄에 유학을 다녀온 바이올리니스트였다. 착실히 연기하는 모습이 어울리지 않아 시우는 입 밖으로 나오려는 웃음기를 참아야 했다.

그런 노력에도 시우의 얼굴은 전에 없이 부드러워서, 멀리서 두 사람을 의식하던 사람들의 눈에는 꽤나 다정스러운 사이로 보였다.

시우는 하현에게 손을 내밀었다.

"춤 한번 추실까요."

이상한 제안에 하현은 다시금 당혹스러워했다. 그러나 이곳에 의지할 사람이 시우밖에 없기 때문인지 손은 시우에게 자연스레 이끌렸다. 얼떨결에 홀까지 이끌려 가자 시우는 자연스레 하현의 허리를 감쌌다. 하현은 이 상황이 낯간지러워 자꾸만 귓바퀴가 홧홧해졌다.

"지금 춤이나 출 땝니까?"

하현이 소곤소곤 목소리를 죽이고 물었다. 그러자 태연자약한 대답이 되돌아왔다.

"당신 행동이 어색해서 봐 줄 수가 있어야지."

"……적응이 안 돼서 그러는 것뿐이에요. 그보다 춤출 줄 몰라요."

말을 하면서도 하현은 다른 여인들이 춤을 추는 모습을 살폈다.

"그것보다는 당신 춤 상대가 나라는 게 중요하지."

하현은 그제야 상황을 자각했다. 여인과 사내를 가리지 않고 이따금씩 시선이 닿고 있었다. 시선 후에는 그들만의 수군거림이 뒤따랐다. 사실 하현이 보기에도 목시우란 남자는 눈에 띄는 편이었다. 저들의 관심사인 사내의 손을 잡고 춤을 춰야 한다고 생각하자 식은땀이 났다.

그 순간 바이올린이 선율을 달리했다. 시우는 자연스레 하현을 리드했다. 운동 신경이 좋은 여자는 제법 그럴듯하게 왈츠를 흉내 냈다.

"바보 같아요."

"뭐가?"

"제자리에서 빙빙 도는 게요."

시우의 얼굴에 약간의 웃음기가 드리웠다.

"당신 말이 맞아. 온통 바보들뿐이지. 그러니 긴장할 것 없어."

발끝만 보던 하현이 고개를 들었다.

"술을 마시고 제자리에서 빙빙 도는 것밖에 할 줄 모르는 인물들이야. 그간 당신이 상대했던 이들에 비하면 아주 바보들이지."

하현은 설핏 웃었다. 내용도 우스웠지만 시우와 바보라는 말이 잘 어울리지 않아서였다.

"당신은 바보들의 연극에 끼어든 것뿐이야."

아마도 시우는 이 바보들의 연극에 오랫동안 참여했으리라.

"당신이 상대할 배역이 보이는군. 상아색 양장에 포마드 머리, 단장을 짚은 사내가 조정찬이야."

시우는 자연스레 몸을 틀어 그 사람을 확인하도록 도와주었다. 하현은 얼굴을 확인하고 짧게 고개를 끄덕였다.

"무리해서 접근하지는 마."

"알았어요."

몇 번 대화를 하고 나니 어느새 음악이 끝나 있었다. 시우는 한 걸음 물러서서 하현을 바라보았다. 굳이 의식하지 않아도 하현에게 닿는 노골적인 시선을 느낄 수 있었다. 제가 먼저 춤을 추자고 나서긴 했으나 썩 달가운 일은 아니었다.

"벌레들이 꼬이겠어."

"예?"

하현이 알아듣지 못하고 되물었다. 시우는 살짝 상체를 숙이고 하현의 손을 끌어 올려 손등에 입을 맞추었다. 하현은 흠칫했으나 손을 물리지는 않았다. 시우는 고개를 들고 미소 지었다. 제법 멋들어진 미소라고 하현은 생각했다. 그 미소를 더 볼 새 없이 시우는 미련 없이 돌아섰다.

그런 두 사람을 보고 있던 장환은 인중에 힘을 준 채 웃음을 참고 있었다. 안 그래도 험악한 얼굴이 더 험상궂게 보였다. 그 모습을 발견한 시우가 저도 모르게 표정을 구겼다.

"웃지 마. 무서워."

"저리 꾸며 놓으니 다른 사람 같지 않습니까?"

"쓸데없이 공을 들였어."

"에이, 좋으면서."

장환이 시우의 옆구리를 팔꿈치로 퍽 쳤다. 시우가 정색하자 장환이 멋쩍게 입꼬리를 내렸다.

"근데 좀 걱정되네요. 이런 데는 와 본 적도 없을 텐데. 잘할 수 있을까요?"

"통솔에 익숙한 사람이야. 이런 모임은 작은 정치판과 다름없고."

장환은 또 무슨 귀신 씻나락 까먹는 소리를 하나 싶어 시우의 말을 듣고만 있었다.

"김하현은 전략가야. 부스러기만 받아먹으며 살아온 인사들과는 그릇이 다르지."

장환은 속으로 시우가 은근히 팔불출 같은 면모가 있다는 생각을 했다. 이런 것도 콩깍지일까.

그 대단한 전략가 양반은 달달한 디저트 향기에 이끌려 정신이 팔려 있었다. 찬모 아주머니들 말이 이번에 새로 들어온 곱상한 어린 총각은 단것에 사족을 못 쓴다 하던데. 장환은 걱정이 되어 남모르게 깊은 한숨을 내쉬었다.

아쉽게도 하현은 얼마 못 가 디저트의 늪에서 빠져나와야 했다. 콩포트를 얹은 쿠키에 손을 뻗었을 때, 여인들이 다가와 시우와 어떻게 아는 사이냐고 물었기 때문이다. 은근한 물음 속에 담긴 호기심과 경계를 느끼지 않을 수가 없었다.

"도쿄 유학 시절에 몇 번 뵈었어요. 저희 아버지와 막역하셔서요."

하현은 웃으며 말했다. 아까 돌아다니면서 여인들의 말투를 파악하고 흉내 낸 것이었다. 자신이 듣기에는 어색했으나 다행히도 여인들은 이상함을 느끼지 못하는 것 같았다.

"그럼 두 분은 가까운 관계이신가 봐요."

"가깝긴 하지만 그런 관계는 아니에요. 워낙 훌륭하신 분이지만 그분도 저에게 마음이 없으시고 저도 마찬가지거든요."

"어머, 왜요? 잘 어울리는 한 쌍인데."

"동생보다는 친오라버니 같은 마음이에요. 그분도 저를 동생처럼 대해 주시고요."

일찍이 적을 만들지 않는 편이 낫겠다는 판단을 내렸다. 옳은 판단이었는지 여인들에게서 느껴지던 경계가 조금 거두어졌다. 하현은 넌지시 말을 흘렸다.

"제가 유학길에서 귀환한 지 얼마 되지 않아서 아는 분들이 많이 없네요. 말 걸어 주셔서 감사해요."

"별말씀을요."

"아버지 대신 참석했는데 어색해서 곤란하던 참이었어요. 다들 아버지가 오시길 바라셨겠지만 아버지는 워낙 바쁘시기도 하고……. 무역 회사는 도무지 틈이 나지 않는 곳이어서요."

"아버님이 무역업을 하시는군요?"

"네. 집안이 그렇다 보니 저도 무역에 관심이 많아요. 여러 사람들과 이야기 나누는 걸 고대하고 왔는데……. 아는 분이 없어서 걱정하고 있었거든요."

"너무 걱정할 것 없어요. 이리로 와요."

여인들은 사람들이 모여 앉은 테이블로 하현을 데리고 갔다. 하현이 애써 소개할 필요도 없이 여인들은 나서서 소개를 해 주었다.

"송지연입니다."

덕분에 하현은 가명으로 인사만 했다. 행운이 따라올 모양인지 같은 테이블에 조정찬이란 사내가 있었다. 하현은 부러 그 사내의 옆자리에 앉았다. 얼마 떨어지지 않은 곳에서 시우는 누군가와 대화 중이었다.

하현은 기회를 엿보며 얌전히 사람들의 이야기를 경청했다. 사업 이야기가 대부분이었고, 주식이나 외국 경제, 요즘 나오는 책 등 다양한 이야기가 오고 갔다. 현 정치 상황에 대한 깊은 이야기는 나누지 않는 것을 보니 따로 자리를 잡아서 이야기를 하려는 것 같았다.

"그러고 보니 최 사장님, 일전에 청자 하나를 구하셨다고 들었습니다만."

보타이를 한 사내가 말했다. 끼어들기 좋은 주제여서 하현도 이야기를 경청했다.

"그건 또 어찌 알았나? 뭘 하려 해도 소문이 나니, 참."

사내는 그리 말하면서도 기분이 무척 좋아 보였다.

"제가 고미술품에 관심 많은 거 아시지 않습니까. 먼저 기회를 잡으셔서 제가 얼마나 배가 아팠는지."

"하하, 구매하는 데 꽤 애를 먹었지. 내어 줄 생각은 없으니 기대하지 말게."

테이블에 웃음소리가 퍼졌다. 웃음이 잦아들 즈음 하현이 입을 열었다.

"저희 아버지도 고미술품에 관심이 많으세요."

하현에게 이목이 집중되었다.

"무역업에 종사하시기 때문인지 예술품이나 보물들에 대한 애정이 남다르세요. 이것저것 수집하는 게 취미이시다 보니 저도 자연스레 관심이 가더라구요."

여인이 대화에 끼어든 게 못마땅한 얼굴이었다. 하현은 아랑곳 않고 말을 이었다.

"요즘 흥미로운 얘기를 들었는데 혹시 여러분들도 아시는지 모르겠어요."

"무슨 얘깁니까?"

"어느 부호가 숨겨 둔 재산에 대해서요."

사람들의 얼굴에 의아한 기색이 드리우자 하현은 말을 이었다.

"인천의 어느 대부호가 일본의 눈을 피해 재산을 어딘가에 숨겨 두었는데, 그 집안사람들이 모두 죽어 재산도 행방불명되었다는 이야기예요. 사실 재산에는 관심 없지만, 그런 집안은 귀한 물건 하나쯤은 가지고 있기 마련이잖아요?"

하현이 말을 마친 후 기묘한 정적이 흘렀다. 그때 풋- 웃음소리가 들려왔다. 소리가 난 쪽을 향해 고개를 돌렸다. 파나마모자에 비취색 드레스를 입은 귀부인이었다. 그녀의 입가엔 명백한 조소가 드리워 있었다.

"없는 사람들이 떠들어 대는 허황된 이야기를 믿으시다니. 귀엽다고 해야 할지 순수하다고 해야 할지 모르겠네요."

분위기가 서늘해졌다. 분위기를 환기시키기 위함인지 보타이를 한 사내가 웃으며 말을 꺼냈다.

"그 집안 이야기는 유명하죠. 아주 허황된 이야기는 아니라는 소문 때문에 믿는 사람들도 많긴 합니다."

"글쎄요. 제 생각엔 허황된 이야기를 좋아하는 사람들이 만든 헛소문인 것 같은데요."

여인의 목소리에는 여전히 웃음기가 담겨 있었다.

"아직 어리셔서 그런지 세상 물정은 잘 모르신 듯합니다."

그때 조정찬이 크흠– 목을 가다듬으며 대화를 중단시켰다.

"그 집안은 재산을 숨겨 둔 게 아니라 재산 관리를 하지 못해 몰락한 겁니다. 시대 변화를 받아들이는 사람들이 아니었거든."

"아시는 분들이었나요?"

하현이 조정찬 쪽으로 고개를 돌리고 물었다.

"뭐, 예전에는 알았지요. 안타깝지만 그 사람들은 낙오한 겁니다. 이런 자본주의 사회에서 그 사람들처럼 하면 살아남기 힘듭니다."

그 낙오당한 사람들의 재산을 찾고 있는 이가 할 말이라고 하기엔 우스웠다. 속내를 감추고 하현은 부끄러워하는 척 말했다.

"그렇군요. 저분이 말씀하신 것처럼 제가 너무 세상 물정을 모르고 산 게 아닌가 싶네요."

"호기심 많은 게 죄는 아니지요. 그런 소문에 귀 기울이는 것도 나쁜 일은 아닙니다. 가끔은 소문 속에 진실이 숨어 있기도 하니까요."

"그리 말씀해 주시니 제 기분이 나아지네요."

하현은 부드럽게 미소 지었다. 조정찬은 인자한 미소를 지었다.

테이블의 화제는 다른 이야기로 전환되었다. 이야기를 하는 동안 하현은 조정찬을 슬쩍 쳐다보았다. 그저 어떻게 정보를 알아낼까 생각하며 쳐다본 것이었는데, 정찬은 다르게 받아들였다.

어린 여인이 흘끔거리니 내심 기분이 좋았다. 아무래도 아까 도와준 것에 호감을 샀다고, 그는 대단한 착각을 했다.

"젊은 아가씨는 아까 전 이야기에 관심이 있는 듯한데."

그가 하현에게 물었다. 하현의 입장에서는 떡밥도 던지지 않았는데 물고기가 잡아먹으라고 달려드는 격이었다.

"그럼요. 괜찮으시다면 선생님 얘기를 좀 더 들을 수 있을까요?"

"그럼 조용한 곳으로 자리를 옮깁시다. 여긴 너무 번잡하군요."

조정찬이 자리에서 일어섰다. 하현도 그를 따라 자리에서 벗어났다. 조정찬과 나란히 걸음을 옮기자 시우의 놀란 시선이 닿았다. 그는 하현의 뒷모습을 좇다 급히 장환을 불러들였다.

하현은 개의치 않고 정찬을 따라갔다. 연회장을 나서자 복도가 나왔다. 이곳으로 가면 호텔방이 나오지 않나 생각 중이었다. 그때 정찬이 걸음을 멈추었다.

"술이 필요하겠군. 내가 직접 골라 오겠습니다."

"아, 네. 그러세요."

정찬이 자리 비운 틈을 타 장환이 헐레벌떡 달려왔다. 어찌나 급하게 왔는지 숨을 헉헉거리기까지 했다. 시우가 보낸 모양이다. 무심해 보였어도 사내를 따라가는 게 걱정이 되었나 보다.

"들키면 어쩌려고요. 걱정 말라고 전해 주······."

"주, 죽이지는 마시랍니다."

장환이 숨을 몰아쉬며 말했다. 하현은 기가 막혀 되물었다.

"누굴 죽여요?"

"아까 그놈이요."

"내가 무슨 살인 병기예요? 안 죽입니다!"

"전 분명 말씀드렸습니다."

"본인이나 걱정하라고 전해 주세요."

장환은 허허 웃었다.

"그럼 조심하십쇼. 저놈 뒷소문이 더럽습니다."

"그래요?"

"네. 무슨 전략이 있으신 거죠?"

장환은 기대를 담아 물었다. 안타깝게도 하현에게는 전략이고 자시고 하나도 없었다. 그때 코너를 돌아오는 조정찬이 보였다. 하현은 모르는 척 장환을 지나쳤다. 장환에게 시선이 쏠릴까 싶어 부러 정찬에게 더 친근하게 말을 걸었다. 때문에 정찬은 이 여인이 자신에게 단단히 빠졌다는 대단한 착각을 했다.

"조용히 이야기를 나누고 싶은데. 방을 잡는 게 어떻습니까?"

"방이요?"

하현은 놀라 물었다. 당황스럽긴 했으나, 어차피 사람들 눈이 없는 편이 이야기를 나누기도 쉬울 터였다. 하현은 고개를 끄덕였다.

"그래요, 그럼."

두 사람은 호텔방 안에서 자그마한 원형 테이블을 사이에 두고 와인을 마시는 중이었다. 하현은 먼저 말을 걸었다.

"참 지적이신 것 같아요. 아까 저도 모르게 선생님 이야기에 집중을 했어요."

"하하 그런 얘기는 종종 듣긴 하는데 사실 남들 아는 수준입니다."

"제가 보기엔 아닌걸요. 전 지적인 분들이 참 멋지다고 생각해요."

정찬은 부정하지 않고 웃었다.

"그 집안 이야기도 허황된 이야기일까요? 뭔가 아시는 것 같았는데."

"호기심 많은 아가씨로군요."

하현은 헛구역질이 나올 뻔한 걸 간신히 참았다. 느끼해서 속이 느글거릴 지경이었다. 하현은 어색하게 웃었다.

"사실 그 얘기는 항일 운동 단체가 얽혀 있는 얘기가 와전된 겁니다."

"예? 항일 운동 단체요?"

"예. 진의회라는 단체라고, 이름도 없는……."

탁— 하현이 들고 있던 잔이 손안에서 미끄러지며 드레스 자락을 적셨다. 정찬의 입에서 나온 단어가 하현에게는 익숙했기 때문이다. 진의회는 부모님과 고모가 속해 있던 단체의 이름이었다.

"괜찮습니까?"

"아, 네, 네. 괜찮아요."

하현은 당혹감을 숨기며 잔을 주워 들었다.

"옷이 젖었네요."

"괜찮아요, 이 정도는. 좀 더 얘기를 들어 볼 수 있을까요?"

"따분한 얘기인데."

"전 선생님 얘기가 재미있는걸요."

"얘기만 하려고 여기 들어온 건 아니지 않습니까."

"예?"

정찬이 다가와 하현의 손을 잡았다. 손을 주무르는 손길에 하현은 욕지기가 올라오는 것을 간신히 참았다.

"작디작은 단체가 괴멸한 이야기 따위는 잘 생각이 안 납니다."

꽉 말아 쥔 하현의 손에 핏줄이 섰다.

"열기가 식으면 생각이 날 듯도 한데."

정찬의 손이 하현의 옷깃으로 다가왔다. 손끝이 옷 안을 파고들기 전에 하현은 자리에서 일어서 정찬의 명치를 걷어찼다. 전혀 대비를 하지 못한 정찬이 우당탕 소리를 내며 나가떨어졌다.

그런데 정찬은 다시 일어서지 못했다. 하현은 다가가서 대자로 드러누운 정찬을 살폈다. 다행히 죽지 않고 기절만 한 듯 보였다. 평소보다 힘이 많이 실린 것도 아니었는데 꽤 세게 차인 모양이다.

"이러려고 구두를 신는 거였군……."

하현은 혼자 중얼거렸다. 불편한 걸 왜 신나 했는데 이런 용도였던 모양이다. 더 정보를 얻기는 어려울 것 같아 하현은 방을 빠져나왔다. 그런데 문을 나오자마자 아까 전 하현에게 시비를 걸던 비취색 드레스를 입은 여자와 마주쳤다. 하현은 당혹스러웠으나 최대한 태연히 말을 꺼냈다.

"아, 그……. 혹 가까운 병원이 어딘지 알고 계시나요? 안에 계신 분이 넘어져 기절을 하신 바람에 사람을 부르러 가려던 참이에요."

"넘어졌다고요?"

여자의 한쪽 눈썹이 올라섰다.

"그게 아니라 때리는 소리가 들린 것 같았는데요."

여인의 말에 하현은 화들짝 놀라며 뺨을 감싸 쥐었다. 그리고 울먹이는 연기를 했다.

"그게 사실은 저분께서……."

"때린 것치고는 멀쩡해 보이고."

냉담한 목소리에 하현은 쭈뼛쭈뼛 손을 내렸다.

"뭔가 잘못 들으셨나 봐요. 어서 사람을 불러야 하니 저는 이만……."

"잠깐 기절한 거면 그냥 둬도 돼요."

"예? 그래도 어찌 사람 된 도리로……."

"내 남편이에요."

하현의 입이 쩍 벌어졌다. 부인이 앞에 있는데 다른 여자를 호텔방으로 데리고 들어간 놈도 미친놈이지만 하현도 할 말이 없었다.

"뭘 찾고 있는 거죠?"

당황한 하현에게 여자가 날카롭게 물었다.

"예? 무슨……."

"아까부터 관심 가지는 이야기가 있는 것 같은데요."

"무슨 말씀을 하시는지 전 모르겠네요."

여자는 아무런 말도 하지 않았다. 다만 날이 선 시선이 하현에게 직선으로 꽂혀 들 뿐이었다.

"언니 거기서 뭐 해요?"

그때 누군가 뒤에서 조정찬의 아내에게 말을 걸었다. 도망갈 절호의 기회라고 생각을 했는데, 이제 보니 저번에 저택에 방문했던 이월영이라는 여자였다. 하현은 소스라치게 놀라 고개를 숙였다.

"그, 그럼 저는 옷이 젖어서 이만 가 봐야 할 것 같아요. 실례했습니다."

하현은 도망치듯 급히 자리를 벗어났다.

건물을 빠져나온 하현은 거의 달리는 중이었다. 머릿속이 복잡하여 금방이라도 터질 것 같았다. 난데없이 등장한 진의회의 존재도 혼란스러웠고, 수상쩍었던 여인의 등장 역시 당혹스러웠다. 어서 호텔에서 벗어나고 싶은 마음뿐이었다.

호텔의 정원을 벗어나려던 찰나였다. 갑작스레 어떤 손이 하현의 팔을 붙잡고 끌어당겼다. 그녀는 잎이 풍성한 나무 그림자 사이로 흡수되듯 사라졌고, 누군가의 품에 안착했다.

하현은 반사적으로 팔꿈치를 들었다. 뒤에서 자신을 안고 있는 이의 허리를 가격하려 했을 때, 익숙한 흰 꽃의 향기가 밀려들었다.

"쉿. 나야."

귓가에서 낮은 음성이 들렸다.

"목시우 씨?"

하현이 말을 하자 시우가 하현의 입을 살짝 막았다. 하현은 그제야 멀지 않은 곳에 서 있는 사람을 발견했다.

"저기, 아가씨. 시간 좀 내 주시겠습니까?"

시우에게 시비를 걸고, 복순이를 걷어차려 했던 건영이라는 놈이었다. 그는 어떤 여인에게 집적거리고 있었다.

"어머, 죄송하지만 선약이 있어서요."

"중요한 약속인가요? 전 아가씨와 차를 마시고 싶은데."

두 사람에게 집중되어 있던 하현의 신경이 일순 시우에게로 돌아왔다. 입을 가렸던 시우의 손이 내려서더니 하현의 손목을 살짝 감싸 쥔 탓이다. 천천히 내려선 손은 하현의 손에 포개어졌다.

하현은 당황했다. 손의 온기도 그러했지만, 시우의 품 안에서 느껴지는 심장 박동 소리 때문이기도 했다. 바짝 끌어 안긴 탓에 규칙적이지만 빠르게 고동치는 감각이 등으로 고스란히 전해졌다.

"별일 없었어?"

"……별일이요?"

"아까 그 자식이 무슨 짓 하지는 않았냐고."

"그러기 전에 흠씬 때려 줬죠."

시우가 낮게 웃자 귓바퀴에 간지러운 숨결이 맞닿았다.

"근데 괜찮을까요? 그 남자가 나를 찾으려 할지도 모르는데……."

"괜찮을 거야. 어린 여인에게 집적거렸다가 얻어맞은 소문이 떠돌기는 본인도 원치 않겠지."

그 이야기에 하현은 푸스스 웃었다.

그때 갑작스레 건영이 몸을 틀었다. 상황을 보니 여인에게 차인 듯했다. 그런데 건영이 향하는 방향에는 하현과 시우가 있었다. 하현이 당황한 사이 그녀를 품에서 놓아준 시우는 몸을 틀어 자신의 등으로 하현을 가렸다. 그러곤 한 걸음 다가와 다시금 하현의 허리를 감싸 끌어당겼다.

가까운 거리에서 눈이 마주쳤다. 시우의 눈동자 위에는 긴 속눈썹이 부챗살처럼 내려앉아 있었다. 눈동자가 가려져 있는데도 그의 감정은 숨겨지지 않았다. 눈앞에 있는 것을 강렬하게 희구하는 눈동자였다. 그는 자신의 열망을 숨기지 않고 드러냈다.

"눈 감아."

발자국 소리가 가까워지자 시우는 낮게 속삭였다.

"왜, 왜요?"

"얼른."

건영이 모습을 드러내자 하현은 질끈 눈을 감았다. 그리고 부드러운 손길이 하현의 뺨을 감싸 쥐었다. 하현의 고개가 자연스럽게 들리고, 시우는 고개를 꺾었다. 머지않아 하현의 입술 옆으로 꽃잎 같은 감촉의 입술이 내려앉았다.

하현은 놀라서 눈을 떴다가 급히 다시 내리감아야 했다. 건영이 보였던 탓이다.

"에이 쌍!"

건영은 하현과 시우의 모습을 보더니 돌아서서 사라졌다.

잠시 후 시우는 고개를 뒤로 물렸다. 그러나 하현의 허리를 단단히 감싸 안은 팔은 풀어지지 않았다. 지나치게 가까운 거리에 당황하여 하현은 커다래진 눈만 껌뻑였다.

"그러다 눈동자 굴러떨어지겠어."

웃음기 섞인 어조에 하현은 그제야 정신을 차렸다. 퍽 소리가 나게 시우를 밀어 내자 시우는 몇 걸음 물러섰다. 아프지도 않은지 그는 작게 웃었다.

"진짜로 하면 어떡합니까?"

"진짜로 안 했잖아. 뺨에 했지."

"그게 그거 아닙니까!"

"어쩔 수 없었어. 말 걸지 못하게 하는 데는 좋은 방법이잖아. 보아

하니 저놈은 당신한테도 말을 걸었을 것 같은데."

하현은 무어라 반박하려다 말고 입을 다물었다. 그보다 더 중요한 할 말이 있었던 탓이다.

"지금 이러고 있을 때가 아니에요. 아까 그놈한테 들었는데, 연호네 집안이 몰락한 데에는……."

"잠깐만."

시우가 쏟아져 나오는 하현의 말을 막았다.

"자리 옮기자."

혹시 있을지도 모르는 시선을 신경 썼는지 시우가 먼저 앞서 걸었다. 하현은 생각에 잠긴 채 멀찍이 그의 뒤를 따라 걸었다.

미리 예약해 두었는지 시우는 자연스레 호텔방 안으로 들어섰다. 하현도 주변을 살핀 후에 그를 따라 들어갔다.

하현은 시우에게 연호 집안이 몰락한 데에는 진의회라는 단체가 연관되어 있다는 것과, 그 단체가 하현의 부모님과 고모님이 속해 있던 곳이라는 사실을 이야기해 주었다. 덧붙여 수상쩍었던 조정찬의 아내에 대해서도 물었다.

시우는 생각을 정리하려는 듯 잠시 말이 없었다. 하현과 비슷하게 머리가 복잡한 듯 보였다.

"조정찬의 부인과 아까 이야기를 했는데, 류연호 집안에 대해서는 일절 말을 꺼내지 않았어. 떠보는 것에도 넘어오지 않았고. 자세히 아는 게 없는 것 같아서 더 물어보지 않았지."

하현은 말없이 고개를 끄덕였다. 아까 전 태도는 그저 자신의 남편을 데리고 간 여자를 향한 경계였을 뿐일까.

"부모님이나 고모님 말고 기억나는 다른 사람은 없어? 그 단체의 일원이라든가."

"고향에 있을 때 집배원이 우표 없는 편지를 전달해 줬던 게 기억이 나요. 확신은 못 하겠지만, 그분도 관련이 있지 않을까요?"

"가능성은 있지. 정확히 몇 년도였는지 기억나?"

"기억나는 건 26년에서 28년 초까지예요. 그 전에는 너무 어릴 때여서 기억이 안 나요."

시우는 고개를 끄덕이고 하현의 고향 주소를 물었다. 최대한 기억나는 대로 말해 주자 시우가 기록을 했다.

쪽지를 챙긴 후 시우는 하현의 얼굴을 살폈다. 그녀의 얼굴에는 짙은 피로감이 드리워 있었다.

"나머지는 내가 알아볼 테니 좀 쉬어."

하현은 고개를 끄덕이고는 침대맡에 앉았다. 그녀는 신발을 벗으며 얕은 신음을 흘렸다. 정신이 없어서 몰랐는데 발이 많이 까져 있었다. 그도 그럴 것이 구두는 생전 처음 신어 보았다.

"다쳤어?"

"별거 아니에요. 신발이 잘 안 맞았나 봐요."

하현도 여인인지라 이렇게 고운 옷을 입고 고운 신발을 신는 게 약간 설레기도 했다. 하지만 막상 입어 보니 옷은 사내용 군복보다도 불편했고, 높은 구두는 발에 안 맞는 군화보다 아팠다.

시우가 빤히 바라보는 게 민망하여 하현은 급히 다시 신발을 꿰어 신었다. 군화 때문에 짓물러 볼품없고 앙상한 발을 타인이 보는 게 부끄러웠기 때문이다.

"원래 있던 흉터가 많아서 심하게 보이는 거예요."

"그 정도도 구분 못 할까 봐."

"……."

"잠깐만."

시우는 손수건에 물을 적셔 와 하현의 앞에 무릎을 접고 앉았다. 무슨 일을 하려는지 알아챈 하현이 당황하여 발을 물렸지만, 그는 개의치 않고 하현의 발목을 쥔 채 구두를 벗겼다. 그러곤 하현의 발뒤꿈치를 닦아 주었다. 따가워서 하현이 흠칫하자 그가 고개를 들었다.

"아파?"

"괜찮아요. 내가 할게요."

그는 대꾸 없이 상처를 닦는 일에만 열중했다. 조심스러운 손길을 받는 것이 익숙하지 않아 하현은 어찌할 바를 몰랐다. 그러나 시우는 묵묵히 상처만 살폈다. 저 차가운 인상의 사내가 하는 다정한 행동은 도무지 익숙해지지 않을 것 같았다.

하현은 볼품없는 제 발을 바라보다 드레스 자락으로 시선을 옮겼다. 공을 들여 만든 새틴 드레스는 하현의 발과 너무도 상반되어 보였다.

세상이 정해 놓은 여인이라는 기준과 너무도 동떨어진 자신을, 시우는 왜 마음에 둔 걸까.

"궁금한 게 있는데요."

"응."

"목시우 씨도 이런 옷이 좋습니까?"

직접적으로 묻지는 못하고 돌려서 질문했다. 시우가 의아한 표정으로 고개를 들었다.

"그냥, 목시우 씨는 이런 옷 입은 여인들을 많이 봐 왔을 거 아닙니까."

"뭘 묻고 싶은 건지 모르겠는데, 옷 자체만 두고 묻는 거면 별생각 없어. 당신이 이런 옷을 입는 게 좋은 거냐고 묻는 거면 그다지 좋지는 않아. 불편해 보여서."

"……."

"이런 옷 아니더라도 당신은……."

시우는 흠칫 말을 중단하고는 하현을 바라보았다. 제가 하려던 말에 제가 놀란 표정이었다. 그는 짧게 헛기침하며 고개를 숙이고 마저 행동을 이었다.

무슨 생각을 한 걸까. 머리칼 사이로 드러난 그의 귓바퀴는 봉숭아

물을 들인 듯 엷게 달아올라 있었다.

"사람을 사랑스럽다고 생각하게 될 줄은 몰랐어."

너무도 담담한 어조여서, 하현은 순간 자신이 잘못 들은 게 아닌지 생각해야 했다. 그러나 시우의 입에서 나온 것은 분명히 사랑스럽다는 말이었다. 그런 이야기를 생전 처음 들어 본 하현의 얼굴이 절로 붉게 달아올랐다. 아닌 척했으나 시우의 귓바퀴도 색이 짙어졌다.

"내가 당신을 마음에 둔 게 그런 이유가 아니긴 하지만."

그는 태연한 척 덧붙이고는 자리에서 일어섰다.

"불편할 테니 옷 갈아입고 와. 가져왔어."

"아……. 네. 알았어요."

얼떨결에 옷을 받아 든 하현은 다른 방으로 들어섰다. 침대에 앉으며 그녀는 깊이 한숨을 내쉬었다. 정신이 하나도 없었다. 연주회 때문이기도 하지만 변화한 시우의 태도 때문이기도 했다. 대체로 냉정하던 사람이 저렇게 적극적으로 마음을 드러낼 줄 누가 알았을까.

하현은 떠오르는 잔상에 고개를 절레절레 젓고는 거추장한 가발과 클로슈 모자를 내려놓았다. 그리고 등 뒤로 손을 뻗었다. 단추를 풀기 위해 손을 움직이는데, 잘 풀리지 않았다.

당황스러웠다. 한참 동안 단추와 씨름을 했는데도 여러 개의 단추들은 생각대로 쉬이 풀리지 않았다. 식은땀이 날 지경이었다. 하현은 망설이다 빼꼼 문을 열어 시우를 불렀다.

"저기, 목시우 씨."

소파에 앉아 있던 시우가 시선을 옮겨 하현을 바라보았다.

"미안한데 단추 좀 풀어 줘요."

"……좋은 생각은 아닌 거 같은데."

"나도 그렇게 생각하는데, 너무 안 풀려요."

시우는 곤란해하는 하현의 표정을 보고는 자리에서 일어서 문 앞으로 다가왔다.

"돌아봐."

하현이 등을 돌리자 자색 드레스를 빼곡히 채운 팥알 같은 단추들이 드러났다. 목에서부터 허리까지 이어진 단추는 입는 사람의 사정을 전혀 고려하지 않은 듯했다.

"단추가 왜 이렇게 많아? 입을 땐 어떻게 입은 거야."

"다 채운 다음에 겨우 입었죠, 뭐."

시우가 단추로 손을 가져갔다. 단추에 걸린 실 고리를 빼내야 하는데, 너무 작아서 잘되지 않았다.

"뭐 해요?"

"잘 안 돼."

"잘 좀 해 봐요."

"해 본 적이 있어야지."

"……진짜 난봉꾼은 아니었나 봐요?"

"무슨 소리를 하는 거야? 아니라니까."

하현이 푸스스 웃음 지었다.

"농이에요."

마침내 시우가 단추 한 개를 겨우 풀었다.

"다섯 개만 풀어 줘요."

"응."

시우는 차례로 단추를 풀어 나갔다. 그러는 동안 두 사람 사이에는 어색한 침묵만이 감돌았다. 이 상황이 민망한 건 하현도 마찬가지인지 목덜미가 붉게 달아올라 있었다. 시우는 다른 생각은 하지 않기 위해 단추 푸는 일에만 열중했다.

단추를 네 개까지 풀었을 때, 문득 시우는 하현의 날개 뼈 부근에 있는 흉터를 발견했다. 저도 모르게 옷을 살짝 들춰내자 하현이 흠칫하며 고개를 돌렸다.

"아, 미안."

"……."

"이건 무슨 흉터야?"

"글쎄요. 총탄이겠죠?"

"……아팠겠네."

"허벅지에도 있어요. 진짜 멋진 흉터."

"……."

"여인답지 않은 몸이죠."

"여인다운 몸이라는 건 없어."

낮게 가라앉은 목소리였다.

"사람 인생이 제각기 다르듯이 살아온 흔적도 다를 수밖에 없으니까."

어쩌면 사내들에게는 영광의 상처일지도 모른다. 전장에서 돌아온 사내들은 금의환향을 받으니까. 그러나 여인들은 상처를 숨기는 경우가 대부분이다. 전장에서 돌아온 여인은 영웅이 아닌, 그저 여인일 뿐이었다.

가슴속이 깊이 침잠했다. 시우는 내색하지 않으려 애쓰며 단추 하나를 더 풀었다.

"내가 보기에도 멋있는 흉터야."

시우의 말에 하현은 낮게 웃었다. 그러나 그 속에 담긴 씁쓸함을 그는 알아차리지 않을 수 없었다.

하현이 옷을 갈아입고 나왔을 때 시우는 테라스에서 담배를 피우고 있었다. 하현은 테라스 문을 열고 시우의 곁으로 다가섰다. 인기척을 알아차린 시우가 하현을 바라보았다.

"담배 냄새 날 텐데."

"괜찮아요."

하현은 테라스 난간에 팔을 기대고 바깥을 내려다보았다. 아직 꺼지지 않은 서울의 불빛이 휘황했다. 건너편 선술집에서 흘러나온 황색 불빛이 하현의 얼굴 위로 엷게 드리웠다.

"담배는 언제부터 피웠어요?"

"자주 피우진 않아."

변명처럼 느껴지는 대답이었다. 그저 궁금하여 물은 건데 시우는 나무라는 말로 느낀 모양이다. 하현은 가벼이 웃었다.

"그게 아니라 궁금해서 물어보는 거예요."

"글쎄. 언제부턴가 습관이 됐어."

"좋은 해결 방안은 아닌 것 같아요."

의아한 시선이 하현에게 닿았다.

"머리가 복잡하거나 아프면, 그냥 잠을 자는 게 나을 수도 있어요."

"……."

"담배 피울 때마다 복잡한 얼굴이잖아요."

그랬던가. 담배 피울 때 스스로의 얼굴을 볼 일이 없으니 당연히 알지 못했다. 하현은 싱긋 웃고는 다시 건물 아래를 내려다보았다. 시우의 시선이 그녀에게 고정되었다. 가만히 하현을 응시하자 바깥에서 들려오는 소리가 점점이 멀어지는 듯했다.

"목시우 씨. 궁금한 게 있는데요."

정적을 깨트리고 하현이 말을 걸었다.

"그때 그랬잖아요. 정석호에게 결코 거역할 수 없다고."

"……."

"왜 거역할 수 없는 겁니까?"

이번에는 시우가 시선을 옮겨 바깥을 내려다보았다. 과거를 회상하다 보면 깊은 수렁 속에 빠지는 기분을 느끼곤 한다. 그런 감정까지는 하현이 알아채지 않기를 바랐다.

"정석호는 제 핏줄인 아이를 가질 수 없는 사람이라더군."

"……."

"마침 아들이 필요한 상황이었고, 나는 꽤 적당한 대상이었지. 머리도 잘 돌아가고, 호의를 가질 만한 용모도 갖추었어. 원하는 때에 고분고분하게 만들 수도 있고."

"왜 고분고분하게 만들 수 있는 겁니까?"

"정석호가 어머니를 데리고 있어."

하현의 미간이 왈칵 일그러졌다.

"그게 무슨 소립니까?"

"정석호가 아버지를 죽이기 전에 가장 먼저 한 일이 어머니를 인질로 붙잡은 거야."

하현은 주먹을 꽉 그러쥐었다. 정석호가 죽기 전에는 결코 그를 거역할 수 없다던 시우의 말이 이제야 이해가 되었다.

"어릴 땐 가끔 만나게 해 주었는데, 이제는 만나지 못해. 아마 돌아가셨는지도 모르지."

"……."

"하지만 살아 계실 수도 있어."

시우의 망막에 바깥 풍경이 맺혔다. 그러나 그것은 시우에게 온전히 도달하지 못하고 반사되어 흩어졌다. 그래서 시우의 눈은 많은 것을 담고 있음에도 공허해 보였다.

"그건 나한테 희망이자 족쇄야."

하현은 무어라 말을 할 수 없어 입을 꾹 다물었다.

"어찌 보면 어머니뿐만 아니라 회사도 인질로 잡혀 있는 거겠지. 내가 아버지 회사를 얼마나 되찾고 싶어 하는지 정석호도 알고 있거든."

"……."

"애초에 아버지가 나라를 위해 세웠던 회사야. 정석호가 그 회사를 망가트리는 모습을 더 지켜볼 수는 없었어. 그래서 부사장직을 제안한 거고."

하현의 눈이 어둡게 가라앉았다. 오늘 연주회를 겪으며 느낀 것은 목시우라는 사내와 그 자리가 어울리지 않다는 사실이었다. 정석호가 그를 묶어 바보 같은 연극에 참여시킨 명목이 궁금했는데, 그렇게 잔인한 협박을 하고 있는 줄은 상상도 하지 못했다. 하현은 괜한 질문을 한 것 같아 미안해졌다.

"일일이 감정 이입하지 마. 당신만 피곤해져."

침울하게 가라앉은 하현의 얼굴을 보며 시우가 대수롭지 않게 말했다.

"……힘들었겠네요."

"글쎄."

무감한 어조였다. 하현은 걱정스레 바라보았지만, 시우는 고통스러운 감정을 느끼지는 않았다. 반복되는 고통은 익숙해지기 마련이니까.

"센 척하면 누가 알아주기라도 한답니까."

하현은 괜히 제가 더 화가 나서 투덜거렸다.

"하긴 내가 남 말 할 처지도 아니지만……."

하현이 중얼거리며 말끝을 흐렸다. 한심하게도 제 속의 괴로움을 제어하지 못해 이상한 병에 걸리고 말았다. 꿈속에서 잃어버린 이들을 찾아 헤매는 것은 분명 정상적이지 못한 행동이었다. 하현은 그런 저 자신이 우스워 실없이 웃었다.

"바보 같네요."

시우는 쓸쓸한 웃음이 걸린 하현의 얼굴을 물끄러미 직시했다.

"당신은 왜 군인이 됐어?"

하현은 생각에 잠긴 듯 말이 없었다. 불어오는 바람이 하현의 머리카락을 쓸고 지나갔다. 그 바람을 시기하는 제 감정이 낯설어 시우는 고개를 돌려 버렸다. 그러나 하현의 목소리가 시우의 시선을 붙잡았다.

"총을 잡은 게 열셋이었어요."

"······."

"나처럼 힘없는 여자아이도 나라를 지킬 수 있다면, 나보다 더 큰 사람들도 그럴 수 있겠다고 생각했어요. 그렇다면 부모님이나 고모처럼 희생당하는 일도 없을 테니까. 어린아이나 할 법한 생각을 하고 들어간 거죠."

하현은 제 손바닥을 바라보았다. 시우에 비해 턱없이 작고 말랐지만 굳은살이 박여 단단한 손이었다.

"방아쇠를 당기는 일이, 내 손에 피를 묻히는 일이 나를 구원해 줄 거라 믿었지만 어리석은 기대였죠."

"······."

"방아쇠를 당기는 건 쉽지만, 날아오는 총알을 막아서는 건 어려웠습니다."

하현은 손을 감싸 쥐었다. 손바닥 안이 이상하리만치 공허했다.

"내가 가장 괴로웠던 건, 지키고자 평생을 살아왔지만 결국에는 잃어 왔다는 거예요."

하현의 시선이 먼 곳으로 향했다. 건물이 첩첩이 쌓인 서울 땅이었다. 눈을 감자 어둠에 잠긴 도심의 숨소리가 들리는 듯했다. 마지막 남았던 그녀의 희망. 그녀가 사랑하는 조국.

"이 땅에 자유가 올 날을 믿어 의심치 않았지만······."

"······."

"그저 나의 허상이었나 싶기도 합니다."

이 불안정한 시기가 구시대와 신시대를 연결해 줄 이음새인지, 막바지에 이르는 절벽일지 그 누구도 알지 못했다. 그 틈새에서 자신은 어떤 방향으로 나아가게 될까. 직접 미래를 경험하지 않는 이상 해답을 낼 수 없는 의문이었다.

하현은 몸을 돌려 시우를 직시했다. 시우는 그 눈빛을 고스란히 받아들였다. 곧은 눈이었다. 하지만 그 이면에 스러질 듯 위태로운 면모가 존재한다는 것을 알게 되었다. 그 부조화에 흔들렸고, 시선을 빼앗겼다.

"목시우 씨."

"······."

"잃어버릴 사람을 더 만들지 말아요."

하현의 시선이 아래로 내려섰다.

"마음은 고맙지만, 목시우 씨를 위해서도 접는 게 나을 겁니다."

더는 마음을 주지 말라는 뜻이었다. 그건 하현이 스스로에게 하는 말이기도 했다. 잃어 본 사람은 그 무게를 아는 법이다. 다시는 상실의 아픔을 경험하고 싶지 않았고, 누군가에게 그 아픔을 실어 주고 싶지도 않았다.

하현은 테라스 밖으로 나가기 위해 몸을 돌렸다.

"무서운가 보군."

시우의 목소리가 그녀의 발길을 붙잡았다.

"내가 당신 영역에 들어가는 게 무서운 모양이야, 당신은."

"네. 무섭습니다."

"······."

"그러니 목시우 씨한테 정을 주는 일은 없을 겁니다. 목시우 씨가 나한테 마음이 있다고 해도 그렇게 하지 않을 거예요."

미약하지만 단호한 목소리였다.

"그러니 목시우 씨도 그만둬요. 잃는 것의 무게를 알지 않습니까. 아직 덜어 낼 수 있는 마음이라면······."

"내가 잃는 것을 두려워하는 사람이었다면 지금까지 버티지도 않았어."

"……."

"얻기 위해 이 자리에 있는 거야."

빛을 등진 그의 얼굴에 짙은 그림자가 드리웠다. 그러나 어둠 속에서도 하현을 직시하는 눈동자는 여과 없이 감정을 드러냈다.

"여기 서 있는 것도 내 의지고, 당신을 바라는 것도 내 의지야."

그는 성큼 하현에게 다가왔다. 열기를 숨긴 손끝이 고개 숙인 하현의 뺨을 들어 올렸다.

"당신을 살게 만들 거고, 내 곁에 둘 거야. 그러지 않을 거였으면 당신한테 내 마음을 드러내지도 않았어."

바람이 어루만진 하현의 머리카락은 살짝 흐트러져 있었다. 그것을 시기하여 시우는 제 손끝으로 하현의 머리카락을 쓸어내렸다. 감미로운 감각이었다. 그러나 하현의 눈에는 잔인할 정도로 감정이 없었다. 모든 것을 차단한 눈이었다.

"희망하지 않으며 사는 건 죽은 것과 다름이 없어. 그래서 당신은 삶에 미련이 없는 거겠지."

"……."

"내가 억지로 당신 삶에 미련을 만들어 낸다면, 원망할 건가?"

하현은 짧게 고개를 끄덕였다. 머리를 쓸어내리던 손끝이 하현의 뺨으로 올라섰다.

"그럼 미리 사과할게."

"……."

"난 당신을 죽게 만들 생각은 추호도 없어."

다 얻어 낼 것이라고, 그의 눈은 그리 말하고 있다. 하현은 그 눈을 보고 싶지 않아 시선을 내렸다.

눈을 피한 것이 무색하게도 시우는 상체를 숙였다. 가까워지는 거리에 하현은 흠칫 놀라 제 입술을 손으로 가렸다. 시우는 개의치 않고 손바닥에 그대로 입을 맞추며 눈을 내리감았다.

손바닥에 닿은 입술의 온도는 낙인처럼 뜨거웠다. 찬 바람에 식혀지지 않을 열기였다. 발버둥 쳐 봤자 모두 소용없다고 말해 주는 듯했다. 맞닿은 시우의 감정이 버거워 하현은 눈을 감아 버렸다.

제6장

사양이 비치는 언덕

여느 때와 다름없이 인천 저택은 평화로웠다. 어느덧 하인 일에 익숙해진 하현은 시우가 착용할 것들을 차곡차곡 꺼내는 중이었다. 웬일로 괜찮은 넥타이를 골라서 시우는 하현이 고른 넥타이를 맸다.

"내일 고향에 좀 다녀오겠습니다."

갑작스러운 하현의 통보에 시우의 미간이 좁혀졌다.

"내일?"

"네. 그 집배원이 아직 거기에 살고 있다면 빨리 가 보는 게 좋을 것 같아서요."

어제 시우가 가져온 정보에 의하면, 하현의 고모를 도왔던 집배원은 아직 고향에 살고 있다고 한다.

"혼자 간다고?"

"네."

시우는 곤란한 표정을 지었다. 내일은 일정을 조절하기가 어려웠다.

"주말에 같이 가."

"오래 걸리지 않을 겁니다. 금방 다녀올게요."

"그럼 장환이라도 데리고 가."

마침 방에서 서류를 챙기고 있던 장환의 얼굴이 밝아졌다. 밀린 일에서 벗어날 절호의 기회였기 때문이다. 그러나 하현은 실망스러운 대답을 내어 놓았다.

"……너무 뛸 거 같은데요."

잠시 정적이 흘렀다. 시우는 아무 말도 하지 못했다. 하현의 말을 부정할 수 없었던 탓이다. 그 정적을 느낀 장환이 불만스레 투덜거렸다.

"제가 뭐 어때서 그러십니까."

"양심이 있다면 그런 말은 하지 마."

장환이 무어라 구시렁거렸다. 시우가 장환을 일별하자 그는 아무것도 모른다는 듯 순진무구한 표정을 짓고 다시 서류를 챙겼다.

"최 집사님한테는 고향에 다녀온다고 미리 말씀드렸습니다. 그럼 전 준비 좀 할게요."

말을 마친 하현은 장환에게 꾸벅 인사한 뒤 방을 나섰다. 군더더기 없는 태도였다. 문이 닫히자마자 장환이 신랄하게 말했다.

"묘하게 차가워진 것 같은데요."

반박하기 어려웠다. 연주회 이후로 하현은 시우와 거리를 두려는 듯 보였다. 시우가 마음을 물릴 생각이 없다는 것을 확인했기 때문이리라.

"차였나……."

장환이 중얼거렸다. 시우에게서 대답이 돌아오지 않자 깜짝 놀라서 되물었다.

"진짜 차였습니까?"

"쓸데없는 소리 말고 얼른 서류나 챙겨."

"좀 상냥하게 대해 보시지 그래요. 겉만 번지르르하면 뭐 합니까.

요즘엔 여인들도 나긋나긋한 사내들을 좋아한다던데. 찬 바람 쌩쌩 부는 혹한기 같은 남자를 누가 좋아하겠냐고요."

평소 장환의 말에 타격을 입지 않는 시우였지만 이번엔 좀 영향이 있었다. 그 감정이 손끝에도 드러났는지 넥타이를 엉뚱하게 매듭지었다. 그는 한숨 쉬며 넥타이를 풀고는 다시 완벽한 모양새로 정돈했다.

○ ◐ ●

이른 새벽, 하현은 저택을 나섰다. 새벽의 찬 기운이 가시지 않은 정원에는 물안개가 짙게 드리워 있었다. 하현은 걸음을 멈추고 잠시 눈을 감았다. 눈앞을 어지르던 물안개가 거둬지자 조금은 평온해졌다. 수런거리던 마음 역시.

"인사도 없이 가려고 했어?"

그 평온함을 깨트린 것은 익숙한 목소리였다. 고개 돌린 곳에는 시우가 있었다. 밖으로 나오는 소리를 듣고 따라 나온 모양인지 그는 가운 차림이었다. 그를 마주할 거라 예상하지 못했던 하현은 당황했다.

"아……."

하현의 시선이 방황하는 것과 달리 시우의 시선은 직선적이었다.

"일찍 나가야 할 것 같아서요. 다녀올게요."

하현은 급히 고개를 숙이고 돌아섰다. 그러나 돌아서자마자 팔이 붙잡혔다

"한다는 게 고작 회피야?"

낮고 차분한 음성이었으나 그의 시선은 맹렬했다.

"그런 거라면 잘못 생각했어. 당신이 회피할수록 내 옆에 두어야겠다는 생각만 확고해질 뿐이야."

흔들리던 하현의 시선이 아래로 내려섰다. 연주회 이후로 시우의

마음이 진심임을 알았다. 그러니 하현이 해야 할 것은 하나밖에 없었다.

"그럼 어떡합니까. 거절할 수밖에 없는데."

시우의 눈빛이 어두워졌다.

"목시우 씨, 접을 수 있을 때 그만……."

"접을 수 있는 감정이었으면 처음부터 시작하지도 않았어."

"……."

"쉽게 생각하고 말한 거 아니야."

하현의 팔을 붙잡은 손에 약간 힘이 들어갔다. 그러나 이내 힘이 풀리고, 그는 피로감 섞인 손짓으로 제 머리카락을 쓸어 올렸다. 내리깐 눈매 역시 피로해 보였다. 잠을 제대로 청하지 못한 듯 보였다.

"예상은 했지만……."

"……."

"생각보다 더 기분이 안 좋아."

관계를 맺는 게 두려운 이유는, 끊어 내는 순간의 고통을 알기 때문이다.

이 사내의 호의가 싫지 않았던 것은 사실이다. 서늘한 사내이지만, 종종 드러내는 인간적인 면모를 볼 때 친우로 지내도 괜찮을 것 같다는 생각을 했다. 하지만 하현의 마음과 시우의 마음은 달랐다. 안일하게 그를 대하다 더 상처를 줄 수는 없는 노릇이었다. 하현에게는 아직 정리해야 할 일들이 많았고, 정돈되지 못한 마음은 그에게 비수가 될 터였다.

"기다리는 것도 안 돼?"

고저 없이 차분한 목소리였으나 애달픈 감정이 느껴졌다. 그럼에도 하현은 고개를 끄덕였다. 무거운 침묵이 그들 사이를 갈라놓았다. 다시 시선을 들었을 때, 그는 자신의 감정을 모두 다스린 상태였다.

"그래."

"……."

"알았어."

그는 미련 없이 돌아섰다. 하현은 그의 너른 등을 눈으로 좇다 돌아서서 걸음을 옮겼다. 자존심이 강한 사내다. 면전에서 거절을 당했으니 시우와의 관계는 이제 끝인지도 모른다.

목시우라는 사내는, 모든 것을 잃고 다시 돌아온 이 나라에서 처음 맺은 인연이었다. 그를 끊어 낸 것처럼 점차 한 사람씩 떠나보내게 될 터였다. 하현을 사내라 알고 있는 영옥 아주머니도, 철웅이도.

그럼 자신에게는 또 아무도 남지 않을 것이다. 늘 그랬던 것처럼.

하현은 우뚝 걸음을 멈추었다. 외로움에는 이제 이골이 났다고 생각했는데도 또 외로워하는 자신이 우스웠다. 들솟는 감정을 애써 갈무리하고 무거운 걸음을 옮겼다.

그 순간, 갑작스럽게 팔이 붙잡히고 돌려세워졌다. 크게 뜨인 하현의 눈동자에 시우가 들어섰다. 뛰어왔는지 그는 가쁘게 호흡을 내쉬고 있었다. 그는 호흡을 고르고 하현을 바라보았다.

"역까지 데려다줄게."

그의 눈동자 속에는 혼재한 감정들이 겹겹이 쌓여 있었다.

"그 정도는 해도 되잖아."

하현에게서 대답이 나오지 않자 대답을 듣기는 포기했는지 하현의 팔을 잡고 이끌었다. 하현은 맥없이 그를 따라나섰다.

"이상해."

느리게 걸으며 그는 혼잣말처럼 중얼거렸다.

"자존심 같은 건 별 볼 일 없는 것처럼 느껴져."

"……."

"멋대로 끝낼 생각 하지 마. 허락 안 해."

하현의 손목을 붙잡은 그의 손은 그 어느 때보다 뜨거웠다. 그 온도는 애써 감정을 가라앉혔던 하현의 가슴속을 쉬이 어질렀다. 하현은 정원의 물안개가 이 혼란한 감정들을 모두 숨겨 주길 간절히 바랐다.

○ ◑ ●

항구의 소금기 섞인 바람이 불어왔다. 녹진한 습기와 비릿한 바다 냄새가 하현을 반기는 이곳, 십여 년 만에 방문하는 하현의 고향 강릉이었다. 하현은 어깨의 가방을 고쳐 메고 천천히 걸음을 옮겼다.

철길 위의 구름다리를 건너며 고향의 풍경을 바라보았다. 크게 달라진 점은 없었다. 기와집과 신식 건물이 늘어선 일본인촌이 조금 휑해졌다는 것뿐, 여전히 한적한 곳이었다. 다리를 내려가니 옛 조선인 거주지 쪽에 올망졸망 모여 있는 집들이 보였다. 과거의 추억들이 불쑥 찾아들었다. 마치 과거로 회귀한 것 같은 착각이 일었다.

혹시라도 아는 이의 얼굴이 보일까 싶어 하현의 걸음이 조금씩 느려졌다. 방문하여 인사를 하고 싶은 마음은 굴뚝같았지만, 지금은 신분을 숨기고 사는 처지였다. 섭섭한 마음을 접고 하현은 주머니에서 쪽지를 꺼냈다. 송영식이라는 이름 밑에 주소가 적혀 있었다. 고모를 도와주던 집배원의 거처였다. 하현은 쪽지를 든 채 주소지를 확인하며 걸었다.

한참 걷다 보니 어느새 주소지 앞에 도달했다. 하현은 싸리문 앞에 서서 목소리를 높였다.

"저, 실례합니다."

사람이 나오지 않아 난감해하고 있을 때, 문 안쪽에서 인기척 소리가 들렸다. 머지않아 나이가 지긋한 중년의 사내가 문을 열고 나왔다. 송영식이었다. 기억 속 얼굴보다 조금 더 여위고, 세월의 흔적이 드리운 모습이었다. 하현은 그를 향해 꾸벅 허리 숙여 인사했다.

"안녕하세요. 저 김하현인데 혹시 기억하시나요? 김현주 선생님의 딸이었습니다."

이곳에서 하현은 현주의 조카가 아니라 딸이었기에 그렇게 말을 전달했다. 기억을 가늠하듯 영식의 눈이 가늘어졌다. 이내 그의 눈에 조금씩 놀라움이 드리웠다.

"하현이? 그 하현이 말이냐?"

영식의 얼굴에 반가운 기색이 드리우자 하현도 웃음 지었다.

"예, 접니다."

"아니, 그 말괄량이가 이만큼이나 컸단 말이야?"

영식이 하하 웃었다.

"세월 참 빠르기도 하지. 여긴 어쩐 일이냐? 그간 어찌 지냈고?"

그간 쌓인 안부 인사가 쏟아져 나왔다. 그때 사내의 뒤로 중년 여인이 나타났다. 송영식의 부인인 이정순이었다. 가끔 어린 하현에게 간식거리를 나누어 주던 정 많은 여인이었다.

"누군데 그래요?"

"아아, 당신 현주 기억하지? 간호원이었던. 그 친구한테 딸이 있었잖아."

어찌 된 영문인지 현주의 이름을 듣자마자 정순의 얼굴이 삽시간에 창백해졌다. 정순은 경계하는 눈으로 하현을 훑었다.

"……무슨 일인데요?"

"아, 별건 아니고 여쭤볼 것이 있어서요."

"그래, 날이 추우니 일단 안으로 들어오거라."

정순은 하현을 반기지 않은 듯 보였지만, 영식은 문을 열고 하현을 집 안으로 들였다.

그런데 어째선지 영식은 다리를 절고 있었다. 과거에는 분명 다리를 절지 않았는데 어쩌다 저리됐는지 의문이었다. 하지만 하현은 내색하지 않고 정면만 바라보았다.

두 사람은 하현을 집 안에 앉혔고, 정순은 마실 것을 가져다주겠다고 하고는 제 남편을 데리고 급히 사라졌다. 하현이 앉아 있는 동안 바깥에서 두 사람의 이야기 소리가 들려왔다. 내용이 들리지는 않았으나 정순이 영식을 나무라는 듯했다. 불청객이 된 것 같아 하현의 마음은 무거워졌다.

머지않아 영식과 정순이 장지문을 열고 들어섰다. 영식은 다반을 내려놓고 하현에게 대접을 건네주었다. 따뜻한 김이 나는 보리차였다.

"마실 것이 보리차밖에 없어 미안하구나."

"아닙니다. 이걸로 충분한걸요. 잘 마시겠습니다."

영식은 인자한 미소를 머금었다.

"요즘엔 머리가 그렇게 짧은 게 유행인가?"

분위기를 풀어 보려는 듯한 영식의 물음에 하현은 멋쩍게 웃었다. 그러나 정순의 표정이 여전히 경직되어 있어 하현의 마음까지 편해지지는 못했다.

"아무튼 이리 보니 반갑다. 정말 많이 자랐구나. 현주가 그렇게 가고 네가 고생을 많이 했을 텐데."

"아니에요. 그간 잘 지냈습니다."

"그래, 다행이구나. 얼굴이 나빠 보이지 않아서 나도 안심이 된다."

여전히 정이 많고 온화한 사내였다. 하현은 부드럽게 미소 지었다.

"아, 궁금한 게 있다고 했지? 무엇이 궁금해서 예까지 왔어."

"저희 엄마에 대해 좀 여쭙고 싶어서 왔습니다."

하현은 정순의 눈이 매서워졌다는 사실을 눈치채지 못했다.

"혹, 예전에 진의회라는 단체를 도와주신 적이……."

탁-! 그때 정순이 들고 있던 대접을 소리 나게 내려놓았다. 안에 있던 물이 튀겨 다반 위를 흠뻑 적셨다. 자리에서 벌떡 일어난 정순은 하현의 팔을 거칠게 잡아 일으켰다.

"그런 말 할 거면 그만 나가요!"

정순은 매섭게 소리치며 하현의 팔을 이끌었다.

"아니, 이 사람이! 왜 이러는 거야? 그만하지 못해?"

영식이 정순의 팔을 떼어 내려 했으나 정순의 팔은 쉬이 떨어지지 않았다. 그녀는 매섭게 소리쳤다.

"속도 좋지! 당신이 그 사람들 때문에 어떤 꼴을 당했는데!"

"그게 무슨……."

당황한 하현의 목소리가 흐트러졌다. 정순은 문을 열고 거칠게 하현을 밀어 냈다. 강한 힘에 하현은 신발도 신지 못하고 안마당으로 고꾸라졌다.

"이 사람아! 애한테 무슨 잘못이 있다고!"

영식이 화들짝 놀라 소리치곤 급히 하현에게 다가왔다. 정순은 부엌에서 소금 항아리를 가져와 하현에게 뿌리기 시작했다. 어찌나 세게 뿌렸는지 살갗에 부딪치는 소금이 아플 정도였다. 영식이 간신히 정순의 행동을 막고 하현을 자리에서 일으켰다.

정순은 마당에 주저앉아 서글픈 울음소리를 냈다. 영식은 정순을 부축하여 집 안으로 들여보냈다. 문 너머로 흐느끼는 울음소리가 들렸다. 하현은 황망한 눈으로 닫힌 문을 바라보았다.

무슨 일이 일어난 것인가. 압박감이 심장을 짓눌렀다. 눌린 심장이 제대로 고동치지 못해 가슴 안에 피가 고여 있는 기분이었다. 하현은 잘 움직이지 않는 손을 들어 머리 위의 소금을 털어 냈다. 늘 그랬던 것처럼 태연히 굴기 위해 애썼다. 다시 신을 신는 동안 하현의 머릿속은 텅 비워졌다.

"……미안하다."

참담히 가라앉은 목소리가 하현을 일깨웠다. 영식이 밖으로 나와 있었다. 하현은 굳어졌던 표정을 풀고 고개를 저었다.

"아닙니다."

무거운 침묵이 지속되었다. 침묵을 견딜 수 없었던 하현은 조심스레 물었다.

"무슨 일이 있었던 건가요?"

영식은 깊이 한숨을 내쉬었다. 머릿속의 긴 이야기를 정리하려는 듯 복잡한 표정이었다.

"진의회 사람들을 내가 도왔었지."

깊이 가라앉은 목소리였다.

"그 단체 소속이었던 것까진 아니다. 나라가 그 모양이니 뭐라도 하고 싶어 돕겠다고 했을 뿐이지. 내가 잠깐 연락책 역할을 했었어."

"……."

"무엇 때문인지 모르지만 그때 간부 정보가 노출됐었어. 대대적으로 조사가 있었고, 네 어미도 그때 변을 당했지."

현주가 죽던 날은 여느 때와 다름없이 평화로운 반공일 오후였다. 평화를 깨트리고 사벨을 찬 경찰들이 하현과 현주의 집 앞마당을 짓밟았다. 현주는 어딘가로 붙잡혀 갔고, 하현이 놀다 집에 돌아왔을 때 반겨 주는 이는 없었다. 그녀는 다시는 돌아오지 못했다.

"그때 나도 붙잡혔었지. 다행히 처가에 연줄이 있어 위험한 일은 피했다만, 더 이상 일을 할 수 없게 됐어."

영식의 시선이 제 왼 다리로 향했다. 하현은 아득해지는 느낌이 들어 차라리 눈을 감아 버렸다.

"그것 때문에 생계가 아슬아슬했다. 그 시절에 그렇지 않은 사람들이 어디 있었겠냐만……. 번듯한 직장에서 잘리고 장애까지 얻게 된 게 안사람 입장에서는 충격이 컸겠지. 안사람이 삯바느질하고 남의 집 찬모 하면서 집안을 책임져야 했으니."

하현은 가슴이 점점 더 차가워지는 것을 느끼며 고개를 숙였다.

"죄송합니다."

"네가 죄송할 게 무에 있어. 저 사람도 네 잘못이 아닌 건 알고 있을 게다. 잘못은 왜놈들이 했지."

영식의 말에도 하현은 고개를 들지 못했다.

"네 어미에 대해 알고 싶은 거라면 유감이구나. 나도 아는 것이 별로 없어."

"……괜찮습니다."

하현은 간신히 무거운 생각에서 벗어나 제가 해야 할 일을 상기시켰다.

"혹시, 류자헌이라는 분에 대해 아시는 것이 있으십니까? 조금이라도요."

영식은 고개를 저었다.

"미안하구나. 난 전달만 했을 뿐이라 아는 게 없어."

하현은 실망감을 감추고 괜찮다는 뜻으로 고개를 끄덕였다.

"아, 그래. 마지막 편지가 있었는데 그걸 일경에게 빼앗겼어. 난 내용을 전혀 몰랐는데, 그때 조사를 받으면서 경찰이 나한테 그 편지에 대해 물었던 게 기억이 나."

"뭘 물었는지 기억나세요?"

"뭘 운반하는 거냐고, 그게 어디에 있는 거냐고 자꾸 물었어."

"운반했다고요?"

운반이라 했다면 연호 가문이 지켜 왔던 물건과 연관이 있을지도 몰랐다. 하지만 정보가 너무 없어서 확신할 수는 없었다.

"혹시 마지막 편지를 어디에 전달하셨는지 기억이 나십니까?"

"인천항 쪽에 있는 작은 목공소였다. 주소는 너무 오래돼서 기억이 안 난다만……."

"약도라도 그려 주실 수 있을까요?"

하현은 가방에서 연필과 종이를 꺼냈다. 영식은 기억을 가늠하듯 눈을 가늘게 떴다가 간략하게 지도를 그렸다. 하현은 약도를 건네받았다. 그때 다시금 정순의 울음소리가 희미하게 들려왔다. 영식이 신경을 쓰는 것 같아 하현은 그에게 꾸벅 인사를 했다.

"도와주셔서 정말 감사합니다. 그만 가 보겠습니다."

"그래. 별 도움이 못 돼서 미안하구나."

"아닙니다. 실례가 많았습니다."

하현은 희미하게 웃어 보이곤 뒤를 돌았다. 싸리문을 나서려는 찰나, 영식이 다시금 말을 걸었다.

"해방이 됐는데도 참 그렇지."

그의 목소리는 쓸쓸하고 공허했다. 뒤를 돌아 바라본 그의 눈은 목소리만큼이나 어두웠다.

"왜놈들은 다 떠났는데 우리 마을엔 아직 못 돌아온 애들 천지야. 왜놈들 도왔던 놈들은 아무 일도 없었던 듯이 제자리에 돌아와 있고."

가슴 안쪽이 함몰되는 기분이었다. 하현은 아무런 말도 하지 못한 채 우두커니 서 있을 수밖에 없었다.

"예."

입에서 나온 목소리는 제 것이 아닌 듯 텅 비어 있었다.

"허망하네요."

"하현아."

하현은 시선을 들어 다시 영식을 바라보았다.

"그래도 네 어미를 자랑스럽게 생각해라. 우리 같은 약한 사람들이 버림받을 때에도 그 사람들은 그러지 않았으니."

그 말이 꼭 하현에게 해 주는 말 같아서 하현은 깊이 허리를 숙였다.

"감사합니다."

기차의 증기가 힘차게 하늘 위로 솟았다. 커다란 소리에 역사 앞에 모여 있던 참새들이 날갯짓을 하며 사방으로 날아올랐다. 역사로 향하는 하현의 걸음걸이가 조금 더 빨라졌다. 기차가 끊길까 걱정되었다. 전쟁 막바지에 이르러 일본이 군수물자 조달을 위해 철도를 뜯어가 노선이 엉망인 때였다. 배차 간격이 일정하리란 기대를 할 수 없었다.

어서 기차를 타고 돌아가고 싶었다. 지나친 피로감이 몰려와 어깨를 짓눌렀다. 혼곤했다. 도망치고 싶은 것 같기도 했다. 고향이 아닌 다른 곳에서 몸을 기대고 자고 싶은 마음뿐이었다.

그러나 어째선지 걸음걸이는 뜻대로 따라 주지 않았다. 걸을 때마다 바닥이 늪처럼 다리를 집어삼키는 듯했다. 어지러움에 하현은 더 이상 걷지 못하고 멈춰 섰다.

그때, 역사 밖으로 사람들이 나오기 시작했다. 방금 기차가 사람들을 풀어놓은 모양이다. 그 사이로 머리 하나가 더 큰 장신의 사내가 보였다. 저만큼 키가 큰 사내는 드물어 하현은 저도 모르게 제가 아는 사람을 떠올렸다. 의미 없는 생각에 하현은 속으로 조소를 삼켰다. 거리를 두겠다고 다짐해 놓고 그를 찾는다는 건 모순이었다.

의미 없는 생각이 아니라는 사실을 알아챈 건, 사내가 정면을 보았을 때였다. 깊고 어두운 눈동자가 직선으로 하현에게 꽂혔다. 사내의 건조하고 서늘한 눈매가 일순 부드러워졌다.

목시우였다.

생기 없던 하현의 얼굴에 놀라움이 드리웠다. 훤칠한 사내는 금세 하현의 앞으로 다가왔다.

"김하현 맞네."

"……."

"무작정 와서 못 만날 줄 알았는데."

그의 표정과 목소리는 마치 원래부터 함께 있던 사람처럼 담담했다. 하현은 동그랗게 커진 눈으로 시우를 올려다보았다.

"어떻게 여기에……."

"그냥."

여전히 여유롭고 천연덕스러운 사내였다.

"거리를 둔 게 괘씸해서."

하현은 무어라 말하지 못하고 입만 뻐끔거렸다. 그는 하현에게 한 걸음 다가섰다. 가등 아래의 영역으로 들어선 그의 얼굴이 일순 굳었다. 하현의 뺨에 오전까지만 해도 없던 상처가 보인 탓이다.

"얼굴이 왜 그래?"

하현은 그제야 알아차리곤 제 상처에 손을 가져갔다. 따끔했다. 아마 정순에게 밀릴 때 손톱에 스친 것이리라. 시우는 상처를 더듬는 하현의 손을 잡아 내렸다.

"만지지 마. 덧나. 어쩌다 이랬어?"

"별거 아닙니다. 앞을 안 보고 가다 나뭇가지에 긁힌 거예요."

하현은 손을 내리며 덤덤히 대답했다. 시우는 그런 하현을 잠자코 응시했다. 평소처럼 틈 없이 단단한 눈이었다. 그러나 지친 기색도 느껴졌다. 잠시 하현을 살피던 그는 어깨 위의 아직 털어 내지 못한 소금 결정을 발견했다.

"목시우 씨 눈에는 내가 못 믿음직했나 봅니다."

하현은 가벼운 어조로 농을 했다. 약해진 마음을 드러내지 않기 위함이었다. 시우는 지극히 자연스럽고 가벼운 손짓으로 하현의 어깨 위에 있던 소금 결정을 털어 냈다. 하현은 알아차리지 못했다. 먼지라도 묻어 있었나 싶었다.

"그동안의 행보를 보면 못 믿음직한 게 당연하지 않나?"

"남들이 들으면 허구한 날 사고만 치는 줄 알겠습니다."

"허구한까진 아니지만 잊을 만하면 사고 치는 건 맞잖아."

장난 섞인 어조에 하현은 맥 빠진 웃음을 지었다. 실없이 웃고 있을 때, 빤히 자신을 바라보는 시선이 느껴져 고개를 들었다. 그러자 바람처럼 가볍고 조심스러운 손짓이 하현의 머리카락을 쓸어 넘겼다.

하현은 시우를 바라보지 않고 시선을 옮겼다. 저를 위해 먼 곳까지 찾아온 그의 다정함을 더 마주했다가는 한없이 나약해진 마음을 드러낼 것 같았다.

"허락을 받아야 하나?"

"뭘요?"

그는 답지 않게 말을 꺼내기를 머뭇거렸다.

"안고 싶어서."

놀란 하현의 눈이 동그랗게 커졌다. 시우는 대답을 요구하듯 그녀를 직시했다. 하현이 대답하지 않았으나 시우는 한 걸음 다가섰다. 어깨 위로 음영이 드리우며 허리가 앞으로 끌어당겨졌다. 살짝 힘을 주어 끌어안는 팔은 조심스러우면서도 하현을 속박하는 데에 망설임이 없었다.

프록코트의 까슬한 옷감이 하현의 뺨에 닿았다. 흰 꽃 냄새, 나무 냄새, 쇠 냄새. 이상할 정도로 편안해진 향기가 하현에게 밀려들었다. 떨리는 하현의 손이 시우의 옷자락을 틀어쥐었다. 그를 알아챘는지 시우는 조심스레 하현의 머리카락을 쓸어내려 주었다. 그 손길에 하현은 저도 모르게 풀어진 한숨을 내쉬었다.

한숨은 어느 때 쉬는 것이었더라. 갑갑할 때, 설움을 느낄 때, 안도를 느낄 때. 하현은 제 감정이 설움과 갑갑함이라 생각하기로 했으나, 그의 품에서 이완되는 긴장을 느끼지 못할 리 없었다. 내내 서늘하게 굳어 있던 몸이 풀어지며 온기가 퍼졌다.

짧은 휴식 같은 순간이었다. 믿기지 않게도.

시우는 한참이 지나고 나서야 하현을 품에서 놓아주었다. 하현은 그를 어떤 얼굴로 보아야 할지 알 수 없어 제대로 눈을 마주치지 못했다. 그러나 시우는 평소처럼 태연했다.

"고모님은 어디에 모셔졌어?"

그가 맥락 없이 물었다.

"고모님이요? 묘는 저기 뒷산에 있는데, 왜요?"

"부모님도?"

"네. 그렇긴 한데."

"한번 뵙고 가지. 내일은 아침에 출발해야 해서 시간이 없을 거 같아."

"아침에 출발한다뇨? 돌아가려던 참인데."

"기차 없어."

"예? 진짭니까?"

"왜 못 믿는 얼굴이야? 정말 없어."

하현은 느리게 눈을 깜빡이기만 했다. 시우는 그런 하현의 손목을 그러쥐었다.

"어디로 가면 돼?"

길도 모르면서 시우는 앞서 걸었다. 하현은 뒤에서 그에게 방향을 일러 주었다.

해가 지기 전에 두 사람은 산에 올랐다. 머지않아 도착한 묘 앞에서 시우는 먼저 절을 올렸다. 그 모습을 보고 있자니 가슴 안쪽이 사물사물, 물에 잠긴 듯 일렁였다.

하현은 반대쪽으로 고개를 돌렸다. 저 멀리 산모롱이 너머로 노을이 지기 시작한 하늘이 보였다. 높은 지대는 사양이 비치는 풍경을 담아내기에 충분했다. 아름다운 바다와 항구의 모습이 그림처럼 펼쳐진 풍경을 보며 하현은 짧게 감탄했다.

"목시우 씨. 인사 다 했으면 이리 와 봐요."

하현은 풍경을 가린 커다란 소나무 뒤쪽으로 걸음을 옮겼다. 인사를 마친 시우가 하현을 뒤따랐다. 소나무를 지나자 가려진 시야가 환히 트이며 아름다운 풍경이 그들을 반겼다.

"예쁘죠?"

"그러네."

"좀 보다가 가도 됩니까?"

시우는 대답 대신 자리에 앉았다. 하현도 그 옆에 양반다리를 하고 앉았다. 그녀는 노을이 지는 모습을 눈동자에 담았다. 시우는 그 모습을 물끄러미 직시했다. 투명한 밤색 눈동자 위로 불그스레한 노을빛이 촛불처럼 어른거리고 있었다. 아름다운 눈이라고, 그는 저도 모르게 낯간지러운 생각을 했다.

"낮에."

그가 말문을 열었다. 하현이 시우 쪽으로 고개를 돌렸다.

"무슨 일 있었어?"

"아……. 송영식 씨를 만났는데, 별 수확은 없었습니다. 그분은 연락만 전달했을 뿐이지 자세히 아는 게 없다고 하시더라고요."

하현은 옷 안주머니에 들어 있던 종이를 꺼냈다. 영식이 그려 주었던 약도였다. 시우에게 그것을 건네주며 하현은 낮에 들었던 이야기를 간략히 설명했다.

"마지막으로 편지를 전달하려던 곳이라 하셨습니다. 인천의 목공소라는데, 시간이 많이 지나서 뭘 알아낼 수 있을지 모르겠네요."

약도를 받아 든 시우의 눈에 약간의 놀라움이 드리웠다.

"여긴……."

"왜 그럽니까?"

그는 이상하다 싶을 정도로 한동안 말을 잇지 않았다.

"아는 곳이에요?"

"아니. 기억이 희미해서 확답은 못 하겠어."

그는 종이를 코트 안주머니에 넣었다.

"돌아가는 대로 알아볼게."

하현은 의아한 얼굴로 고개를 끄덕였다.

"그래서, 무슨 일 있었는데."

"방금 말했잖아요."

"내 말을 곧이곧대로 해석할 때는 지나지 않았어?"

하현은 말을 알아듣지 못하고 느리게 눈을 깜빡였다. 그런 하현을 보며 시우는 여느 때처럼 담담히 말했다.

"내가 걱정할 만한 일이 있었냐고."

"아······."

그제야 말뜻을 알아들었는데도 하현은 쉬이 말을 정리하지 못했다. 몇 번 입술만 들썩였다. 시우는 재촉하지 않고 하현의 답을 기다려 주었다. 그러는 동안 선선한 바람이 달아오른 뺨을 보듬고 지나갔다.

"······송영식 씨가 고초를 겪은 것 때문에 아내분이 고생을 많이 하셨던 모양입니다. 그런 얘기가 또 나오는 게 무서우셨나 봐요. 저를 반기는 분위기가 아니었습니다."

시우는 짧게 고개를 끄덕였다. 하현의 이야기로 대충 상황 짐작이 되었다. 어깨 위에 있던 소금도 그것 때문인 모양이다.

"억울하기도 했는데, 이해는 됐습니다. 가족이 고초를 겪었는데 그런 마음이 안 드는 게 이상한 거겠죠."

씁쓸한 얼굴이었으나 노을을 응시하는 하현의 눈은 여전히 담담했다. 또 속으로 슬픔을 삭이고 있는 모양이다.

"목시우 씨, 목시우 씨는 갑각류가 어떻게 성장하는지 알아요?"

맥락 없는 물음에 시우가 의아한 표정을 지었다.

"갑각류는 자신을 감싼 껍질 안에서 빠져나와야 성장할 수 있대요. 껍질이 자라기 전까지는 엄청 약한 상태인 거죠. 물고기한테 잡아먹힐 수도 있을 만큼."

"······."

"지금 이 나라가 딱 그 꼴인 것 같지 않습니까."

하현은 제가 한 얘기가 우스웠는지 잠시 실없이 웃었다.

"지금 당장 어딘가에 먹혀 없어져도 이상하지 않은 상태잖아요."

"……."

"탈피하고 성장하려고 애를 썼는데, 그 결말이 죽는 거라면 어떻게 해야 하는 걸까요."

하현은 다시 노을 쪽으로 시선을 옮겼다. 노을이 비친 눈매가 희미하게 일그러져 있었다.

"미안합니다. 실없는 소리를 했네요. 늦었으니 그만……."

돌아가자고 말할 생각이었다. 그런데 시우가 하현의 팔을 잡아 다시 자리에 앉혔다.

"국가의 존망은 그 나라의 국민들이 결정한다고 생각해."

건조한 음성과 달리 하현을 직시하는 눈동자는 노을빛에 타오를 듯 선명했다.

"이 나라 국민들은 탄압과 억압의 역사를 알고 있어. 당신처럼 싸워 온 사람들이 이 나라에 여전히 남아 있고."

"……."

"희망적이라고 할 순 없지만 의미 없다고도 생각하지 않아. 그 사람들로 인해 앞으로 많은 게 개선될 테니까."

하현은 미동 없이 그를 바라보았다. 평소 냉철한 사내의 말이기 때문인지 그 이야기는 진실하게 들렸다. 의미 없는 행보가 아니었다고 말해 주는 것 같아 하현은 희미하게 웃음 지었다. 눈꼬리가 선하게 휘어지는 모습을 보며 시우의 눈매도 부드러워졌다.

"위로하는 겁니까?"

"알아들었으면 됐어."

시우는 언제 그랬냐는 듯 다시 매정히 대답하곤 고개를 돌렸다. 하현은 푸스스 웃음소리를 냈다.

"근데 목시우 씨는 왜 남의 얘기를 하듯이 말합니까? 목시우 씨도 구국 운동을 했다고 들었는데."

"저번에도 말했지만 난 애국자까지는 아니야. 나라 팔아먹은 놈들을 경멸하긴 하지만."

그는 담담히 말하며 정면만 응시했다. 눈동자 역시 건조했다.

"아버지가 갔던 길을 따라가다 보면 뭔가 해답이 나올 것 같아서 그렇게 한 거였어."

고개를 돌린 그가 하현을 바라보았다. 그는 손끝으로 하현의 머리카락을 살짝 쓸어 넘겼다.

"답은 엉뚱한 곳에서 찾았지만."

그는 나지막이 웃고는 다시 고개를 돌려 노을을 바라보았다. 그가 하는 말이 무슨 뜻인지 알 수 없었던 하현은 의아한 표정만 지었다.

"나도 부모님과 고모가 걸어왔던 길을 따라 걸었어요."

시우의 눈동자가 하현에게 고정되었다.

"누군가의 흔적을 좇아 걸었다고 해도 애국이 아니라고 말할 수가 있나요? 나라를 위해 싸워 온 건데."

"당신과 나는 달라."

단호한 어조였다.

"내 의지가 아니었다고 해도 난 정석호 밑에서 살았어. 떳떳하지 못해."

"……목시우 씨도 정말 바보 같네요."

하현의 말에 시우의 미간이 찌푸려졌다.

"누가 누구더러 바보래."

"틀린 말 한 것도 아니잖아요. 애국이 뭐 별거입니까. 나라를 지키고 싶고, 행동까지 보였으면 애국이죠."

"……"

"정작 부끄러워할 사람들은 부끄러워하지 않는 세상 아닙니까. 자랑스러워할 건 자랑스러워해야죠."

하현의 말에 시우는 설핏 웃었다.

"그런 말을 하는 당신이 더 바보 같아."

"뭐라고요? 좋다고 할 땐 언제고."

"그래. 바보 같은 당신을 마음에 둔 나도 바보지."

그 말이 우스워 하현은 실없이 웃었다. 시우도 편안한 웃음을 짓고 있었다. 하현은 물끄러미 그를 바라보다 손을 내밀었다.

"목시우 씨. 담배 하나 줘 봐요."

"피울 줄 알아?"

"피워 본 적은 있긴 한데 별로 좋아하진 않아요. 그래도 목시우 씨가 피우는 거 보면 한번 피워 보고 싶더라고요."

"몸에도 안 좋은 걸 왜."

하현이 내민 손을 거두지 않자 시우는 담배 한 개비와 라이터를 꺼내 주었다. 하현은 담배를 입에 물고 불을 붙여 보았다. 혈기 있는 입술이 연기를 들이마셨다. 그러다 도중에 하현은 기침을 했다. 기침이 연신 나오자 시우는 하현의 등을 쓸어내려 주었다.

"그러게 뭐 하러."

"독하네요."

"피우지 마."

시우는 하현의 손에서 담배를 뺏어 들고 흙바닥에 지져 불을 껐다.

"왜 꺼요?"

하현이 물었다. 시우는 대답 대신 하현의 턱을 부드럽게 감싸 쥐었다. 얼굴 위로 그림자가 드리웠고, 느릿하게 입술이 겹쳐졌다. 하현은 놀라 숨을 들이쉬었다.

아릿하게 배어 있는 담배 냄새와 흰 꽃의 향기가 섞였다. 그가 사랑하는 배의 냄새인 나무와 쇠, 산속의 청명한 향기까지 한꺼번에 밀려들었다. 전혀 조화롭지 않은 것들인데도 이상하리만치 향긋했다.

아랫입술이 약하게 깨물리며 콧대가 살짝 비벼졌다. 큰 손이 뒷목을 부드럽게 감싸 쥐더니 뜨거운 혀가 느릿하게 입 안을 파고들었다.

처음 입을 맞추었을 때와는 달리 여유 있고 섬세한 입맞춤이었다. 입 안을 부드럽게 유영하는 혀가 꼭 저를 어루만져 주는 것 같아서 하현 은 그를 밀어 내지 못했다. 입맞춤은 오랫동안 지속되었다.

짧고 가벼운 입맞춤으로 마무리한 시우는 고개를 뒤로 물렸다. 물 러섰지만 여전히 콧대가 닿을 듯 가까운 거리였다.

"왜 안 밀어 내? 맞을 각오하고 한 건데."

나른하게 가라앉은 목소리였다.

"당신 나 안 좋아하잖아."

장난기 섞인 어조와 달리 하현을 직시하는 시선은 진득했다. 감정 을 여과 없이 비추는 눈이 버거울 만큼 진실하여 하현은 시선을 내려 버렸다.

"안 좋아하지는 않아요."

"사랑하는 건 아니잖아."

"……목시우 씨는 나를 사랑하는 거예요?"

"글쎄."

목뒤에 있던 손이 머리카락을 쓸어내렸다. 엄지손가락이 닿으며 찬 바람에 식은 귓바퀴를 살짝 어루만졌다.

"그것까진 아닐 거라고 생각했는데."

"……."

"그렇게까지 휘둘렸던 걸 보면 그렇게 될 거 같기도 하고."

그는 하현의 뺨과 관자놀이에 얕게 입을 맞추었다. 그리고 살짝 고 개를 비틀어 시선을 맞추었다.

"아직 대답 안 했잖아."

"……."

"왜 안 밀어 냈어? 아침까지만 해도 매정했던 사람이."

대답을 요구하는 시선이 집요했다.

"그냥……."

하현은 답을 말하지 못하고 머뭇거렸다. 그는 하현의 답을 기다려 주었다.

"다정해서요."

"……."

"너무 나쁜 이유 같네요. 미안합니다."

시선을 아래로 내린 하현의 눈이 흔들렸다. 마음을 받아 주지도 못하면서 이러는 건 상대에게 못할 짓이었다. 지독히도 공허해진 마음을 채울 곳이 없어 엉뚱한 곳에 의지하는 것과 다를 바가 없었다.

하현의 얼굴에 죄책감이 드리우자 시우는 하현의 찌푸려진 미간을 엄지손가락으로 훑었다.

"안 나빠."

"……."

"그렇게 따지자면 당신 마음 약해진 때를 파고든 내가 나쁘지."

하현은 시선을 들어 다시 그를 바라보았다. 하루의 끝을 알리는 태양의 붉은빛이 그의 뺨에 희미하게 드리워 있었다.

"당신도 이용할 수 있는 만큼 이용해도 돼."

이용을 당하겠다고 자처하는 건 그와는 너무도 어울리지 않는 말이었다. 하현의 표정에 죄책감이 지워지지 않자 그는 다시금 입술을 겹쳤다. 조금 더 깊은 입맞춤이었다. 그는 하현이 잡생각을 할 겨를이 없도록 입을 맞추는 행위에만 집중했다.

서늘한 바람이 불었다. 어디에서 불어와 어디로 향하는지 알 수 없는 쓸쓸한 바람이었다.

○ ◑ ●

여관에 남은 방이 하나뿐이었다. 연애 소설에나 나올 법한 상황에 하현은 난감한 표정을 지었으나 시우는 태연히 방을 빌렸다. 출입문에 이르자 하현의 머릿속은 더욱 복잡해졌다. 그런데 시우는 의외의 말을 꺼냈다.

"쉬고 있어. 잠깐 나갔다 올게."

"어디 가려고요?"

"전보 보낼 데가 있어서."

일을 내팽개치고 그냥 나왔으니 장환에게 연락을 해야 했다. 시우의 사정을 모르는 하현은 그저 안도하며 고개를 끄덕였다. 어색한 분위기가 걱정되었기 때문이다.

시우가 먼저 방을 나서고, 하현은 여관 근처의 우물가에서 간단하게 몸을 씻고 양치를 했다. 물이 차가웠지만 깨끗한 물로 씻으니 개운했다. 어지러웠던 정신도 조금 맑아지는 듯했다. 그러자 시우와 입을 맞추었던 기억이 스멀스멀 떠올랐다.

귓바퀴에 열이 올라 하현은 부러 오랫동안 세수를 했다. 정신이 나갔던 모양이다. 거리를 두기로 작정해 놓고 마음이 어지럽다는 이유로 따스함을 거절하지 못했다. 자신이 그간 사람의 손길을 그리워했다는 걸 부정하지 않을 수가 없었다. 눈치 빠른 남자는 그것을 알아차렸을지도 모른다.

후회되지만 돌이킬 수는 없는 일이었다. 하현은 시우가 아직 돌아오지 않았기를 바라며 다시 여관으로 올라갔다. 안타깝게도 시우는 이미 돌아와 있었다. 그의 시선이 말개진 하현의 얼굴에 잠시 머물렀다가 떨어졌다.

그는 하현에게 두 개의 종이봉투를 내밀었다.

"뭡니까?"

하현은 봉투를 받아 열어 보았다. 한 봉투에는 소독약과 연고가 들었고, 다른 하나에는 맑은 붉은색의 동그란 덩어리 몇 개가 들어 있었다. 자세히 보니 석류였다.

"웬 석류예요? 맛있겠다."

"약 바르고 먹어."

하현은 어색한 분위기와 약을 둘 다 잊고 자리에 앉아 석류를 뜯었다. 밥을 먹고 들어왔는데도 하현의 손길은 바빴다. 시우는 그 모습을 보며 소리 나지 않게 웃었다. 단것에 정신이 팔리는 어린아이 같은 면모가 귀여웠다.

시우는 석류를 까는 일에 정신 팔린 하현을 대신해서 약 봉투를 열었다. 그는 하현의 앞에 자리 잡고 앉아 얼굴에 소독약을 발라 주었다. 하현의 손길이 우뚝 멈추었다.

"괜찮습니다. 이 정도는 내일이면 나아요."

"안 바르는 것보단 나으니까 그냥 발라."

이보다 더한 상처가 있어도 치료했던 적이 없는데 극진한 치료를 받으니 조금 민망했다.

"석류 먹어 봐요."

할 말을 찾지 못한 하현은 석류 알을 골라 시우에게 내밀었다. 고맙다는 말 대신이었다. 그런데 시우는 석류 알을 손으로 받아 들지 않고 손바닥에 입술을 대서 알을 입에 넣었다.

"맛있네."

하현이 놀란 것이 무색하게도 그는 아무 일도 없었다는 듯 태연히 하현의 얼굴에 연고를 발라 주었다.

"직접 먹어요."

하현은 민망하여 불만스레 투덜거렸다.

"이리 줘 봐."

시우는 하현의 손에서 석류를 가져가더니 껍질을 벗기고 긴 손가락으로 알을 골랐다.

"손."

하현은 넙죽 손을 내밀었다. 시우는 하현의 손 위로 석류 알갱이들을 가득 올려 주었다. 큰 손으로 열심히 석류를 골라내는 시우를 보며 하현은 저도 모르게 웃었다. 어울리지 않기도 하고, 집중하는 모습이 귀엽기도 했다.

"의외로 다정한 면이 있네요."

"뭘 이런 걸로."

그는 짧게 대답하고는 다시 석류를 까는 일에만 집중했다.

"그 사람은, 다정했나?"

되묻지 않아도 누굴 뜻하는지 알 수 있었다.

"⋯⋯다정한 편이었죠."

시우가 석류를 까다 말고 물끄러미 하현을 응시했다.

"당신은 그 남자 이야기만 나와도 얼굴색이 달라져."

하현은 당황하여 눈을 동그랗게 떴다. 그는 씁쓸하게 웃고는 마저 석류를 골랐다.

"당신한테 난 다정한 사람은 아니었겠지."

아닌 척했지만 시우는 오늘 장환이 했던 말이 내심 신경 쓰였다. 시우는 하현의 손바닥 위에 붉은 석류 알갱이를 가득 올려 주고는 엷게 미소 지었다.

"만회의 뜻이야."

하현이 푸스스 웃음을 터트렸다.

"겨우 석류로 만회하겠다는 거예요?"

"당신이 기회를 주면 좀 더 다정해질 수도 있고."

"기회요?"

하현이 의아하게 묻자 시우는 가까이 다가와 하현의 뺨에 입을 맞추었다. 석류를 손바닥 가득 담고 있어서 움직이기가 어려웠다. 아까도 느꼈지만 그의 접촉은 조심스럽고 다정했다. 하지만 그대로 받아들일 수도 없어 하현은 고개를 돌렸다.

"하지 마요."

"왜? 싫어하지 않잖아."

역시나 시우는 눈치를 챈 모양이다. 타인의 다정함을 거절하는 게 하현에게는 쉬운 일이 아니었다. 지독히도 외로웠던 삶이 낳은 결과물이었다.

"나더러 이용하라더니 오히려 목시우 씨가 나를 이용하고 있는 거 같은데요."

하현의 투덜거림에 그는 능청스레 웃었다.

"원래 거래는 그렇게 하는 거야. 상대방이 유리한 듯 말은 하지만, 실제로는 내가 이익을 취하는 거지."

"재수 없어요."

"날 때부터 사업가 체질이라."

하현은 어깨를 으쓱이는 시우를 흘겨보았다. 그는 웃기만 했다.

"그래도 난 당신한테 손해 보는 거면 괜찮을 거 같아."

그가 조용히 덧붙였다. 좀 쑥스러운 말을 했다 싶었는지 시우의 귓바퀴가 엷게 물들었다. 그는 짧게 목덜미를 쓸어내리고는 자리에서 일어섰다.

"그만 자자."

그는 이불을 깔았다. 푹신한 이불을 보니 피로감이 몰려오는 듯했다. 하현은 이불 까는 것을 돕고, 석류 몇 알을 더 먹은 뒤에 이부자리에 몸을 뉘었다.

시우도 간단히 씻고 온 후에 이불에 누웠다. 방이 좁아 이불 간격을 떨어트릴 수 없어 두 사람 사이가 꽤나 가까웠다. 시우가 팔을 뻗으면 하현의 어깨가 닿을 정도였다. 하현은 제 숨소리마저 들릴까 조심히 숨을 내쉬었다.

어둠 속에서 시간이 얼마나 흘렀을까. 하현은 살짝 고개를 돌려 시우를 바라보았다. 바깥 가등의 어슴푸레한 빛이 그의 조각 같은 얼굴을 밝혀 주고 있었다. 이 상황이 어색한 하현과 달리 시우는 편안한 모습이었다.

"김하현."

갑작스레 열린 입에 깜짝 놀라서 하현은 눈을 감았다. 자는 척을 하기 위해서였다.

"안 자는 거 알아."

티가 났던 모양이다. 하현은 자는 척은 포기하고 조용한 목소리로 물었다.

"……왜 안 잡니까?"

"마음에 있는 이를 옆에 두고 잠이 잘 오면 그게 이상한 거겠지."

담담히 늘어놓는 음성에 하현은 흠칫했다. 하현은 고개를 돌려 그를 바라보았다. 눈을 감고 있는 그의 모습은 평안해 보였다.

"……나랑 뭔가 하고 싶은 거예요?"

직접적인 물음에 시우의 눈이 뜨였다. 하현 쪽으로 눈동자를 굴렸지만 그것은 끝까지 닿지 못하고 허공에 머물렀다.

"그런 말을 잘도 하네."

"아니, 그냥. 그런 생각도 드나 궁금해서요."

"당신은 내가 사내라는 사실을 가끔 잊는 것 같아."

그는 모로 누워 팔로 머리를 괴고는 하현을 바라보았다. 눈을 감았다 뜬 시우의 눈동자가 하현에게 또렷이 닿았다. 어두운 공간인데도 그의 눈동자는 이상하리만치 눈에 띄었다. 이 공간의 무엇보다도 깊고 짙었지만 모순적이게도 반짝이는 것처럼 보였다.

"하고 싶다고 하면."

"……"

"해 줄 건가?"

농인 줄 알았건만 그의 표정과 어투는 더없이 진지했다.

"……때릴 겁니다. 세게."

잘생긴 입술이 벌어지며 짧게 웃음을 터트렸다. 그는 얼마간 웃다 다시 정자세로 누웠다.

"농이었어."

"표정은 그렇지 않아 보였어요."

"약간 사심이 담기긴 했지. 그래도 진담은 아니었어."

"……."

"전에 말했잖아. 난 당신 함부로 대할 생각 없어."

그리고 그는 아예 등을 돌리고 누웠다. 고개를 돌려 바라본 그의 등은 산처럼 높았다. 그럼에도 입에서 나오는 말은 토라진 어린아이를 연상시켰다.

"나도 당신한테 미움받고 싶지는 않아."

"……."

"거절당하는 것도 싫고, 내 시선을 피하는 것도 싫거든."

오늘 아침 일을 이야기하는 듯했다.

"나한테서 등을 돌리는 것도 싫고."

"……싫은 것투성이네요."

"그래."

나지막한 음성이었다.

"가장 싫은 건 다른 사내를 마음에 담아 둔 당신이야."

"……."

"그렇게 싫은 것투성이인데도 당신한테 마음이 가."

조용히 읊조리는 말에 가슴 한구석이 아렸다. 그는 새벽처럼 깊이 가라앉은 음성으로 말을 이었다.

"오늘 아침에 당신이 나를 거절했을 때 다짐했어. 다시는 바라보지 말자고. 내 자존심과 마음을 짓밟은 저 여자에게 다시는 마음 주지 말자고."

고통을 이야기하면서도 그의 어조는 담담했다.

"온갖 사랑할 거리는 다 안겨 주고 도망치려는 당신이 미워서. 다시는 시선도 주지 말자고 확고한 결심을 했는데……."

무거운 정적이 지나간 후, 그는 자조하듯 말했다.

"난 쉽게도 뒤돌아보더라."

"……."

"자존심이 상했는데도 달려가서 붙잡았지."

그는 짧게 웃었다.

"그 저택에서 그렇게 뛰어 본 거 처음이었어."

미안하다는 말을 섣불리 할 수는 없었다. 어떤 말도 그에게는 상처가 될 테니까. 하현은 머뭇거리다 조심스레 말문을 열었다.

"모순적일지도 모르지만, 당신한테 더 상처 주고 싶지 않았어요. 거절하지 않으면 더 상처받게 될 테니까. 부끄럽게도 나도 더 이상 상처받고 싶지 않았고요."

"그래. 내가 이렇게 마음을 드러내는 게 당신한테도 상처일지 모르지."

"아니에요, 내가……."

"아니야."

시우가 사죄하려는 하현의 말을 끊어 냈다.

"미안하다고 하지 마. 내가 이런 말을 하는 건 당신이 미안하길 바라서가 아니었어. 내가 상처받았다고 호소하려는 것도 아니야."

"……."

"그냥 당신이 좋다는 뜻이야. 그만두려 해도 뜻대로 되지가 않아. 그걸 말하려던 거야."

고요한 침묵이 지속되었다. 하현은 방 안으로 비쳐 들어오는 희끔한 빛 한 줄기만 바라보고 있었다. 시우가 잠들었을지도 모른다고 생각한 찰나, 그는 다시 옆으로 몸을 뉘어 하현을 응시했다.

"손잡고 잘래?"

"……손이요?"

"미안하다며. 그 정도는 해."

"안 미안해도 된다면서요."

하현은 구시렁거리긴 했으나 시우에게 손을 내어 주었다. 그의 큰 손은 쉽게 하현의 손을 감싸 쥐었고, 부드럽게 손가락 사이로 파고들었다. 그는 깍지 낀 하현의 손을 끌어당겨 손등에 입을 맞추었다. 놀란 하현의 손이 움찔거렸다.

"손만 잡는다면서요."

"내가 언제 손만 잡는댔어? 손잡고 자자고 했지."

"아까부터 자꾸 사기를……."

그는 대수롭지 않게 웃더니 마저 입을 맞추었다. 눈을 내리감은 그의 표정은 정중했으나 손가락 사이로 파고드는 호흡은 그러지 못했다. 뜨겁고 거칠었다.

손등에서 차츰 내려선 입술이 손목까지 내려앉았다. 자연히 콧날이 비벼지며 사나운 호흡도 따라붙었다. 처음 겪는 감각이 생경하여 하현은 얼굴을 붉혔다. 손을 빼내려고 힘을 주었으나 그는 손을 놓아주지 않고 또렷이 하현을 직시했다.

"물어볼 게 있어."

"예?"

"모든 일이 다 끝나면 뭘 할 생각이야?"

티를 내지 않았으나 하현은 상당히 놀라워했다. 예전에 자신이 연호에게 했던 물음과 같았기 때문이다. 그러나 시우에게서 느껴지는 분위기는 좀 더 차가웠다.

"죽을 거야?"

낮은 음성이었다. 그는 화가 나 보이기도 했으나, 언뜻 초조함을 내비치기도 했다.

"왜 그런 질문을 해요? 안 죽어요."

"그동안 내가 본 당신은 죽고 싶은 게 소원인 사람처럼 보였으니까."

"죽고 싶다고 생각한 적 없어요."

"그럼 뭘 할 건데."

"나도 몰라요. 뭘 할지는 생각해 본 적도 없고……."

막연히 연호 집안의 물건을 되찾아야겠다는 생각만 했을 뿐, 이 일의 끝을 예상한 적이 없다. 연호의 죽음을 견디지 못해 회피로 시작한 일이기 때문일까. 그녀는 제 미래를 중요시하지 않았다.

"왜 생각하지 않았는데?"

"……."

"사는 데 그렇게 미련이 없나?"

"아니라고 했잖아요."

그는 빤히 하현을 직시했다. 눈동자 속에서 답을 찾기라도 하려는 건지 눈 깜빡임조차 없이 하현을 바라보기만 했다.

"그러는 목시우 씨는 뭘 할 건데요?"

한참을 기다렸으나 시우에게서 답이 돌아오지 않았다.

"목시우 씨?"

"듣고 싶지 않을 텐데."

"왜요?"

"……그만 자."

그는 제멋대로 말을 끝맺었다. 하현이 시우를 바라보며 불만스럽게 미간을 찌푸렸으나 그는 끝내 입을 열지 않았다. 하현은 대답을 듣기는 포기하고 눈을 감았다. 피로했던 탓인지, 시우가 손을 잡아 주었기 때문인지는 알 수 없으나 그녀는 이상할 정도로 빠르게 잠에 빠져들었다.

시우는 불현듯 잠에서 깨어났다. 며칠간 일이 고되었던 탓인지 깊게 잠이 들어 버렸다. 여전히 사위가 어두운 것을 보니 시간이 많이 흐르지 않은 듯했다. 그는 무의식중에 하현 쪽으로 고개를 돌렸다가 표정을 굳혔다. 옆자리가 비어 있었다.

그는 급히 문밖으로 뛰쳐나왔다. 계단을 내려가 여관 밖으로 나오자 서늘한 새벽안개가 그를 에워쌌다. 그러나 추위를 느낄 겨를은 없었다. 하현을 찾아야 했다. 그는 주변을 살피며 빠르게 걸음을 옮겼다. 초조함에 그의 가슴은 타들어 가는 듯했다.

머지않아 그는 골목길에 서 있는 하현을 발견했다.

"김하현."

안도감 섞인 음성이었다. 그녀는 부름을 듣지 못하고 가만히 서서 교교히 빛나는 보름달을 바라보기만 했다. 희뿌연 달빛이 진주처럼 내려앉은 하현의 모습은 안개만큼이나 흐릿했다. 손대면 안개처럼 흩어져 다시는 돌아오지 않을 것만 같았다.

짧게 한숨을 내쉰 그는 하현에게 다가갔다. 하현은 뿌연 눈으로 제 안에서 휘몰아치는 무언가에 집중할 뿐, 그에게 시선을 주지 않았다. 꿈을 꿀 거라고 예상하지 못한 것은 아니지만 당황스러웠다.

"그만 들어가자."

팔을 약하게 끌어당겼으나 하현은 움직이지 않고 달만 응시했다. 그는 하현을 돌려세우고 상체를 숙여 시선을 맞추었다. 제 앞에 무언가 있다는 사실을 알아차렸는지 하현의 시선이 시우에게 고정되었다. 그러나 여전히 갈피를 잡지 못하고 흔들리는 아득한 눈이었다. 그 안에는 짙은 슬픔이 고여 있었다.

시우는 하현의 흐트러진 머리카락을 쓸어 넘겼다.

"뭐가 그렇게 슬퍼."

하현은 대답 없이 얕은 호흡을 내쉬기만 했다. 그는 하현의 어깨를 끌어당겨 품에 안았다. 아무것도 보이지 않도록 자신의 어깨에 머리를 기대게 만들었다. 천천히 등을 다독여 주자 하현은 떨리는 호흡을 내쉬었다.

여윈 어깨를 끌어안은 팔에 차츰 힘이 들어갔다. 그는 마주하고 싶지 않은 사실과 직면해야 했다. 오늘 하현은 시우에게 조금의 슬픔도 드러내지 않았지만, 지금은 제 슬픔을 가누지 못하고 꿈속을 헤매고 있었다. 하현이 시우에게 슬픔의 한 조각도 허용하지 않았다는 뜻이다.

지금 하현을 위로해 주고 있는 사람조차 시우 자신이 아닌 하현의 기억 속 누군가였다. 류연호일 수도 있고, 그녀의 고모님이나 부모님일 수도 있다.

좋지 않은 기분이었다. 무언가가 가슴을 갉아먹는 듯했다. 사나운 바람에 풍화되어 가슴 한쪽이 흔적도 없이 사라질 것만 같았다. 고작 한 사람을 마음에 두었다는 이유만으로. 그 사람의 마음이 제게 허락되지 않는다는 하잘것없는 원인만으로.

"……목시우 씨."

힘없는 목소리가 시우를 상념에서 벗어나게 만들었다. 놀란 그는 품에서 하현을 놓아주었다. 흐릿했던 눈동자가 어느새 본래의 눈으로 돌아와 있었다. 이런 식으로 잠에서 깨어난 것이 처음이라 시우는 적잖이 놀랐다.

"미안합니다. 내가 또 실수했나 보네요."

믿기지 않을 정도로 건조하며 담담한 태도였다. 슬픔을 모두 잠식시킨 눈동자가 시우를 향했다.

"그만 들어가죠. 날이 춥습니다."

담담한 어조였다. 그런 하현을 보며 시우는 저를 속박하던 이성이 통제를 벗어남을 느꼈다. 그는 미간을 일그러트렸다.

"그게 다야?"

"……예?"

"네가 나한테 보여 줄 수 있는 감정이 그게 다냐고."

"……."

"나한테 허락하는 게 그것뿐이 되지 않느냐고."

하현을 응시하는 눈동자는 서늘했으나, 목소리에는 억눌린 감정이 담겨 있었다. 슬픔과 노기 모두 느껴지는 그의 어조에 하현은 당황했다.

"아까 물었지. 모든 일이 끝난 뒤에 뭘 하고 싶냐고."

그는 버석거리는 입술을 약하게 깨물었다가 한숨을 토해 내듯 말했다.

"당신이랑 같이 있고 싶어. 솔직한 대답은 그거야."

"……."

"당신 입에서 나올 대답이 뻔해서 말하지 않았어. 삶에 조금도 미련 없어 보이는 당신이 나를 염두에 둘 리 없으니까."

감정을 다스리려 애썼으나 말은 제멋대로 쏟아져 나왔다. 통제를 벗어난 감정에 머리가 아플 지경이었다.

"조금만 미련을 두면 안 되나?"

호소하는 목소리였다. 그는 과거가 아닌 현재에 하현이 머물러 있기를 바랐다.

"나한테가 아니라, 그냥 사소한 것들이라도. 당신을 기쁘게 했던 거 하나에 미련을 가질 수는 없겠어?"

호수에 돌을 던진 것처럼 그의 눈동자에 길게 파문이 일었다. 하현은 아무 말도 할 수 없어 그를 바라보기만 했다.

"나라고 아무렇지 않았던 거 아니야."

"……."

"네가 슬퍼하는 거 알면서 아무것도 하지 못했던 나도, 아무렇지 않았던 건 아니라고."

감정을 제어하지 못한 그의 시선이 아래로 내려앉았다. 무력감과 좌절이 느껴지는 모습이었다.

하현은 주먹을 꽉 그러쥐었다. 오늘 시우는 내내 여유로운 태도를 보이고, 하현의 슬픔을 애써 들춰내지 않았다. 하현이 제 감정을 드러내는 것을 원치 않는다는 사실을 알았기 때문인지도 모른다.

그리고 그건, 시우에게 조금의 감정도 허락하지 않는다는 뜻과 상통했다.

차가운 공기가 두 사람 사이를 갈라놓았다. 시우는 감정을 다스리기 위해 눈을 감고 깊이 숨을 내쉬었다. 떨리는 호흡이었다. 그의 혼란이 차가운 공기 속에 섞여 들었다. 그는 한참 동안 그렇게 숨만 내쉬었다. 몇 번의 호흡 끝에 그는 다시 눈을 떴다. 그는 흔들리는 감정을 잠식시키고 본래의 이성을 되찾았다.

"아니야."

그는 차가운 손끝을 강하게 말아 쥐었다. 손끝에 미미하게 혈기가 돌았다.

"못 들은 걸로 해. 쓸데없는 말을 했어."

"……."

"신경 쓰지 마."

그는 제 감정을 빠르게 갈무리했다. 머리카락을 쓸어 넘긴 그는 여느 때와 다름없이 차분하고도 차가운 눈으로 하현을 일별했다.

"그만 들어가자."

하현은 돌아서는 시우의 뒷모습을 바라보았다. 그리고 가슴이 무겁게 추락했다.

그는 신을 신지 않은 상태였다. 제 상태를 살필 겨를도 없이 급하게 나온 모양이다. 심장을 짓누르는 감정을 이완시키려 길게 한숨을 내쉬었다. 그러나 가슴은 추를 단 것처럼 여전히 무거웠다.

"목시우 씨."

조용한 목소리로 그를 불렀다. 시우가 느리게 돌아섰다.

"위로해 줘서 고맙습니다."

짙은 눈동자가 거짓말처럼 짧게 흔들렸다. 하현은 그 눈을 바라보기 어려워 시선을 내렸다. 방황하는 시선이 한곳에 머무르지 못하고 일렁였다.

"그간 신경 써 줬던 거 압니다."

"……"

"목시우 씨가 아무것도 아니었던 게 아니라, 감정을 드러내는 데 익숙하지 않아서 그런 거예요."

하현은 무슨 말을 해야 할지 알 수 없었다. 어디까지 고마움을 전해야 할지, 어떻게 해야 그에게 상처가 되지 않을지 전혀 가늠하지 못했다. 하현에게는 이 관계가 너무도 어렵기만 했다.

"며칠간 거리를 두었던 것도 미안합니다. 내가 정말 무신경한 사람이라……. 어떻게 해야 할지를 몰랐어요."

낮게 내려앉은 하현의 속눈썹이 희미하게 떨렸다.

"정말 미안합니다."

"그만해. 당신 미안하라고 한 말 아니야."

"……"

"그만 들어가자. 춥겠다."

찬 바람과 묘한 정적이 그들 사이를 갈라놓았다. 길게 한숨을 내쉰 하현은 화제를 전환하기 위해 어색한 미소를 지었다.

"발 씻고 들어갈까요."

그제야 시우는 제 발을 내려다보며 얕게 탄식했다. 제 상태를 몰랐던 모양이다. 하현은 엷게 웃은 뒤 앞서 걸었다.

두 사람은 우물가에서 발을 씻기로 했다. 시우는 먼저 물의 온도를 확인했다. 일교차가 심한 덕분인지 물은 아까보다 더 차가웠다.

"차가운데 괜찮겠어?"

"괜찮아요. 먼저 씻어요."

시우는 고개를 끄덕였다. 하현은 그의 옆모습을 물끄러미 바라보았다. 언제 이성을 잃었냐는 듯 시우는 평소와 다름없는 얼굴이었다. 이마를 덮고 있는 머리카락 때문인지 평소보다 조금 더 앳되어 보였다.

"목시우 씨."

"응."

"목시우 씨는 저 같은 사람을 왜 좋아합니까. 그럴 이유가 없는
데⋯⋯."

시우는 맥없이 웃었다.

"그러게. 어쩌다 당신 같은 사람을 마음에 두게 된 건지."

시우의 농담조에 하현은 푸스스 웃음소리를 냈다. 그때 차가운 물
방울 몇 개가 호선을 그리며 하현에게 튀었다. 시우의 손가락이 튕겨
낸 물방울이었다.

"웃기는."

그는 부드러운 미소를 짓고 있었다.

"이리 와."

하현이 다가가자 시우는 발에 물을 부어 주었다. 얼음장처럼 차가
운 물이 하현의 발 위로 쏟아졌다. 차가움에 흠칫 놀라자 시우가 설핏
웃음 지었다.

"잠깐 앉아 있어."

시우는 여관 뒷마당에 널려 있던 수건을 걷어 왔다. 그리고 그것을
하현의 발에 직접 감싸 주었다. 놀란 하현이 그를 만류했다.

"내가 할게요."

"됐어."

"⋯⋯근데 그거 써도 되는 거예요?"

"물어 주면 되겠지."

그는 대수롭지 않게 말하고는 무릎을 굽혀 앉은 채 하현의 발을 닦
아 주었다. 하현은 거절하지도, 수락하지도 못하는 어정쩡한 자세로
서 있었다. 그때 시우가 조용한 목소리로 입을 열었다.

"사실 당신은 처음부터 거슬렸어."

시선을 아래로 내린 그의 눈 밑으로 긴 속눈썹 그림자가 드리웠다.

음영이 진 깊은 눈매는 또렷하고 수려했다.

"금방 죽을 것 같은 모습을 하고는 나를 죽일 듯 노려보는데, 그게 꼭 살려 달라 말하는 것 같았어. 그래서 나답지 않은 행동을 한 거겠지."

그는 완전히 물기를 닦아 주고 자리에서 일어섰다.

"그런 모습을 보였으면서도 당신은 꽤 강인했고."

"……."

"연민이 시작이었는지 강인한 모습에 이끌렸는지는 나도 몰라. 그 냥 그렇게 됐어. 괴로울 때도 있지만 사실 나쁘지 않아."

"……."

"당신을 알게 돼서 다행이라 생각해."

그는 수건으로 제 발의 물기도 털어 냈다. 태연함을 가장했지만 그 의 귓바퀴는 희미하게 달아올라 있었다.

"그만 가자."

하현은 돌아서는 시우의 옷자락을 붙잡았다. 의아한 시우의 시선이 하현에게 닿았다. 하현은 흔들리는 눈으로 시우를 응시하다 힘겹게 말했다.

"목시우 씨. 저는 마음을 주지 못할지도 모릅니다."

"……."

"내 마음에 영영 틈이 생기지 않을지도 몰라요."

"괜찮아."

의외로 그는 태연히 대답했다. 그러고는 여태껏 한 번도 본 적이 없 는 웃음을 지었다. 밤공기만큼이나 청량하고, 짓궂은 아이 같은 웃음 이었다.

"난 앗아 오는 데 능하거든."

시원하게 호선을 그리는 눈매를 하현은 멍하니 응시했다.

"내기할까?"

"······내기요?"

"석 달 안에 당신이 나한테 마음을 주지 않으면 당신이 이기는 거야."

잠시 생각에 잠긴 듯 그의 입술이 맞물렸다.

"내기니까 조건을 걸어야겠지. 당신이 이기면 부모님과 고모님이 모셔진 땅, 당신한테 사 줄게."

"예? 그걸 왜요?"

"가족이 묻힌 땅을 당신이 관리해야 할 테니까. 삶에 조금은 미련이 생기겠지."

놀란 하현의 눈이 동그랗게 커졌다. 그는 차분히 가라앉은 음성으로 말을 이었다.

"당신이 이기면, 당신 삶에는 내가 존재하지 않겠지."

웃음기가 사라진 진지한 눈빛이었다. 기이할 정도로 짙은 눈동자에 어떤 감정이 혼재되어 있는지 하현은 알 수 없었다.

"난 당신을 마음에 두긴 했지만 신뢰하지는 않아. 죽지 않을 거란 약속을 해도 믿지 못해."

"······."

"그러니 그렇게라도 살아."

이 사람은 자신에게 마음을 주지 않는 하현이라도 살기를 바라는 모양이다. 하현은 그 마음이 고맙고 미안하여 아프게 미소 지었다.

"그럼 목시우 씨가 이기면요?"

"그건······."

시우는 말끝을 흐렸다. 무언가 깊은 생각을 하는 듯싶더니, 그는 이내 맥없는 웃음을 지었다.

"그건 나중에."

"왜요?"

"내기에 능한 사람은 섣불리 기대하지 않는 법이거든."

그는 장난스럽게 웃었으나 그 웃음 속에 담긴 씁쓸함은 숨겨지지 않았다.

"기대하다 일을 망치고 싶진 않아."

그리고 그는 망설임 없이 돌아섰다. 하현은 시우의 뒷모습을 보며 수런거리는 제 가슴을 어찌해야 할지 알 수 없어 지그시 눈을 감았다.

제7장

은목서 향기

정석호는 해방 후에 제 저택에서 일본식 건축 양식을 모두 걷어 냈다. 그러나 연못은 그리하지 않았다. 생각을 정리해야 할 일이 있을 때마다 연못 주변을 거니는 것이 그의 습관이었기 때문이다.

연못이 주는 평정심은 다른 것에 비할 수 없었다. 죽은 듯 미동 없는 수면을 바라보고 있노라면, 상념은 깊은 물속으로 빨려 들어가듯 사라지고 이내 수면처럼 잠잠한 평온함만이 남는다.

"어르신."

연못을 거닐던 석호의 곁으로 행동 비서 계영이 다가왔다.

"알아보라 한 것은 어찌 되었느냐."

"그 여자가 인천 저택에 하인으로 잠입해 있는 걸 확인했습니다."

정석호는 짧게 고개를 끄덕이고 걸음을 멈추었다. 잠잠한 호수의 표면이 평화롭게 반짝이고 있었다.

"어찌할까요?"

"서두를 것 없다. 천천히 잡아 보자꾸나."

그는 가만히 호수의 안쪽을 들여다보았다. 연못은 거울처럼 자신을 비추지만, 그 안에는 깊고 어두운 심연 또한 담겨 있다. 석호는 그 안으로 빨려 들어가는 듯한 기이한 기분을 느꼈다.

○ ◑ ●

돌아온 인천 저택은 늘 그랬듯이 평화로웠다. 하현은 매일 따뜻한 곳에서 잠들고, 따뜻한 밥을 먹는 생활을 며칠 반복했다. 밥을 먹고도 배가 고프면 정원의 사과나무에서 사과도 따 먹고, 간혹 영옥 아주머니가 챙겨 주는 간식을 먹기도 했다.

덕분에 요즘 살이 올라 곤란하던 차였다. 하현도 여인인지라 살이 붙으면 여인의 태가 났다. 사내 행세를 해야 하니 반가운 일은 아니었다. 청소할 일 말고는 움직일 일이 거의 없으니 살이 찌는 것도 당연했다. 하현은 괜히 부지런히 정원의 낙엽을 쓸었다.

열심히 비질을 하던 하현은 문득 행동을 멈추었다. 어째선지 주변에서 시우의 냄새가 나는 것 같았다. 익숙한 흰 꽃의 향기였다. 그런데 아무리 둘러봐도 시우는 보이지 않았다. 엉뚱한 영옥 아주머니만 다가와 하현에게 말을 걸었다.

"애, 복돌아. 너한테 편지 왔던데?"

"편지요?"

편지를 보낼 사람이 없는데 이상한 일이었다. 받아 든 편지에는 '김복남'이라는 이름이 적혀 있었다. 하현은 의아해하며 편지를 펼쳤다.

「복돌아. 잘 지내느냐? 곧 인천에 들를 생각이다. 아마 이 편지가 도달할 즈음에는 나도 도착해 있겠구나. 일주일 정도 머무를 생각인데, 네가 시간이 된다면 지난번에 봤던 여관에서 얼굴 좀 보자.

아, 그리고 큰아버지 큰어머니는 강녕하시다. 조카의 안부가 걱정되시는지 내게 꼭 네 얼굴을 보고 오라 당부하시더구나. – 김복남」

  필체를 보고 나서야 하현은 편지의 주인이 누군지 알아챘다. 일조
였다. 그리고 보니 지난번에 일조가 새로운 소식이 생기면 친척인 척
편지를 보낸다고 했었다. 하현은 복남이라는 글씨를 보고 짧게 웃음
을 터트렸다.

  “누구야, 가족?”

  “아, 친척인데 인천에 오셨다고 하네요.”

  “그래? 가 봐야 하는 거 아니야?”

  “쉬는 날에 다녀오죠, 뭐.”

  “그러지 말고 지금 다녀와. 도련님 오시기까지 한참 남았는데.”

  “최 집사님한테 걸리면 혼날 텐데…….”

  “내가 심부름시켰다고 할 테니 다녀와.”

  영옥의 배려에 하현의 얼굴이 밝아졌다.

  “정말요? 감사합니다.”

  “그래, 얼른 다녀와.”

  하현은 꾸벅 고개를 숙이고 자리에서 벗어났다. 영옥은 하현의 뒷
모습을 보며 인자한 웃음을 지었다.

  일전에 이야기를 나누어서 일조가 주로 어느 여관에 묵는지 알고
있었다. 하현이 여관 문을 두드리자 머지않아 일조가 밖으로 나왔다.
그는 선한 눈을 접어 웃으며 하현을 반겨 주었다.

  “생각보다 빨리 왔군.”

  “같이 일하시는 아주머니가 배려해 주셔서요. 인천에는 어쩐 일이
십니까?”

"취재차. 그보다 소식 하나를 가져왔네. 일단 들어와 앉지."

하현이 의자에 앉자 일조가 종이 한 장을 건네주었다. 어떤 여성의 간략한 신상이 적힌 종이였다.

"연호에게 고모가 있었던 모양이야."

"고모요?"

"그래. 류희선이라는 여자야. 열여덟에 혼인해서 출가를 했다 하는데, 남편이 미국인이었다는군. 특이한 일이긴 하지만 요즘 같은 때에 아주 없는 일도 아니지. 기대 없이 조사를 해 보았는데, 남편이 이륭양행(怡隆洋行, 아일랜드계 영국인 조지 루이스 쇼가 중국 단둥에 설립한 무역 선박 회사. 비밀리에 대한민국 임시 정부 교통국 역할을 수행했다) 소속이었더군. 미국계 아일랜드인이었어."

하현이 놀라 눈을 크게 떴다.

"그걸 어떻게 알아내신 겁니까?"

"상해에 있을 때 이륭양행 소속 미국인과 알고 지냈었어. 확인차 조사를 부탁한 건데, 아는 사람이었다더군. 운이 좋았어. 정석호가 아직 이 정보를 알고 있지는 않을 거야."

"그렇겠네요. 지금 연호 고모님은 어디 계신지 알고 계십니까?"

"혼인하고 미국으로 떠났다 하던데, 남편이 병으로 죽고 그 이후의 소식은 찾아보기 힘들더군."

행방불명이라는 이야기를 들으니 하현의 마음이 무거워졌다.

"연호 부모님 묘에 있던 사진, 이 여자가 두고 갔을 가능성이 있지 않겠나?"

"가능성이 있겠네요. 지금은 어디에 계신 걸까요? 돌아가신 것만 아니었으면 좋겠는데……."

"찾아봐야 알겠지만, 그 사람을 찾으면 어느 정도 실마리를 잡을 수도 있겠지."

"알아봐 주셔서 감사합니다. 대위님한테는 늘 신세만 지네요."

그는 괘념치 말라는 듯 고개를 저었다.

"아, 그리고 저도 알아본 게 있습니다. 혹시 진의회라고 아십니까?"

"진의회? 글쎄. 들어 본 적은 없는 것 같은데."

"저희 부모님이 속해 있었던 구국 운동 단체인데, 연호네 집안과도 연관이 있는 듯합니다."

"연호네 집안도? 그걸 어찌 알았나?"

"말하자면 긴데……. 사실 목시우 씨 도움으로 J 호텔에서 열린 연주회에 다녀왔습니다. 혹시 아십니까?"

일조가 놀란 표정을 지었다. 그도 아는 눈치였다.

"그 연주회에 다녀왔다고?"

하현은 그간 있었던 일을 말해 주었다. 연주회에서 조정찬이라는 남자를 만난 것과, 고향에서 알아 온 정보에 대해 이야기하는 동안 일조의 표정은 심각하게 가라앉아 있었다.

하현이 생각보다 큰 사건에 엮인 듯했다. 조정찬에 대해서는 잘 모르지만 정석호 같은 반민자들은 미군정에 붙어 기득권을 장악하려 하고 있다. 그런 상황에 하현이 구국 운동 단체가 엮인 일을 들먹인다면 반드시 방해 요소를 제거하려 할 것이다.

"너무 위험한 일이 될지도 모르겠군."

일조가 심란한 어조로 이야기했다. 반면 하현은 태연히 농을 했다.

"괜찮습니다. 위험해지면 저도 줄행랑칠 생각이에요."

하지만 하현이 그러지 않으리란 사실을 일조는 알고 있었다. 지금 그녀는 자신의 잘못이 아닌 일에 죄책감을 가지고 있다. 연호의 죽음은 그녀의 잘못이 아닌 시대의 비극이 낳은 결과였다. 그러나 설명한다 해도 현재의 그녀가 받아들이지는 못할 것이다.

"시간이 벌써 이렇게 됐네요. 잠깐 빠져나온 거라 오래 있지는 못할 것 같습니다."

하현이 시계를 보더니 자리에서 일어섰다. 일조는 고개를 끄덕이고 여관 문을 열어 그녀를 배웅해 주었다.

"정보 주셔서 감사합니다. 또 연락드릴게요."

하현이 인사를 하고 나가려던 찰나였다. 일조가 조심스레 말문을
열었다.

"내가 이런 말을 할 주제가 되는지는 모르겠지만……."

하현은 의아한 얼굴로 그를 바라보았다.

"가끔은 비겁해지는 것도 수단이 될 수 있어."

하현은 저도 모르게 웃고 말았다. 일조와 너무 어울리지 않는 말이
었기 때문이다.

"대위님이 하실 말씀은 아니잖습니까."

"그래서 미리 말했잖은가."

그는 입꼬리를 누그러트리며 씁쓸히 웃었다.

"위험해지는 순간이 오면 비겁하게 발을 빼게. 옛 전우로서의 충고
야."

하현은 희미하게 미소 지었다.

"네. 잘 알겠습니다."

돌아오는 길에는 어째선지 몸이 찌뿌둥했다. 비가 오려나 싶어 하
늘을 올려다보았다. 하늘 가득히 먹구름이 짙게 드리워 있었다. 하현
은 저택으로 돌아가기 위해 걸음을 바삐 했다.

그러나 서두른 것이 무색하게도 하늘은 비를 퍼붓기 시작했다. 사
납게 쏟아지는 비는 금세 하현을 젖게 만들었다. 그녀는 다급히 건물
처마로 피신하고는 젖은 머리를 털었다.

처마 밖으로 손을 내밀자 손끝 위로 굵은 빗방울들이 연이어 떨어
졌다.

"쉽게 그칠 것 같진 않은데……."

탄식하며 혼잣말로 중얼거렸다. 뛰어서 돌아가야 할까. 한참 고민하다 한 걸음 내디뎠을 찰나였다. 이상한 느낌이 들었다. 익숙하지만, 그만큼 생경하기도 한 감각이었다. 하현은 뻣뻣한 고개를 숙여 제 바지 자락을 바라보았다.

옅게 피가 묻어 있었다. 하현의 얼굴이 경악으로 물들었다.

근 몇 년간 하현은 달거리를 하지 않았다. 전쟁터와 다름없는 환경에서 생활하며 영양 부족에 시달린 탓인지, 남성 위주의 체계에 심리적 압박을 느낀 탓인지는 알 수 없으나 어느 순간부터 중단되었다. 조금 심란한 적도 있었으나 건강에 크게 이상도 없었고 아이를 낳는다는 상상조차 한 적이 없었기에 구태여 걱정하지는 않았다.

그래서 어느 순간 다시 시작할 수도 있다는 사실마저 잊고 있었다.

요즘 들어 몸이 상당히 편해졌기 때문일 터였다. 규칙적이고 영양잡힌 식사, 적당한 수면과 편안한 공간은 신체를 건강한 상태로 되돌려 놓기에 충분했다.

침착하려 했지만 몇 년을 걸렀기 때문인지 쏟아지는 양이 많았다. 하현은 크게 당황했다. 하현은 여인으로 살아가는 데 익숙하지 않은 사람이었다. 아무리 한 소대를 이끄는 장교였다 해도 여인으로서 늘 한계와 고난에 부딪혔기에 그녀에게는 여전히 여인이라는 성별이 낯설었다.

머릿속이 복잡해졌다. 식은땀이 나며 손끝이 차가워졌다. 주머니를 뒤져 보았으나 나오는 돈도 별로 없었다. 이 비를 뚫고 천이나 개짐을 사 올 수 있을지도 의문이었다. 아직 티가 나지 않겠지만, 포목점을 찾아 헤매다 길거리에서 돌이킬 수 없는 상황을 맞이할 것만 같았다. 사내 행세를 하고 있는 하현에게는 생각만 해도 아찔한 상황이었다.

이러지도 저러지도 못한 채 한참 가만히 서 있었을 때였다. 익숙한 목소리가 하현을 일깨웠다.

"김하현!"

먼 곳에서 우산을 들고 있는 시우가 보였다. 그는 한달음에 하현에게 달려왔다. 하현은 놀란 눈을 껌뻑이며 그를 응시했다.

"한참 찾았잖아. 비 때문에 못 가고 있었어?"

저택으로 돌아오지 않아 찾으러 왔던 걸까. 그는 가빠진 숨을 고르며 하현을 살폈다. 그의 미간이 살짝 좁혀졌다.

"어디 아파? 안색이 왜 그래."

시우가 나타난 걸 다행이라고 해야 할까, 불행이라고 해야 할까.

"아픈 거야?"

걱정스러운 시선으로 바라보던 그는 한 걸음 다가왔다. 그러나 하현은 한 걸음 뒤로 물러섰다.

"아니 저기, 잠깐만요."

"왜 그래?"

더 다가오려는 것을 하현은 간신히 손으로 막았다.

"아, 아픈 거 아니에요."

"그럼. 무슨 일 있었어?"

"그런 게 아니에요, 정말로."

말문이 턱 막혔다. 걱정스러운 시우의 시선이 닿았지만 하현의 머릿속은 그를 고려할 새 없이 복잡했다. 일단 옷부터 사다 달라고 해야 할까. 개짐 같은 것이라도 사 와 달라고 해야 하는데, 차마 그것마저 시우에게 부탁할 자신이 없었다.

시우에게도 하현의 혼란은 느껴졌다. 대체로 단단하던 사람이 이토록 당황해 하는 것은 처음 보아서 그는 걱정이 되는 한편 의아했다.

"목시우 씨, 정말 미안한데……. 옷이 너무 젖어서 그러는데 옷이랑 처, 천 하나만 사다 줄 수 있어요?"

"천? 천은 왜."

"몸이 젖어서 좀 닦으려고요."

애써 차분히 대답을 했지만 눈치를 보게 되었다. 시우의 시선이 붉어진 하현의 귓바퀴로 향했다. 옷깃 아래로 드러난 목덜미 역시 새빨갛게 달아올라 있었다.

시우가 하현을 살피는 동안 하현의 입술은 바짝바짝 말랐다.

"잠깐 들어 봐."

생각을 마친 시우가 하현에게 우산을 들게 했다. 하현이 의아한 눈으로 바라보자 그는 겉옷을 벗어 하현의 허리에 묶어 주었다. 하현은 기함하며 두서없이 말했다.

"아니 이건 왜, 아니에요. 그런 게 아니라고요."

"그래, 아니야."

더럽게 눈치 빠른 남자 같으니라고. 하현은 질끈 눈을 감았다. 세상이 많이 변했다 한들 여인의 월경은 숨겨야 하는 것이었다. 드러내는 걸 부끄러워해야 할 문제였다. 늘 불합리하다 생각했지만 하현이 살던 세상은 그랬다.

혼란한 하현을 내버려 두고, 그는 태연히 우산을 가져가더니 하현의 어깨를 감쌌다.

"가자."

"어디를요?"

"오는 길에 여관 있었어. 거기라도 가자."

그는 자연스레 하현을 이끌었다. 두 사람은 빗속을 헤치고 걸었다.

하현의 정신이 혼미해진 사이 두 사람은 여관에 도착했다. 시우는 하현을 여관방에 들이고는 잠깐 기다리라는 말을 남긴 채 다시 여관을 나섰다.

하현은 난감한 표정으로 시우가 허리에 묶어 준 양장 재킷을 바라보았다. 이 비싼 옷에 얼룩이라도 지면 어쩌려고 묶어 준 걸까. 걱정이 되었으나 차마 그것을 풀지는 못했다.

잠시 후 시우가 돌아왔을 때 그는 옷 꾸러미를 들고 있었다. 급하게 다녀왔는지 그가 입은 셔츠도 비에 젖어 있었다.

"밖에 목욕간 있더라. 같이 가자."

"네? 같이 가자고요?"

하현의 물음에 시우가 불만스레 미간을 찌푸렸다.

"무슨 생각을 하는 거야. 문 앞에 있겠다고."

"아니, 그런 뜻이 아니에요. 비가 와서 밖에 서 있어야 하잖아요."

"당신이 씻는 중에 누가 들어오는 것보다는 낫잖아. 가자, 따듯한 물 부탁해 놨어."

하현은 얼떨결에 그를 따라나섰다. 목욕간에 들어가기 전, 그는 하현에게 옷 꾸러미를 건네주었다. 하현은 민망한 기분을 감추고 목욕간 안으로 들어섰다.

가장 먼저 따듯한 물이 피어오르는 고무대야가 보였다. 목욕간 안의 훈훈한 공기를 느끼자 바짝 긴장했던 몸이 그제야 풀어졌다. 시우 덕분에 난감한 상황은 면한 것 같았다.

옅게 한숨을 내쉬며 시우가 준 옷 꾸러미를 풀었다. 그 안에 든 개짐을 보자 다시금 민망함이 솟구쳤다. 세상에 저 사내에게 이런 심부름까지 시키게 될 줄 누가 알았을까. 탄식했지만 더 생각해 봤자 해결되는 일도 없었다.

뜨거운 물로 몸을 적시는 동안 하현은 생각에 잠겼다. 첫 월경을 했던 때가 떠올랐다. 고모를 잃고, 정처 없이 타국의 길거리를 헤매던 때 갑자기 첫 월경을 맞았다. 얇은 바지 자락을 적신 피를 보며 사람들은 하현에게 손가락질하며 숙덕거렸었다.

홀로 뒤처리를 하며 어린 하현은 서글프게 울었다. 그러면서 생각했다. 여인이 아닌 사내로 태어났으면 좋을 뻔했다고.

그러나 사내 행세를 하고 있는 지금도 자신은 철저히 여인이었다. 가슴을 압박하고 머리카락을 짧게 잘랐지만 여인에서 벗어날 수는 없었다. 총을 들고 군복을 입었지만 여인의 꼬리표를 뗄 수 없었던 때처럼. 여전히.

그 사실이 하현을 조금 울적하게 만들었다.

목욕을 마치고 나왔을 때 시우는 목욕간의 처마 아래에 앉아 있었다. 그는 하현의 말개진 얼굴을 잠시 바라보다 부자연스럽게 시선을 떼었다.

"가자."

그는 자리에서 일어서 우산을 펼치고 하현의 어깨를 감쌌다.

"우산이 좁아서 그래."

"……누가 뭐래요."

건물까지 하현을 데려다준 시우는 어째선지 우산을 접지 않고 밖으로 나섰다.

"먹을 것 좀 사 올게."

만류하려다 그냥 고개를 끄덕였다. 늦은 시간 동안 하현을 찾아 돌아다녔으니 시우도 허기가 질 것 같다는 생각이 들었다.

시우의 뒷모습을 시선으로 좇다 하현은 여관방으로 들어섰다. 벽에 기대어 앉아 창밖으로 비가 내리는 풍경을 바라보았다. 타닥타닥─ 흙과 나무, 잎을 적시는 빗소리가 소란하고도 경쾌했다.

빗소리를 감상하며 한참 앉아 있으니 금세 몸이 노곤해졌다. 시우가 돌아오면 일조에게 들었던 이야기를 전해 주어야 하는데, 생각과 달리 무거운 눈꺼풀은 쉬이 내려앉았다.

여관방으로 돌아온 시우는 잠든 하현을 발견하고는 발자국 소리를 낮추었다. 사 온 음식들을 내려놓고 하현에게 다가갔다. 하현은 벽에 기대어 앉아 깊이 잠들어 있었다.

바닥에 이불을 깔고, 하현을 안아 올려 이불에 내려 주는 동안에도 그녀는 잠에서 깨지 않았다. 많이 피곤했던 모양이다. 평소에 잠이 부족한 탓인지도 모른다. 시우는 하현의 옆에 길게 누워 그녀의 옆모습을 바라보았다. 코끝에 살짝 손을 대어 보자 간지러운 숨결이 맞닿았다. 편안히 숨을 내쉬는 하현을 보며 그의 입꼬리가 호선을 그렸다.

"예쁘게도 자네."

그는 낮게 중얼거리고는 하현의 앞머리를 들추어 볼록한 이마에 짧게 입을 맞추었다. 그러다 미안한 마음이 들어 쓰게 웃었다.

여인은 월경을 하니, 하현 역시 월경을 하는 게 당연했다. 알고 있었지만 저를 싫어하던 사람에게 그런 것을 물어볼 수는 없었고, 자칫 희롱처럼 느껴질 가능성도 있어 입 밖에 내지 않았다.

하지만 하현에게 사내 행세를 시켰던 만큼 고려했어야 했다. 오늘 일로 새삼 자신이 무슨 짓을 했는지 실감했다. 하현에게 여인이라는 성별을 부정하게 만든 것이다.

지금 당장이라도 저택에서 하현을 내보내는 게 맞지만 하현은 고집을 꺾지 않을 터였다. 그리고 사실은, 정말 사실은 시우도 그녀를 보내고 싶지 않았다. 이런 방법이 아니라면 그녀는 시우의 곁에 있을 생각조차 하지 않을 테니까.

"미안해."

그는 조용히 읊조렸다. 그 소리는 구슬픈 빗소리와 함께 금세 쓸려 나갔다.

하현이 다시 눈을 떴을 때는 늦은 저녁이었다. 눈동자를 굴리자 등 지고 누워 있는 너른 등이 시야에 잡혔다. 단단하게 근육이 잡힌 사내의 맨몸이었다.

비몽사몽 속에서 하현은 엉뚱한 생각을 했다. 저는 아무리 몸을 단련해도 이런 몸이 나오지 않는데 저 사내는 어떻게 저런 몸을 가졌을까. 사실 사내들 중에서도 저런 몸이 흔치 않긴 했다. 하현은 저도 모르게 손을 뻗었다. 날개 뼈에 손끝이 닿자 시우가 흠칫하며 고개를 돌렸다.

"……깼어?"

놀란 시선에 하현은 저도 놀라 손을 거두었다.

"왜, 왜 벗고 있어요?"

"옷이 젖어서."

시선을 돌리자 벽에 걸어 놓은 셔츠가 보였다.

"미안. 눈 감고 있어."

"뭘 새삼……. 집에서도 벗고 다녔잖아요."

말은 그렇게 했으나 하현도 민망하여 시선을 돌렸다.

"내가 언제 벗고 다녔어?"

불평하는 시우를 두고 하현은 이불을 끌어 올렸다. 그러다 덮은 이불이 두 개나 된다는 사실을 깨닫고 물었다.

"근데 왜 이불도 안 덮고 있어요?"

"당신이 더 추울 것 같아서."

"하나 가져가요. 아까 따듯한 물로 씻어서 안 추워요."

"씻고 난 후에 더 감기가 잘 걸려. 덮고 있어."

"목시우 씨도 춥잖아요."

"괜찮아."

허세 부리기는. 하현은 불만스레 미간을 찡그렸다.

"그럼 옆으로 오든가요."

"어?"

"싫음 말고요."

하현의 말이 끝나기도 전에 시우는 이불 아래로 들어왔다. 그런데 이불이 좁아 생각보다 거리가 가까웠다. 시우도 비슷한 생각을 했는지 어색하게 시선을 떼었다.

"잠이나 더 자."

"근데 집에 안 가 봐도 됩니까?"

"찾는 사람도 없는데 뭘."

어색한 침묵이 감돌았다. 저도 외로운 처지이긴 했지만 시우의 처지도 만만치 않은 듯했다. 지난번 시우가 감기에 걸렸을 때도 느꼈던 것이었다. 하현은 어색한 침묵을 깨트리며 말문을 열었다.

"아 근데 할 말이 있었는데……."

"무슨 할 말?"

"아까 구일조 대위님한테 다녀왔었거든요. 그런데 연호한테 고모가 계셨다고 하더라고요."

"고모?"

하현은 고개를 끄덕였다.

"남편이 미국인이었는데, 이륭양행 소속이었대요. 결혼하고 미국으로 간 후의 소식은 알 수 없다고 하고요. 돌아가셨을지도 모르지만, 살아 계신다면 뭔가 알아낼 수 있지 않을까요?"

그는 생각에 잠긴 듯 잠시 말이 없었다.

"따로 알아볼게."

"고마워요."

"됐으니까 더 자."

하현이 눈을 깜빡거리자 시우는 큰 손으로 그녀의 눈 위를 덮었다. 시야가 다시금 깜깜하게 물들었다.

"목시우 씨."

"자라니까."

"……오늘 일은 고마워요. 근데 잊어 주면 더 고마울 것 같아요."

"왜?"

"몰라서 물어요?"

"창피할 일은 아니잖아. 어쩔 수 없는 일인데."

무어라 할 말이 없어 하현은 입술을 꾹 다물었다.

"그동안 어떻게 해결했어?"

"음…… 안 했어요. 그동안."

살짝 놀란 시우의 시선이 닿았다. 그러나 하현은 눈이 가려져 있어서 알아채지 못했다.

"그런 여인들이 많았습니다. 군에 있을 때는."

"……그래."

낮게 빠져나온 그의 목소리는 잠잠했다.

"아픈 데는 없어? 여인들은 그때가 되면 몸 상태가 별로 좋지 않다던데."

"괜찮아요."

"당신이 괜찮다고 하는 건 이제 믿을 수가 없어."

"내가 뭘 얼마나 그랬다고……. 배가 좀 아픈데, 그렇게 심한 건 아니에요."

"약 사다 줄까?"

"그 정도는 아니에요. 좀 자면 괜찮아질 것 같아요."

그때 이불 속으로 시우의 손이 불쑥 들어섰다. 배에 손이 닿자마자 하현은 깜짝 놀라 눈을 떴다.

"뭐 하는 거예요?"

"배 아프다며."

그는 능청스레 하현의 배 위에서 손바닥을 둥글렸다.

"남의 몸 만지는 데 너무 뻔뻔한 거 아니에요?"

"만지는 거 아니야. 온도를 높이려는 거지."

옷 위로 움직이는 것인데도 느낌이 이상했다. 얼굴에 열이 차올라 하현은 다급히 시우의 손목을 두 손으로 붙잡았다.

"안 아파요, 안 아프니까 됐어요."

"왜. 더 해 줄게."

"됐다니까요!"

그는 아쉬운 표정을 짓더니 배를 덮은 이불 위로 손을 내려놓았다.

"그럼 이러고만 있을게."

무어라 말하려다 하현은 입을 다물었다. 시우의 고집을 꺾기는 쉽지 않을 듯싶었다. 하현이 별다른 반응을 보이지 않자 그는 천천히 배를 다독였다. 아이를 재우는 것처럼 규칙적이고 느린 손길이었다.

"김하현."

"자라면서요."

"힘든 일 있으면 말해."

"……."

"혼자 낑낑거리지 말고."

"내가 언제 낑낑거렸다고 그럽니까."

시우는 설핏 웃었다. 불만스레 말하긴 했으나 하현도 시우의 호의가 고마웠다. 마냥 까칠하고 차가운 사람인 줄만 알았는데 사실은 다정한 사내라는 걸 점차 알게 된다.

누군가 이렇게까지 대해 주었던 적이 없어서 낯설기도 했지만 그만큼 고마웠다. 이런 상황이 아니었더라면 시우의 마음을 받아들였을까.

생각은 뒤이어지지 못하고 안개처럼 흩어졌다. 졸음이 밀려든 탓이다. 간지러운 숨결과 토닥이는 손길이 그녀를 수마에 빠지게 만들었다.

잠이 들기 전, 잠잠해진 빗소리와 함께 시우의 목소리가 귓가를 간질였다.

"잘 자."

한가로운 오후, 저택의 정원으로 시우의 차가 들어섰다. 철웅과 빨래를 널던 하현의 시선이 차량을 좇았다. 시우는 웬일인지 일찍 퇴근을 한 듯했다. 하현은 철웅에게 인사하고 시우의 방으로 향했다.

방문을 똑똑 두드리는 소리가 경쾌했다. 그런데 들어오라는 소리가 들리지 않았다. 하현은 문을 빼꼼 열어 보았다. 불이 꺼진 방은 어두웠다. 햇살이 커튼 틈으로 희미하게 들어오긴 했으나 마치 새벽 같은 어둠이었다.

시우는 침대 위에 미동 없이 누워 있었다. 하현은 슬그머니 다가갔다. 오자마자 뻗은 걸 보니 어지간히 피곤했던 모양이다. 어제 일 때문일까.

"목시우 씨. 옷 갈아입고 자요."

넥타이랑 시계도 불편하잖아요. 덧붙이는 목소리는 조용했다.

"밥도 안 먹고 잘 겁니까?"

깨워야 할 것 같긴 한데 곤히 자고 있어서 깨우기가 미안했다. 하현의 마음을 모르는 시우는 여전히 미동이 없었다. 이러고 자면 불편할 텐데. 하현은 머뭇거리다 넥타이를 풀어 주었다.

매듭을 풀던 중에 문득 이상한 느낌이 들어 시선을 올렸다. 짙은 눈동자와 눈이 마주쳤다. 하현은 흠칫 놀라 물러섰다.

"계속해도 되는데."

"아니, 이상한 생각 마요. 불편할 것 같아서 그런 거예요."

하현의 말에 시우는 설핏 웃었다. 그런데 가까이서 바라본 그의 안색은 생각보다 더 좋지 않았다.

"어디 아파요? 안색이 안 좋은데."

"멀쩡한데."

거짓말이 분명했다. 아무래도 어제 비를 맞은 것 때문에 감기 기운이 있는 듯했다. 하현은 시우의 이마에 살짝 손을 올렸다.

"열이 좀 있네요."

"……그래?"

"감기인가 봐요. 미안합니다, 나 때문에."

시우는 짧게 고개를 저었다.

"근데 목시우 씨 감기 잘 걸리는 체질인가 봐요? 저번에도 그러더니."

하현의 말에 그는 잠시 생각에 잠겼다.

"그거 당신 때문이잖아."

"나 때문이라뇨?"

"당신 때문에 연못에 빠졌었잖아."

말뜻을 한 번에 알아듣지 못한 하현의 얼굴에 의아함이 서렸다. 그러다 과거의 기억을 떠올리고는 입을 벌렸다. 그때부터 시우는 하현의 몽유병 증상을 알고 있었던 모양이다.

"미안해요. 내가 할 말이 없네요. 이번에도 나 때문에 비 맞아서 그런 것 같은데……."

시우는 대꾸하지 않고 하현의 손목을 끌어당겼다. 중심을 잃은 하현이 시우의 가슴팍을 짚었다. 놀란 하현과 달리 그는 능청스러웠다.

"그럼 당신한테 옮길까?"

천연덕스럽게 허리를 끌어안는 손길에 하현은 저도 모르게 시우의 명치를 때리고 물러섰다. 꽤 아팠는지 그는 끙 소리를 냈다.

"너무하네."

"그러게 왜 이상한 말을……. 아파요?"

그는 명치를 문지르며 불만스레 하현을 바라보다 상체를 일으켜 앉았다.

"그보다 보여 줄 게 있어."

"뭔데요?"

시우가 협탁 위에 있던 종이를 들어 하현에게 건네주었다.

"그때 당신이 집배원한테서 알아냈던 주소지, 내가 아는 곳이 맞았어."

하현이 놀란 표정으로 종이를 받아 들었다.

"아버지가 예전에 일했던 목공소였어. 진의회라는 단체와 아버지가 연관이 있는 모양이야."

"정말이에요?"

하현이 놀라 물었다. 이미 예상하고 있었는지 시우는 무던히 고개만 끄덕였다. 반면 하현은 이 상황이 놀랍고 신기하여 얼떨떨하기만 했다. 대체 진의회는 어떤 단체이며, 연호와 시우의 집안과는 무슨 관련이 있는지도 의문이었다. 이 모든 게 우연이라 하기에도 이상한 상황이었다.

넋이 나간 하현의 손에서 시우는 종이를 빼내었다.

"내가 더 알아볼 테니 너무 신경 쓸 필요 없어."

"아, 고마워요. 근데 목시우 씨야말로 너무 무리하는 거 아니에요?"

안색이 좋지 않은 것을 보며 하현이 걱정스레 물었다.

"더 안 도와줘도 괜찮습니다. 구일조 대위님이 도와주신다고 하기도 했었고……."

"나와 연관이 있는 일이니 돕는다는 말은 맞지 않아. 오히려 구일조가 돕는 게 더 이상한 상황이지."

"예?"

"구일조는 당신한테 마음이 없는 게 맞아?"

맥락 없는 물음에 하현의 머릿속이 비워졌다. 그래서인지 조금 바보 같은 표정이 되었다.

"아무리 옛 전우라 해도 그렇게까지 호의를 베풀기는 쉽지 않을 거 같아서. 아니면 다른 꿍꿍이가 있다거나."

"……그런 거 아닙니다."

하현은 고개를 저었다.

"사내들 사이에만 의리가 있는 게 아니에요. 여인과 여인 사이에도 의리가 있고, 여인과 사내 사이에도 의리는 있습니다. 대위님이 어려운 일을 겪었을 때 내가 망설임 없이 도와줄 수 있듯이 구 대위님도 그렇게 하는 것뿐이에요."

시우는 별다른 반응 없이 하현을 바라보기만 했다. 미약하지만 약간의 불만이 담겨 있었다.

"대답이 부족해요?"

"아니."

그는 짧게 한숨을 내쉬었다.

"우정으로서의 도움은 받아들이면서 왜 내 도움은 선뜻 받지 않지?"

하현은 눈을 껌뻑였다. 그저 시우가 피곤해 보여서 도움을 거절한 것인데 이런 식으로 받아들일 줄은 몰랐다. 시우는 딱히 대답을 듣고자 했던 건 아닌지 무감한 시선으로 정면만 바라보았다. 그러고는 혼잣말로 중얼거렸다.

"외사랑이라 그런가."

대체로 냉담한 사내의 입에서 나온 사랑이라는 말이 낯설었다. 하현이 할 말을 찾는 사이 시우는 다시 침대에 누웠다.

"……별다른 뜻이 있어서가 아니라 피곤해 보여서 거절한 거예요. 마음에 담아 두지 말아요."

모로 누운 시우가 하현을 응시했다. 그의 눈매는 아까보다 한층 부드러워져 있었다.

"당신도 기분 상해 하지는 마."

"뭐가요?"

"남녀관계가 모두 이성적 사랑을 전제로 깔고 가지는 않는다는 거알아. 당신이 겪은 인간관계도 다양했을 거고……."

감기 기운 탓인지 그의 목소리는 나른했다.

"그저 내 시각이 편협해진 것뿐이야. 당신 입에서 다른 사내 이름이나오는 게 싫을 정도로."

"……."

"뭐, 여인이라 해서 다를 것도 없긴 하겠지만."

"……내가 어떻게 반응해야 해요?"

"쑥스러워할 것도 아니잖아. 당신 마음대로 해."

하현이 할 말을 찾는 동안 시우가 먼저 화제를 전환했다.

"모레 부산에 가야 해."

"부산이요? 갑자기 왜요?"

"일 때문에."

"나도 따라가는 거예요?"

"아니. 여기에 있어. 배를 타고 가면 사내들과 며칠 몸 섞고 지내야 해."

생각만 해도 진절머리 나는 일이었다.

"며칠 있다 오는데요?"

"2주 정도."

"좀 걸리네요."

"나 없는 동안 사고 치지 말고."

"사고 치지 말라는 말이 입에 붙었나 봅니다."

"걱정된다고 하면 당황스러워할 거잖아."

꿀 먹은 벙어리가 된 하현을 보며 시우는 설핏 웃었다.

"거봐."

"……얌전히 있을 테니 걱정 말아요. 그보다 옷이라도 갈아입고 자요. 불편하잖아요. 넥타이라도 주든가."

하현이 손을 내밀었다. 일순 시우의 눈매가 호선을 그렸다. 좀처럼 웃는 모습을 보여 주지 않는 사내라 하현은 저도 모르게 시선을 빼앗겼다. 그사이 시우가 하현의 손을 끌어당기고는 허리에 제 팔을 감았다. 무방비한 상태였던 하현은 그대로 시우에게 이끌려 침대로 추락했다. 순식간에 뒤집혀지는 것과 동시에 시우는 하현의 위로 올라왔다.

"뭐 하는 거예요?"

당황한 하현을 보며 시우는 싱긋 웃었다.

"감기 옮기고 싶어서."

"······안 돼요."

"2주나 못 보잖아."

"······."

"다정하게 할게."

다정한 말과 달리 우위를 선점한 그의 눈빛은 직선적이었다. 분명 하현이 다정함을 거절하지 못한다는 걸 알고서 하는 행동이었다. 이건 아닌 것 같아서 안 된다고 하려던 찰나 입술이 내려앉았다.

그는 자신의 말을 증명하듯 다정히도 입을 맞추었다. 귀한 것을 대하듯 정중한 입맞춤이었다. 그러나 입맞춤은 점점 짙어졌고, 이내 혀가 파고들었다. 하현은 시우를 밀어 내기 위해 팔을 들었으나, 그는 그 손을 붙잡아 침대 위로 잡아 눌렀다. 천천히 깍지를 끼우는 손가락에는 힘이 실려 있었다.

감기를 이런 식으로 되돌려 주려는 걸까. 마음만 먹으면 밀어 낼 수 있겠지만 하현은 포기했다. 그에게 미안한 감정이 있는 것은 사실이었으니까.

한참 후에야 그는 입맞춤을 끝내고 하현을 바라보았다. 하현의 붉어진 뺨에 자잘한 입맞춤을 몇 번 반복한 후에야 완전히 물러섰다. 하현은 침대에서 일어나 등을 돌리고 앉았다.

"넥타이나 줘요. 정리하게."

귓바퀴가 빨갛게 달아오른 하현을 보며 시우는 소리 없이 웃고는 넥타이를 풀었다.

"당신은 내가 싫지는 않은 모양이야."

"무슨 자신감이에요?"

"싫었으면 주먹부터 날아왔을 것 같아서. 당신 성격상."

"목시우 씨가 내 성격을 얼마나 알아요."

툴툴거렸지만 퉁명스러운 태도는 아니었다.

"8할은 파악했지."

"나머지 2할도 들여다보길 바라요. 내가 그렇게 막 사람을 때리고 그런 사람은 아니거든요."

"안 싫은 거 다 알아."

"연주회 때 봐서 인기 많은 건 알겠는데, 세상 모든 여자들이 그쪽을 좋아할 거라 생각하지 말아 줬으면 좋겠어요."

"그럼 싫어?"

직설적인 물음에 하현은 대답하지 못하고 입술을 맞물렸다.

"……그게 중요해요?"

시우는 넥타이를 풀어 하현에게 건네주었다. 하현이 넥타이를 잡자, 그는 넥타이를 사이에 두고 하현의 손을 감싸 쥐었다.

"중요하지. 난 이 상태로 관계를 유지할 생각은 없거든."

하현은 곤란한 얼굴이 되었다. 하현에게 마음을 강요할 수는 없다는 사실을 알지만, 저 곤란한 얼굴이 류연호란 사내를 몇 번씩이나 떠올린다고 생각하면 초조했다. 그럴 때면 이기적인 마음만이 가득 차 버린다.

한편 하현은 아득했다. 당연히 생각해야 했던 것들을 그간 잊고 있었기 때문이다. 시우와의 관계는 이대로 유지될 수 없었다. 맺어지든, 끝을 내든 어느 쪽으로 결말이 나야 했다.

"……못 받아 줘요. 알잖아요."

하현의 대답에 시우의 얼굴이 어둡게 물들었다. 하현은 자리에서 벗어나 양복장에 넥타이를 정리했다. 시우는 성큼 다가가 하현의 팔을 잡고 돌려세웠다.

"늘 곁에 있는 건 나인데, 죽은 사내가 더 생각이 나?"

"그런 문제가 아니에요."

"아니면 뭔데. 당신이 그 물건을 계속 찾는 거, 그 사내를 위한 일이잖아."

연호 때문에 시작한 일은 맞지만, 지금은 좀 더 복잡한 문제가 되었다. 그러나 그게 아니더라도 하현은 또다시 사랑 같은 걸 할 자신이 없었다. 자신이 경험했던 모든 사랑은 늘 비참하고 가슴 아프기만 했으니까.

"연호 때문만은 아니에요. 내 상황도 정리가 안 됐고, 마냥 기다리게 하느라 당신한테 상처 주고 싶지도 않아요."

하현의 대답에 시우의 눈동자가 흔들렸다. 바람에 가냘프게 흔들리는 등잔불처럼 미약했다. 그건 희미한 어둠 속에서 곧 스러질 것처럼 보였다. 그는 허탈한 웃음을 지으며 머리카락을 쓸어 넘겼다.

"입맞춤은 받아 주고, 마음은 못 받아 준다는 건가."

서늘한 시선이 하현에게 닿았다.

"혹시 나한테 미안해서 그러는 거였어?"

시우의 물음에 하현은 대답하지 못했다. 그런 마음이 아주 없지는 않았으니까. 시우는 조소를 흘렸다.

"그런 이유라면 차라리 이용당하는 게 나을 뻔했어."

"목시우 씨."

"나가."

단호한 어조에 하현은 표정을 굳혔다. 그를 알아챈 시우가 냉락한 어조로 물었다.

"왜 상처받은 얼굴이야? 나를 거절하는 당신한테까지 내가 다정할 필요는 없을 것 같은데."

그간의 다정함에 익숙해져 잊고 있었지만, 본래 이만큼이나 냉정한 사내였다. 하현은 손끝을 꽉 말아 쥐었다. 냉정한 태도에 이렇게나 영향을 받는 걸 보니 그의 다정함이 생각보다 더 큰 위안이 되었던 모양이다.

하지만 시우의 말처럼 이대로 관계를 유지할 수는 없었다. 그걸 생각하지 못한 자신이 이기적이었고, 어리석었다.

"두 번 말하게 하지 마."

그는 서늘한 어조로 일축했다.

"지금은 당신 얼굴 보고 싶지 않아."

하현은 말을 하려 입술을 아물거렸으나 끝내 아무 말도 하지 못했다. 그녀는 힘없는 걸음으로 방을 나섰다. 문이 닫힌 방 안에는 적적한 어둠만이 남아 공허했다.

시우는 침대에 앉아 머리를 짚으며 낮게 욕을 짓씹었다. 이러려던 게 아니었다. 하현에게 그렇게까지 차갑게 굴 생각은 아니었다. 그러나 질투로 함몰된 머릿속은 제멋대로 말을 뱉어 냈다. 이미 상처로 얼룩져 있는 사람한테 왜 굳이 상처가 되는 말들을 늘어놓은 걸까. 자꾸 어린애처럼 구는 자신이 이해가 되지 않았다.

사실 일방적으로 시우의 마음을 받아 주는 쪽은 하현이었다. 이용할 대로 이용하는 것 역시 하현이 아니라 자신이었다. 마음 약한 여인의 틈을 파고들어 제 멋대로 끌어안고 입을 맞춰 왔다. 그러나 지금 당장 하현이 그를 외면한다 해도 이상하지 않을 상황이었다.

당장 오늘이라도 그의 곁을 떠날 수 있다.

그는 치솟는 불안감과 막심한 후회에 좌절했다. 무력감이 그의 어깨를 짓눌러 무엇도 할 수 없게 만들었다.

푸른빛이 어슴푸레하게 밝아 온 새벽, 시우는 저택을 나서다 말고 등을 돌려 2층 창문을 바라보았다. 하현의 방이 있는 곳이었다. 그는 하현에게 인사를 하지 못하고 출장을 가는 게 마음에 걸렸다. 어제 이후로 두 사람은 어떠한 말도 나누지 못했다.

2주나 집을 비우니 얼굴이라도 보고 나오고 싶었지만, 하현의 입장에선 얼굴을 마주하는 것이 불편할지도 모른다. 그는 단념하고 주차된 차를 향해 걸었다.

"목시우 씨!"

그때 하현의 목소리가 들렸다. 그는 우뚝 걸음을 멈추고 뒤를 돌았다. 그러나 주변에는 아무도 없었다. 설마 이제 환청까지 듣는 걸까. 기가 막혀 웃음도 나오지 않았다.

"목시우 씨, 여기요!"

다시금 들려오는 목소리에 시우는 고개를 들었다. 노랗게 물이 든 은행나무 사이로 하현이 보였다. 그녀는 꽤 높은 나뭇가지 위에 앉아 있었다. 좀처럼 감정을 크게 드러내지 않는 시우인데도 이 상황은 무척이나 황당했다. 자신이 꿈을 꾸는 건 아닌지 의심해 봐야 할 정도였다.

"……거기서 뭐 해?"

황당한 감정이 표정으로 드러났는지 하현이 민망한 듯 뺨을 붉혔다.

"미안한데, 내려가는 것 좀 도와줘요."

"거기까지 어떻게 올라간 거야?"

기가 막혔다. 운동 신경이 좋을 거라고 생각은 했지만 저기까지 올라갈 정도의 기인인 줄은 몰랐다.

"아니, 올라온 것까진 좋았는데 올라오면서 가지가 부러져서 디딜 곳이 없었어요."

바닥을 보니 가느다란 가지 하나가 떨어져 있었다.

"이 정도면 재물 손괴야."

"미안해요. 죽을죄를 졌어요."

성의 없는 어조였다.

"일단 내려가는 것 좀 도와줘요. 오래 있었더니 다리 저려요."

시우는 하현을 향해 팔을 뻗었다.

"뛰어내려. 받아 줄게."

"팔 부러지고 싶지 않으면 그 생각 접어요."

"그럼 어깨 딛고 내려오든가."

"그 비싼 옷을 어떻게 밟습니까?"

"사람 불러 줘?"

"아뇨! 그게 제일 안 될 것 같아요."

그건 창피한지 하현이 다급히 말했다. 시우가 설핏 웃자 하현이 발끈했다.

"웃지 마요. 나도 어이없으니깐."

머지않아 나무 위에서 신발 한 쌍이 툭 떨어졌다.

"진짜 미안한데 어깨 좀 빌려줘요."

시우가 나무 근처로 다가가자 하현이 조심히 어깨에 발을 디뎠다. 그 상태에서 딛고 뛰어내리려 하기에 시우는 슬쩍 어깨를 비켰다.

"어, 잠깐만요!"

당혹감이 가득한 목소리와 함께 하현이 휘청거리며 떨어졌다. 시우는 추락하는 하현을 팔로 받아 냈다. 안아 든 상태에서 당황한 하현과 눈이 마주쳤다. 천천히 땅으로 내려 주자 하현이 후다닥 내려와 신발을 신었다. 창피한 건지 목덜미가 빨갛게 달아올라 있었다.

하현이 신발을 신는 동안 숨이 막힐 정도로 어색한 분위기가 지속되었다. 황당한 상황에 잊고 있었지만 두 사람은 다툰 상황이었다. 신발을 다 신은 하현은 멋쩍은 얼굴로 목덜미를 쓸어내렸다.

"……바쁘죠? 가 봐도 돼요."

시간 여유가 있는 것은 아니었으나 이대로 가면 안 될 것 같아 고개를 저었다.

"일찍 나왔어."

게다가 하현의 얼굴을 본 게 생각보다 더 반가웠다.

"나무 위에 뭐가 있었어?"

그는 한 걸음 다가가 하현의 머리카락에 붙어 있는 나뭇잎 부스러기를 떼어 주었다. 하현은 민망한 듯 제 머리카락을 털었다.

"혹시 꿈꿨던 건 아니지?"

그가 걱정스레 물었다.

"아, 아니요. 그런 게 아니라……. 어디서 목시우 씨 냄새가 나잖아요."

의아함에 시우의 미간이 찡그러졌다.

"무슨 소리야?"

"요즘 정원에서 자꾸 목시우 씨 냄새가 나요. 나무에 올라가서 찾아볼까 했는데……."

하현은 말을 끝맺지 못하고 한숨을 쉬었다. 그러고 보니 하현은 자신한테서 흰 꽃의 향기가 난다고 했다. 매일 바르는 핸드크림의 꽃향기였다.

"아. 은목서."

문득 드는 생각에 시우가 혼잣말로 중얼거렸다. 그러고 보니 동쪽 정원에 은목서가 심어져 있었다. 한창 개화할 시기이기도 했다.

"은목서요?"

"이리 와 봐."

시우는 하현의 팔을 잡고 동쪽 정원으로 향했다. 은목서 나무에 가까워질수록 향기가 더욱 짙어졌다. 원체 향이 짙은 꽃이어서 개화할 즈음에는 바람만 불어도 온 정원에 향기를 풍기곤 했다.

"아, 이거였구나."

은목서 앞에 도달한 하현이 손끝으로 꽃망울을 어루만지며 중얼거렸다.

"예쁘다. 가을인데도 꽃이 폈네요."

"원래 가을에 개화해."

하현은 작게 웃었다.

"빨래 너는데 자꾸 향이 나서 돌아봤다니까요. 목시우 씨 뒤에 있는 줄 알고."

하현의 입꼬리에는 맑은 웃음이 걸려 있었다. 시우는 그 모습을 물끄러미 응시했다.

"그래서 이 새벽에 일어난 거야?"

"예?"

시우의 물음에 하현은 당황한 표정이 되었다. 하현은 무안한 듯 머리를 긁적였다.

"사실 어제 대화가 그렇게 끝난 게 좀 그래서……."

하현은 흘끗 시우를 바라보다 외투 안주머니에서 무언가를 꺼내 건네주었다. 노란 봉투에 쌓인 것이었다.

"영옥 아주머니한테 부탁드렸는데, 감기에 좋은 차라고 하시더라구요. 목시우 씨가 준 사탕도 몇 개 담았어요."

하현은 시우의 눈을 똑바로 바라보지 못하고 고개를 숙인 채 어렵게 말을 이었다.

"목시우 씨가 좋은 사람인 거 압니다. 늘 도움만 받는 것 같아서 고맙기도 하고, 미안하기도 해요. 근데 나는……."

하현은 말을 잇지 못하고 짧게 한숨을 내쉬었다.

"사실 무섭습니다. 누굴 사랑한다는 게."

"……."

"미안합니다. 나는 그냥, 당신이 상처받지 않았으면 좋겠어요."

시선을 내린 하현의 눈동자는 유약하게 흔들렸다. 그 모습을 바라보던 시우는 낮게 중얼거렸다.

"왜 그렇게 착해 빠졌어."

하현이 불만스러운 얼굴로 고개를 들었다.

"이 사람이 사과를 해도……."

그러나 시우의 표정이 진지하게 가라앉은 것을 알고 입을 다물었다.

"사과하지 마. 어제 일은 내가 사과해야 할 상황이었어."

"……."

"내가 심했어. 미안해."

하현은 놀란 눈을 껌뻑이다 이내 고개를 저었다.

"그러려던 게 아니었어."

그는 하현을 바라보지 못하고 시선을 내린 채 조용히 말했다.

"자꾸 유치한 마음을 가지게 돼. 안 그래 보여도 꽤 불안하거든."

시우는 자조하듯 입꼬리를 누그러트리고 웃었다. 그러곤 꽃망울에 닿아 있는 하현의 손끝을 제 손에 얽었다. 그대로 끌어당기자 무방비한 상태였던 하현은 쉬이 시우의 품으로 이끌렸다. 하현은 당황했으나 시우를 밀어 내지는 않았다.

"조급해하지 않을게. 당신 마음이 정리될 때까지 기다릴 테니까……."

그는 하현의 귓가에 낮게 속삭이며 큰 손으로 하현의 머리카락을 쓸어내렸다.

"이것만 알아 둬. 당신 아껴 줄 사람은 나뿐이야."

머리카락에 머물던 손끝이 뺨에 닿았다. 가까운 거리에서 마주친 그의 눈동자는 집착과 슬픔으로 한데 뭉쳐 일렁였다. 엉킨 감정을 머금은 채 그는 하현의 뺨에 조심스레 입을 맞추었다. 이 역시 불안함을 표출하기 위한 행동인 걸까.

"끝까지 곁에 있을 사람도 나고, 당신 마음 이해해 줄 사람도 나뿐이야."

"……."

"알아 둬."

그리고 그는 힘주어 하현을 끌어안았다. 하현은 무어라 말을 해야 할지 알 수 없어 그의 품 안에 가만히 안겨 있었다. 시우는 불안감을 잠식시키려는 건지 연신 하현의 머리카락을 쓸어내렸다.

한참이 지난 후에야 시우는 물러서서 하현을 바라보았다. 그렇지만 여전히 하현의 허리에 팔이 감겨 있는 상태이긴 했다. 그는 아까보다 밝아진 얼굴로 물었다.

"근데, 그 말 하려고 나무까지 올라가서 핑계를 찾은 거야?"

"아, 그것보다는 인사는 하고 보내야 할 것 같아서요. 진짜 목시우 씨 향기가 나서 궁금하기도 했고⋯⋯."

부드럽게 미소 짓는 시우를 보며 하현은 민망해져 얼굴을 붉히며 시선을 피했다.

"아무튼 잘 다녀와요."

그는 고개를 끄덕이고 다시금 하현을 끌어안았다.

누군가의 향을 기억해 준다는 걸 특별한 의미로 받아들이는 건 왜곡일까. 의미 없이 늘어놓은 말일 수도 있고, 특별한 감정 없이 한 행동인지도 모르지만 그는 제멋대로 해석하고 싶었다.

기뻤으니까. 입 밖으로 꺼내는 것만으로도 낯설고 생경한, 아주 오래전에 경험하여 까마득하기까지 한 감정을 그가 지금 느끼고 있었으니까.

시우가 저택을 떠난 지 10일이 지났다. 시우가 없는 일주일간 저택 대청소를 했고, 나머지 3일은 평소처럼 영옥의 빨래를 돕거나 복순이와 놀아 주었다. 꽤 부지런히 하루하루를 보냈던 거 같은데, 시우가 돌아오려면 아직 4일이란 시간이 남아 있었다.

"날씨가 영 별로네."

옆에서 빨래를 걷던 영옥이 하늘을 보며 말했다. 하현의 시선도 절로 하늘로 향했다. 맑아야 할 가을 하늘에 음울한 기운이 드리워 있었다.

"그러게요. 비 올 거 같아요."

빨래를 걷는 하현과 영옥의 손길이 바빠졌다. 그때, 정적을 깨트리며 차의 엔진 소리가 들려왔다. 정원으로 차가 연달아 들어서고 있었다. 하현과 영옥은 빨래를 걷던 것도 잊고 차를 바라보았다.

차 세 대가 연달아 세워지고, 중간에 세워진 차에서 정석호가 내렸다. 그 뒤로 검은 양장을 차려입은 경호원들도 잇따라 차에서 내렸다. 그들은 하인들을 전원 정원에 집합시켰다.

하인들 속에 있던 하현은 정석호를 보며 불길한 직감을 했다. 그녀는 살기를 띤 분위기를 잘 알았다. 혹시 정보가 샌 것일까. 정석호가 자신에 대해 무언가 알아챘다면 이 상황을 타개할 방법이 필요했다. 하현의 머릿속이 바쁘게 돌아갔다.

심상치 않은 분위기를 감지한 건 비단 하현뿐만이 아니었는지 어린 종들은 바들바들 떨기까지 했다. 어쩌면 그간의 경험 때문인지도 몰랐다.

그때, 정석호의 비서 계영이 총을 꺼내 들었다. 순식간에 벌어진 일이었다. 총구는 하현 쪽으로 겨누어져 있었고, 총탄은 순식간에 발사되었다.

탕-!

총소리가 울려 퍼지자 뒷산에서 산새들이 일제히 날아들었다.

그런데 하현은 쓰러지지 않았다. 그녀는 잘 움직이지 않는 눈동자를 돌려 제 옆을 바라보았다. 그러자 서서히 뒤로 넘어가는 영옥의 모습이 보였다. 그녀의 어깨에는 붉은 피가 낭자했다. 그녀는 널려 있는 하얀 이불 속으로 빨려 들어가듯 천천히 하현의 시야에서 사라졌다.

하현의 동공이 팽창되었다. 심장을 죄어 오는 고통이 온몸을 짓눌렀다.

"······아주머니!"

"데려오거라."

정석호가 지시하자 사내들이 영옥에게 다가섰다. 하현은 중간에 끼어들어 영옥을 붙잡으려는 사내들을 막아섰다.

"왜 이러십니까! 연유라도 알고······."

강하게 뿌리치는 손길에 하현은 나동그라졌다. 하현은 땅을 기어 그들의 다리를 붙잡았다. 그러자 등 위로 둔탁한 발길질이 내리꽂혔다. 한창 맞는 도중 하현의 시야에 누군가 들어섰다.

"어, 엄마······."

철웅이었다. 막 저택에서 청소를 하고 나왔는지 청소 도구를 들고 있었다. 집사가 정석호에게 영옥의 아들이라고 이야기하는 것이 보였다.

"철웅아, 도망쳐!"

하현이 소리치는 순간, 누군가 뺨을 내리쳤다. 그러면서도 하현의 시선은 철웅을 좇았다. 다행히 멀리 있던 철웅은 저택 뒤쪽으로 빠르게 도망쳤다.

"반항하면 저놈은 죽여도 된다."

정석호의 서슬 퍼런 일갈에 경호원들이 일사불란하게 흩어졌다. 나머지 경호원들은 정석호를 따라 영옥을 끌고 갔다. 하현은 영옥과 철웅 중 누구를 따라가야 할지 갈등하다 철웅이 사라진 방향으로 뛰어갔다. 철웅을 살릴 가능성이 더 높다고 생각했기 때문이다. 경험으로 얻은 이성적 판단이었다.

판단을 내리긴 했으나 가슴이 타들어 갔다. 날카로운 쇠창으로 가슴속을 긁어내는 것만 같았다. 정석호가 어떤 식으로 영옥을 대할지 눈에 훤했다. 어서 철웅부터 구해 내고 영옥에게 가야 했다.

하현은 서둘러 철웅이 사라진 응봉산으로 향했다. 전투 경험 덕분에 경호원들보다는 산에 익숙한 편이니 그들보다 철웅을 먼저 찾을 수 있을 터였다.

"으아아아!"

한참 산을 올랐을 때, 어디선가 철웅의 비명 소리가 들렸다. 하현은 소리가 난 방향으로 빠르게 뛰어가며 항시 옷 안에 숨겨 두었던 총집에서 총을 꺼냈다.

"살려 주세요, 제발 살려 주세요!"

경호원이 철웅에게 다가가고 있었다. 하현은 그의 뒤로 급습하여 총 손잡이로 뒷목을 내리치고, 등을 발로 차 가파른 산에서 밀어뜨렸다. 사내는 기절한 듯 힘없이 굴러떨어졌다.

"……형?"

눈물과 콧물에 잔뜩 젖은 얼굴이 고개를 들었다. 하현은 웅크려 있는 철웅을 일으켰다.

"가자, 일어나."

"형, 우리 엄마는 어떻게 됐어? 주…… 죽은 거야? 우리 엄마?"

철웅의 얼굴에 공포와 두려움이 만연했다. 하현은 부러 더 차분히 말했다.

"안 돌아가셨어."

"정석호한테 붙잡힌 거지?"

"구해 줄 테니까 걱정하지 마."

"형이 무슨 수로!"

철웅은 소리치며 바르르 떨었다.

"우, 우리 아씨한테 연락을 드려야 해."

"아씨라니? 누굴 말하는 거야?"

"혀, 형. 같이 내려가자. 그, 그게 어디에 있는지 말해 주면 엄마 괜찮을지도 몰라."

"무슨 소리야. 너 뭐 알고 있어?"

"정석호 만나야 해."

철웅은 눈물을 흘리며 횡설수설 말하더니 자리에서 일어섰다. 하현은 급히 철웅을 따라잡았다.

"정신 차려 박철웅! 지금 가면 개죽음밖에 안 돼!"

"그럼 어떻게 해! 엄마가 죽을지도 모르는데 어떻게 하냐고!"

철웅은 엉엉 눈물을 터트렸다.

"일단 산에서 내려가자. 무슨 상황인진 모르겠지만, 정석호가 아주머니한테서 뭔가 알아내려 한다면 쉽게 해치지는 못할 거야. 내가 구해 줄 테니까 눈물 좀 그쳐."

철웅은 끅끅거리며 옷소매로 눈물을 닦았다. 그러다 하현의 손에 들린 총을 바라보았다.

"형, 총은 어떻게 가지고 있는 거야?"

"지금 그게 중요해? 정신 차리고 나 따라와."

하현과 철웅은 저택의 반대쪽으로 하산했다.

어디로 가야 할까. 생각에 잠기다 문득 일조가 떠올랐다. 일조가 인천에 있으니 도움을 받을 수 있을지도 모른다.

하현의 눈매가 괴롭게 일그러졌다. 이런 때에 시우가 자리를 비운 게 한탄스러웠다. 하지만 이런 생각을 할 때가 아니었다. 영옥을 구할 방법만 생각해야 했다. 하현은 머릿속에서 시우를 지우고 빠르게 산을 내려갔다.

하현은 일조가 머무는 여관 문을 두드렸다. 다행히 일조가 문을 열고 나왔다. 그는 하현을 보고 반가운 표정을 지었다가, 하현의 입술에 피가 고여 있는 것을 발견하고 표정을 굳혔다.

"자네, 얼굴이……."

"죄송하지만 설명드릴 시간이 없습니다. 염치없지만 사람 한 명만 맡아 주실 수 있으십니까?"

일조는 하현의 뒤에 서 있는 철웅을 흘긋 보다 고개를 끄덕였다.

"알았네."

하현은 그에게 미안하여 차마 아무런 말도 하지 못했다.

"미안한 표정 짓지 말아. 자네 일이라면 당연히 내가 도와야지."

"정말 감사합니다. 신세는 꼭 갚겠습니다."

하현은 깊이 고개 숙여 인사하고 돌아섰다. 그때 일조가 하현의 팔을 붙잡았다.

"너무 무리하지 말아."

그의 눈빛에는 하현을 향한 염려가 담겨 있었다. 하현은 고개를 끄덕이고는 빠르게 걸음을 옮겨 사라졌다. 그 뒷모습을 바라보던 일조는 깊이 한숨을 내쉬었다.

저택으로 돌아온 하현은 2층에 위치한 정석호의 방으로 향했다. 청소를 하러 방에 들어가 본 적이 있어 위치를 알고 있었다. 숨이 차올라 버거울 지경이었으나 하현은 달리는 것을 멈추지 않았다.

계단을 올라가자 방 앞에서 보초를 선 경호원들이 보였다. 하현은 절망했다. 수가 너무 많았다. 총을 쏠 수도 없는 상황에 무력으로 들어서는 건 불가능한 일이었다.

결국 하현은 부러 덤벼들어 소란을 일으켰고, 그 소란이 방 안까지 들렸는지 정석호가 하현을 안으로 들이라고 말했다.

정석호는 활을 들고 있었다. 익히 아는 피비린내도 함께였다. 하현은 차마 영옥의 모습을 볼 수가 없어서 엎드려 고개를 숙이고 빌었다.

"제발 그만둬 주십시오."

"괜한 상황을 자처하는구나."

"뭔가 오해가 있으신 듯합니다. 아주머니는 물의를 일으키실 분이 아닙니다."

"이 종년이 물의를 일으켰는지 아닌지는 내가 판단한다. 네놈이 끼어들 상황이 아니라는 뜻이지. 지금 나가지 않으면 네놈도 여기서 살아 나가기는 힘들 거다."

하현은 꿋꿋이 그 자리를 지켰다.

"네 목숨을 걸 만큼 이 여인에게 가치가 있다고 보느냐? 아니면 네놈도 류자헌과 관계가 있는 건가?"

정석호의 입에서 나온 이름에 하현은 놀라움을 삼켰다. 류자헌은 연호 아버지의 이름이었다. 엎드려 있지 않았더라면 표정에 드러났을지도 모른다. 연호의 아버지는 영옥과도 연관이 있었던 걸까.

"우리 어르신께서는……."

그때 영옥이 입을 열었다.

"시우 도련님이 잘 지내는지 보라고 하셨다. 그게 전부야. 그런데 네놈은 양심에 찔리는 게 있는 모양이구나. 나 같은 천한 것을 닦달할 정도면."

"네놈?"

영옥의 말에 정석호의 표정이 굳어졌다.

"닥쳐라. 그 입을 찢지 못해서 안 찢는 것이 아니다."

"금수 앞에서 왜 내가 입을 다물어야 하느냐. 사람이라면 네놈처럼 살아서는 아니 돼. 류씨 집안을 그렇게 망가트리고도 뻔뻔히 얼굴을 내놓고 다니다니. 부끄러운 줄 알아라."

정석호가 표정을 서늘히 굳히더니 다시 활을 들었다. 하현이 달려들었으나 활촉은 휙 소리를 내며 공기를 갈랐고, 영옥의 팔에 꽂혔다. 하현이 그녀의 앞을 가로막자 이번엔 하현에게 화살이 겨누어졌다.

그때, 쾅-! 소리가 들리며 문이 열렸다. 문을 열고 들어온 사람은 시우였다. 그의 시선이 영옥과 하현에게 닿았다가, 하현에게 화살을 겨누고 있는 정석호에게 옮겨졌다.

"이게 무슨 일입니까."

그는 정석호의 앞까지 다가가 화살을 붙잡았다. 그의 표정은 이전에 본 적 없는 분노로 일그러져 있었다.

"뭐 하는 거냐고 물었습니다."

"아비가 하는 일에 관심이 많구나. 신경 끄거라."

"그 권세가 언제까지 계속될 거라 생각하시는 겁니까."

화살대를 쥔 손에 힘이 들어가자 우드득 균열이 이는 소리가 났다.

"시우야. 난 네가 예전처럼 조용히 있었으면 좋겠구나. 더 이상 아비의 심기를 거스르지 말거라."

"아니요. 입 닥치고 있기엔 머리가 너무 컸습니다, 아버지."

사납게 일갈하는 목소리였다. 정석호의 눈도 서늘해졌다.

"네가 어떤 행동을 하든 나한테는 중요하지 않다. 알고 있지 않으냐? 네 어미가 어떻게 되든 상관이 없는 것은 아닐 테고."

시우는 화살을 집어 던지고 정석호의 멱살을 틀어쥐었다. 주먹이 꽂히려던 찰나였다. 하현이 급히 시우의 팔에 매달렸다.

"도련님. 아주머니부터, 아주머니부터 도와주세요."

하현은 간절히 애원했다. 시우의 시선이 하현에게 향했다. 구타를 당했는지 그녀의 입술에는 피가 고여 있었다. 시우의 얼굴이 참담하게 일그러졌다. 그는 결국 정석호의 멱살을 놓고 영옥에게 다가갔다. 하현의 도움을 받아 영옥을 등에 업은 그는 급히 방을 빠져나갔다.

"이대로 보내도 괜찮겠습니까?"

정석호의 심복인 계영이 말했다. 영옥이 류씨 집안에서 일하던 종이라는 사실을 알아냈으니 무언가 더 추궁해야 할 텐데, 너무 쉽게 물러서는 제 주인의 반응이 이상했기 때문이다.

"보아하니 쉽게 입을 열 년이 아니다."

사상검사로 활동하며 여러 죄인들을 심문했던 그의 감이었다. 그

감은 대개 틀린 적이 없었다. 겨우 종년 하나 상대하느라 기력을 소비할 필요는 없었다. 게다가 그 물건들의 행방을 겨우 종년 따위가 알 턱도 없었다.

"아들을 붙잡았으면 말이 달라졌겠지만."

덧붙이는 석호의 말에는 노기가 깃들어 있었다. 아들을 데리고 협박을 했다면 상황이 달라졌을 테니까. 주인에게서 느껴지는 분노에 계영은 고개를 수그렸다.

"……죄송합니다."

"어린놈 하나 찾는 데 이리 시간이 걸리다니. 누가 뒤를 봐주는 것 같은데 말이야. 류희선의 행방은 아직 묘연한가?"

"죄송합니다. 아직입니다."

석호는 깊이 한숨을 내쉬었다. 보름간 계영더러 영옥의 뒤를 밟으라 했지만, 류희선은 고사하고 누구와도 접촉하지 않았다. 하지만 어린아이 혼자 산에서 장정들을 따돌린다는 건 불가능했다. 필시 누군가 도움을 주는 것 같은데 확증이 없는 상황이었다.

"저 곱상한 종놈, 조사했을 때 이상한 점은 없다고 했었지."

"예. 도련님과 접점도 전혀 없었습니다. 항일 운동하던 무리들까지 다 조사를 해 봤지만 마찬가지였습니다."

"이상하군. 보통 놈으로 보이진 않았는데. 시우가 손을 써 놓은 걸 수도 있으니 다시 알아보거라."

"저 혹시……."

계영이 조심스레 말문을 열었다. 정석호가 멈춰 서서 그를 바라보았다.

"계집 아닐까요?"

"계집?"

정석호가 미간을 일그러뜨렸다. 계영은 말실수를 했다고 생각하며 고개를 수그렸다. 제 주인은 여인들을 벌레만도 못한 존재로 여기는 이였다. 제가 의심하는 대상이 여인이라는 것만으로도 자존심에 흠집이 날 터였다.

정석호는 짧게 한숨을 내쉬고 다시 걸음을 옮겼다.

"찾아봐. 계집년들까지."

"예."

영옥은 곧바로 병원으로 이송되었다. 치명상은 아니었지만 피를 너무 많이 흘린 상황이었다. 수술실로 들어가는 와중에 철웅은 영옥의 손을 붙잡은 채 엉엉 울었다.

억겁 같은 시간이 흘렀다. 수술을 기다리는 동안 하현은 초조하여 계속 입술을 뜯었다. 보다 못한 시우는 그녀의 손을 잡고 옆에 앉았다.

한참 후에야 의사가 수술실에서 나왔으나 그의 표정은 좋지 않았다.

"경과를 지켜봐야 할 것 같습니다."

세 사람은 병실로 이동하여 영옥이 깨어나기만을 기다렸다. 철웅은 밤새 울다 지쳐 구석에서 잠이 들었고, 하현은 영옥의 손을 잡은 채 미동 없이 앉아있기만 했다.

시우는 그런 하현을 바라보다 창밖으로 고개를 돌렸다. 창문으로 스며드는 푸른 새벽빛이 차가웠다. 가슴까지 시리게 만드는 서늘함이었다.

달이 기울어지고 해가 밝아 올 즈음 영옥이 눈을 떴다.

"아주머니!"

하현이 가장 먼저 알아차리고 영옥의 손을 꼭 붙잡았다. 철웅이 잠에서 깨어나 영옥을 끌어안고 엉엉 울었다. 영옥은 하현을 보며 희미하게 웃어 보였다. 그러나 그녀의 얼굴은 지나치게 창백했다.

"정신이 드세요?"

영옥은 짧게 고개를 끄덕였다.

"의사 불러올게요. 잠시만……."

하현이 자리에서 일어서자 영옥이 힘겹게 손을 뻗어 하현의 팔을 잡았다.

"잠깐만. 할 얘기가 있어."

"예?"

"그때, 우리 어르신 묘에 들렀던 사람 너 맞지? 류자헌 어르신 말이야."

영옥이 힘없는 목소리로 말했다.

"아주머니가 그걸 어찌……."

"내가 모시던 분이었다. 연호 도련님 조부님 때부터 큰 은혜를 입었지. 넌 우리 도련님과는 무슨 사이였니. 네가 묘에 있던 연호 도련님 사진을 가져간 것 같던데."

"죄송합니다, 제 멋대로 가져와서……. 연호와는 그냥 친우 사이였습니다."

"아닌 것 같던데."

영옥은 힘없이 웃었다.

"너 계집이잖아."

놀란 하현의 눈이 크게 뜨였다. 철웅의 놀란 시선도 하현에게 닿았다.

"어찌 아셨습니까?"

"네가 나한테 이름을 물었을 때 그렇지 않을까 의심했었어. 사내들은 그랬던 적이 없거든. 유심히 지켜보다 보니 확신하게 되었고."

하현은 무어라 말을 잇지 못하고 입술만 아물거렸다.

"그래서, 연호 도련님은 어떻게 아는 사이였어?"

하현은 시우를 바라보았다. 그는 괜찮다는 듯 고개를 끄덕였고, 하현은 다시 영옥을 응시했다.

"사랑하는 사람이었습니다."

작은 목소리였다. 하현의 대답에 영옥은 힘없이 웃음 지었다.

"그럴 줄 알았지."

하현은 쓰게 웃었다.

"그런데 네 이름도 듣지 못한 것 같구나. 복돌이가 진짜 이름은 아니지?"

"하현입니다. 김하현이에요."

"그리 예쁜 이름인데 복돌이란 이름을 어찌 쓰고 있었어."

영옥은 웃고 있었지만 하현은 불안해서 견딜 수가 없었다. 시우 쪽으로 시선을 옮기자 그가 알아채고 걸음을 옮겼다.

"의사 불러올게."

시우가 밖으로 나서려 했을 때였다. 영옥의 목소리가 그의 발길을 붙잡았다.

"시우 도련님."

시우가 돌아서서 영옥을 바라보았다.

"우리 어르신께서 전해 달라고 한 말씀이 있으셨습니다."

"저한테 말입니까?"

영옥은 힘없이 고개를 끄덕였다.

"너무 큰 잘못을 저질렀다고, 미안하다고 전해 달라 하셨습니다."

"잘못이라니 그게 무슨……."

"지금 말씀드리지는 못할 것 같습니다."

영옥은 울고 있는 철웅이의 머리를 쓰다듬었다.

"도련님, 우리 아들 좀 부탁드립니다."

시우의 눈동자가 어둡게 가라앉았다.

"……예. 걱정 마십시오."

그제야 영옥의 얼굴에 안도감이 번졌다. 동시에 하현의 얼굴은 하얇게 질렸다. 눈을 감은 영옥의 손에서 힘이 빠져나갔기 때문이다.

하현은 발밑의 나락으로 한없이 빠져드는 기분을 느꼈다. 가까운 이의 죽음은 언제나 끔찍한 환란이었다.

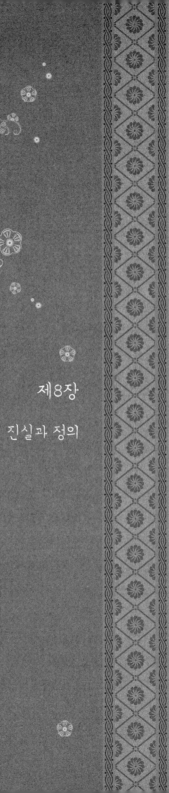

제8장

진실과 정의

1908년 9월.

"어르신, 이 은혜는 꼭 갚겠습니다."

인천부 율목리 밤나무골의 가장 큰 저택, 과거 노비였던 사내가 옛 주인을 향해 깊이 절을 올렸다. 사내의 이름은 목원우로, 할아버지 대부터 대대로 류정호의 집안을 모셔 온 노비였다.

"되었다. 이제 종도 아니니 절까지 할 것 없다."

누마루에 앉아 있던 류정호는 툴툴거리며 핀잔을 주었다. 그러나 기분이 나빠 보이지는 않았다. 오히려 좋아 보이기까지 했다. 그를 아는지 사내도 부드러운 미소를 지었다. 잘생긴 입매가 호선을 그리자 사내를 몰래 흠모하던 여종들은 아쉬운 표정을 지었다.

같은 종들이 보기에도 목원우는 비상한 사내였다. 옥골선풍(玉骨仙風)의 귀한 생김새 때문만은 아니었다. 머리가 좋아 배움이 빠르고, 글자를 쓰는 것도 모자라 시문까지 지을 줄 알았다. 하인들 중에서는 유일하게 산수도 가능했다. 신분이 천하여 노비로 태어났으나, 양반으로 태어났다면 필히 관복을 입었으리라.

류정호는 일찍이 원우를 알아보았다. 그는 천한 신분인 원우에게 공부할 기회와 더 큰 세상을 알아 갈 길을 마련해 주었다. 고작 하인에게 어떻게 그만큼이나 베풀 수 있나 싶겠지만, 류씨 일가는 그런 집안이었다. 그들은 높은 신분과 부귀에 상응하는 도덕적 의무를 갖춘 사람들이었다.

류씨 일가는 인천에서 제일가는 만석꾼 집안으로, 인천 땅에서 류씨 일가네 땅을 소작하지 않은 소작농이 없을 정도로 땅을 많이 가진 대지주였다. 그만한 대지주라면 탐욕에 눈이 멀어 미움을 살 법도 한데, 류씨 일가는 율목리에서 가장 존경받고 사랑받는 집안이었다.

큰 흉년이 들어 농민들이 빌려 간 쌀을 못 갚게 되었을 때, 가주 류정호는 기근에 시달리는 사람들을 가엽게 여겨 담보 문서를 모두 찢어 버리고 쌀을 베풀어 주었다. 보릿고개에는 매번 곳간을 열어 곤궁한 이들에게 곡식을 나누어 주었다. 그러니 율목리에서 굶어 죽는 사람이 없는 것도 당연했다.

원우는 비록 노비 신분으로 태어나긴 했으나, 이토록 훌륭한 집안에서 자란 것을 감사히 여겼다. 그는 정호가 베풀어 준 은혜에 답할 수 있도록 더 큰 사람이 되어야겠다고 다짐했다.

원우는 연신 감사 인사를 하고 저택의 솟을대문을 빠져나왔다. 멀리 떨어지지 않은 곳에서 그를 지켜보던 류정호의 장자 류자헌은 묘한 표정이 되었다. 짐을 들고 가는 원우의 커다란 등을 바라보다 자헌은 그를 뒤따랐다.

"야, 목원우."

원우가 자헌의 목소리를 듣고 등을 돌렸다. 그는 제 어린 주인을 보고 반가운 듯 다정히 미소 지었다.

"도련님. 이제 오십니까?"

그는 한달음에 자헌의 앞으로 달려왔다.

"못 뵙고 가는 줄 알았습니다. 공부는 잘 하셨고요?"

"너는 또 잔소리를 하려 드는구나."

원우는 웃음 지었다.

"인사도 못 드리고 가서 마음이 좋지 않았습니다."

"됐다. 인사는 무슨. 이제 도련님도 아니지 않으냐."

자헌은 작게 툴툴거렸다. 원우의 얼굴에 아쉬운 기색이 드리웠다.

"아닙니다. 저한텐 계속 도련님이십니다. 제게 도련님만 한 인연은 없을 것입니다."

원우는 깊이 고개를 숙여 자헌에게 인사했다.

"그간의 은혜에 감사드립니다."

"아주 안 만날 것처럼 말하는구나."

"예?"

"섭섭하구나. 너는 이제 내 종이 아니니 아무것도 아닌 게야?"

말도 안 되는 고집이었다. 원우는 무어라 말해야 할지 몰라 당혹스러워했다. 어쩔 줄 모르는 표정이 다 큰 사내와 어울리지 않아 자헌은 속으로 웃음을 삼켰다. 이 순진한 종을 놀려 먹는 것이 자헌의 재미 중 하나인지라, 원우가 집을 떠나는 게 정말로 섭섭하긴 했다.

자헌은 괜스레 흙바닥을 발로 차며 시무룩한 얼굴을 가장했다.

"그래, 이제 연이 끊겼으니 아무것도 아니긴 하겠지."

"아닙니다. 어찌 그런 말을 하십니까."

원우는 이제 짐까지 내려놓고 자헌을 바라보았다. 그러나 자유로워진 손은 그저 허공에 떠 있을 뿐, 아무런 도움이 되지 않았다. 그때 자헌이 고개를 들며 웃었다.

"그러니 이제 친우를 해야겠구나."

"……예?"

"똑똑한 놈이 왜 못 알아들은 척을 하느냐. 두 번 말하기 번거롭지 않으냐."

자헌의 말을 그제야 알아들었는지 원우의 눈시울이 붉어졌다. 자헌은 질색하며 핀잔을 주었다.

"다 큰 사내놈이 울지 마라. 볼썽사납다."

"죄송합니다."

원우는 급히 눈물을 훔쳤다. 자헌은 바람 빠지는 웃음을 지었다.

"너도 이제 나를 상전처럼 대하지 말거라. 아니지, 나부터 바꿔야겠다. 자네, 내 이름을 불러 보게."

"이름이요? 제가 어찌……."

"얼른!"

자헌의 재촉에도 원우는 섣불리 입을 열지 못하고 침묵했다. 한참 후에야 성만 간신히 빠져나왔다.

"류……."

"그래."

"류, 류……. 모, 못 하겠습니다."

"거, 사내놈 간이 그렇게 작아서 쓰겠나! 얼른 다시 해 보게."

"류, 자헌 도련님."

"도련님은 빼고."

원우는 꿀 먹은 벙어리가 되었다. 자헌은 끌끌 혀를 차며 고개를 저었으나 속으로는 웃고 있었다. 저보다 한참이나 커다란 사내를 놀리는 게 즐거웠다.

"사내가 그리 배짱이 없어서야."

원우는 멋쩍은 듯 뒷목만 쓸어내렸다.

"도련님, 날이 춥습니다. 이만 들어가시지요."

"친우끼리는 그리하는 게 아니다. 춥다 하면 골려 주는 것이 친우지."

"저는 못된 친우는 되고 싶지 않습니다."

자헌은 피식 웃었다.

"그래. 자네 잔소리 더 들었다간 귀가 아플 테니 그만 돌아가야겠어."

자헌은 돌아서려다 말고 다시 원우를 바라보았다. 원우는 자헌이 있는 방향으로 깊이 고개를 숙이고 있었다.

"이름 진짜 안 불러 줄 겐가?"

고개를 든 원우는 곤란한 표정이었다. 자헌은 입을 비죽이고는 다시 걸음을 옮겼다.

"류자헌."

그때 뒤쪽에서 목소리가 들려왔다. 자헌은 놀라 뒤를 돌았다. 원우는 싱그럽게 웃고 있었다. 그는 다시금 깊이 허리 숙여 인사했다.

"도련님은 제 인생에 다시없을 귀인입니다."

"……."

"감사합니다. 강녕하십시오."

"다시 안 만날 것처럼 말하지 말래도."

서운함이 담긴 목소리였다. 그러나 사내는 부드럽게 미소 지으며 답했다.

"다시 만날 것입니다."

자헌은 그제야 서운함을 거두고 환히 미소 지었다.

"원우 그놈이 제법이야."

자헌은 책을 머리에 베며 툇마루에 드러누웠다. 근처에 앉아서 책을 보던 석호는 심드렁하니 자헌의 이야기를 들었다.

"그 목공소에서 원우를 아주 마음에 들어 했다더군. 이러다 장인이 탄생할지도 모르겠어. 그 애가 어릴 때부터 손재주가 참 좋긴 했지. 영리하고. 나한텐 참 과분한 종이었어."

"종놈 얘기는 그만하고 마저 공부나 하게. 언제까지 놀 생각인가?"

"이제 종놈 아니라니깐 그러네. 나도 공부 그만두고 일이나 배울까

싶네."

"실없는 소리 말고 어서 공부나 하게. 시험도 얼마 남지 않았는데."

석호의 무미건조한 음성에 자헌은 툴툴거렸다.

"자네는 내가 원우 이야기하는 걸 별로 좋아하지 않는 것 같아."

"아랫것들 이야기하는데, 좋을 건 또 뭔가."

"글쎄 이제 아랫것이 아니래도. 시대가 바뀌었네. 더 이상 신분에 구애받지 않는 세상이 올 거야."

"내 생각엔 아니야."

"아니라니?"

자헌이 고개를 돌려 석호를 쳐다보았다. 석호의 시선은 여전히 책에 고정되어 있었다.

"굳이 신분이 아니더라도 사람들은 다양한 방법으로 계급을 구분하려 들지. 같은 양반이어도 암묵적인 계급은 존재했고, 그건 노비들이라 해서 다르지 않아. 그게 사람 본성이기 때문 아니겠나. 보기 좋은 허울로 옷을 갈아입는 것뿐이야. 형태를 달리한다고 해서 본질이 달라지진 않지."

"어찌 그리 확신해?"

"지나온 역사에서 그러지 않았던 적이 없으니까. 지금 일본이 조선을 잡아먹으려는 것만 봐도 그렇지 않나?"

딱딱하고 차가운 어조에 자헌은 깊이 한숨을 내쉬었다.

"……이렇게 냉철한 사람이 어찌 나와 친구가 되었는지."

"나도 의문이야."

"아버님들끼리 죽마고우라고는 하지만 내가 자네와 친해질 필요는 없었는데 말이야."

"후회하나?"

"조금?"

자헌은 어깨를 으쓱이고는 눈을 감았다. 그때 석호가 자헌이 베고 있는 책을 **빼내었다**. 쿵-! 뒤통수를 박은 자헌이 벌떡 일어섰다. 석호는 짓궂은 웃음을 지었다.

"해보자는 게지."

자헌이 팔을 걷어붙이고 석호에게 달려들었다. 석호는 책을 덮고 그런 자헌을 막으며 웃었다. 평화로운 웃음소리가 담벼락 너머로 멀리 울려 퍼졌다.

1910년 8월 22일, 일제는 경술국적의 도움으로 한일병합조약을 조인시켰다. 운요호 사건을 시작으로 꾸준히 한국 식민화의 발판을 마련해 온 일제는 기어이 식민화의 마지막 단계인 합병을 강행했다. 일제강점기의 시작이었다.

나라를 잃은 와중 자헌은 한성법학교(현 서울대학교 법과대학)에 합격했다. 자헌은 집안을 이어 대지주로 살기보다는 죄를 다루는 일을 하고 싶었다. 아버지는 탐탁지 않아 했지만, 자헌은 꿈에 한 발자국 가까워진 것 같아 무척이나 기뻐했다. 합격 소식을 원우에게 알리고 싶어 그는 한달음에 원우가 일하는 목공소로 향했다.

목재업과 선박 건조 일을 겸하는 목공소는 인천항 7번 부두 인근에 자리 잡고 있었다. 바다가 보이는 자리에서 원우는 목재를 톱질하는 중이었다. 자헌은 멀리서 그 모습을 보고 흐뭇하게 웃었다. 이제 제법 장인 태가 나는 듯했다. 흐르는 땀을 수건으로 닦던 원우는 자헌을 발견하고 깜짝 놀라 크게 눈을 떴다.

"도련님, 예까진 어인 일로 오셨습니까?"

원우가 성큼 자헌의 앞으로 다가왔다. 그는 웃고 있긴 했으나 여전히 얼떨떨한 얼굴이었다. 자헌은 능글맞게 웃으며 물었다.

"내가 왜 온 것 같나?"

원우는 생각에 잠긴 듯 눈동자를 굴렸다. 그러다 이내 다시 눈을 크게 떴다.

"혹시 합격하신 겁니까?"

자헌은 우쭐해져서는 고개를 끄덕였다. 원우는 기뻐하며 환히 웃었다.

"정말 잘됐습니다! 사실 공부도 잘 안 하시는 것 같아 낙방하실까 크게 걱정하였는데……."

"뭬야?"

자헌이 미간을 찡그렸다. 원우는 아차 싶었는지 멋쩍게 웃었다.

"그런 걱정을 했단 말이야? 내가 한다면 하는 사람이라고."

"하하, 농이었습니다. 그나저나 정말 다행입니다. 학교는 언제부터 가십니까?"

"내년 4월부터. 근데 학교 이름이 경성전수학교로 바뀐다지 뭔가? 경성이라니, 나 원 참."

한일병합조약 이후 한성부가 경성부로 개칭되어 학교의 이름까지 바뀌었다. 자헌의 말을 들은 원우의 눈빛이 어둡게 가라앉았다. 자헌은 그를 알아채지 못하고 한탄했다.

"사실 붙는 것만 생각해서 그 이후가 걱정이야. 학교를 잘 다닐 수 있을는지. 시험은 또 어떻고."

"도련님은 잘하실 수 있을 겁니다."

"자네는 언제까지 도련님이라 부를 작정이야?"

"하하, 습관이 되어 그렇습니다."

"그 습관 평생 갈까 무섭네."

원우는 밝게 웃었다.

"일은 할 만한가?"

"예. 힘들 때도 있지만 배우는 게 재미있습니다. 나무 만지는 것도 즐겁고요."

원우는 목공 일에 대하여 조잘조잘 이야기하기 시작했다. 선박 건
조하는 과정을 설명할 때 가장 즐거워했다. 과묵한 사내였으나 옛 주
인을 만나 반가웠는지 평소보다 말이 많았다.

웃으며 이야기를 듣던 자헌은 문득 원우의 팔을 바라보았다. 토시
를 낀 줄 알았는데 이제 보니 붕대였다. 여러 겹 감긴 것을 보니 보통
큰 상처가 아닌 듯했다.

"팔은 어쩌다 다친 게야?"

"아, 톱에 좀 긁혔습니다."

"좀이 아니라 많이 다친 것 같은데."

자헌이 팔을 잡고 붕대를 살폈다.

"정말 괜찮습니다. 별거 아닙니다."

원우는 손을 뒤로 물리고는 자헌의 시선을 피해 고개를 돌렸다. 관
자놀이 옆으로 흘러내린 땀은 더위 때문이 아닐 것이다. 원우는 거짓
말에 서툰 사내였다. 자헌의 눈이 가늘어졌다.

"자네, 혹시 위험한 일 하는 건 아니겠지?"

요즘 의병 활동을 자처하는 이들이 많다고 들었다. 원우는 천한 신
분으로 태어나 제 생각 한번 뚜렷이 주장할 수 없는 삶을 살았으나,
자헌은 본래 원우가 어떤 성향을 가진 사람인지 잘 알았다.

"그런 게 아닙니다, 도련님. 정말 톱에 긁힌 겁니다."

원우는 어색하게 웃으며 부정했다. 자헌은 깊이 한숨을 내쉬었다.

"나라가 이리된 것은 안타깝지만, 난 자네가 위험한 일은 하지 않았
으면 좋겠어."

"……."

"내가 애국자 집안에서 태어났다곤 하지만 사실 난 이렇게 된 게 잘
와닿지가 않아. 내 주변 사람들만 무사하면 다행이라는 생각뿐이야.
아버지가 나더러 정신 빠진 놈이라 하는 것도 이해가 가지만 별수 없
지. 이기적일지 몰라도 난 자네가 다치지 않았으면 해."

"도련님은 누구보다 생각이 깊으신 분입니다. 자책하지 마세요."

"자네가 이러니 내가 더 철없이 큰 게 아닌가."

자헌이 웃으며 면박을 주었다.

"글쎄 희선이는 나더러 파락호라 하지 뭔가? 장남에게 못하는 말이 없지."

원우는 부드럽게 미소 지었다.

"제가 보기엔 아닙니다. 아씨께서도 본심은 아닐 겁니다."

"내가 철이 들었으면 이리 살지는 않았겠지. 아무튼 자네도 너무 깊이 생각하며 살지 말아. 어차피 우리 뜻대로 될 일이 아니야."

"예, 알겠습니다."

원우는 쓸쓸한 웃음을 머금었다. 자헌은 분위기를 환기시키기 위해 다른 이야기를 꺼냈다.

"그나저나 자네는 연애 사업이 잘되어 가고 있다던데."

원우의 눈이 동그랗게 커지더니 당황하며 얼굴을 붉혔다.

"예? 아니, 그게 무슨……. 그런 게 아닙니다. 규식이에게 들으셨습니까?"

"자네 소식 들을 데가 거기밖에 더 있나."

규식은 원우와 가까이 지내는 이로, 류씨 집안의 하인이었다.

"뭘 그리 쑥스러워하나? 이야기 좀 해 보게. 그 여인을 어찌 만난 게야?"

자헌의 재촉에도 원우는 머뭇거렸다.

"……제가 함부로 입에 담을 수 있는 분이 아닙니다."

그 여인은 양가의 규수라 들었다. 신분이 중요치 않은 세상이 왔다고는 하나 오랜 병폐를 극복하기는 쉽지 않을 터였다. 연을 맺기 어려운 신분 차이인데도 두 사람이 이어진 것은 여인에게 병이 있기 때문이라 들었다. 혼인할 수 없는 몸이라 집안에서 외부인 취급을 당하는 모양이었다.

"몸이 많이 안 좋다던데. 그 여인은."

"가끔 몸이 안 좋아서 그렇지 팔팔하십니다."

여인에 대해 말하는 원우의 얼굴에는 애정이 가득했다. 그 모습이 보기 좋아 자헌도 흐뭇하게 웃었다. 한편으로는 아픈 여인을 사랑하게 된 것이 안타깝기도 했다.

"좀 서운하기도 해."

"예? 무엇이요?"

"자네가 우리 집에 있을 때보다 더 행복해 보이니 말이야. 당연한 일인데도."

원우가 걸음을 멈추고 자헌을 응시했다. 자헌은 웃으며 말했다.

"그래도 난 자네가 행복했으면 좋겠어."

자헌의 진심 어린 말에 원우는 부드럽게 미소 지었다.

"저도 그렇습니다."

"세상이 어찌 돌아가려고 이런단 말인가. 제자들이 보는 앞에서 스승을 잡아가다니!"

자헌은 분개했다. 강의 도중 일본 헌병이 교수를 붙잡아 갔기 때문이다. 정확한 연유는 모르나 교수는 이따금씩 일본의 제국주의를 비난하는 발언을 하곤 했다. 다들 교수가 항일 운동을 했으리라고 짐작만 했다. 하지만 아무리 그렇다 해도 제자들 앞에서 스승을 붙잡아 가는 건 큰 치욕이었다. 분기탱천하는 자헌에 반해 석호는 차분히 자헌을 진정시켰다.

"그만 화내고 가지. 수업 늦겠어."

"자네는 화도 안 나는가?"

"화를 내 봤자 달라질 게 없지 않나. 시간 낭비야."

석호는 마치 왜 그래야 하냐는 듯 무덤덤한 표정이었다. 자헌은 표정을 굳혔다.

"자네도 애국자 집안에서 자랐는데 어찌 그리 태연해."

"글쎄. 난 그다지 부모님이나 형님처럼 살고 싶지는 않아."

석호는 단조로운 어조로 선을 그었다.

"자헌이 자네도 나와 비슷할 줄 알았는데."

"……."

"시대는 변하고 있어. 그 흐름에 따라 내게 이익이 될 쪽으로 편승하는 건, 나쁜 일이 아니야."

"국권을 빼앗기고 식민지가 되었는데 나쁜 일이 아니라니?"

"국가라는 건 그저 사람과 사람을 묶는 단위일 뿐이야. 이 나라 국민들도 이보다 더 잘 살 수 있게 된다면 현실을 받아들이겠지. 지금의 조선은 너무도 뒤처져 있어."

자헌은 할 말을 잃고 석호를 바라보았다. 그의 말을 어떻게 받아들여야 할지 알 수 없었다. 석호는 그런 자헌의 어깨를 감싸며 이끌었다.

"너무 깊이 생각하지 말게. 흐름에 따라가는 것뿐이야."

휴일을 틈타 자헌은 주전부리를 들고 원우가 있는 목공소에 찾아갔다. 원우에게 간식을 먹이겠다는 핑계이지만 사실 술을 마시고 싶었다.

그런데 목공소에 들어가니 이상할 정도로 사위가 조용했다. 원우의 흔적도 느껴지지 않았다. 꺼림칙한 기분으로 숙소 문을 두드려 보았으나 기묘한 정적만이 지속되었다. 외출이라도 한 걸까 싶어 다시 돌아가려던 찰나, 그는 문 앞에 떨어진 핏방울을 발견했다. 자헌은 급히 문을 열고 안으로 들어섰다.

"원우야, 원우야!"

자헌은 정신없이 주변을 둘러보았다. 그러다 방 한가운데서 몸을 웅크린 채 쓰러져 있는 사람을 발견했다. 그는 들고 있던 것을 던지듯 내려놓고 원우에게 다가갔다.

"아니, 이게 대체 어찌 된 일이냐. 원우야!"

원우의 옆구리는 피로 젖어 있었다. 자헌의 반복되는 외침에 원우는 간신히 눈을 떴다.

"도련님."

"괜찮으냐? 안 되겠다. 병원부터 가자!"

"아, 안 됩니다. 병원은 안 됩니다."

"상처가 이 지경인데 어찌 병원을 안 가!"

원우는 상처가 고통스러운 듯 입술을 깨물었다.

"도련님. 제가 죽어도 병원에 데려가시면 안 됩니다."

"그게 무슨 소리야, 자네 이러다 죽어!"

"부탁입니다, 도련님. 아니, 그래야 합니다."

원우는 생전 처음으로 자헌에게 강요했다. 자헌이 놀랄 새도 없이, 원우는 그 말을 마지막으로 의식을 잃고 쓰러졌다.

"원우야, 원우야!"

자헌은 벌벌 떨리는 손으로 원우의 상처를 천으로 감았다. 그리고 황급히 집에 전화를 걸어 아버지의 개인 의원을 불러 달라 청했다.

의원을 기다리는 동안 자헌은 초조해서 손톱을 자꾸만 물어뜯었다. 종국에는 피가 날 지경이었다. 의원이 도착한 후에도 그는 불안감을 내려놓지 못했다.

"도련님."

원우의 치료를 마치고 나온 의원이 은밀히 자헌을 불러냈다. 그는 초조한 기색으로 말문을 열었다.

"오늘 화정 1정목에서 일본인 군인이 괴한에게 피습을 당했다 합니다."

불길한 직감을 한 자헌의 표정이 굳어졌다.

"괴한은 옆구리에 총상을 입었다 들었습니다. 저자는……."

말끝을 흐렸으나 자헌은 의원의 말을 알아차렸다. 그는 탄식하며 머리카락을 헝클였다.

"대체 어쩌자고!"

자헌은 정신을 차리고 의원을 응시했다. 눈빛이 날카로워 의원은 흠칫 고개를 숙였다.

"이 일은 꼭 비밀로 해 주시게. 아버님뿐만 아니라 어느 누구에게도 발설해서는 안 될 것이야. 자네 집안이 아버님께 얼마나 큰 은혜를 입었는지 잊지 않았다면 그리하겠지."

"여부가 있겠습니까."

"혹시 발설한다 해도 자네 역시 공범으로 지목되는 일을 피하기는 어려울 걸세."

겁을 먹은 듯 의원의 안색이 하얗게 질렸다.

"잘 알아들었습니다. 죽는 날까지 입에 담지 않겠습니다."

"고맙네."

자헌은 의원을 보내고 안으로 들어섰다. 식은땀을 흘리는 원우의 곁에 앉아 광목천으로 이마를 닦아 주었다. 그는 심란한 마음을 끌어안고 밤새 원우의 곁을 지켰다.

원우가 깨어난 것은 다음 날 아침이었다.

"정신이 드는가?"

"도련님, 어찌 된 일입니까. 어떻게 치료를 하신……."

"아버님의 의원을 불렀네. 입단속은 철저히 시켰으니 걱정하지 말고."

원우는 깊이 탄식하며 눈을 내리감았다. 자책하는 표정이었다.

"아니요. 그러지 않으셨어야 합니다. 저 때문에 도련님이 피해를 입을지도 모릅니다."

"자네가 죽어 가는데 그럼 날더러 어찌하라고."

"……죄송합니다."

원우는 참담한 얼굴이었다. 자헌도 무어라 말을 해야 할지 몰랐다. 두 사람 사이에 무거운 정적이 내려앉았다.

"자네 혹시 의병 활동을 하는 게야?"

한참 후에야 자헌이 물었다. 원우는 대답하지 않았다. 그 침묵이 긍정으로 받아들여져 자헌은 호소했다.

"이렇게 다치면서까지 해야 할 일인가? 혹여 자네가 죽기라도 하면 나라든 뭐든 아무 의미도 없어지지 않나!"

"……."

"무엇을 한다 한들 지금 상황으로는 아무것도 바꿀 수 없을 거야. 자네도 알지 않은가?"

"네. 압니다."

힘없이 빠져나온 원우의 목소리는 공허했다.

"그냥 저는……."

원우는 말끝을 흐렸다. 말 대신 긴 한숨이 새어 나왔다.

"좋은 주인을 모시고 산 것은 큰 행운이었습니다."

"……."

"그래도 삶이 쉬웠던 것은 아닙니다. 천하게 태어나 억울했습니다. 무언가를 하려 해도 신분에 발이 묶여 괴로울 때가 많았습니다."

자헌의 눈매가 일그러졌다. 원우가 그런 생각을 하며 사는 줄은 몰랐다. 원우는 늘 성실하고 착실한 종이었으니까. 아무리 원우와 친하다 해도 자헌은 기환자제였다. 노비로 살아온 원우의 마음을 온전히 이해할 수는 없었다.

"그래도 견딜 만했습니다. 저처럼 천하게 태어난 이들 중에서는 운이 좋았으니까요. 도련님과 주인 어르신 덕분에 그리 어려운 삶은 아니었습니다. 매를 맞은 적도 없고, 굶어 본 적도 없으니."

"……."

"그런데 사랑하는 사람이 생기고, 그 사람과 함께 할 세상을 상상하니 절망적이었습니다. 지금도 그 사람한테는 절망적인 세상인데, 더 악화된다 생각하니 눈앞이 깜깜했습니다. 가만히 있을 수가 없었어요."

눈을 내리 감은 원우의 눈꺼풀이 파르르 떨렸다.

"죄송합니다, 도련님."

"……원우야."

"위험한 일을 자처하고 싶은 사람이 세상에 어디 있겠습니까. 저도 이러고 싶지 않았습니다."

"……."

"정말 이러고 싶지 않았습니다."

원우는 고통과 슬픔을 잠식시키려는 듯 입술을 깨물었다. 그러나 입술은 애처롭게 떨려 왔다. 자헌은 원우의 눈 위로 손을 덮어 주었다. 손바닥 아래로 뜨거운 눈물이 묻어 나왔다.

11년 가을, 수업 도중 또다시 헌병이 들이닥쳤다. 착검한 헌병들은 자헌과 기숙하며 공부하던 친우를 끌고 갔다. 교수를 데리고 갔을 때보다 훨씬 더 거칠고 험악한 분위기였다.

교수가 잡혀갔을 때만 해도 항의하고 분노하던 학우들은 입을 다물었다. 사건이 커 자신도 휘말릴 수 있다는 생각 때문이었다. 학우들은 은밀히 수군거렸다.

"신민회에 엮여 있다더군. 총독을 사살하려 했다던데……."

"날조라는 이야기가 있어. 왜놈들이 본보기를 보여 주려는 모양이야."

"그 친구 괜찮을지 모르겠어. 허위 자백을 받으려 고문까지 한다던데."

자헌은 학우들의 이야기를 더는 들을 수 없어 자리를 박차고 나왔다. 마침 본관에서 석호가 나오고 있었다.

"마침 잘 만났네. 형석이를 보러 갈 생각인데 자네도 같이 가겠나?"

자헌의 물음에 석호는 표정을 굳히더니 주변을 살폈다. 그리고 은밀히 목소리를 낮추었다.

"자네 제정신인가? 거기가 어디라고 갈 생각을 해?"

"함께 공부하던 친우가 억울하게 잡혀 들어갔는데 보러 가야지."

석호는 깊이 한숨을 내쉬었다.

"사태 파악을 하게. 이건 반일에 대한 본보기야. 엮였다가는 목숨 부지하기 어려울 수도 있어."

"그렇다고 해서 그냥 지켜보기만 하라는 말인가?"

자헌이 발끈하자 석호의 표정은 더욱 차갑게 굳어졌다.

"처벌을 피하기는 어려울 거야. 자네가 할 수 있는 일은 아무것도 없네."

석호는 그대로 자헌을 지나쳤다. 자헌은 석호의 뒷모습을 망연히 바라보다 학교를 빠져나왔다.

그는 경성 법원 청사로 가기 위해 전차를 탔다. 사람들 틈에 섞여 가는 동안 그는 깊은 수심에 잠겼다.

학교를 졸업하면 법원 서기에서부터 시작하여 시험을 치르고 검사가 될 생각이었다. 그러나 지금 같은 시대에 검사가 된다면 붙잡혀 간 친우 같은 죄인을 상대해야 할지도 모른다. 아니, 필시 그럴 터였다. 조선인인 자헌의 입장에서는 결코 죄인이 아닌 사람들을 처벌하게 될 것이다.

그가 원하던 미래와는 거리가 멀었다. 석호의 말처럼 국가라는 것은 사람과 사람을 묶는 단위 같은 단순한 게 아니었다. 국가를 잃는다는 것은, 기본적인 권리마저 주어지지 않는다는 뜻이었다. 제 삶을 이끌어 갈 자격마저 잃는 것과 상통했다. 권리를 찾으려면 제국주의를 받아들이고 제 나라의 힘없는 국민들을 외면해야 했다.

어쩌면 원우는 노비로 살아왔기에 국가를 잃는 것에 대한 공포를 일찍이 알아차렸는지도 모른다. 조선의 국민이 아닌 2등 시민 취급 받는 고통을, 사람으로 대해지지 않는 약자들의 고충을 뼈저리게 알고 있었기 때문인지도.

사람들의 죄를 살피겠다며 다짐했던 꿈은 고식지계에 불과했다. 부호의 아들이자 사내인 자신, 결핍을 모르고 살아 나라를 잃는 것에 대한 두려움조차 잘 모르는 자신이 희망할 꿈이 아니었다.

어지러운 생각이 혼재해 있는 동안 전차는 종로 2정목 정거장에서 멈추었다. 멀지 않은 곳에 경성법원 청사가 보였다. 용수를 쓴 죄인들이 이송되고 있었다. 이들이 모두 재판을 받고 죄인 취급 당하는 건지 의문이었다. 제 친우도 이런 취급을 받고 있는 건 아닐지 걱정되었다. 심란한 마음을 끌어안고 건물로 다가가려던 찰나였다.

쾅—!

무언가 묵직한 것이 건물 창문에서부터 떨어져 바닥에 부딪혔다. 사람들 사이에서 소요가 일며 비명 소리가 터져 나왔다. 도로 위로 흥건한 핏물이 번지기 시작했다. 사람이 추락한 것이다.

자헌은 넋이 나간 얼굴로 사람들을 헤치고 앞으로 나아갔다. 머지 않아 사람들 틈새로 팔을 축 늘어트린 시신이 보였다. 머리부터 떨어져 참혹한 상태의 시신이.

자헌의 눈동자가 시신의 턱에 고정되었다. 피로 젖은 입 부근에 점이 있었다. 제 친우도 그 위치에 점이 있어서, 웃을 때마다 위로 올라가는 그 점이 무척 독특하다고 생각했었다. 그 점은 이제 다시 올라설

일 없이 피에 흥건히 젖어 있었다.

"혀, 형석아."

차마 다가갈 수조차 없어 자헌은 그 자리에 주저앉았다. 형석은 자결을 한 것이다. 심문을 받기 전에, 고문이 행해지기 전에 친우는 스스로 죽음을 택했다.

그는 넋을 놓고 친우의 이름을 불렀다. 그러나 친우의 입에 걸린 점은 조금의 미동조차 없었다.

자헌의 시선이 친우에게 닿지 못하고 허공을 맴돌았다. 법원 청사에 걸린 깃발이 시야에 걸렸다. 전범의 상징인 욱일기였다. 그것은 조선의 맑은 하늘을 낭자한 핏자국처럼 유유히 휘날리고 있었다.

○ ◑ ●

자헌은 힘없는 걸음으로 목공소로 향했다. 오늘도 어김없이 톱질을 하던 원우는 자헌을 발견하고 미소 지었다. 그러나 자헌의 안색이 좋지 않음을 알아채고 곧장 표정을 굳혔다.

"도련님. 무슨 일 있으셨습니까? 안색이 좋지 않습니다."

대답하지 않는 자헌을 보며 원우는 심상치 않은 기운을 느꼈다.

"일단 여기 앉으십쇼."

원우는 자헌을 부축하여 앉히고는 걱정스레 바라보았다.

"도련님. 어디 편찮으신 겁니까?"

"……내가 그간 너무 철없이 굴었어."

맥없이 나온 목소리에는 좌절감이 깃들어 있었다. 그는 손바닥으로 얼굴을 쓸어내렸다. 얼굴에 맞닿는 손바닥은 그의 마음만큼이나 건조했다.

"모르는 게 너무 많았어. 자네가 얼마나 힘들었을지 난 상상도 되지 않는군. 우리 어머니 아버지도 얼마나 힘드셨을지 내가 생각을 못

405

했어. 아니, 내 마음이 불편해지는 게 싫어서 굳이 알려 하지 않았지."

원우는 가만히 자헌의 말을 들어 주었다.

"자네, 어느 단체에 소속되어 일을 돕고 있는 겐가?"

"……그건 말씀드리기 어렵습니다."

"나도 돕고 싶네."

"도련님. 갑작스럽게 결정하실 일이 아닙니다. 목숨을 걸고 해야 하는 일입니다. 본인뿐만 아니라 주변 사람들이 위험해질 수도 있고요."

"알아. 하지만 더 이상 외면만 할 수는 없네. 작은 일이라도 하고 싶어."

흔들리던 자헌의 눈빛이 이내 확고히 빛났다. 원우는 제가 모시던 도련님의 성정을 잘 알았다. 제 입으로는 늘 철이 없다고 하지만 누구보다 속정이 깊고 의로운 사내였다. 어지러운 세상에 관심 가지기보다는 주변 사람을 더 신경 쓰는 이였기에 지금까지 나랏일에 관심 주지 않은 것일 터였다.

그러나 원우는 망설여졌다. 큰 위험 부담을 떠안아야 하는 일이기 때문이었다. 자헌은 결의에 찬 눈빛으로 원우를 응시했다.

"내 친우가 죽었네. 그 친구가 거기에 이르기까지의 고통을 난 전혀 모르고 있었어. 난 자네마저 그런 고통 속에서 살게 하고 싶지 않아."

그때 안쪽 방의 문이 열리며 사람이 나왔다.

"한 사람이라도 더 필요한 때잖아요."

원우의 연인인 윤화였다. 자헌은 의아한 눈으로 그녀를 바라보았다. 원우는 윤화에게 다가섰다.

"안에 계시지 않고요."

그제야 자헌은 원우와 사랑에 빠진 여인임을 알아차렸다. 병약하다 했던 게 거짓은 아닌 듯 어깨를 감싸 부축하는 원우의 손길은 조심스러웠다. 그래도 눈빛만큼은 강인한 여인이었다.

"믿을 만한 분이라고 당신이 몇 번이나 말하기도 했었고."

원우는 망설이는 눈으로 자헌을 바라보았다. 자헌도 그 눈빛을 받으며 확고히 말했다.

"자네는 내게 은혜를 갚겠다고 했었지."

"……예."

"하지만 정말 은혜를 갚을 사람은 자네가 아니라 나야. 자네 집안은 늘 우리 집안을 지켜 주었고, 나를 보살펴 주었지."

"……."

"이번엔 내가 자네를 도울 수 있게 해 주게."

자헌의 말에 원우의 눈시울이 붉어졌다. 자헌은 부드럽게 미소 지었고, 윤화도 웃으며 원우의 어깨를 다독여 주었다.

원우는 경동에 있는 포목점으로 자헌을 데리고 갔다. 정확히는 포목점 창고였다. 자헌은 원우가 엉뚱한 곳에 데려온 건가 싶어 의심스러운 눈으로 그를 쳐다보았다. 그는 늘 그랬듯 부드러운 미소만 짓고는 아무런 말도 해 주지 않았다.

원우가 먼저 포목점 창고의 문을 열고 들어섰다. 창고 안에는 각종 천과 이불이 쌓여 있을 뿐, 누구도 보이지 않았다. 기대했던 마음이 사그라지려던 찰나, 원우가 구석에 놓인 이불을 치웠다. 그 아래에는 나무판자가 깔려 있었고, 그것마저 치우자 계단이 나왔다. 놀란 자헌의 눈이 크게 뜨였다.

"계단이 어두우니 내려갈 때 조심하세요."

"내 상전 취급은 받지 않겠다고 하지 않았나? 우린 이미 한배를 탄 몸이야."

자헌이 투덜거렸으나 긴장한 기색이 감추어지지는 않았다. 원우는 새어 나오는 웃음을 숨겼다.

자헌은 천천히 계단을 내려섰다. 한 발씩 아래로 내딛자 포목점 창고 크기만 한 방이 보였다. 그리고 큰 나무 책상에 둘러앉아 있는 사람들이 나타났다. 그들은 원우와 함께 내려온 자헌을 의아한 듯 바라보았다.

"일전에 말씀드렸지요. 제가 모시던 도련님입니다."

그들은 이내 미소 지으며 환영해 주었다.

"류정호 어르신 댁 자제분 아니십니까. 반갑습니다. 원우에게 이야기는 많이 들었습니다."

자헌은 얼떨결에 한 사내와 악수를 나누었다. 손이 단단하고 풍채가 좋으며, 눈빛이 맑은 사내였다.

"김상현이라 합니다. 옆 사람은 내 아내인 윤하영이고, 이쪽은 내 누이입니다."

"김현주예요."

"반갑습니다."

자헌은 차례로 인사를 나누었다. 긴장했던 것이 무색하게도 그는 환영의 인사를 받았다. 아버지가 인천의 유명인이니 자신을 아는 것도 이상한 일은 아니지만, 이 근거 없는 환대는 조금 의아했다. 그때 누군가 문을 열고 들어섰다.

"다녀왔습니다."

문으로 들어선 자그마한 아이에 자헌의 눈이 크게 뜨였다.

"희선이 너……!"

그도 그럴 것이 제 어린 동생이었기 때문이다. 희선은 자헌을 보고 눈을 동그랗게 떴다. 그 뒤에는 희선의 몸종인 영옥도 있었다. 영옥은 화들짝 놀라며 눈치를 살폈다.

"오라버니?"

"네가 지금 몇 살인지 아느냐! 고작 열한 살이다! 당장 돌아가!"

자헌이 기함했으나 희선은 뾰로통한 얼굴로 입술만 내밀었다.

"영옥이 너도 희선이를 말리지 않고 뭘 했느냐? 너도 아직 나이가 어린데 무슨 생각으로 여길 드나들었어!"

"죄, 죄송합니다 도련님. 저도 말려 보았지만 아씨께서 워낙 완강하셔서……."

"뭐야? 영옥이 너도 여기 오는 걸 좋아했잖아."

희선이 불만스레 말하더니 자헌을 노려보았다.

"나이가 무슨 상관입니까! 애들도 알 건 다 압니다."

그러더니 쪼르르 원우의 뒤에 숨었다. 원우는 난감한 표정으로 자헌을 보며 웃었다.

"죄송합니다. 위험하다 누차 말씀을 드렸는데 단념시킬 수가 없었습니다."

"안 봐도 뻔하지. 저 황소고집을 누가 말렸겠나."

"그 황소고집, 오라버니 닮은 건 모르셔요?"

희선의 말에 여기저기 웃음이 터져 나왔다. 자헌은 탄식하며 머리를 짚었다. 근래 어머니께서 희선의 귀가가 늦어진다며 걱정하신 게 생각이 났다. 계속 이곳에 들러 귀가가 늦어졌던 모양이다. 그는 깊이 한숨을 내쉬었다.

"그런데 이곳의 지도자는 어느 분이신지요? 인사를 드려야 할 것 같은데……."

자헌이 말을 끝맺기도 전에 원우에게 시선이 집중되었다. 놀란 자헌의 시선이 원우에게 닿았다. 놀랍기도 했고, 위험한 일에 책임을 맡은 원우에 대한 걱정도 되었다. 또 어떤 경로로 자금을 조달했는지 의문이었다. 자헌의 의문을 알아차렸는지 원우는 입을 열었다.

"제가 책임을 맡고 있긴 하지만 후원해 주시는 분이 따로 계십니다."

"후원?"

"예. 지금은 밝히실 생각이 없으신 듯하지만, 나중에 제가 먼저 말씀해 드리겠습니다."

원우는 특유의 부드러운 미소를 머금었다.

"아, 그리고 단체의 이름은 진의회입니다. 그 이름도 후원해 주신 분이 지으신 겁니다."

자헌은 입 안에서 진의회란 이름을 되뇌었다. 곱씹을수록 강인한 이름이었다.

제9장

이별의 계절

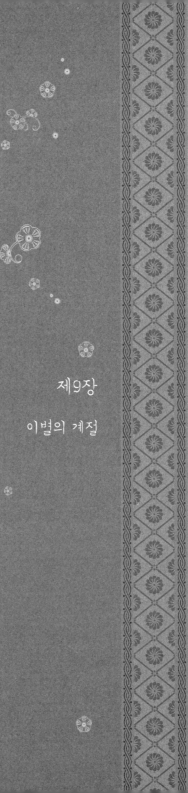

　바스러지는 낙엽이 빈틈없이 바닥을 가득 채운 늦가을, 영옥의 장
례를 끝마쳤다. 누군가를 떠나보내기 적합한 계절이란 없겠지만 이
계절은 유독 공허하고 쓸쓸했다. 서늘한 바람이 불어올 때마다 시려
오는 가슴에 하현은 눈을 내리감았다.

　저택에 있는 동안 그 누구보다 정이 많이 들었던 사람이다. 지켜 주
지 못한 게 죄스러웠고, 일찍이 알아보지 못한 것이 후회되었다. 아주
머니가 돌아가신 게 자신의 탓인 것만 같아 괴로웠다.

　깊은 한숨이 찬 공기에 섞여 들었다. 그때 조심스러운 손길이 하현
의 어깨에 검은 코트를 걸쳐 주었다. 고개를 돌려 바라본 곳에는 시우
가 있었다. 그는 하현의 앞에 무릎을 접고 앉아 차갑게 식은 손을 잡
아 주었다.

　"우는 법을 모른다는 건 곤란한 일이야."

　건조한 음성이었다.

　"울지 못하는 상대를 바라보는 건 더 곤란하고."

　얼음장 같은 손을 쓰다듬는 시우의 손길에는 애틋한 감정이 담겨

있었다. 그는 고개를 들어 하현을 응시했다. 호소가 담긴 눈빛이었다.

"그만 들어가자. 밥도 먹고, 잠도 좀 자고."

하현은 흔들리는 눈으로 그를 바라보다 고개를 숙였다. 그녀는 먹먹한 목소리로 힘겹게 말을 꺼냈다.

"이해가 안 됩니다."

"……."

"잘못을 저지른 사람들은 다 잘 살고 있는데, 왜 아주머니가 그런 일을 겪어야 하는지 모르겠습니다."

하현의 손을 붙잡은 시우의 손에 힘이 들어갔다. 그는 가라앉은 목소리로 사과했다.

"미안해."

"……목시우 씨가 왜 미안합니까."

"당신이 이런 일 겪게 만들어서."

두 사람은 한동안 아무런 말도 하지 못했다. 하현이 먼저 자리에서 일어섰다.

"그만 들어가요. 목시우 씨 손도 차갑네요."

하현은 앞서 걸었다. 시우는 느린 걸음으로 그녀의 뒤를 따라 걸었다. 낙엽 위로 저보다 작은 발자국이 흔적을 남겼고, 시우는 그 흔적 위를 밟으며 천천히 걸음을 옮겼다.

그는 머릿속에서 계속 같은 생각을 반복하고 있었다. 하현이 정석호의 수하들에게 맞아 상처를 입은 모습이었다.

문득 하현은 멈춰 섰다. 자연스레 시우도 걸음을 멈추었고, 하현은 돌아서서 시우를 바라보았다.

"사실 그동안 목시우 씨 제안을 진지하게 생각했던 적이 없습니다."

"……."

"처음에 했던 제안 말이에요."

사실 현재로써는 무의미한 제안이었다. 시우는 하현에게 정석호를 죽이는 일에 협조해 달라고 할 생각은 조금도 없었다. 그저 하현을 이 저택에 붙잡아 두기 위한 수단일 뿐이었다.

"정석호를 죽일 의욕 같은 건 나한테 남아 있지 않았어요. 연호가 죽은 후에는 애국이든 살아가는 것이든 다 지치기만 했으니까."

시우에게 꺼내어 놓는 최초의 속내였다. 그녀는 담담히 말을 이었다.

"처음에 제안을 받아들였던 건, 목시우 씨 제안에 응하는 척하면서 이 집에 대해 조사해 보기 위해서였어요. 하지만 이제는……."

"……."

"이제는 진지하게 생각해야겠습니다."

하현은 잠시 눈을 감았다. 호흡을 고르듯 몇 번 숨을 내쉬고는 다시 눈을 떠 시우를 직시했다. 그를 사랑에 빠지게 만든 견고하고 강인한 눈빛이었다.

"정석호, 내가 죽이겠습니다."

저 눈을 사랑한다.

유약했다가도 언제 그랬냐는 듯 순식간에 타오르는 하현의 눈빛을 그는 사랑했고, 존경했다. 거스를 수 없는 인력처럼 속수무책으로 이끌렸다.

"아주머니 일이 계기가 된 건 맞지만, 그게 전부는 아닙니다. 목시우 씨를 그냥 두고 보고 싶지 않아요."

"……."

"남의 일이라 생각하지 않을 겁니다."

시우의 눈이 어둡게 가라앉았다. 그러나 하현은 그 내면까지 들여다보지는 못했다.

"그 전에 목시우 씨가 도와줬으면 하는 일이 있어요."

"······무슨 일?"

"사실, 나는 지금 총을 쏠 수가 없어요."

"무슨 소리야? 총을 못 쏜다니."

하현은 미안한 얼굴로 시우를 바라보았다.

"그동안 속여서 미안해요. 사실 연호가 죽은 후부터 총을 잘 못 쏴요. 화약 냄새를 맡으면 구역질이 나기도 하고, 총을 잡으면 손이 떨리기도 해요."

시우의 놀란 시선이 하현에게 닿았다. 문득 인천항에서 있었던 일이 떠올랐다. 하현은 화약 냄새가 풍겨 오자마자 헛구역질을 하며 고통스러워했었다.

"연습이 필요할 것 같아요. 그걸 좀 도와줬으면 좋겠어요."

시우는 말없이 하현을 직시했다. 그의 눈동자 안에서 수많은 감정들이 몰아쳤지만, 그는 덤덤히 잠식시키고 대답했다.

"그래, 알았어."

하현은 희미하게 미소 지었다.

두 사람을 태운 차는 먼 길을 달렸다. 도심을 벗어나 어느덧 나무가 늘어진 길을 달리고, 울퉁불퉁한 비포장도로를 달렸다. 한참의 주행 끝에 도달한 곳은 낮게 언덕진 너른 들판이었다.

"아무도 없으니 연습하긴 괜찮을 거야. 할 수 있겠어?"

하현을 보며 시우가 걱정스레 물었다. 하현은 긴장했지만 내색하지 않고 고개를 끄덕였다.

시우는 멀리 떨어져 있는 나무로 가더니 그의 키보다 낮게 드리운 가지에 제 손수건을 걸었다. 그리고 다가와서 제 허리춤에 꽂혀 있던 총을 건네주었다. 하현은 머뭇거리다 총을 쥐었다.

반사적으로 위가 통증을 호소했다. 급작스러운 고통에 하현은 총을 떨어트렸다. 시우는 걱정스레 하현을 살폈다. 내키지 않았으나 그는 총을 들어 다시 하현의 손에 쥐여 주었다.

"할 수 있어, 당신이라면."

사려 깊은 어조였다. 하현을 응시하는 눈은 확고한 신뢰감으로 빛났다. 하현은 그 눈길을 받아들이다 결심하고는 총을 그러쥐었다. 그리고 시우가 걸어 놓은 손수건 쪽으로 총을 겨누었다.

그러나 막상 총을 쏴야 한다고 생각하니 손이 파르르 떨렸다. 그때 뒤에서 다가온 시우가 하현의 손목을 받쳐 주었다. 등을 감싼 따스한 품도 함께였다. 그는 하현의 귓가에 달래듯 속삭였다.

"당신은 총을 잡은 후에 잃어 오기만 했다고 말했지만, 난 그렇게 생각 안 해. 보이지 않았을 뿐, 당신이 지킨 사람들은 무수히 많았을 거야."

그의 목소리는 단호했지만 그만큼 진실하게 느껴졌다.

"사람뿐만이 아니야. 신념을 지키고 불의에 대항하면서 이 나라가 정말 잃지 않아야 할 것들을 지켜 냈잖아."

"……."

"그러니 두려워할 필요 없어. 죄책감 가질 필요도 없고."

그는 다정히 속삭이며 하현의 손목을 부드럽게 감싸 쥐었다. 그러자 떨림이 조금씩 잦아들었다.

"처음 총을 쐈을 때를 떠올려 봐. 그때의 각오도."

고모가 지켰던 것을 저도 지키기 위해 처음 총을 잡았었다. 그리고 다시는 사랑하는 사람을 잃지 않겠다고 다짐했었다. 지금 망설인다면, 자신은 또 지켜야 할 사람을 지키지 못할 것이다.

하현은 숨을 들이쉬고 잠시 호흡을 멈췄다. 처음 총을 쐈았던 순간을 회고하며 그녀는 방아쇠를 당겼다.

탕-!

날카로운 총성이 울려 퍼지며 산새들이 날아올랐다. 손수건의 끄트머리가 찢어지며 바람에 일렁였다. 뒤에서 시우는 엷게 미소 지었다.

"봐. 할 수 있다고 했잖아."

위가 아픈데도 하현은 환하게 웃었다.

"몇 번만 더 해 보자."

시우는 하현에게 몇 번 더 연습을 시켰다. 처음에는 어깨와 손목을 받쳐 주었지만, 하현이 손수건을 정확히 맞힐 수 있게 되자 물러서서 총을 쏘는 모습을 지켜보았다.

그 와중에 하현은 다시금 헛구역질을 하기도 하고, 손을 떨기도 했으나 시우는 계속 총을 쏘게 했다. 계속 연습하다 보니 날이 저물고 달이 모습을 드러냈다. 이제 멀리서는 손수건도 잘 보이지 않을 지경이었다.

"마지막으로 한 번만 더 해 보자."

시우는 하현의 어깨를 다독이고는 일어서서 손수건이 걸린 가지 옆으로 향했다.

"뭐 해요?"

"다시 쏴 봐."

"비켜야죠."

"여기 서 있을 거야."

하현의 눈이 흔들렸다.

"그게 무슨 소리예요. 비켜요. 위험해요."

"안 비킬 거야. 총 들고 조준해."

"……."

"얼른."

그의 목소리는 전에 없이 단호했다.

"이 정도도 못 하면 당신은 스스로를 지키지 못할 거야."

멀리 떨어져 있는데도 사위가 조용하여 시우의 목소리는 또렷이 꽂혔다. 하현은 그의 고집을 꺾을 수 없다는 사실을 깨닫고 총을 그러쥐었다. 그녀는 잠시 심호흡을 하고 총구를 조준했다. 목표와 아주 근접하게 서 있는 사내를 보며 그녀는 잠시 생각에 잠겼다.

저 사내에 대한 감정은, 사랑이라고 하기엔 명확하지 않다. 그러나 어느새 하현의 삶에 깊이 파고들었음을 부정하기 어려운 것도 사실이었다. 하현은 저 사람이 다치는 모습을 보고 싶지 않았다. 영옥 아주머니처럼 무력하게 떠나보내고 싶지도 않았다.

할 수만 있다면 저 사람을 지켜 주고 싶었다.

하현의 눈빛이 날카롭게 변모했다. 탕-! 다시금 산새가 날아올랐고, 매듭이 풀린 손수건이 나풀거리며 흩날렸다. 시우가 멀쩡하다는 사실을 깨닫자마자 하현은 다리에 힘이 풀려 앞으로 고꾸라졌다.

시우는 급히 하현에게 다가왔다.

"괜찮아?"

하현은 힘이 빠져 절레절레 고개만 저었다. 그는 맑게 웃었다.

"거봐. 할 수 있잖아."

하현은 푸스스 웃음을 터트렸다.

"그러네요. 할 수 있네요. 다리에 힘이 안 들어가는 게 문제이긴 하지만."

큰 손이 하현의 뺨을 부드럽게 어루만졌다. 고개를 들고 바라본 시우의 얼굴에는 어째선지 짙은 슬픔이 드리워 있었다. 어둠이 만들어 낸 착각일까. 하현의 생각이 착각이라는 것을 증명하듯, 시우는 웃음기 섞인 어조로 말했다.

"은근히 부실하다니까."

"뭐라고요?"

하현이 발끈했다.

"이봐요, 목시우 씨. 내가 지금 총을 몇 발을 쏜 건지나 알아요? 아무리 체력 좋은 사람이어도 그렇게 하기는 힘들다고요."

"그럼 일어서 봐."

"……그건 다른 문제예요."

하현이 불퉁한 얼굴로 중얼거렸다. 시우는 하현의 머리카락을 헝클어트리듯 쓰다듬고는 등을 돌리고 앉았다.

"업혀."

"됐어요. 일어설 수 있어요."

"그럼 그냥 간다?"

시우는 자리에서 일어서 성큼성큼 멀어졌다. 하현은 그 뒷모습을 흘기다 몸을 일으켰다. 그러나 곧바로 다시 주저앉아야 했다. 아직도 다리에 힘이 전혀 들어가지 않았다.

"목시우 씨!"

하현의 부름에 시우가 걸음을 멈추고 돌아보았다.

"이리 와요. 못 걷겠다구요!"

"됐다며?"

"빈말도 모릅니까? 빨리 와요, 다시."

시우는 능청스레 웃기만 했다.

"장난하는 거 아니에요. 진짜 힘이 하나도 안 들어가요."

"부탁 들어주면 업어 줄게."

"부탁이요? 뭔데요?"

"입 맞추게 해 줘."

진지한 음성에 하현은 눈을 껌뻑였다. 그러곤 기가 막혀 웃었다.

"그간 허락도 안 맡고 멋대로 했잖아요. 새삼 웬 부탁이에요?"

"그러니까 이번에는 허락받으려고."

"뻔뻔하기는……."

하현이 불만스레 중얼거렸다.

"싫으면 말고."

그러나 그는 미련이 없는지 곧장 돌아섰다. 그래도 한 번은 다시 멈춰 설 줄 알았는데 그는 순식간에 멀어졌다.

시우가 사라진 들판에는 칠흑 같은 어둠만이 내려앉아 있었다. 기이하리만치 고요한 정적 속에서 하현은 불현듯 두려움을 느꼈다. 이 장소에 대한 두려움보다는 혼자 있다는 것에 대한 공포가 더 컸다.

"목시우 씨! 가지 마요! 부탁 들어줄게요!"

그래서 하현은 간절하게 소리치고 말았다. 시우는 느릿하게 등을 돌렸다.

"정말이야?"

하현은 고개를 끄덕였다. 조급한 하현과 달리 시우는 여유 있는 걸음으로 하현에게 다가왔다.

"미리 말하는데, 평소랑 다를 거야."

"뭐, 뭐가요?"

"진하게 할 거야."

그동안 충분히 진하게 하지 않았나? 하현이 어이없어하는 동안 시우는 점차 하현에게 다가왔다. 거리가 근접하자 시우는 더 이상 여유롭게 행동하지 못하고 빠르게 다가와 하현의 입술을 덮쳤다.

기세가 어찌나 거셌는지 앉아 있던 몸이 뒤로 풀썩 넘어갈 정도였다. 시우는 처음부터 하현의 입술을 갈구했다. 혀를 감아올리고, 깊이 빨아들였다. 갈증을 해소하는 행위 같기도 했다. 그동안의 입맞춤이 진한 것이 아니었음을 그는 행동으로 증명했다. 하현은 낯선 행위에 어쩔 줄 모르고 흐트러진 호흡만 내뱉었다.

"제대로 입 벌려. 해 준다고 했잖아."

잠깐 물러선 그가 거칠어진 음성으로 짓씹듯 말했다.

"아니, 나는……."

나름대로 노력하고 있는 건데. 억울한 음성은 이어지지 못했다. 시우가 다시금 입술을 겹친 탓이다. 아까보다는 좀 더 부드러워지긴 했으나 하현에게 다행인 일은 아니었다. 느려진 만큼 모든 게 좀 더 노골적으로 느껴졌다.

시우는 하현의 손목을 쥐고 자신의 목에 팔을 감게 만들었다. 방황하던 손이 안정적으로 자리를 잡자 시우는 고개를 꺾어 조금 더 깊이 파고들었다.

하현은 살며시 눈을 떴다. 내려앉은 시우의 속눈썹이 희미하게 떨리는 모습이 보였다. 그 뒤로는 광활한 밤하늘이 펼쳐져 있었다. 촘촘한 별과 밝은 달이 떠 있는 풍경은 가슴속이 일렁일 만큼 아름다웠다.

어느덧 조금 잠잠해진 시우는 다정하게 입을 맞추며 하현의 허리를 끌어안았다. 맞닿은 가슴에서는 그의 심장이 크게 요동치고 있었다. 그것은 존재감을 드러내며 하현에게 애정을 표출했다.

잠시 후 그는 천천히 물러서고는 부드럽게 미소 지었다. 호선을 그리는 예쁜 눈매에는 하현을 향한 애정이 가득 담겨 있었다. 그 눈에 시선을 빼앗겨 잠시 멍해졌을 때, 그는 다시금 눈을 내리감으며 하현의 입술에 옅게 입을 맞추었다.

청량한 공기와 감미로운 흰 꽃의 향기가 조화로이 섞여 한꺼번에 밀려들었다. 그것은 하현의 머릿속과 가슴을 온통 뒤흔들어 놓았다. 무엇인지 모를 감정이 버거워 하현은 다시 눈을 내리감았다.

그러나 심장은 제멋대로 뛰어 대고 있었다. 쿵, 쿵. 어딘가로 추락하듯이 빠르게.

정원으로 시우의 차가 들어섰다. 시우는 차를 세우고 조수석에 앉아 있는 하현을 바라보았다. 그녀는 시우의 겉옷을 덮은 채 깊이 잠들어 있었다. 잠꼬대를 하듯 웅얼거리는 얼굴을 보던 시우의 얼굴에 부드러운 웃음이 고였다.

그러나 그것은 오래가지 못했다. 그의 눈매가 순식간에 고통으로 일그러졌다.

그는, 외면했던 것을 마주할 때가 왔음을 직감했다. 언제까지고 이 상태로 머물 수는 없었다. 난생처음 경험하는 이 환상 같은 시간이 애틋했고, 놓치고 싶지 않아서 그동안 모른 척했을 뿐이다.

그러나 이대로 있다가는 하현마저 위험해질 터였다. 정석호와 대치했던 날, 시우가 나타나지 않았다면 분명 하현은 정석호의 손에 죽었을 것이다. 잔인하게 난자당해 어딘가에 버려졌으리라. 그것만 생각하면 모골이 송연해질 정도로 그는 두려웠다. 어쩌면 지금쯤 정석호는 하현이 뭘 하던 사람인지 알아냈을지도 모른다.

그는 운전대에 머리를 기대며 깊이 한숨을 내쉬었다. 처음부터 자신이 벌인 일이다. 하현을 끌어들인 것은 자신이니 끝맺는 것도 자신이 책임져야 했다.

그는 간신히 감정을 갈무리시킨 후, 고개를 들어 하현의 어깨를 조심스레 흔들었다.

"김하현, 일어나."

하현이 콧잔등을 찡그리며 잠에서 깨어났다. 시우는 하현을 더 바라보지 못하고 고개를 돌렸다.

"아, 미안해요. 깜빡 잠들었나 봐요. 운전하느라 힘들었겠어요."

시우는 대답하지 않았다. 하현은 의아한 눈으로 그를 바라보았다. 운전하는데 잠만 자서 토라진 걸까.

"목시우 씨?"

"집 들어가자마자 짐 챙겨."

"짐이요? 웬 짐……."

"이 집에서 나가."

이상하리만치 차가운 목소리였다. 하현은 어리둥절한 얼굴로 물었다.

"무슨 소리예요?"

"이 집에 당신이 있을 이유가 없어졌어."

그는 내뱉듯이 차갑게 말하고는 차에서 내렸다. 그제야 상황을 파악한 하현이 차에서 내려 급히 시우의 뒤를 쫓았다. 그녀는 시우의 팔을 잡고 돌려세웠다.

"그게 무슨 소립니까? 제대로 설명해 줘요."

가슴을 서늘하게 할 만큼 냉락한 시선이 하현에게 닿았다.

"알아들었을 텐데."

그는 피곤한 듯 한숨을 내쉬었다.

"안 나간다고 말했었잖아요."

마주하는 눈동자가 낯설었다. 그간 보여 주었던 다정함은 조금도 남아 있지 않았다. 마치 처음 만났을 때처럼 서늘하고 차가운 눈동자였다.

"처음 제안은."

침묵 끝에 그는 말문을 열었다.

"당신이 실력 있는 저격수였기 때문에 제안한 거였어."

하현의 표정이 굳어졌다.

"지금 당신 실력은 유능하다고 보기는 어려울 것 같던데."

"무슨 뜻이에요?"

"이용 가치가 없으니 당신이 필요 없어졌다는 뜻이야. 번거롭게 더토 달지는 않았으면 해."

"지금 나더러 그 말을 받아들이라는 거예요?"

갑작스러운 시우의 태도 변화를 이상하다 생각하지 않을 수 없었다.

"……내가 위험할까 봐 그러는 거죠?"

하현은 한숨을 내쉬었다.

"괜찮으니까 걱정하지 마요. 나를 믿어 줬으면 좋겠어요. 당신이 생각하는 것만큼 약하지 않아요. 이젠 총도 쏠 수 있으니까……."

"제멋대로 생각하는 버릇은 좀 고치지 그래."

야멸찬 시선이 하현에게 닿았다. 그건 꼭 경멸감을 내포하는 것 같아서 하현의 입술을 깨물었다.

"지금 제멋대로인 건 목시우 씨잖아요."

"원래 이런 사람인 거 알잖아."

"……."

"더 말하게 하지 말고 이 집에서 나가."

그러고는 시우는 저택으로 들어섰다. 하현은 망연히 시우의 뒷모습을 바라보다 그의 방으로 쫓아 들어갔다. 하현은 그를 잡아 세우고는 언성을 높였다.

"대체 왜 이러는 겁니까? 이런 식으로 하면 뭐가 나아지는데요."

"……."

"목시우 씨. 이 일이 내 부모님이나 고모님과 연관되어 있기도 하지만, 그것보단 난 당신을 돕고 싶어요. 나를 걱정하는 건 알겠지만 이러는 것도……."

"순진한 거야, 아니면 머리가 나쁜 거야."

차가운 시우의 말에 하현이 미간을 찌푸렸다.

"말 그렇게 하지 마요."

시우는 하현에게 한 걸음 다가왔다.

"내가 당신이 좋다고 해서 정말 그런 줄 안 모양이지. 대체 어디까지 믿을 작정이었어."

"이봐요, 목시우 씨. 그만하고……."

다가온 시우가 하현의 턱을 감싸 쥐고는 귓바퀴에 입술을 가져갔다. 놀란 하현이 물러서려 했으나 순식간에 허리가 속박되었다. 하현이 밀어 내려 하자 그는 자연스레 손목을 제압했다. 풀어내려 힘을 주었지만 강하게 옭아맨 손목은 묶어 놓은 것처럼 움직이기가 어려웠다.

당황스러웠다. 그간 마음만 먹는다면 시우의 행동을 거절할 수 있을 것이라 생각해 왔다. 그러나 철저히 오만이었다. 힘으로는 이 사내를 이길 수가 없었다.

종종 힘으로 그녀를 찍어 누르려던 사내들이 있었다. 그녀가 얼마나 실력 있는 저격수인지는 그들이 고려할 문제가 아니었다. 단지 하현이 여인이라는 이유뿐이었다. 지금 시우는 그들 같은 행동을 하고 있었다. 하현은 시우가 이런 행동을 보이는 것에 아득해졌다.

목덜미에 입술이 닿았다. 입술이 목선을 타고 움직이는 감각에 소름이 돋았다. 옷깃을 파고드는 접촉에 등줄기가 서늘해졌다. 그에 그치지 않고 시우는 하현을 벽으로 밀어 내 다리를 얽어 고정시켰다. 명백히 성적인 접촉이었다.

시우는 지금 뭘 하려는 걸까. 설마 그럴 리가 없다. 그토록 경멸하던 범죄 행위를 이 사람이 저지를 리가 없다. 이 사람이 자신에게 그럴 리가…….

"아직 사내 경험한 적 없지."

낮게 내뱉어지는 음성에 하현의 눈동자가 텅 비어 버렸다.

잠시 힘이 풀어진 틈을 타 하현은 강하게 시우의 뺨을 내리쳤다. 강한 타격과 함께 시우의 고개가 돌아갔다. 하현은 거칠게 숨을 몰아쉬고는 비틀거리며 한 걸음 물러섰다. 방황하는 시선이 시우에게 고정되었다. 여전히 그의 눈동자는 서늘하기만 했다.

"뭘 당황스러워해."

"……."

"내 소문 알잖아. 당신이 좀 신선해서 다가간 것뿐이야."

그 말에 가슴이 나락으로 추락했다. 차갑게 얼어붙은 가슴이 어딘가에 부딪혀 산산이 조각나는 듯했다.

"신선하다고요."

하현은 떨리는 목소리로 힘없이 내뱉었다. 허탈한 웃음이 공중에 흩어졌다.

"내가 겪은 삶이⋯⋯. 신선하다는 말로 표현될 수 있는지는 몰랐네요."

"⋯⋯."

"나한테는 고통 그 자체였는데."

시우는 떨리는 손을 강하게 말아 쥐었다. 그러나 하현은 시선을 내리고 있어 알지 못했다.

"더 당하고 싶은 게 아니라면 그만 나가. 당신한테 흥미가 떨어지긴 했지만 잠자리 정도는 가져 줄 수 있거든."

"입 다물어요."

하현이 사납게 일축했다.

"당신이 하는 말이 거짓이든 아니든 이런 행동은 하는 게 아니에요."

그 말에 시우는 설핏 웃었다.

"아직도 거짓이라고 생각하고 싶어?"

고개를 기울이며 웃는 얼굴은 제가 알던 사내의 얼굴이 아니었다.

"내 염원은 정석호의 재산을 차지하는 것 단 하나야. 그걸 위해서라면 무엇이든 해. 당신한테 마음 주는 척하는 거 일도 아니었어."

"⋯⋯."

"당신도 외롭긴 했겠지."

시우의 손등이 하현의 얼굴선을 쓸어내렸다. 하현은 그 손을 강하게 쳐 냈다.

"그래서 내 행동을 거절하지 못했던 거 아닌가? 지독하게도 외로워서."

그는 하현을 수치스러울 때까지 몰아붙일 작정인 듯했다. 그의 모든 행동이 거짓일지도 모른다는 생각이 들긴 했으나, 날카로운 두통이 일어 이성적인 판단을 불가하게 만들었다. 하현은 흔들리는 눈을 감출 자신이 없어 고개를 숙였다. 눈을 내리감았으나 연약하게 흔들리는 눈꺼풀까지 감춰지지는 않았다.

"아직도 내 말을 못 믿겠다면 본정에서 지나다니는 사람이라도 붙잡고 물어 보지 그래."

"알았으니까 제발 그만해요. 나갈 테니까."

하현은 고통스럽게 말했다. 그러나 시우는 잔인하게 말을 이었다.

"……내가 어떤 사람인지 상세하게 알려 줄 거야."

하현은 주먹을 꽉 그러쥐었다. 더는 그 자리에 버티고 서 있을 수 없어 도망치듯 방을 나섰다.

시우는 공허한 눈으로 닫힌 문을 바라보았다. 이것으로 되었다. 하현이 제 말을 믿든 안 믿든 충분히 정이 떨어졌으리라. 원래도 시우에게 마음이 없던 사람이 아닌가. 이 일에서 손을 떼고 계속 살아가면 된다. 그러면 될 것이다.

그는 참았던 숨을 토해 냈다. 눈물을 흘리지는 않았으나 꼭 울음 같은 호흡이었다. 모순적이게도, 상처가 되는 말을 내뱉으면서 그는 자신이 돌이킬 수 없을 만큼 하현을 사랑하게 되었다는 사실을 깨달았다.

환히 웃던 하현의 얼굴이 떠올랐다. 그 웃음은 삭막했던 그의 가슴을 풀어지게 할 만큼 인상적이었다. 그러나 다시는 그 얼굴과 마주할 수 없을 터였다.

짙은 절망감이 찾아들었다. 시우의 가슴은 깊은 수렁 속에 처박혀 한동안 헤어 나오지 못했다.

시우는 책상에 앉아 눈에 들어오지도 않는 서류를 읽고 있었다. 생각이 다른 곳에 가 있어 글자가 눈에 들어오지 않았지만 그는 반복적으로 글자를 읽었다.

머지않아 문을 두드리는 소리가 들렸다. 굳이 고개를 들지 않아도 들어온 사람이 누구인지 알 수 있었다.

"봉급을 지나치게 많이 넣었던데요."

하현이 문을 닫으며 말했다. 그녀는 대답이 없는 시우의 앞으로 다가와 책상 위에 종이봉투를 올려 두었다.

"안 받아요. 나도 멀쩡한 몸 있고, 이 한 몸 건사할 수는 있으니까."

"가져가."

"라고 해도 안 가져갈 생각으로 가져온 거예요."

시우는 고개를 들었다. 아예 쳐다보지도 않을 생각이었는데 뜻대로 되지 않았다.

"어디로 갈 건데."

"나가라던 사람이 그걸 왜 묻습니까?"

시우는 말을 하려다 말고 입술을 맞물렸다. 하현은 설핏 힘없는 웃음을 지었다.

"당분간은 철웅이랑 복순이랑 같이 지낼 거예요. 목시우 씨가 철웅이 돌봐 주는 것보단 나랑 있는 게 정석호 눈에 안 띌 테니까요."

"그래."

그는 짧게 대답하고는 다시 서류 쪽으로 시선을 옮겼다. 여전히 눈에 들어오는 글자는 없었으나 의미 없이 서명을 했다.

"목시우 씨. 정말 나 나갑니까?"

유려하게 움직이던 펜촉이 우뚝 멈추었다. 그는 내색하지 않으며 다시 펜을 움직였다. 멈췄던 부분에 잉크가 번졌다.

"다 끝난 얘기 아닌가."

"일방적으로 끝낸 얘기잖아요."

하현은 씁쓸하게 웃었다.

"당신 말처럼 순진한 건지 모르겠지만 믿기 힘든 것도 사실이고요."

어제 도망치듯 방에서 나선 후 계속 생각했다. 반복된 생각 끝에 내린 결론은 그간 시우가 보였던 태도를 모두 거짓이라고 생각하기는 어렵다는 것이다. 그는 하현에게 헌신적이었고, 때로 그녀를 위해 위험을 감수하기도 했으니까.

어제의 행동은 하현을 내보내기 위한 것이었을 테다. 하현이 어떤 것에 경멸감을 느끼는지 그 역시 알고 있었을 테니까. 만약 정말 그런 짓을 하려 했다면 마지막 순간에 굳이 힘을 풀지는 않았으리라. 아마 맞아 준 것도 일부러 맞아 준 것일 터였다.

시우는 탁자 위에 펜을 내려놓았다.

"그만해, 김하현."

하현은 말없이 시우를 바라보았다.

"당신의 그 순진한 생각에 더 놀아 줄 자신 없어. 난 내 생각 전달했고, 결정했어. 더 이상 뭐가 남았지?"

"꼭 그렇게 말해야 돼요?"

"그만 나가."

그는 다시 펜을 들었다. 머릿속이 온통 엉망이었다. 좀 더 나은 이별 방법을 생각해 보았지만 어느 쪽도 가슴 아프긴 마찬가지였다. 하현은 나가지 않고 그 자리를 지키고 서 있었다.

"가라니까."

하현은 여전히 미동이 없었다. 시우는 고개를 들었다.

"이봐, 김하현."

"고마웠어요."

그 말에 시우는 굳게 입을 다물었다.

"미안하기도 했고요."

"……."

"잘 지내요."

하현은 곧바로 몸을 돌려 방을 나섰다. 문이 닫히는 소리는 공허하고도 날카로웠다.

저택을 나선 하현은 은목서가 피어 있는 정원으로 향했다. 아직 시들지 않은 꽃들은 사방에 향기를 퍼트렸다. 왜 이곳까지 왔는지는 알 수 없었다. 마지막이라 생각하자 이곳을 보고 가고 싶었을 뿐이다.

하현은 손끝으로 꽃망울을 쓸어내렸다. 자연스레 시우가 했던 말들이 떠올랐다.

'이것만 알아 둬. 당신 아껴 줄 사람은 나뿐이야.'

'끝까지 곁에 있을 사람도 나고, 당신 마음 이해해 줄 사람도 나뿐이야.'

그런 말들이 전혀 와 닿지 않았다면 거짓이리라. 시우는 왜 지키지 않을 말을 해서 제 마음을 어지럽게 만드는 걸까.

한참 꽃망울을 어루만지던 하현은 시우의 방이 있는 창문 쪽으로 고개를 돌렸다. 시우가 있었다. 언제부터 바라보고 있었는지 모르겠지만 왠지 처음부터 보고 있던 것 같다는 생각이 들었다.

공중에서 길게 시선이 얽혔다. 시간의 흐름도 의식하지 못한 채 두 사람은 한동안 서로만을 응시했다. 그 순간만큼은 어떠한 거짓도 없었다.

그러나 모든 시간에는 끝이 있는 법이었다. 하현은 시우에게서 시선을 떼고 길을 나섰다. 그런 그녀의 손 안에는 은목서 한 송이가 쥐어져 있었다. 그건 오랫동안 향기를 내뿜어 긴 잔상을 남겼다.

"야, 박철웅. 잘 있었냐?"

하현이 가장 먼저 향한 곳은 일조가 머무는 여관이었다. 일조가 문을 열어 주자 철웅이 자리에서 일어서 하현을 반겼다.

"형! 복순이도 왔네!"

며칠 전까지만 해도 죽상이더니 오늘은 그래도 기운이 있어 보여서 다행이었다. 철웅은 복순이를 쓰다듬으며 인사를 나누었다.

"아, 근데 형이 아니라 누나라고 불러야 하나?"

"네 맘대로 해."

"그냥 형이 나을 거 같아."

하현은 철웅의 머리를 헝클이듯 쓰다듬었다.

"철웅이 너 짐 챙겨. 나랑 갈 거야."

"어디 가는데?"

"서울. 어디든 발붙일 곳이야 있겠지."

"서울? 경성 말하는 거야?"

철웅이 의아한 표정을 지었다. 그때 일조가 끼어들었다.

"서울에 간다고?"

"예. 그간 신세 많았습니다."

일조는 생각에 잠긴 얼굴이었다.

"잠깐 따로 얘기 좀 하지."

하현은 일조를 따라 여관방을 나섰다. 철웅이는 복순이에게 정신이 팔려 두 사람의 행동을 신경 쓰지 않는 듯 보였다.

"자네한테는 먼저 사과하지."

"예? 무얼요."

"고의는 아니다만 저 아이한테서 이야기를 들어 버렸어. 저 아이 어머니가 연호네 집안과 연관이 있는 것 같던데."

하현은 고개를 끄덕였다.

"예. 철웅이 마음이 추슬러지면 자세히 물어볼 생각이에요."

"앞으로 어쩔 계획인가?"

"차근차근 생각해 봐야죠."

일조는 깊은 시선으로 하현을 응시했다. 그러곤 목소리를 낮추고 물었다.

"정석호를 처리하려는 계획을 세우는 건가?"

하현의 눈이 커지자 일조는 소탈하게 웃음 지었다.

"추측이었는데 맞았나 보군."

"어떻게 아셨습니까?"

"자네가 목시우와 거래를 했다고 하지 않았나. 목시우는 정석호를 죽이지 못해 안달인 사람이니 저격수였던 자네가 그 일에 엮여 있는 게 아닐까 생각한 것뿐이야."

하현은 고개를 끄덕이고는 짧게 한숨을 내쉬었다. 시선을 아래로 내린 그녀의 눈빛은 쓸쓸했다.

"애초에 거래는 그랬습니다. 그런데 목시우 씨는 그만두자고 하네요. 사실 거의 쫓겨나다시피 했습니다."

"자네 목표는 아직 유효하고?"

"예."

"위험한 일이 될 거야."

"알지만 저도 가만히 있을 수가 없습니다. 진의회나 연호 집안에 얽힌 일도 알아야 하고, 영옥 아주머니나 철웅이도 남 같지 않고……."

하현은 잠시 머뭇거렸다.

"목시우 씨도 돕고 싶습니다. 그간 알게 모르게 도움을 많이 받았거든요."

"그랬군."

일조는 작게 미소 지었다.

"내가 도울 일은 없겠나?"

"아닙니다. 더 이상 폐를 끼칠 수는……."

"언론인이자 애국자 입장에서 말하는 거야. 정석호 같은 놈이 권력을 잡는 모습을 난 보고 싶지 않아. 알고 있겠지만 정석호가 권력을 잡으면 앞으로 반민자들에 대한 처단은 더 어려워질 거야."

하현은 느릿하게 고개를 끄덕였다.

"물론 자네가 가장 염려되어서 하는 말이지만."

"제가 언제부터 이렇게 걱정 끼치는 사람이 됐나 싶습니다."

"걱정 끼치는 것과 폐 끼치는 건 엄연히 달라."

일조가 부드럽게 웃었다. 그를 보며 하현도 미소 지었다.

"서울에서 다시 보자고. 도움이 필요할 때 언제든 연락 주게."

"예. 감사합니다."

두 사람은 인사를 나누었다. 둘 중 어느 누구도 철웅이 문에 바짝 붙어 이야기를 듣고 있다는 사실은 알지 못했다.

"서울에 간다고?"

장환이 전달한 이야기에 시우는 서류를 읽다 말고 왈칵 미간을 좁혔다.

"예. 어제 기차표 사는 모습을 확인했습니다."

"왜 하필 서울이야? 허튼 생각하는 거 아니겠지?"

"나무는 숲에 숨기고 사람은 사람 속에 숨기라는 말이 있지 않습니까. 한 다리 건너 다 아는 시골보다는 서울이 낫겠죠."

"네가 웬일로 바른말을 해."

"언제나 바른말만 해 왔습니다."

시우는 깊이 한숨을 내쉬었다. 장환이 보기에 시우의 얼굴은 어느 때보다 안색이 좋지 않아 보였다.

"정확히 어디로 가는지는 모르고?"

"그건 아직 안 정한 것 같습니다."

"돈은 안 부족하려나."

"말씀하신 대로 가방에 두둑하게 넣어 놨습니다. 성격상 발견도 못 할 가능성이 크지만요."

"믿을 만한 사람 붙여서 계속 감시해."

"일거수일투족 다 감시할 거면 뭐 하러 내보냈습니까? 그냥 옆에 두지."

"토 달지 마."

짜증스러운 일축에 장환이 조용히 구시렁거렸다.

"앞으로 어쩌실 겁니까?"

시우는 서류를 작성하던 펜을 내려놓고 의자에 등을 기대었다.

"슬슬 준비해야지."

장환은 그런 시우를 바라보다 드물게 가라앉은 목소리로 입을 열었다.

"어머님은……."

시우는 짧게 한숨을 내쉬었을 뿐, 대답하지 않았다.

고통도, 시간도 모두 지나갈 것이다. 상흔이 남겠지만 언젠가는 희미해지기 마련이다. 시우는 그날이 너무 늦게 오지는 않기를 바랐다.

1개월 후.

"이번 것도 잘 부탁해요."

출판사 직원이 하현에게 종이 뭉치를 건네주었다. 하현은 받아 들며 웃음 지었다.

"예. 꼼꼼히 해서 가져다드릴게요."

"아, 그리고 이건 저번 금액."

"감사합니다."

"늘 고마워요. 별로 챙겨 드리지도 못하는데."

"아닙니다. 요즘 같은 때에 일할 수 있는 것만으로도 다행인걸요."

직원은 부드럽게 미소 지었다.

"그럼 수고하세요."

하현은 인사를 하고 밖으로 나왔다. 불어오는 찬 바람에 코끝이 시렸다. 어느새 겨울이 성큼 다가와 있었다. 하현은 옷깃을 꼼꼼히 여미고 일감을 소중히 품에 안은 채 걸음을 옮겼다.

요즘 출판사에서 조금씩 일을 받아 번역을 하는 중이었다. 입에 풀칠하기도 힘든 시기에 일을 할 수 있는 것은 천만다행이었다.

국내 상황은 점점 악화되어 가고 있었다. 해방 후 일본인들이 귀국 자금 마련을 위해 화폐를 풀었고, 그로 인한 물가 폭등의 피해는 고스란히 국민들에게 돌아갔다. 아직까지 일본인과 부일협력자들이 금융 기관을 장악하고 있으니 경제가 안정될 턱이 없었다.

해방 후 쌀 공납이 중단되어 일시적으로 쌀이 풍족했던 시기도 지났다. 이번 겨울이 되면 더욱 혹독해질 터였다. 매일 수면 위로 떠오르는 과잉 정치는 국민들을 돌볼 새가 없었다.

하현은 찐빵 한 봉지를 사서 길거리에 웅크려 있는 아이에게 나누어 주고 집으로 향했다. 하현과 철웅은 북촌 끝자락에 있는 집의 문간방에서 다달이 세를 내며 지내는 중이었다. 이런 시기에 발 뻗고 잘 수 있는 공간이 있는 것만으로도 천만다행이었다. 심지어 복순이도 딸려 있는데 운이 좋았다.

"누나 왔어?"

하현이 문을 열고 들어오자 철웅이 먼저 반겨 주었다. 찐빵을 건네주자 철웅의 안색이 환해졌다.

"와, 찐빵이다!"

철웅은 찐빵 하나를 들고 덥석 입에 물었다.

"넌 잘 다녀왔어? 실수 안 했고?"

"내가 무슨 맨날 실수만 하는 사람인가."

철웅은 찐빵을 입에 문 채 투덜거렸다.

"구 대위님한테 폐 끼치지 않게 열심히 해."

"안 그래도 열심히 하고 있어."

철웅은 요즘 일조의 신문사에서 청소 일을 하고 있다. 일조는 부러 사람이 없는 시간에 철웅을 불러 숨어서 일을 할 수밖에 없는 그들의 사정을 배려해 주었다. 하현은 열심히 찐빵을 먹는 철웅의 머리를 쓰다듬었다.

"누나는 또 나가려고?"

"응. 집 잘 지키고 있어. 수상한 사람들 오면 문 열어 주지 말고."

"맨날 하는 말 지겹지도 않나."

"이제 기어오를 기운이 생기냐?"

하현이 딱밤을 때리자 철웅이 이마를 문지르며 투덜거렸다. 하현은 무시하고 다시 밖으로 나갔다.

"다녀올 테니 얌전히 있어."

"엉. 늦게 오지 마."

하현은 모자를 깊이 눌러쓰며 걸음을 빨리했다. 오늘도 어김없이 사람이 따라붙었다. 아마도 시우가 붙인 사람일 터였다. 모질게 나가라고 할 때는 언제고 신경이 쓰이는 모양이다. 출판사에 일을 받으러 갈 때는 사람이 붙어도 상관없지만, 지금 같은 때는 곤란했다. 하현은 골목으로 방향을 튼 뒤, 담을 넘어 빠르게 사라졌다.

낯선 사내를 따돌리고 하현은 전차에 올라 종로통으로 향했다. 어제는 경성역, 그제는 본정에 다녀온 참이었다. 정석호의 행보를 수집하기 위해서였다. 신문에 나오는 정보만으로는 정석호의 행동을 알아내는 데 한계가 있었다. 주로 사람이 많이 모이는 술집이나 역사, 광장 등을 가리지 않고 조사하는 중이었다.

하현은 이 일에서 물러날 생각은 조금도 없었다. 목시우란 사내의 삶도 그냥 지켜볼 수 없었고, 진의회와 얽혀 있을지도 모르는 류씨 집안의 물건도 찾아야 했으며, 영옥의 죽음을 헛되게 만들고 싶지 않았다. 그러기 위해선 하나라도 정보를 수집하는 일이 중요했다.

철웅에게 류씨 집안과 정석호의 관계를 물었으나 안타깝게도 철웅이 아는 사실은 많지 않았다. 영옥이 연호의 집안에서 일을 하던 종이었으며, 연호 아버지가 돌아가시기 전에 영옥에게 시우를 지켜볼 것을 부탁했다는 사실이 철웅이 아는 전부였다.

지난번에 언급했던 '아씨'라는 존재에 대해서도 물었지만, 철웅은 그녀가 누군지 모른다고 답했다. 영옥과 연락을 하던 사람이어서 도움이 될까 하고 말을 했던 것뿐이라고 했다. 아마 연호의 고모라고 추측되었지만, 영옥이 없어 연락할 방도도 없었다.

철웅이 무언가 알고 있는 것 같아 의문이 들기도 했지만, 영옥의 일로 슬퍼하는 아이에게 더 캐물을 수도 없는 노릇이었다.

막막했다.

가장 큰 문제는 지금 정석호를 암살한다 해도 시우에게 시선이 쏠린다는 사실이었다. 시우가 정당한 방법으로 정석호를 사장 자리에서 밀어 내고 어머니를 되찾을 시간이 필요했다. 시우와 이야기를 나누어야 할 상황이었으나 그는 하현이 이 일에 개입하기를 원치 않는다.

하현은 깊이 한숨을 내쉬었다. 심란한 한숨이 차가운 공기와 맞닿아 수증기가 되어 사라졌다.

오늘도 허탕인가. 종로 이곳저곳을 헤매었으나 이렇다 할 정보를 얻지 못했다. 밤이 깊어지기 시작하여 하현은 귀가를 결정했다.

집으로 돌아와 마당에 있는 복순이에게 먹을 것을 주었다. 머리를 한번 쓰다듬어 주고 집 안으로 들어가려던 하현은 멈칫했다. 집 밖에 처음 보는 발자국이 찍혀 있었기 때문이다. 철웅에게 무슨 일이라도 생긴 걸까. 덜컥 가슴이 내려앉았다.

하현은 총집에서 총을 꺼내 들었다. 문에 근접하자 안쪽에서 희미한 말소리가 들렸다.

벌컥 문을 열고 총을 겨누었다. 문을 열자마자 보이는 얼굴에 하현은 흠칫했다. 인천 저택으로 찾아왔던 이월영이라는 여자와, 연주회 때 보았던 조정찬의 아내가 있었기 때문이다.

"당신들은……."

"구면이죠?"

월영이 싱긋 웃으며 말했다. 철웅이 놀라며 하현에게 다가왔다.

"누나! 위험한 사람들 아니야, 총 내려 총!"

"위험한 사람인지 아닌지는 내가 판단해. 넌 왜 이 사람들이랑 같이 있어?"

차가운 하현의 대꾸에 철웅은 충격 받은 표정을 지었다. 그러고는 조정찬의 아내를 보며 시무룩한 어조로 말했다.

"우리 엄마랑 나 보살펴 주시던 분이셔. 말 못 해서 미안해……."

"보살펴 주던 분이라고? 이 사람 남편이 누구인지는 알고 하는 말이야?"

"매국노죠."

조정찬의 아내가 철웅과 하현의 대화에 끼어들었다. 그녀는 잠잠한 목소리로 말을 이었다.

"누군가의 아내로 살아가는 건 참. 그래요."

"……."

"그 사람 아내이기 전에 연호 고모예요."

하현이 크게 놀라 그녀를 바라보았다.

"연호 고모라고요?"

"본명은 류희선이에요. 당신이 찾고 있는 진의회에 소속되어 있던 사람이고."

희선은 하현의 앞으로 다가왔다. 하현이 총을 들고 있음에도 두렵지 않은 표정이었다.

"이야기해 줄 게 있어요."

그녀는 확고히 빛나는 눈으로 하현을 응시했다.

"긴 이야기예요."

제10장

흐르는 강물처럼

1919년 2월.

시간의 흐름에 따라 세계의 역사는 모습을 달리했다. 조선이 국권을 침탈당한 지 4년째 되는 해, 20세기의 기나긴 악몽이 될 전쟁이 서막을 알렸다. 일본은 국제적 위상을 높일 기회라며 전쟁에 참전했다. 통제 불가능한 전쟁은 무려 4년간 지속되었다.

혼란한 와중 조선이라는 작은 나라는 국권을 되찾기 위한 노력을 멈추지 않았다. 일제의 삼엄한 감시 속에서도 애국지사들은 활발히 활동했다.

자헌도 총을 잡았다. 총이 아니어도 나라를 지키는 여러 방법들이 있지만, 그는 할 수 있는 일은 다 하고 싶었다. 사실 원우에 비해 서툴러서 여전히 도움을 필요로 했으나 그래도 자헌은 노력했다.

시간이 흐르며 두 사람 다 어린 티는 벗게 되었다. 자헌은 혼인을 하고, 원우에게는 아이가 생겼다. 격변하는 세상 속에서도 사랑은 피어났고, 아이들이 태어났다.

"자네 요즘 무얼 하고 다니는 겐가?"

안타깝게도, 어린아이들에게 본보기가 되지 못할 어른은 늘 존재했다. 자헌의 집 앞에서 석호가 그를 기다리고 있었다. 자헌의 표정이 서늘하게 굳어졌다.

"고등법원으로 발령이 났다지."

자헌이 조용히 힐난했다.

"중대한 사건이 아니면 좀처럼 나타나지 않는 유명한 사상검사께서 인천까진 어인 일로."

석호는 말없이 자헌을 응시하기만 했다. 자헌은 더 말하고 싶지 않아 그를 지나쳤다. 석호는 지나치는 자헌에게서 희미한 화약 냄새를 맡았다.

"쓸데없는 짓을 하고 다니는 건 아니겠지."

자헌이 걸음을 멈추고 석호를 응시했다.

"자네에겐 쓸데없는 일이 무엇인가?"

"……."

"나라를 위해 싸우는 건 쓸데없는 일이고, 나라를 저버리는 건 쓸데 있는 일인가?"

"정신 차리게. 대체 갑자기 왜 이러는지 모르겠군."

"자네야말로 왜 그러는지 궁금하군."

자헌의 눈이 석호를 훑었다.

"전범 국가와 매국노 둘 다 죄인이지만 죄질이 같지는 않지. 돌아오게. 그러면 돌이킬 수는 있어."

"난 그러고 싶지 않네."

"그렇다면 자네와 내 연은 여기까지겠지."

석호는 힘주어 주먹을 말아 쥐었다. 자헌은 불쾌한 기색을 감추지 않고 등을 돌려 집으로 들어섰다.

곧장 제 방으로 가려던 자헌은 안사랑채의 섬돌에 신이 많이 있는 것을 발견했다. 누마루의 창도 모두 닫혀 있었다. 자헌이 쳐다보자 마중을 나온 행랑어멈이 말을 걸었다.

"손님들이 오신 듯합니다."

"또 아버지 손님들이신가?"

"예."

아버지는 특정 사람들과 자주 만나 좌담을 나누곤 하셨다. 아버지도 애국자이시니 다른 양반들과 앞으로의 일을 논의하시는 것인지도 모른다. 궁금했지만, 자헌은 제가 할 수 있는 일은 따로 있다고 생각하며 방으로 들어섰다.

밤이 깊어진 후, 자헌은 식구들 몰래 창고로 들어섰다. 그는 등사기로 태극기와 독립선언서를 찍었다. 곧 전국적으로 만세운동이 일어날 예정이었고, 자헌은 이것들을 배포할 생각이었다.

그때 나무문이 열리는 소리가 들렸다. 자헌은 황급히 태극기를 숨겼다. 문을 열고 들어선 사람은 아버지인 류정호였다. 자헌은 놀란 토끼 눈으로 제 아버지를 바라보았다.

"밤늦게 뭘 하는 게냐."

"차, 찾을 것이 있어서 좀 보고 있었습니다."

"이 비좁은 창고를 매일 드나들면 찾던 물건은 진즉 찾고도 남았을 터인데."

자헌은 할 말을 찾지 못하고 어물쩍거렸다.

"쯧, 궁색한 변명은 애초에 하지도 말거라. 좌우지간 할 말이 있으니 따라오거라."

"예? 예."

추궁을 당하리라 생각했는데 예상과 달라 얼떨떨했다. 그는 조용히 제 아버지를 뒤따라 사랑채로 들어섰다.

이상하게도 자헌의 아버지는 자리에 앉지 않고 자헌에게 병풍을 거두라 시켰다. 자헌이 병풍을 거두자 류정호는 잠시 벽을 매만지더니, 약간의 홈이 파인 곳으로 손을 넣어 나무판자를 드러냈다. 자헌은 크게 놀라 그 과정을 멍하니 지켜보기만 했다.

"좀 돕거라."

아버지의 채근에 자헌은 그제야 현실로 돌아왔다. 그는 정호가 하는 일을 도왔다. 몇 번 나무판자를 치우자, 속이 깊은 책장이 모습을 드러냈다. 그 책장을 빼곡하게 메운 것은 다양한 서적과 고미술품들이었다.

"이게 다 무엇입니까, 아버지."

자헌은 경외감을 느끼며 제 아버지 쪽으로 시선을 옮겼다. 류정호의 눈은 깊이 가라앉아 있었다.

"지켜야 하는 것이지."

"지켜야 하는 것이라뇨?"

"왜놈들이 이 물건들의 가치를 알면 앗으려 할 테니 여기다 보관하는 게다."

자헌은 놀라서 입을 뻐끔거리기만 했다.

"믿을 수 있는 사람이 몇 남지 않았다, 자헌아. 나는 하루가 다르게 노쇠해지고 언젠가 이걸 지킬 힘도 사라지겠지."

자헌은 제 아버지의 약한 모습을 처음 보았다. 나이가 들었어도 언제나 강건한 모습만을 보여 온 아버지였다. 엄하고 강인한 아버지를 대하는 게 어려워 어릴 때는 혼자 울기도 했다. 그런 아버지의 약한 모습은 서글프면서도 안타까웠다.

"우리 모임 사람들이 각기 이런 물건들을 보관하고 있다. 다 합치면 이것의 몇 배는 되겠지. 허나 이젠 다들 힘이 없구나. 이걸 지키는 걸 네가 도와다오."

도와 달라는 부탁을 받은 것 역시 처음이었다. 자헌은 어쩔 줄 몰라 아버지를 바라보기만 했다.

"원우에게 얘기는 들었다."

"……아버지는 원우가 무얼 하시는지 알고 계시는 겁니까?"

"내가 제안한 것이니 알고말고."

자헌의 눈이 크게 뜨였다. 아버지는 처음부터 원우를 내보낸 목적이 있으셨던 것이다.

"혹시 그럼 아버지가 진의회의 후원을……."

"원우에게는 무거운 책임을 짊어지게 만들어서 늘 미안한 마음뿐이구나."

정호의 쓸쓸한 눈빛이 책 더미 위로 내려앉았다.

"이런 것이 무에 중요하냐 할지도 모르지. 하지만 문화가 보존되지 못하면 그 민족은 죽은 것과 마찬가지다. 세대를 거듭할수록 빠르게 잊히겠지. 어린아이들은 제 나라가 어떤 나라였는지도 모른 채 어른이 될 것이고."

"……."

"앞으로 지키지 못할 것이 더 많겠지만. 지킬 수 있는 건 지키고 싶구나."

○ ◑ ●

19년 3월 1일, 경성의 중심부인 파고다 공원에서 만세운동이 일어났다. 공원을 가득 메운 흰 물결은 마치 거대한 파도 같았다. 하나가 되어 움직이는 파도처럼 역동적인 힘을 가진 군중이었다. 독립만세를 제창하는 소리가 천지를 뒤흔들 듯 전역에 울려 퍼졌다. 경성뿐만 아니라 조선 각지에서 한 몸이 되어 하나의 뜻을 알렸다.

누구도 강요하지 않았음에도 사람들은 스스로 격문을 쓰고 전단을 배포했다. 지위가 높은 독립운동가들도 있었지만, 남녀노소 계층을 가리지 않고 만세운동은 계속되었다. 군대와 헌병경찰이 폭동이라 매도하며 무력 탄압을 해 왔으나 해방운동은 고양되었다.

5일까지 계속된 해방운동에 자헌도 참전했다. 자헌이 기지로 돌아올 즈음엔 목이 완전히 쉬어 있었다. 몸도 엉망이었다. 지친 몸을 이끌고 지하로 내려갔을 때, 어째선지 분위기가 깊이 가라앉아 있었다.

두 사람 몫의 자리가 비어 있었다. 희선의 얼굴에 눈물의 흔적이 아직 사라지지 않은 상태였다. 분위기를 읽은 자헌의 안색 역시 어둡게 물들었다.

"김상현 선생님과 윤하영 선생님이 돌아가셨습니다."

원우가 상황을 알려 주었다. 자헌은 참담함을 애써 잠식시키고 상현의 누이동생인 현주에게 물었다.

"두 분께 딸이 있다고 하시지 않으셨습니까."

"제가 잘 키우겠습니다."

현주의 미소에는 깊은 슬픔이 고여 있었다.

"하지만 더는 여기에 있기도 어려울 것 같네요."

독립운동을 한 집안은 사상 고사라 하여 일본 경찰들이 집으로 찾아와 일일이 면담을 하던 때였다. 현주도 만세운동에 직접적으로 개입했으니 무사하긴 어려울 터였다.

"두 분의 시신은 제가 책임지고 수습하겠습니다."

원우가 말했다. 현주는 고개 숙이며 감사를 전했다.

기지에 남은 사람들은 잠시 묵념 시간을 가졌다. 침묵 끝에 자헌이 원우에게 조심스레 말문을 꺼냈다.

"원우 자네는 아버지가 지키고자 하는 물건에 대해 알고 있었나?"

놀란 듯 원우의 눈이 살짝 크게 뜨였다.

"예. 제가 의병운동을 하고 있는 걸 주인어른께서 눈치채신 후에 알려 주셨습니다. 이 단체도 주인어른의 뜻으로 만든 것이고요."

"아버지가 그 물건들을 지키기를 원하시네. 도움이 필요한 상황이야."

"돕겠습니다."

원우는 망설임 없이 답했다. 자헌은 희미하게 미소 짓고는 다른 이

들을 바라보았다.

"염치없지만 여기 계신 분들께서도 도와주셨으면 합니다. 하지만 위험한 일이 될 수 있으니 거절하실 분은 말씀해 주셔도 괜찮습니다."

자헌은 차분히 말한 뒤 사람들의 반응을 기다렸다. 그러나 누구도 자리를 비우지 않았다.

자헌은 생각에 잠긴 채 귀갓길에 올랐다. 죽은 부부를 떠올리자니 심란하여 가슴이 아렸다. 죽은 사람들도 걱정이었지만 남겨진 어린아이 또한 걱정이었다. 고모인 현주가 아이를 키우겠다고 했으나 여인 홀로 아이를 키우기는 쉽지 않을 터였다.

어떻게 도울 방법은 없을지 생각하다 보니 어느새 집 앞이었다. 그런데 집 근처 담 앞에 몸을 웅크리고 앉아 있는 인영이 보였다. 신경이 곤두서 있던 자헌은 경계하며 다가섰다. 그것에 다가갈수록 비릿한 피 냄새가 짙어졌다. 가등의 영역으로 들어서자 사람의 형체가 또렷이 보였다. 석호였다.

"아니, 자네……."

자헌의 목소리에 석호가 고개를 들었다. 그의 꼴은 엉망이었다. 얼굴과 몸에 상처가 가득했다. 이건 필히 고문의 흔적이었다. 자헌이 급히 다가가 앉으며 물었다.

"이게 대체 무슨 일인가? 어쩌다 이리되었어?"

석호는 떨리는 시선으로 자헌을 바라보았다. 그의 눈동자는 불안감에 지배되어 잘게 흔들렸다.

"형님이 돌아가셨네."

"뭐……?"

"어머니와 아버지는 특고에 넘겨졌어. 오래 버티기 어려우실 것 같아."

자헌의 안색이 창백하게 질렸다.

"우리 집안이 이번 만세운동 주도에 참여했다고 확신하는 모양이야. 어떻게 된 일인지 나도 잘 모르겠네. 다만 난 집안과 연을 끊었다는 이유로 겨우 살았다는 거지."

석호는 감정을 추스르려는 듯 굳게 입술을 다물었다. 그러나 피가 고인 입술이 파르르 떨렸다. 자헌은 일단 석호를 집 안으로 데리고 들어왔다. 그리고 의원을 불러 곧장 치료를 받게 해 주었다.

그간 일제에 협력하는 석호를 원망하기도 했으나, 옛 친우로서 가족을 잃은 석호를 외면할 수는 없었다.

자헌은 치료를 마친 석호를 이부자리에 눕혔다. 눈을 감고 누워 있는 그의 얼굴은 지나치게 창백했다. 잠을 청해 보라고 했으나 석호는 그저 눈을 감고만 있었다.

"내가 그간 잘못 생각했던 것 같네."

그가 건조한 음성으로 말을 이었다.

"내 가족을 죽이고 나를 망가트리는 게 왜놈들이라면 따르지 않겠네. 자네가 하는 일을 나도 도울 수 있게 해 주지 않겠나?"

석호가 눈을 뜨고 자헌을 바라보았다. 그의 눈동자에는 어느새 눈물이 고여 있었다.

"부탁이네. 이대로는 억울해서 살 수가 없을 것 같아."

관자놀이 옆으로 눈물이 떨어져 내렸다. 자헌은 깊이 한숨을 내쉬었다.

"……미안하지만 난 아직 자네를 믿을 수가 없어."

사상검사로 활동하며 독립 운동가들을 처벌하는데 앞장선 인물이었다. 그의 상황은 안타깝지만 자헌은 쉬이 그를 받아들일 수가 없었다. 자헌은 자리에서 일어섰다. 석호는 망연자실한 얼굴이었다.

"쉬었다가 몸이 괜찮아지면 돌아가게. 그게 자네의 옛 친우로서 해 줄 수 있는 일의 전부인 듯해."

○ ○ ◐ ●

　경성고등법원 검사국 검사장실, 축음기에서 말러의 피아노 현악 4중주가 흘러나오고 있었다. 그 음악은 한가롭고 목가적인 분위기에 한층 여유를 보태 주었다.

　검사장 나미모토 이사오는 콧노래를 흥얼거리며 차를 마시고 있고, 그의 비서인 조정찬은 음악을 들으며 서류를 작성 중이었다. 평소와 다름없는 분위기에 유일하게 이질적인 것은 바닥에 넙죽 엎드려 있는 사내, 정석호였다.

　그의 이마 옆으로 흘러내린 식은땀이 카펫을 흥건히 적실 정도였다. 석호는 방 중앙에 있는 일장기가 자신을 노려보는 듯한 공포를 느꼈다.

　[살려 준 것에는 이유가 있는데 말이야.]

　차를 마시다 말고 나미모토가 입을 열었다. 석호는 떨리는 음성을 감추고 말했다.

　[조금만 기다려 주십쇼. 원하시는 결과를 가져오도록 하겠습니다.]

　[자네가 충성할 준비가 되어 있다는 걸 증명해 보여야 할 거야.]

　[대일본제국에 충성할 준비는 언제든 되어 있습니다. 류씨 일가가 가지고 있는 재산을 제가 반드시 바쳐 보이겠습니다.]

　[그쪽에서 의심을 지우긴 쉽지 않을 텐데.]

　그는 턱을 어루만지며 생각에 잠겼다. 생각을 마쳤는지 그는 자리에서 일어서 정석호에게 다가섰다.

　[이렇게 하는 건 어떤가?]

　나미모토가 착검한 검을 뽑았고, 석호의 새끼손가락에 꽂았다. 석호는 고통스러운 신음을 흘렸다.

　[자네는 복수심에 나를 죽이러 온 것이고, 손가락 하나를 잃고 실패했다. 괜찮지 않나?]

석호는 피를 흘리면서도 고개를 끄덕였다.

[바깥에 기사도 그리 나겠지. 자네는 오늘부터 수배자가 될 거야. 검사 자리를 잃겠지만 성공만 하면 그보다 더한 수혜가 따라올 걸세.]

○ ◔ ●

신문 기사를 확인한 자헌은 소스라치게 놀랐다. 고등법원 검사장 암살 미수 사건의 용의자로 지목된 게 석호였기 때문이다. 걱정이 먼저 앞섰고, 그날 석호를 매몰차게 몰아낸 것이 후회되었다. 석호가 정말 암살을 하려 했다면, 죽음까지 각오한 일일 터였다.

살아남은 것은 다행이지만 어디를 헤매고 있을지 걱정이었다. 경성이란 곳은 사방에 눈이 있어 숨어 지낼 만한 곳이 없었다. 혹시나 싶어 석호의 집에 가 보았으나, 이미 경찰들이 진을 치고 있어 가까이 다가갈 수도 없었다.

수일 후가 지났을 때에야 석호는 엉망이 된 채 자헌의 앞에 나타났다.

"미안하군. 나를 좀 숨겨 주게."

자헌은 급히 석호를 제 방으로 들였다. 석호는 목이 마른지 물부터 찾았다. 석호가 물을 마시는 동안 자헌은 말없이 옛 친우의 얼굴을 살폈다. 그간의 고생이 드러나는 수척한 얼굴이었다.

그는 왼쪽 손에 붕대를 감고 있었는데, 새끼손가락이 있어야 할 곳에 붕대만 감겨 있었다. 자헌이 놀라 물었다.

"자네 손가락이……."

석호는 대수롭지 않은 듯 손을 들어 보였다.

"검사장의 목을 치려 했으니 이 정도는 가벼운 대가지. 성공했다면 더 값진 대가였겠지만."

자헌의 눈이 어둡게 가라앉았다.

452

"그간 어디서 숨어 지냈나?"

"정신없이 이동해서 정확히 어딜 다녔는지도 모르겠군. 미안하네. 자네에게 피해를 주고 싶지 않았는데 이러다 아사를 할 것 같더군."

"아닐세. 좀 더 일찍이 찾아오지 그랬나."

두 사람 사이에 무거운 침묵이 흘렀다. 자헌이 먼저 입을 열었다.

"자네를 그렇게 보낸 게 후회되더군."

"나를 믿지 못하는 것도 당연해. 내가 했던 일들은 나조차도 부끄러우니."

"그간 마음고생이 심했겠어."

"괜찮네. 벌을 받는 중이라 생각하고 있어. 이제야 잠에서 깨어난 기분이야. 이제부터 부모님과 형님의 한을 풀어 줄 방법을 생각해 보아야겠지."

자헌은 한참 석호를 바라보다 그의 손등에 제 손을 덮었다. 잘려 버린 왼쪽 손가락이 그는 가슴 아팠다.

"자네만 괜찮다면 나와 함께하지."

"……이런 나를 믿어 주는 겐가?"

"자네는 자네가 할 수 있는 일을 모두 했어."

석호는 자헌을 빤히 응시했다. 그의 눈동자가 잠시 흔들렸으나 이내 결심으로 굳어졌다.

"고맙네. 자네가 하는 일을 나도 최대한 돕겠네."

○ ◑ ●

원우는 목공소를 물려받은 후, 조선회사로 업종을 바꾸고 경영을 시작했다. 그 회사는 자헌의 아버지인 정호의 투자를 업고 거침없이 성장했고, 이제는 어엿한 조선회사로 자리매김했다.

나라가 병이 들어서인지, 자헌의 아버지는 숙환을 앓다 별세했다.

원우와 자헌에게 모든 것을 맡겼기 때문인지 미련 없이 생을 마감했다. 아버지의 투자 없이도 원우는 경영인으로서 회사를 잘 이끌어 나갔다. 회사를 일구어 얻은 수익금은 독립자금으로 쓰였다.

"이걸 네가 직접 만들었다고?"

"네. 아빠가 하는 거 보고 따라 했어요."

인천항의 7번 부두 인근, 시우와 자헌은 나무로 만든 조각배를 가지고 놀고 있었다. 원우의 일이 바빠져 자헌이 대신 놀아 주던 참이었다.

"네 아빠를 닮아 손재주가 대단하구나."

자헌은 시우의 머리를 쓰다듬어 주었다. 아이는 기분 좋은 듯 미소 지었다가도 금세 시무룩한 표정이 되었다.

"엄마랑 아빠는 맨날 바빠요. 아빠는 일만 하고 엄마는 맨날 할머니네 가야 한다고 하고."

집안과 연을 끊은 여인이 처가에 갈 이유는 없었다. 아마 병원에 가는 것을 시우에게 알리고 싶지 않아 거짓말을 한 듯했다. 자헌은 시우가 안쓰러워 머리를 쓰다듬었다.

시우는 벌써 열두 살이 되었지만, 아직까지는 한참 어린아이였다. 부모와 함께 있는 시간이 이 아이에게는 무엇보다 귀할 터였다. 자신이라도 자주 찾아와 주면 좋겠지만, 아버지가 남긴 물건을 관리하느라 자헌 또한 정신이 없었다.

하지만 시우와 자주 시간을 보내지 못하는 원우의 마음도 이해가 갔다. 자헌도 똑같은 부모의 입장이었다. 자식들에게 이런 비참한 세상을 안겨 주고 싶지 않은 마음은 원우도 같을 것이다. 옳은 것을 추구할 수 있는 세상, 그리고 그것이 옳다고 인정받는 세상에서 살게 하고 싶었다.

"도련님."

그때 뒤에서 원우가 다가왔다. 자헌이 웃으며 대꾸했다.

"그놈의 도련님은. 그게 처자식 있는 사람한테 할 말인가?"

원우는 멋쩍게 웃었다. 시우가 원우에게 다가가 조잘조잘 말을 걸어 댔다. 원우는 다정히 아이의 머리를 쓰다듬었다.

"내가 배 만들었다니까요, 이거 보세요."

"정말 네가 만든 거야?"

원우가 놀라 물었다. 아이는 신이 나서 제가 나무배를 만든 과정을 열심히 늘어놓았다. 원우도 못지않게 과한 칭찬을 반복했다. 그가 하인으로 일을 할 때부터 느꼈지만, 원우는 참 다정한 사내였다. 이런 시대만 아니었더라도 시우에게는 최고의 아버지가 되었을 것이다.

시우는 한참 동안 제 아버지와 놀다 지쳐 잠이 들었다. 원우는 제 무릎을 베고 잠든 시우의 머리칼을 다정히 쓸어 넘겨 주었다.

바람이 불어왔다. 자헌과 원우의 시야에 펼쳐진 바다는 잔잔하고 평온했다. 햇볕이 내리쬐는 바다는 물결의 움직임에 따라 은은한 빛을 반사했다. 아름다운 풍경은 누구에게나 공평하게 평온한 기분을 선사한다.

"이제 국내에서 활동하기도 힘들어질 것 같습니다."

원우가 조용히 말을 꺼냈다.

"나도 그렇게 생각하네. 자네 생각은 어떤가? 그 물건들도 더 이상 여기 보관하기는 어려울 듯한데……."

"예. 외국으로 가는 게 어떨까 싶습니다."

"어디가 좋을까. 최대한 먼 곳이면 좋겠는데."

"그렇다면 좋겠지만 자금이 많이 부족합니다."

"……집을 정리하는 건 어떨까?"

자헌의 말에 원우의 눈이 크게 뜨였다.

"도련님께서는 이미 많은 돈을 쓰셨습니다. 게다가 그 집은……."

"아버지께서 일구신 집이지."

"……."

"아버지도 이해해 주시지 않겠나? 나라가 없으면 집안도 존재할 수 없다 생각하는 분이었으니까. 연해주에 땅을 사서 물건을 보관하는 건 어떤가 싶은데."

원우는 얕게 한숨을 내쉬었다.

"그럼 이동은 제게 맡겨 주십시오. 제가 회사 일 때문에 가는 게 가장 자연스러울 듯합니다."

"자네에게 또 어려운 일을 맡기게 되겠군."

"그런 말 마세요. 제가 이렇게 있을 수 있는 건 다 도련님과 어르신 덕분 아닙니까."

"무안하게 하지 말게. 자네는 스스로 모든 걸 일군 거야."

"함께 이룬 것이겠지요."

원우는 부드럽게 미소 지었다. 자헌도 마주 웃어 주었다. 두 사람은 한참 평화로운 풍경을 감상했고, 원우가 조심스레 먼저 말문을 텄다.

"정 선생님 말입니다."

석호를 말하는 것이었다. 석호는 두 사람이 의심했던 게 미안할 정도로 진의회에 협력해 주었다. 하지만 원우는 마음에 걸리는 점이 있었는데, 석호가 원우를 경계한다는 것이었다. 처음에는 신분 때문인가 했지만 그것 때문만은 아닌 듯했다. 석호는 원우의 앞에서 지나치게 말을 아꼈다. 꼭 원우가 눈치 빠른 사람이란 것을 알고 하는 행동 같았다.

"제 기우인지는 모르나 숨기는 것이 있으신 듯합니다."

자헌은 무거운 한숨을 내쉬었다.

"자네가 그렇다면 이번 일은 석호에게 알리지 않는 게 좋겠어."

"죄송합니다. 한 사람이라도 더 필요한 때에……."

"죄송해할 것 없네. 아버지가 안 계시니 이 단체는 자네가 이끌어 가는 게 맞아. 자네의 판단으로 움직이는 것 또한 맞고."

자헌은 아버지를 닮아 시선이 편협하지 않은 사람이었다. 그래서 원우는 제가 모시던 사람들을 참 좋아했다.

"한꺼번에 숨겨 두는 것보다는 절반으로 나누는 게 좋겠어. 자네가 연해주로 가고. 나머지는……."

자헌은 다짐하듯 말했다.

"희선이에게 맡겨야겠네. 희선이가 있는 로스앤젤레스라면 물건을 숨기기도 괜찮을 테지. 면목이 없지만 처남에게 부탁해 봐야겠어."

석호에게는 희선의 결혼 사실에 대해 말하지 않았다. 자헌은 그간 석호가 보여 주었던 행동을 믿었으나, 그래도 너무 많은 비밀을 공유하지는 않으려 했다.

"예, 저도 최선을 다해 돕겠습니다."

자헌은 엷게 미소 짓고는 지평선 너머를 바라보았다. 광활한 바다의 평온함은 불안한 그의 마음에 크나큰 위로가 되어 주었다.

○ ◔ ●

시우는 시무룩한 얼굴로 짐을 챙기는 원우의 뒷모습을 바라보고 있었다. 아빠가 오래 집을 비우는 게 속상한 모양이었다. 원우는 씁쓸한 마음을 감추고 제 아내에게 시선을 옮겼다. 몸이 좋지 않은 아내를 두고 간다는 사실이 편치 않았다. 그 마음을 알아차렸는지 윤화가 먼저 능청을 떨었다.

"걱정하지 말고 다녀와요. 누가 보면 평생 못 볼 사람인 줄 알겠네."

"……괜찮겠어요?"

원우가 염려를 담아 물었다. 그녀는 아무렇지 않게 웃어 보이며 원우를 안아 주었다.

"난 언제나 괜찮을 테니 걱정하지 마요."

원우도 그녀를 마주 안았다. 제게 새 세상을 안겨 준 여인이었다.

병에 지지 않는 강인함을 보여 주어 자신에게도 희망을 준 여인. 그녀를 언제나 존경하고 사랑했다.

그는 아내의 뺨에 입을 맞추고는, 시우와 시선을 맞추어 앉았다. 아이는 시무룩하다 못해 눈에 눈물이 고여 있었다. 그런 시우를 두고 떠나는 게 미안하여 원우는 한동안 말을 잇지 못했다.

"나도 같이 가면 안 돼요?"

"미안해. 아빠 금방 올게. 약속해."

원우는 새끼손가락을 내밀었다. 그러나 시우는 울며 방 안으로 들어가 버렸다. 안색이 어둡게 가라앉은 원우를 보며 윤화가 다정히 등을 다독여 주었다.

한림 조선의 배가 닻을 올렸다. 기선의 고동 소리가 크게 울리며 출항을 알렸다. 검은 연기가 흘러나와 하늘에 기다란 선을 그리고, 선원들은 바삐 움직였다. 원우는 선원들에게 지시를 내리면서도 머릿속은 가족들 걱정으로 가득 차 있었다.

사실 늘 고민이었다. 사랑하는 것조차 사치인 시대에서 여인에게 마음을 주고, 그 여인과 아이를 낳았다. 행복해지고 싶어서 한 선택이지만 사실 이렇게 사는 건 욕심이 아니었을까. 그저 욕심 없이 자헌의 집에서 평생 종으로 살아가는 게 맞지 않았을까 종종 생각이 들곤 했다.

하지만 다시 과거로 돌아간다 해도 그는 같은 선택을 할 것이다. 아내를 외부인 취급하던 그 집안에서 그녀를 데려온 것을 후회하지 않았으니까.

늘 곁에 있어도 부족하다는 생각이 들 만큼 애틋한 사람이다. 이번 일만 끝나면 좀 더 자주 곁을 지켜야겠다고 생각했다. 그리고 시우도.

원우가 떠나는 날 아침까지 기어이 시우는 얼굴을 보여 주지 않았다. 아이에게 견디기 어려운 상처를 준 것 같아 죄스러웠다. 이번 일만 끝나면 꼭 아버지로서 책임을 다해야겠다고 다짐했다.

원우는 생각을 끝맺고 선실로 들어섰다. 일순, 그의 눈빛이 날카로워졌다. 쌓여 있는 상자 안에서 부스럭거리는 소리가 들렸기 때문이다. 그는 허리에 찬 총집으로 손을 가져갔다. 상자를 덮은 흰 천이 불쑥 움직이기 시작했다. 총을 꺼내려는 순간, 천을 거두고 누군가 튀어나왔다.

시우였다. 그는 아연해져서 황급히 총을 거두었다.

"목시우! 너 대체……!"

언제 배에 몰래 탔던 걸까. 아이는 원우가 화를 낼까 무서운지 상자 안에서 몸을 웅크렸다. 원우는 아이를 안아 상자 밖으로 빼내고는 깊이 한숨을 내쉬었다.

"여기 왜 있어. 언제 따라온 거야?"

아이는 시무룩한 얼굴만 유지할 뿐 아무런 말도 하지 못했다.

"배 돌릴 테니 여기 가만히 있어."

"나도 아빠랑 같이 가면 안 돼?"

시우가 돌아서는 원우의 옷자락을 꼭 붙잡으며 말했다. 원우는 아이의 어깨에 손을 얹고 시선을 맞춰 앉았다.

"아빠랑 시우랑 둘 다 가면 엄마가 혼자 있어야 하잖아. 얘기했었지? 아빠한테 무슨 일 생기면 시우가 엄마 지켜야 한다고."

"무슨 일이 안 생기면 되잖아."

아이는 부루퉁한 얼굴로 칭얼거렸다.

"나쁜 꿈 꿨단 말이야. 그냥 같이 돌아가면 안 돼?"

"시우가 불안해서 그런 꿈을 꾼 거야. 실제로는 아무 일도 없을 거야."

원우는 시우의 머리카락을 다정히 쓰다듬어 주었다.

그때였다. 바깥에 있던 선원이 외치는 소리가 원우의 신경을 잡아 끌었다.

"저 배 뭡니까?"

급히 자리에서 일어서 창문 밖을 보자 멀리서 접근하는 배가 보였다. 파란 하늘에 찍혀 있는 일장기의 붉은색 원은 멀리서도 눈에 띄었다.

저건 군함이었다.

원우는 곧장 시우를 안아 들었고, 선실을 빠져나와 구조선에 태웠다.

"시우야. 아빠랑 배 나오는 책 많이 읽었지? 책에서 구조선 내리는 법 많이 봤잖아."

시우 역시 좋지 않은 직감을 했는지 사색이 되었다.

"아빠가 해 주면 되잖아."

"아빠 같이 못 가."

"같이 가! 왜 같이 못 가!"

아이가 울먹이며 소리쳤다. 원우는 가슴이 쓰려 오는 것을 감추고 부러 더 단호히 얘기했다.

"목시우, 더 이상 고집부리지 마. 언제까지 응석만 부리며 살 거야."

아이의 눈동자에 눈물이 고였다. 원우는 입 안의 살을 짓씹었다.

"저 배가 접근하면 시우는 반대 방향으로 노를 저어야 해. 어떻게 가야 눈에 안 띌지 알고 있지? 시우 아빠랑 배 공부 많이 했었잖아."

"싫어, 무섭단 말이야."

"엄마 집에서 기다리잖아. 아빠도 금방 갈게."

아이가 훌쩍였다. 원우는 아이의 눈물을 닦아 주며 차분히 말을 이었다.

"다시 돌아오면, 그때는 시우랑 계속 같이 있을게."

"정말이야?"

"그럼."

시우는 머뭇거리다 손가락을 내밀었다.

"약속해."

"약속할게."

그리고 시우를 짧게 포옹한 뒤 원우는 돌아섰다. 이야기하는 사이 군함은 상당히 가까워져 있었다. 군함의 함포는 한립 조선의 배에 조준되어 있었고, 그 배의 군인들 역시 총을 겨누고 있었다.

거리는 곧 양쪽 배의 뱃전이 맞닿을 정도가 되었다. 군인들이 다리를 놓아 두 배의 사이를 이었고, 몇 사람이 건너왔다. 가장 앞에 있는 것은 일본인 사내였고, 그 뒤를 따른 것은 정석호였다. 원우의 표정이 차갑게 굳어졌다.

[어디로 가려는 거지?]

나미모토 이사오가 물었다. 원우는 태연히 답했다.

"연해주로 시험 승선을 하는 겁니다. 승인도 받았고 문제 될 것은 없다 봅니다."

[그거야 뒤져 보면 알겠지.]

나미모토의 손짓에 군인들이 선실을 수색하기 시작했다. 오래 찾아 볼 것도 없이 많은 물건들이 갑판에 놓였다.

[귀한 물건이 많군. 수출 면장은 받은 겐가?]

원우가 대답하지 않자 나미모토는 혀를 찼다. 그러면서도 물건에 닿는 시선은 탐욕스러웠다.

"국내 물건을 이리 밀반출하다니. 밀수품은 모두 압수된다는 걸 알고는 있겠지?"

정석호의 말에 원우의 얼굴이 차갑게 굳어졌다. 군인들이 물건들을 군함으로 싣기 시작했다. 원우는 아무런 행동도 할 수 없었다. 총격전이라도 벌어졌다가 시우에게 피해가 갈까 두려웠다. 원우는 서늘한 얼굴로 정석호를 응시했다.

"도련님은 당신을 믿었습니다."

"믿은 사람을 나무라야지 나를 나무랄 건 없지 않은가."

원우는 한숨 같은 조소를 터트렸다. 그의 얼굴에 순식간에 경멸감이 드리웠다.

"쓰레기만도 못한 놈."

탕—!

정석호가 쏜 총탄이 원우의 어깨에 스쳤다. 원우는 어깨를 움켜쥔 채 정석호를 노려보았다.

"그 눈빛이 참 마음에 안 들었어. 내 이야기를 듣고도 나를 그렇게 쳐다볼 수 있을지는 의문이로군. 집에 아이가 없던데 어디로 숨긴 겐가?"

그의 말대로 원우의 얼굴이 창백하게 질렸다. 집에 윤화 홀로 있다는 사실을 상기했기 때문이다.

"무슨 짓을 하려는 거야. 그 사람은 아무 잘못 없어."

"불온분자의 아내인 게 어찌 아무 잘못도 아닌가?"

"그 사람은 내버려 둬! 나와는 아무 상관없어. 그 사람은……."

[쓸데없는 말은 그만하고 처리하지.]

나미모토가 먼저 군함으로 돌아갔고, 정석호도 총을 거둔 후 나미모토의 뒤를 따랐다. 머지않아 총탄이 쏟아지기 시작했다. 선원들이 하나둘씩 쓰러지며 원우도 배에 총탄을 맞았다. 그리고 함포가 배에 정확히 조준되었다. 배를 아예 침몰시키려는 듯했다.

총상도 고통스러웠지만, 윤화를 떠올리니 더한 절망감이 몰아쳤다. 정석호에게 붙잡혔을지도 모른다 생각하니 속이 타들어 가는 것 같았다. 하지만 지금은 그녀를 믿어야 했다. 강인한 여인이다. 분명 정석호를 따돌리고 무사히 빠져나갔으리라. 지금은 아들을 지켜야 했다.

원우는 간신히 시우가 있는 구조선까지 이동했다. 그가 이동한 길을 따라 핏자국이 이어졌다.

역시나 아직 구조선이 그대로 있었다. 아이는 몸을 웅크리고 앉은 채 두려움에 몸을 바들바들 떨고 있었다. 원우의 모습을 본 아이의 얼굴이 새하얗게 질렸다.

"아빠."

아이에게서 공포에 질린 목소리가 빠져나왔다. 이런 고통을 안겨 주어 미안했다. 곁에 있어 주지 못해 미안했고, 좋은 아빠 노릇도 해주지 못해 죄스러웠다. 이런 세상에서 태어나게 만든 게 후회스러웠다.

구조선을 절반 정도 내린 후 줄을 끊었다. 그리고 원우의 몸이 옆으로 기울었다. 구조선이 떨어지며 곧장 폭발이 일었다. 아이의 외침 소리는 폭발 소리보다도 더 처절하고 비참했다. 머지않아 화염이 짐승의 아가리처럼 입을 벌리고 모든 것을 삼켰다. 검은 연기가 온 세상을 뒤덮을 것처럼 크게 솟아올랐다.

○ ◑ ●

— 저예요, 김현주.

자헌은 현주에게서 온 전화를 받았다. 그는 불길한 직감을 했다. 보통 때의 연락은 편지를 통해서만 하기 때문이다. 무언가 급한 일이 생긴 모양이었다.

"무슨 일이라도 생긴 겁니까?"

자헌이 목소리를 낮추고 물었다. 현주는 가빠진 숨을 내쉬며 초조히 말을 이었다.

— 곧 일경들에게 붙잡힐 것 같아요. 따돌리긴 했지만 오래 버티진 못할 거예요.

자헌의 안색이 창백하게 질렸다.

— 아무래도 우리 중에 밀정이 있는 듯해요. 송영식 씨까지 붙잡힌 걸 보면 내부 사람이 분명해요. 짐작 가시는 분은 없으신가요?

자헌은 석호의 얼굴을 떠올리며 탄식했다. 아니라고 믿고 싶었다.

— 일단 어서 몸을 피하시는 게 좋을 것 같아요.

"알겠습니다. 현주 씨는 어떻게 하실 생각입니까? 어서 몸을 피하셔야지요."

— 저는 도망가긴 어려울 것 같아요. 아이가 학교에서 아직 돌아오지 않았어요. 이대로 도망가면 아이에게 추궁이 가해질 거예요.

무력감에 자헌은 이마를 짚었다.

"아이는……."

자신도 붙잡힐지 모르는 상황에 아이를 책임져 주겠다는 말을 할 수가 없었다.

— 아는 분께 해외로 나갈 수 있는 길만 마련해 달라고 부탁했어요. 너무 걱정하지 마세요.

그렇게 말은 하지만 현주도 마음을 놓기는 어려울 터였다.

— 이만 끊을게요. 무운을 빌어요.

전화가 끊겼다. 온몸을 짓누르는 절망에 자헌은 힘겨워졌다. 그러나 가만히 있을 때가 아니었다. 그는 급히 원우의 집으로 향했다.

원우의 집은 이미 누군가 들이닥쳤는지 난장판이 되어 있었다. 아이도 없었고, 윤화도 없었다. 자헌은 사람의 흔적을 간절히 찾아 헤맸지만 누구도 나타나지 않았다.

자헌이 급히 집밖으로 나왔을 때였다. 잔뜩 물에 젖은 어린아이가 집으로 다가오고 있었다. 자헌은 황급히 시우를 살폈다. 커다란 화상 자국이 아이의 목덜미를 뒤덮고 있었다.

"시우야, 이게 대체……!"

"아빠가 죽었어요."

자헌의 눈동자에서 눈물이 떨어졌다. 자헌은 곧장 닦아 내고 시우를 바라보았다.

"나와 함께 가자 시우야. 내가 너만은……."

"아니요."

아이는 공허한 눈동자로 자헌을 응시했다.

"저는 그 남자에게 갈 거예요."

"……."

"그 남자가, 아빠한테 엄마를 데리고 있다고 했어요."

아이답지 않은 냉랭한 얼굴이었다. 자헌은 그런 시우가 안타까워 끌어안고 눈물을 흘렸다.

자헌은 뒷짐을 진 채 흘러가는 강을 응시했다. 물결 위로 쏟아지는 햇빛이 하얗게 부서져 그의 얼굴에 닿았다. 햇빛과 나무 그림자가 드리운 얼굴에는 어느덧 세월의 흔적이 드리워 있었다.

물길의 움직임은 역동적이기도 하고 느긋하기도 했다. 흘러가는 강처럼 때론 성급하고, 때론 유장한 세월이었다. 몰아치는 시대의 급류에 발을 맞추느라 어려움을 겪기도 했으나, 삶에서 얻어 낸 가치는 쉬이 산정할 수 없을 만큼 값질 터였다.

생각에 잠긴 자헌의 뒤로 그림자가 드리웠다. 기척을 눈치챈 자헌이 서늘한 시선으로 석호를 일별하고는 다시 강으로 향했다.

"내 아들까지 징병을 보내다니. 자네가 사람인지 짐승인지 구분이 안 가는군."

"난 그때 자네의 목숨만큼은 살려 주었어. 고마워하지는 못할망정 짐승이라니."

자헌은 조소했다. 석호는 그에게 다가섰다.

"나머지는 어디에 두었나? 그때 목원우에게서 압수한 것이 전부는 아니었잖나."

"왜? 훈장과 은사금을 받은 것만으로는 모자랐나?"

"자네야말로 이토록 초라해지는 게 자네가 원하던 것이었나?"

석호의 시선이 자헌이 입고 있는 낡은 도포로 향했다. 어린 시절 자헌은 단 한 번도 이토록 초라했던 적이 없었다. 항일 운동이니 구국 운동이니 눈을 뜨기 전까지는 그저 귀하게 자란 도련님일 뿐이었다. 그런데 지금은 재산을 잃고 초라해진 중년에 지나지 않았다.

"적어도 내 영혼은 자네보다 초라하지는 않을걸세."

"우습지도 않군. 이해가 안 돼."

석호는 자헌의 머리에 총을 겨누었다.

"나머지가 어디에 있는지 밝힌다면 옛정을 생각해서라도 목숨은 살려 주지."

자헌이 피식 조소했다. 석호의 눈썹이 비틀렸다.

"죽음이 두렵지 않은가?"

"자네처럼 사는 게 더 두려운 일이야. 자네 같은 사람들이 많아지는 게 더 두려운 일이고."

석호가 든 총에 총알이 장전되었다.

"언제까지나 철없는 도련님으로 남아 있지 그랬나."

"난 후회하지 않아. 자네야말로 양심을 팔아 일군 명예가 오래갈 거라 생각하나?"

"오래가겠지. 나와 같은 이들은 이미 이 나라의 기득권을 장악했어."

"그래. 독립이 된다 해도 자네 같은 이들 덕분에 일제의 전범이 합리화되는 수단일 수도 있겠군."

"잘 아는군."

"그게 영원할 거라고 생각하지 말게."

"……."

"언젠가 누군가 자네의 그 더럽기 짝이 없는 명예를 갈가리 찢어 줄 테니까."

석호의 눈동자가 분노로 형형히 빛났다. 머지않아 탕-! 총소리가 강가에 울려 퍼지며 수풀에 숨어 있던 새들이 일제히 날아올랐다.

풍덩- 강 위로 자헌의 몸이 고꾸라져 맑은 물 위로 핏물이 번졌다.

"처리하거라."

석호는 계영에게 지시하고는 자헌의 시신을 바라보았다.

"옛정을 생각해서 자네 시신은 가족들 손에 넘겨주지."

핏물은 끊임없이 아래로, 아래로 흘러내려 가다 이내 감쪽같이 사라졌다. 내일이면 아무 일도 없었던 듯 평화로이 흘러갈 것이다. 변하지 않을 이 시대처럼.

그러나 석호는 모르고 있었다. 흘러간 강물은 언젠가 다시 제자리로 돌아온다. 보이지 않아도 끊임없이 순환하며 어딘가에서 변화를 일으키고 돌아오는 것이다. 그는 어리석게도 그 사실을 전혀 알지 못했다.

제11장

기우는 달

"아직 철웅이와 함께 지내는 걸로 알고 있습니다."

시우와 장환은 서울 거리를 걷고 있었다. 장환은 자신의 수첩을 읽으며 시우에게 하현이 어떻게 지내고 있는지 보고했다.

"둘이 한 방에서 지내는 건 아니겠지."

시우의 말에 장환이 인상을 찡그리며 꺼림칙한 시선을 던졌다.

"왜."

"질투할 사람이 없어서 열네 살짜리 애를……."

"열넷이면 다 컸잖아. 너 그때 어땠는지 기억 안 나?"

"그거야 제가 유달리 큰 거고요. 그러다 개도 질투하겠습니다."

"다음 보고나 해."

장환은 입술을 비죽이고는 다시 말을 이었다.

"철웅이는 구일조 부장 신문사에서 청소 일을 하는 것 같고, 우리 인재님은 출판사에서 번역 일을 받아서 하는 모양입니다."

"번역?"

"예. 일본어 중국어는 수준급이고. 영어도 제법 하지 않습니까."

시우는 걸음을 멈추고 장환을 바라보았다. 전혀 몰랐다는 표정에 장환이 헛웃음을 지었다.

"몰랐습니까?"

"그러는 너는 어떻게 아는데."

장환은 허허 웃었다.

"원래 사람은 뒷담화 하면서 친해지는 법이죠."

"내 뒷담화 하면서 친해졌다고?"

"제가 언제 부사장님이라고 그랬습니까."

"……내가 사장되면 너부터 자를 거야."

"아이 또 왜 이러실까. 충성을 다하겠습니다, 부사장님."

장환은 어울리지 않게 아양을 떨었다. 시우는 그런 장환을 밀어 내며 한숨을 쉬었다.

"더 알아봐. 하나도 빠트리지 말고."

"그냥 차라리 찾아가 보죠? 일도 없는데 서울까지 왔으면서."

시우는 대답 없이 주변을 둘러보기만 했다. 장환은 시우를 보며 혀를 찼다.

"눈 돌아가겠네."

"충성을 다하겠다며. 입 다물어."

"제가 말할 자유도 없으면 어찌 살겠습니까."

장환은 아랑곳 않고 조잘조잘 말을 이었다.

"그냥 도움받으면 안 됩니까? 인재님이 도와주겠다고 했다면서요."

"안 돼."

시우는 단호히 답했다.

"그럼 영영 안 볼 겁니까?"

"그럴 각오하고 보낸 거야."

"전혀 모르는 사이처럼 지낸다고요?"

"그래."

"다른 사내를 만나도요?"

시우는 저도 모르게 걸음을 멈추었다. 그러다 다시 걷기 시작했다. 그러나 희미하게 일그러진 눈매는 숨겨지지 않았다.

"다른 사내를 만나서."

무언가 목에 걸린 것처럼 그는 잠시 말을 멈추었다.

"……행복하면 다행인 거겠지."

무감한 어조였으나 시우의 눈빛은 어둡게 가라앉아 있었다. 장환은 그런 시우가 안타까웠다. 칼로 찔러도 피 한 방울 안 나올 것 같은 사람이지만, 사실 많은 감정들을 억누르고 살아 저리된 것이다. 처음으로 사랑하게 된 여인을 떠나보내야 하는 그 심정이 어떨지 상상이 가지 않았다. 장환은 코끝이 찡해져 괜히 코를 훌쩍였다.

"부사장님 곁에는 제가 있지 않습니까."

"필요 없어."

시우가 경멸스럽게 일축했다. 장환은 더헙, 과장하여 소리 내며 가슴을 짚었다.

"정내미 떨어지는 인간!"

"속으로 해야 할 말과 밖으로 해야 할 말을 구분하지그래."

"진심으로 입 밖으로 내뱉고 싶었습니다, 부사장님."

"퇴직할 때가 왔나 보군."

"농담이지요, 농담."

장환은 능청스레 웃었다. 시우는 대꾸할 기운도 없어 그냥 말없이 걸었다.

그는 길을 지나다니는 사람들의 얼굴을 이토록 유심히 본 적이 없었다. 은연중에 하현을 발견할지도 모른다는 기대를 가졌기 때문이다. 그러나 많은 군중 속에서 하현은커녕 닮은 사람도 발견할 수 없었다.

하현을 보낸 지 어느덧 한 달째였다. 하현을 보낸 것을 후회하진 않으나, 그는 이따금씩 과거로 회귀하여 하현과 함께 있던 순간순간의 자신을 후회하곤 했다. 그때 모질게 대하지 말 것을, 조금 더 잘해 줄 것을, 혹은 처음부터 시작하지 않았다면 좋았을 것을. 돌이켜 보았자 의미 없는 기억들일 뿐이지만 그는 끊임없이 반복했다.

심란한 그의 머릿속과 달리 서울 거리는 여느 때처럼 평화로웠다. 지루하리만치 평화롭고 목가적인 반공일 오후였다. 경종을 울리며 지나다니는 전차가 먼지를 일으키고, 사람들이 북적였다. 멀지 않은 유흥가에서는 벌써부터 색색의 전등을 켜고 호객행위를 하는 중이었다. 이따금씩 흥겨운 노랫소리가 들려오기도 했다.

아무 일도 일어나지 않을 것 같은 평화로운 한때라고, 시우는 단정했다.

그는 하현의 그림자를 찾는 것은 단념하고 앞만 보며 걸었다. 그래서 행인들 사이에서 일어난 소요를 일찍이 알아채지 못했다. 먼저 반응을 보인 것은 장환이었다.

"저게 뭡니까?"

장환이 하늘을 보며 말했다. 시우가 고개를 돌렸을 때, 행인들 역시 하늘을 바라보고 있었다. 시우도 고개를 들었다. 서서히 어둠이 내리기 시작한 하늘 위로 족히 수백 장이 넘는 흰 종이가 눈꽃처럼 나부끼고 있었다. 하늘 위를 부유하던 종이는 하나둘씩 행인들의 손에 붙잡혔다.

종이 한 장이 깃털처럼 바람을 타고 날아 시우의 손에 안착했다. 그는 종이를 바라보았다. 그냥 종이가 아니라 글씨가 적힌 종이였다.

「올해가 지나기 전, 진의회를 괴멸시킨 삼인을 사살하겠다.」

글씨를 읽는 것과 동시에 어딘가에서 총소리가 울려 퍼졌다.

탕ㅡ!

시우의 눈동자가 어둡게 물들었다.

"김하현."

나직이 내뱉어지는 이름이 칼날 같았다.

시민들은 하늘 위로 뿌려진 전단을 대수롭지 않게 여겼다. 그저 여느 때처럼 어느 정당이나 사회단체가 정치적 행보를 피력하기 위해 벌인 구경거리쯤으로 여겼다. 그러나 진의회의 이름을 아는 이들은 달랐다.

나미모토 이사오는 길가에 서서 그 종이를 보고 있었다. 그는 해방 전에 경성고등법원의 검사장이었던 사내로, 진의회를 괴멸시키는데 앞장을 선 인물 중 하나였다. 현재는 미군정의 조언자 역할을 하고 있다. 진의회가 남긴 물건을 찾느라 일본에 귀환하지 않고 부러 조선에 남은 것이었다.

과거 목원우란 사내에게서 물건의 절반은 빼앗았지만, 나머지 절반은 결국 행방을 찾지 못했다. 압수한 물건은 출세를 위해 모두 천황에게 바쳤다. 하지만 나머지 절반은 찾아내서 돈으로 환산할 생각이었다. 귀한 물건들이니 값어치를 산정하기 어려울 만큼 막대한 금액이 나올 터였다.

그의 얼굴에 탐욕스러운 미소가 드리웠다. 제 쪽에서 찾고 있었는데 먼저 나서 주다니 차라리 잘 되었다. 그는 빠른 걸음으로 미군정의 경무국으로 향했다. 그의 손에 들린 단장도 바삐 움직였다.

망할 놈의 조선. 그는 코웃음을 쳤다. 운이 좋아 해방이 되어 놓고 설치는 꼴이 우습기 짝이 없다. 지금의 번영이 대일본 제국의 도움 덕분임을 정녕 모르는 것일까? 은혜를 모르고 잔류 일본인과 친일 협력자들을 처단하겠다고 나선다. 일본에 기생하다 이제는 미군에 기생하여 살아가는 민족 주제에 참으로 건방졌다.

그는 불쾌한 벌레라도 죽이듯 진의회의 종이를 구겨 던지고는 뒤를 돌았다.

하현은, 그런 나미모토 이사오의 행동을 조준경을 통해 바라보고 있었다. 그녀는 희선의 제안을 받아들였고, 진의회를 괴멸시킨 삼인을 사살하는 계획에 동참하기로 했다.

처음에는 망설였으나 시우의 어린 시절 이야기를 듣고는 생각을 확고히 했다. 그의 복수를 자신이 도와야겠다고.

하현은 깊이 심호흡을 했다. 그러나 총을 잡은 손끝은 희미하게 떨렸다. 시우가 도와주었다고는 하지만 오랜 정신 질환은 쉬이 극복하기 어려운 것이었다. 하현은 눈을 내리감으며 그날 밤의 일을 떠올렸다.

'할 수 있어, 당신이라면.'

광활했던 밤하늘 아래, 다정히 등을 감싸던 따스한 온기와 손목을 받쳐 주던 손길. 그리고 등 뒤에서 풍겨 오던 감미로운 흰 꽃의 향기.

하현은 살며시 눈을 떴다. 그녀는 시우가 자신을 뒤에서 받쳐 주는 것 같은 기이한 기분을 느꼈다. 그리고 머지않아 손끝의 흔들림이 멎었다. 조준경을 바라보는 하현의 눈이 날카롭게 변모했다. 저격수의 눈빛이었다.

일순 바람이 멎었다.

탕-!

날카로운 총성이 울려 퍼졌다.

길을 지나던 사람들이 나미모토 이사오를 보며 비명을 지르기 전까지, 그는 상황을 자각하지 못했다. 양장 와이셔츠 위로 물드는 핏자국이 자신의 것이라 도무지 믿을 수 없었다. 이렇게 허무한 끝맺음이 자신의 죽음이라 인정하고 싶지 않았다.

그러나 의지와는 상관없이 그는 울컥 피를 토했다. 머지않아 그는 중심 잃은 허수아비처럼 힘없이 뒤로 넘어갔다. 흰 종이가 나부끼며 흥건히 번지는 핏자국 위로 떨어졌다.

○ ◑ ●

"사망한 사람은 나미모토 이사오입니다. 수상한 사람을 발견했다는 소식은 아직 없습니다."

장환의 보고에 시우는 머리를 헝클였다. 하현을 찾아 한참 뛰어다녔던 탓에 시우의 머리카락은 땀에 젖어 있었다. 그는 차오른 숨을 크게 내쉬었다. 그런 시우를 바라보던 장환이 조심스레 물었다.

"진짜 우리 인재님이 그런 걸까요?"

"그럼 이 대낮에 누가 그런 대담한 짓을 벌여."

"그래도……."

"갑자기 진의회가 나타났다고? 우연이라면 지독하군. 김하현과 연관이 없을 리가 없어."

시우는 깊이 한숨을 내쉬었다. 무모한 사람인 줄은 알았지만 이 정도일 줄은 몰랐다. 만약 발각된다면 즉각 사살될 가능성이 있는 사건이었다.

"지도 가져왔어?"

"예."

시우는 자동차 보닛에 지도를 올려놓고 근방을 살폈다.

"잘 피신했다면 다행이지만 경무국이 너무 가까워. 발각되기 전에 우리가 먼저 찾아야 해. 저격당한 위치가 정확히 어디야?"

장환의 손끝이 지도의 한곳을 가리켰다.

"여깁니다. 이 근처에 있을까요?"

"아니야. 김하현은 저격수였어."

그냥 저격수가 아닌, 명사수로 이름을 날린 저격수였다. 가까운 곳에서 저격했을 리가 없다. 그는 저격 사거리를 예측하여 그 주변으로 원을 그렸다.

"이 근방 3층 이상의 건물에서 저격했을 거야. 흩어져서 찾아보자."

"너무 멀지 않습니까?"

"가능할 거야. 김하현이라면."

그는 지도를 접고 빠르게 걸음을 옮겼다.

하현은 무리 지어 이동하는 경찰들을 피해 골목으로 몸을 숨겼다. 대낮에 일을 벌인 만큼 반응이 빨랐다. 이 근처에 상당수의 경찰들이 포진해 있는 듯했다.

사건을 키우기 위해 부러 미군정이 점거한 총독부 근처에서 일을 벌였다만, 너무 무모한 일이었는지도 모른다. 상황이 좋지 않았다. 본래 정해 놓은 퇴로에서 월영과 합류하기로 했으나 근처에 전차 사고라도 났는지 이미 경찰들이 몰려 있었다.

눈에 띄는 저격 소총을 들고 거리로 나설 수도 없는 노릇이었다. 첫날부터 일이 꼬이니 골치가 아팠다. 일단 총을 숨겨 두고 이곳에서 벗어나야겠다는 판단이 섰다. 그녀는 주변을 살핀 후 골목의 양회 쓰레기통에 총을 집어넣었다.

그때였다. 멀지 않은 곳에서 여럿의 발자국 소리가 들려왔다. 아직 몸의 화약 냄새가 가시지 않은 상황이었다. 지금 경찰들을 마주친다면 필히 의심 받을 터였다.

하현은 쓰레기통 안으로 들어가 뚜껑을 덮었다. 머지않아 쓰레기통 근처로 지나가는 발자국 소리가 연달아 들려왔다.

몸을 웅크린 채 하현은 생각에 잠겼다. 역시나 인원이 너무 부족했다. 희선과 월영은 얼굴이 알려져 도움을 주기에는 한계가 있었다. 도움을 청할 인물들이 더 필요했다. 신뢰할 수 있으며, 실전 경험이 있는 사람들이.

'도울 일이 생기거든, 인천의 흥영 양화점으로 연락해서 저희 장씨 형제를 찾아 주십쇼. 꼭 돕겠습니다.'
'도움이 필요할 때 언제든 연락 주게.'

경성행 기차에서 만났던 장씨 형제들과 구일조 대위가 떠올랐다. 형제들은 정석호에게 원한이 있으니 하현을 도울 테고, 일조 역시 하현을 돕는 일을 망설이지 않을 것이다. 셋 다 도움을 청해 볼 만한 사람들이었다. 그러나 목숨을 걸어야 할지도 모르는 일에 선뜻 도움을 청하기도 어려웠다.

그녀는 소리 없이 한숨을 내쉬었다. 반복되는 생각 끝에 떠올린 사람은 시우였다. 하현이 이번 일을 벌였다는 사실을 알게 되면 어떤 반응을 보일까. 화를 많이 낼지도 모르겠다. 이 일에 엮이는 걸 원치 않아 하현을 내보내기까지 했으니 말이다.

'당신이 좀 신선해서 다가간 것뿐이야.'

자연히 떠오른 시우의 말에 하현은 조금 침울해졌다. 정황상 시우의 말이 진심이 아닐 가능성이 높지만, 그래도 상처받지 않을 수는 없었다. 게다가 자꾸 그 생각만 하다 보니 정말 진심일 수도 있겠다는 가정을 하게 되었다. 반복된 생각들은 이성적인 판단을 불가하게 만들었다.

탁탁탁- 그때, 발자국 소리가 다시금 들려오기 시작했다. 여럿이 아닌 한 사람의 발자국 소리였다. 발자국 소리는 무언가를 탐색하듯 커졌다 작아지기를 반복했다.

하현은 입을 막았다. 좁은 공간에서 숨을 틀어막고 있자니 산소가 부족하여 두통이 일 지경이었다. 발자국 소리가 가까워질수록 관자놀이 옆으로 식은땀이 흘렀다.

정체불명의 발소리는 쓰레기통 바로 앞에서 멈추었다. 그녀는 조심스레 총을 들어 올렸다. 개머리판으로 가격할 생각이었다. 여기서 총을 쏜다면 총소리를 듣고 근처에 있는 경찰들이 달려올 테니까.

머지않아 쓰레기통 뚜껑이 움직이며 빛이 들어섰다. 하현이 자리에서 일어서며 총을 휘둘렀다. 그러나 어떤 단단한 손에 강하게 총과 팔이 붙잡혔다.

그녀는 가까운 거리에서 분노로 타오르는 눈과 마주했다.

"목시우 씨."

아연한 목소리가 빠져나왔다. 시우의 미간이 왈칵 일그러졌다. 그는 하현의 손에서 완전히 총을 빼내고는, 한 팔로 쓰레기통에서 하현을 안아 들었다. 하현이 몸을 제대로 추스를 새도 없이 그는 팔을 꽉 붙잡은 채 골목으로 이끌었다. 빠르게 앞서 걷는 시우의 걸음을 쫓느라 뛰어야 할 지경이었다.

멀지 않은 곳에 주차된 차가 보였다. 그는 신중히 주변을 살핀 후에 하현을 차에 태웠다. 총을 뒷좌석 아래에 던져 놓고 운전석에 앉은 그는 다소 거칠게 차를 출발시켰다. 계속 하현을 찾아 헤맸는지 그의 이마는 땀에 젖어 있었다. 희미하게 떨리는 손이 머리카락을 쓸어 넘겼고, 그는 낮게 욕을 짓씹었다.

"목시우 씨. 여기엔 어떻게……."

"말하지 마."

그가 차갑게 일갈했다. 상당히 화가 난 모양이다. 예상은 했으나 분위기가 좋지 않았다. 속도를 제어하지 못하는 차가 거칠게 도로를 내

달리는 동안, 두 사람 중 누구도 입을 열지 않았다. 하현은 변모하는 창밖 풍경을 심란히 바라보기만 했다.

한참을 달려 도착한 곳은 서울 외곽에 있는 집이었다. 한적한 길가에 세워진 단출한 벽돌집이었는데, 주변에 능소화나무 몇 그루가 심어져 있었다. 하현을 데리고 들어선 시우는 커튼으로 창문을 모두 가리고 나서야 하현을 직시했다.

그의 눈과 마주치자 하현은 덜컥 겁이 났다. 시우가 화를 내며 모진 말을 할까 봐 가슴속이 쓰렸다. 시우는 그녀를 위험에서 벗어나게 하기 위해 지난번처럼 모진 행동과 말들을 늘어놓을 것이다. 그러면 어리석은 자신은 또 상처를 받을 터였다. 어쩌면 또 진심과 거짓을 구분하지 못할지도 모른다.

하현은 질끈 눈을 감았다. 지친 상태에서 비수가 되는 말들을 감당할 자신이 없었다. 눈을 감고 있자 성큼 다가오는 시우의 발자국 소리가 들려왔다.

"목시우 씨, 나는……."

변명의 말을 늘어놓으려 했다. 그에게서 쏟아질 말들을 미리 방어하고 싶었다. 그러나 하현에게 다가온 것은 가시 돋친 말도, 비수가 되는 말도 아닌 부드러운 손길이었다. 하현의 손목을 끌어당긴 시우는 품 안 가득 하현을 끌어안았다.

놀란 하현은 숨을 들이켰다. 하현의 어깨와 허리를 강하게 끌어안은 시우의 팔이 파르르 떨리고 있었다.

익숙한 온기를 느끼자 하현은 저절로 깨달을 수밖에 없었다.

모두 거짓이었구나. 그때 했던 행동들은 모두 진심이 아니었구나. 그것을 인지하자 하현은 시우의 옷자락을 꽉 그러쥐며 떨리는 호흡을 내뱉었다. 그 호흡에는 이곳에 오는 내내 느꼈던 불안감과 지난 시간 동안 곱씹었던 설움들이 모두 담겨 있었다.

두 사람은 오랫동안 서로의 온기를 공유하며 불안감을 잠식시켰다.

한참 후에야 시우는 하현을 놓아주었다.

"다친 데는 없어?"

시우의 물음에 하현은 고개를 끄덕였다. 그는 깊이 한숨을 내쉬고는 제 머리카락을 쓸어 넘겼다.

"왜 거기 있었어."

다시 하현을 응시하는 시우의 눈빛은 이전처럼 차가워져 있었다. 올 것이 온 모양이다. 그냥 넘어갈 것이라 기대하지는 않았다. 하현은 시선을 돌리며 힘없이 말했다.

"다 설명할 테니까 화내지 마요."

"화내지 말라고?"

헛웃음을 터트린 그는 왈칵 미간을 구겼다.

"넌 남의 감정을 시궁창에 처박아 놓고 내가 왜 그래야 하는데."

분노가 응축된 목소리였다. 그 말에 하현은 화가 나서 시우 쪽으로 고개를 돌렸다. 그러나 꽉 말아 쥔 그의 손이 가늘게 떨리는 모습을 보고는 아무 말도 하지 못했다.

"너, 내가 어떤 마음으로 보냈는지 몰랐어?"

"……."

"다시는 안 볼 각오하고 보낸 거야. 네가 쓰레기통에 처박혀 있는 모습이나 보려고 보낸 게 아니라고."

그는 평정을 유지하려 노력하는 듯 보였으나 격양된 감정은 감춰지지 않았다.

"이유가 뭐든 당장 그만둬. 여기서 끝내."

"……."

"김하현!"

하현이 대답하지 않자 그가 목소리를 높였다. 하현의 눈빛이 어둡게 가라앉았다. 그녀는 낮게 한숨을 내쉬곤 단호히 답했다.

"싫습니다."

"뭐?"

"날 위한 일이라고 말하지만, 그건 목시우 씨의 기만일 뿐이에요. 당신 마음 편하자고 내 마음 불편하게 만드는 거라고요."

"너……."

"내가 왜 가만히 있어야 합니까?"

하현의 날카로운 시선이 시우에게 꽂혔다.

"당신이 원하는 게 그거예요? 모든 일이 끝날 때까지 얌전하게 기다리고만 있으면 됩니까? 아무것도 하지 않고, 누가 죽어 나가든 말든 상관하지 않고 얌전히 처박혀만 있으라는 뜻이에요?"

"정석호 일은 애초에 너와 관계없는 일이었어! 나 때문에 네가 휘말리게 된 거야. 그러니까 당장 여기서 그만둬."

"더 이상 관계없는 일이 아니에요!"

하현이 소리쳤다. 시우의 눈매는 괴롭게 일그러져 있었다.

"이 일의 끝에 정석호가 있다는 것도 알았고, 정석호 때문에 죽은 사람들을 생각하면 원통해요. 그런데 그것보다 지금은……."

하현은 잠시 말을 멈추었다. 그리고 호소하듯 말했다.

"지금은 목시우 씨가 걱정돼요. 그냥 지켜볼 수가 없다구요."

내내 차갑기만 하던 시우의 눈동자가 유약하게 흔들렸다.

"여기서 그만둘 생각 없습니다. 이게 내가 정한 내 삶의 방향이에요."

"김하현. 너 내가 왜 이러는지 정말 몰라서 이래?"

"……계속 그만두라는 얘기만 할 거면 가 볼게요."

하현은 시우를 지나치려 했으나 팔이 붙잡혀 돌려세워졌다. 그는 격양된 목소리로 소리쳤다.

"대체 사람 마음을 왜 이렇게 몰라! 모르는 거야, 아니면 모른 척하는 거야!"

시우의 눈동자에 불안정한 감정이 여과 없이 비쳤다. 감정의 파고를 감당하기 어려운 듯 보였다. 평소처럼 냉정하던 그가 아니었다. 하현의 팔을 붙잡은 그의 손은 제어할 수 없을 만큼 떨려 왔다.

"나 당신 사랑해. 모르는 거 아니잖아."

하현의 눈이 크게 뜨였다. 깊이 가라앉은 시우의 목소리에는 짙은 좌절감이 담겨 있었다.

"당신이 꿈속에서 헤맬 때마다 나도 괴로웠어. 당신 악몽을 끝낼 사람이 나이길 바랐지만, 나한텐 그럴 자격도 없는 거 같아서 고통스러웠어."

그는 호흡을 고르기 위해 길게 숨을 내쉬었다. 그러나 내쉬는 숨은 여전히 가늘게 떨렸다.

"당신이 조금만 덜 상처받은 사람이었다면 나도 이러지 않았을 거야."

팔에서 손을 내린 그가 하현의 양손을 그러쥐었다. 차갑게 식은 손끝이 그의 마음을 대변하는 것 같아 마음이 아팠다. 늘 냉정하고 이성적이던 사람이 땀에 젖어 흐트러진 채 하현을 찾아 헤맸다. 그 시간 동안 그가 얼마나 절망적이었을지 하현은 가늠할 수 없었다.

"당신이 그냥 평범하게 살았으면 좋겠어. 나를 위한 삶을 사는 것보다는 당신을 위한 삶을 살았으면 좋겠다고."

대답 없는 하현을 보던 그의 눈매에 슬픔이 드리웠다.

"다 그만둬. 응?"

그는 아프게 호소했다. 하현은 흔들리는 마음을 다잡으려 애써야 했다.

"내가 그만두면, 목시우 씨는요?"

"……."

"혼자 그렇게 견디다가 곪아 죽을 겁니까?"

"나 혼자 곪아 죽는 게 나아."

"난 싫어요."

하현은 물러서서 시우를 바라보았다. 시우에게 붙잡혀 있는 제 손을 빼내려 하자 그의 눈이 어둡게 물들었다.

"내가 꾸는 악몽은, 분명 아직 끝나지 않았어요. 내가 외면해도 끊임없이 떠올라서 괴로울 때가 많아요."

하현은 손을 빼내고 반대로 제가 시우의 손을 잡아 주었다. 놀란 눈동자가 하현을 향했다.

"그래도 목시우 씨가 손잡아 줬잖아요. 내가 편하게 잠들 수 있게."

하현은 그의 눈을 직시했다.

"나도 잡아 줄게요."

"……."

"당신도 놓고 싶지 않잖아요."

하현을 응시하던 시우의 눈매가 아프게 일그러졌다.

"내가 당신을 돕게 해 줘요."

어떻게 이 사람은 벼랑 끝자락에 서 있으면서도 타인에게 손을 내미는 걸까. 그는 슬픔 섞인 목소리로 탄식했다.

"당신이 후회할 상황이 올 거야."

"괜찮아요. 목시우 씨가 도와주면 되지 않습니까."

하현의 얼굴에 부드러운 미소가 깃들었다. 시우는 불가항력처럼 여겨지는 그 얼굴을 바라볼 수가 없어 고개를 숙여 버렸다.

"대체 왜 이렇게 제멋대로야."

"몰랐던 것도 아니잖아요."

하현은 웃으며 말했지만 그는 웃을 수가 없었다. 그는 한 걸음 다가서서 다시 그리웠던 이를 품 안 가득 끌어안았다. 힘주어 허리를 안는 손이 제멋대로 떨려 왔으나 그 품을 놓을 수는 없었다. 다정한 천성을 가진 여인은 시우의 등을 다독여 주었다. 그는 하현의 어깨 위로 떨리는 호흡을 내쉬었다.

하현이 내미는 손길은 절망이자 구원 같았다. 온 힘을 다해 밀어 내고 싶지만, 그만큼 온 힘을 다해 붙잡고 싶은 손길이기도 했다.

○ ◔ ●

"무사히 도착했어요. 걱정하지 마세요."

하현은 희선에게 연락을 넣었다. 내일 다시 찾아뵙겠다는 간단한 인사말을 하는 동안 시우는 침대에 앉아 하현을 직시하고 있었다.

머릿속이 복잡했다. 하현에게 진의회에 대한 이야기를 듣고 난 후부터는 계속 그랬다. 하현의 부모님과 고모님, 류연호의 부모님, 그리고 자신의 부모님들 이야기를 알아 가며 놀랍기도 했지만 한편으로는 심란했다.

"그 사람이 류연호의 고모라고?"

하현이 전화를 끊자마자 그가 물었다.

"네."

"믿을 만한 사람인 것 같아?"

"영옥 아주머니가 오랫동안 모시던 분이잖아요. 철웅이도 그렇고. 그럴 만한 이유가 있었다고 생각해요."

"하지만 당신 얘기에 따르면, 류희선이란 여자도 과거에 정석호와 마주한 적이 있을 텐데 왜 못 알아보는 거지? 조정찬의 아내로 살고 있다면 정석호가 그 사람을 모를 리가 없는데."

"저도 그게 궁금해서 물었는데, 류희선 씨가 상해로 떠난 게 열일곱이었다고 하더라고요. 20년도 더 지난 후에야 정석호를 다시 만났는데, 알아보지 못했다더군요. 원래 여인을 무시하던 작자여서 그럴 거라고 예상했었대요."

그는 생각에 잠긴 채 짧게 고개를 끄덕였다.

"아, 그리고 류희선 씨를 뵀을 때 이월영 씨가 함께 있었어요."

"이월영이?"

시우가 놀라 되물었다.

"네. 오래 전부터 알던 사이라고 하더라고요."

"하. 처음부터 이럴 작정이었군. 당신 정보를 알려 준 게 이월영이었어."

"그럼⋯⋯."

"처음부터 당신과 나를 만나게 할 작정이었던 거지. 유학 시절에 이월영과 만난 것도 계획되어 있었던 일인지도 모르겠어."

시우는 신경질적으로 머리를 쓸어 넘겼다. 월영에게 감사를 해야 할지 비난을 해야 할지 알 수 없었다. 하현을 만나게 해 준 것은 고맙지만, 이 일에 하현을 끌어들인 것은 용서하기 어려웠다.

"첫 번째가 나미모토 이사오, 그다음이 조정찬, 그다음이 정석호라고."

하현은 고개를 끄덕였다.

"최선의 방법이라고 생각했어요. 진의회를 내세운다면, 내 이름도 목시우 씨도 드러내지 않고 정석호를 처리할 수 있을 테니까."

"그래, 당신 말대로 나쁜 방법은 아니야. 위험 부담을 당신이 다 짊어진다는 것 말고는."

"괜찮아요."

"내가 안 괜찮아."

그는 피로한 손짓으로 제 눈가를 문질렀다. 이 계획이 최선의 방법이긴 하지만 결코 안전하고 쉬운 방법이 아니었다. 그것을 알기 때문에 하현은 시우에게 통보하지 않고 일을 저지른 것이리라. 시우가 먼저 알게 된다면 완강히 거절하리란 사실을 알고 있었을 테니까.

그는 머리칼을 쓸어 넘기곤 하현을 바라보았다. 하현은 미안한 표정이었다.

"속을 너무 썩인다고 생각하지 않아?"

"⋯⋯미안합니다."

하현은 누그러진 목소리로 사과했다. 그 모습에 마음이 약해져 시우는 짧게 한숨을 내쉬었다. 머릿속이 차츰 정리되자 하현의 모습이 제대로 보였다. 쓰레기통 안에 있었던 탓인지 하현의 몰골은 엉망이었다. 머리카락도 헝클어지고, 옷과 뺨 여기저기에 까만 먼지가 묻어 있었다.

그는 입술을 감쳐물었다. 사랑하는 여인이 저런 꼴이 되었는데 화가 나지 않을 사내가 세상에 어디 있을까. 시우는 다가서서 때 묻은 하현의 뺨을 쓸어내렸다.

"일단 씻고 와. 엉망이다."

하현은 그제야 상태를 자각하곤 제 몸을 살폈다. 하현은 팔을 들어 제 옷의 냄새를 맡아 보고는 콧잔등을 찡그렸다.

"나한테 냄새나요?"

대답도 하지 않았는데 하현은 시우에게서 한 걸음 물러섰다.

"진즉 말하지 그랬어요."

"뭘 걱정해. 쓰레기 냄새가 나도 좋아 죽는 사람인데."

"……남부끄러운 말을 참 잘도 하네요."

하현은 민망한 듯 귓바퀴를 붉혔다.

"일단 씻고 올게요. 옷 빌릴 만한 거 있어요?"

"문 앞에 둘 테니까 들어가 있어."

하현은 대수롭지 않게 고개를 끄덕이고 목욕간으로 들어섰다. 인천 저택에 있는 목욕간만큼은 아니지만 그래도 이 정도면 훌륭하다 생각했다. 그리고 보니 이 집은 누구의 집일까. 시우가 마련한 집인 걸까.

의문은 물줄기를 보는 순간 사라졌다. 하현은 물로 꼼꼼히 몸을 씻었다. 몸을 씻는 동안 어째선지 편안한 기분이 들었다. 아까 전 혼곤했던 정신들이 모두 씻겨 내려가는 듯했다.

사실 그동안 늘 무언가에 쫓기는 것처럼 불안했었다. 다시 몽유병 증상이 나타나 밧줄에 다리를 단단히 묶어 놓고 자야 하기도 했다. 그런데 지금은 이상하리만치 마음이 평안하다. 달라진 점은 시우와 함께 있다는 것뿐인데, 왜 이토록 평안한지 의문이다.

하현이 몸을 다 씻고 나왔을 때 문 앞에는 하얀색 가운 하나만 놓여 있었다. 하현은 황당해하며 가운을 집었다. 민망했지만 그렇다고 때가 잔뜩 낀 옷을 입을 수는 없어 가운 하나만 걸쳐 입었다.

몸을 감싸는 천이 어찌나 뽀송뽀송하고 부드러운지, 금방이라도 녹아내릴 것 같았다. 태어나서 입어 본 옷 중 가장 좋은 옷인 듯했다. 하현은 목욕간에서 나오며 제 팔을 마구 쓰다듬어 보았다. 복순이의 털만큼이나 보들보들했다.

"⋯⋯뭐 해?"

시우의 목소리가 하현을 일깨웠다. 하현은 흠칫 놀라 시우를 바라보았다.

"아, 아니 그냥요."

당황한 목소리가 빠져나왔다. 시우는 성큼 하현에게 다가와 젖은 머리카락을 수건으로 털어 주었다. 방금 목격한 건 모른 척해 주려나 싶어 조금 고마운 마음이 들었다.

"가운을 그렇게 마음에 들어 할 줄 알았으면 진즉 선물할 걸 그랬어."

그냥 넘어갈 리가 없지. 짓궂은 사내의 말에 하현의 미간이 찡그려졌다.

"놀리지 마요."

"놀리는 거 아니야. 당신이 좋아하는 건 다 해 주고 싶어."

솔직한 말에 민망하여 하현은 시선을 내렸다.

"왜 이렇게 솔직해졌어요?"

"지난 한 달 동안 후회를 많이 했거든."

바람 같은 웃음이 이마에 살짝 닿았다.

"당신한테 해 주고 싶은 말이 있으면 할걸, 좀 더 잘해 줄걸. 매번 후회했지."

하현은 고개를 들었다. 수건에 가려서 잘 보이지 않는 그의 입매에는 쓸쓸한 미소가 고여 있었다.

"나라는 인간이 그래. 당신한테 화내고 후회할 걸 알면서 당신을 몰아붙이고."

"……."

"아까 화내서 미안."

사과는 담담하여 더 슬프게 들렸다. 그는 머뭇거리다 다시금 말을 이었다.

"지난번에도 미안했어. 당신한테 함부로 말했던 거."

'당신이 좀 신선해서 다가간 것뿐이야.'

시우의 말을 떠올리며 하현의 눈동자가 어둡게 물들었다. 그를 알아챈 시우의 가슴에 통증이 일었다. 하현에게 일부러 모진 말을 했을 때, 그녀가 고스란히 상처를 받는 게 시우에게도 느껴졌었다.

"정말 진심 아니었어요?"

하현이 흘끗 그를 바라보며 물었다. 시우는 당황하여 고개를 저었다.

"아니야. 조금의 진심도 없었어. 그렇게라도 하지 않으면 당신이 나가지 않을 것 같아서……."

아무런 대답이 없는 하현을 보며 시우는 초조해졌다. 그는 조심스레 하현의 손을 잡았다.

"그때 말고는 당신한테 거짓이었던 적 없어. 정말이야."

그는 애가 타는 듯 하현의 손을 감싸 쥐며 호소했다. 하현은 그런 시우를 보다 힘없이 중얼거렸다.

"……아무리 나라도 그런 말 들으면 상처받아요."

하현의 말을 들으며 시우는 어쩔 줄 몰랐다. 그런 표정은 처음 봐서 놀랍기도 했다.

"미안해. 잘못했어."

어린아이처럼 금세 사과하는 시우를 보며 하현은 푸스스 웃어 버렸다.

"됐어요. 사실 되돌려받는 것 같다고 생각도 했는걸요. 내가 그동안 목시우 씨한테 많이 상처 줬었잖아요."

"그러지 마. 당신이 나한테 어떤 잘못을 했든 난 되돌려 줄 생각 없어."

하현의 놀란 시선이 시우에게 닿았다.

"당신이 잘못한 것도 없지만."

그는 마저 수건으로 하현의 머리카락을 닦아 주었다. 부드러운 손길을 느끼는 동안 침묵만이 감돌았다. 잠시 후 시우는 조용한 음성으로 입을 열었다.

"뭐든 생각한 대로 되면 좋겠지만 그렇지 않은 경우가 더 많더라. 계획했던 것들은 어긋나고, 예기치 못한 일들만 일어나. 그런 걸 너무 많이 경험했어."

"……."

"무서워서 그랬어. 당장이라도 당신을 보내야 할 것 같아서."

늘 단단해 보이는 이 사람도 무서운 게 있었던 모양이다.

"사실 지금도 무서워."

"……걱정 마요. 잘될 거예요."

뺨을 들어 올리는 손길과 동시에 눈을 가린 수건도 올라섰다.

"말은 잘해."

시우는 설핏 웃더니 하현의 양 뺨에 번갈아 입을 맞추었다. 물러서서 하현을 바라보는 짙은 눈동자는 오랫동안 시선을 잡아끌었다.

"당신 참 치사해."

"……뭐가요?"

"나를 돕는다, 구해 주겠다. 사랑에 빠질 말들만 골라서 하면서 정작 나를 사랑한다는 말은 하지 않잖아."

"……."

"내가 듣고 싶은 말은 나를 돕는다는 것도 아니고, 구원해 준다는 말도 아니야. 당신이 나를 사랑한다는 말 한마디지."

긴 손끝이 하현의 뺨을 감쌌다. 자연스레 머리카락을 덮었던 수건이 미끄러져 바닥으로 추락했다. 한참 집요한 시선으로 하현을 응시하던 그는 하현의 얼굴선을 따라 얕게 입을 맞추기 시작했다. 몇 번씩 잘게 입을 맞추며 그가 가라앉은 음성으로 물었다.

"내 생각 안 났어?"

그 물음에 하현은 지난 한 달을 상기시켰다. 생각나지 않을 수가 없던 시간이었다. 잠이 들 때쯤이면 시우 생각이 나서 곤혹스러워했던 기억도 난다.

할 말을 찾지 못하자 재촉하듯 귓바퀴에 따뜻한 숨결이 맞닿았다. 간지럽고도 저린 느낌에 놀라 하현은 고개를 돌려 버렸다. 그대로 따라붙은 시우의 입술이 가볍게 귓불을 훔쳤다.

"목시우 씨."

그대로 내려선 입술이 목덜미에 닿자 하현은 흠칫했다. 지난번 일을 떠올렸기 때문이다. 시우도 그것을 의식했는지 손에서 완전히 힘을 풀고 달래듯 다정히 입을 맞추었다.

"조금만 할게."

낮게 가라앉아 있으나 애원하는 목소리처럼 느껴졌다.

"함부로 안 할게."

따뜻한 숨결은 하현의 어깨 위로 착실히 퍼져 나갔다. 그는 목선 위로 떨어지는 물방울을 훔쳐 내며 느리게 입술을 지분거렸다. 턱을 받친 긴 손끝은 목덜미를 간지럽히듯 문지르고 있었다. 긴장인지 무엇인지 모를 감각으로 하현의 몸이 경직되었다.

끈질긴 접촉에 뒷덜미가 곤두설 지경이었다. 그런 하현을 달래듯 시우의 손끝은 느긋하게 움직였고, 어느새 쇄골까지 도달했다.

그리고 시간을 분절시켜 놓은 듯, 아주 느릿하게 가운 사이로 손이 내려섰다. 조금은 거친 듯한 손바닥이 심장 부근에 닿았다. 하현은 크게 놀랐지만, 그 이상 할 생각은 없는지 시우는 목덜미에서 입술을 떼고 가만히 하현을 바라보았다.

"당신 마음을 모르겠어."

"……."

"그냥 불쌍한 나에 대한 동정이야, 아니면 나한테 흔들리는 거야?"

맞닿는 손바닥이 신경 쓰여 깊은 생각을 할 수가 없었다. 심장이 거칠게 뛰었다. 온몸을 울릴 정도로 거센 박동이었다. 시우는 심장 소리를 가늠하듯 잠시 침묵을 유지했다. 요동치는 심장에 당황하여 하현은 황급히 물러섰다. 다행히 그는 순순히 손을 물렸다.

"동정은 아니에요."

"그럼, 동질감이야?"

하현은 느리게 고개를 저었다.

"그럼 뭔데."

짙은 눈동자가 하현을 집어삼킬 듯 직시했다. 집요한 눈빛이었다.

"또 입 다물고만 있지."

"아니, 그게……."

"유리할 때만 말 잘하잖아, 당신."

하현은 시우의 눈빛을 더 받아들일 자신이 없어 고개를 돌려 버렸다. 그러나 허락하지 않는다는 듯 시우의 입술은 다시금 하현의 귓바퀴를 삼켰다. 계속되는 접촉에 하현의 얼굴이 터질 듯 새빨갛게 달아올랐다.

"대답해. 뭔데."

"그만 좀……!"

"나한테 흔들리는 거야?"

더 이상 견딜 수 없어서 하현은 눈을 질끈 감으며 소리쳤다.

"그래요! 흔들려요, 됐어요?"

그러자 시우는 물러섰다. 하현은 조심스레 눈을 뜨고 시우를 바라보았다. 그는 하현의 대답이 예상외였는지 놀란 표정이었다. 하현은 그가 넋이 나간 틈을 타 그의 팔 안에서 완전히 빠져나왔다.

"정말이야?"

하현은 돌아서서 급히 가운을 여몄다.

"그래요. 어쩌다 보니 그렇게 됐어요."

지난 한 달 간 의도치 않게 시우의 생각을 많이 했다. 그러는 동안 그가 꽤나 다정한 사람이었음을 인지하게 되었고, 그 다정함이 생각보다 더 하현에게 큰 위안이 되었다는 사실을 깨달았다.

다정했던 그의 모습을 떠올리며 위안을 받으면서도, 모질었던 모습을 상기하면 크게 상처받곤 했다. 고작 회상 따위로 그렇게나 영향을 받는 제가 이상했다. 그러다 보니 자연스레 알게 되었다. 자신이 목시우라는 사내에게 흔들려서 이렇게나 속수무책이 된 것이라고.

"그래도 아직 목시우 씨 마음을 바로 받아들이기는 어려울 것 같아요. 미안해요. 나한테는 누군가를 좋아하는 게 두려운 일이라……. 조금만 더 시간을 줬으면 좋겠습니다. 아직 해야 할 일도 남았고요."

하현은 가운 끈을 단단히 묶고 다시 돌아서서 시우를 바라보았다. 그리고 놀라 눈을 크게 떴다. 입을 가리고 서 있는 시우의 귓바퀴부터 목덜미까지 새빨갛게 달아올라 있었던 탓이다.

"……목시우 씨?"

하현의 부름에 시우는 그제야 정신을 차렸다.

"나, 씻고 올게."

"네?"

가만히 서 있는 하현을 두고 그는 재빠르게 옷을 챙겨 욕실로 들어가 버렸다. 쾅, 소리 내어 닫히는 문을 보며 하현은 멍한 표정을 지었다. 왜 저러는 걸까. 설마 고작 흔들린다는 얘기를 들었다고 저런 반응인 걸까. 능청스럽고 여유로운 모습을 보일 땐 언제고. 도무지 종잡을 수가 없는 사람이었다.

굳게 닫힌 문을 한참 바라보다 그녀는 침대에 몸을 뉘었다. 여전히 멍했지만 푹신한 이불이 몸을 감싸 안자 금세 노곤해졌다. 복잡한 생각들이 그녀의 머릿속을 떠다녔으나 피로가 더 깊었던 탓에 생각은 끝맺어지지 못했다. 하현은 금세 수마에 사로잡혔다.

꿈도 꾸지 않고 간만에 편안한 잠을 즐기던 때, 누군가 머리를 쓰다듬어 주는 느낌이 들었다. 다정하고 따스한 손길이 좋아서 하현의 입술은 저도 모르게 호선을 그렸다. 손길이 잠시 멈추었다. 구름처럼 가벼운 입맞춤이 제 얼굴 위로 쏟아지는 것도 모른 채 하현은 깊은 잠에 빠져 있었다.

다시금 다정한 손길이 머리카락을 쓸어 넘겼다. 별 게 아닌데도 그 손길은 가슴이 아릴 만큼 좋았다. 시우의 손길이기 때문일까, 아니면 지나온 삶이 힘겹고 외로웠기 때문일까.

돌이켜 보면 늘 스스로를 단단히 다져야만 하는 삶이었다. 처음엔 스스로를 위해서였고, 나중엔 동지들을 위해서였다. 이성적이고 냉철하지 못한 판단은 생각보다 늘 잔인한 결과를 가져왔다.

강인해지려 노력했던 것을 후회하진 않지만, 그래도 조금은 힘겨운 삶이었다. 조금은 무른 삶을 살았다면 어땠을까. 평화로운 시대에서 태어나, 아무 걱정 없이 자신을 사랑하는 이의 손길을 느끼며 살아왔다면.

하현은 느리게 눈을 떴다. 더 이상 손길이 느껴지지 않아 허전했기 때문이다. 아직 졸음기가 가시지 않아 시야가 흐렸다. 희미한 어둠 속에서 그녀는 자신을 직시하는 눈동자를 발견했다. 그 눈동자의 주인

은 물끄러미 하현을 응시하다 살짝 눈을 내리감았고, 살포시 **뺨** 위에
입을 맞추었다.

"흔들렸으면."

시우는 조용히 말을 꺼냈다.

"나 보고 싶었겠네?"

졸음기에 반쯤 감긴 눈이 느리게 깜빡였다. 그동안 설쳤던 잠을 한
꺼번에 자고 싶은 마음이 굴뚝같았지만, 그의 손길이 떨어진 게 아쉬
워 그녀는 눈을 감지 않았다. 쏟아지는 졸음 속에서도 애가 타는 그의
눈빛을 읽을 수 있었다. 하현은 작게 웅얼거렸다.

"보고 싶다기보다는……."

"응."

"자주 생각나더라고요."

하현은 제가 한 말이 우스워 작게 웃고는 혼잣말을 했다.

"그게 그건가."

"……."

"이따금씩 같이 있던 게 생각나서, 그때를 그리워했던 거 같아요."

그는 낮게 웃으며 하현의 머리카락을 쓸어 넘겨 주었다.

"목시우 씨는, 내가 보고 싶었어요?"

"당연한 걸 물어."

그의 손끝이 하현의 입술을 쓸어내렸다.

"보고 싶었어."

"……."

"간절해서 괴로울 정도로."

말만큼이나 그의 눈동자는 제 감정에 충실했다. 확고한 감정 하나
만을 담은 그 눈동자를 보고 있자니 졸음이 조금씩 흩어지는 듯했다.

"입 맞춰도 돼?"

하현의 입에서 바로 반응이 나오지 않자 그는 하현의 손에 깍지를

졌다.

"하게 해 줘."

하현은 졸음을 핑계 삼아 눈을 내리감았다. 허락의 뜻으로 받아들인 시우는 머뭇거리지 않고 제 입술을 포개었다. 짙은 입맞춤은 오랫동안 그치지 않았다.

입맞춤이 깊어질수록 숨소리가 짙어졌다. 거칠어진 숨소리는 계단을 오르듯 점차 가빠졌다. 어느덧 내려선 그의 입술은 하현의 목덜미를 지분거리다 쇄골까지 내려섰다. 그는 쪽쪽 소리를 내며 쇄골을 빨았다. 머지않아 날카롭게 깨물리는 감각에 하현은 졸음에서 벗어나 번쩍 정신을 차렸다.

가운은 반쯤 흐트러져 있었고, 다리는 얽혀 있었다. 놀란 하현을 내버려 두고 시우는 살갗에 입 맞추는 일에만 집중하는 중이었다. 시우가 가운을 더 벌리고 입술을 미끄러뜨렸다. 하현은 화들짝 놀라 그의 얼굴을 밀어 냈다.

"읏, 그만!"

그런데 시우는 지지 않고 제 뺨을 밀어 낸 하현의 손바닥에 입을 맞추었다. 손바닥을 핥아 올렸다가, 손목을 잘근잘근 씹어 대기 시작했다. 맥박이 있는 부근에서는 꽤 오래 머물기도 했다. 처음 경험하는 낯선 감각에 하현은 파르르 떨었다.

그런 하현을 응시하는 시우의 눈은 날카로웠다. 포식자의 눈 같기도 했고, 속된 말로 맛이 간 것처럼 보이기도 했다.

"목시우 씨, 진정 좀……."

"김하현."

시우가 갑자기 말을 끊어 냈다.

"보여 줘."

"뭐, 뭘요?"

"진짜 멋지다던 그 흉터."

'허벅지에도 있어요. 진짜 멋진 흉터.'

미쳤나 봐. 하현은 자신이 했던 말을 떠올리며 아연해졌다.

"그런 눈으로 보여 달라고 하면 내가 보여 주겠어요? 뭔 짓을 할 줄
알고."

"빨기만 할게."

하현은 경악하며 강하게 손을 빼냈다. 그리고 시우는 하현에게 무
릎으로 배를 얻어맞은 후에야 물러섰다. 그는 아픈지 침대에 걸터앉
은 채 한동안 움직이지 못했다. 제가 생각해도 공격이 꽤 셌던 것 같
아 하현은 조심스레 다가섰다.

"……괜찮아요?"

하현의 물음에 시우는 깊이 한숨을 내쉬었다. 다행히 좀 정신이 든
모양이었다.

"미안. 나도 모르게."

하현은 고개를 저었다. 어색한 침묵이 지속되었다.

"근데 목시우 씨. 그, 그게……."

하현의 얼굴이 새빨갛게 달아올랐다. 아까 입을 맞추면서부터 계속
느꼈던 것이었다. 하현은 섣불리 입을 열지 못하고 웅얼거렸다.

"나도 아니까 말하지 마."

예상외로 그가 담담하게 말했다.

"당신이 오늘 처음 눈치챈 것도 웃기긴 하다."

"예?"

"됐어. 잠이나 자."

그는 자리에서 일어서 다시 욕실로 들어가 버렸다. 두 차례의 물소
리를 들으며 하현의 얼굴은 새빨갛게 달아오르다 못해 금방이라도 터
질 지경이었다.

하현은 희선이 운영하는 양장점에 시우를 데리고 갔다. 사람들의 시선을 의식하여 두 사람은 창고에서 희선이 오기를 기다렸다. 머지 않아 희선이 홀로 창고로 들어섰고, 시우는 간단히 인사를 한 후에 서두를 꺼냈다.

"진의회가 지켜 왔던 물건을 회수하는 건 제가 책임지고 돕겠습니다. 제 아버지가 목숨을 바친 일이니까요."

"반가운 소식이네요."

"하지만 이번 일에 김하현을 독단으로 세울 수는 없습니다. 실력이 있는 다른 사람들은 얼마든지 구할 수 있습니다."

"하현 씨를 대신할 사람은 없어요."

희선은 단호히 선을 그었다.

"난 진의회의 존재를 무관한 사람들에겐 알리고 싶지 않아요. 실력 있는 사람들은 몇이나 구할 수 있지만, 믿을 만한 사람은 단 한 사람도 구하기 어려운 게 현실 아닌가요?"

희선이 차분한 어조로 물었다. 시우에게서 대답이 나오지 않자 그녀의 시선이 하현에게 향했다.

"그리고 하현 씨보다 뛰어난 저격수를 구하기도 상당히 힘들 것 같네요. 생각보다 더 놀랐어요. 그 거리에서 저격을 한다 했을 땐 사실 불안했는데, 완벽하게 처리를 했더군요."

"이런 시기의 암살은 정치적인 이유로 보일 수 있습니다. 전 김하현이 그런 화제에 이용당하길 원치 않습니다."

희선의 반박에도 시우는 지지 않았다. 대놓고 싸고도는 태도에 하현은 조금 민망해졌다.

"사라진 단체를 수면 위로 끌어 올린 이유가 무엇이겠어요. 이번 일을 마지막으로 진의회는 역사 속으로 사라질 거예요.”

“…….”

“난 억울하게 죽어야 했던 사람들의 한을 풀어 주고 싶을 뿐이에요. 이 나라의 방향을 결정할 의지 같은 건 없어요. 내 말을 믿지 못하겠다면, 훗날에 어떤 목적으로든 진의회를 거론하지 않겠다는 서약을 하죠.”

시우는 반박할 말을 더 찾으려 했다. 비겁해 보일지언정 어떻게든 하현에게 주어지는 부담을 덜고 싶었다. 희선은 그런 시우를 물끄러미 바라보았다. 그러고는 상황과 어울리지 않는 부드러운 미소를 머금었다.

“아버지와 정말 많이 닮았네요. 외모는 닮은 줄 알고 있었지만, 성격도 닮은 줄은 몰랐어요.”

예상외의 말에 시우는 할 말을 잃었다.

그녀의 눈이 잠시 창밖을 향했다. 그저 먼 곳을 보고 있는 것인지, 아니면 머릿속에 떠오르는 잔상들을 보고 있는 것인지 알 수 없었다. 입가에 걸린 그녀의 미소가 잦아들고, 그녀는 다시 시우에게 말했다.

“문제가 생길 시에는 내가 다 책임지죠. 하현 씨에게 위험한 상황이 생긴다면 내가 다 뒤집어쓰겠다는 뜻이에요. 그리고 하현 씨의 안전을 최우선으로 한다는 걸 약속하죠.”

하현이 놀라서 만류하려 했다. 그러나 시우는 앞으로 나서는 하현의 팔목을 붙잡았다.

“약조해 주실 수 있으십니까.”

“약조하죠. 그게 목시우 씨에게는 가장 적합한 합의점일 테니.”

시우는 그제야 하현의 팔목을 놓아주었다.

“좋습니다.”

시우의 대답에 희선은 싱긋 웃었다.

“나한테 그간 정석호의 행보를 모아 놓은 자료가 있어요. 공론화시킨다면 파급력이 꽤 클 거예요. 그가 더 세력을 넓히기 전에 발목부터 끊어 내야죠."

희선의 말에도 시우는 어째선지 말이 없었다. 그는 생각에 잠긴 듯 시선을 아래로 내리고는 말을 이었다.

"이미 자료는 차고 넘칩니다. 하지만……."

"어머니 때문인 걸 알아요."

희선의 말에 시우의 놀란 시선이 그녀에게 닿았다.

"정석호가 어머니로 협박을 했다고 들었어요. 하지만 윤화 언니는……."

희선이 깊이 한숨을 내쉬었다.

"미리 말하지 못해서 미안해요. 적당한 때를 기다려야 했어요. 우리 오라버니가 그랬던 것처럼."

그녀는 쪽지 한 장을 적어 시우에게 건네주었다.

"여기로 가 봐요."

"여기가 어딥니까?"

"언니가 다니던 병원이에요. 거기에 적혀 있는 의사를 찾아가 봐요."

그녀는 한숨 쉬듯 대답하고는 슬픈 눈으로 시우를 응시했다.

"나를 용서하지 않아도 좋아요."

희선이 알려 준 곳은 서울 의주통에 있는 작은 병원이었다. 왜정 때 총독부의 간섭을 참다못한 세브란스 병원 의사들이 뜻을 모아 따로 차린 곳이었다. 해방이 되었지만 그 병원은 여전히 운영되며, 양심에 따른 진료와 환자의 생명을 지키는 일이 무엇보다 우선시되는 운영 정신을 이어 나가고 있다.

하현과 시우가 문을 열고 들어서자 간호부가 친절히 방문 목적을 물어 왔다. 시우가 평소만큼 이성적으로 보이지 않아 하현이 먼저 간호부에게 물었다.

"혹시 정운식 선생님이 계십니까?"

시우의 시선이 느릿하게 병원을 훑었다. 그는 어머니가 병원에 다녔다는 사실이 믿기지 않았다. 그의 기억 속 어머니는 늘 건강하고 쾌활한 모습이었다. 몸이 좋지 않았다던 희선의 말을 믿기 어려웠다.

문득 노의사가 시선에 잡혔다. 의사는 온화한 웃음을 머금은 채 환자와 이야기를 나누고 있었다. 가운의 왼쪽 가슴에 수놓인 이름은 정운식으로, 희선이 알려 준 이름과 같았다.

마침 환자와 이야기를 마친 운식이 고개를 들었다. 자연스레 시우와 눈이 마주쳤다. 그리고 운식의 눈이 놀란 듯 크게 뜨였다.

운식은 천천히 시우의 앞으로 다가오더니 손을 내밀어 악수를 청했다. 시우는 영문도 모른 채 의사와 악수를 나누었다.

"아버지와 쏙 빼닮았군요. 워낙 보기 드문 미남자여서 기억하고 있었습니다."

의사의 주름진 얼굴에 부드러운 미소가 드리웠다. 시우는 무슨 말을 해야 할지 알 수 없어 의사의 단단한 손만 응시했다.

"희귀병을 앓고 있었습니다."

하현과 시우를 진료실로 데리고 간 의사는 시우의 어머니인 최윤화에 대해 이야기해 주었다.

"남편도 자주 찾아와서 얼굴을 알고 있었죠. 참 금슬 좋은 부부였는데."

과거를 회상하는지 그의 얼굴에 기분 좋은 웃음이 드리웠다.

"사실 아이를 낳기 힘든 몸이었는데 고집을 부렸죠. 말은 안 했지만 남편이 혼자 남는 상황을 걱정하는 것 같았습니다."

하현은 자꾸만 가라앉는 기분을 숨기려 애썼다. 부모님의 노력에도 불구하고 혼자 남게 된 시우가 안쓰러웠다. 무언가 위로의 말을 건네주고 싶었지만, 어떤 말로도 위로가 될 것 같지 않아 하현은 입을 다물었다.

"마지막 진료 기록입니다."

의사가 진료 기록을 가져다주었다.

"진료 당시 1년도 더 버티기 어려운 몸이었습니다. 그래도 오래 버틴 편이었죠. 아이를 위해서 많이 힘을 냈을 겁니다."

진료 기록을 보는 시우의 눈이 어두웠다.

"출산도 이 병원에서 했습니다. 병원의 모두가 무사 출산을 기원했죠. 두 사람 다 정말 좋은 사람들이었으니……. 무사히 출산했을 때, 부부가 둘 다 눈물을 보였습니다. 기쁨의 눈물이었죠."

"……."

"힘들게 태어났지만, 그만큼 축복받은 아이라고 생각했습니다."

시우는 겨우 입꼬리만 올려 미소 지었다.

"감사합니다. 덕분에 제가 살아 있는 거겠죠."

의사의 주름진 눈매에 미소가 고였다.

하현은 앞서 걷는 시우의 뒤를 따라 걸었다. 천천히 걸음을 옮기는 그의 뒷모습은 평소와 다름이 없었다. 너무 아무렇지 않아 보여서 오히려 하현은 그가 더 걱정되었다. 분명 속은 엉망일 텐데 겉으로 드러내지 않으려는 그가 안쓰러웠다.

말주변 없는 자신이 무력하게 느껴졌다. 매번 위로를 받았는데도 시우에게 제대로 된 위로를 해 주지 못하는 자신이 한심했다.

"저기, 목시우 씨."

고민 끝에 하현이 그를 불렀다. 그러나 시우는 깊은 생각에 잠겨 있어 소리를 듣지 못했다. 하현은 다가가서 조심스레 옷자락을 붙잡았다. 그제야 시우가 하현에게 고개를 돌렸다.

"아, 미안. 빨리 걸었나?"

"아뇨, 그게 아니라……. 괜찮아요?"

조심스러운 물음에 그는 설핏 웃어 보였다.

"괜찮지 않으면 어쩌겠어. 돌아가셨을 거라고 예상했었어."

거짓말이다. 희망을 버리지 않았다면 그가 정석호에게 복종하며 살았을 리가 없다. 하현은 안타까워 그저 그를 바라보기만 했다.

"그저 미련이었을 뿐이야."

시우는 다시 천천히 걸음을 옮겼다. 하현도 그의 옆을 따라 나란히 걸었다. 해가 지기 시작한 하늘에서 희미한 황금빛이 드리웠다. 그의 얼굴에도 아름다운 빛의 얼룩이 어른거렸다.

"기억이란 게 참 제멋대로야. 내 기억 속 어머니는 늘 밝고 건강한 모습이었거든. 생각하고 싶은 대로만 생각했는지도 모르지. 아니면 내가 지나치게 철이 없었는지도."

"아닐 거예요."

하현이 걸음을 멈추며 말했다. 시우도 자연스레 걸음을 멈추고 하현을 응시했다.

"돌아가신 고모를 생각하면 나도 행복했던 기억만 떠올라요. 고모도 많이 힘든 상황이었을 텐데, 늘 웃고 계셨어요."

"……."

"그래도 그 웃음이 거짓이라 생각하지 않아요. 나와 함께하면서 행복했으니까 그렇게 웃었던 거겠죠. 불행한 상황에 휘둘리지 않았기 때문일 거예요."

그는 부드럽게 입꼬리를 올려 미소 지었다. 그러나 그 안에 담긴 쓸쓸함은 지워지지 않았다.

"그래."

안타까운 마음에 가슴이 아팠다. 그의 심정을 알 것 같으면서도 섣불리 위로의 말을 꺼낼 수가 없었다.

"미안합니다. 뭐라고 위로를 해야 할지 잘 모르겠어요. 난 항상 위로만 받았던 것 같은데……."

"김하현."

그가 하현의 말을 막아섰다. 하현은 고개를 들었다.

"그러지 마. 당신을 만나지 않았다면 부모님 마음도 이해하기 힘들었을 테니까."

"……."

"속상해할 필요 없어. 당신이 옆에 있는 것만으로도 위안이 되니까."

시우의 말에도 하현의 심각함은 풀어지지 않았다.

"김하현."

시우의 부름에 하현이 고개를 들었다. 고개를 들자마자 시우가 제 입술을 포개었다. 예상치 못한 상황에 하현은 눈을 껌뻑이기만 했다. 그는 몇 번 얕은 입맞춤을 반복했고, 물러서서 짓궂은 미소를 지었다.

"위로는 이걸로 됐어. 당신까지 속상해하지 마."

그는 하현의 머리카락을 헝클어트리듯 쓰다듬고는 다시 걸음을 옮겼다. 하현은 급히 그를 따라잡고 돌려세웠다.

"목시우 씨. 나를 믿어 줘요."

"……."

"내가 꼭 당신을 도울게요."

결연한 말에 그는 설핏 웃었다.

"치사한 말만 골라서 한다니까."

그런 뜻으로 말한 게 아닌데. 하현은 할 말을 찾지 못하고 눈만 껌뻑였다. 그는 손을 들어 하현의 뺨을 어루만졌다.

"지원할 수 있는 만큼 지원할 테니까, 당신은 다치지 않는 걸 최우선으로 해."

하현은 여러 번 고개를 끄덕였다.

"알겠습니다."

그는 하현의 머리카락을 쓰다듬고는 노을이 지는 하늘로 시선을 옮겼다.

"나도 이제 가만히 있을 수는 없겠어."

황금빛을 응시하는 눈동자가 일순 날카로운 빛을 냈다. 하현이 그 모습을 자세히 보기도 전에 그 빛은 거두어졌다. 하현에게 다시 시선을 옮긴 그의 눈동자는 부드러운 빛을 띠었다.

"당분간은 만나기 어렵겠어."

"아……. 그렇겠네요."

"나만 서운한가?"

하현은 두 눈을 껌뻑였다. 또 꿀 먹은 벙어리가 되어 대답하지 못했다. 시우를 만나지 못해 아쉬운 건 하현도 마찬가지였지만 무어라 표현해야 할지 알 수 없었다. 하현의 표정에 어쩔 줄 모르는 감정이 드러나자 시우는 웃음을 터트렸다. 근래에 본 적 없는 밝은 웃음이었다.

"왜 웃어요?"

"내 성격 참 나쁘다 싶어서. 당신이 곤란해할 거 뻔히 알면서 이런 걸 묻잖아."

"……."

"재미 들렸나."

시우의 혼잣말에 하현은 콧잔등을 찌푸렸다.

"나는 재미없어요."

"그러게 누가 그렇게 반응하래."

시우는 하현의 손을 잡고 끌어 올려 손등에 입을 맞추었다. 얼굴에는 여전히 웃음기가 드리워 있었다.

"당신이 있어서 다행이야."

그의 등 뒤로 황혼이 저물어 가고 있었다.

연호가 죽었을 때, 하현은 자신의 인생도 종말을 맞았다고 생각했다. 소중한 사람을 잃기만 한 인생이 의미 없다 여겨졌다. 그러나 시우의 얼굴을 보니 처음으로 살아 있음에 감사하다는 생각이 든다. 미진한 힘이지만, 한 사람을 살아가게 하는 데 조금이나마 힘이 된다면 그것만으로도 괜찮은 삶이 아닐까.

가슴속이 일렁였다. 하현은 떨리는 눈을 드러내지 않으려 살며시 눈을 내리감았다. 황혼 빛이 두 사람을 감싸 안았다.

그들은 서로에게만 집중하느라 자신들을 지켜보는 그림자를 알아차리지 못했다.

"K 일보 연락처 가지고 있지?"

사무실로 돌아온 시우가 장환에게 가장 먼저 물은 말이었다. 장환은 얼떨떨한 얼굴로 고개를 끄덕였다.

"예. 그런데요."

시우는 별다른 말 없이 장환을 지나치더니, 열쇠로 잠겨 있던 서랍장을 열었다. 장환이 놀라서 크게 눈을 떴다.

"그건……!"

시우는 서랍 안에 있던 종이봉투를 꺼냈다. 여러 겹으로 꼼꼼하게 봉해 놓은 봉투였다. 시우가 장환에게 손짓했다.

"K 일보 연락처 줘."

장환은 다급히 연락처를 찾아 시우에게 건네주었다. 놀란 장환을 내버려 두고 시우는 전화를 걸었다.

― K 일보입니다.

"한립 중공업입니다. 구일조 부장 좀 바꿔 주시죠."

— 한립 중공업이요? 잠시만 기다려 주십쇼.

부산하고 시끄러운 소리가 들리더니 일조가 전화를 받았다.

— 네. 구일조입니다.

"목시우입니다. 지난번에 도와주신 것에 대해 감사 인사도 못 드려 연락드렸습니다."

잠시 정적이 흘렀다. 상대방의 의문이 고스란히 담긴 정적이었다.

일전에 하현을 찾으면서 시우가 일조에게 보여 주었던 태도는 감사보다 경계가 더 컸었다. 일조는 의아했지만 기색을 감추고 형식적으로 답했다.

— 아닙니다. 큰 도움도 아니었습니다.

"답례로 기삿거리를 하나 드릴까 하는데요."

— 기삿거리요?

종이봉투를 바라보는 시우는 뜻 모를 미소를 짓고 있었다.

"예. 좋은 기사가 될 겁니다."

제12장

완패

"누나, 누나! 오늘 신문 나왔어. 이것 봐."

철웅이 비에 젖은 머리를 털며 품에서 신문을 건넸다. 하현은 빠르게 신문을 펼쳐 읽었다. 1면에 정석호의 기사가 실려 있었다. 과거 독립군 군자금을 지원했던 사람이 정석호가 아닌 양아들 목시우라는 사실을 밝히는 기사와, 그가 저질렀던 부일 행위가 자세히 적혀 있었다. 오늘 한립 중공업의 정례 이사회에서 정석호 사장 퇴임 건을 발의한다는 소식도 함께였다.

"정석호 이제 큰일 난 거 아니야?"

"그랬으면 좋겠지만······."

하현은 말을 끝맺지 못했다. 이 정도로 끝날 놈이었으면 여기까지 오지도 않았으리라. 미군정 아래에서 반민족 행위자들의 처단은 미뤄지고 있는 때였다. 안심할 수 있는 상황은 아니었다.

"그래도 목시우 씨가 어떻게든 할 거야."

불안했지만 지금은 그를 믿어야 할 때였다. 하현이 할 일은 그에게 방해가 되지 않도록 일을 차근히 진행하는 것뿐이었다.

신문에는 희선의 남편인 조정찬의 기사도 함께 실려 있었다. 죽음이 두려워 여기저기 떠벌리고 다닐 것이라던 희선의 말은 사실이었다. 그는 진의회라는 단체가 생명을 위협한다며 이곳저곳에 도움을 요청하는 중이었다. 어느 신문사의 취재에 조정찬은 나미모토 이사오 다음 타깃이 자신과 정석호가 될 것이라고 말했다고 한다.

덕분에 진의회라는 단체는 연일 화두에 오르는 중이었다. 대중의 시선이 시우에게 집중되지 않는 건 좋은 징조였다. 계획대로만 된다면 무사히 일을 끝낼 수 있으리라.

그녀는 비가 내리는 창밖을 바라보았다. 여전히 추적추적 비가 내리고 있었다. 하늘을 가린 회색빛 구름이 눈에 들어왔다. 우울하지만 거사를 치르기엔 좋은 날씨였다. 이동은 어렵겠지만 어둠 속에 스며들기엔 유리했다.

그녀는 겉옷을 입고 모자를 깊이 눌러썼다.

"다녀올게."

"응. 조심해."

철웅이 배웅을 해 주었다. 문을 열고 나서자 스산한 비바람이 옷깃 사이로 스며들었다. 하현은 개의치 않고 앞으로 나섰다.

"좋은 날씨네요."

하현이 양장점 창고의 문을 열고 들어가자 희선이 말했다. 희선은 싱긋 웃고는 하현에게 하녀들이 입는 옷을 건네주었다. 하현은 옷을 갈아입고 머릿수건을 둘렀다. 마지막으로 건네받은 것은 권총이었다.

"부탁했던 걸로 가져왔어요. 좀 더 성능이 좋은 게 아니어도 괜찮겠어요?"

"아니요, 이게 좋습니다."

손안에 꽉 맞게 들어서는 감각이 익숙했다. 하현은 치마를 걷어 다리에 벨트로 총을 고정했다. 내리닫이로 된 서양식 하녀복은 허리춤에 총을 숨기는 데 무리가 있었기 때문이다.

뒤이어 희선의 차를 타고 조정찬의 저택으로 향했다. 운전기사는 새로운 하녀가 차에 올랐는데도 아무런 의심 없는 얼굴이었다. 조정찬의 변덕으로 하녀들이 워낙 자주 바뀌어 얼굴을 일일이 외우지 못한다던 게 사실이었던 모양이다.

높은 철제 대문이 열리며 검은색 차량이 유유히 안으로 들어섰다. 하늘의 어둠도 짙어졌다. 하현은 먼저 내려 우산을 희선에게 씌워 주었다. 두 사람은 음습한 기운을 풍기는 커다란 양옥을 향해 천천히 걸음을 옮겼다.

"준비는 됐어요?"

"네."

"하현 씨한테는 고맙게 생각해요."

"제 부모님과 고모님이 연관된 일인 걸요. 제가 돕는 게 당연하죠."

"그래도 하현 씨가 얻는 게 없다는 거 알아요. 고마워요."

그녀는 가라앉은 목소리로 조용히 말을 이었다.

"이번 일이 끝나면 하현 씨가 원하는 삶을 살기를 바라요. 내가 도울 수 있는 일이 있다면 도울게요. 연호도 분명 그걸 바랄 테니."

희미한 웃음이 그녀의 얼굴에 드리웠다. 연호와 닮았다고 생각한 적이 없는데 이제 보니 웃는 얼굴이 연호와 닮았다. 그 얼굴을 더 자세히 볼 새도 없이 그녀는 저택의 문을 열고 들어섰다.

암살 예고를 받은 저택답게 경호원들이 진을 치고 있었다. 그러나 저택의 안주인과 함께하는 하녀를 누구도 이상한 시선으로 바라보지 않았다. 아마 그들은 처리해야 할 대상을 여인이 아닌 사내로 생각하고 있을 테니 더 관심이 없는 것인지도 모른다.

"차를 좀 가져다주렴. 날이 춥구나."

"예, 마님."

희선의 말에 하현이 하녀 행세를 하며 대답했다. 하현은 차를 가지러 가는 척 식당으로 향했다. 그러나 도착지는 식당이 아닌 비어 있는 방이었다. 미리 저택의 약도를 익혀 두었기 때문에 방을 찾는 것이 수월했다.

하현은 방 한쪽에 숨겨져 있던 검은색 망토를 몸에 두른 뒤, 총을 꺼내 들었다. 잠시 후 번쩍, 천둥이 쳤다. 예정했던 대로 전기가 끊기고, 저택 전체가 어둠에 잠겼다. 어수선한 소리가 방 밖에서 들려왔다. 하현은 방에서 나와 복도에 섰다. 그리고 허공을 향해 총을 쏘았다.

"꺄악!"

총소리를 들은 하녀들이 비명을 질렀다. 경호원들이 분주히 움직이며 총소리의 근원지를 찾았다. 하현은 어둠 속을 파고들며 경호원들을 따돌렸다.

한편, 희선은 놀란 얼굴을 가장하며 정찬의 방으로 들어섰다. 겁에 질린 정찬이 침대 뒤에서 바들바들 떨고 있었다.

"누구시오!"

"저예요, 여보. 괜찮아요?"

"아, 당신인가? 대체 무슨 일이야? 이런 때에 정전이라니!"

"아무래도 침입자가 들어온 것 같아요."

"침입자?"

정찬의 얼굴이 하얗게 질렸다.

"경호원들은 밖에 있겠지? 당장 데리고 들어와!"

정찬은 희선에게 명령하고는 금고를 열었다. 만약을 위해 마련한 총을 꺼내기 위함이었다. 희선은 정찬에게 다가가며 차분히 말했다.

"경호원들에게는 제가 침입자를 잡으러 가라고 말했어요."

"뭐? 그게 무슨……!"

정찬이 희선을 향해 고개를 돌리려 했다. 그러나 목을 조금도 움직일 수 없었다. 뒤통수에 둔탁한 금속 닿는 느낌이 들었기 때문이다.

일순, 시커먼 하늘에서 천둥이 내리꽂혔다. 커다란 번개가 요란한 소리를 내며 땅을 울렸다. 시야가 밝아진 순간, 조정찬은 마주 보고 있는 창문으로 제 아내가 자신에게 총을 겨누고 있는 모습을 보았다.

"다, 당신 제정신이야?"

"……."

"뭘 들고 있는 거야. 당장 그거 내려!"

"당신에겐 참 감사해요."

차분하고 우아한 목소리였다.

"오갈 데 없는 처지인 여자를 첩으로 삼아 주다니."

"왜, 대체 왜 이래! 거둬 준 은혜를 어찌 이런 식으로……!"

"은혜는 잊지 않을게요. 덕분에 본부인 자리까지 앉아 호사를 즐겼으니."

정찬이 꿀꺽 침을 삼키는 소리가 들렸다.

"정말 끔찍하리만치 즐거웠어요. 당신한테 맞아 죽을 뻔한 본부인을 도망시켜 준 게 나라는 사실을 알고 있으려나 몰라요."

"……뭐? 제발, 당신. 나한테 왜 이러는 거야. 내가 뭘 그리 잘못했어."

정찬은 폭포수처럼 식은땀을 흘리면서도 손은 열린 금고의 안쪽으로 뻗고 있었다. 이내 그의 손끝에 총구가 걸렸다.

"이유라도 말해 줘. 부탁이야."

"내 본명은 류희선이에요. 당신이 그렇게 찾아 헤매던 류씨 집안의 자식이죠. 아, 집안이 아니라 재산을 찾았던 거겠지만."

정찬의 피가 차갑게 식었다. 그 와중에 총 손잡이가 손끝에 걸리는 감각을 느꼈다.

"당신이 괴멸시켜 죽여 버린 진의회의 일원이기도 했죠."

"……."

"당신이 내 손에 죽을 날만을 고대했어요. 그 순간을 상상하면 너무 즐거워서 밤잠도 설칠 지경이었답니다."

"여보. 내가 잘못했어. 나, 나한테 재산이 상당한 건 당신도 알고 있겠지. 날 살려 준다면 그 재산, 모조리 당신한테 주겠어. 내가 잘못했으니 제발 총을……."

"어차피 당신이 죽으면 다 내 것이 될 텐데요, 뭘."

"이, 이 정신 나간 계집……!"

정찬이 금고에서 총을 꺼내 희선에게 겨누었다. 그리고 망설임 없이 방아쇠를 당겼다.

탕―!

정찬의 머릿속에서 총소리가 울려 퍼졌다. 아니, 울려 퍼져야 했다. 하지만 총탄은 빠져나오지 않았다. 정찬이 겁에 질린 얼굴로 다시 방아쇠를 당겼으나 달칵달칵 소리만이 반복될 뿐이었다.

"내가 그 정도도 손써 두지 않았을 거라 생각했어요?"

정찬의 손이 덜덜 떨렸다. 죽음의 그림자가 가까워지자 식은땀이 폭포수처럼 쏟아져 그의 얼굴을 적셨다. 눈앞의 아내가 마귀처럼 보였다.

"제발 살려 줘. 제발."

"잘 가요, 여보."

탕― 소음기에 묻힌 총성이 짧게 울려 퍼졌다. 정찬이 힘을 잃고 쓰러졌다. 희선은 소음기를 떼고 벽면을 가득 채운 창 위쪽으로 총알을 쐈다. 탕―! 이번에는 제대로 총성이 울렸다. 창문이 와르르 무너지며 총탄은 멀리 사라졌다.

"꺄아아아악!"

희선은 있는 힘껏 소리를 질렀다. 소리를 들은 경호원과 하녀들이 정찬의 방으로 몰려들었다. 희선은 흐느끼며 소리쳤다.

"괴한이 내 남편을 죽였어요!"

경호원들이 바깥을 살피러 나갔다. 바닥에 주저앉은 희선은 흐느끼다가 웃고, 다시 울며 웃었다. 혼란한 어둠 속에서 그것을 신경 쓰는 이는 아무도 없었다.

다시금 번갯불이 번쩍였다. 바닥에 늘어진 유리조각들이 그녀의 눈물처럼 반짝였다.

여전히 날은 음울했다. 하현은 하녀 차림새로 유유히 저택에서 빠져나오고 있었다. 소란이 인 것 까지는 확인했는데, 희선이 어떻게 일을 처리했는지는 아직 알 수 없었다. 걱정이 되었으나 여기까지가 하현의 몫이었다. 그녀는 분주히 걸음을 옮겼다.

하현은 희선의 양장점에서 옷을 갈아입은 뒤 철웅과 함께 사는 집으로 향했다. 긴장이 풀리자 곧바로 피로가 찾아와 어깨를 짓눌렀다. 그래서인지 평소라면 알아차렸을 기시감을 느끼지 못했다.

문간방의 문을 열자마자 보이는 광경에 하현의 표정이 차갑게 굳어졌다. 철웅이 사내들에게 붙잡힌 채 울고 있었다. 가장 앞쪽에 있는 사람은 지난번에 보았던 정석호의 수하였다.

뒤를 밟혔구나. 뒤늦게 깨달았으나 이미 일이 벌어진 후였다. 하현이 총을 꺼내 들 새도 없이 무언가가 강하게 뒷목을 내리쳤다.

"누나!"

철웅이 울며 소리치는 소리가 희미해졌다. 시야와 의식마저 멀어지기 시작했다. 마지막에 본 것은 머리 위로 씌워지는 검은색 천이었다. 하현은 그대로 정신을 잃었다.

비가 내리는 하늘이 음울한 기운을 발산한다. 건물 전체를 울리는 빗소리는 어느 악장의 합주만큼이나 조화롭고 구슬펐다. 시우는 서류를 작성하다 말고 창을 바라보았다. 유리창에 엉겨 붙은 빗줄기가 한데 뭉쳤다가 줄기가 되어 아래로 떨어졌다.

누군가의 종국을 지켜보기에는 참으로 적합한 날이었다. 오늘, 이사회에서 정석호의 사장직 퇴임을 발의할 예정이었다. 준비는 끝마친 지 오래였다. 예정대로 일을 진행시키기만 하면 된다. 그러나 어째선지 불안한 마음이 사그라지지 않았다. 이따금씩 송연해지는 이유는 하현의 소식을 듣지 못해서일까. 아니면 이것이 끝이 아님을 알고 있기 때문일까.

"날씨가 영 별로네요."

서류를 가지고 들어오며 장환이 말했다. 시우는 상념에서 벗어나며 서류를 받아 들었다. 서류를 확인하려던 찰나, 전화가 울렸다. 거슬릴 정도로 울려 대는 전화벨 소리가 날카로웠다. 시우는 전화기를 들어올렸다.

말을 채 꺼내기도 전에 시우의 안색이 창백하게 질렸다. 장환은 시우의 그런 표정을 처음 보았다. 온기를 모두 빼앗긴 사람 같았다. 시우는 전화기를 제대로 내려놓지도 못한 채 밖으로 뛰쳐나가려 했다. 장환이 영문을 몰라 그를 급히 붙잡았다.

"갑자기 어디 가십니까? 2시에 이사횝니다!"

"김하현이⋯⋯."

빠져나오는 목소리가 허망감에 잠겨 있었다.

"붙잡혔대."

"예? 경찰에요?"

"아니. 정석호."

그는 짓씹듯 이름을 내뱉었다. 몸을 돌려 나가려 하는 그를 장환이 다시금 붙잡았다.

"자, 잠깐 기다리십쇼! 이번 이사회 무산되면 정석호한테 시간 벌어

주는 꼴입니다!"

시우의 시선이 장환에게 맞닿았다. 깊고 검은 눈동자는 무력하게 흔들리고 있었다. 장환은 호소하듯 말했다.

"오래 기다리시지 않았습니까."

"그래서 그냥 두라고?"

장환은 하현의 모습을 떠올렸다. 정의롭고 정직한 여인. 괴로운 일이 될 것을 알면서도 하현을 이 일에 끌어들였다. 시우에게만 책임이 있는 게 아니라 장환은 자신에게도 책임이 있다고 생각했다. 죄책감에 장환의 고개가 수그러졌다. 그는 실의에 잠겼다.

"위험한 일인 거 뻔히 알면서도 나를 돕겠다고 나선 사람이야. 준비했던 걸 다 망친다고 해도 어쩔 수 없어."

그는 잠잠히 가라앉은 목소리로 말을 이었다.

"미안하다, 장환아."

시우가 이 날을 얼마나 기다려 왔는지 장환도 모르지 않았다. 시우만큼이나 장환도 이 날을 기다렸으니까. 그 또한 정석호에게 원한이 있는 사람이었다. 사상검사였던 정석호가 독립투사였던 장환의 어머니를 붙잡아 끝내 죽음에 이르게 만들었으니까.

장환은 힘없이 시우의 팔을 놓았다.

"저도 따라가겠습니다."

시우는 짧게 고개를 끄덕였다. 두 사람이 사무실을 나서려 할 때였다. 다시금 전화가 울렸다. 장환이 긴장된 얼굴로 먼저 전화를 받았다.

"누구십니까?"

— 구일조입니다.

"K 일보의……?"

— 예. 기사 주신 것에 답례를 하려 합니다.

○ ◑ ●

하현은 떠지지 않는 눈꺼풀을 간신히 들어 올렸다. 눈을 뜬 것이 무색하게도 시야는 깜깜했다. 검은 복면으로 얼굴이 뒤덮인 탓이었다. 하현은 쏟아지는 호흡을 거칠게 내쉬었다. 불규칙한 호흡에 따라 검은 천이 달라붙었다 떼어지기를 반복했다.

그때 인기척 소리가 들리며 복면이 거칠게 벗겨졌다. 흐릿한 시야로 좁은 공간이 보였다. 여긴 정석호 저택의 광이었다. 불에 그슬린 벽면을 보아하니 자신이 불을 질렀던 그 장소였다.

고개를 들자 하현의 망막에 정석호와 경호원 둘이 맺혔다. 하현은 침착하게 물었다.

"이게 무슨 짓입니까."

"무슨 짓인지는 자네가 더 잘 알 텐데."

"왜 이러시는지 모르겠습니다."

"이 와중에도 하인 행세를 하려는 겐가? 배짱이 좋다면 좋다고 봐야겠군."

정석호가 하현을 내려다보며 말했다. 그의 눈에는 짙은 멸시가 깔려 있었다.

"하긴. 계집년이 사내 행세를 하고 내 집에 숨어든 것만으로도 간큰 계집이라 봐야지."

하현은 날카로운 눈으로 정석호를 직시했다. 정석호는 저 눈빛이 마음에 들지 않았다. 계집 주제에 상대를 압도하려는 눈빛을 가졌으니까. 정석호는 몸을 굽혀 하현의 머리채를 틀어쥐고 시선을 맞추었다.

"눈빛이 제법 좋아. 그래 봤자 고작 계집일 뿐이지만."

"자존심이 상합니까?"

"자존심?"

"심기를 거스르는 인물이 여인이라 자존심이 상하느냐고."

정석호는 우스운 농담이라도 들었다는 듯 웃음을 터트렸다.

"머리 위를 날아다니는 날파리를 쫓는 것에 지나지 않아. 네까짓 것들은 내 심기에 조금도 영향을 미치지 못해."

하현의 미간이 일그러졌다.

"오만하기 짝이 없군. 당신의 죄가 발목을 붙잡아 당신을 처절하게 만들 때가 올 거야."

정석호의 얼굴에 비릿한 조소가 드리웠다. 그는 그녀의 얼굴에서 과거에 알았던 노비의 얼굴을 떠올렸다.

"참 숭고한 듯이 굴어. 자네 같은 부류들 말이야. 그렇게 살면 대단한 존재라도 된 것 같아서 그러는가?"

"……."

"자네들이 생각하는 것처럼 모두가 평등한 세상을 살아간다는 건 허울에 불과해. 세상은 공평하지 않으니 남들보다 더 이익을 취하는 사람이 존재하고, 그게 내가 되는 것은 잘못이 아니야. 능력이지. 그런 사람들을 손가락질하는 건 가지지 못한 것에 대한 한탄이다. 한 번도 살아 본 적 없는 삶에 대한 갈망과도 같지."

"갈망이라고? 누구도 앉으려 하지 않은 자리에 앉은 것을 특권이라 생각하지 마라. 사람을 짓밟아 올라간 것을 우월이라 칭하는 건 스스로 비겁하다는 걸 인정하는 꼴밖에 되지 않아."

형형한 눈빛이 하현에게 고정되었다. 정석호가 갑자기 하현의 목덜미를 틀어쥐었다.

"어찌해 줄까. 마음 같아선 인질로 붙잡아 두고 싶지만, 네년 같은 부류들이 호락호락 내 말에 따라 주는 걸 본 적이 없어서 말이야."

그 말에 하현은 시우의 어머니를 떠올렸다. 하현은 목이 졸려 힘겨운 와중에도 목소리를 내었다.

"방해가 될 바엔 죽겠어."

정석호의 손아귀에 점차 힘이 들어갔다. 숨이 넘어가려던 찰나, 정석호의 손에서 힘이 풀렸다. 하현의 목에서부터 가쁜 호흡과 거친 기침이 터져 나왔다.

그는 자리에서 일어서 하현을 응시했다. 인질로 붙잡아 두고 시우를 이용하는 방법도 있었지만, 이 계집은 골칫거리가 되리란 직감이 들었다.

"불에 타 죽는 것만큼 고통스러운 죽음은 없다지."

"……."

"네년이 불에 타 죽으면 그 시신을 시우 앞에 던져 줘야겠어. 죄책감에 휩싸여 실의에 빠지도록."

"목시우는 그리 약한 사내가 아니야."

"글쎄. 사랑하는 여인이 자신 때문에 불에 타 죽었는데 무너지지 않을지 궁금하군."

그 말에 하현의 안색이 창백해졌다. 연호가 죽었을 때의 자신을 떠올렸기 때문이다. 그만한, 어쩌면 그보다 더한 고통을 시우가 겪을지도 모른다 생각하니 덜컥 겁이 났다. 그것이 표정으로 드러났는지 정석호는 만족스러운 웃음을 지었다. 하현이 악에 받쳐 물었다.

"대체 그 사람한테 왜 이렇게까지 하는 거지?"

"그건 내가 물을 말이로군. 양아들로 삼아 주고, 권력을 손에 쥐여 주었어. 그런데 은혜를 모르고 오히려 나를 물어뜯으려 달려들어. 더 이상 제어가 불가능하니 팔다리를 자르든 죽이든 해야겠지."

분한 감정에 하현이 입술을 깨물었다.

"그 모습을 보기 전에 먼저 죽는 걸 다행으로 알게."

정석호는 여유롭게 웃어 보이곤 등을 돌려 광을 나섰다. 그의 수하가 성냥을 켜더니 짚더미에 던졌다. 마른 짚더미는 순식간에 불을 삼키고, 더 커다란 불길과 연기를 뿜어 댔다. 미리 기름을 들이부었는지 불길이 치솟는 기세가 거세었다.

수하가 문을 닫고 나서자 하현은 불길이 미치지 않는 곳까지 기어 갔다. 무언가 대책을 생각하려 했지만 막막하기 짝이 없었다. 손목은 묶여 있었고, 이곳엔 창이 없었다. 뾰족하게 튀어나온 나무에 밧줄을 가져갔으나 손목에 상처만 생길 뿐 끊어지지 않았다.

뿌연 연기가 광을 가득 채웠다. 하현이 낮게 몸을 숙였으나 연기가 폐부로 들이닥치기 시작했다. 최대한 숨을 참으려 노력했지만 숨을 안 쉴 수도 없는 노릇이었다. 의식이 흐려지기 시작했다.

고통스러운 와중에 그녀는 문득 제 머리카락에 닿았던 따스한 손길 을 기억해 냈다. 잠기운에 혼몽했던 와중에도 애틋한 감정이 느껴지 던 손길이었다. 시우의 그 손길은 평생 잠들어 있어도 좋을 만큼 따스 하고 다정했었다.

그토록 좋았던 건 사랑받는 기분 때문이었을까, 아니면 다른 감정 때문이었을까.

모든 것을 잃고 도망치듯 고국으로 돌아왔을 때, 죽을 용기가 없어 누군가 자신을 죽여 주길 바라기도 했다. 그러나 지금은 죽고 싶지 않 았다. 삶에 너무 미련이 남아서 고통스러웠다.

'나한테가 아니라, 그냥 사소한 것들이라도. 너를 기쁘게 했던 거 하나에 미련을 가질 수는 없겠어?'

그 미련이 당신이 되었다고, 직접 말해 준다면 그 사람은 어떤 표 정을 지을까. 더 생각해 볼 겨를 없이 의식이 까마득해졌다. 눈물 한 방울이 새어 나와 관자놀이를 적셨다. 하현은 천천히 눈을 내리감았 다.

그때였다.

콰-!

커다란 소리가 울렸다. 문이 부서지며 맑은 공기가 새어 들어왔다.

하현의 눈이 번쩍 뜨였다. 자욱한 연기 아래로 두 사람의 발이 보였다.

○ ◑ ●

시우는 정석호의 저택 대문 앞에 섰다. 안으로 들어가려 했으나 덩치 좋은 경호원 셋이 그를 가로막았다.

"비켜."

"죄송합니다."

살기는 느껴지지 않았다. 신문기사가 난 지 얼마 안 됐으니 정석호도 아직은 자신을 죽일 생각이 없는 듯했다. 사장직에서 내쳐지기 직전에 자신이 죽으면 용의자는 당연히 정석호가 될 테니까.

무력으로 뚫고 들어갈 생각으로 시우가 성큼 다가섰다. 그 눈빛을 읽은 경호원이 시우를 붙잡기 위해 팔을 뻗었다. 시우가 그 팔을 붙잡고, 팔목을 잡아 꺾어 제압한 것은 순식간이었다. 팔이 이상한 각도로 뒤틀어진 사내는 고통스러운 듯 팔을 감싸 쥐며 시우에게서 물러섰다.

다른 두 사람의 눈빛에 경계가 일었다. 부사장이 매일 일만 하는 것에 비해 몸을 쓰는 데 익숙하다 했던 계영의 경고가 떠올랐다. 두 사람은 동시에 달려들었다. 그러나 긴 다리에 배와 머리를 맞고 금세 나가떨어졌다.

시우는 제 손으로 솟을대문을 열었다. 문 안쪽으로 들어선 그의 표정이 차갑게 굳었다. 족히 열은 넘어 보이는 다수의 경호원이 있었다. 가장 앞에는 정석호의 심복인 계영이 있었다.

"김하현은 어디에 있나."

"들여보내지 말라는 명을 받았습니다."

시우는 짧게 조소했다.

"당신이 정석호의 수하라고 생각하나? 양아들조차 제가 키우는 개라고 여기는 인간이야. 당신은 벌레만도 못한 취급을 할 테지."

계영의 이마에 핏줄이 섰다.

"주인어른을 욕보이지 마십시오."

"눈물겨운 충성심이군. 후회하게 될 거다."

"팔다리 하나쯤은 못 쓰게 만들어도 좋다 하셨습니다."

"그 말은 되돌려 주지."

계영이 먼저 다가서는 것으로 싸움이 붙었다. 목시우란 사내는 홀로 상대하기엔 확실히 벅찬 상대였다. 그는 몸을 쓰는 법을 잘 알았다. 하지만 그렇다 해도 이 숫자를 상대하는 건 무리일 터였다. 이상할 정도로 무모한 일이었다. 이 정도 경호원을 예상했을 텐데 그는 총한 자루 들고 오지 않은 듯했다. 혹시 다른 계획이라도 있는 것일까?

퍽-!

생각 도중에 사나운 주먹이 계영의 얼굴에 꽂혔다. 강한 힘에 계영이 나자빠졌다.

"충성심과 실력이 비등하진 않나 보군."

시우의 빈정에 계영의 머릿속에 불이 붙었다. 때문에 남아 있는 의혹마저도 불타 사라졌다. 몇 번의 교전 끝에도 시우를 건드리지 못하자 계영은 결국 총을 꺼내 시우에게 겨누었다. 탕-! 총탄이 시우의 팔에 스쳤다. 시우는 팔에 피를 흘리면서도 계영에게 가까이 다가섰다. 계영은 저도 모르게 목시우의 가슴 쪽으로 총구를 겨누었다.

그때였다. 휙-! 무언가가 날아와 계영의 팔에 꽂혔다.

"아악!"

화살이었다. 계영은 손에서 총을 떨어트리며 화살이 날아온 방향으로 고개를 돌렸다. 가쁜 호흡을 내쉬는 사람의 인영이 보였다. 그림자 속에서 드러난 사람은 하현이었다. 그녀는 정석호의 활을 들고 서 있었다. 그녀는 쉴 틈 없이 다시금 활시위를 당겼다.

"머리통에 구멍 나고 싶지 않으면 물러서."

분노가 서려 깊이 가라앉은 목소리였다. 계영이 경호원들에게 그녀를 붙잡으라고 지시했다. 그런데 지붕 쪽에서 총탄이 날아오기 시작했다. 경호원들을 향한 것이었다. 경호원들이 몸을 피하는 사이 시우는 급히 하현에게 다가갔고, 하현도 마찬가지였다.

"목시우 씨! 괜찮아요?"

"괜찮아. 당신은?"

"난 괜찮아요. 그보다 목시우 씨 팔이……."

피가 나는 팔을 보며 하현이 탄식했다. 분노 때문에 감쳐문 입술이 잘게 떨렸다. 본래 화살은 계영의 머리에 겨눈 것이었다. 그자가 시우의 가슴에 총을 겨누는 걸 보았기 때문이다. 하지만 활에 익숙하지 않아 그만 팔에 빗맞았다. 하현은 한숨을 내쉬고 그를 끌어당겼다.

"일단 밖으로 나가요. 장씨 형제들이 시간을 끌어 줄 거예요."

하현을 구하러 와 준 사람들은 장씨 형제들이었다. 어찌 된 영문인지는 아직 알 수 없었다. 우선 이 저택에서 빠져나가야 했다

하현은 시우의 팔을 잡고 빠르게 뛰었다. 형제들의 엄호를 받으며 두 사람은 무사히 바깥으로 빠져나갔다. 그때 두 사람의 앞으로 자동차 한 대가 거칠게 세워졌다.

"어서 타!"

구일조 대위였다. 하현은 놀라서 그를 바라보았다. 시우가 급히 하현을 차에 태우곤 그도 뒤따라 올랐다. 일조가 차를 출발시키자 하현이 소리쳤다.

"장씨 형제들은요? 같이 가야죠!"

"다른 사람과 퇴로에서 만나기로 했으니 걱정 말게. 이월영이라고 했던가?"

"월영 씨요? 그렇다고 해도……."

걱정이 되어 하현의 시선이 차창에서 떨어지지 못했다. 그때 시우

가 말했다.

"괜찮아. 보통 여자는 아니니까."

보통 여자가 아니라니. 무슨 뜻인지 물으려던 찰나, 저택 쪽에서 큰 폭발 소리가 났다. 하현이 놀라서 뒤를 돌아보자 시우가 무던한 어조로 말했다.

"폭탄 제조하던 사람이야."

하현이 놀랄 새도 없이 시우의 상처가 피를 왈칵 토해 냈다. 하현이 깜짝 놀라 시우의 팔을 잡았다.

"뒤에 수건 있으니 응급 처치라도 하게."

일조가 트렁크 쪽을 가리켰다. 하현은 수건을 찢어 시우의 상처를 옭아맸다. 놀란 가슴에 손이 덜덜 떨렸다. 저 때문에 다친 거라 생각하니 더욱 괴로워졌다. 시우는 떨리는 하현의 손을 잡아 주었다.

"당신은 다친 데 없어?"

"지금 내 걱정할 때예요? 거기가 어디라고 혼자 들어가요? 죽을 뻔했잖습니까!"

하현이 화를 내는데도 그는 짧게 웃기만 했다.

"시간 끌어야 해서 어쩔 수 없었어."

"미안하네. 내가 시간을 끌어 달라고 부탁했어. 장씨 형제들이 자네를 구하는 동안 시선을 묶어 두어야 했거든. 그렇다고 총 한 자루 없이 갈 줄은 몰랐지만."

일조의 덧붙임에 하현은 나무라는 눈으로 시우를 노려보았다.

"대체 어떻게 된 겁니까? 대위님은 어떻게 오신 거고요."

"오늘자 신문을 보고 자네 집에 가던 참이었어. 그러다 자네가 끌려 나오는 모습을 목격했고. 철웅이도 누군가 끌고 가더군. 자네보다는 철웅이가 무사하지 못할 가능성이 높아서 철웅이를 먼저 따라갔었네. 죽이려던 생각이었는지 위험한 상황이었어."

"철웅이는 괜찮은 겁니까?"

"괜찮으니 걱정 말게. 철웅이가 어떤 여인에게 연락을 넣어 아까 그 형제들과 이월영이란 여자를 보내 주었던 거야."

어떤 여인은 희선일 터였다. 얼마 전 하현이 장씨 형제들에게 도움을 청했던 것을 아는 사람은 희선뿐이었다. 하현은 깊은 한숨을 토해 냈다. 이들이 와 주지 않았더라면 그대로 불에 타 죽을 뻔했다.

"감사합니다. 정말 신세 졌습니다."

"괘념치 말게. 그보다 오늘 이사회가 있지 않나?"

그 말에 하현은 깜짝 놀라 시우를 바라보았다.

"이사회 몇 시부터입니까?"

"2시부터. 미안하지만 속도 좀 높여 주시죠."

"안 그래도 최대 속도입니다."

하현은 시우의 손목시계를 확인했다. 2시까지 고작 15분 전이었다. 일조의 차는 거칠게 도로를 내달렸다.

2시가 조금 넘은 시각, 한립 중공업 건물 뒤쪽으로 차 한 대가 거칠게 멈춰 섰다. 시우가 먼저 차에서 내렸다.

"잠깐. 옷을 바꿔 입죠."

일조가 시우를 잡아 세우더니 겉옷을 벗었다.

"쓸데없는 말은 생기지 않는 게 좋습니다."

시우는 일조의 의도를 알아차리고 겉옷을 벗었다. 총탄에 찢어지고 피가 묻은 겉옷을 입고 회의실에 들어갔다가 무슨 말이 나돌지 장담할 수 없었다.

"목시우 씨. 최대한 빨리 끝내고 와요. 그 상처 그냥 두면 안 돼요."

"당신 먼저 병원에 가 있어."

하현은 고개를 끄덕였다. 시우는 옷을 다 입은 뒤에 빠르게 계단을 오르며 흐트러진 머리와 넥타이를 정돈했다. 회의실 문 앞에는 장환이 초조한 기색으로 시우를 기다리고 있었다.

"부사장님!"

시우를 발견한 장환이 거의 울 것 같은 표정으로 소리쳤다.

"회의 시작했어?"

"아뇨. 아직 시작 안 했습니다. 인재님은요?"

"괜찮아. 무사해."

장환이 안도한 듯 울먹였다. 그러다 정신을 차리고 먼저 앞서 걸었다.

"이러고 있을 때가 아니지, 얼른 들어가시죠."

회의실 문을 열고 들어가자 임원들 가운데 앉아 있는 정석호가 보였다. 노기 어린 시선이 시우에게 닿았다.

"정례 이사회를 시작하겠습니다. 오늘 안건은 정석호 사장님의 퇴임안입니다."

회의 시작을 알리는 장환의 말을 뒤이어, 시우가 가장 먼저 입을 열었다.

"다들 오늘 신문은 보셨을 겁니다."

임원들이 서로 이야기를 나누며 짧게 웅성거렸다.

"아시다시피 한립 중공업은 대한민국의 대표적 기업으로 자리매김할 만큼 성장 중입니다. 국민들의 신뢰가 필요한 때에 추문에 휩싸여 걱정이 큽니다."

임원들이 수긍하듯 고개를 끄덕였다. 해방정국에 정석호의 논란은 쉬이 뒤집어지지 않을 터였다. 이대로 있다가는 끈 떨어진 갓 신세를 면치 못할 것이다. 임원 한 명이 크흠, 헛기침을 하더니 입을 열었다.

"우리와 같은 기업은 건국 도상의 시기에 사회적 책무를 다하고, 국민들의 여망에 부응해야 할 의무가 있습니다. 사장님의 과거 행적으로 더 이상 회사의 명예를 실추시킬 수는 없습니다."

정석호의 서늘한 시선이 입을 연 임원에게 닿았다. 그는 괜스레 시선을 피했다. 그때 장환이 임원들 앞으로 각각 서류를 돌렸다.

"정계 일로 바쁘신 동안 그간의 실적을 비교해 두었습니다."

정석호가 자리를 비운 동안 시우가 거의 사장직을 대신했었고, 실적 차이는 확연했다. 이 회사 사람들이라면 모르지 않을 사실이었다.

"여기까지 회사를 이끌어 온 공로는 인정하지만 더는 회사를 이끌어 갈 자력이 없으신 듯합니다."

시우는 정석호의 앞으로 주주들의 위임장을 내밀었다.

"제 뜻은 주주 분들에게 모두 전달했습니다."

정석호는 조소했다. 그 차가운 조소에는 억눌린 분노가 담겨 있었다. 시우는 단호히 끝맺었다.

"이제 그만 쉬셨으면 합니다."

"괜찮나? 많이 다치지는 않았고?"

진료를 받고 나오는 하현을 보며 일조가 물었다.

"예. 경미한 타박상입니다. 대위님과 장씨 형제들이 아니었으면 정말 큰일 날 뻔했습니다."

"시선을 끌어 준 목시우 부사장 공이 제일 크지."

"그렇게 미련한 사람인 줄은 몰랐습니다."

하현은 짧게 웃었다. 일조의 시선이 하현의 입가에 고인 미소로 향했다.

"자네를 많이 아끼는 모양이야."

"예?"

"당황해 할 것 없어. 여인을 존경할 줄 아는 사내라면 자네 같은 사람한테 사랑에 빠지지 않을 수 없었을 테니."

하현은 놀란 눈으로 그를 바라보았다. 일전에 일조가 그녀에게 존경한다는 말을 했던 게 생각났기 때문이다. 그러나 일조의 표정에서는 어떠한 감정도 읽을 수 없었기에 크게 의미를 담지 않은 말이라 여겼다.

"사실 잘 모르겠습니다. 제가 다른 사람에게 사랑받을 자격이나 있는 건지……. 연호에게 미안하기도 하고요."

"그런 것을 미련이라 하지."

하현은 고개를 들었다. 부드러운 미소가 그의 얼굴에 드리워 있었다.

"이미 떠난 사람이야. 그만 보내 줘. 그리 미련을 가지고 있으면 연호가 편히 가지도 못해. 자네가 편해지기를 연호도 바랄 테고."

"……예."

하현이 무거운 고개를 주억거렸다. 그때 병원 안으로 시우가 들어섰다. 그를 확인한 일조는 하현의 어깨를 다독였다.

"이만 가지. 몸조리 잘하고."

"예. 정말 감사했습니다."

하현이 고개 숙여 인사했다. 그 곁으로 시우가 다가왔다.

"겉옷은 나중에 새로 사 드리겠습니다."

피가 묻어 건네주기도 민망한 상황이었다. 일조는 고개를 저었다.

"괜찮습니다. 나중에 괜찮은 기삿거리라도 주시죠."

일조는 하현에게 눈인사를 하고 밖으로 나섰다. 하현은 일조의 뒷모습을 눈으로 좇았다. 그런데 갑자기 고개가 저절로 돌아갔다. 시우가 하현의 뺨을 감싸 제게 시선을 고정시킨 것이다. 그의 눈에 질투가 가득 담겨 있어서 하현은 푸스스 웃고 말았다.

"잘 끝냈습니까?"

"응. 이게 끝은 아니겠지만."

"그래도 다행이에요. 일단 치료부터 받으러 가요."

하현은 다치지 않은 시우의 팔을 잡고 이끌었다. 그런데 시우는 굳은 듯이 서서 움직이지 않았다. 하현은 의문을 담아 그를 바라보았다.

"오늘 같이 있자."

"······."

"불안해서 그래."

그의 말을 증명하듯 시선을 아래로 내린 눈매가 희미하게 일그러져 있었다. 하현은 저도 모르게 그 뺨을 감싸려다 멈칫했다. 그녀는 손을 말아 쥐며 살짝 미소 지었다.

"그래요. 같이 있어요."

시우의 치료를 마친 후, 두 사람은 하현의 고향으로 향했다. 먼 곳으로 가고 싶다는 시우의 말에 하현이 제안한 것이었다.

기차를 타고 가는 동안 이상하게도 시우는 아무 말도 하지 않았다. 그저 하현의 손을 꼭 붙잡은 채, 깊은 생각에 잠긴 눈으로 창밖만 바라볼 뿐이었다. 하현도 무슨 말을 해야 할지 알 수 없어 끝내 입을 열지 못했다.

창밖으로 비슷한 풍경이 반복되었다. 한낮의 정경을 한참이나 보여주다, 영사되는 화면이 다음 장면으로 넘어가듯 서서히 밤으로 물들었다. 완전히 깜깜한 밤이 되고 나서야 기차는 정차했다.

기차에서 내린 후에도 시우는 말이 없었다. 하현의 손을 잡고 앞서 걷기만 했다. 어쩌면 말을 하지 않는 게 아니라 할 수 없는 건지도 모른다. 복잡한 가지처럼 얽힌 머릿속을 하나의 가지로 정리할 시간이 필요한 것인지도.

하현은 시우가 엉뚱한 방향으로 생각의 뿌리를 내리지 않기를 바라며 걸음을 멈추었다. 손을 잡고 있던 시우도 자연히 걸음을 멈추고 하현을 바라보았다.

"목시우 씨. 우리 바다 볼까요?"

"바다?"

"역 근처예요. 보고 가요."

하현의 의중을 알려는 듯 그의 눈이 하현을 살폈다. 그러다 이내 포기했는지 고개를 끄덕였다. 하현은 먼저 앞서 걸었다.

바다와 가까워지자 철썩이는 파도 소리가 적막을 깨트렸다. 소금기섞인 냄새와 차갑고 청량한 바람도 함께였다. 환한 달이 뜬 덕분에 바다를 제대로 볼 수 있는 밤이었다. 모두가 잠든 밤과는 관계없이 파도는 살아 있는 생명처럼 활기차게 밀려들었다.

먼저 모래사장에 도달한 하현은 신발을 벗었다. 그 행동에 놀란 시우가 하현의 팔을 붙잡았다.

"들어가지 마. 날도 추운데."

"괜찮아요."

하현은 능청스레 시우의 팔을 떼어 내고 성큼성큼 바닷물로 향했다. 차가운 물이 밀려들며 발목을 옭아맸다가 순식간에 풀어졌다.

"와. 얼음물 같다."

"감기 걸려."

"튼튼해서 괜찮아요."

하현은 개의치 않고 손도 씻었다. 그런 하현을 보며 시우가 걱정스레 말했다.

"바닷물로 몸 씻는 거 아니야."

"뭐 어때요. 군인이었을 때는 흙탕물로도 씻고 그랬어요. 이 정도면 감지덕지죠."

하현은 물 위에서 발장난을 쳤다. 물방울이 호선을 그리며 튕겨져 나갔다가, 파도와 하나가 되어 다시 떠내려갔다. 시우는 별수 없다는 듯 하현을 바라보기만 했다.

"난 물만 보면 이상하게 신나더라. 어렸을 때 바다만 보고 자라서 그런가. 목시우 씨는 안 그래요?"

하현의 입가에는 맑은 웃음이 고여 있었다. 밤과 어울리지 않은 싱그러운 웃음이라고 시우는 생각했다. 그 해맑은 웃음을 보고 있자니 어째선지 현실처럼 느껴지지 않아 이질적이기도 했다. 몇 번 발로 물장구를 치던 하현은 조금 시무룩한 어조로 중얼거렸다.

"배 좋아하니까 바다도 좋아할 줄 알았는데……."

그 말에 하현이 그를 바다까지 데리고 온 이유를 알았다. 가라앉은 시우의 기분을 풀어 주기 위함이었다. 시우의 눈매가 희미하게 일그러졌다. 하현은 알지 못하고 웃으며 반문했다.

"오히려 질리려나?"

시우는 이 상황이 모순적이라 생각했다. 오늘 죽을 뻔한 사람은 제가 아니라 하현이었으니까. 정작 하현은 목숨을 부지했으니 아무렇지 않게 넘기는 듯했으나, 시우는 그럴 수 없었다. 그런 상황을 만든 것이 자신이며, 언제든 그런 상황이 반복될 수 있다는 생각에 괴로웠다. 하현에게 평안한 삶을 선물하고 싶었지만 제 곁에서 하현은 매번 힘들고 어려운 일을 겪기만 한다.

그는 하현을 바라보지 못하고 고개를 돌렸다. 코끝이 시렸다. 시린 건지 시큰한 건지 구분할 수 없었다. 어릴 때 이후로 울어 본 적이 없어서 슬픔에 젖어 드는 감각은 생소하기만 했다.

그간의 삶은, 덜어 내고 깎아 낸 사막처럼 건조하기 짝이 없는 생이었다. 그런 메마른 삶에 광활한 바다보다 더 싱그럽게 웃는 사람이 찾아들었다. 높아지는 감정의 너울을, 거세지는 파고를 감당하기가 힘들었다.

그때 가벼운 물방울이 날아왔다. 시우는 머리카락에 튀긴 물방울을 살짝 털어 내며 하현을 바라보았다.

"그런 표정 짓지 마요."

웃음을 거둔 얼굴은 단호하고도 진중했다.

"오늘 붙잡힌 건 엄연히 내 잘못이에요. 목시우 씨가 마음 쓸 필요 전혀 없어요. 당신이 와 준 덕분에 목숨 부지하기도 했고요."

"……."

"미안해하지 마요. 당신은 뻔뻔하고 재수 없는 게 더 잘 어울리니까."

하현은 거짓말처럼 다시 장난스럽게 미소 지었다.

"가끔은 독설이 그립기도 하다니까요."

하현의 말에도 시우의 표정은 풀어지지 않았다. 하현은 시우의 감정이 추슬러질 때까지 가만히 기다려 주었다. 시우는 그 얼굴을 오랫동안 제 시야에 담았다.

머지않아 시우는 하현에게 성큼 다가섰다. 발 위로 물이 밀려드는 것을 전혀 개의치 않았다. 그를 보며 하현의 눈이 동그랗게 커졌다. 시우는 제가 품기에는 너무도 벅찬 사람을 품 안 가득 힘주어 끌어안았다.

"목시우 씨. 신발 젖어요. 옷도……."

철썩이는 파도가 두 사람의 발목을 감싸 쥐었다가 풀어지며 흩어졌다. 시우는 말없이 하현의 어깨에 얼굴을 묻었다. 애정을 갈구하는 어린아이 같은 행동이었다. 그 속에 사죄가 담겨 있음을 하현은 눈치챘다. 하현은 시우의 등을 다정히 다독여 주었다.

"괜찮으니까 속상해하지 마요."

희미하게 떨고 있는 시우를 느끼며 하현은 어쩔 줄 몰랐다. 그녀는 너른 등을 감싸 안아 주며 그가 진정되기만을 기다렸다.

이 사람을 어떻게 해야 할까. 거리낌 없이 물에 발을 담근 것처럼, 이 사람은 자꾸만 상식을 부수고 제 영역으로 들어온다. 꽉 닫힌 자신의 세상 안에 발을 담그려는 사람을 어쩌면 좋을까.

밤은 어두웠고, 높아지는 심장 박동 소리와 파도 소리는 현실 같지 않았다. 하현은 더 이상 깊이 생각할 수 없어 그의 품에 몸을 맡기며 눈을 내리감았다.

시우는 잠이 든 하현의 옆모습을 물끄러미 응시하고 있었다. 달빛이 늘어선 영역 아래의 수려한 얼굴은 어둠 탓인지 꼭 영혼만 남은 것처럼 어슴푸레했다. 눈을 감으면 처음부터 존재하지 않았던 사람처럼 흩어질 것 같아서 시우는 잠을 이룰 수 없었다.

시간의 흐름도 의식하지 못한 채 그렇게 한참을 바라보기만 했다. 두 시간도 더 지났을 즈음, 어느 순간 하현의 얼굴이 표정을 달리했다. 무언가 고통스러운 듯 미간을 찌푸렸다. 시우는 몸을 일으켜 앉아 하현을 살폈다.

가까이서 하현의 얼굴을 바라본 시우의 가슴이 덜컥 내려앉았다. 하현은 식은땀을 흘리고 있었다. 하현의 뺨에 손을 얹자 뜨거운 열기가 느껴졌다. 이마의 열기는 더 심했다.

"김하현."

하현은 깨어나지 못하고 더운 숨을 토해 냈다. 시우가 하현의 이름을 몇 번 더 불렀으나 그녀는 깨어나지 못했다. 열이 심상치 않았다. 시우는 급히 하현을 제 등에 업고 여관 밖으로 나왔다.

하현은 꿈을 꾸고 있었다. 과거로 회귀한 기억이 그녀를 불이 붙은 창고에 다시 나앉게 했다. 그녀는 몸을 웅크리고 앉아 있었다. 불길은 아까 전의 현실보다 훨씬 거셌다. 지옥 불 같은 화염이 치솟아 올라 그녀를 잡아먹을 듯 아가리를 벌렸다.

지난 인생은, 고통에 무뎌지는 법을 익힌 나날들이었다. 크게 죽음을 두려워한 적이 없었고, 굳이 피하려 애쓴 적도 없다. 그런데 지금은 너무나 겁이 났다. 너무도 두렵고 무서워 손발이 파들파들 떨릴 지경이었다.

이유를 모르지 않았다. 가장 애타게 삶을 갈구할 때 죽음은 가장 두려운 법이다.

나는 왜 이렇게 살고 싶은 걸까. 왜 이렇게 죽음이 두려운 걸까. 의문을 남긴 채 하현은 스르르 눈을 떴다. 커다란 불길 대신 까만 밤 위로 분연히 흩날리는 눈발이 보였다. 초겨울의 첫눈은 아름다웠다.

하현은 사내의 등에 업혀 있었다. 첫눈을 닮은 흰 꽃의 향기가 물씬 밀려들었다. 그런데 어째선지 피 냄새도 함께였다. 하현은 악몽을 헤매는 동안 그리워했던 꽃향기를 맡고 싶었다. 그러나 향기는 피 냄새와 섞여 흐려졌다. 하현은 제가 찾던 것을 찾지 못하고 다시 까무룩 정신을 잃었다.

쾅쾅-!

"아무도 없습니까?"

작은 병원 앞, 시우가 애타게 사람을 찾으며 닫힌 문을 두드렸다. 거친 숨을 내쉬는 그의 주변으로 뿌연 입김이 나돌았다. 불안정한 하현의 호흡도 함께였다. 그는 가슴이 깎아져 내리는 듯한 초조함을 느끼며 다시금 소리를 높여 사람을 찾았다.

"누구 없……."

그때 실내에서 불이 켜졌다. 노년의 사내가 문을 열고 나오며 버럭 소리를 질렀다.

"이 야밤에 누구요!"

사내는 졸린 눈을 겨우 뜨고 정면을 쳐다보았다가 깜짝 놀랐다.

"아니, 그 피는……."

수려한 사내가 눈이 내리는 새까만 밤을 등진 채 서 있었다. 그는 누군가를 업고 있었다. 그 모습이 비현실적으로 보인 것은 사내의 팔에서 뚝뚝 떨어지는 진한 핏방울 때문이었다. 그런 와중에도 사내는 업고 있는 사람이 떨어지지 않도록 힘을 주어 꽉 붙잡고 있었다. 하얗게 질린 얼굴은 온전히 추위 때문만은 아닐 것이다.

"일단 들어오시오."

노의사가 시우를 안쪽으로 들였다. 시우는 간이침대에 하현을 조심스레 눕혔다.

"팔 좀 봅시다. 어쩌다 그리 다쳤소?"

"환자는 제가 아닙니다. 이 사람부터 살펴 주십시오."

노의사의 시선이 하현에게 향했다. 이쪽도 상태가 좋아 보이진 않았지만 피를 철철 흘리고 있는 쪽도 만만치 않아 보였다. 시우의 시선이 어서 이 사람을 살피라 재촉하는 것 같아서 의사는 별수 없이 하현을 먼저 살폈다.

머리가 짧아 사내인 줄 알았는데 자세히 보니 여인이었다. 여인은 열이 심한 듯 식은땀을 흘리며 뒤척이고 있었다. 노의사는 맥을 짚어 보고, 눈동자를 확인한 뒤 입 안을 열어 보았다. 조명을 가까이 들이대자 신열의 원흉이 보였다.

"목에 염증이 있는 듯한데."

"화재 연기를 들이마셨을지도 모릅니다."

"그것도 그렇지만 목 안을 좀 다친 듯하군."

"예?"

의사가 하현의 옷깃을 약간 끌어 내렸다. 시우의 시선이 퍼렇게 멍이 든 하현의 목으로 향했다. 누군가 목을 조른 흔적이었다. 시우의 얼굴에 참담한 절망이 드리웠다. 하현이 계속 목깃으로 목을 가리고 있어서 전혀 눈치채지 못했다.

"열이 좀 심하긴 하지만, 해열제랑 항생제 맞으면 금방 내릴 테니 걱정 마시오. 그보다 당신 팔이 더 급해 보이는데."

노의사는 하현에게 주사를 놔 주었다. 그리고 곧장 시우의 팔을 살폈다. 꿰맨 상처가 터져 피가 흘러내리고 있었다.

"이 상처로 저 여인을 업고 여기까지 온 게요? 허 참. 부인이오?"

시우가 고개를 젓자 노의사는 혀를 찼다.

"쯧. 사랑도 나중에는 다 부질없소. 내 한 몸 건사하는 게 제일이지."

시우는 쓰게 웃기만 했다. 자신도 그리 말할 수 있는 날이 올까. 이 사랑은 제게 너무도 무겁고 버거웠다. 행복과 불행의 끝과 끝을 번갈아 경험하는 것만 같았다. 하현의 곁에 있는 게 더없이 행복하다가도 견디기 어려울 만큼 커다란 두려움에 휩싸인다. 언젠가 이 마음이 가벼워져, 이런 상황에도 침착하고 무던해질 수 있는 날이 자신에게 오기나 할지 의문이었다.

무거운 생각에 잠기면서도 시우의 눈은 면밀히 하현을 살폈다. 노의사는 치료를 마치고 자리에서 일어섰다.

"난 올라갈 테니 여기서 눈 좀 붙이시오. 이 여인은 내일 열이 내리면 다시 살펴봐 줄 터이니."

"감사합니다."

노의사가 제집인 위층으로 올라간 뒤에 시우는 하현의 곁에 앉았다. 이마에 조심스레 손을 얹어 보았다. 아까보다는 좀 나아진 듯했지만 그래도 열이 심했다. 하현의 몸 상태가 좋지 않은 걸 눈치채지 못한 스스로가 한심했다.

그는 조심스레 하현의 목을 쓸어내렸다. 많이 아팠을 텐데도 티를 내지 않은 건 자신 때문일 터였다. 시우가 신경 쓸 걸 걱정했을 테니까. 참으로 미련한 사람이다. 고통을 숨기고 무던해지는 것에 너무도 익숙해져 스스로를 살피는 것마저 등한시하고 만다.

시우의 입에서 무거운 한숨이 새어 나왔다. 그는 물수건을 가져와 하현의 이마에 올려 주었다. 차가움 때문인지 하현이 눈매를 찌푸리며 옅은 신음을 흘렸다.

미안해. 미안해요. 입 안에서 어그러진 단어가 빠져나왔다. 시우는 하현의 뺨을 쓰다듬었다. 또 악몽을 꾸는 모양이다. 열이 없었더라면 여느 때처럼 꿈속을 헤매었을지도 모른다.

다시금 가슴 한구석이 무거워졌다. 오늘 하현은 아무렇지 않은 척했으나 실제로는 타격이 컸던 모양이다. 당연한 일이었다. 여차했다간 정말 죽을 뻔했으니까.

하현의 긴 속눈썹이 차츰 젖어 들었다. 시우는 그 눈가에 입을 맞추었다. 그러자 파르르 떨리는 속눈썹이 눈물을 떨구더니 스르르 밤색 눈동자가 드러났다. 젖어 있는 맑은 눈동자가 깊은 어둠 속을 헤매다 시우에게 고정되었다.

"당신 악몽은 참 길어. 지독하고."

"……."

"그런데 김하현."

그는 하현의 눈가에 고인 눈물을 손끝으로 닦아 주었다.

"영원히 악몽을 꿀 수는 없어. 언젠가는 잠에서 깨어나."

제대로 듣고 있는지는 알 수 없었으나 시우는 속삭이듯 말을 이었다.

"무서워하지 마. 당신이 깨어나는 순간마다 내가 옆에 있을 테니까."

얼어붙은 호수의 표면 위로 무언가를 던져 넣은 것처럼 눈동자에 파동이 일었다. 균열이 생긴 커다란 얼음 조각들이 물속으로 천천히 가라앉는다. 흔들림이 멎은 눈이 천천히 내리 감겼다. 그는 고통이 사라진 하현의 눈매 위로 다시금 입을 맞추었다.

성숙해지고 싶었다. 조금 더 다정해지고 싶었다. 하현이 제 고통을 드러내고 토해 낼 수 있을 만큼, 능숙하게 다독여 줄 수 있을 만큼은 성숙한 사람이 되고 싶었다. 하현이 자신을 사랑하는 일이 없더라도, 그게 이 버거운 사랑의 종착점일지라도 그렇게 되기를 간절히 바랐다.

○ ◔ ●

"대체 왜 그렇게 미련한 짓을 합니까?"

아침에 깨어난 하현은 의사에게 자초지종을 들었다. 처음에는 화를 참으려 노력했으나, 팔이 찢어져 피를 쏟았다는 대목에서 열이 올라 시우에게 버럭 화를 냈다.

"하룻밤 놔두면 내릴 열을 팔까지 망가져 가면서 왜 데리고 오냐고요!"

"열이 얼마나 올랐는지 알기나 하는 거야?"

하룻밤 내내 속을 태웠던 시우도 덩달아 화를 냈다.

"내가 그대로 내버려 두고 잠이라도 잤어야 당신 마음이 편했겠어?"

"그냥 뒀어야죠! 평생 팔을 못 쓰게 됐으면 어쩌려고 그랬습니까? 아니면 다른 방법도 있었잖아요. 그 거리를 업어서 데리고 올 생각을 하는 게 정상이에요?"

"그러게 아프다는 말을 왜 안 해?"

"별거 아니니까 말 안 했죠!"

시우는 기가 막혀 헛웃음을 내뱉었다.

"별거 아니란 사람이 열이 39도까지 올라?"

"38.7도일세."

싸움을 지켜보고 있던 노의사가 초를 쳤다. 하현과 시우의 시선이 잠깐 노의사에게 향했다가 다시 서로를 노려보았다.

"죽을 정도도 아니었잖아요!"

"크흠, 더 올랐으면 위험할 뻔했지."

의사의 말에 힘을 입은 시우가 하현의 말에 반박했다.

"위험했다잖아! 미련한 건 내가 아니라 당신이야. 대체 왜 이렇게 자기 몸 소중한 줄을 몰라?"

"그게 목시우 씨가 나한테 할 말이에요? 어제 찾아온 것도 그래요. 시간 좀 끌어 달라고 했다고 아무 대책도 없이 거기에 뛰어듭니까? 죽을 뻔한 건 내가 아니라 그쪽이에요!"

두 사람의 언성이 점점 높아졌다. 어젯밤의 애틋했던 분위기는 어디에 갖다 버렸는지 이제는 거의 치고받을 기세였다.

우당탕—! 노의사가 진료 도구를 던지듯 내려놓는 것으로 두 사람의 싸움이 멈추었다.

"사랑싸움은 나가서들 하시고 진료비나 내고 나가시오!"

두 사람은 황당한 얼굴로 입술만 뻐끔거렸다. 그러다 각자 귓바퀴와 얼굴을 붉히고는 서로에게서 시선을 돌렸다.

"신세 많았습니다, 의사선생님. 진료비는 저 미련한 사람이 낼 겁니다."

하현은 의사에게 꾸벅 인사하고 밖으로 나갔다. 시우는 기가 막혀 하현의 뒷모습을 바라보다 한숨을 내쉬었다.

진료비를 지불하고 밖으로 나온 시우는 하현을 앞질러 걸어가 버렸다. 하현은 그 뒷모습을 노려보다 천천히 걸음을 옮겼다.

너무 심했나. 하현의 얼굴이 시무룩해졌다. 반대 입장이었다면 제가 생각해도 빈정이 상할 만했다. 기껏 살려 놓았더니 왜 살려 놨냐며 화를 내는 꼴 아닌가. 하지만 정말 화가 났다. 시우가 저렇게 희생적으로 굴 때마다 걱정도 되었다. 저렇게 제 몸을 신경 쓰지 않다가 나중에 정말 큰일을 당할지도 모르니까.

하현의 걸음이 우뚝 멈추었다. 괜찮은 줄 알았는데 아직 조금 어지러웠던 탓이다. 목도 화끈거리는 듯했다.

우두커니 서 있는데 눈앞에 그림자가 드리웠다. 고개 숙인 시야에 사내의 발끝이 걸렸다. 하현이 고개를 마저 들기도 전에 시우는 하현의 어깨를 부축하며 천천히 걸음을 옮겼다. 여전히 화가 났는지 하현에게 시선은 옮기지 않았다.

그가 데리고 들어간 곳은 식당이었다. 그는 죽을 주문했는데, 차림에 없는 음식이어서 굳이 돈을 더 얹어 주고 하현에게 죽을 먹였다. 그녀가 겨우 죽을 비운 후에는 겉옷에서 약을 꺼내고는 물과 함께 하현의 앞에 놓아 주었다. 말 한마디 안 하면서 챙겨 줄 건 다 챙겨 주려 하는 모습이 좀 귀엽기도 했다.

식당에서 나온 후에도 여전히 시우는 한마디 말도 걸지 않았다.

"잠깐만요."

하현은 양장점 앞에서 걸음을 멈추었다.

"밖에서 잠깐만 기다려요."

하현이 양장점 안으로 들어섰다. 머지않아 밖으로 나왔을 때 하현은 포장된 봉투를 들고 있었다. 그리고 다시 말없이 앞서 걸었다.

여관으로 돌아온 후에야 시우는 봉투의 정체를 알았다. 양장 와이셔츠였다.

"이걸로 갈아입어요."

피가 묻은 셔츠가 신경 쓰여서 산 것이었다. 시우는 얼떨결에 셔츠를 받아 들었다. 하현은 아무렇지 않은 표정으로 여관의 이불을 갰다.

시우는 옷을 갈아입기 위해 단추를 끌렀다. 그런데 한 손으로 하려니 잘 되지 않았다. 몇 번 단추가 헛돌자 보다 못한 하현이 다가왔다. 하현은 시우의 손을 내리고 제가 단추를 풀어 주었다.

아무 생각 없이 도와주려 했던 것인데 직접 사내의 옷을 벗기고 있으려니 낯이 화끈했다. 시우가 가운 하나만 걸치고 있어도 크게 의식했던 적이 없는데 어째선지 지금은 무척이나 민망했다. 최대한 아무렇지 않은 척하며 차근차근 단추를 풀었다.

옷깃이 벌어지자 목덜미에 자리 잡은 흉터가 보였다. 화상을 입은 듯한 흉터는 쇄골 아래까지 넓게 퍼져 있었다. 괜히 의식하면 안 될 것 같아서 하현은 시선을 내렸다. 단추만 보려고 했는데 너른 가슴 아래로 잘 짜인 근육이 보였다. 군 생활을 하면서 사내들 몸을 본 적이 없는 것도 아닌데 얼굴에 열이 올랐다.

겨우 단추를 다 풀었지만 또 고난이 남아 있었다. 옷을 팔에서 빼 주어야 했다. 애써 몸에서 시선을 떼며 옷을 벗겨 주려 하는데, 반대로 집요한 시선이 느껴졌다. 고개를 들자 짙은 눈동자와 눈이 마주쳤다. 하현이 흠칫 놀라며 시선을 피하자 대신 입술이 따라붙었다.

예기치 못한 행동에 하현이 뒷걸음질 쳤다. 시우는 그녀가 물러선 만큼 따라붙어 입술을 포개었다. 입술을 탐미하는 그의 기세는 거칠었다. 밀려난 하현의 등이 벽에 닿을 지경이었다. 그는 입을 맞추면서도 다친 팔로 하현의 팔을 잡고 있었다. 밀어 내지 못하게 하려는 그의 수작이었다. 그는 벌어진 입을 파고들어 하현의 혀를 찾았다.

더 물러설 곳도 없는데 자꾸만 따라붙는 시우 때문에 고개가 들렸다. 하현이 밀어 내지 않자 그는 처음과 달리 부드럽게 입을 맞추었다. 입술이 마찰하는 외설스러운 소리가 조용한 방 안을 메웠다. 끝나지 않을 것 같은 긴 입맞춤이었다.

그는 천천히 입술을 내려 하현의 목덜미 위로 입을 맞추었다. 그렇게 하면 상처가 나아지기라도 할 것처럼 그는 정성 들여 입을 맞추었다. 그러는 동안 하현은 시우의 다친 팔에 꼼짝없이 갇혀 있었다.

잠시 후 시우가 물러서서 하현을 직시했다. 희미하게 일그러진 그의 눈은 그가 상처받았음을 알려 주었다.

"내가 얼마나 걱정했는지 알기나 해?"

"……."

"얼마나 불안했는지 알기는 하냐고."

하현은 말없이 시우를 응시하다 가슴팍을 밀어 냈다. 그 행동에 정말 상처 입은 건지 시우는 입술을 깨물었다. 하현은 새 셔츠를 집어 들고는 다시 시우에게 입혀 주었다.

"계속 화낼 거야?"

시우의 물음에도 하현의 입은 굳게 다물려 열리지 않았다.

"김하현."

하현의 입에서 대답이 나오지 않자 시우의 눈동자가 불안감으로 얼룩졌다. 멋대로 입을 맞춰서 화가 난 건지 불안해졌다.

"왜 말 안 해."

"……."

"화 풀어. 미안해."

단추를 잠그던 하현의 손길이 멈칫했다. 어째선지 무언가 가슴을 쿡쿡 찌르는 듯했다. 하현은 드러내지 않으려 애쓰며 묵묵히 단추만 잠갔다.

"잘못한 거 없다면서요."

"잘못했다고는 생각 안 해."

솔직한 사내는 변명하지 않았다.

"그럼 왜 사과하는데요?"

"화해하고 싶으니까."

호기롭게 입을 맞춘 사람치고는 조금 시무룩한 어조였다. 하현의 반응을 살피는 눈동자 역시 조금 불안해 보였다.

"그 순간에는 아무 생각도 안 났어."

하현은 목깃까지 단추를 다 잠가 주고는 손을 내렸다. 그리고 한숨 쉬듯 말했다.

"미안해요."

놀란 시우의 시선이 하현에게 고정되었다.

"그렇게까지 화낼 생각은 아니었어요. 다친 팔을 보니 화부터 나서……."

하현은 짧게 한숨을 내쉬었다.

"날 위해서 그런 건 알아요. 근데 다음부터는 안 그랬으면 좋겠어요. 누가 나 때문에 희생하는 게 싫어요. 나한테 희생했던 사람들은 다……."

하현은 끝까지 말을 잇지 못했다. 눈가에 드리운 슬픔이 그 이유를 말해 주었다. 하현은 고개를 들었다.

"옆에 있겠다면서요."

'무서워하지 마. 당신이 깨어나는 순간마다 내가 옆에 있을 테니까.'

그때 듣고 있었던 걸까. 시우의 의문에도 하현은 대답해 주지 않고 힘없이 웃기만 했다.
"그러려면 오래 살아 봐요, 좀."
그리고 하현은 돌아서서 말없이 짐을 챙겼다.

초겨울의 메마른 바람이 불어왔다. 나뭇가지에 간신히 매달려 있던 낙엽이 추락하여 하현의 어깨를 스치고 지나갔다. 발치에 낙엽이 떨어지자 하현은 우뚝 걸음을 멈추었다. 시우는 하현이 멈춰 선 것을 모르고 앞으로 걷고 있었다.

그들은 서울로 돌아가기 위해 역사로 향하던 중이었다. 어째선지 하현의 발걸음은 천근만근 무거웠다. 역사에 가까워질수록 걷고 싶지 않은 마음만 더해졌다. 가슴도 답답한 듯했다.

하현이 멈춰 선 것을 알아챈 시우가 돌아서서 하현을 바라보았다.
"왜 그래?"
대답 없는 하현을 보며 그는 성큼 다가와 걱정스레 하현의 얼굴을 살폈다.
"아직 아파?"
그는 하현의 이마 위에 큰 손을 올렸다. 다정한 손길이었다. 하현은 그 손을 잡아 내리며 고개를 저었다.
"저기, 목시우 씨."

"응."

"저기 그러니까……."

하현은 머뭇거렸다. 시우는 말없이 하현의 말을 기다려 주었다.

"하, 한 번만 안아 봐도 됩니까?"

시우는 놀란 눈을 느리게 깜빡였다. 그러다 이내 살짝 웃음을 터트렸다.

"뭐야, 그건. 유혹이야?"

하현은 민망해져 입술만 깨물었다. 자신도 왜 이런 말을 했는지 이해할 수 없었다. 시우는 웃으며 하현을 끌어당겨 안았다. 자연스레 흰 꽃의 향기가 물씬 밀려들었다. 은목서 향기는 쉽게도 제 가슴을 어질러 놓았다. 쿵쿵, 부딪히는 심장 소리가 제 것인지 시우의 것인지 구분할 수가 없었다.

"좋네. 한 번 말고 자주 얘기해."

그가 기분 좋은 음성으로 속삭였다. 지나가는 사람들이 흘끗 쳐다보는 것도 개의치 않고 두 사람은 한참 온기를 공유했다. 그사이 하현의 발목은 더 무거워져, 이곳에 뿌리내리고 싶다는 엉뚱한 생각을 했다.

"있잖아, 김하현."

시우가 넌지시 말을 걸었다.

"그동안 무서워서 못 물어봤던 게 있어."

"뭔데요?"

살짝 물러선 시우가 하현을 내려다보았다. 웃음기가 사라진 눈은 더없이 진중했다. 어째선지 그는 조금 버겁게 물었다.

"아직도 사는 데 미련이 없어?"

그 물음에 하현은 불길 속에서의 기억을 떠올렸다. 본래의 하현이었다면 두려워하기보다는 체념했을 것이다. 그러나 솟구치는 불길을 보며 하현은 어느 때보다 두려웠다. 삶에 미련이 남아 억울했다. 지옥처럼 자욱했던 연기 속에서 떠올린 얼굴은 시우였다.

대답 없는 하현을 보며 시우가 초조해질 즈음이었다. 하현은 천천히 입을 열었다.

"아뇨."

나지막한 목소리였다.

"살고 싶어요."

고개를 숙인 건 단지 쑥스러움 때문이었다.

"어느 때보다 더 많이."

다시 고개를 들었을 때, 하현은 울 것 같은 기분에 사로잡혔다. 시우가 어느 때보다 환하게 웃고 있었기 때문이다. 시선을 아래로 내린 눈에는 부드러운 웃음이 고여 있었고, 입매는 시원스레 트여 있었다. 그의 웃음만큼이나 선연한 햇빛이 그의 얼굴에 닿아 있었다. 어느 것 하나 인상적이지 않은 게 없었다.

그는 다시금 하현을 힘껏 끌어안았다. 햇빛이 그의 품에 가려졌는데도 눈이 시렸다. 여느 때보다 심장박동 소리가 선명했다. 눈을 감으니 어느 날 맨발로 서서 서로를 바라보던 가을밤이 떠올랐다.

'내기할까? 석 달 안에 당신이 나한테 마음을 주지 않으면 당신이 이기는 거야.'

규명할 수 없던 감정들, 수런거리며 소요를 일으키는 그 감정들이 거슬려 일부러 덜어 내기도 했다. 차곡차곡 쌓이는 그 감정에 형태가 생길까 두려워 부러 흐트러뜨렸다. 그러나 시우는 늘 하현의 발버둥을 무시했고, 자신에게로 향하는 명확한 길을 만들어 놓았다.

흩어졌던 감정들이 하나로 모이기 시작한다. 흐트러뜨렸던 게 무색할 만큼 범람하려 한다. 가슴이 아플 정도로 거세게 뛰어 댔다.

더는 인정하지 않을 수가 없었다. 당신과의 내기에서 나는 완패했다고.

하현은 시우의 옷자락을 꽉 그러쥐었다. 왜 열차를 타고 싶지 않았는지 이제야 알 것 같았다. 불안정한 일들이 벌어지는 곳으로 이 사람을 데려가고 싶지 않았다. 그저 평화로운, 광활한 바다가 펼쳐진 이 마을에서 시우와 함께 있고 싶었다.

그러나 하현의 생각이 무색하게도 시우는 품에서 하현을 놓아주었다.

"그만 가자. 기차 놓치겠다."

손을 고쳐 잡은 시우가 역사 안으로 들어가려 했다. 하현은 저도 모르게 시우의 손을 꾹 붙잡았다. 다시금 시우의 의아한 시선이 닿았다.

"하루만."

"……."

"하루만 더 있다 가면 안 될까요?"

하현의 눈동자가 바람에 흔들리는 잔가지처럼 잘게 흔들렸다. 하현은 그것을 들킬까 급히 고개를 숙였다.

"안 되겠죠. 목시우 씨 이제부터 많이 바쁠 텐데."

"……."

"가요, 얼른."

하현은 단념하고 다시 걸음을 옮겼다. 그러나 이번엔 시우가 손에 힘을 주었다. 그는 하현의 손을 끌어당겨 반대로 걸었다. 하현은 얼떨결에 시우에게 이끌려 걸었다.

"하루 정도는 괜찮아."

"……."

"사실 내가 먼저 말할까 했어. 당신이 같은 마음이 아닐 것 같아서 말은 못 했지만."

놀란 하현의 눈이 크게 뜨였다. 같은 고민을 했던 걸까. 시우가 내색하지 않아서 전혀 알아차리지 못했다. 어쩌면 시우에게는 이런 순간이 많았을지도 모른다. 같이 있는 순간을 조금이라도 늘리고 싶지만, 같은 마음이 아닐지도 모르는 하현을 고려하여 감정을 물었을 것이다.

"당신 부모님 묘라도 다녀올까."

그가 웃으며 물었다. 하현은 희미하게 미소 지으며 고개를 끄덕였다.

○ ◐ ●

산에 오르기 전, 시우는 하현에게 옷을 사 입혔다. 높은 산은 아니지만 초겨울 산의 추위는 혹독할 터였다. 하현이 두꺼운 옷을 여러 겹 껴입었는데도 만족스럽지 않은지 시우는 하현의 얼굴까지 목도리로 칭칭 감았다. 하관은 아예 안 보일 지경이었다.

"이렇게 두껍게 입었다가 넘어지면 어떡해요? 눈사람처럼 데굴데굴 굴러서 떨어질 거 같은데."

"이렇게 입으면 떨어져도 안 다칠걸."

웃으며 하는 말에 하현도 실없이 웃음을 터트리고 말았다. 두 사람은 손을 단단히 붙잡고 산에 올랐다. 두꺼운 옷 때문인지 추위는커녕 덥기까지 했다.

머지않아 두 사람은 묘지 앞에 도달했다. 그들은 비석에 꽃을 놓고, 간단한 차례를 지낸 뒤 절을 했다.

함께 절을 했으나 하현은 일어서지 못했다. 그녀는 엎드린 채 희미하게 떨었다. 묘지를 앞에 두니 죄책감이 그녀의 몸을 짓눌렀다.

당신들이 죽어 갈 때 아무것도 하지 못했던 내가, 연호마저 죽게 만들었던 내가 감히 옆에 있는 이 사내를 사랑해도 되는 걸까요. 어지러이 뒤섞인 혼란은 입 밖으로 내뱉어지지 못했다. 격심한 죄악감은 그녀를 무력하게 만들었다.

그때, 따스한 팔이 하현의 어깨를 감싸 안았다. 그는 하현의 어깨를 다정히 다독이며 귓가에 나직이 속삭였다.

"괜찮아."

무엇 때문인지도 모르면서 시우는 하현을 위로했다. 그런데도 그 손길은 크나큰 위안이 되어 떨림이 조금씩 잦아들었다. 하현은 고개를 들어 그를 바라보았다. 울진 않았으나 하현의 눈은 붉게 달아올라 있었다. 그는 큰 품에 하현을 안으며 다독였다.

"괜찮아, 다."

사랑 같은 건 다시는 해선 안 될 일이라 생각했다. 그녀에게 지난 사랑은 정신을 피폐하게 만들 만큼 고통스러웠으니까. 하지만 지금은 그걸 감내하더라도 이 사내를 제 곁에 두고 싶었다. 하현은 시우의 품에 온전히 몸을 기대며 눈을 내리감았다.

초겨울의 해는 일찍이 저물었다. 노을이 지기 시작했을 때 하산했으나, 산중턱에 이르렀을 즈음에는 빠르게 어둠이 들솟아 사위를 온통 시커멓게 물들였다.

해가 빨리 저물기도 했지만 사실 두 사람의 걸음이 유독 느리기도 했다. 아무 말도 하지는 않았으나 오롯이 둘만 있는 시간이 서로에게는 귀했던 탓이다.

"손 꽉 잡아."

시우가 하현의 손을 단단히 잡으며 말했다. 어제 내린 눈으로 땅이 약간 미끄러웠다. 앞도 잘 보이지 않으니 조심해서 내려가야 했다. 그런 시우를 보며 하현은 설핏 웃었다.

"산행에는 내가 더 익숙할 걸요."

군인 시절에는 산을 타는 게 일상이었으니까. 시우는 하현을 불만스레 바라보았다.

"분위기 못 맞추긴. 그럼 당신이 잡아 줘."

"알았어요."

서로가 서로의 길잡이가 되어 천천히 하산했다. 바윗돌이 가득한 언덕을 내려가며 하현은 산 아래로 펼쳐진 드넓은 바다를 바라보았다. 하얀 달빛을 흩뿌려 놓은 바다는 아름다웠다. 그것에 시선을 빼앗겨 걷다 하현은 발을 헛디뎠다.

"으앗."

하현에게 신경을 기울이고 있던 시우는 빠르게 하현의 허리를 잡아챘다. 하현은 숨을 들이켰다. 넘어질 뻔하여 놀란 것보다는 시우가 가까워진 것에 더 놀랐다. 어둠 속에서 마주친 눈동자는 부드러운 푸른 빛을 띠었다.

쿵, 쿵. 광활한 숲은 너무도 적요하여 이목을 분산시킬 것이 없었다. 눈앞에 있는 사람과 격심하게 뛰고 있는 자신의 심장 박동만이 전부인 듯했다. 한참 가만히 하현을 응시하던 시우는 천천히 허리에 감았던 팔을 풀어 주었다.

그리고 돌아섰다. 하현은 그게 아쉬워서 저도 모르게 다급히 시우의 팔을 붙잡았다. 그가 다시금 고개를 돌려 하현을 바라보았다.

어둠이 더 짙어져 서로의 인영만이 희미하게 보였다. 멀리서 보면 그저 그림자에 지나지 않을 터였다. 반면 밤하늘의 별은 너무도 촘촘했다. 사방을 둘러싼 별들이 금방이라도 쏟아져 두 사람을 삼킬 것만 같았다.

우주를 떠다니는 듯한 기분이었다. 이 짙은 어둠은, 어떤 잘못을 저질러도 가려 주지 않을까.

"목시우 씨."

"응."

"……내가 진 것 같아요."

조용하고 담담한 음성이었다.

"당신과의 내기에서, 내가 진 것 같아요."

침묵이 감돌았다. 나뭇잎이 스치는 바람 소리와 이따금씩 벌레 우는 소리만이 지속되었다.

"무슨 뜻이야?"

그가 낮은 목소리로 물었다. 그러나 무슨 뜻인지 이미 알아챘으리라. 일순 그의 눈빛이 변모하는 것을 보았으니까.

"제대로 말해."

차갑다 싶을 정도로 단호한 음성이었다. 하현이 그간 시우를 보며 알게 된 것이 있는데, 그는 초조해지면 오히려 차가운 모습을 보였다. 다른 사람에게는 어떤지 알 수 없으나 적어도 하현에게는 그랬다. 지금도 그는 초조함에 확고한 결단을 내리고 싶어 차가워진 것일 터였다.

하현의 입에서 대답이 나오지 않자 그는 한 걸음 다가왔다. 하현이 오르막의 바윗돌에 서 있어 눈높이가 엇비슷해졌다.

"어설픈 말은 할 생각도 하지 마."

그는 고저 없이 낮은 목소리로 경고했다. 하현을 직시하는 눈동자는 위협적이었다. 달빛이 스며든 안광이 푸르게 빛났다.

"얼버무리는 말도 안 들을 거야. 돌려 말하는 것도 안 들어."

"……."

"제대로 말해."

직선으로 꽂히는 시선이 버거웠다. 입을 열어야 하는데 가슴이 널을 뛰어 쉽지가 않았다. 손끝이 파르르 떨릴 정도였다. 시우 역시 이 말을 할 때 이만큼이나 떨렸을까. 하지만 지금이 아니라면 더 용기가 나지 않을 것 같았다.

"좋아해요."

고개 숙인 채 떨리는 목소리를 내뱉었다.

"목시우 씨가 좋아졌어요."

적막이 두 사람 사이를 수놓았다. 한참동안이나 아무런 반응이 돌아오지 않았다. 그 반응에 불안해져 하현은 고개를 들었다.

그러나 이내 고개를 든 것을 후회했다. 가까이서 바라본 사내의 얼굴은 평소와 다름이 없는데도 다른 사람처럼 느껴졌다. 본래 이렇게 아름다운 사람이었나. 떨리는 눈동자가 시우의 얼굴을 훑었다. 낮게 드리운 속눈썹에서부터 높게 솟은 콧대, 보기 좋은 모양의 입술까지 차례로 눈동자에 담았다.

툭. 어깨 위로 시우의 이마가 닿았다. 그는 한동안 미약하게 고른 호흡만 내쉬었다. 적막한 숲에서는 그의 숨소리도 파도 소리처럼 선명히 들렸다.

"⋯⋯왜 아무 말도 안 해요."

"귀해서."

"⋯⋯."

"이 시간이 귀해서."

한숨처럼 빠져나온 말에 하현은 짧게 숨을 멈추었다.

"잠깐만 이러고 있어."

그는 느릿하게 하현의 손을 감싸 쥐었다. 얽힌 손끝에서도 맥박이 뛰는 듯한 기이한 느낌이 들었다.

"내가 어떤 기분인지 넌 모를 거야."

그간 그가 속앓이했을 시간들이 실감 나 미안함을 느꼈다.

"기다리게 해서 미안해요."

그는 하현의 어깨에 얼굴을 묻은 채 고개를 저었다.

"정말 내가 좋아?"

하현은 고개를 주억거렸다.

"여기서 내려가면, 없던 일로 하는 거 아니야?"

"아니에요."

고개를 든 그가 하현을 바라보았다. 어둠 속에서 마주친 짙은 눈동자는 기묘하리만치 시선을 잡아끌었다.

"다시 말해 줘."

하현은 잠시 머뭇거렸으나, 시우의 시선을 감히 거부할 수 없어 다시금 입을 열었다.

"좋아해요."

다가온 시우가 눈을 감으며 입술을 포개었다. 평소처럼 깊고 진한 입맞춤이 아닌 그저 입술만 닿는 가벼운 접촉이었다. 손끝 역시 살짝만 얽혀 있는 상태였다. 그가 떨고 있었기에, 이 이상의 접촉은 할 수 없는 것이라 추측되었다.

하현은 시우의 감정을 이해할 수 있었다. 그녀 역시 너무 벅차서 그 이상은 감당하기 어려울 것 같았으니까.

눈동자 안에서 별빛의 무리가 일렁였다. 하현은 천천히 눈을 내리감았다. 밤하늘과 함께 스러져도 괜찮을 것만 같은 밤이었다.

여관으로 돌아오는 내내 하현은 아무런 말도 할 수가 없었다. 머릿속이 둔해져 할 말이 떠오르지 않았다. 시우도 마찬가지였는지 끝내 하현에게 말을 건네지 않았다. 여관 앞에 도달했을 때에야 그는 넌지시 말을 꺼냈다.

"오늘은 따로 자자."

"……왜요?"

순진한 물음에 시우의 미간이 곤혹스레 좁혀졌다. 정말 모르는 거냐고 묻는 듯한 얼굴이었다.

"자제할 자신이 없어."

한숨 쉬듯 빠져나온 말에 하현의 눈동자가 크게 뜨였다. 이내 불을 지른 것처럼 귓바퀴가 화끈하게 달아올랐다. 시우는 아무렇지 않은 척했으나 목덜미가 붉어져 있었다. 그는 시선을 피하며 괜히 뜨거워진 목덜미를 쓸어내렸다. 산속은 두 사람의 부끄러움을 모두 숨겨 주었지만, 여관 앞 환한 가등은 그들의 낯을 조금도 숨겨 주지 못했다.

"옆방이 비어 있었던 거 같은데, 거기서 잘게."

그는 잡고 있던 손을 놓고 하현을 지나쳤다. 하현은 그런 시우의 팔을 다급히 붙잡았다.

"난 괜찮아요."

그가 획 몸을 돌려 하현을 바라보았다. 어째선지 약간 화가 난 표정이었다. 그는 무어라 말을 하려다 말고 입을 꾹 다문 채 감정을 누그러트렸다.

"내 말 알아들은 거야? 평소처럼 입이나 맞추고 끝낼 자신이 없다고."

"……알아들었는데요."

"알아들었는데도 괜찮다고?"

가만히 서 있자 시우가 성큼 다가왔다. 여전히 미간이 좁혀진 상태였다. 하현은 저도 모르게 흠칫하며 뒤로 물러섰다.

"정말 무슨 뜻인지 아는 거야?"

"잘 모르겠는 것 같기도 하고……."

"장난해?"

좁혀진 미간에서 그의 조급함과 짜증이 여실히 드러났다.

"확실하게 말해."

"아까부터 확실 되게 강조하네요……."

"말장난 하지 마."

사납게 내뱉는 말은 꼭 으르렁거리는 것처럼 느껴졌다. 자신이 시우를 왜 저렇게까지 화나게 만든 건지는 모르겠으나 하현은 정말 괜찮았다. 겁이 나지 않다면 거짓말이겠지만, 더 이상 시우가 주는 애정을 거절하고 싶지 않았다.

"괜찮다니까요."

"들어가면 내 마음대로 할 거야."

"……."

"당신이 하지 말라고 해도 멈출 자신 없어. 그래도 괜찮다고?"

잠시 머뭇거리던 하현은 이내 고개를 주억거렸다.

"그래도 좋아요."

진심 어린 대답이었다. 곧바로 하현의 팔이 붙잡혔다. 시우는 빠른 걸음으로 2층 여관방까지 올라갔다. 거칠게 문을 닫고 들어선 것과 달리, 그는 아무런 행동도 하지 않고 하현을 응시하기만 했다. 불을 켜지 않아 어둠이 짙게 깔린 방 안에 가빠진 호흡 소리만이 감돌았다.

쿵쿵쿵, 심장이 튀어나올 것처럼 거세게 뛰었다. 그런 와중에도 하현의 머릿속은 복잡했다. 대체 무슨 말을 한 걸까. 그를 똑바로 바라볼 수가 없어 괜히 바닥만 바라보았다. 그러는 사이 은밀하고도 집요한 시선이 하현의 얼굴을 훑었다.

한참이나 반응이 없어 하현이 고개를 들었다. 눈이 마주치자마자 시우는 하현을 벽으로 밀어 냈고, 등이 닿자마자 곧바로 입술을 포개었다. 갑작스레 밀려든 은목서 향기에 복잡했던 머릿속이 모두 함몰되었다. 하현은 그저 본능이 시키는 대로 시우의 어깨에 팔을 감으며 입맞춤에 응했다.

"입 더 벌려."

마음대로 하겠다던 말을 지키려는지, 시우는 낮게 말하고는 배려 없이 제멋대로 하현의 입 안을 들쑤셨다. 버거운 행위에 호흡이 엉망으로 흐트러졌다. 입을 맞추면서도 그는 목도리와 겉옷을 벗겨 내는 행위를 이어 나갔다. 몇 겹씩이나 두껍게 입은 옷을 끌어내리며 시우는 제 덫에 제가 걸린 것 같다는 생각을 했다.

머지않아 드러난 목덜미에 입술을 묻으며 그는 사납게 살갗을 빨아들였다. 콧대가 비벼지며 체향을 깊이 들이마셨다.

"너 진짜 내가 무슨 말하는지 알아듣긴 한 거야?"

"……몇 번을 말해요."

하현이 숨소리 섞인 음성을 내뱉었다. 그는 들리지 않을 정도로 낮게 욕설을 중얼거렸다.

"믿겨야지."

"왜 욕을 해요?"

"당신한테 한 거 아니야."

마침내 하현은 옷 한 겹만 걸친 상태가 되었다. 그는 하현이 입고 있는 두껍고 빳빳한 재질의 셔츠 단추를 풀어 내렸다. 성마른 손짓에 단추가 헛돌자 그는 짜증스레 단추를 뜯어 버렸다. 하현이 기함할 새도 없이 그는 드러난 어깨에 입을 맞추었다. 갈증이 심한 사람처럼 조급한 행위였다.

"목시우 씨. 천천히 좀……. 아! 아파요!"

어깨가 깨물리는 감각에 화들짝 놀라 시우를 밀어 냈다. 그는 원망하는 눈으로 하현을 바라보았다. 살갗을 물어뜯을 기세였던 사람은 시우인데, 오히려 하현이 잘못한 것 같은 태도였다. 그는 입술을 깨물고는 애가 타는 듯 하현의 어깨에 이마를 비벼 댔다.

"내 마음대로 해도 된다며."

"아프게 해도 된다고는 안 했어요."

"그럼 어떻게 해."

"천천히 해요. 이불도 좀 깔고."

그는 힐난하는 눈으로 하현을 바라보다 물러섰다. 얌전히 이불을 꺼내 바닥에 까는 모습을 보며 하현은 웃음이 터졌다. 답지 않게 귀여워 보였던 탓이다. 그 웃음에 시우가 불만스러운 시선을 던졌다.

"솔직히 말해. 안달 내게 하는 데 재미 들렸지."

"그런 거 아니니까 이리 와 봐요."

불만스러운 얼굴이었으나 시우는 순순히 하현의 앞으로 다가왔다. 하현은 그가 입고 있는 코트를 벗겨 주었다. 이어서 양장 재킷도 바닥으로 떨어졌다. 얇은 셔츠에 손을 가져가자 그가 숨을 들이켰다. 얇은 옷감 아래의 피부가 조급해하는 게 여실히 느껴졌다. 그러나 그는 참을성을 가지며 기다렸다.

단추를 풀어내며 하현은 새삼 무슨 일을 하려는 건지 실감했다. 사실 무섭기도 했다. 이따금씩 송곳 같은 죄책감이 가슴을 찔러 아팠다. 하지만 더는 망설이고 싶지 않았다. 눈물이 날 만큼 따스했던 이 사내의 품에 안겨 모든 걸 잊고 싶었다.

단추를 몇 개 풀자 시우의 오른쪽 목덜미를 뒤덮은 흉터 자욱이 드러났다. 손끝으로 흉터를 쓸어내리자 그는 견디기 힘든지 눈을 내리감으며 고개를 돌려 버렸다.

굴곡진 흉터를 손끝으로 매만지며 하현의 눈은 어두워졌다. 이 흉터가 어쩌다 생겼는지 알게 되어서 그런지 안타까운 마음이 먼저 들었다. 사실 상처의 아픔보다는 가족을 잃은 고통이 더욱 컸으리라.

하현은 까치발을 들어 그 위에 살포시 입을 맞추었다. 그런데 시우가 놀라며 그녀의 팔을 붙잡았다.

"하지 마. 흉해."

시우의 말에 도리어 놀랐다. 제 상처를 흉하다고 생각했던 걸까.

"안 흉해요. 내 흉터는 멋지다고 했으면서 왜 본인 흉터는 그렇게 말해요?"

"나한테는 싫은 흉터야."

"……왜요?"

"거울을 볼 때마다 무슨 일이 있었는지 확인받아야 했으니까."

미미한 고통이 드리운 눈동자였다. 하현은 다시금 흉터 위로 입을 맞추었다. 이번에는 혀를 내밀어 핥아 보았다. 손바닥이 닿은 가슴 아래 전거근이 움찔 요동쳤다. 하현은 개의치 않고 상처에 입을 맞추는 데만 열중했다. 짐승이 상처를 핥는 것처럼 정성스러운 행위였다.

하현의 허리를 감싼 팔에 힘이 들어갔다. 그는 흐트러진 호흡을 내쉬었다. 차오르는 열기 때문에 눈가가 붉게 달아올랐다.

한참 집중하고 있을 때, 갑자기 번쩍 몸이 들렸다. 하현은 소스라치게 놀라며 저도 모르게 시우의 목에 매달렸다. 그는 성큼 걸어가 이불 위에 하현을 내려 주었다. 한시라도 떨어지고 싶지 않았는지 그는 곧바로 입술을 포개며 제 셔츠를 벗어 던졌다.

거칠었던 이전과 달리 부드럽고 섬세한 입맞춤이었다. 왠지 그것이 더 견디기 어려웠다. 오히려 숨이 가빠져 불규칙한 호흡을 몰아쉬었다. 잠시 입술이 떨어진 틈을 타 하현은 달뜬 숨을 내뱉었다. 그러다 문득 붕대로 감아 놓은 시우의 팔이 시야에 걸렸다.

"팔, 불편할 텐데……."

"무슨 상관이야."

정말 개의치 않는지 곧바로 입술이 내려섰다. 열기를 품은 입술은 목덜미부터 시작해서 쇄골까지 천천히 곡선을 그렸다. 그러는 사이에도 손은 쉬지 않고 부드럽게 살갗을 쓸어내렸다. 생경한 감각에 하현은 어쩔 줄 몰라 몸을 떨었다. 차라리 시우가 조급하게 구는 게 정신이 없어서 견디기에는 더 나은 것 같았다.

그런 하현의 마음을 아는지 모르는지 그는 정성 들여 하현의 몸을 탐했다. 하현의 몸이 반응하는 곳만을 찾아 끈질기게 접촉했고, 착실히 경험을 쌓아갔다.

"대체 무슨 생각이야?"

거친 숨을 내쉬며 살갗을 빨아 대던 그가 물었다. 이야기할 여력이 없어 보였는데도 하현과 대화를 나누려는지 시선을 맞추었다.

"……뭐가요?"

"이런 거 낯설어 하잖아."

그는 가만히 하현을 직시했다. 아무런 행동도 하고 있지 않은데 어째선지 물어뜯기는 기분이 들었다.

"어려워할 거면서 왜 허락한 거냐고."

"……."

"불안한 거야?"

여전히 눈치 빠른 사내였다. 하현도 제대로 알지 못했던 마음을 먼저 알아챈다. 안정되지 못한 상황 때문인지 하현은 자꾸만 가슴속이 갑갑했다. 아무런 잡생각이 들지 않도록 그저 다정한 손길을 받고만 싶었다.

하현이 고개를 끄덕이자 그럴 줄 알았다는 듯 그는 관자놀이에 얇게 입을 맞추었다.

"괜찮아. 불안해하지 마."

다정히 속삭이는 목소리에 가슴속이 일렁였다. 하현이 시우의 목에 팔을 감아 끌어안자 그는 낮게 웃더니 입술을 포개었다. 다정하고도 간지러운 입맞춤이 지속되었다. 혀끝에서 단맛이 느껴지는 것 같은 착각이 일었다.

그는 마저 행동을 이었다. 바지까지 벗겨지고, 허벅지의 흉터가 드러났을 때 하현은 막심한 후회감에 질끈 눈을 감았다. 대체 왜 흉터 얘기를 한 걸까. 시우는 단단하게 다리를 잡고 외설스러운 소리가 나도록 흉터 위로 입을 맞추었다. 너무도 민망하여 하현은 팔로 얼굴을 가려 버렸다. 그는 허락하지 않는다는 듯 하현의 팔을 떼어 냈다.

진득하게 하현을 응시하던 눈이 일순 호선을 그렸다. 그 눈동자에 투과된 것은 벅찰 만큼 커다란 사랑이었다. 사랑의 말을 속삭이는 것보다 더 직접적인 눈빛이었다.

하현이 팔의 힘을 풀자 그는 손목에 얇게 입을 맞추었다. 천천히 내려선 입술이 맥박이 뛰는 부위에서 멈추었다. 시우는 눈을 내리감고 꽤 오랫동안 그 맥박을 음미했다.

잠시 후, 살며시 시우의 눈이 뜨였다. 달빛이 닿아 선명한 빛을 띠는 눈동자는 그 어느 때보다도 유혹적이었다. 하현은 그 눈을 기억 속에 담으려 노력했다. 달빛을 받은 눈동자는 어떤 색인지, 어떻게 웃고 있는지, 촘촘하게 드리운 속눈썹은 어떤 모양인지.

"괜찮겠어?"

배려하는 말과 달리 얽힌 다리에서는 그의 조급함이 여실히 드러났다.

"대답 안 할 거야?"

"그만하라고 하면, 그만하긴 할 거예요?"

"당신이 그만하라고 하면 안 해."

행동과 말이 다른 것 같아서 하현은 낮게 웃고 말았다. 시우는 하현의 뺨에 입을 맞추며 재촉하듯 물었다.

"그만할까?"

"……괜찮아요."

"정말 괜찮아?"

하현은 고개를 끄덕였다. 허락이 떨어지자 시우는 하현의 안으로 파고들었다. 날카롭고 선명한 고통이 찾아들었다. 하현의 미간이 왈칵 일그러졌다. 고통의 흔적에 그는 입을 맞추었다.

몸을 풀어 주려 상당히 노력했는데도 하현은 아파했다. 시우는 인내하려 노력했으나 정신을 온통 함몰시키는 열망에 힘겨워했다. 밀어붙이고, 사랑하는 이의 몸을 제멋대로 탐하고 싶었다. 그러나 그래서는 안 되었다. 제 욕심 때문에 하현을 상처 입힐 수는 없었다. 시우는 하현의 뺨에 얕은 입맞춤을 반복하며 그녀가 진정되기를 기다렸다.

바르르 떨던 하현은 무엇이라도 잡아야 할 것 같아 시우의 어깨를 끌어안았다. 너른 등은 팔 안에 다 담기지 못했다. 살짝 미끄러워진 등을 감싸 안으려 애쓰자 손바닥 아래에서 견고하게 짜인 근육이 움찔거렸다. 이불을 짚은 손에 힘이 들어가며 관절 마디마디가 하얗게 질렸다. 시우는 흥분으로 붉어진 눈가를 하현의 어깨에 비벼 댔다.

어째선지 하현은 덜컥 불안감을 느꼈다. 그를 품에 안고 있는데도 이 시간에 균열이 생길 것 같아 초조했다. 괜찮은 척했으나 사실은 너무도 불안했다. 자신이 겪었던 사랑의 종말은 늘 처절하고 비참하기만 했으니까.

치솟는 불안감에 하현은 몸을 떨었다. 그것을 느낀 시우는 놀라 물러서려 했다. 그러나 하현은 시우를 꽉 안은 채 놓아주지 않았다.

"괜찮아요. 괜찮으니까⋯⋯."

눈시울이 붉어져 있으나 강인한 여인은 늘 그랬던 것처럼 울지 않았다. 대신 울음 섞인 목소리로 애원했다.

"계속 해 줘요."

귓가에 속삭이는 목소리는 이성을 모조리 허물어트렸다. 열기를 이기지 못한 시우는 하현의 허리를 끌어당기며 깊이 파고들었다. 격랑처럼 밀려드는 감각에 하현은 입술을 깨물며 손톱을 세웠다. 감은 눈 안쪽에서 거대한 창파가 밀려들었다. 뜨거운 수면 밑으로 잠겼다가 다시 차가운 공기로 올라서기를 반복하듯 기이한 감각이었다.

가슴 아플 만큼 길었던 외사랑을 끝낸 감정의 여파 때문인지 시우는 하현을 배려하기는 포기했다. 원하는 만큼 하현을 안으며 그는 끊임없이 사랑의 말을 속삭였다. 그러나 이따금씩 원망을 늘어놓기도 했다. 당신이 얼마나 나를 괴롭게 한 줄 아느냐고. 그 두서없는 말들은 결국 집착 어린 말들로 끝맺었고, 다시금 사랑의 말을 되뇌었다.

끊임없이 안아도 열기는 쉬이 해소되지 않았다. 두 사람은 머릿속의 열기가 식을 때까지 서로의 몸을 탐미하고 또 탐미했다. 새벽녘이 희읍스름히 밝아 올 때까지.

○ ◑ ●

햇살 한 줄기가 눈가에 드리웠다. 시우가 스르르 눈을 뜨자 짙은 눈동자에 빛이 들어섰다. 그는 문득 옆자리가 텅 비어 있다는 사실을 알아채고 벌떡 몸을 일으켜 앉았다. 고개를 돌리자 하현이 상의를 걸치다 만 채 놀란 눈으로 시우를 바라보고 있었다.

하현은 부자연스럽게 시선을 피했다. 고개를 돌린 목덜미는 새빨갛게 달아올라 있었다. 그 목덜미에는 어젯밤 정사의 흔적이 고스란히 남아 있었다. 채 가려지지 못한 다리에도 마찬가지였다.

어젯밤 일이 꿈이 아니었구나. 그는 저도 모르게 안도의 한숨을 내쉬었다.

"잘 잤어?"

낮게 잠긴 목소리로 시우가 물었다. 하현은 옷을 여미다 말고 휙 고개를 돌려 짜증스레 시우를 노려보았다. 그 눈빛에 시우는 당황했다.

"잘 잤겠어요? 피곤해 죽겠는데……."

시우가 하현을 놓아준 건 새벽이 밝아서였다. 기절하듯 잠이 들었던 하현은 눈부신 햇살에 겨우 눈을 떴다. 예상컨대 세 시간도 자지 못한 듯했다.

피로가 드리운 얼굴을 보며 시우는 미안해졌다. 그런데도 옷을 입는 하현의 모습을 보며 욕정하는 자신이 놀라울 따름이었다. 하현이 알아채면 기함할 것 같아서 그는 이불을 끌어 올렸다.

"이리 와 봐."

하현은 불만스레 시우를 흘겼으나 이내 순순히 시우의 앞에 다가왔다. 시우는 그런 하현을 제 다리 위에 앉히고 허리를 끌어안으며 뺨에 쪽쪽 입을 맞추었다. 그런데 갑자기 하현이 흠칫하며 미간을 찡그렸다.

"……아파?"

시우가 놀라 묻자 하현이 고개를 끄덕였다. 그는 미안한 손짓으로 등을 쓸어내려 주었다.

"미안해. 좋아서 그랬어."

솔직한 말에 금세 기분이 풀려서 하현은 시우의 어깨에 머리를 기대었다. 얼굴을 보지 않아도 그가 웃고 있는 게 느껴져서 하현도 나직이 웃음을 터트렸다.

"가기 싫다."

낮게 중얼거리는 시우의 말에는 쓸쓸함이 담겨 있었다. 그러나 이제 더는 미룰 수 없음을 알기에 하현은 아무런 말도 하지 않았다. 두 사람은 한동안 움직이지 않고 서로의 낮은 숨소리를 느끼기만 했다.

따스한 햇살이 머리 위로 부유하고 있었다. 온화하고도 쓸쓸한 아침이었다.

두 사람은 서울로 돌아왔다. 지난번에 시우가 하현을 데리고 왔던 능소화나무가 있는 집이 최종 목적지였다. 그 집은 시우가 서울에 올 때마다 간혹 머무는 집으로, 정석호는 모르는 장소라고 했다. 상황이 안정될 때까지는 이곳에서 지내기로 했다.

장환이 철웅이와 복순이를 데리고 와 주어서 감격의 재회도 나누었다. 철웅이 너무 울어 댄 탓에 달래 주느라 애를 먹어야 했지만, 그래도 무사히 만나서 기뻤다.

시우는 회사로 복귀해야 했다. 혼란한 때 회사를 오래 비울 수는 없었기 때문이다. 하현은 떠나는 시우의 마중을 나왔다.

"들어가."

"목시우 씨 가면 들어갈게요."

그러나 시우는 돌아서지 못했고, 하현도 단호히 그를 보낼 수가 없었다. 시우는 낮게 한숨을 내쉬었다. 겨우 첫 밤을 보낸 연인과 헤어지고 싶지 않았다. 하현을 혼자 둘 것을 미리 고려했다면 차라리 안지 않았을지도 모른다.

그는 수심에 찬 눈으로 하현을 응시하다 코트 안주머니에서 무언가를 꺼냈다. 은목서 향이 나던 크림이었다.

"당신이 가지고 있어."

하현은 얼떨결에 그것을 받아 들었다. 시우는 하현의 손을 감싸 쥐고는 손등 위에 입을 맞추었다. 고개를 들어 진득하게 마주치는 시선은 어젯밤을 연상하게 하여 하현의 귓바퀴가 다시금 달아올랐다.

"내기 기억하지?"

"아⋯⋯. 내가 부탁 들어줘야 하죠? 뭐예요?"

그는 대답 없이 엄지손가락으로 하현의 손등을 쓸어내리기만 했다.

"다 끝나면 얘기할게."

"그래요. 몸조심해요."

"당신도."

그는 아쉬움을 감추고 하현의 손만 살짝 잡은 뒤에 돌아섰다. 하현은 그 뒷모습을 빤히 응시했다. 어째선지 시선을 떼기가 어려웠다. 보이지 않는 힘이 하현을 강하게 붙잡아 놓아주지 않는 듯했다. 그가 장환의 차를 타고 사라질 때까지 하현은 하염없이 그 자리를 지키고 서 있었다.

제13장

결전

"누나. 오늘 신문 가져올까?"

철웅이 이른 아침부터 물었다. 요즘 철웅의 태도가 조금 이상했다. 유독 신문을 찾는다든가 주변을 두리번거리는 행동을 보였다. 처음에는 의아하게 여겼지만, 아무리 어린애라도 나랏일에 신경을 쓰는가 보다 싶었다.

해방 후 대한민국의 겨울은 혼란했다. 모스크바 3상 회의에서 결의된 한국의 신탁 통치 문제 때문이었다. 국내에서 격렬한 찬반 논쟁이 일었다. 일제 치하의 식민통치에서 겨우 벗어났는데 또다시 지배를 받게 된다는 사실이 국민들의 분노를 일으켰다.

정치적 의도를 가진 언론사의 왜곡 보도와 출처 모를 온갖 전단으로 반탁은 애국, 찬탁은 민족 반역이라는 등식이 일반화되며 파장은 더욱 커졌다. 찬탁은 친소와 친공, 반탁은 반소와 반공 구도로 이어지자 신탁 통치와 한국 임시 정부 수립을 둘러싼 좌우 대립이 본격화되었다. 정치이념의 대립 속에서 민족 반역자들의 청산 문제는 서서히 은폐되는 중이었다.

"그래. 나가서 바람이라도 쐬고 와."

하현의 말에 철웅이 신발을 꿰어 신었다.

그때 누군가 쿵쿵 문을 두드렸다. 철웅이 화들짝 놀라며 문을 바라보았다. 하현이 경계하며 조심히 문을 열자 바깥에 서 있는 장씨 형제들이 보였다.

"어쩐 일이세요?"

"일이 좀 생겼나 봅니다. 같이 가셔야 할 것 같습니다."

하현은 고개를 끄덕이고 겉옷을 입었다. 그때 철웅이 끼어들었다.

"나도 같이 가도 돼?"

"그래."

철웅의 불안한 태도를 이상히 여겼으나 신경 쓸 겨를이 없었다. 세 사람은 희선의 양장점 창고로 향했다. 희선과 월영이 먼저 하현을 반겨 주었는데, 그 사이에 일조가 있었다. 하현은 놀라 물었다.

"대위님, 여기는 어떻게……."

"그때 말하지 않았나. 자네 일을 내가 돕겠다고."

하현은 미안함에 아무 말도 하지 못했다. 그때 월영이 끼어들었다.

"도움이 될 것 같아서 불렀어요. 조사를 좀 거치긴 해야 했지만."

"그새 제 뒷조사를 하신 겁니까?"

"하현 씨와 아는 사이라고 해서 무턱대고 믿을 수는 없잖아요. 뭐, 그 얘기는 차차 하시고, 본론부터 시작하죠. 하현 씨, 오늘 신문 봤어요?"

"아니요, 아직. 무슨 일 있습니까?"

하현은 월영이 내민 신문을 받아 들었다. 정석호의 기사가 실려 있었다. 신문 내용을 훑으며 하현의 표정이 굳어졌다. 정석호는 그간 자신이 비밀리에 지켜 온 국보급 보물들과 서적들을 나라에 기부함으로써 자신이 부일협력자가 아님을 증명하겠다고 했다.

"이게 대체……. 진의회가 지켜 온 물건들을 뜻하는 걸까요?"

"그럴 거예요. 아무리 정석호여도 그런 물건들을 쉬이 구할 수는 없을 테니.”

“나머지 반이 어디에 있는지 알고 있다는 겁니까? 대체 어떻게 안 거죠?”

그때 갑자기 철웅이 무릎을 꿇고 넙죽 엎드렸다.

“죄, 죄송합니다!”

놀란 시선이 철웅에게 향했다.

“죄송합니다, 정말…… . 그때 붙잡혔을 때 무서워서 얘기해 버렸어요. 알고 있는 걸 털어놓지 않으면 죽여 버린다고 해서…… .”

철웅이 울음을 터트렸다. 하현의 안색이 어두워졌다. 지난번 정석호에게 붙잡혔을 때, 일조가 철웅을 구해 주기 전에 철웅이 말을 한 모양이다. 그 때문에 요즘 철웅의 안색이 좋지 않았나 보다. 그간 얼마나 마음을 졸였을까. 어린아이에게 무거운 짐을 얹어 준 것 같아 마음이 편치 않았다.

“됐다, 철웅아. 괜찮으니 일어서.”

“그래. 그놈이라면 네가 아니었더라도 어떻게든 알아냈을 테지.”

희선이 한숨을 쉬듯 말했다. 그때 벌컥 문이 열렸다. 하현이 반사적으로 허리춤의 총에 손을 얹었다가 곧바로 내렸다. 들어선 사람은 시우였다. 오랜만에 보는 얼굴이었다. 상황과 관계없이 가슴이 쿵 내려앉았다. 시우는 하현과 길게 눈을 마주치다, 무릎을 꿇고 앉아 있는 철웅을 보았다.

“죄송합니다 정말…… .”

상황을 이해했는지 시우가 깊이 한숨을 내쉬고 문 안쪽으로 들어섰다. 그가 문을 닫으며 말했다.

“12월 31일에 정석호가 로스앤젤레스로 배를 보낸다는군요.”

“이런, 철웅아. 어디까지 말한 거니?”

“미국이라는 나라의 로스앤젤레스에 있다고만 말했어요. 다른 건 하나도 모른다고 했고요.”

"정확한 위치를 알지는 못할 테니……."

"아니."

희선이 월영의 말을 끊었다. 그녀의 얼굴에는 수심이 가득했다.

"그곳에 있다는 걸 알았다면 알아내는 건 시간문제예요. 그전에 정석호를 처리해야 해요."

무거운 정적이 내려앉았다. 정적을 깨트리고 시우가 먼저 말문을 열었다.

"더 이상 미루기 어려운 건 사실입니다."

"어떻게 하죠? 정석호의 저택은 보안이 삼엄해서 우리로는 역부족이에요."

월영의 말에 시우가 제안했다.

"31일에 서울운동장에서 반탁 운동이 있습니다. 그 근처에서 정석호가 연설을 할 예정이고요."

"기회가 있다면 그때뿐이겠군요."

"괜찮을까요? 사람들이 많이 몰릴 텐데."

"제가 저격을 하겠습니다."

하현의 말에 이목이 집중되었다. 희선이 염려를 담아 말했다.

"사람들이 많이 몰리는 건 장점이기도 하지만 단점이기도 해요. 일이 틀어졌다가는 퇴각하기가 어려워져요."

하현은 생각에 잠겼다가 입을 열었다. 다들 차분히 하현의 계획을 들었다. 몇 번의 논의 끝에 결정이 내려지자 희선이 마무리했다.

"좋아요. 하현 씨를 믿을게요. 12월 31일에 일을 마치자마자 우리는 배편으로 출발하는 걸로 하죠."

하현은 고개를 끄덕이곤 시우를 바라보았다.

"목시우 씨는 여기 남아요."

시우의 미간이 좁혀졌다.

"무슨 소리야?"

"사장직에 오른 지 얼마 안 된 때잖아요."

"그 정도는 괜찮아."

"아니요. 가지 마세요. 어렵게 지켜 낸 회사 아닙니까."

"그래요. 시우 씨까지 자리를 비울 필요는 없어요."

희선이 말을 보태 주었다. 계획에 대해 이야기를 더 나누는 동안 시우의 시선이 하현에게 닿았으나 하현은 애써 외면했다.

논의를 마친 후 차례로 사람들이 떠났다. 하현과 시우 사이의 미묘한 분위기를 읽은 희선이 철웅을 데리고 나갔다. 일조도 두 사람을 응시하다 밖으로 나왔다.

결국 하현과 시우만이 남게 되었다. 시우는 하현을 바라보지 않고 창밖만 응시하고 있었다. 그의 표정은 평소와 크게 다르지 않았으나, 이제 하현은 그가 표정을 숨겨도 무슨 생각을 하는지 어느 정도 알 수 있게 되었다. 눈동자에 차가운 분위기가 서려 있었다. 로스앤젤레스 동행을 거절한 것 때문인 듯했다. 하현은 분위기를 환기시키기 위해 물었다.

"목시우 씨. 상처는 좀 괜찮아요?"

하현이 물었으나 시우는 대답하지 않았다. 어색하고 불편한 침묵이 지속되었다.

"단호한 성격인 건 알았지만 이 정도인 줄은 몰랐어."

시우가 침묵을 깨고 말문을 열었다. 서늘한 시선이 하현에게 닿았다.

"미국을 오고 가는 데 왕복만 두 달이 넘어. 당신이 언제 돌아올지도 모르는데 나더러 남으라는 소리를 해."

"두 달이 넘는 시간 동안 회사를 비울 수도 없잖아요."

하현의 대답에 그는 짧게 입술을 깨물었다.

"그걸 당신이 왜 걱정하지? 내가 괜찮다고 했잖아."

"그 회사 찾으려고 얼마나 노력했는지 내가 아는데, 그럼 같이 가자고 해요?"

그는 미간을 좁힌 채 서늘한 시선으로 하현을 응시하기만 했다.

"김하현. 항해라는 건 생각보다 더 위험한 일이야. 그 먼 곳까지 내가 당신을 혼자 보낼 거라고 생각해?"

"이미 결정 난 일 아닙니까. 내가 조심할게요."

딱딱해진 말투에 그는 기가 막힌 듯 머리카락을 쓸어 넘겼다. 시선을 아래로 내린 눈매는 차갑게 굳어져 있었다. 적막한 공기가 두 사람 사이를 가로막았다.

"그래."

"……"

"당신 마음 크기와 내 마음이 같을 수는 없는 거지."

놀란 하현의 눈이 경직되었다.

"왜 그런 말을 해요?"

"난 뭐가 좋다고 들떠서 내내 당신 생각만 했을까."

"목시우 씨."

그가 돌아서서 나가려는 것을 황급히 붙잡았다. 그러나 시우는 하현의 손을 떼어 냈다. 가슴이 쿵 내려앉았다. 이래서 사랑 같은 건 하고 싶지 않았다. 상처받지 않아도 될 일을 너무 많이 생각하여 상처받는 상황을 스스로 자처하게 되니까. 아까부터 계속되는 감정의 고저를 감당하기 어려웠다.

이 사내의 다양한 모습을 접할수록 더해질 것이다. 시우가 환히 웃는 모습도 보았지만, 그만큼 서늘한 면모가 있다는 것을 하현은 알고 있었다. 지금처럼 가시 돋친 시선이 제게 향한다면 그것을 태연히 응수할 자신이 없었다.

하현은 입술을 깨물며 시우의 앞을 가로막았다.

"비켜."

"못 비켜요! 자기 할 말만 하면 답니까? 누구는 같이 안 가고 싶어서 그렇게 말한 줄 알아요? 나도 그러고 싶지 않았어요! 근데 나는……."

하현은 말을 끝맺지 못하고 머리카락을 헝클어뜨렸다.

"알잖아요. 난, 냉정하게 판단을 내리는 데만 익숙해졌어요. 경험상 그게 나은 결과로 이어진다는 걸 알고 있기도 하고요."

"……"

"그래도 내가 모질었다면 미안해요. 사과할게요. 근데 오랜만에 만났는데 이렇게 가는 건 아니잖아요. 사람이 대체 왜 그렇게 매정합니까? 난 보고 싶어서 잠도……."

두서없이 말하던 하현은 헙 하고 입을 다물었다. 제가 무슨 말을 하려 했는지 깨닫고 눈이 크게 뜨였다. 순식간에 얼굴에 열이 올랐다.

"아, 아니 그게 아니라……."

에이 씨. 하현은 신경질적으로 탄식하고 밖으로 나가려 했다. 그러나 금세 시우에게 붙잡혔다. 그는 하현을 벽에 밀어 내고는 팔로 단단히 가둔 후에 하현을 직시했다.

"뭐. 계속해."

"뭘요."

"하려다 만 말."

"하긴 뭘 해요!"

하현은 퍽 소리가 나도록 시우의 가슴팍을 세게 밀어 냈다.

"아무튼, 마음 크기가 다르네 마네 그런 소리 하지 마요! 사내자식이 쪼잔하게."

시우는 불만스레 하현을 바라보았다.

"원래 이런 사람인 거 몰랐어?"

"……"

"당신 사랑하면서 하루도 내 마음이 너그러웠던 적이 없어. 늘 불안하고 초조해서 미칠 것 같아."

그는 낮게 한숨을 내쉬었다. 얼굴에 피로한 기색이 드리워 있어 조금 미안한 마음이 들었다.

“그날 밤 일도 마냥 꿈같아서 믿기지가 않는데, 그냥 당신이 웃어 주기만 하면 다 괜찮을 것 같았는데 당신은 만나자마자 딱딱하게 여기 남으라는 말만 늘어놓았잖아.”

자꾸 보고 있으면 제 마음이 고스란히 드러날 것만 같아서 일부러 쳐다보지 않았던 건데 그런 오해를 했던 모양이다.

“좋아한다고 했던 말도 무를까 봐 무서웠어. 당신이 내 마음을 알기나 해?”

“무르긴 왜 물러요. 난 진심이었어요.”

하현의 대답에 날이 서 있던 시우의 눈빛이 조금 누그러졌다.

“그만큼 불안하다는 뜻이야.”

그는 시선을 아래로 내리며 중얼거렸다.

“내가 있는데 구일조랑 얘기만 하고.”

하현은 기가 막혀 헛웃음을 터트렸다.

“다른 사람이랑도 얘기 했거든요.”

하현의 말에도 시우의 얼굴에는 기운이 없었다. 하현은 한 걸음 다가섰다. 창고가 어두워서 얼굴이 잘 보이지 않아 시우의 손을 잡고 햇빛 쪽으로 이끌었다. 시우는 못 이긴 척 하현에게 이끌려 왔다.

“팔 상처는 괜찮은 거예요? 세 번 묻게 하지 말아요.”

“……괜찮아. 많이 나았어.”

여전히 불만이 담긴 얼굴이었으나 그래도 아까보다는 태도가 얌전했다.

“빨리 나을 상처도 아니었잖아요.”

“회복력은 빨라서. 근데 다른 데 다쳤어.”

“예? 어디요?”

놀라 되묻자 그가 손을 내밀었다. 하현이 급히 손끝을 매만져 보았으나 별다른 상처는 없는 듯했다.

“어디가 다친 건데요?”

"여기. 잘 봐 봐."

손끝을 구석구석 만져 보았으나 아무리 해도 상처가 안 보였다. 하현의 눈이 가늘어졌다.

"뭐예요?"

"종이에 베였거든."

"이 사람이 진짜!"

장난스럽게 웃는 시우를 보며 하현의 콧잔등이 찡그려졌다. 기분이 풀렸는지 시우는 엷게 웃었다. 그러다 갑작스레 하현의 허리를 잡고 번쩍 들어 올렸다. 하현은 낮은 서랍장 위에 앉혀졌다.

"얼굴이 잘 안 보여서."

당황한 하현의 뺨에 연신 입을 맞추며 그가 말했다. 얼굴이 안 보인다는 건 핑계고 그냥 쪽쪽거리기 좋은 자세를 찾은 듯했다.

"잘 지냈어?"

"……못 지냈어요."

"왜. 나 보고 싶어서?"

하현이 미간을 찡그렸다. 아까 하려던 말이 무엇인지 진즉 알아챘으면서도 잘도 놀려 댄다.

"난 보고 싶었는데."

"그런 사람이 화만 내고 나가려고 했잖아요."

"진짜 나가려고 했겠어."

얕게 입술만 맞추던 접촉은 점차 농밀해져 목덜미를 파고들었다. 그는 느릿하게 목덜미를 빨아들이며 숨소리 섞인 음성을 내뱉었다.

"나도 같이 가면 안 돼?"

"……나도 같이 가고 싶어요. 근데 상황이 어렵잖아요."

물러선 그가 하현을 직시했다.

"당신이 왜 그런 판단을 내렸는지 알아."

그의 시선은 피하기 어려울 정도로 직선적이었고, 유혹적이었다.

그는 바깥의 냉기가 남아 차가워진 손으로 하현의 귓바퀴와 목덜미를 쓸어내렸다. 하현은 흠칫 몸을 떨었다.

"당신도 군인이었지만 나도 조직 문화에는 꽤 익숙하거든."

시우는 임시 정부 경무국에서 일을 했다고 들었다. 그 역시 생사를 오고 가는 상황에서 조직이 어떻게 움직여야 하는지 잘 알고 있을 터였다.

"무슨 일이 생겼을 때, 한 명이라도 살아야 하니까. 그래서 나를 떨어트려 놓으려는 거 아니야?"

냉기 어린 시선이 하현을 꿰뚫었다. 눈치 빠른 남자는 하현의 속내를 쉽게도 파헤쳤다.

차가운 눈빛과 달리 옷 속으로 파고드는 그의 손길은 은밀하고 농염했다. 등줄기를 쓸어내리는 손길에 하현은 흐트러진 숨을 내뱉었다.

"당신이 나한테까지 그런 기준을 들이민다는 게 화가 나는 거야."

"……."

"난 당신 동지이고 싶지 않아. 연인이고 싶지."

옷깃을 벌린 그가 가볍게 쇄골을 깨물었다.

"당신을 연인이라 생각하는 나는, 결국 당신한테 지겠지만."

"……."

"그렇지?"

시선이 얽혔다. 하현이 아무 말도 하지 못하고 숨만 내쉬자 그는 천천히 입술을 포개었다. 하현은 너른 어깨에 팔을 둘렀다. 시우는 마음대로 하현의 입 안을 유린하며 혀를 섞었고, 이따금 힐난하듯 하현의 입술을 깨물기도 했다.

얕은 입맞춤으로 마무리를 한 그는 가까운 거리에서 하현을 직시했다. 깊은 눈매 안에는 오롯이 하현만이 담겨 있었다. 그에 하현은 자신이 생각보다 더 이 사내를 그리워했다는 사실을 깨달았다.

"내가 졌어. 그러니까 아까 하려다 만 말, 얘기해."

낮게 속삭이는 목소리였지만, 대답을 듣겠다는 확고한 의지가 담겨 있었다. 하현은 결국 제 진심을 털어놓았다.

"······보고 싶었어요."

"······."

"잠도 잘 안 올 정도로 계속 떠올랐어요."

하현은 괴로운 얼굴로 고개를 숙였다.

"나도 이러고 싶지 않아요. 정말이에요."

아프게 일그러지는 눈매에는 하현의 고통이 담겨 있었다. 시우는 그런 하현을 안아 주며 등을 다독였다. 귓가에 입을 맞추며 그는 낮게 속삭였다.

"이해할게."

"······."

"당신이니까, 이해할게."

그의 품은 다정하고 따스하여 긴장에 휩싸여 있던 몸이 한순간에 풀어지는 듯했다.

대화 없는 포옹이 한참 동안 지속되었다. 시간은 계속 흘러갔지만 어느 쪽도 물러설 생각을 하지 않았다. 창고 안으로 들어선 희끔한 햇살 한 줄기가 넓게 퍼져 두 사람을 어루만졌다.

일조는 기사를 작성하다 말고 의자에 등을 기댔다. 몇 시간째 글자만 들여다보았더니 눈이 피로를 호소했다. 그는 잠시 눈을 감고 기자실에서 들려오는 소리를 감상했다. 사실 결코 감상이라는 말이 어울리지 않는 소음 천지였다. 전화벨 소리, 타자기를 두드리는 소리, 신경질적으로 통화하는 소리, 종이를 넘기는 소리.

K 일보의 겨울은 그 어느 때보다 바빴다. 편집실과 기자실, 회의실을 가리지 않고 전국 각지에서 올라온 소식들이 테이블 위에 가득 쌓여 갔다. 심지어 사장실마저도 그랬고, 우스개로 뒷간까지 쪽지들이 따라붙는다는 소리가 나올 정도였다.

해방 후 미군정에서는 한국 언론의 자유를 보장한다는 입장을 표명했다. 검열 없이 누구든 신문을 발행할 자유가 생긴 것이다. 그 덕분에 해방 전에 폐간되었던 신문과 잡지가 방대하게 쏟아져 나왔다.

기사가 쏟아진다는 건 그만큼 많은 말들이 표면화된다는 뜻이다. 말은 곧 주장이며, 혼란한 나라에서는 곧 정치였다.

많은 말은 부작용을 낳기도 한다. 신탁 통치에 관한 오보로 찬탁과 반탁 싸움은 더욱 격해졌다. 혼란한 해방정국에서 부일협력자 처리는 뒤로 미뤄지고 있었다. 한국 실정을 제대로 알지 못하는 미군은 정부 조직에 부일협력자들을 기용하고 있고, 나라를 판 이들은 혼란한 시대에 기생하려 했다. 종국에는 이 나라의 수뇌부를 장악할지도 모른다.

이 나라는 괜찮을 것인가.

일조는 점점 지쳐 가고 있었다. 사상과 신념은 오히려 군인일 때가 뚜렷했다. 더 나은 미래를 위해 싸워 왔던 그때만큼의 열정이 생기지 않았다. 잔인하고 혼란스러운 현실에 묻혀 점점 흐리멍덩해진다. 쓰레기통에 처박혀 곧 불쏘시개가 될 전보용지처럼 제 생각도 부질없어지는 듯했다.

"부장님. 퇴근 안 하십니까?"

누군가 생각에 잠긴 일조를 일깨웠다. 그는 자리에서 일어서며 쓰게 웃었다.

"가야지."

"너무 무리하지 마십쇼."

"그래. 고마워."

그는 생각을 물리고 여느 때처럼 늦은 시간에 퇴근을 했다. 그는 내내 생각에 잠긴 채 집까지 이동했다.

티가 나지는 않으나 그간의 노고가 그의 어깨 위에 내려앉아 있었다. 그러나 군인의 경계는 쉬이 사라지는 것이 아니어서, 그는 자신의 집 앞에 서 있는 누군가를 발견하곤 신경을 곤두세웠다.

"누구십니까."

검은 양장을 차려입은 사내는 어디선가 언뜻 본 적이 있는 사내였다.

"어르신께서 뵙길 원하십니다."

일조의 눈이 가늘어졌다. 사내는 정석호 옆에 붙어 다니던 수하였다. 기자들 사이에서도 포악하기로 유명한 남자였다. 그의 머릿속이 잠시 상황을 가늠했다.

"거절하면 어찌 됩니까?"

"결과가 좋진 않을 겁니다."

그는 고개를 끄덕이곤 계영이 안내하는 차에 올랐다. 차가 황금정 1정목으로 향하는 동안 그는 돌아오는 길의 피로를 걱정했다. 전차가 끊기지는 않아야 할 텐데. 그는 얕게 한숨을 내쉬었다.

머지않아 고래 등 같은 저택이 나타났다. 일조는 그 안으로 들어서며 경호원의 수를 파악했다. 수가 상당했다. 이 저택에서 정석호를 죽이는 건 불가능했다. 하현이 연설 때 정석호를 노리는 것은 탁월한 판단인 듯했다.

사랑채 쪽의 응접실로 향하자 차를 마시고 있는 정석호가 보였다. 정석호는 인자하게 웃으며 일조를 맞이했다.

"어서 오시게."

뱀 같은 사내. 정석호에게선 부귀와 권력을 모두 쥐어 본 자들 특유의 오만함이 배어 있었다. 그러나 보이지 않는 면에는 밑바닥부터 시작한 자의 비열함과 교활함도 담겨 있으리라.

일조는 소파에 앉았다. 정석호가 건네주는 차를 슬쩍 마시는 척만

하고 내려놓았다.

정석호의 행적을 가장 처음 기사화한 사람이 일조이니, 무사하기는 어려울 듯싶었다. 몸도 많이 녹슬어 이 난공불락의 요새 같은 저택을 빠져나갈 수 있을지도 의문이었다.

칼 한 자루라도 있으면 좋으련만. 고작 몇 달 사이에 그는 군인이 아니라 출근이 두려운 회사원이 되어 있었다. 일조는 자조적인 웃음을 머금었다.

"자네도 군인이었다지."

'자네도'라는 것은 하현과 묶어 말하는 것일 터였다. 이미 조사를 끝낸 모양이었다.

"예. 그렇습니다만."

"난 자네 같은 사람을 아주 좋아해. 눈빛도 좋고, 몸도 제법 쓸 테고. 학력을 보니 머리도 제법 좋을 것 같은데. 혹 내 밑에서 일해 볼 생각은 없나? 보수는 지금보다 배는 쳐줄 수 있네만."

일조는 낮게 웃었다.

"제안은 감사하지만 워낙 사상이 뚜렷하여 밑에 두시면 골치 아프실 겁니다."

"사내가 높은 곳에 오르려면 그 정도는 감수해야지. 이상만 좇는 건 젊은 시절로 족해. 젊은 시절엔 다들 혁명가고 사상가지. 하지만 나이가 들고 세상 돌아가는 모습을 알게 되면 꿈만 좇고 살 수는 없다는 걸 알게 돼."

정석호는 여유로운 어조로 논평하고는 소파에 등을 기댔다.

"듣자 하니 대위까지 올랐다던데. 권력은 쥐어 본 자만이 누릴 수 있지 않나. 자네 정도라면 정계에 진출해도 무리가 없을 텐데 왜 작은 신문사에 눌러앉아 있는 겐가? 기자라면 권력이 곧 역사가 된다는 걸 알 텐데."

"틀린 말씀은 아니지만 권력이 쓴 역사는 오래가지 못합니다."

일조의 말에 정석호가 웃음을 터트렸다.

"자네도 아직 젊군. 나와의 싸움을 이길 수 있다고 생각하나?"

"전 무엇이든 확신하지 않습니다. 이길 수도 패할 수도 있겠죠. 그리고 이건 제 싸움이 아닙니다."

"자네 싸움이 아니라고? 그럼 왜 김하현을 돕는 것이지? 전우애인가?"

"지금 저는 군인이 아니고 기자입니다. 글로써 싸우는 게 제 일이죠. 제가 돕는 이유는 그저 돕고 싶은 사람이기에 돕는 것입니다."

전우애도 사랑이니까. 정석호는 생각에 잠긴 듯 제 턱을 매만졌다.

"내가 연설을 나가는 때를 노리겠지?"

일조의 시선이 그를 훑었다.

"인력을 최대한 포진시킬 거야. 경찰은 물론이고 사설 경호대까지 전부. 그런데 자네들은 몇 명인가? 넷? 다섯? 자네들은 결코 날 죽일 수 없어. 승패를 속단할 수는 없어도 누가 유리한지는 알겠지."

"……."

"자네에게 기회를 주는 걸세."

이성적인 판단이 필요한 때였다. 그는 하현의 얼굴을 떠올렸다. 한때 그녀를 마음에 두었던 적도 있다. 단지 여인이 드문 집단에서 만났기 때문이 아니다. 어디에서 만났든 많은 여인들 속에서도 그는 하현을 마음에 두었으리라. 자신에게는 이상적인 여인이었으니까.

하지만 그때는 신념이 더 중요했고, 그건 그녀도 마찬가지였을 것이다. 다시 재회했을 때 인연을 이어 가고 싶다는 생각을 하기도 했으나, 그녀에게는 그럴 여유가 없어 보였다. 연호를 떠나보낸 죄책감과 후회가 짙게 드리워 있었다. 아마 제가 그랬듯 그녀도 스스로의 마음을 잘 몰랐던 것이리라.

현재에는 목시우란 사내가 그녀의 곁을 맴돌고 있다. 이전의 분위기를 보아하니 관계가 더 발전한 듯싶었다.

일조는 하현에게 도움을 주는 것이 제 몫이라 생각했고, 하현이 하는 일에 의구심을 가지지 않았다. 그러나 제 기준에서 목시우란 사내를 신뢰하기 어려운 것은 사실이었다. 하현을 아끼는 것 같긴 했으나, 정석호를 죽이려는 것이 복수 때문인지 야욕 때문인지 정확히 판단을 내리기 어려웠다.

정석호는 짧은 순간에 일조에게 드리운 고뇌를 읽었다.

"내게 협력하겠다면 자네가 원하는 것을 들어주지. 돈을 원한다면 지급하고, 권력을 원한다면 쥐여 주겠네. 자네는 무엇을 원하는가?"

일조는 깊은 생각에 잠겼다. 명령과 지시로 이뤄지는 군 생활에서 적과의 승패를 조율한다는 건 어리석은 생각이다. 그러나 사회는 달랐다. 승패를 조율하고 자신이 원하는 곳에 탑승하는 게 가능했다.

"좋습니다."

그는 얕게 미소 지었다.

"제가 원하는 건 하나입니다."

"그래, 무엇인가?"

"김하현의 목숨을 보장해 주시지요."

상록수가 얼어붙을 정도로 혹독한 추위가 찾아들었다. 측후소는 12월 31일 서울의 기상이 영하 20도라는 소식을 알렸다. 살을 에는 추위 속에서 30만의 시민들이 서울운동장에 집결했다. 동대문 뒷산이 하얗게 뒤덮인 것은 눈 때문이 아니라 그곳에 모인 사람들 때문이었다. 서울 인구 120만 중에서 4분의 1 가량이 모인 것이다. 다른 의도를 가진 이들도 분명 있겠으나, 대부분 애국심만으로 모인 것이었다.

해방 후 임자 없는 땅에는 찬탁과 반탁, 혁명과 반혁명, 갈등과 대립이 끊임없이 들끓었다. 혼란한 시대지만 이 싸움은 분명 더 나은 삶을 위한 희망에서 나온 것일 터였다. 국가를 위해 싸웠던 이들은 새로운 국가 건설을 위해 목소리를 높이고 있다.

'희망적이라고 할 순 없지만 의미 없다고도 생각하지 않아. 그 사람들로 인해 앞으로 많은 게 개선될 테니까.'

하현은 시우의 말을 떠올렸다. 그녀는 해방 후의 나라를 보고 절망했었지만, 어쩌면 그의 말대로 의미 없지는 않을지도 모른다. 국민들은 자유와 평등, 평화에 대한 열망으로 이토록 분노하고 있으니까.

적이 왕을 치고 군대를 해체시켰으나 백성들이 의병을 자처하여 싸웠던 나라다. 잃은 것은 많고 앞으로 더 잃을 것이 많겠지만, 그럼에도 하현은 분노할 줄 아는 이 나라를 사랑했다.

그러니 이 일을 꼭 성공적으로 마쳐야만 했다.

서늘한 바람과 함께 눈발이 흩날렸다. 건물 옥상에 있던 하현은 총구를 정석호에게 조준했다. 단상에 오른 정석호는 대중들 앞에서 연설을 하고 있었다. 광장의 정치 시대답게 대중들을 설득하는 집회가 곳곳에서 열리던 차였다. 대중들은 정석호의 말에 고개를 끄덕이기도 했고, 그가 매국노라는 사실을 아는 이들은 혀를 차기도 했다.

"괜찮을까요? 눈까지 내리는데."

군중 속에 섞여 있던 철웅이 불안한 표정으로 월영에게 말했다. 각자 다른 곳에서 하현의 저격을 기다리고 있었는데, 불안한 건 모두가 마찬가지였다. 반면 철웅의 불안한 재촉에도 월영은 여유로웠다. 하현의 저격을 직접 본 적이 있기 때문이다.

7년 전, 희선의 부탁으로 월영이 하현을 찾아다닌 적이 있다. 상해에서 월영은 하현을 처음 목격했었다. 비록 멀리서 지켜보았기 때문에 하현은 알지 못했겠지만, 월영은 하현의 저격을 똑똑히 보았다.

"걱정할 필요 없어. 일발필중의 명사수니까."

노린 것은 놓치는 법이 없는 명사수였다. 사격 실력만큼은 군에서 최고였다 하니 실력만으로 따지자면 중위보다 더 높은 계급을 달아야 마땅했다. 어쩌면 여인이라는 벽이 그녀를 가로막았을지도 모른다. 그러나 그녀는 때로 자신을 버렸을 세상을 버리지 않았다.

하현은 조준경을 통해 정석호에게 총구를 조준했다. 잠시 바람이 멎었고, 하현도 숨을 멈추었다. 지금이 적시라 생각한 순간이었다.

탕-!

발사된 총이 정석호의 가슴에 꽂혔다. 정석호가 무릎을 꿇고 쓰러졌다. 대중들 사이에서 비명이 터져 나오며 소요가 일었다. 그 소란 속에서 월영은 기시감을 느꼈다. 총을 맞았는데도 피의 흔적이 없었기 때문이다. 월영이 낮게 중얼거렸다.

"이런, 안에 뭘 입었군."

하지만 다시 조준하여 머리를 노리면 된다. 월영은 침착하게 생각했다. 그러다 정석호 주변으로 모이는 경호원의 수를 확인했다. 이상하게도 수가 너무 적었다. 일순, 좋지 않은 직감을 한 월영의 얼굴이 어두워졌다. 그녀는 몸을 돌려 하현이 있을 건물을 바라보았다.

그녀의 얼굴이 사색이 되었다. 건물 주변으로 정석호의 경호원들이 몰려들고 있었다.

정석호는 제 부하의 부축을 받으며 차에 올랐다. 차를 출발시키며 운전수가 그에게 물었다.

"괜찮으십니까?"

"뼈는 나가지 않은 것 같군."

그는 안에 입은 방탄복을 벗어 의자에 내려놓았다.

"다행입니다. 의원이 집에서 대기 중이니 금방 모시겠습니다."

"그래. 건물 주변은 제대로 포위시켰겠지?"

"예. 지금쯤 붙잡혔을 겁니다."

"구일조 얘기를 듣길 잘했군."

구일조가 털어놓은 계획대로 김하현은 연설 중 저격을 노렸다. 구일조는 김하현에게 저격 대상의 심장을 먼저 노리는 습관이 있다는 것을 말해 주었고, 그의 말을 따라 정석호는 안에 방탄복을 입었다.

위험 부담이 있는 일이었지만, 김하현을 현행범으로 체포하기 위해서는 어쩔 수 없었다. 이번 일로 동정 여론이 일면 상황을 뒤집기도 쉬울 테니 손해 보는 것만은 아니었다.

"그 여자를 어찌 처리해야 할까."

구일조에겐 미안하지만 김하현을 살려 둘 수는 없었다. 살려 두면 필히 방해가 될 존재였다. 구일조에겐 계영을 보낸 참이었다. 아깝지만 그 작자도 처리할 대상이었다. 김하현을 죽인 것을 알면 그 역시 거슬리는 존재가 될 터이니.

"목시우는 어쩌실 겁니까?"

운전수의 물음에 그는 잠시 생각에 잠겼다. 어찌해야 할까. 어릴 때부터 꽤 잘 길들여 왔다고 자부했는데 노력이 허사가 되었다. 목시우는 제가 키워 놓은 작품과도 같았다. 영리하여 사업 수완이 좋고 사람을 제법 잘 다룰 줄 알았다. 이제 제게 자금줄이 되어 주는 일만 남았거늘, 저를 물어뜯으려 한다니.

그는 이를 갈았다. 찢어 죽여도 속이 시원치 않을 듯했다. 시우의 눈앞에서 김하현을 참혹하게 죽여 놓으면 조금 속이 시원해질까.

탕-!

그때였다. 어디선가 날아온 총알이 사이드 미러를 때렸다. 정석호는 표정을 굳히고 뒤를 돌아보았다. 차 한 대가 따라붙고 있었고, 조수석에 앉은 누군가가 이곳으로 총을 겨누고 있었다.

김하현이었다.

대체 어떻게 된 일인가. 지금쯤 제 경호원들에게 붙잡혀 있어야 할 텐데. 저격을 한 장소가 그 건물이 아니었던 건가?

그의 시선이 운전석 쪽으로 향했다. 운전을 하고 있는 이는 구일조였다. 분에 찬 정석호가 주먹으로 창을 때렸다. 저놈은 애초에 제안을 받아들일 생각이 없었다. 이성적인 사내라 생각했는데 어찌 이리 어리석단 말인가.

그는 앞좌석으로 이동하며 신경질적으로 운전수에게 외쳤다.

"속도 높여!"

차가 거침없이 길을 내달렸다. 시가지를 지난 차가 머지않아 한적한 길에 이르렀다. 길 옆에 논두렁이 늘어져 다듬어지지 않은 도로였다. 울퉁불퉁한 길을 높은 속도로 달리다 보니 차체가 거칠게 흔들렸다. 그리고 그 틈에 차 한 대가 더 따라붙었다. 시우와 장환이 탄 차였다.

곧 갈림길에 이르렀고, 일조가 모는 차는 다른 길로 빠졌다. 그 근방을 모두 확인했기 때문에 지름길을 알고 있었다. 정석호의 차가 오는 방향에 그들은 차를 세웠고, 하현은 차에서 내려 정석호에게 총구를 겨누었다.

"계속 밟아!"

하현과 차의 거리가 근접했다.

탕-!

하현이 쏜 총탄이 정석호에게 향했다. 정석호는 운전수의 뒷덜미를 잡아 자신의 앞을 가로막았고, 총탄에 맞은 운전수는 피를 흘리며 쓰러졌다. 액셀을 밟고 있는지 차는 빠른 속도로 앞으로 전진했다.

하현은 여전히 그 자리를 지키고 서서 저격 소총을 겨누었다. 내달리는 차가 근접하여 거의 차에 치이기 직전이었으나, 하현의 눈빛에는 흔들림이 없었다.

그때 뒤에서 다시금 총소리가 울렸다. 탕탕-! 바퀴에 연달아 구멍이 뚫리며 차체가 크게 회전했다. 바퀴에 총을 쏜 사람은 뒤따라 붙은 시우였다.

정석호가 탄 차는 나무를 들이받고 멈춰 섰다. 정석호는 간신히 차에서 내렸다. 그러나 양쪽에서 그를 향해 총을 겨누고 있었다. 그는 도망가려 했으나 시우의 총탄이 그의 허벅다리를 꿰뚫었다. 정석호는 바닥에 쓰러졌다. 하현과 시우가 그에게 다가갔다.

"나를 죽이면 시우 네 어미의 시신이라도 찾을 수 있을 것 같나?"

정석호가 이를 갈 듯 말했다. 하현이 멈칫했다. 시우는 다시금 총을 쏴 그의 어깨를 맞혔다. 정석호는 고통스러운 신음을 흘렸다.

"아직 입이 살아 있는 모양이군."

"난 너를 정말 아들처럼 여겼다."

"말 잘 듣는 개가 필요했던 거겠지."

정석호의 눈이 시우를 향했다. 팔다리를 잘라 내면 엎드려 길 줄 알았는데 제 아비와 똑같이 자랐다. 노비로 살아왔음에도 제 신념을 꺾지 않았던 그놈처럼.

"한심하군. 이상만 좇는 게 제 아비와 똑같아."

"그 더러운 입에 아버지를 담지 마."

시우가 일갈했다. 정석호는 조소를 머금었다.

"겨우 나 하나 죽여서 바뀌는 게 있을 거라 생각하지 마라."

하현의 총구가 정석호의 이마에 닿았다. 그의 표정이 서늘하게 굳었다.

"바뀌지 않을 거라고 생각하는 건 당신네들의 오만이지. 이 나라는 계속 바뀌어 왔어."

정석호는 헛웃음을 흘렸다. 하현은 그를 보며 낮은 목소리로 물었다. 이제 끝을 준비해야 했다.

"남길 말은 없나?"

정석호는 하현의 눈을 응시하며 읊조리듯 말했다.

"치욕스럽군."

그리고 정석호가 하현에게 흙을 뿌렸다. 하현이 든 총구가 거두어
지자 정석호가 제 품에 숨겨 두었던 칼을 뽑았다. 시우는 본능적으로
하현의 앞을 가로막으며 총구를 겨누었다. 그러나 정석호의 칼끝은
시우에게 향하지 않았고, 그 자신의 목으로 향했다. 정석호는 제 목덜
미에 강하게 칼을 박아 넣었다.

시우가 정석호의 멱살을 잡았으나 그는 울컥 피를 토하며 옆으로
쓰러졌다. 하현의 눈이 크게 뜨였다가 아프게 일그러졌다. 잘못된 자
존심이 엉망으로 엉킨 사내였다. 결국 끝내 변하지 못하고 제 스스로
자결을 하고 말았다. 보다 고통스러운 죽음을 택한 것이다.

하현은 떨리는 시우의 손을 잡아 주었다.

"이제 됐습니다. 다 끝났어요."

그는 파르르 떨리는 손을 내렸다. 정석호가 쓰러지며 시우도 힘을
잃고 무릎을 꿇었다. 정석호를 바라보는 시우의 눈에 짙은 그림자가
드리워 있었다. 시우에게 오랜 고통을 심어 주었던 사내는 허무하게
생을 마감해 버렸다. 그의 눈동자에 형용할 수 없는 감정이 어지러이
혼재되어 있었다.

서늘한 바람이 불어와 그의 어깨를 잘게 흔들었다. 하현은 그의 어
깨를 감싸 안아 주었다. 그는 하현의 품에 머리를 기대며 울음 같은
호흡을 토해 냈다.

"이제 괜찮아요. 다 괜찮을 겁니다."

하현은 그의 어깨를 다독여 주었다.

하현과 희선은 곧바로 인천항으로 향했다. 로스앤젤레스행 배를 타
기 위함이었다. 떠나는 이들을 마중하기 위해 시우와 장환도 항구에

와 있었다. 철웅은 혼자 있기는 싫다며 하현을 따라나서기로 했다. 생전 처음으로 해외에 나가는 것이 좋은지 철웅은 내내 들떠 보였다.

"야, 박철웅. 가만히 좀 있어."

산만하게 돌아다니는 철웅과 복순이를 보며 하현이 나무랐다.

"애들은 좀 철이 없어도 괜찮아요. 난 철웅이가 철들면 서운할 거 같은데."

희선의 말에 철웅은 헤벌쭉 웃었다.

"넌 복순이 혼자 두고 가야 하는데 걱정도 안 돼?"

하현의 물음에 철웅의 표정이 곧장 시무룩해졌다. 복순이를 끌어안고 훌쩍거리려 하길래 금세 미안해졌다. 하현은 복순이를 받아 들고 시우의 품에 넘겨주었다.

"농담이야. 걱정하지 마. 이 사람이 보기보다 개를 좋아하거든."

불만스러운 시우의 시선이 닿았지만 하현은 그를 무시했다.

"정말 이러기 있어요?"

그때, 뒤늦게 도착한 월영이 하현을 보며 불만스럽게 투덜거렸다. 함께 도착했는지 일조도 하현에게 눈인사를 했다.

"나한테까지 계획을 얘기하지 않고. 얼마나 놀랐는데."

하현은 미안한 얼굴로 그녀에게 사과했다.

"죄송합니다. 혹시 월영 씨가 감시당하고 있을까 봐 그랬어요."

월영은 하현을 나무라는 듯 노려보았다. 밉지 않은 시선에 하현은 멋쩍게 웃었다.

"그나저나 정석호의 수하를 못 잡아서 큰일이네요."

일조와 합류하기 전, 정석호의 수하인 계영이 일조를 찾아갔다고 들었다. 다행히 일조는 다치지 않았지만 계영을 붙잡지는 못했다고 한다.

"그것까지는 자네가 걱정하지 말게. 앞으로 내가 찾아볼 테니."

"대위님께는 정말 면목이 없네요."

"그러지 말래도."

일조가 부드럽게 미소 지었다.

"그것보다 잠깐 둘이서 이야기를 했으면 하는데."

하현은 얼떨떨한 얼굴로 고개를 끄덕였다. 시우는 석연치 않은 듯 일조와 하현을 번갈아 바라보았다. 계속 자리를 뜨지 않아 월영이 겨우 시우의 팔을 끌고 사라졌다. 하현은 일조에게 고개 숙여 인사했다.

"대위님께는 정말 신세가 많았습니다."

그는 다시금 부드러운 미소를 지었다. 늘 생각하던 것이지만 일조는 웃는 얼굴이 가장 멋졌다.

"내가 어려울 때는 자네 도움을 기대해도 되겠지?"

"물론이죠."

일조는 하현에게 손을 내밀었다. 두 사람은 악수를 나누었다.

"자네를 만나 여인과도 우정을 나눌 수 있다는 걸 알았어."

"저도 그렇습니다."

일조는 입가에 웃음을 머금은 채 하현의 손을 가만히 응시했다.

"존경과 사랑도 알았지."

하현이 놀랄 새도 없이 일조가 하현의 손을 들어 올려 손등에 입을 맞추었다. 그 모습을 목격한 시우가 험악해진 얼굴로 사람들을 헤치고 두 사람에게 다가왔다. 일조는 작게 웃음을 터트렸다.

"하지만 자네와의 연은 사랑보다는 우정이 더 귀해."

"……."

"방금 건 존경의 뜻이었어. 난 자네와의 우정이 변치 않았으면 해."

금세 다가온 시우가 일조의 팔을 잡았다. 멱살을 잡을 기세이기에 하현이 시우를 만류했다.

"야견 같은 사내에게 얻어맞기 전에 어서 가야겠군."

일조는 농을 하며 시우의 어깨를 두드렸다.

"내 벗을 소중히 대해 주시죠."

하현은 움찔하는 시우의 팔을 잡아 내렸다. 일조는 웃으며 인사했다.

"이만 가지. 조심히 다녀오게나."

"감사합니다."

하현은 깊이 허리 숙여 인사했다. 멀어지는 일조를 보며 시우가 이를 갈았다.

"이럴 줄 알았어."

"우정으로써의 연이 더 귀하다 하셨습니다. 그만 진정해요."

"진정하게 생겼어? 저 자식 처음부터……!"

하현은 화를 죽이지 못하는 시우에게 다가섰다. 까치발을 들고 입술에 꾹 입을 맞추고 물러서자 시우의 눈이 여느 때보다 크게 뜨였다. 하현이 먼저 입을 맞춘 건 처음이었기 때문에 적잖이 놀랐다.

"내가 살고 싶어진 건 당신 덕분이에요."

하현은 환히 웃으며 말했다.

"그러니까 질투할 필요 없어요."

환한 웃음을 보며 이내 시우의 눈이 일그러졌다. 눈물을 흘리지는 않았지만 꼭 울 것 같은 표정이었다. 그는 하현의 뺨을 들어 올려 다시금 입을 맞추었다. 주변의 시선을 의식한 하현이 겨우 시우를 밀어냈다. 하현의 귓바퀴는 빨갛게 달아올라 있었다. 그는 개의치 않고 하현을 힘주어 끌어안으며 어깨에 얼굴을 묻었다.

"보내기 싫어."

"일찍 올게요."

"그래도 싫어."

어린아이처럼 투정하는 말에 하현은 푸스스 웃으면서도 가슴이 아팠다. 시우 역시 정말로 보내지 않을 수는 없다는 걸 알고 있을 터였다. 하현은 시우의 너른 등을 다독여 주었다.

"무사히 돌아오겠다고 약속해."

"약속할게요. 목시우 씨도 잘 지내고 있어요."

그는 고개를 끄덕이며 하현의 품에 좀 더 파고들었다.

그때 안내원이 승선 시각을 알리기 시작했다. 아쉽지만 이별의 시간이었다. 그는 못내 아쉬운 표정으로 하현을 품에서 놓아주었다. 하현은 잡고 있는 시우의 손을 놓고 싶지 않아 한동안 그의 손을 바라보기만 했다. 그 역시 마찬가지였다.

더 미룰 수는 없을 것 같아서 하현이 돌아섰을 때였다. 시우가 다시 하현의 손을 잡았다. 고개를 돌려 시우를 바라보았다.

"돌아오면."

"……"

"소원 얘기해 줄게."

두 사람이 했던 내기에 대해 말하는 듯했다.

"궁금하게."

하현이 콧잔등을 찡그렸다. 그는 웃으며 그 콧잔등에 입을 맞추고 뺨과 이마에 연이어 입을 맞추었다.

"조심히 다녀와."

어쩔 수 없이 고개를 끄덕이고는 손을 놓았다. 떨어진 온기가 아쉬워서 하현은 손을 꼭 말아 쥐었다. 배에 승선한 뒤 하현은 시우가 보이는 쪽으로 자리를 옮겼다. 많은 사람들 속에서도 하현은 그를 쉬이 찾아냈고, 그 역시 하현을 바라보고 있었다.

머지않아 배의 고동소리가 울려 퍼지며 출항을 알렸다. 배가 내뿜는 회색 연기가 푸른 하늘 위에 선을 그리고, 배는 포말을 흩뿌리며 서서히 움직였다. 하현은 시우에게 손을 흔들어 주었다. 그 역시 인사에 응해 주었다.

네 번째 인생의 시작점이 되어 준 사내는 부드러운 미소를 짓고 있었다. 하현은 자연스레 처음 만났던 순간을 회고했다. 그때는 이렇게 될 줄은 상상도 하지 못했다. 시우를 사랑하게 될 줄도 몰랐고, 제가 다시 삶을 간절히 바라게 될 줄도 전혀 알지 못했다.

하현은 그에게 손을 흔들어 주며 소원이 무엇이든 꼭 들어주어야겠다고 생각했다.

그때였다. 하현의 표정이 삽시간에 굳어졌다. 시우의 뒤로 다가가는 검은 인영을 본 탓이다.

정석호의 수하인 계영이었다.

누구인지 알아챈 하현의 표정이 사색이 되었다.

"목시우 씨!"

힘껏 소리를 질렀으나 너무 멀리 있어 소리는 닿지 않았다. 표정도 잘 보이지 않을 터였다.

아아, 안 돼. 하현이 다시 배에서 내리려 했으나 인파가 너무도 많았다. 하현의 다급한 행동을 보며 시우는 이상한 낌새를 알아차렸다. 그가 옆으로 돌아선 순간, 누군가 그의 어깨를 잡았다.

칼날이 햇살에 번뜩이며 시우의 옷 사이로 사라졌다. 흰 셔츠가 피로 물들기 시작했다. 하현의 눈이 크게 확장되었다. 숨이 틀어막혀 그녀는 아무런 말도 하지 못했다. 하현이 뛰어내리려 하는 것을 철웅과 희선이 간신히 막아섰다.

일조가 검은 인영을 붙잡는 것이 보였다. 그러나 시우는 힘없이 쓰러져 사람들 속으로 사라져 버리고 말았다. 하현은 다리에 힘이 풀려 주저앉았다. 가슴이 짓이겨지는 듯한 고통 때문에 아무 생각도, 아무런 행동도 할 수가 없었다.

배를 돌려 달라고 청했으나 선원들은 부탁을 들어주지 않았다. 시우에게 하현이 다치는 상황을 제외하고 결코 배를 돌리지 말라는 지시를 받았기 때문이라고 했다.

하현이 시우를 떨어트려 놓은 것은 이런 상황을 위해서가 아니었다. 죽는다면 그건 자신이어야 했지 시우여서는 안 되었다.

"누나……."

철웅이 다가와 조심스레 팔을 잡았다. 하현은 힘없이 그 손길을 떼어 내고 선실을 빠져나왔다. 어느덧 비가 내리고 있었다. 검은 구름이 음울한 기운을 쏟아 내고, 파도가 수런거리며 바람이 거세어졌다. 배는 파도를 헤치고 어디인지 모를 망망대해를 향해 나아가는 중이었다.

하현은 갑판으로 걸어 나왔다. 거센 비가 순식간에 하현의 몸을 감싸 안았다. 머리부터 발끝까지 모두 젖은 채 그녀는 뱃전 아래의 작은 공간에 몸을 웅크리고 앉았다. 비가 와서 아무도 밖으로 나오지 않았고, 그 누구도 그녀를 발견할 수 없을 터였다.

심장이 조여들었다. 거인의 손이 장기를 쥐어짜듯 모든 장기가 수축되는 느낌이었다. 당연히 숨을 쉴 수도 없었다. 숨을 들이켰으나 물에 젖은 수건을 억지로 기도에 처넣은 듯 숨은 폐부까지 도달하지 못했다. 연이어 숨을 들이쉬기만 했다.

숨이 넘어가기 직전에 하현은 겨우 숨을 토해 냈다. 그러나 울음은 토해 내지 못했다. 지독한 슬픔이 가슴 안쪽에 엉켜 있는데도 울 수가 없었다. 그녀는 우는 법을 알지 못했다.

고통스러운 숨소리는 빗소리에 묻히고 거센 파도에 삼켜졌다. 모진 추위 속에서 하현이 할 수 있는 유일한 일은 바다에 뛰어내리지 않도록 애쓰는 것뿐이었다.

그의 말대로 악몽은 끝났다. 그저 새로운 악몽이 찾아들었을 뿐이다. 그녀는 자신의 삶을 저주하고 또 저주했다.

종장

달과 은목서

　일곱 살인가, 여덟 살인가. 마을 아이들과 놀다 지칠 즈음, 옆집 얼음 아저씨의 수레를 얻어 타고 집으로 돌아오곤 했다. 그때 수레 뒤에 앉아서 보았던 하늘의 풍경은 참 아름다웠다. 옹기종기 모인 작은 집들이 밥 짓는 연기를 하늘에 풀어놓으면, 그에 반응하듯 하늘도 붉게 타올랐다. 산모롱이 뒤로 펼쳐진 노을은 어느 날 장에서 보았던 다홍 치마만큼이나 탐이 나는 빛깔이었다.

　그런데 이상하게도 나는 그 아름다운 풍경보다 땅에 더 시선이 갔다. 흙바닥 위에 남는 수레바퀴 자국과 아저씨의 발자국은 이상하리만치 시선을 잡아끌었다.

　그것은 매일매일 자국을 남겼다가도 다음 날이 되면 감쪽같이 사라졌다. 나는 그게 조금 아까웠던 것 같다. 바람과 빗물 혹은 타인의 발자국에 쓸려 사라지는 그 자국에 연민과 비슷한 감정을 느꼈다. 아저씨가 단 한 번도 제가 남긴 자취를 돌아보지 않았기 때문인지도 모른다.

　언젠가 고모에게 그 이유를 물었더니, 고모는 나이를 먹으면 자신을 돌아볼 새 없이 살게 된다고 했다. 물론 그 말을 알아들을 나이는 아니었기에 나는 대수롭지 않게 넘겼다.

언제까지고 어린아이로 살 수 없음을 깨달은 것은 고모가 죽었을 때다. 손안에 푸성귀를 한 아름 안고 집으로 돌아왔을 때, 고모는 없었다. 타닥타닥 장작 때는 공허한 소리만이 정적을 간질이듯 들려올 뿐이었다. 나는 툇마루에 앉아 배가 곯아 위가 쓰릴 때까지 고모를 기다렸다. 그러나 고모는 다시 돌아오지 않았다.

하나뿐인 가족을 잃은 상실감, 공포와 슬픔과 분노가 한데 결집하여 낡은 실뭉치처럼 엉켜 있었다. 나는 고모를 찾아 밤이 깊어질 때까지 도심을 떠돌았다. 그런 날이 몇 밤이나 지속되었다. 거리에서 동냥하는 아이들과 행색이 비슷해지는 것도 무리가 아니었다. 그런 내게 말을 건 것은 어떤 중년 여인이었다.

"네 고모의 시신은 내가 거두었다. 부모님 묘 옆에 있으니 걱정할 것 없단다."

그녀는 나를 데리고 가 씻기고 밥을 먹였다. 어째선지 그녀에게는 손가락 세 개가 없었다. 어떤 삶을 살아왔을지 예측할 여유는 없었다. 그저 친절을 베풀어 주는 사람에게 기댈 마음만 가득 찼다. 보호자 없이 내버려진 저를 거두어 주었으면 했다. 그런 기대를 읽었는지 여인은 실망스러운 말을 했다.

"난 할 일이 있어 너를 거두지는 못하겠구나. 앞으로 어찌 살 생각이냐?"

깊이 실망했다. 그 실망을 읽었는지 그녀는 쓰게 웃었다.

"이런 나라에서 여자로 태어나는 것만큼이나 비참한 일은 없지. 네가 원한다면 순응하고 사는 게 나을지도 모르겠구나. 그냥 놓아 버리면 쉽단다. 포기하고 파멸의 길로 가면 되는 거야."

"무슨 말인지 모르겠어요."

나를 보며 그녀는 웃기만 했다.

"아주머니는 어떻게 사셨는데요?"

"난 순응하지 않았다. 네 고모도 마찬가지고."

"그럼 저도 그렇게 살지 않을 거예요."

"어려운 길을 가려 하는구나."

그녀는 쓸쓸히 웃더니 짐 꾸러미에 약간의 돈과 총 한 자루를 넣어 주었다.

"어느 쪽을 택할지는 네 선택에 달렸어."

그리고 편지 한 장을 건네주었다. 만주에 있는 어떤 건물의 주소가 함께 쓰여 있었다.

"이게 너한테 도움이 될지 안 될지는 모르겠구나. 그곳으로 떠날 자신이 없으면 그냥 이곳에서 순응하며 살아도 좋아."

그녀는 머리를 쓰다듬어 준 뒤 길을 떠났다. 나는 다시 혼자가 되었다.

조선을 떠나기 전에 가장 먼저 머리를 잘랐다. 고모는 매일매일 곱게 머리를 빗어 헝겊 오라기로 끝마무리한 종종머리를 해 주었다. 손이 무척 많이 가서 보살핌을 받는 아이나 할 수 있는 머리였다. 아버지 없이 자란 아이라 손가락질 받지 않게 하려는 고모의 사랑이 담긴 머리이기도 했다. 하지만 더 이상 사랑받을 수 없어 나는 머리를 잘랐다.

고향을 떠나 만주 땅을 밟았다. 여인이 주었던 총을 잡은 나이가 열셋이었다. 무작정 고모의 흔적을 따라 걸었다. 민주주의, 자유주의, 민족주의, 공산주의. 다양한 사상과 이념을 가진 사람들 속에 있었으나 그 속에 섞일 수가 없었다. 나를 지지할 기반이 무엇인지 알지 못했다.

근원 모를 공허였다. 뚜렷한 이념도 없이, 가슴속에 품은 칼날이 무뎌지기를 바라며 그저 앞으로 나아가기만 했다. 결코 뒤돌아보지 않았다. 얼음 아저씨가 제 발자취를 돌아보지 않았듯이.

다양한 사람들을 만났다. 제게 주어진 기본적인 행복마저도 포기한 채 나라를 위해 싸우는 사람들, 전혀 다른 인종인데도 조선을 돕던 이들, 제 나라의 제국주의를 부끄러워하여 독립군을 돕는 일본인들.

세상에는 생각보다 상식적인 사람이 많았다. 그보다 비상식적인 사람이 조금 더 많아 세상은 혼란한 것인지도 모른다.

전쟁, 폭행, 살인, 강간. 보이는 곳에서, 혹은 보이지 않는 곳에서 끔찍한 일들이 벌어졌다. 세상은 알아갈수록 참혹했다. 푸르른 바다와 들꽃이나 보고 자라던 내가 세상의 이면과 맞닥뜨린 것이다. 어려운 길을 간다던 여인의 말을 그때쯤 이해했다. 외면과 순응은 쉬운 것이고 반기를 드는 것은 지독하리만치 어려운 일이었다.

가끔씩 토악질이 밀려들었다. 가슴 깊숙이 박힌 칼날을 토해 내려는 행위였는지도 모른다. 그러나 장기를 쥐어짜는 고통을 동반하여도 그건 밖으로 나오는 법이 없었다.

"중위님."

운이 나쁘게도 연호가 그 모습을 목격했다.

"어디 편찮으십니까."

피로가 드리웠을 얼굴을 그는 빤히 바라보았다. 일순 신경에 날이 섰다. 아랫사람에게 약한 모습을 보여 주어서는 안 되었다. 여인이라는 꼬리표가 달린 삶은 그래야 했다. 지나치게 날이 서서, 걱정 섞인 연호의 목소리를 읽지 못했다. 빤히 응시하는 시선에 표정을 차갑게 굳혔다.

"뭐 할 말 있어?"

연호는 황급히 시선을 떼었다. 그런 반응을 보이리라 예상하지 못해서 나 역시 당황했었다.

그리고 다음 날, 약을 받았다. 다른 사람의 손을 거쳤으나 연호가 준 것이 분명했다. 연호는 다른 사내들과 조금 다른 듯했다. 섬세하고 다정한 면모를 가진 사내였다. 그래서 처음부터 더 시선이 갔던 것인지도 모른다. 흰 피부, 다정하고 사근사근한 말투, 부드러운 미소. 그 다름이 신기하여 저도 모르게 자주 쳐다보았던 것 같다.

"그냥 살아가는 게 목적인 사람도 있지 않겠습니까. 준비한다고 해도 뜻대로 되지 않는 게 삶이고⋯⋯. 저는 다가올 미래보다 현재에 충실한 삶을 사는 사람들이 더 멋있어 보입니다."

속마음을 간파당한 기분이었지만 나쁘지 않았다. 눈치 빠르고 다정한 사내의 배려가 싫지 않았다. 상대를 존중할 줄 아는 이 사내를 조금 더 알고 싶다고 생각했다. 그게 사랑의 전조증상인지 그때는 미처 몰랐다.

무슨 일이 있어도 나를 존중할 것 같았던 사내는, 제가 죽는 순간에는 나를 존중하지 않았다. 죽음으로 나를 지킨 것이 그것을 증명했다. 사랑에 빠지게 만들고 떠나 버린 것이 원망스러웠다. 앞으로 남겨진 나의 삶을 생각하지 않은 그가 미웠다.

그래도 마음을 고백하지 않은 것은 후회하지 않았다. 연호가 아무런 미련 없이 떠나기를 바랐으니까.

낯선 땅에서 연호의 장례를 치른 뒤, 전장에서 도망쳤다. 군 생활 부적격 판정을 받기 전에 제 발로 나온 것이다. 더 이상 무엇도 바라며 살고 싶지 않았다. 과거에 만났던 여인이 말했던 순응과 포기와 파멸의 길로 가고 싶었다.

"당신이 좋아."

"⋯⋯."

"믿기지 않겠지만 당신이 첫사랑이야."

목시우란 사내가 마음을 주었을 때, 그가 끊임없이 내 뒷모습을 쫓아왔던 걸 알면서도 돌아볼 수가 없었다. 그저 앞만 보며 순응하는 길로 들어서고 싶었으니까. 그의 모습이 인상적인 잔상을 남긴다 해도 돌아보고 싶지 않았다. 그러면 내 모습까지 보게 될 것 같았으니까.

어린 날 얼음 아저씨의 발자취를 바라보던 그 순간, 어쩌면 나는 수

레바퀴 자국과 발자취에서 아저씨의 피로와 무게를 느꼈을지도 모른다. 매일 발자국을 남겨도 변함없는 하루를, 반복되는 힘겨운 나날들을.

같은 이유로 나 역시 결코 돌아볼 수 없었다. 나의 발자취를 보며 연민과 서글픔을 느낄 것만 같아서.

스스로를 돌아볼 여력이 없었던 나는 다시 찾아온 사랑마저 외면한 것이다. 어리석게도.

하현은 어딘가를 헤매고 있었다. 자신이 어딜 걷고 있는지, 어느 방향으로 향하고 있는지 전혀 알지 못했다. 그저 애타게 찾는 무언가를 향해 끊임없이 걸음을 옮길 뿐이었다.

"김하현!"

그때였다. 익숙한 목소리에 하현은 뒤를 돌았다. 그리워했던 이가 하현을 바라보고 서 있었다. 그는 성큼 하현에게 다가왔다.

"또 어딜 헤매는 거야."

그가 걱정스레 하현의 뺨을 쓰다듬었다. 하현은 놀라서 그의 옷자락을 꽉 붙잡았다. 믿기지 않는 사실에 손이 파들파들 떨렸다.

"정말 목시우 씨예요?"

"그새 내 얼굴도 잊어버렸어?"

울음기가 치솟았다. 그는 언젠가 보았던 싱그러운 웃음을 지으며 하현을 다독였다.

"괜찮아. 내가 약속했잖아. 늘 당신 곁에 있겠다고."

그리고 하현을 둘러싼 세상이 무너지기 시작했다. 깨진 유리처럼 파열하더니 산산이 조각나 순식간에 흩어졌다. 종국에 남은 것은 우주처럼 까만 공간과, 하현의 발치에 쓰러져 피를 흘리는 시우였다. 창백한 얼굴의 그는 공허한 눈으로 하현을 응시하고 있었다. 생명이 사라진 텅 빈 눈이었다. 가슴에 둔중한 충격이 내리꽂혔다.

"……나, 누나!"

무너지는 세상에 하현이 파묻혔을 때, 그녀는 눈을 떴다. 잠에서 막 깨어났음에도 불구하고 그녀는 바깥에 서 있는 상태였다. 발목에는 끊어진 밧줄이 걸려 있었고, 손끝은 피로 물들어 있었다. 철웅은 하현의 눈에 초점이 돌아온 것에 안도하며 한숨을 내쉬었다.

"누나. 도련님 괜찮을 거야. 누나가 괜찮아야 도련님도 얼른 나아서 오지."

철웅이 위로하며 하현의 팔을 잡고 이끌었다. 하현은 넋이 나간 채 철웅을 따라 숙소로 들어섰다. 다시 침대에 눕자 차츰 정신이 되돌아오기 시작했다.

로스앤젤레스에 도착한 후 2개월간 발이 묶였다. 물건의 보관과 운반을 책임져 주기로 했던 시우의 생사가 불분명하니 당연한 일이었다. 모두가 시우의 연락을 기다렸으나, 머나먼 타국에서 연락을 주고받는 건 쉬운 일이 아니었다. 하현은 장환에게 현재 묵고 있는 호텔명을 적어 연락을 달라고 했지만, 답변은 돌아오지 않았다.

"누나, 어디 가?"

아침이 되자마자 외투를 입는 하현을 보며 철웅이 물었다.

"그냥 밖에. 먼저 밥 먹고 있어."

"응. 조심해."

철웅의 표정에서 염려를 읽었다. 질 나쁜 인종 차별 집단을 만났다가는 큰일을 당할 수도 있기 때문이다. 하현은 대충 고개를 끄덕이고 밖으로 나왔다.

그녀는 호텔 근처의 커다란 호수 앞에 자리 잡고 앉았다. 건물도, 사람도 모두 다른 이곳에서 유일하게 낯설지 않은 풍경이었다. 잘게 부서지는 햇살, 바람에 흔들리는 나무와 물풀, 지저귀는 새소리. 평화롭고 따스한 정경이었다.

반사된 햇살이 하현의 얼굴까지 비껴들었다. 그 눈부심에 하현은 눈을 내리감았다.

이 삶은 처음부터 잘못 끼워진 단추 같았다. 태어나지 않았더라면, 부모나 고모와 함께 죽었더라면, 연호와 함께 죽었더라면, 시우와 함께 죽었더라면. 자꾸만 의미 없는 가정을 반복한다. 처음부터 이렇게 되지 않도록 제 손에서 끊어 냈어야 했다. 살고 싶지 않았으면서 왜 스스로 죽을 생각은 하지 못했던 걸까.

구역질이 올라왔다. 속을 게워 내고 싶었지만 위장이 조여드는 고통만 반복될 뿐 아무것도 토해 내지 못했다. 가슴속을 칼날로 긁어내는 듯했다.

그런 하현의 주변으로 양인 무리 넷이 다가왔다. 조롱 섞인 영어 사이로 'Gook'라는 단어가 들렸다. 예전에 미군들이 그런 말을 쓰는 것을 자주 보았다. 명백한 조롱의 의미가 담긴 인종 차별 단어였다.

그냥 지나치려 하는데 어깨가 붙잡혔다. 강하게 뿌리치니 저들끼리 웃어 댔다. 다시금 비슷한 상황이 반복되었다. 참다못한 하현의 발이 누군가의 복부를 걷어찼다. 약해 보이는 동양인 여자가 힘을 쓰니 당황한 듯했지만, 이내 하현을 붙잡으려 달려들었다.

하현이 호락호락 붙잡히지 않으니 누군가 흙을 발로 차 하현의 눈에 뿌렸다. 날카로운 고통이 느껴져 눈을 감자마자 그들이 하현을 붙잡았다.

철컥—

그때였다. 금속성의 소리가 들려왔다. 서늘한 분위기가 흐르더니 하현을 붙잡았던 이들이 슬금슬금 물러섰다. 상황을 보고 싶었지만 눈이 아파서 뜰 수가 없었다.

[이봐, 그 총 내려놔. 우린 아무 짓도 안 했어.]

도망치듯 멀어지는 발자국 소리가 들렸다. 그리고 한 사람만이 하현에게 다가왔다. 따스한 손길이 뺨을 감쌌다. 그리워했던 은목서 향기가 밀려들었다. 코끝을 시큰하게 만드는 향이었다.

긴 손끝이 이마를 지나 길어진 앞머리를 쓸어 넘겼다. 그리고 빨갛게 달아오른 눈매를 조심스레 어루만졌다.

"김하현."

그 목소리를 듣는 순간 하현은 절망했다. 이것이 꿈이라고 확신했기 때문이다.

"눈 뜨지 마. 아플 거야."

시우는 하현의 어깨를 감싼 채 천천히 걸었다. 따뜻한 품에서는 은목서 향기가 났다. 그러나 그 온기와 향기만으로는 시우라고 단정할 수가 없었다. 꿈속에 나타났던 그는 얼마든지 그녀를 유린하고 슬픔과 절망 속에 던져 놓을 정도로 영악했으니까.

"……정말 목시우 씨입니까?"

의구심을 담은 목소리에 시우가 걸음을 멈추었다.

"그새 내 목소리를 잊어버린 건 아닐 테고."

그 대답에 하현은 시우가 아니라고 다시금 확신했다. 또 꿈을 꾸고 있는 모양이다. 상념에 잠긴 하현의 뺨을 무언가가 살짝 쓸어내렸다. 시우의 손이었다. 이내 손끝은 눈가에 닿고, 그가 부는 바람이 하현의 속눈썹에 살짝 닿았다.

"답답하겠지만 조금만 참아. 병원부터 가자."

그는 다시 걸음을 옮기고는 혼잣말했다.

"감격의 재회를 기대했는데 글러먹었군."

병원에 도착한 의사는 하현의 눈을 살폈다. 시우가 뒤쪽에 있어서 의사 말고는 아무도 볼 수 없었다. 사실 눈이 따가워 제대로 보이지도 않았다. 의사는 식염수로 눈의 흙을 제거해 준 뒤 큰 이상은 없다고 진단을 내렸다. 다만 눈이 따가울 수 있으니 잠시간 감고 있으라는 말만 했다.

"이동하긴 힘들 거 같네. 가까운 곳으로 가자."

그는 다시금 조심스러운 손길로 하현을 이끌었다. 까만 어둠 속에서 하현은 계속 현실적인 꿈을 꾼다는 생각만 했다. 현실 같든 허상 같든 고통스럽고 괴로운 것만은 똑같았다.

시우는 어딘가의 건물로 들어섰다. 대화 내용을 들으니 호텔을 잡는 듯했다. 하현은 머지않아 부드럽고 푹신한 침대에 앉게 되었다.

"좀 잘래?"

지친 기색이 만연한 하현의 얼굴을 보며 시우가 물었다. 하현은 가만히 고개를 끄덕였다. 그저 자고 싶은 마음뿐이었다. 이런 꿈을 오래 꿀 필요는 없었다. 그가 다정할수록, 현실감이 짙어질수록 꿈에서 깨어났을 때의 고통만 심해지니까.

시우의 눈에 하현의 반응은 이상했다. 그를 반가워하지도 않았으며, 슬퍼하거나 화를 내지도 않았다. 그저 이 상황을 회피하고 싶어 보였다. 시우는 그런 반응이 불안했으나 지쳐 보이는 하현을 재촉할 수 없었다.

"이걸로 갈아입어. 나가 있을게."

시우는 하현의 손에 셔츠 하나를 쥐여 주었다. 단추가 있어 불편하겠지만 하현에게 맞을 만한 옷이 이것뿐이라 어쩔 수 없었다.

시우가 나가자마자 하현은 서둘러 옷을 꿰어 입었다. 어깨가 무거워 당장 잠들고 싶은 마음뿐이었다. 옷을 다 입었을 때 목소리가 들려왔다.

"김하현. 들어가도 돼?"

"네."

문이 열리고 시우가 들어오는 소리가 들렸다. 그런데 그 후로 아무런 소리도 들려오지 않았다. 다시 나간 걸까? 아니, 어쩌면 그냥 꿈에서 깨어 버린 걸지도. 하현이 겁을 먹고 있을 즈음, 다가오는 인기척이 느껴졌다. 옷깃에 가벼운 손끝이 닿았다.

"잘못 채웠어."

약간 당혹감이 느껴지는 목소리였다. 그는 살갗에 손이 닿지 않으려 노력하며 다시 단추를 채워 주었다. 머리카락에 닿는 그의 숨결이 간지러웠다. 간지럽고 어색한 공기는 끔찍하리만치 현실적이었다.

머지않아 무언가 뺨 위에 살포시 내려앉았다. 하현은 시우의 입술이 닿았던 뺨을 손으로 감쌌다.

"……뭐가 닿았어요."

"뭐 같았는데?"

싱긋 웃는 미소가 배어 있는 목소리였다. 하현은 손을 뻗어 그런 시우의 얼굴을 매만졌다. 눈을 뜰 수 없어 감각으로만 그의 뺨을 쓰다듬었다. 이 꿈속은 너무도 생생하여 손끝만으로도 그의 얼굴이 온전히 그려졌다. 더듬더듬 뺨을 매만지던 손이 천천히 입술로 내려섰다. 긴장 섞인 호흡이 하현의 손끝 위로 내려앉았다. 하현은 까치발을 들어 그의 입술에 제 입술을 포개었다.

사내는 놀란 듯 잠시 숨을 들이켰다. 그러나 머지않아 입을 열고 하현의 입술을 삼켰다. 하현의 머리카락을 헝클이며 끌어당기는 손길은 거칠었다. 처음부터 격렬한 행위였다. 농밀하게 혀를 섞는 입맞춤에 두 사람의 호흡이 차츰 가빠졌다.

시우는 하현을 안아 올려 침대 위로 눕혔다. 귀와 목이 이어지는 여린 살갗에 입을 맞추며 그는 사납게 체향을 들이마셨다. 만나자마자 이럴 생각은 아니었으나 하현이 먼저 입을 맞추는 순간 이성이 모조리 날아갔다.

귓바퀴를 빨아들이고, 목덜미를 물어뜯을 듯 격렬히 애무했다. 하현은 정직하게 신음하며 시우의 너른 어깨를 끌어안았다. 얽힌 다리에서 부딪히는 욕망이 금방이라도 터질 듯했다.

그런데 시우는 하현의 셔츠를 벗겨 내리다 말고 행동을 멈추었다. 하현의 몸을 본 그의 얼굴이 차갑게 굳어졌다. 옷을 입고 있을 땐 몰랐으나, 벗은 몸은 생각보다 훨씬 더 여위어 있었다. 이제 보니 손끝도 상처가 나 엉망이었다.

"너⋯⋯."

경직된 음성이 빠져나갔다. 하현은 그런 시우의 머리를 끌어안고는 귓바퀴에 속삭였다.

"계속해요, 얼른."

숨소리 섞인 속삭임은 유혹적이었다. 그는 간신히 그 유혹을 떨쳐 내고 하현의 신발을 벗겼다. 양말마저 벗기고 헐렁한 바지를 정강이까지 걷어 올렸다. 맨 발목이 드러날수록 그의 표정에는 차츰 절망감이 깃들었다.

발목에는 밧줄자국이 그대로 남아 검붉은 멍이 들어 있었다. 상처가 꽤 오래 되었는지 피가 고여 있기까지 했다.

하현은 차갑게 굳어 있는 시우의 팔을 끌어당겼다. 그녀는 어둠 속에서도 선명한 은목서 향기를 쫓아 시우에게 입을 맞추었다. 그러나 눈이 보이지 않았던 탓에 입술에 내려앉지 못하고 뺨과 귓바퀴, 목덜미에 엉성하게 내려앉았다.

"김하현, 잠깐만."

시우가 만류했으나 하현은 접촉을 멈추지 않았다. 강하게 시우의 어깨를 끌어안으며 목덜미에 입술을 묻었다. 혀끝으로 쓸어내리기도 했고, 잘근잘근 깨물며 그녀는 시우를 재촉했다.

"그만해. 너 지금⋯⋯."

참아 내려 애썼으나 하현은 시우의 귓가에 간절히 애원했다. 괴로워하는 하현의 모습에 시우의 가슴에 둔중한 통증이 가해졌다.

"제발. 계속 해 줘요."

하현은 서글프게 구애의 말을 하며 시우의 허리를 끌어당겨 안았다. 애달픈 목소리와 은밀한 접촉에 남아 있던 이성이 송두리째 날아갔다. 그는 남아 있는 허물들을 벗겨 내며 다시금 행위를 이어 나갔다.

머지않아 그는 하현의 몸 안으로 파고들었다. 조급한 행위에 하현은 고통스러워하면서도 시우에게 매달렸다. 안으면서도 죄악감이 들었다. 그만해야 한다고 머리는 생각하면서도 재촉하며 안겨 오는 하현의 애원을 떨쳐 낼 수가 없었다. 몸은 충실하게 반응하여 사랑하는 여인의 몸을 탐했다.

하현은 식은땀을 흘리며 계속해서 시우를 안아 왔다. 그런다고 해서 시우가 사라지는 것이 아닌데, 그녀는 시우가 금방이라도 사라질까 두려워하는 사람처럼 애원했다. 행위는 점차 격렬해졌다. 손끝과 발끝에서부터 전율이 올라와 하현의 몸을 잠식했다.

오랜 접촉 끝에 절정을 맞이하고 나서야 시우는 물러섰다. 그는 무거운 마음으로 하현의 몸을 바라보았다. 마치 처음 만났을 때처럼 여윈 상태였다. 불안정한 정신 역시 그때보다 더하면 더했지 덜하지는 않아 보였다. 그는 절망하며 조심스럽게 하현의 발목을 감싸 쥐었다.

말없이 발목을 한참 응시하고만 있자 시우의 얼굴에 손길이 닿았다. 하현의 손이었다. 그는 고개를 들어 하현을 응시했다. 눈을 감고 있는 하현의 얼굴에 가득한 감정은 체념이었다.

"오늘은……."

메마른 목소리였다.

"이상하네요. 이런 꿈을 다 꾸고."

가슴이 덜컥 내려앉았다. 여태껏 전부 꿈이라고 생각했던 걸까. 시우의 눈매가 고통으로 일그러졌다. 하현은 아직까지도 악몽에 시달리고 있었고, 이제 그 꿈의 주체에 시우도 들어선 것이다. 자신의 안이함이 이런 상황을 만들었다 생각하니 죄책감이 짙어졌다. 몰아치는 후회에 숨이 틀어막히는 듯했다.

"……꿈 아니야."

목이 멘 목소리로 부정했다. 그러나 하현의 표정은 믿지 않는 듯 평온하기만 했다. 그는 절망하며 하현의 어깨에 머리를 기대었다.

"왜 이렇게 엉망이야."

"……."

"왜 이렇게 여위었어."

정리되지 못한 말들이 튀어나왔다. 이성적이지 못한 참담함이 담겨 있었다.

"혼자서도 잘 지냈어야지. 당신 그렇게 약한 사람 아니잖아."

"아니요."

하현은 차분히 말을 이었다.

"강한 사람도 아니고, 약한 사람도 아니에요. 그냥 평범해요. 똑같은 상황이 주어지면 똑같이 힘들어하는 그냥 평범한 사람."

"……."

"그래서 요즘엔 좀 지치네요."

하현이라면 괜찮을 거라는 안이한 생각을 했다. 그녀라면 시우가 죽지 않았으리라 믿고 꿋꿋이 견딜 것이라고. 그러나 모든 것은 철저히 자신만의 착각이었다.

죄책감에 하현의 얼굴을 똑바로 바라볼 수가 없었다. 이불을 틀어 쥔 그의 손이 파르르 떨렸다. 하현은 꿈속에서도 아파하는 시우를 대하는 게 괴로워 조심스레 등을 다독여 주었다.

잠에서 깨어난 하현은 스르르 눈을 떴다. 사위가 어슴푸레한 어둠에 잠겨 있었다. 아직 저녁인 듯했다. 천천히 자리에서 몸을 일으키자 낯선 공간이 시야에 들어섰다. 그녀는 표정을 굳혔다. 여긴 철웅과 함께 지내던 호텔이 아니었다.

하현의 얼굴이 당혹감으로 굳어졌다. 오전 일은 꿈이 아니었던가? 그게 아니라면 자신이 다른 공간에 와 있어야 할 이유가 없었다. 그러고 보니 아직까지 눈이 따가웠고, 몸도 뻐근했다. 그게 꿈이었다면 몸 상태가 이럴 리가 없었다.

하현의 눈이 크게 뜨였다. 꿈이 아니라면, 시우가 정말 돌아왔다는 뜻이 된다.

그녀는 넋이 나간 얼굴로 자리에서 일어섰다. 황급히 호텔 안을 살펴보았으나 방 안은 텅 비어 있었다. 하현은 방 안에 사람이 없다는 것을 확인하고 호텔을 뛰쳐나갔다.

시우는 먹을 것을 사서 돌아오는 길이었다. 하현이 깨어났을 때 허기가 질까 부러 다녀온 것이었다. 그는 걷다 말고 잠시 제 옆구리를 짚었다. 상처가 쑤셨다. 아직 거동을 하기에는 상처가 온전치 못했다. 더 입원해야 한다는 의사의 만류를 뿌리치고 곧장 배에 올랐으니 상처가 괜찮을 턱이 없었다. 하지만 좀 더 일찍 오지 못한 게 통탄스러울 뿐이었다.

겨우 걸음을 옮겨 호텔에 가까워질 즈음, 시우는 멀지 않은 곳에서 익숙한 인영을 발견했다. 그것은 무척 불안정한 모습으로 주변을 둘러보고 있었다.

"김하현."

정신없이 주변을 둘러보던 하현이 시우의 목소리를 듣고 우뚝 멈춰 섰다.

고개를 돌리자 장신의 사내가 서 있는 모습이 보였다. 그는 달빛과 가등의 오묘한 조화 아래에 있었다. 이국의 이름 모를 나무가 바람에 흔들리며 그림자가 그를 어루만졌다. 하현의 시선도 천천히 그를 쓸어내렸다. 마지막으로 보았을 때보다 좀 더 날카로워진 뺨, 평소처럼 머리를 정돈하지 않아 이마 위로 내려온 머리칼, 깊은 눈매.

여전히 기묘하리만치 어두운 눈동자를 가진 사내였다. 그러나 그 속에 처음 만났을 때 느꼈던 서늘한 기운은 없었다. 언젠가부터 가슴 속에 박혀 들었던 그 눈동자는 부드러운 빛을 띠며 하현을 곧게 직시했다.

"왜 나와 있어. 신발도 안 신고. 몸은 좀 괜찮아?"

그는 걱정스러운 얼굴로 하현에게 다가왔다.

"꿈꾸는 거야?"

그는 하현의 안색을 살폈다. 하현이 말을 하지 않자 그는 허리를 숙였다. 흙 묻은 하현의 발을 털어 내며 혼잣말로 중얼거렸다.

"자는 동안 신발을 신겨 놓든가 해야겠어. 다치면 어쩌려고."

그때 하늘에서 무언가 방울져 툭 떨어졌다. 빗방울이라 생각하고 대수롭지 않게 고개를 든 시우의 동공이 확장했다. 가슴에 둔중한 충격이 내리꽂혔다. 하현의 눈동자가 눈물로 젖어 있었던 탓이다.

참으려고 애쓰는 듯 입술을 꾹 깨물었지만, 눈물은 구슬처럼 한데 뭉쳤다가 빗방울처럼 툭툭 떨어졌다. 이내 하현은 두 손으로 눈을 덮으며 울음을 터트렸다. 서러운 어린아이 같은 모습이었다.

시우는 자리에서 일어섰다. 그는 무척이나 당황했다. 어떤 때에는 울지 않는 사람이 걱정되어 마음 놓고 울기를 바란 적도 있으나, 막상 상황이 닥치니 어떻게 대응해야 할지 알 수 없었다.

"김하현."

당혹감이 담긴 목소리였다.

"왜 울어."

어쩔 줄 모르는 그의 손이 하현의 어깨에 닿았다가 등에 닿았다. 서툰 다독임에 하현은 울음을 그치지 못했다. 바보 같은 손짓만을 되풀이하던 손은 어정쩡하게 공중에 멈추었다.

"미안해. 울지 마."

무엇 때문에 우는지 알지도 못하고 미안하단 말부터 했다. 멍청한 말이라고 스스로도 생각했다. 하현은 떨어져 내리는 눈물을 닦으며 서럽게 울었다. 그 모습을 보며 그의 가슴은 깊은 심해 속으로 가라앉듯 무거워졌다. 무언가 가슴을 압박하는 듯했다.

늘 강인한 사람이라고 생각했다. 때로는 존경의 대상이 되기도, 선망의 대상이 되기도 했다. 약한 면모도 존재하지만 그건 그녀의 강한 면모에 비하면 아무것도 아니라고, 그렇게 생각했었다. 하지만 하현은 그녀의 말처럼 그저 평범한 사람이었다. 더 이상 버거운 일을 감내하기는 어려운 평범한 여인이었다.

속이 바짝바짝 타들어 갔다. 불안감에 속이 쓰릴 지경이었다. 시우가 눈물을 닦아 주려 손을 뻗었으나, 하현은 그 손길을 뿌리쳤다. 눈물이 가득 고인 눈망울이 원망을 담아 시우를 노려보았다. 그 와중에도 눈물은 멈추지 않았다. 하현은 소매로 벅벅 눈물을 닦아 내고 돌아섰다.

"잠깐만."

시우가 급히 하현을 붙잡았으나 하현은 강하게 뿌리쳤다. 그는 빠르게 하현의 앞을 가로막고 섰다.

"비켜요."

"못 비켜."

하현은 힐난하는 눈으로 그를 노려보았다. 그는 불길한 예감을 했다. 지금 물러나서는 안 될 것 같다는 느낌이 강하게 들었다.

"왜 멋대로 다가왔어요?"

잠긴 목소리로 하현이 물었다. 꽉 말아 쥔 그녀의 손은 눈에 띄게 떨리고 있었다.

"왜 내 의견 같은 거 하나도 존중하지 않고 다가왔냐고."

"……."

"평생 곁에 있어 줄 것처럼 현혹된 말들만 늘어놓고, 죽고 싶어 하던 사람을 살려 놓고. 당신 멋대로 나를 사랑한다 말하고!"

끝으로 갈수록 하현의 언성이 높아졌다. 손의 떨림이 심해져 온몸을 떨 지경이었다. 눈동자 역시 불안정하게 흔들렸다. 하현은 손바닥으로 제 얼굴을 가렸다. 미처 다 가려지지 못한 눈은 고통스럽게 일그러져 끊임없이 눈물을 쏟았다.

"왜 헛된 희망을 심어 놓아서……."

"……."

"죽었을 거라고 확신했어요. 당신이 살아 있는 기적 같은 거 나한테는 일어나지 않을 테니까. 어차피 나 같은 사람한테는 지옥 같은 인생이나 어울리니까."

하현의 고통을 헤아리고 있다고 생각했다. 고작 감정의 일부분을 엿보고 그녀의 모든 것을 알았다고 자만했다. 그녀의 악몽은 괴로움을 표출하는 수단이라고 생각했었다. 그러나 지금에서야 깨닫는다. 하현은 결코, 단 한 번도 제 고통을 시우에게 드러낸 적이 없었다. 그가 보았던 하현은 그 어떤 순간에도 지금만큼 괴로워 보이지는 않았다.

"다시는 이런 감정 겪고 싶지 않아요. 정말 다시는."

하현은 어깨를 떨며 서글피 울었다. 숨도 제대로 쉬지 못할 지경이었다. 지난 두 달은 고통 그 자체였다. 희망을 안겨 주었다가 한순간에 내동댕이치는 그 기분을, 누군가를 잃는 끔찍한 환란을 그녀는 다시는 겪고 싶지 않았다.

시우에게 이러는 게 잘못됐다는 사실은 인지했다. 죽다 살아난 사람을 반겨 주기는커녕 원망의 말을 늘어놓는 게 옳은 일이 아니란 건 알고 있었다. 시우가 잘못한 것은 하나도 없다는 사실도 알고 있었다. 그러나 이성적인 생각을 할 수가 없었다. 고통의 파편이 온몸 곳곳에 박혀 떨쳐 낼 수가 없었다.

하현은 돌아섰다. 시우는 하현을 잡지 못하고 황망히 그 뒷모습만을 응시했다. 두려움이 밀려들었다. 그는 하현을 그토록 절망하고 좌절하게 만든 사람이 자신이라는 사실을 깨달았다. 불안정한 걸음에서 그는 발목에 남아 있던 검붉은 멍을 떠올렸다. 그건 다른 누구도 아닌 시우가 만든 것이었다.

하현의 마음을 얻어 냈다고 자만하고 있었는지도 모른다. 돌아가기만 하면 하현은 제 손을 잡아 줄 거라고 믿었다. 지독히도 오만한 생각이었다.

자신이 죽었든 죽지 않았든 그건 중요하지 않았다. 중요한 건 하현이 누군가를 떠나보내는 고통을 다시금 경험했다는 사실이다. 부모님과 고모, 류연호를 차례로 잃고 고통 속에서 산 사람이었다. 삶의 의지를 잃어버린 사람에게 손을 내밀어 희망을 심어 주었다가, 그 손에 의지할 즈음에 하현의 손아귀에서 손을 빼낸 격이었다.

그 상실감을 하현이 체험했다면, 그녀의 말대로 다시는 그 고통을 겪고 싶지 않으리라.

그렇게 생각하자 확신이 밀려들었다. 하현은 더 이상 그를 사랑하고 싶지 않을 것이라고.

"하현아."

힘을 잃은 목소리에 하현은 걸음을 멈추었다. 그런 식으로 이름을 들은 건 처음이었다. 그런 목소리를 들은 것도 처음이었다. 돌아서서 바라본 얼굴조차 처음 보는 모습이었다.

시우는 어찌할 바를 모르고 고개를 숙였다. 무언가를 상실한 어린아이 같았다. 시우는 떨리는 손을 들어 입매를 감쌌다가, 진정되지 않자 다시 손을 내려놓고 하현을 바라보았다.

"가지 마."

깊이 가라앉은 목소리가 정적을 갈라놓았다.

"사랑해. 가지 마."

담담한 어조였으나 그 내용까지 담담한 것은 아니었다.

시우는 다시 시선을 떨구었다. 하현이 도망가는 모습을 볼 것 같아 두려웠다. 네가 없는 삶을 생각할 수가 없다고, 이미 너무 많은 것을 내어 주었다고. 머릿속에 수만 가지 생각이 떠올랐지만 정돈되지 못한 말은 입 밖으로 나오지 않았다.

숨이 막혔다. 순간순간의 기억이 그의 머릿속을 더욱 어질렀다. 달빛이 스며든 연못에 서서 괴로움에 잠식되던 모습, 황량한 갈대밭을 등진 채 노을빛을 받고 있던 모습, 풀밭에 무릎을 꿇은 채 눈물을 삼키던 모습, 정원에 서서 온전히 햇빛을 만끽하던 모습, 포말이 밀려드는 파도와 함께 선 채 웃으며 그를 위로하던 모습.

초라한 자신의 삶에 찾아든 이 사람을, 괴로워하던 순간조차 눈이 부시던 이 사람을 얼마나 가지고 싶어 했던가. 얼마나 탐을 내었던가.

기억에 현재의 모습이 포개어진다. 여위어 엉망이 된 얼굴, 흉하게 멍이 든 발목, 괴로움을 흩뿌리며 잘게 떠는 어깨. 떠올리면 떠올릴수록 자신에게 하현을 붙잡을 자격이 더욱 없어지는 듯했다. 그는 잔뜩 겁을 먹은 채, 하현이 제 눈앞에서 사라질까 두려워하며 손바닥으로 눈을 덮었다. 그리고 바보처럼 되뇌었다.

"부탁이야. 가지 마."

그저 그 말밖에는 떠오르지 않았다. 사죄도, 고백도 모두 무의미하게만 느껴졌다. 고개를 숙인 채 한참의 시간이 지났다. 얼마나 시간이 흘렀는지 알지 못하고 그는 두려움에 떨기만 했다.

발자국 소리가 들렸다. 멀어지는 소리가 아니라 가까워지는 소리임을 깨닫고 나서야 그는 손을 내리고 눈을 떴다. 창백한 얼굴이 보였다. 울음의 흔적이 남아 있으나 아직까지 울고 있지는 않았다. 붉어진 눈시울로 가만히 시우를 응시할 뿐이었다.

그 시선이 버거워 고개를 숙였을 때, 붉어진 하현의 발끝이 보였다.

그제야 그는 정신을 차렸다. 아직 날이 추웠다. 그는 입고 있던 코트를 벗어 하현의 어깨에 둘러 주었다. 그리고 하현의 앞에 제가 신고 있던 신발을 벗어 놓아 주었다. 하현이 가만히 서 있자 직접 발목을 잡고 조심스레 신겨 주었다.

"들어가서 얘기하자. 추워 보인다."

그는 하현의 어깨를 감싸 이끌었다. 이 상황에 대한 모면이나 회피가 아니었다. 그저 단순히 하현이 추위에 떨까 걱정되기 때문이었다. 다행히도 하현은 별다른 말없이 걸음을 옮겼다.

두 사람은 다시 호텔방 안으로 들어섰다. 하현은 침대에 앉았고, 시우는 어딘가에 앉지 못하고 서서 하현을 응시했다. 수면 아래에 잠긴 듯 무거운 정적이 찾아들었다. 하현은 아까보다 조금 진정된 상태였다.

"상처는 괜찮은 거예요?"

하현이 조용한 목소리로 물었다. 시우는 칼에 찔렸던 것을 떠올리며 고개를 끄덕였다.

"팔에 빗맞았어. 괜찮아."

얕은 상처는 아니었으나 하현이 걱정하지 않길 바라며 거짓말을 했다.

"이계영이라는 남자는 어떻게 됐어요? 목시우 씨를……."

하현은 차마 끝까지 말을 잇지 못했다. 하현의 심정을 눈치챈 시우가 말을 받았다.

"걱정 마. 붙잡았으니까."

"그렇군요."

담담한 대답이었다.

"연락은 왜……."

"내가 오는 게 빠를 거라고 생각했어."

하현은 고개를 끄덕였으나 혼란을 지우지는 못했다. 시우가 살아 있을 가능성을 생각하기도 했었다. 그러나 다시 만날 일은 생각하지 못했다. 기다리는 시간이 너무도 고통스러워서, 혹시라도 그 고통이 반복된다면 다시는 견디지 못할 것 같았다.

하현은 다시금 흘러내리는 눈물을 닦았다. 그것을 보며 시우는 가슴이 찢겨지는 듯했다. 상황 설명을 들었으니 본격적으로 이야기를 해야 했지만, 어느 쪽도 섣불리 입을 열지 못했다.

시우는 하현의 입에서 쉬이 말이 나올 것 같지 않자 돌아섰다. 아직까지 추워 보이는 하현에게 커피라도 끓여 주기 위함이었다. 어쩌면 그저 상황 회피일지도 몰랐다.

성냥에 불을 붙이고 램프에 물을 얹었다. 컵을 꺼내는 순간, 쩅그랑- 날카로운 파열음과 함께 컵이 산산조각 났다. 시우의 입에서 낮은 탄식이 새어 나왔다. 손이 떨렸던 모양이다. 하현의 입에서 나올 말이 두려워 이렇게까지 긴장을 하는 제가 한심했다.

"오지 마. 파편 밟을 수도 있으니까."

자리에서 일어선 하현을 향해 말하고는 그는 몸을 굽혀 앉아 유리 잔해를 주웠다.

"목시우 씨."

"오지 말라니까."

"피 나요. 그만하고 이리 와요."

시우는 손끝에서 뚝뚝 떨어지는 피를 망연히 바라보았다. 하현은 파편을 피해 다가와 시우의 팔을 잡고 이끌었다. 그녀는 수건으로 시우의 손을 감싸 주었다. 그 일련의 과정을 시우는 뚫어져라 응시했다.

"나를……."

시우의 서두에 하현의 손길이 멈추었다.

"버릴 거야?"

치졸한 단어 선택이었다. 하현이 내릴 결정에 무게감과 죄책감을 주기 위한 것이었다. 하현은 다시 손을 움직여 시우의 상처를 닦아 냈다. 시우는 하현의 무릎 위로 고개를 숙이며 절망적으로 호소했다.

"버리지 마."

"……."

"그러지 마, 하현아."

그러나 밤이 깊어질 때까지 하현은 끝내 입을 열지 않았다.

다음 날 두 사람은 희선과 합류하여 기차를 타고 로스앤젤레스 남부로 이동했다. 시우와 하현의 어색한 분위기를 감지한 철웅은 이동 내내 어리둥절한 얼굴로 두 사람을 번갈아 쳐다보았다. 철웅이 궁금한 듯 하현을 툭툭 건드렸지만 하현은 무시하고 창밖으로 펼쳐지는 풍경만 바라보았다.

기차에서 내린 후 네 사람은 차로 이동했다. 차는 도심과 멀어진 후에도 한참을 달렸다. 눈에 보이는 건물이 줄어들기 시작하더니 평평한 길도 거칠어졌다. 머지않아 그들은 작은 마을에 도달했다.

차에서 내리자 이따금씩 마을 사람들의 호기심 어린 시선이 닿았다. 오래 시선을 끄는 사람은 단연 시우였다. 서양인들이 동양인에게 가진 편견과는 먼 외양을 가진 사내였으니 그럴 만도 했다.

네 사람은 넓은 부지에 세워진 평범한 건물에 도착했다. 양식 건축물은 언뜻 교회처럼 보이기도 하고, 관공서의 건물처럼 보이기도 했다. 바로 문 앞에 '위험' 표시가 걸려 있는 걸 보니 폐건물인 듯했다. 그 건물 앞을 지키고 있던 양인이 희선을 보더니 반가운 표정을 지었고, 두 사람은 악수를 나누며 인사했다.

곧 네 사람은 안으로 들어섰다. 1층에 사무실처럼 보이는 공간이 있었으나 이제 아무도 쓰지 않는 듯 빛바랜 먼지만이 켜켜이 내려앉아 있었다. 2층 역시 마찬가지였다.

"이쪽으로 와요."

2층을 둘러보는 하현에게 희선이 말했다. 하현은 희선을 따라 지하로 통하는 나무 계단으로 내려섰다. 시우와 철웅도 그녀를 뒤따랐다. 희선이 든 카바이드 등의 불빛이 네 사람의 앞을 비춰 주었다.

불빛을 보며 걷던 하현은 불빛이 멀리까지 퍼지는 것을 보며 상당히 놀랐다. 불빛에 드러난 지하 공간은 천장도 높고 면적도 넓었다. 그 넓은 공간에 책장 같은 것들이 가득 채워져 있었다.

계단을 내려가 책장에 좀 더 가까이 다가갔다. 그림, 백자와 청자, 금으로 만든 장식품 등 다양한 예술품들이 빼곡하게 채워져 있었다.

조악한 제 안목으로도 이 물건들이 상당히 귀하다는 사실을 알 수 있었다. 가장 많은 것은 책이었다. 이 공간의 절반을 차지한다고 해도 과언이 아니었다. 하나하나 살펴보지 않아도 많은 기록들이 담겨 있으리라 생각되었다.

"보여 줄 게 또 있어요."

물건들을 살펴보느라 정신이 팔려 있던 중, 희선이 말했다. 그녀는 바깥으로 통하는 문을 열었다. 하현과 시우는 그녀의 뒤를 따랐다. 어둠에 파묻혀 있던 시야로 맑은 햇살이 비쳤고, 눈동자에 넓은 개활지가 펼쳐졌다.

개활지의 마른 풀 위로 비석이 일정한 간격을 두고 세워져 있었다. 무언가 했더니 이곳은 묘지였다. 하현은 걸음을 옮겨 묘지를 살펴보았다. 이내 그녀의 눈이 크게 뜨였다. 몇몇 묘비에 한국식 이름이 적혀 있기 때문이었다. 이국의 언어로 적혀 있으나 분명 한인들의 이름이었다.

"오라버니가 만들어 달라고 부탁했던 묘지예요. 한국으로 모시기 어려웠던 애국지사 분들을 위해 만든 거예요."

주변을 둘러보며 걷던 하현은 어느 무덤 앞에서 걸음을 멈추었다.

"목시우 씨."

그리고 조용히 시우를 불렀다. 그가 하현에게 다가왔다. 그는 하현의 시선이 향하는 비석을 바라보았다. 목원우, 최윤화라는 이름이 적혀 있었다.

하현은 고개를 들고 물끄러미 시우를 응시했다. 비석에 시선이 박혀 있는 그의 눈동자에는 형용할 수 없는 감정이 뒤섞여 있었다. 놀란 것 같기도 했고, 슬퍼하는 것 같기도 했고, 쓸쓸해하는 것 같기도 했다.

'너무 큰 잘못을 저질렀다고, 미안하다고.'

하현은 영옥 아주머니의 말을 떠올렸다. 어쩌면 연호의 아버지가 시우에게 미안해하던 이유는 이게 아니었을까. 정석호 몰래 시신을 수습하고 빼돌렸다면, 더군다나 이곳에 숨겨 둔 것이라면 시우에게 말할 수 없었으리라.

시우는 우두커니 서 있기만 했다. 어떻게 반응해야 할지 모르는 모습이었다. 하현은 조심스레 시우의 팔을 잡았다. 그는 갑자기 정신이 든 사람처럼 흠칫 놀라 하현에게 시선을 돌렸다.

"인사드리는 게 좋을 거 같아요."

"⋯⋯그래."

두 사람은 절을 올렸다. 허리 숙여 인사를 한 뒤 시우는 다시 묘석을 응시했다. 약간 일그러진 눈동자에 깊은 슬픔이 드리워 있었다. 시우는 하현더러 울 줄 모르는 사람이라 했지만, 정말 그런 사람은 시우가 아닐까. 하현은 안타까움에 무어라 말을 잇지 못하고 그를 바라보기만 했다.

"자리 비켜 줄게요."

혼자만의 시간이 필요할 것 같아서 하현은 돌아섰다. 그러나 시우가 하현의 손을 붙잡았다.

"아냐. 옆에 있어."

"⋯⋯."

"있어 줘."

그가 힘없이 말했다. 하현은 슬픔이 드리운 옆모습을 응시하다 고개를 끄덕였다.

시우는 하현의 손을 꼭 붙잡은 채 어릴 적 기억을 떠올렸다. 기억 속의 부모님은 행복하게 웃고 있었다. 이렇게라도 두 사람이 함께하게 되어 다행이라고, 그는 생각했다. 그는 하현의 손을 힘주어 잡으며 조용히 말문을 꺼냈다.

"사랑하는 사람이에요."

하현의 시선이 시우에게 닿았다. 그는 소리 없이 쓸쓸한 미소를 머금었다.

"이 사람이 저를 떠난다 해도, 이 사람을 만난 걸 결코 후회하지 않습니다."

눈이 내리기 시작했다. 꽃잎처럼 흩날리는 눈이 땅 위로 사뿐히 내려앉았다. 솜털처럼 하얀 눈 결정은 그들의 어깨 위에도 떨어졌고, 뺨 위에도 떨어졌다.

하현은 손을 뻗어 시우의 뺨에 가져갔다. 이미 눈은 녹아 사라지고 없었지만, 차가움이 거두어지기를 바라며 그녀는 손끝으로 뺨을 훔쳤다. 시우는 그녀의 손 위로 제 손을 포개며 아프게 눈을 내리감았다.

로스앤젤레스 남부의 어느 항구에는 뱃사람들 특유의 활기가 가득했다. 어선과 화물선, 여객선이 정박한 항구에는 끊임없이 사람들이 몰려들었다. 평소와 다른 점이 있다면, 낯선 나라인 한국에서 온 배가 있다는 것이었다. 한국인 인부들은 커다란 배로 무언가를 실어 나르고 있었다.

그 사이에서 시우는 평소보다 신경을 곤두세운 채 지시를 하고 있었다. 혹시라도 귀한 물건들이 상할까 까다롭게 신경 썼다. 다행인 건 어제보다 날이 맑았다. 비나 눈에 젖을 걱정이 없어 다행이었다. 낡은 지하 창고에 오래 박혀 빛을 보지 못했던 귀한 물건들은 하나씩 바깥 세상으로 나왔다. 이제는 본래 있던 고국 땅으로 돌아갈 순서였다.

그리고 추후에 준비가 끝나면 오랜 시각 이국땅에 잠들어 있던 순국열사들도 제 고향으로 돌아갈 수 있을 터였다.

오전에 시작한 하역 작업은 오후가 되어서야 마무리되었다. 희선과 철웅, 인부들까지 모두 승선했다. 그런데 시우는 하현이 눈에 띄지 않는다는 사실을 알아차렸다. 근처에 있던 철웅에게 물었다.

"김하현 어디 갔어?"

"누나요? 모르겠어요. 아까까지만 해도 있었는데."

시우는 그 말을 듣고 눈살을 찌푸렸다.

"안 탄 건 아니겠지?"

"설마요."

"안에 좀 찾아봐."

철웅이 고개를 끄덕이고 선실로 들어섰다. 시우는 다시금 배에서 내려 주변을 살폈다. 그러나 하현은 보이지 않았다. 시계를 보며 초조해하고 있을 때, 멀리서 뛰어오는 하현을 발견했다.

"잠깐만요!"

한국어를 전혀 모를 양인들 사이를 파고들며 하현이 소리쳤다. 겨우 달려온 하현이 시우의 앞에서 멈춰 섰다. 숨이 차는지 그녀는 허리를 숙인 채 헐떡였다.

"아, 다행이다. 늦는 줄 알았네."

"뭐 하다 이제 와? 못 타면 어쩔 뻔했어?"

"왔으니까 됐잖아요. 얼른 타요, 우리도."

하현은 시우의 나무람을 능청스레 넘기고는 배에 올랐다. 불만스러운 시우의 시선도 개의치 않았다.

두 사람이 탑승하자마자 배가 출항을 알렸다. 하현은 갑판 위에 서서 멀어지는 미국 땅을 바라보았다. 다시 한국으로 돌아가는 것이다. 돌아간 곳은 낙원도 아니며 기적도 없는, 혼란만이 가득한 나라일 것이다. 그래도 약간의 희망을 가져 보았다. 그 나라의 가능성을 믿고 있으니까. 하현은 먼 이국땅을 향해 손을 흔들었다.

그런 하현의 행동을 보던 철웅도 똑같이 손을 흔들었다. 아무도 보지 않는데 양손으로 흔들기까지 했다. 하현은 짧게 웃음을 터트렸다. 내색은 안 했지만 철웅도 고국으로 돌아가고 싶었던 모양이다.

"어디 다녀왔는데."

지켜보던 시우가 하현에게 물었다. 하현은 그 물음을 피하고 철웅에게 말을 걸었다.

"철웅아. 미안한데 자리 좀 비켜 줄래."

철웅은 의아한 듯 두 사람을 바라보다 고개를 끄덕이고 선실로 들어섰다. 반복되는 바깥 풍경에 지친 인부들도 안으로 들어섰다.

하현은 철웅에게 자리를 비켜 달라고 해 놓고도 여전히 바다만 응시하고 있었다.

하늘은 쨍할 정도로 파란색이었는데, 바다는 그보다 더 짙고 선명한 쪽빛이었다. 쪽빛 파도에 몸을 실은 배는 유유히 수영하는 고래처럼 파도를 따라 흘러갔다. 물결의 움직임에 따라 포말이 밀려들었다가 배를 핥고 지나갔다.

시우는 하현의 옆모습을 오래도록 눈에 담았다. 어쩌면 앞으로 볼 수 없는 얼굴일지도 모르니까. 한참 바다를 응시하던 하현이 몸을 돌려 시우를 바라보았다. 조금 아쉬운 기분이 들었다.

"저, 목시우 씨."

"잠깐만."

시우는 하현의 말을 가로막았다.

"나 먼저 말할게."

하현은 의아한 얼굴로 고개를 끄덕였다.

귓가에 바람소리만이 반복되었다. 시우는 시간이 멈추었으면 좋겠다는 생각을 했다. 평소의 그와는 전혀 어울리지 않은 몽상적인 생각이었다. 그의 바람과 달리, 배가 앞으로 나아가듯 시간은 꾸준히 흘러갔다. 아마 눈 깜짝할 사이에 한국에 도착할 것이고, 그러면 두 사람의 시간도 끝을 맺으리라.

"미안했어."

그는 담담히 말문을 열었다.

"이렇게 되니까 당신한테 못해 줬던 일만 생각나."

수평선을 바라보는 시우의 눈은 복잡한 감정에 파묻혀 있었다. 머리칼을 쓸어 넘겼으나 바람에 금세 흐트러졌다. 그것도 나름대로 그의 얼굴과 잘 어울려서 하현은 그를 물끄러미 응시했다.

"모질게 말했던 것도, 내 마음대로 당신한테 다가갔던 것도."

"……."

"내 생각이 짧았어. 당신의 상처를 고려하지 못했으니까. 그렇게 무턱대고 다가갔던 걸 후회해."

그는 다시 고개를 돌려 하현을 바라보았다. 쓸쓸한 감정이 그의 눈동자에 부유하고 있었다.

"변명 같을지도 모르지만 그때는 어쩔 수가 없었어."

"……."

"무슨 짓을 해서라도 당신 곁에 있고 싶었으니까."

그는 겨우 입꼬리를 끌어 올려 미소 지었다. 그러나 슬픈 기색은 가시지 않았다.

"정말 미안했어."

눈매가 괴롭게 일그러졌다. 그러나 그는 금세 평정을 찾았다.

"당신이 내 곁에 있어서 괴로움만 더해진다면, 떠나도 좋아. 당신이 행복한 쪽이 나도 좋으니까."

시우는 느릿하고 신중하게 말을 이었다. 진심이 퇴색되지 않도록 그는 노력했다.

"당신은 스스로가 평범하다고 했지만, 내 눈에는 여전히 남들보다 더 강하고 단단한 사람이야. 그런 면을 나는 존경했어."

"……."

"벅찰 만큼 사랑했고."

이 말을 해야겠다고 마음먹었을 때, 쑥스러울 것이라 생각했지만 막상 하현을 앞에 둔 지금은 아무런 생각도 들지 않았다. 그저 눈앞의 사람이 얼마나 특별한 사람인지 알려 주고 싶었다.

"당신은 내가 본 사람 중에 가장 멋진 사람이야."

"……."

"아마 잊지 못하겠지. 평생."

하현의 눈동자가 일렁였다. 꼭 이별을 준비하는 말 같았다. 하현은 잘 열리지 않는 입을 열어 물었다.

"……그럼 내기는요?"

"내기?"

"목시우 씨가 이겼잖아요. 소원 들어주기로 했었고."

하현의 말을 예상치 못했는지 시우는 설핏 웃었다.

"소원은……."

그는 말끝을 흐렸다. 소원은 사실 단순했다. 하현에게 평생 옆에 있어 달라고 말할 작정이었다. 그런 걸로라도 하현의 발을 묶어 놓고 싶었으니까. 하지만 그런 걸로 이 사람을 붙잡아 둘 수는 없다는 걸, 그렇게 사랑을 표현해서도 안 된다는 걸 이제야 깨닫는다.

"당신이 행복했으면 해."

"……."

"바라는 건 그게 다야."

그는 하현의 마음이 가벼워지기를 바랐다. 천성이 다정한 이 사람의 마음에 무게가 실리지 않기를 바랐다.

"당신이 모든 고통을 털어놓았을 때, 괜찮아졌을 때……."

시우는 이번에도 말을 잇지 못했다. 모든 게 괜찮아졌을 때 다시 나를 고려해 주었으면 좋겠다고 말을 하고 싶었지만, 그마저도 하현에게 무게가 될 것 같아서 말을 이을 수 없었다.

"아니야."

"……."

"그냥 당신은, 당신답게 살아."

하현의 입에서 나올 말이 두렵지 않다면 거짓일 것이다. 앞으로 하현이 없는 삶을 잘 살 수 있을지 또한 의문이었다. 두렵지만 어쩌면 그의 삶은 크게 다르지 않을지도 모른다. 아버지가 남긴 것들을 지키기 위해 노력하는 삶을 살게 될 것이다.

그러다 이따금씩 사무치게 그리워지겠지. 그래도 그는 어떻게든 견뎌 내야 할 터였다.

"그 소원은……."

침묵 끝에 하현이 말문을 꺼냈다.

"나 혼자서는 이룰 수가 없어요."

뜻을 온전히 이해하기 전에 하현이 한 걸음 다가왔다. 발끝을 든 하현이 고개를 들고 가볍게 입술을 포개었다. 놀란 시우의 눈이 크게 뜨였다. 무슨 일이 벌어진 건지 판단을 내리기도 전에 하현이 뒤로 물러섰다. 그러나 입술에 남은 잔상은 여전히 선명했다.

"목시우 씨가 거짓말에 서툰지는 처음 알았네요."

그렇게 말하곤 하현은 제 겉옷 안주머니에서 흰 꽃을 꺼냈다.

"구하느라 애 좀 먹었어요. 이 겨울에 흰 꽃이라니."

하현은 곤혹스러웠던 듯 살짝 제 이마를 문질렀다. 민망함에 나온 행동이었다.

"고백할 때 흰 꽃을 주는 건 아니라는 거 알지만……. 그래도 이게 목시우 씨랑 제일 잘 어울리는 것 같았어요."

상황이 잘 인식되지 않았다. 붉게 달아오른 하현의 귓바퀴만 멍하니 응시할 뿐이었다.

"생각을 많이 했어요. 목시우 씨가 죽었을지도 모른다고 생각한 두 달 동안 너무 괴로웠고, 만약에 당신이 살아 있다고 한들 곁에 있고 싶지 않을 거라고 생각했어요. 그런 일이 또 반복된다면, 정말로 죽고 싶어질 것 같았으니까. 누군가를 마음에 둔다는 건 그만큼 대가를 필요로 한다고, 그렇게 겁을 먹었어요."

조용한 음성이었으나 시우의 귀에는 또렷이 다가왔다. 그녀는 자조하듯 웃었다.

"근데 목시우 씨랑 같이 있으면서 나는 내 실수를 또 반복하겠구나. 직감했죠."

"……."

"같이 있는 게 너무 좋아서."

달음박질치던 가슴이 일순 쿵 내려앉았다. 그리고 다시 더 격렬히 뛰기 시작했다. 모든 감각 기관이 아래로 추락했다 다시금 솟구치는 것 같았다. 죽었다고 생각한 감각들이 사납게 뛰어 대며 소생을 알렸다.

하현은 그런 시우의 마음을 모르고 불안한 시선으로 바닥만 응시했다.

"목시우 씨가 마음 정리를 했을 거라고는 생각도 못 했지만……. 아니, 생각했었나."

망설임 끝에 하현은 고개를 들고 다시 시우를 바라보았다.

"정말 나랑 헤어질 생각이었어요?"

"……."

"그럼 한 번 헤어진 걸로 해요."

하현은 시우에게 꽃을 내밀었다.

약간의 흔들림은 있지만, 여전히 곧은 시선이었다. 감정을 여과 없이 비추는 그 눈, 언제나 진실한 그 눈을 시우는 너무도 사랑했다. 속수무책으로 빠져들었고, 절망스러울 정도로 사랑하게 되었으며.

"좋아해요."

또 이토록 환희하게 만드는 눈을 가진 사람.

"다시 내 연인이 되어 줘요."

"……."

"내가 너무 늦은 건가요?"

시우의 대답을 기다리는 동안 하현의 얼굴에는 초조함, 쑥스러움 등 복합적인 감정이 스쳐 지나갔다. 그가 오래도록 입을 열지 않자 갈 길을 잃은 눈동자가 불안감을 견디지 못하고 시선을 내렸다.

"거짓말이 아니었나 봐요."

하현은 시우의 소원이 거짓말이라고 생각했다. 시우라면 좀 더 큰 소원을 말할 거라 예상했다. 가지 말라고, 떠나지 말라고 말할 줄 알았다. 하지만 이렇게 대답이 없는 걸 보니 소원은 참이었던 모양이다. 시우는 정말로 하현을 떠나보낼 준비를 마친 듯했다.

너무 많이 기다리게 한 걸까. 사나운 무언가가 가슴을 쪼아 대는 듯 아프고 쓰렸다. 하지만 시우가 내린 결정을 하현이 번복시킬 자격은 없었다.

조금 더 기다려 보았으나 시우는 아무런 말도 하지 않았다. 하현의 얼굴에 조금씩 슬픈 감정이 드리웠다.

"그렇죠. 내가 생각해도 너무한 거죠."

하현은 자조하고는 눈가에 묻어 나오는 눈물을 살짝 훔쳐 냈다. 꽃을 든 손이 서서히 아래로 추락했다. 완전히 손이 내려가려던 찰나, 시우는 그 손을 붙잡았다. 하현이 그제야 고개를 들었다.

"그것만으로는 만족 못 해."

"네?"

"좋아하는 것만으로는 만족 못한다고."

그는 하현의 손에 들린 꽃을 빼내고는 양팔로 하현의 허리를 감쌌다. 놀란 하현의 눈이 크게 뜨였다.

"좋아하는 거 말고, 사랑도 해?"

직접적인 물음이었다. 하현의 귓바퀴가 서서히 달아오르기 시작했다. 점점 고개가 수그려졌으나 새빨개진 뒷덜미가 보이지 않는 것은 아니었다.

"말해 줘, 김하현. 사랑도 해?"

그는 끈질기게 대답을 요구했다. 하현은 머뭇거리다 간신히 고개를 끄덕였다.

"말로."

시우의 말에 하현이 번쩍 고개를 들었다. 여전히 귓바퀴가 붉었으나 좁혀진 미간 사이에 불만이 가득 담겨 있었다.

"그냥 알아들으면 안 됩니까?"

시우는 웃으며 고개를 저었다.

"안 돼."

하현은 그의 입가에 고인 부드러운 미소를 빤히 응시하다 다시 고개를 숙였다. 그런다고 사라지는 것도 아닌데, 어깨를 움츠리며 기어 들어가는 목소리로 말했다.

"사랑해요."

대답을 듣자마자 그는 하현의 몸을 강하게 끌어안았다. 팔을 풀면 도망을 가는 것도 아닌데 그는 평생 그러고 있을 사람처럼 팔에서 힘을 풀지 않았다.

애달프고 벅찬 감정이 희미하게 떨리는 팔을 통해 표출되었다. 그는 제 눈에서 나온 약간의 물기를 하현의 어깨에 훔쳐 내며 끌어안은 팔에 조금 더 힘을 주었다.

"거짓말 맞아. 소원 그거 아니었어."

"……그럼 뭔데요?"

"옆에 있어 줘, 하현아."

"……."

"평생 내 옆에서만 행복해 줘."

숨죽여 나온 목소리가 애달팠다. 하현은 그의 마음을 온전히 느끼며, 서툰 이 사람을 사랑스럽다고 생각하며 시우를 마주 안아 주었다.

"들어줄게요, 그 소원."

하현의 대답을 듣고 나서야 시우는 비로소 하현이 제 연인이 되었음을 실감했다.

그는 고개 숙여 하현의 **뺨**에 입을 맞추었다. 반대쪽 **뺨**으로 옮겨 갔던 입술은 이마에 닿았다가 종국에는 입술에 도달했다. 하현은 눈을 내리감으며 그의 입맞춤에 응해 주었다. 포개어진 입술은 오랫동안 떨어지지 않았다.

한참 후에야 입맞춤은 끝을 냈다. 하현의 눈에는 눈물이 가득 고여 있었다. 시우가 눈가에 입을 맞춰 주자 하현은 환하게 미소 지었다. 시우 역시 마주 웃어 주었다.

바람이 불었다. 맑게 웃는 두 사람의 웃음이 바람과 파도에 실려 멀리멀리 흘러갔다.

完

작가 후기

　독자님들께 가장 먼저 감사의 말씀을 전합니다. 기나긴 여정을 함께해 주셔서 감사합니다.

　즐거운 마음으로 시작했지만 사실 쉽지 않은 글이었습니다. 글의 틀이 잡힐수록 너무 어려운 시도를 했다는 생각을 지우지 못했습니다. 왜 굳이 어렵고 가슴 아픈 시대로 배경을 잡았는지 글을 쓸수록 후회가 막심했습니다.

　공부할수록 어렵고 가슴 아팠습니다. 장르소설의 특성을 생각하며 무거운 부분들을 덜어 냈지만 제 마음 속에서는 덜어 내지 못해 힘들기도 했습니다. 이 글을 왜 시작했을까 수천 번 후회했던 것 같습니다.

　그래도 제가 가장 분노하고 슬퍼하는 시대이기 때문에 이 시대를 배경으로 글을 쓰고 싶은 게 아닌가 하여 글은 끝맺기로 결심했습니다. 하현이라는 인물도 꼭 쓰고 싶었구요.

　사실 초기에 하현이라는 인물을 설정했을 때 현실에도 이만큼 강인하고 활동적이었던 여성 독립운동가가 있었을까 생각하며 자료 조사를 했는데, 자료 조사를 하며 하현이라는 인물의 강인함이 마냥 허황된 것은 아니겠구나 생각되었습니다. 몇 없는 자료 속에서도 여성 독립운동가님들은 너무나 멋지고 강인하셨습니다. 그동안 모르고 살았던 게 아쉬웠을 만큼 훌륭한 분들이었습니다. 이분들을 알아 갈 수 있었던 것만으로도 저에게는 뜻깊은 시간이었습니다.

절망으로 가득한 시대이지만 희망도 있다는 것을 보여 드리고 싶었는데 잘 전달이 되었는지 모르겠네요. 아직 청산해야 할 문제가 남아 있고, 떠올릴수록 가슴 아픈 시대이지만 그분들이 만든 희망적인 미래를 그리고 싶었습니다.

나중에 보면 부끄러운 글이 될 수도 있지만 완결을 낸 지금만큼은 후련합니다. 힘들었지만, 소설 속 인물들과 함께하며 행복했습니다. 특히 하현이란 인물은 저에게 큰 위안이 되어 주었습니다. 이 글을 읽어 주신 독자님들께도 위안이 되었으면 하는 마음입니다.

글 읽는 동안만큼은 즐거우셨길 바라며 이만 줄이겠습니다. 고집스러운 제 글을 보아 주시는 독자님들께 늘 감사합니다. 출간하는 데 도움을 주신 출판사분들께도 거듭 감사의 말씀을 전합니다.

그럼 다음 작품에서 뵙겠습니다. 늘 행복하시길 진심으로 바랍니다!

2019년 10월, 은일 드림

참고문헌

· 서적

강준만, 2003, 『한국 현대사 산책 1,2』, 인물과사상사

김동진, 2010, 『1923 경성을 뒤흔든 사람들』, 서해문집

김두식, 2018, 『법률가들』, 창비

김재희 외, 2014, 『경성에서, 서울까지』, 서해문집

박영규, 2017, 『한 권으로 읽는 일제강점실록』 웅진지식하우스

박윤석, 2014, 『경성 모던타임스』, 문학동네

엄인경, 2016, 『단카로 보는 경성 풍경』, 역락

윤태호, 2013, 『인천상륙작전』, 한겨레출판

이연식, 2012, 『조선을 떠나며』, 역사비평사

이준식, 2014, 『일제강점기 사회와 문화』, 역사비평사

인천시, 2019, 『까치발로 본 인천』, 바이에듀

정운현, 2016, 『조선의 딸, 총을 들다』, 인문서원

조한성, 2015, 『해방 후 3년』, 생각정원

조한성, 2019, 『만세열전』, 생각정원

최영주, 2016, 『잔재』, 지식과감성

한중일3국공동역사편찬위원회, 2012, 『한중일이 함께 쓴 동아시아 근현대사 1,2』, 휴머니스트

· 논문

김현경 외, 1996, 『개화기 여성의 머리 모양에 관한 연구』, 원광대학교, 한국폴리텍대학 논문집

김주용, 2012, 『한국광복군 총사령부 건물 소재지에 관한 고찰』, 한국독립운동사연구

박인옥, 2014, 『일제강점기 인천의 생산구조와 도시공간의 변화』, 인천대학교 인천학연구원

윤정란, 2006, 『일제 말기 한국광복군 여성대원들의 활동 양상』, 여성학논집 제23집 1호

임숙자 외, 『개화기 이후 여성복식의 100년 변천사에 관한 연구』, 복식문화학회

송유경, 1996, 『신탁통치를 둘러싼 미군정과 좌익세력의 권력대결』, 부산정치학회보

최영호, 2012, 『한반도 신탁통치 문제의 로컬리티-해방직후 재일조선인 사회를 중심으로』, 한국민족운동사학회